Ann Benson

Die Schreckenskammer

Ann Benson

Die Schreckens-kammer

Roman

Ins Deutsche übertragen
von Klaus Berr

Blanvalet

Die Originalausgabe erschien 2003 unter dem Titel
»Thief of Souls« bei Delacorte Press,
a division of Random House, Inc., New York.

Umwelthinweis:
Dieses Buch und der Schutzumschlag wurden auf
chlorfrei gebleichtem Papier gedruckt.
Die Einschrumpffolie (zum Schutz vor Verschmutzung) ist aus
umweltschonender und recyclingfähiger PE-Folie.

Der Blanvalet Verlag ist ein Unternehmen
der Verlagsgruppe Random House GmbH.

1. Auflage

Umschlaggestaltung: Design Team München
Umschlagfoto: Photonica
Satz: Uhl + Massopust, Aalen
Druck und Bindung: GGP Media GmbH, Pößneck
Printed in Germany
ISBN 3-7645-0174-X
www.blanvalet-verlag.de

In Liebe
für Gary

Anmerkung der Autorin

Dies ist ein fiktiver Text, der jedoch zum Teil auf realen Ereignissen basiert, die sich im fünfzehnten Jahrhundert zutrugen. Gilles de Rais, das reale historische Vorbild für die Legendenfigur Blaubart, beging tatsächlich die abscheulichen Verbrechen, die im historischen Teil dieses Buches beschrieben werden. Er war ein Waffenbruder von Jeanne d'Arc, und zu einer gewissen Zeit besaß er einen größeren Teil des Landes, das jetzt Frankreich ist, als je ein Mensch vor oder nach ihm. In der Tat verschwendete er sein Vermögen für alle nur erdenklichen Ausschweifungen. Seine Verhaftung, der Prozess, die Verurteilung und die darauf folgende Hinrichtung sind gut dokumentiert, und ich habe so weit wie möglich versucht, die Ereignisse so darzustellen, wie sie nachweislich passiert sind. Die Richter, Mitangeklagten und Opfer tragen alle ihre historischen Namen, der Großteil der Randfiguren des historischen Teils sind allerdings die Produkte meiner Fantasie. Gilles' Amme hieß jedoch tatsächlich Guillemette la Drappière, auch wenn sonst kaum etwas über sie bekannt ist.

Der zeitgenössische Teil des Romans ist rein fiktiv, allerdings tragen die Detectives in Los Angeles und Boston die Namen von real existierenden – sowohl noch aktiven wie pensionierten – Polizeibeamten.

1

Die heimeligen kleinen Hütten, welche die Torwächter von Nantes darstellten, entschwanden schnell, als ich in das Dickicht der Bäume eintauchte – der schlimmste Teil der Reise nach Machecoul. Aus dem Licht und hinein in die Dunkelheit. Man kann nicht anders, als sich sehr klein zu fühlen inmitten dieser berindeten Riesen, deren knotige, tief hängende Zweige jeden Augenblick wie die Finger des Teufels nach mir greifen und mich in den dunklen Schlund eines Astlochs stopfen konnten, wo ich dahinsiechen würde in der ewigen Pein meiner Sünden.

So bete ich, wie ich es immer tue, denn sonst bleibt kaum etwas zu tun. Lieber Gott, lass nicht zu, dass sie meine Daumen nehmen, denn ohne Daumen kann ich die Nadel nicht fassen, und ein Leben ohne Sticken ist unvorstellbar.

Bei jedem Schritt schiebe ich die Hände weiter in die Falten meiner Ärmeltaschen; meine kostbaren Finger verschwinden völlig in der Sicherheit ihrer Tiefen.

Sie finden den Brief. Die Fingerspitzen ertasten kleine, durchgescheuerte Stellen an den Knicken im Pergament, obwohl er erst kürzliche aus Avignon eintraf. Er kam zusammen mit andern wichtigen Papieren, die von Seiner Heiligkeit an meinen *maître* gesandt wurden, Jean de Malestroit, der als Bischof von Nantes eingeweiht ist in so viele von Gottes tiefsten Geheimnissen. Obwohl ich seine engste Vertraute bin, würde ich niemals auf den Gedanken kommen, jene gewichtigen Angelegenheiten begreifen zu wollen, die zu erwägen Seine Heiligkeit Seiner Eminenz aufgetragen hat, und in Wahrheit will ich es auch gar nicht. Es drängt mich, alle weltlichen Belange beiseite zu lassen zu Gunsten der köstlichen Gedanken meines Erstgeborenen. Das Datum in der einen Ecke, geschrieben in der liebenswerten, kräftigen Handschrift meines Sohnes, lautet 10. März 1440, sieben Tage zuvor. Ich überfliege seine langatmigen Segenssprüche – schließlich ist er Priester – und sage mir den Rest vor.

Es gibt ganz ausgezeichnete Neuigkeiten, abrupt und unerwartet. Ich bin jetzt ein richtiger Schreiber Seiner Gnaden; nicht länger muss ich unter einem anderen Bruder arbeiten, sondern unterstehe direkt dem Kardinal selbst. Immer häufiger werde ich in seine Gemächer gerufen, um wichtige Angelegenheiten niederzuschreiben. Wie durch ein Wunder scheint er mich unter seine Fittiche genommen zu haben, auch wenn ich nicht verstehe, warum er mich einer solchen Ehre für würdig erachtet. Es gibt mir die Hoffnung, dass ich eher früher als später mit einer Beförderung gesalbt werde …

Wie wunderbar, wie kostbar … aber auch wie abgrundtief unbefriedigend, denn viel lieber hätte ich den Mann selbst an meiner Seite. Aber Seine Eminenz Jean de Malestroit verabscheut Klagen, ich werde mich ihnen deshalb nicht hingeben, möge Gott mich davor bewahren, dass er mich wegen einer solchen Schwäche verabscheute. Ich fahre fort in meiner Rezitation, was von den Eichhörnchen und Füchsen, die meine einzigen Zuhörer sind, wohl nicht gewürdigt wird. Doch es schenkt meinen Schritten eine beruhigende Festigkeit, wie trügerisch diese auch sein mag.

Ich denke jeden Tag an dich und erquicke mich an dem Wissen, dass du in nicht allzu vielen Monaten hier in Avignon sein wirst, um mit eigenen Augen zu sehen, wie reich mein Leben geworden ist. Auf ewig dankbar bin ich Milord de Rais für seinen Einfluss, der mir diese Stellung verschaffte, als ich nichts als ein junger Bruder mit beschränkten Aussichten war …

Meine eigene Dankbarkeit hat einen Anflug von Bitterkeit. Milord Gilles de Rais' Wohltätigkeit war dergestalt, dass ich, einst seine Amme, hier in der Bretagne bleiben muss, während mein Sohn, der fast wie sein eigener Bruder ist, viele Tagesritte entfernt in Avignon weilt. Fast scheint es, als verfolgte er einen bestimmten Zweck, als er uns trennte.

Doch wie könnte das sein?

In deinem nächsten Brief musst du mir von den Vorgängen in Nantes berichten, Maman; *wir hatten jüngst einen Pilger hier, der von Ereignissen im Norden berichtete, von den Leiden dieses Edelmannes und den Triumphen jenes Herrn und der Liebschaft jener Dame; wir sind begierig auf diese Art von Neuigkeiten. Vor allem aber möchte ich wissen, was ein Liedchen, das er vortrug, zu bedeuten hat – die Gesamtheit des Textes ist mir entfallen, doch in Teilen lautet er:* »Sur ce, l'on lui avait dit, en se merveillant, qu'on y mangeout les petits enfants.«

... und was das angeht, so hatte ihm jemand verwundert berichtet, dass sie dort kleine Kinder essen ...

Ich wusste nicht, was das zu bedeuten hatte, und in Wahrheit wollte ich es auch gar nicht wissen. Auf jeden Fall nicht in diesem Augenblick, da ich selbst in Gefahr war, gefressen zu werden, von wer weiß was für einem abscheulichen und grässlichen Untier. Ich weiß besser als die meisten, dass solche Untiere hier lauern, oft unsichtbar, das böse Maul geduldig aufgerissen.

Ein gesegneter Lichtstrahl schlich sich durch die Bäume und flackerte – hatte ein Vogel sich auf einen Ast gesetzt, oder war es nur mein eigener, zu lange angehaltener Atem, den ich jetzt zu schnell ausstieß? Ich sehne mich immer verzweifelt nach Licht; die ganze Welt spricht voll Hoffnung von der Zeit nach dem Ende der Kriege, falls diese je anbrechen sollte, wenn Beleuchtung kein solcher Luxus mehr sein wird, wie sie es jetzt ist. Nur selten vergeuden wir künstliches Licht zur gegenseitigen Betrachtung, wenn auch nur noch der dünnste Faden Tageslicht vorhanden ist, denn es gibt weisere Verwendungen – wie es für all die kleinen Gnaden des Lebens weisere Verwendungen gibt als die, welche wir so töricht erwählen.

Früher war Licht im Überfluss vorhanden, ganz nach dem Belieben von Milord de Rais in seiner Residenz in Champtocé, und ich – in diesen Tagen Madame Guillemette la Drappière, Eheweib von Milords treuem Gefolgsmann Etienne – konnte beinahe nach Lust und Laune darin baden. Jetzt bin ich auf Gott angewiesen, dass er mir Helligkeit schenkt, obwohl ich Gott heutzutage nicht mehr so liebe, wie ich es tat, bevor ich *La Mère Supérieure* wurde, oder, wie der gestrenge Jean de Malestroit mich zu nennen beliebt, *ma sœur en Dieu*. Eine bessere Frau als ich würde die Wohltat angemessener – nein, sogar üppiger – Lebensumstände wohl zu schätzen wissen. Bei so vielen Frauen, die wegen mangelnder Ernährung nach und nach ihre Zähne ausspucken, sollte ich mehr als dankbar sein für mein großes Glück. Doch es ist nicht das Leben, nach dem ich mich sehne, nicht das, welches ich hatte und liebte. Dennoch waren sich nach dem Tode meines geliebten Gatten alle außer mir selbst einig, dass es das Beste für mich sei.

Mein süßer Etienne kämpfte tapfer mit Milord de Rais unter dem Banner der Jungfrau in der großen Schlacht von Orléans an einem Tag, als viele tapfere Männer ihr Leben ließen. Sein Oberschenkel wurde durchbohrt vom Pfeil eines englischen Bogenschützen, Gott verfluche deren unheimliche Geschicklichkeit. Sein Bein schwärte, wie es bei tiefen Wunden oft geschieht. Die Hebamme – leider hatten wir keinen Arzt, obwohl niemand daran zweifeln sollte, dass sie beinahe so gut war wie einer – bestand darauf, dass, um ihm sein Leben zu retten, das Bein abgenommen werden müsse. Doch er willigte nicht ein.

Wie kann ich, als Soldat und Förster, meinem Herrn de Rais anständig dienen, wenn ich ein Krüppel bin?, sagte er zu mir.

Ihm war also nicht der ehrenvolle Tod auf dem Schlachtfeld vergönnt, nach dem alle Krieger sich insgeheim sehnen, sondern ein langsames Dahinsiechen in Schmerz und Verfall. Als er schließlich doch abberufen wurde, um den Soldatenlohn zu empfangen, war meine Stellung in Milord de Rais' Haushalt längst einer weniger abgelenkten Frau übergeben worden. Hätte ich Besitz geerbt, hätte ich mir eines anderen Gatten gewiss sein können. So aber bekam mich Gott.

Jetzt ist es mir ein Anliegen, mich nützlich zu machen, denn ich könnte es nicht ertragen, noch einmal vertrieben zu werden. Ich bin ein stiller Schatten Seiner Eminenz, der als Bischof von Nantes und als Kanzler der Bretagne zwei anspruchsvollen Herren dient: der eine unsagbar göttlich, der andere grausam sterblich. Welcher Herr ihn vollkommener beherrscht, hängt oft davon ab, wessen Interessen eher seinen eigenen in diesem Augenblick entsprechen, aber in den dreizehn Jahren meines Dienstes hier habe ich ihn, trotz dieses bedauerlichen Makels in seinem Wesen – den außer mir nur wenige kennen –, sehr zu schätzen gelernt.

Dennoch ist dies nicht das Leben, nach dem ich mich sehne.

»Ich muss nach Machecoul«, sagte ich ihm an diesem Morgen.

»Ein paar kleine Erledigungen, einige Vorräte…«, erklärte ich ihm. »Es ist alles auf dem dortigen Markt zu finden.«

»Nun ja, es ist keine übermäßig lange Reise nach Machecoul, aber vielleicht solltet Ihr doch überlegen, eine der jüngeren Frauen zu schicken.«

Es gelang mir, meine Verärgerung zu verbergen. »Ein solider Marsch, fürwahr, aber es wird ein schöner Tag, und es wird mir gut ergehen, da bin ich mir sicher. Und ich möchte gern die Dinge, die ich brauche, selbst auswählen, anstatt mich auf die Augen einer anderen zu verlassen.«

»*Frère* Demien kann für heute von seinen gewohnten Pflichten entbunden werden… Er könnte Euch beim Tragen Eurer Einkäufe helfen.«

Ich hatte genug Ärmeltaschen für alles, was ich kaufen mochte. »Er lässt sich nicht gerne von seinen Bäumen wegholen. Und nichts wird schwer sein – ich brauche Nadeln und ein paar Garne. Einige Eurer Chorröcke erfordern Ausbesserungen in gewissen Farben, und zwar in solchen, die wir anscheinend selbst nicht anständig herstellen können.«

»Ach ja, das sind Dinge, von denen ich nur sehr wenig verstehe, Gott sei's gedankt. Die überlasse ich gerne Euch.« Er hob eine Seite seiner durchgehenden Augenbraue. »Und was immer Ihr neben Euren Einkäufen sonst noch zu erledigen habt.«

Er wartete auf meine Reaktion. Ich konnte sein Verlangen, in dieser Hinsicht weiter in mich zu dringen, beinahe mit Händen greifen, aber ich reagierte nur mit einem knappen Nicken.

»Nun, dann macht Euch auf den Weg, aber achtet darauf, Euch nicht zu überanstrengen.«

»Selbstverständlich, Euer Eminenz. Ich werde mich nicht für meine Pflichten hier unbrauchbar machen.«

»Allerdings«, grummelte er. Er entließ mich, indem er sich wieder dem Text vor ihm zuwandte, doch als ich schon halb bei der Tür draußen war, hörte ich: »Möge Gott mit Euch sein.« Das brachte ein Lächeln auf mein Gesicht.

Unsere Abtei ist ein uraltes Gebäude, und als es errichtet wurde, waren die Menschen noch etwas kleiner, als wir es jetzt sind, das schließen wir zumindest aus den Knochen, die in unseren Krypten modern. Von Knochen kann man viel erfahren, und auch von Zähnen – einer meiner Söhne hatte einen angeschlagenen Zahn, den ich überall wieder erkennen würde. Auf jeden Fall sind mein Zimmer und das Bett darin ziemlich beengt. Ich wählte es wegen seiner Lage an der Innenseite des Hofes, da das Tageslicht dort immer stark ist. Im Winter spannt einer der Brüder gegen die Zugluft ein geöltes Pergament vor die Öffnung, denn ich könnte es nicht ertragen, mein Zimmer so viele Monate lang von einem Wandbehang verdunkelt zu haben. Um ehrlich zu sein: Es gibt zwar nicht viel zu sehen, aber ich habe Licht und muss den Lärm der Karrenräder nicht ertragen, die schon vor Anbruch des Morgens an der Außenmauer vorbeirattern, wenn die Bauern zum Markt fahren.

Aber es sind nicht immer Störungen von außen, die den Schlaf beeinträchtigen. Dinge, über die ich nicht nachdenken wollte, hatten meine Ruhe in einer langen und wirren Nacht gestört – Geister, Dämonen, Ungeheuer im dunklen Wald –, die Albträume eines Kindes in den Fängen einer vermeintlich anwesenden Hexe. Ich bin längst über die Zeit hinaus, da verzehrende Monatsblutungen eine Frau zwingen, in tiefster Nacht aufzustehen und mit weit aufgerissenen Augen in heftiger Erregung auf und ab zu gehen, bis der Hahn kräht; diese Demütigungen kamen und gingen, und inzwischen wird mein Schlaf nur selten gestört, weder von Schlaflosigkeit noch von Träumen. Doch als ich heute Morgen aufwachte, waren meine Augen verklebt. Anscheinend hatte ich in dem Wenigen an Schlaf, das mir gewährt war, geweint, konnte mich aber mitnichten daran erinnern.

Oft knie ich mich zur Schlafenszeit vor meine Pritsche, kneife die Augen fest zusammen und falte die Hände, wie ein Kind es tun würde. Ich lasse die Tür zu meiner Kammer offen, so dass ein zufällig Vorbeikommender mich im Zustand scheinbar inbrünstigster Versenkung sieht. Oft tue ich das nur um des äußeren Scheins willen, doch gestern grenzte meine Andacht wirklich an Versenkung, denn ich flehte Gott an, er möge Madame le Barbier ihren Sohn finden lassen, wenn Gott nicht der grausame Witz ist, für den ich ihn in letzter Zeit halte.

Als ich eine Kolonne meiner Schwestern zurück zum Kloster führte, um das Fasten zu brechen, holte *Frère* Demien mich ein.

»Gott segne Euch, Mutter.«

Mutter sagte er immer so, als würde er es wirklich meinen. Ich war unendlich dankbar dafür. »Und Euch, Bruder.«

»Es ist ein schöner Tag, nicht? Auch wenn es kühl ist. So wie gestern Abend.«

Er hatte eine ärgerliche Ausgelassenheit an sich, doch das war nur der Ausdruck seiner jugendlichen Lebensfreude und deshalb völlig verzeihlich. Ich vergaß oft, dass er Priester ist; ohne seine Kutte wäre er ein junger Herr in voller Blüte – hätte es in seiner Familie mehr zu erben gegeben, hätte er ein kleines Gut sein eigen nennen können. Für einen Mann, der sich diese Berufung nicht selbst erwählt hatte, erfüllte er seine Pflichten bewundernswert – und mit irritierender Tatkraft.

»Wenn Ihr in meinem Alter seid, werdet Ihr die Morgenkühle weniger genießen, als Ihr es jetzt tut«, versprach ich ihm. »Aber die Sonne wird sie schnell vertreiben.«

»Gut so – Seine Eminenz sagt, dass Ihr heute eine Reise nach Saint-Honoré unternehmt. Ein malerisches Kirchspiel. Aber ich war überrascht, dass unser *maître* Euch gehen lässt.«

Also hatte Jean de Malestroit meinem jungen Gefährten bereits aufgetragen, mich zu begleiten. Einen Augenblick lang war ich ein wenig erfreut, wie ich zu meiner Schande gestehen muss – doch nur, bis die Verärgerung einsetzte. »Dies hier ist ein Schleier, keine Kette«, sagte ich. »Soll ich mich nicht auf eine Reise meiner eigenen Wahl begeben dürfen?«

»Nun, da das Osterfest so kurz bevorsteht, frage ich mich nach dem Grund.«

Nach einer Pause erwiderte ich: »Aus keinem anderen Grund als dem Erwerb von einigen Unabdingbarkeiten.«

»Aha«, sagte er mit einem kleinen weisen Lächeln. »Ich frage nur«, sagte er, »weil Ihr an diesem Morgen so… erschöpft wirkt. Müde vielleicht. Als hättet Ihr eine Last zu tragen.«

Ich hatte mich in unserem einzigen Spiegel nicht betrachtet – doch ich nahm an, dass die Schlaftränen der vergangenen Nacht in meinem Gesicht ihre Spuren hinterlassen hatten. Ich senkte den Blick und ging schweigend neben ihm her.

»Habt Ihr etwas, das Ihr gern beichten würdet, Mutter?«

Segnet mich, Bruder, der Ihr noch jünger seid als mein eigener Sohn, denn ich habe das schwere Vergehen übertriebener Neugier begangen und auch die Sünde übermäßigen Gefühls.

»Nein, Bruder, aber ich danke Euch. Meine Sünden sind heute nicht allzu bedeutsam.«

»Der Tag ist noch jung«, sagte er.

»Und noch gibt es Hoffnung auf Ungehörigkeit.« Wir lachten beim Abschied.

Danach oblag es meiner Entscheidung, die Pflichten des Haushalts zu verteilen, worauf ich viele finstere Blicke von den jungen Bräuten Christi erntete, die unter meinem Befehl zum Wohle der Kirche arbeiteten. Als ich vor Verlassen der Stadt über die Märkte von Nantes wanderte, konnte ich nicht umhin zu bemerken, dass alles, was ich angeblich brauchte, gleich hier verfügbar war, und wahrscheinlich in größerer Auswahl, als ich es in Machecoul finden würde. Jean de Malestroit wusste das zweifellos ebenfalls, trotz seiner angeblichen seligen Unwissenheit in diesen Dingen. *Ich hätte schlauer sein müssen,* tadelte ich mich.

Das Stück Käse und der Ranken Brot, die ich in meinem Ärmel verstaut hatte, schlugen gegen mein Bein. Ich hörte auf, mir den Brief meines Sohnes Jean vorzusagen, und fing an, zum Rhythmus des Schlagens eine kleine Melodie zu summen. Zwischen den Bäumen drangen Geräusche hervor – das Knacken von Zweigen, das Rascheln von Laub, das Zwitschern und Piepsen kleiner Tiere. Bei jedem Schritt erwartete ich fast, dass das Unbekannte, welches im Dickicht zu beiden Seiten des Pfades lauerte, heraussprang und mich anfiel. Ich dachte an Madame le Barbier, die am Abend zuvor – nach ihrem vergeblichen Vorsprechen bei Jean de Malestroit – diesen Wald ebenfalls durchquert haben musste; Unterkünfte an diesem Weg waren rar und vermutlich sogar für eine wohlhabende Geschäftsfrau zu teuer. Sie hatte das Kloster weit nach Sonnenuntergang im Licht einer einzelnen Fackel verlassen. Sicherlich hatte ihr Arm bereits entsetzlich geschmerzt, als sie diesen Punkt erreichte.

Ich hatte Angst, und Angst in diesem Wald war vernünftig und richtig, denn überall lauerten wilde Tiere. Weder die legendären güldenen Löwen Äthiopiens noch die weißen Bären der Nordländer, die unsere tapferen Ritter mit juwelenbesetzten Schwertern erlegt hatten, nicht die Fabelwesen also, deren Geschichten uns an kalten Abenden vor dem Kamin einen Schauer über den Rücken jagen. Hier im Wald sind es abscheuliche Untiere mit Hauern und verfilztem Fell, die grunzen und die Erde aufwühlen und deren Wut feurig aus feuchten Augen glüht, die zu klein sind für ihren riesigen, ungestalten Kopf.

Es geschah in einem Dickicht wie diesem in der Nähe des Palastes von Champtocé, dass Guy de Laval, Vater von Milord Gilles de Rais, den Keiler traf, der ihn das Leben kostete.

Sein Ausflug in den Wald an jenem Tag stand von Anfang an unter einem schlechten Stern, so erzählte es mir zumindest Etienne später. Eins seiner Lieblingspferde hatte sich einen Knöchel verstaucht, und sein gewohnter Jagdaufseher litt unter *la grippe* und kam nicht lange genug von der Latrine herunter, um für seine Genesung zu beten, geschweige denn, um auf ein Pferd zu steigen und zur Jagd zu reiten. Diese grimmen Umstände, so glaubten wir später, waren ein Werk des Teufels. Er musste der Angreifer gewesen sein, ein gewisser streitlustiger Keiler: ein dickfelliges, von Narben übersätes Tier, das Guy de Laval unbedingt fangen wollte, da er ihm schon eine peinlich lange Zeit vergeblich nachjagte. Hätte Milord Guy sich nicht übermannen lassen von seinem Wunsch, einen enttäuschenden Tag zu einem erfolgreichen Abschluss zu bringen, so hätte er wahrscheinlich nicht das getan, von dem sogar ein Jagdneuling weiß, dass man es nicht tun darf, nämlich sich ungeschützt den Hauern des Keilers zu stellen und so selbst zum Opfer zu werden.

Seine zwei unglücklichen Jagdaufseher hatten ihn auf einer grob zusammengezimmerten Bahre über das unebene Gelände geschleppt, während er sich seine Eingeweide in den Bauch zurückdrückte. *Er wollte einfach die Hände nicht von seinem Bauch nehmen. Wir konnten ihn nicht auf sein Pferd setzen …* Seinen Anblick werde ich nie vergessen, den Schmerz und das Entsetzen auf seinem Gesicht, beides so fremd für einen tapferen Jäger, der unsere Tische immer so reich mit saftigen Schätzen belud. Wilde Gerüchte schossen ins Kraut, und es gab viel Schuld zu verteilen, doch niemanden, dem man sie eindeutig hätte aufladen können.

Etienne, sagte ich, als der Klatsch am heftigsten wucherte, *kann es stimmen, was die Leute sagen? Könnte Jean de Craon dies geplant haben?*

Es wäre dem rücksichtslosen und raffgierigen alten Mann durchaus zuzutrauen gewesen, dessen Tochter Marie nun mit ansehen musste, wie ihr Ehegatte starb. Ich hörte Dinge, die ich nicht glauben wollte, Getuschel von Verrat. *Jean de Craon schmierte die Jagdaufseher mit einigen Goldstücken, und als der Augenblick günstig war, schauten sie weg…*

Gilles sollte also die ausgedehnten Güter seines Vaters erben, ausgenommen allerdings die Besitztümer, die seine Mutter mit in die Ehe gebracht hatte, denn als Jean de Craons gehorsame Tochter tat sie nach dem Tod ihres Gatten mit ihrem Besitz, was ihr Vater von ihr verlangte. Milord Jean de Craon war ein grausamer Zuchtmeister, der wusste, dass er den unerfahrenen, jungen Gilles de Rais leichter würde kontrollieren können als dessen reifen und intelligenten Vater. Spekulationen, Gerüchte, Getuschel und Beschuldigungen machten die Runde; keiner von uns wusste, was er glauben sollte, nur dass die Macht in Champtocé bald in andere Hände übergehen würde, was für uns nichts Gutes bedeuten konnte.

Es war schwer, nicht zu dem Schluss zu kommen, dass Jean de Craon beim Tod von Guy de Laval tatsächlich die Hand im Spiel gehabt hatte und dass im Herzen eines Mannes unerkannt alle nur denkbare Schlechtigkeit wohnen kann. Denn wie sonst hatten diese Jagdaufseher und Knappen, die seit Jahren tadellos ihren Dienst versehen hatten, plötzlich zu weit entfernt sein können, um ihm zu Hilfe zu eilen?

Dennoch, das Tier war ein Dämon und musste gewusst haben, dass der Schmerz seiner alten Wunden ihm von Milord Guy zugefügt worden war.

Als wäre es besessen von einem Dämon der schrecklichsten Art, stieß das Untier immer tiefer in Milord Guys Eingeweide und wühlte grausam mit seinen Hauern, so dass er große Teile seines Gedärms herauszog… die Milord Guy verzweifelt wieder hineinschob.

Doch als der Keiler sein böses Werk vollendet hatte, so diese Zeugen, sei er einfach verschwunden.

Obwohl ich viele Jahre später ebenfalls zusehen musste, wie mein Etienne starb, werde ich, das muss ich gestehen, das Grauen, an der

Schwelle des Todes zu stehen, wohl erst begreifen, wenn meine Zeit ebenfalls gekommen ist. *Mère de Dieu,* das Zuschauen war entsetzlich genug. In den ersten beiden Tagen suchte Guy de Laval verzweifelt nach jemandem, der ihm helfen konnte, und sandte Reiter in alle Richtungen. Doch er, der so viel Macht, Reichtum und Einfluss hatte, fand niemanden, der ihm auch nur die geringste Hoffnung machen konnte, nicht für alles Gold in der Bretagne. Unsere wunderbare Hebamme gab ihm starke Betäubungsmittel, um die Schmerzen zu lindern, weigerte sich aber, ihm Lügen aufzutischen – er würde sterben, erklärte sie, so sicher, wie die Sonne auf- und wieder unterging. Und viele dieser Auf- und Untergänge würde er nicht mehr genießen können.

Als ihm die Wahrheit dieser Erklärung dämmerte, verhielt er sich wie der große Kämpfer, als der er sich immer erwiesen hatte. Milord Guy machte sich mit großer Entschlossenheit an die Vorbereitungen für seinen eigenen Abgang. Trotz heftiger Schmerzen versammelte er all die Männer um sich, die seinen letzten Willen bezüglich seiner Söhne in die Tat würden umsetzen müssen, einschließlich der Söhne selbst.

Der Junge René de la Suze war noch ein kleiner Knabe und konnte die Bedeutung der Ereignisse, die ihn umschwirrten, kaum begreifen. Meist starrte er seinen Vater nur verständnislos an, denn das, was bevorstand, überstieg seinen Horizont.

Milord Guys Erstgeborener hingegen, Gilles de Rais, der zu der Zeit erst elf Jahre alt war, schien alles aufzunehmen mit einem Verständnis, das sein Alter überstieg. Während René in Gegenwart seines verstümmelten Vaters Furcht zeigte, wollte sein älterer Bruder Gilles sich auch in den schrecklichsten Augenblicken nicht vertreiben lassen, sondern stand da und schaute. Er ließ verlauten, dass er anwesend sein wollte, wenn die Verbände seines Vaters gewechselt und neue Breiumschläge aufgelegt wurden. Während alle anderen Guy de Laval im Stich ließen und sich auf Jean de Craons Seite schlugen, blieb Gilles am Bett seines Vaters.

Ich, die ihn so gut kannte, war vermutlich die Einzige, die bemerkte, dass Gilles' edle Hingabe an seinen Vater vermischt war mit einem beunruhigenden Gefesseltsein. Und trotz meiner zärtlichen Nachsicht für etwas, das nur ein jugendliches Nichtverstehen der Schwere unserer Not sein konnte, beunruhigte es mich ebenso, dies an ihm zu bemerken.

Der Junge ist viel zu gefesselt von all dieser Grässlichkeit, und ich fürchte um die Reinheit seiner Seele, sagte ich zu Etienne. *Die Hebamme beklagt sich, dass er sie nicht ungestört arbeiten lässt, sondern seine Hände auf die Wunde legt, während sie sie verbindet.*

Es schauderte mich, als ich mir diese Neugier bei jemandem in einem so zarten Alter ins Gedächtnis zurückrief, jemandem, der ein solch morbides Vertieftsein noch nicht kennen sollte. Alle Damen des Schlosses sprachen hinter Marie de Craons Rücken schlecht über sie, als hätte sie selbst diese befremdliche Neigung in ihrem Sohn hervorgerufen.

Allerdings nur bis zu dem Zeitpunkt, als sie selbst starb, plötzlich und unerklärlich, nur einen knappen Monat nach ihrem Gatten. Dann wurde sie zur Heiligen, und ich, seine Amme, zur Dämonin, die ihren Sohn verdorben hatte.

Plötzlich merkte ich, dass ich mitten im Wald stehen geblieben war, und ich fragte mich, wie lange ich schon hier stand. Das trockene, kristalline Geräusch sich aneinander reibender Blätter und das Murmeln des Windes jagten mir einen Schauer über den Rücken, der mich aus den Fängen meiner dunklen Erinnerungen riss. Doch Bilder dieses mächtigen Keilers standen mir unerschütterlich vor Augen – sein gewaltiger, zustoßender Kopf mit der langen, spitz zulaufenden Schnauze, die in einer tödlichen Waffe endete, die scharfen, paarzehigen Hufe, die mit einem einzigen Streich große Klumpen Erde aufreißen und Fleisch zerfetzen konnten.

Das Rascheln der Blätter, das Knacken der Zweige, diese Geräusche hinter mir in den Bäumen …

Ich sagte ihr, sie solle eine der jüngeren Frauen schicken. Das würde Seine Eminenz sagen, wenn sie meinen zerfetzten und blutigen Leichnam schließlich fänden. *Sie hätte zulassen sollen, dass* Frère *Demien sie begleitet. Aber sie wollte ja nicht hören. Guillemette wollte nie hören.*

Der Gedanke, dass er in einer solch scheinheiligen Pingeligkeit schwelgte, genügte mir als Inspiration, um meine Beine wieder zu entdecken, die mich mühelos weg von diesem Ort der Gefahr trugen und zu einem kleinen Fleckchen führten, wo zu meiner Freude die Sonne durch die dünn stehenden Bäume schien. Ich ruhte mich aus in diesem kostbaren Licht, bis mein Herz sich beruhigt hatte und ich wieder den Atem hatte, um weiterzuwandern, was ich mit frischer Entschlossenheit tat. Die Sonne stand bereits hoch am Himmel, als ich schließlich aus dem Wald heraus und auf die flache, offene Wiese vor Machecoul trat. Nicht weit entfernt lag der Marktplatz, wo ohne Zweifel bereits geschäftiges Treiben herrschte und ich Schutz finden würde in der Menge der Bauern, Kurzwarenhändler, Schmiede und Bäcker, die alle ihre Waren verkauften, der Frauen, die um günstige Preise feilschten, und der vereinzelten Huren, die ich geflissentlich zu übersehen hatte. Man konnte durch Schlamm stapfen, um einen Riegel Seife zu kaufen, mit der man später diesen Schlamm vom Saum der Kutte oder des Gewandes entfernen konnte, eine sinnlose und um sich selbst kreisende Reise, die jedoch alle Frauen bis auf die des Adels irgendwann in ihrem Leben tun mussten. Die Frauen klatschten dann unter offenen Fenstern oder an Marktständen, die sie bevorzugten, oder – was am wahrscheinlichsten war – am Dorfbrunnen. Eine solch angenehme Vertrautheit weckte in mir stets die Sehnsucht nach den vergangenen Tagen, als ich noch etwas über mich selbst zu berichten hatte: über meinen Gatten, meine Söhne – und auch über die Intrigen im Schloss.

Ich schalt mich für diese Verblendung. Nach so vielen Jahren in der Abgeschiedenheit hatte ich diese Art von Geselligkeit nicht mehr in mir. Unvermittelt blieb ich in dem hohen Gras stehen. Da kein Mensch in der Nähe war, nahm ich den Schleier ab und zog die Nadel aus den Haaren; sie fielen mir in Wellen von der Farbe von Sturmwolken über den Rücken. Ich legte den Kopf zurück, schloss die Augen und schüttelte sie.

Ach, Guillemette, hatte mein Gatte so oft gesagt, *deine Haare… sie bringen die Vögel zum Singen.*

Als ich die Augen öffnete, sah ich keine Singvögel, sondern einen Falken, der über meinem Kopf kreiste. Er stürzte herab, um eine glücklose Maus zu verfolgen, die keine Ahnung hatte von ihrer bevorstehenden Begegnung mit einem Schnabel. Wie Etienne es hatte ertragen können, eine so kalte Kreatur wie einen Falken auf seinem

Arm zu haben, verstand ich nicht, doch da Milord Gilles sich immer mehr der Falkenjagd verschrieb, oblag es Etienne, ihn mit den wesentlichen Voraussetzungen für die Falknerei vertraut zu machen.

Es war allzu einfach, in solchen Erinnerungen zu schwelgen, wenn Gottes Haube nicht meinen Kopf bedeckte. Auch wenn die Barhäuptigkeit wohltuend war, setzte ich doch den Schleier sogleich wieder auf und ordnete mein Gewand. Alle Gedanken an Milords Gelüste wurden verbannt, und ich hielt schnurstracks aufs Dorf zu. Das erwartete Treiben war überall zu sehen, denn Ostern stand bevor, und es gab viel vorzubereiten. Ich sprach den ersten freundlich aussehenden Mann an, der mir begegnete, und wünschte ihm einen guten Tag.

»Auch Euch einen guten Tag, Mutter«, erwiderte er recht höflich.

»Ich suche eine gewisse Madame le Barbier, eine Schneiderin aus dem Kirchspiel Saint-Honoré. Könntet Ihr mir wohl bitte sagen, wo ich sie finde?«

Der Mann wurde fast augenblicklich rot, und er machte ein Gesicht, dass ich fast erwartete, er würde sich bekreuzigen.

»Da hinten«, sagte er nach einem bedeutungsschweren Schweigen. Er zeigte nach Osten, und ich musste die Augen beschirmen, um etwas zu sehen, so hell schien die Sonne. »Geht am Brunnen vorbei und dann links zwischen den ersten beiden Hütten hindurch. Direkt dahinter ist eine Rundhütte. Dort wohnt sie«, sagte er.

Ich nickte zum Zeichen, dass ich verstanden hatte, und wollte ihm danken, doch er unterbrach mich.

»Möge Gott sie behüten«, sagte er, »und Euch.«

Er eilte davon. Ich hatte die Hand erhoben und den Mund geöffnet; wirre Wort des Dankes und der Bestürzung quollen heraus. Aber er bekam wohl nichts davon mit, denn er murmelte verstört etwas, das fast wie ein Lied klang.

Etwas über kleine Kinder …

Ich wollte ihn noch mehr fragen und machte einen halbherzigen Versuch, ihn zurückzurufen, aber da ich seinen Namen nicht kannte, war er dafür schon zu weit weg. Hätte ich ihn »mein Herr«

gerufen, hätten wohl ein Dutzend Leute die Köpfe zu mir umgedreht, und ich wollte keine Aufmerksamkeit erregen.

Seine Wegbeschreibung war präzise. Madames Rundhaus teilte sich einen gemeinsamen Hof mit zwei anderen, beides Langhäuser, die sowohl Mensch wie Tier beherbergten. Madame le Barbiers Gewerbe konnte für bürgerliche Verhältnisse recht einträglich sein, und früher hatte sie es sich wahrscheinlich leisten können, keine Tiere im Haus zu haben. Die Frau, die ich aus einer Zeit vor vielen Jahren in Erinnerung hatte, wäre stolz auf ihren Wohlstand gewesen.

Doch heute hatte sie denselben Schlamm in ihrem Hof wie jeder Bewohner des Dorfes außerhalb von Machecoul, er war eine allgegenwärtige Belästigung, vor allem zu dieser Zeit im Frühling. Ich hob meine Röcke und stakste auf Zehenspitzen durch den Matsch, klopfte an die Brettertür, stand dann da, die Kutte noch immer gerafft, und wartete.

Und wartete.

»Wer da?«, hörte ich schließlich von drinnen.

»Madame le Barbier?«

Nach einer Weile wurde die Frage wiederholt, allerdings klang sie jetzt weniger gedämpft.

Es schien mir sinnlos, auf Förmlichkeiten zu bestehen. »Hier ist Schwester Guillemette. Ich war anwesend, als Ihr gestern Abend bei Seiner Eminenz vorgesprochen habt. Ich würde mich gern mit Euch über die betreffende Angelegenheit unterhalten.«

Von drinnen war Bewegung zu hören, dann ging die Tür auf. Madame le Barbier wirkte zerzaust, als wäre sie eben erst von ihrem Lager aufgestanden; hatte sie wirklich zu einer Zeit, da Geschäftigkeit und nicht Schlaf die Regel war, im Stroh gelegen? Es schien mir eindeutig so.

»Was wollt Ihr?«, fragte sie, die Stimme voller Argwohn.

»Ich würde gerne mit Euch über die Sache sprechen, die Euch gestern ins Kloster führte.«

Wir bereiteten eben die Vespern vor, hatten die Kerzen in der Kathedrale aber noch nicht angezündet, als Madame le Barbier ihre Aufwartung machte – der Bischof weigert sich, im Haus Gottes eine

Kerze anzuzünden, bis er kaum noch die Hand vor Augen sehen kann, mit der Begründung, dass Gott auch in der Dunkelheit alles sieht. Was für ein Unterschied zu Milord Gilles, der die Beachtung liebte und sich trotz der immensen Kosten den ganzen Abend lang in strahlendstem Licht präsentierte. Sein enormer Reichtum ermöglichte ihm diesen Leichtsinn, ein Wesenszug, welcher mir allerdings sehr missfiel. Auch als er schon ein erwachsener Mann war, nutzte ich jede Gelegenheit, ihn wegen dieser Verschwendung zu tadeln. Doch er tat dies immer mit einem liebevollen Lächeln ab. Er hatte eine merkwürdige Zuneigung zum einfachen Volk, zu dem auch ich gehöre, doch das war kein Wunder, kam er doch auf die Welt und wurde sogleich in gemeine Hände gegeben, die meinen nämlich. Milady Marie konnte nicht mehr an sich halten, man hatte die Hebamme zu spät gerufen. Wäre ich nicht da gewesen, um ihn aufzufangen, wäre sein Eintritt in diese Welt wohl viel weniger würdevoll gewesen, als es sich für ein Neugeborenes ziemt, dem später einmal mehr von Frankreich und der Bretagne gehören sollte als deren Herrscher.

Es war eine so schwierige Geburt, wie ich sie noch nie erlebt hatte. Als die Hebamme schließlich eintraf, hatte sie alle Hände voll zu tun, um die arme, erschöpfte Mutter wieder hochzupäppeln. Dennoch sah er so vollkommen aus, wie man es bei einem Neugeborenen nur hoffen konnte, das Bindeglied zweier mächtiger Familien, deren Reichtum und Besitztümer schon damals unvorstellbar groß waren.

Mein Gesicht war das erste, in das er schaute, und meine Brustwarze die erste, um die sein hungriger kleiner Mund sich schloss. Ich weiß noch gut, dass ich dachte, wie dunkel und tief seine Augen doch sind, und wenn die Natur ihren Lauf nähme, würde aus ihm ein so hübscher Junge werden, wie es seiner glücklichen Stellung entsprach. Das waren Tage der Freude und großer Versprechungen.

Madame Agathe le Barbier, hatte Frère Demien sie angekündigt.

Ich hatte mich augenblicklich an eine kräftige Frau mit wachem Verstand erinnert. Doch die Frau, die eintrat, war klein im Vergleich zu meiner Erinnerung und alles andere als kräftig. Sie trug ein zerlumptes Gewand, was ziemlich unverständlich war für eine früher wohlhabende Geschäftsfrau. Unter den bauschigen Falten ihres Rocks bestand sie nur aus Haut und Knochen.

Wenn ich ein Kind an meiner Brust hatte – viele Jahre lang, so scheint es mir, da ich sowohl meine beiden eigenen Kinder wie Milord Gilles säugte –, konnte ich kein Gramm Fleisch auf den Knochen behalten, so sehr zehrte es mich aus. Meine Hüften schienen einfach wegzuschmelzen, und meine Röcke hätte ich wohl nachgeschleift, hätte ich sie nicht immer wieder enger zusammengebunden. Etienne schaffte es, mich mit Bier ein wenig zu polstern, Gott sei seiner Seele gnädig – er hatte mich gern üppig. Aber Madame le Barbier schien nicht mehr in einem Alter zu sein, in dem sie noch Kinder säugte.

Ich musste mich einfach zu Wort melden. *Euer Eminenz, gestattet mir zu sprechen, bevor wir fortfahren.*

Sogleich sah ich an seiner prächtigen Braue, die ganz sicher der Sitz seiner Macht war, seine Missbilligung. So markante Züge waren bei einem Kleriker die reinste Verschwendung – er hätte ein Höfling werden sollen.

Diese Frau ist mir bekannt, hatte ich geflüstert, so dass sie es nicht hören konnte. *Eine Schneiderin, die ziemlich geschickt ist in ihrem Gewerbe, so sehr, dass sie sogar für Milord persönlich arbeitet, der sehr stolz ist auf seine Erscheinung.*

»Zu stolz«, brummte er.

»Sie ist vor der Zeit gealtert«, sagte ich ihm. »Sie war früher eine gut aussehende und kräftige Frau. Man fragt sich ...«

Doch dann gewann des Bischofs Ungeduld die Oberhand. »Guillemette, wenn Ihr mir nichts Wichtigeres zu sagen habt als Klatsch, dann werde ich sie jetzt anhören.«

Ich aber platzte unaufgefordert mit meinen Kenntnissen über den Grund ihres Besuches heraus.

»Ihr Sohn dürfte jetzt fünfzehn oder sechzehn Jahre alt sein.« Kurz spürte ich einen Stich des Bedauerns darüber, wie sehr die Zeit uns doch von unseren liebsten Erinnerungen trennt. »Er war ein wunderschönes Kind und, ach, so kräftig. Wenn die Kindheit es gut mit ihm meinte, dürfte aus ihm ein gut aussehender Junge geworden sein, vielleicht sogar ein ungewöhnlich gut aussehender.«

Madame kam häufig mit Stoffballen und Knopfmustern und anderem Besatz in Milord Gilles' Gemächer, denn der Herr liebte den Putz, wie Seine Eminenz schnell und missbilligend bemerkte. Eine solche Begegnung hatte sich meinem Gedächtnis unauslöschlich eingeprägt. Milord kam zu spät zu der Verabredung, die er mit Madames Arbeitgeber getroffen hatte – was nicht ungewöhnlich war, denn er liebte das Aufheben, das man um ihn machte, wenn er mit dramatischer Geste hereinrauschte. Madame hatte den kleinen Knaben in die Obhut eines jungen Mädchens gegeben, doch zu der Zeit war er krank und ließ sich kaum beruhigen. Das Mädchen war also gezwungen, ihn wieder hereinzubringen. Kaum hatte Madame ihn beruhigt, stolzierte Milord de Rais ins Zimmer. Sie wandte sich ab, um das Kind zu verstecken, damit sein Anblick ihn nicht beleidige, doch Milord Gilles sah den Jungen. Er ging zu Madame hin und nahm ihn ihr von der Brust. Sogleich fing der Junge wieder an zu schreien, und diesmal so, als würde man ihn quälen.

Milord de Rais wiegte den Jungen in seinen Armen mit einer Begeisterung, die mir Sorgen machte, obwohl ich nicht genau sagen konnte, warum.

»Na, mein kleiner Engel«, sagte er. »Wovor fürchtest du dich? Ich bin doch kein Dämon.« Dann lachte er und verstrubbelte dem Jungen die feinen blonden Haare.

Wie unschicklich diese Aufmerksamkeit war, wenn man es sich recht überlegte – ein mächtiger Herr in der Blüte seiner Männlichkeit, der das Kind einer Geschäftsfrau in den Armen wiegte, obwohl doch viel Wichtigeres auf ihn wartete. Aber damals dachte ich nicht weiter darüber nach, denn das Mädchen trug Madames Kleinen wieder aus dem Zimmer, und hatte ich denn nicht dasselbe mit ebenjenem jungen Herren getan, als er noch ein Säugling gewesen war? Mehr als seine eigene Mutter, wage ich zu behaupten. Dann vertieften wir uns in die Arbeit: Messen, Anprobieren, das Aussuchen von Besatz und Verzierungen – all dies erforderte meine Konzentration so sehr, dass ich meine Besorgnis vergaß. Außerdem mussten wir uns noch um Madame Catherines Garderobe kümmern, denn es ging nicht an, dass Milord prächtig aussah und seine Frau schäbig, auch wenn er, soweit ich oder andere das sehen konnten, kaum Notiz von ihr nahm.

Wie es oft der Fall war, hatten Madame und ich an diesem Tag Höflichkeiten ausgetauscht – allerdings erst, nachdem sich ihre Aufregung über den Vorfall gelegt hatte. Sie hatte wenig Furcht vor jenen, die über ihr standen, denn sie hatte viele Edelleute oft nackt genug gesehen, um mit einer gewissen Ungezwungenheit mit ihnen umzugehen. Jetzt, so viele Jahre später, schien sie diese Ungezwungenheit nicht mehr zu besitzen. Sie stammelte, als man sie sprechen hieß.

»Mein Sohn ist ein Junge von eben sechzehn Jahren, seit letztem Monat.«

Ich hatte mich also richtig an sein Alter erinnert. Der Bischof wirkte verwirrt, und zu Recht – das war keine Angelegenheit für ihn, sondern für den Magistrat. Dennoch fragte er sie: »Was ist denn mit diesem Jungen?«

»Das kann ich nicht sagen, denn er ist einfach verschwunden. Vor dreizehn Tagen sandte ich ihn aus, um eine Kniehose abzuliefern, und er kehrte nicht zurück.«

Ich öffnete den Mund, doch Jean de Malestroit brachte mich mit einem Blick zum Schweigen. Ich wusste, was er dachte, dass der Junge einfach ausgerissen war, wie Jungen es manchmal tun, oder dass er das Geld, das er erhalten hatte, vertan oder verloren hatte. Ich blieb stumm, obwohl es mich zu sprechen drängte. Dann tat er genau das, was zu erwarten war, er riet ihr, zum Magistrat zu gehen.

An der Tür drehte sie sich noch einmal um und sagte: »Andere Kinder sind ebenfalls verschwunden, und man hat auf die Anzeigen der Eltern hin nichts unternommen.«

Sie essen dort kleine Kinder, hatte mein Sohn Jean geschrieben.

Danach schwiegen der Bischof und ich einige Augenblicke.

Schließlich nahm ich meinen Mut zusammen und öffnete den Mund. Doch bevor ich etwas sagen konnte, sagte er: »Es ist mir nicht entgangen, Guillemette, dass ihr offensichtlich großes Mitgefühl mit dieser Frau habt. Aber sie muss tun, was ich ihr geraten habe. Ihr solltet das besser wissen als irgendjemand sonst. Und nun lasst uns fortfahren, denn Gott ist ungeduldig.«

Eine Gottheit lässt man nicht warten.

Wieder entstand ein verwirrendes Schweigen, diesmal an Madame le Barbiers Tür. Schließlich sagte sie: »Habt Ihr eine Vollmacht, die Ihr gestern Abend noch nicht hattet?«

»Nein, wie ich gestehen muss. Aber ich bin hier aus Mitgefühl und aus dem Wunsch heraus, Euch zu helfen.«

»Möge Gott mir meine Dreistigkeit verzeihen, Mutter, aber Ihr hattet bereits Gelegenheit, mir zu helfen, und habt es nicht getan.« Ihre Worte waren barsch und ihr Gesichtsausdruck wütend, und ich hatte kaum etwas, das ich zu meiner Rechtfertigung vorbringen konnte. Auch mich ärgerte es, dass ich während ihres Besuchs stumm geblieben war.

»Ich bin ebenso sehr eine Untergebene Seiner Eminenz wie jeder andere. Aber ich sprach zu Euren Gunsten, nachdem Ihr gegangen wart.«

Es war nur ein schwacher Versuch, dennoch wurde ihre Miene milder, als sie es hörte. »Und hattet Ihr Erfolg?«

»Nun ja ... nicht unbedingt.«

»Warum seid Ihr dann hier? Ihr wollt mich wohl nur weiter verhöhnen.«

»Nein, Madame, ich schwöre, ich will Euch nicht verhöhnen. Das wäre grausam.«

Noch immer standen wir an derselben Stelle, sie knapp innerhalb der Tür, ich im Morast davor. »Bitte«, sagte ich, »darf ich eintreten und mit Euch sprechen?«

Eine tiefe Bitterkeit schien sie zu überkommen, sie sah mich mit harten Augen an und sagte: »Was soll das denn nützen? Ihr, eine Äbtissin, habt mir doch so gut wie gesagt, dass Ihr kaum etwas für mich tun könnt, und Ihr könnt unmöglich verstehen, wie sehr mein Herz leidet, nicht in dem Maße, um mir wahres Mitgefühl entgegenzubringen.« Sie schob die Tür zu.

Ich drückte die Hand dagegen und hatte zu meiner Überraschung Erfolg. Meine Röcke fielen in den Schlamm.

»Ihr irrt Euch, Madame«, sagte ich. »Ich bin hier, weil ich Euch wirklich verstehe. Und weil es Dinge gibt, die ich wissen muss.«

2

Komisch, dass einige Wörter genau nach dem klingen, was sie bedeuten.

Dirrrrrrggggge.

Die Dirge »*Scotland the Brave*«, eine Totenklage, wand sich samt kleinen Trommeln und Pauke durch meinen Schädel. Kopfschmerzen meldeten sich. Doch inzwischen stand unser Kollege, Detective Terry Donnolly, am blauen Tor des Polizistenhimmels, zu dem ihn der Spielmannszug an diesem seltenen grauen Tag in Los Angeles begleitet hatte. Jeder meinte, dies sei genau das richtige Wetter für ein Begräbnis. Gott sei Dank, denn Sonnenschein bei einem Begräbnis erscheint mir widersinnig.

Die Trauergemeinde löste sich auf, und die meisten gingen auf die Masse der Einsatzwagen zu, die an den Rändern der schmalen Zufahrten zum Friedhof parkten. Benicio Escobar ging neben mir und schüttelte den Kopf. Langsam schlenderten wir an einer kleinen Gruppe hoher Tiere vorbei, die dicht beieinander standen und irgendein tiefes Geheimnis teilten, das wohl nur jene in erhöhten Positionen kannten.

Das Einzige, was wir von ihrem Flüstern verstanden, war *sich selber.* Er hat sich selber zu Tode gesoffen.

»Wie die das sagen, klingt es, als hätte er sich selber umgebracht. Das hat er nicht. Der Job hat ihn umgebracht.«

»Ben … komm. Lass gut sein. Das ändert doch nichts mehr.«

Die Autopsie war unverzüglich durchgeführt worden. Gewebe- und Flüssigkeitsproben waren sorgfältig entnommen und katalogisiert worden, und die Ergebnisse kamen sehr schnell.

»Mein Gott, es war ein Herzinfarkt. Das steht doch außer Frage.«

Die Nachricht verbreitete sich schnell, als es passierte. Er wurde künstlich beatmet, bis man ihn in die Notaufnahme geschafft hatte, wo einer der Ärzte ihm sofort den Brustkorb aufschnitt.

Sein Herz war praktisch geplatzt. Die Schädigung war massiv, und trotz Beatmung war er in dem Augenblick, da es passierte, tot. Er starb an einem irreparabel gebrochenen Herzen.

»Weißt du, ich habe diesen großen Iren gehasst, als man uns zu einem Team zusammenspannte, aber dann ist er mir richtig ans Herz gewachsen. Wir wurden Freunde. Richtig gute Freunde.«

Ich legte Ben die Hand auf den Arm, um ihn zu trösten. »Lass es gut sein.«

Escobar schniefte und wischte sich mit den Fingerspitzen ein paar Tränen weg. »Wenn er nur ein paar Sachen auf sich hätte beruhen lassen, dann könnte er vielleicht immer noch hier sein.«

Dagegen konnte ich nichts einwenden.

Wir gingen synchron zum Echo des Dröhnens. Die Dudelsackpfeifer hatten längst ihre Sachen zusammengepackt und waren verschwunden, aber ihre Musik hing noch in der Luft. Als wir das Auto erreichten, hatte ich es geschafft, »*Scotland the Brave*« aus meinem Schädel zu verbannen, doch augenblicklich nahm »*Minstrel Boy*« seinen Platz ein.

Erst »*She Loves You*« aus dem Radio schaffte es, die Melodien endgültig zu vertreiben. Ich fuhr nach Hause und versuchte mich ein wenig zu entspannen, bevor um sechs meine Schicht begann.

Als ich ins Dezernat zurückkehrte, war es dort außergewöhnlich ruhig. Keine bimmelnden Telefone, kein pseudowitziges Geplapper, keine knisternden Funkgeräte oder quäkenden Handys. Bei traurigen Anlässen ist das oft so; aus irgendeinem unbekannten Grund halten die Perversen inne, als ginge es gegen ihren Ehrenkodex, sich ein Kind zu schnappen, solange die Angehörigen der Abteilung Verbrechen gegen Kinder auf einer Beerdigung sind.

Lange hielt es nicht an. Auf Terry Donnollys Tisch klingelte das Telefon. Ich hörte den Dienst habenden Sergeant rufen: »Wer ist anwesend?«

Ich schaute mich schnell um. Escobar war auf dem Klo, und sonst schien niemand da zu sein.

»Dunbar«, rief ich widerwillig.

»Na, dann schnapp dir mal diesen Anruf, Pandora.«

Es wäre mir lieber, wenn sie mich nicht so nennen würden. Aber es ist nicht nur ein schlechter Witz – leider. Ich scheine immer die Fälle zu bekommen, die mit all den Problemen dieser Welt belastet sind. Deshalb schaute ich das Telefon an und dachte: *Rühr das Ding nicht an, das wird nur wieder 'ne Büchse voller Probleme,* was idiotisch war, weil wir in dieser Abteilung keine Anrufe von Leuten bekommen, die nur mal Hallo sagen wollen. Sie müssen sich erst einmal durch die Zuständigkeitshierarchie durcharbeiten, Streifenpolizisten, Detectives, vielleicht ein oder zwei Sergeants, und dann heißt es: *Man hat mir mein Auto gestohlen, und mein Baby war auf dem Rücksitz; nebenan brauen sie sich was zusammen, was echt übel riecht, und da ist ein Vierjähriges in der Wohnung,* oder: *Da benutzt jemand sein Kind als Punchingball.* Und nicht: *Guten Tag, Ma'am, wie geht es Ihnen heute, möchten Sie nicht unseren unglaublichen Hochleistungs-Staubsauger für neunzig Tage kostenlos und ohne jedes Risiko ausprobieren?* Es ist immer etwas, und nie was Angenehmes.

Und es war unheimlich, dass das Telefon auf Donnollys Tisch klingelte, so kurz, nachdem wir ihn begraben hatten.

»Verbrechen gegen Kinder, Detective Lany Dunbar«, sagte ich.

»Mein Sohn ist weg.«

Probleme.

»Wie meinen Sie, weg?«, fragte ich die Frau.

»Vermisst. Verschwunden. Einfach weg.«

Ich sage nur sehr ungern, was wir normalerweise denken, wenn wir »vermisstes Kind« hören, und ich sage nur sehr ungern, wie oft wir es hören. Kinder büchsen aus allen möglichen Gründen aus, und es sind nicht immer nur die Verdrehten. Viele nette, normale Kinder laufen davon, und sie tun es aus den bizarrsten Gründen, die man sich vorstellen kann. Deshalb treten wir erst in Aktion, wenn wir einige der normaleren Möglichkeiten ausgeschlossen haben.

Ich bat die Anruferin, mir ihren Namen zu nennen.

Sie blaffte ihn heraus. »Ellen Leeds.«

»Ms. Leeds ...«

»*Mrs.*«

Ich konnte verstehen, warum sie im Augenblick ein wenig angespannt war. »Mrs. Leeds, war schon ein Streifenbeamter bei Ihnen zu Hause?«

»Nein. Ich habe 911 angerufen, und die haben mich direkt zu Ihnen durchgestellt.«

Anscheinend saß eine Neue in der Telefonzentrale. »Bitte geben Sie mir Ihre Adresse und Ihre Telefonnummer.«

Sie rasselte beides herunter.

Escobars Schreibtisch stand am nächsten. Ich musste herumwühlen, um einen Fetzen Papier zu finden – sein Arbeitsplatz ist immer so chaotisch. Trotzdem ist er erstaunlich produktiv. Ich notierte mir die Angaben und sagte dann: »Einen Augenblick, bitte. Ich melde mich gleich wieder bei Ihnen.«

Ich rief den für dieses Viertel zuständigen Streifen-Sergeanten an und bat ihn, Beamte zu der Adresse zu schicken, die dort auf mich warten sollten. Die Wartezeit würde ihr die Chance geben, sich ein wenig zu beruhigen, doch ich wollte sie auch nicht zu lange zappeln lassen. Was ihr bevorstand, war eine Reihe höchst verletzender Fragen, die den Zweck hatten, Ausflüchte und Lügengeschichten von vornherein zu unterbinden.

Wann haben Sie Ihr Kind das letzte Mal körperlich gezüchtigt?, ist eine, die allgemein sehr beliebt ist.

Mein eigener Schreibtisch ist lachhaft ordentlich. Wenn ich einen Bleistift brauche, weiß ich genau, wohin ich meine Hand strecken muss, und wenn er stumpf ist, habe ich einen elektrischen Spitzer in der oberen rechten Schublade. Früher hatte ich ihn an der Kante meines Tisches stehen, aber da bekam er ein paarmal Beine. Nur weil ich Detective bin, kam ich auf die Idee, in Frazees Verschlag danach zu suchen.

Ein Stapel neuer Notizbücher lag in der unteren rechten Schublade, die nicht mehr quietschte, weil ich sie tags zuvor geölt hatte. Sie ging mit einem netten, weichen *Wuusch* auf, und das zauberte ein Lächeln auf mein Gesicht.

Es konnte gut das letzte Mal gewesen sein, dass ich lächelte.

Mit aufgeschlagenem Notizbuch und gespitztem Bleistift drückte ich auf den Knopf. »Mrs. Leeds«, sagte ich in den Hörer, »tut mir Leid, dass ich Sie habe warten lassen.«

»Detective Dunbar, mein Sohn ist irgendwo da draußen, allein und verängstigt. Jede Sekunde ist kostbar.«

So was tut mir noch immer weh, aber wir müssen gewisse Verfahrensweisen einhalten, vor allem in solchen Fällen, denn es ist eine traurige Tatsache, dass hinter dem Verschwinden eines Kindes fast immer ein enger Freund oder ein Vertrauter steckt – »Verwandter« können wir nicht mehr sagen, weil die Familienstrukturen sich so sehr verändert haben.

»Ich verstehe, dass Sie sich im Augenblick die größten Sorgen machen. Es tut mir Leid, aber ich muss Ihnen gewisse Fragen stellen, von denen einige Sie vielleicht aus der Fassung bringen. Aber ich hoffe, auch Sie verstehen, dass wir bestimmte Dinge sofort klären müssen, um herauszufinden, wie wir im Fall des verschwundenen Kindes verfahren sollen. Das erspart uns später nutzlose Kleinarbeit.«

»Dann machen Sie schon. Aber ich kann Ihnen gleich sagen, dass irgendjemand ihn sich geschnappt hat. Ihn sich einfach geschnappt hat.«

So viel zu Vorgehensweisen. »Wie kommen Sie auf den Gedanken?«

»Er ist kein Junge, der ausreißen würde.«

Das sind sie nie. »Ich bin mir sicher, dass Sie Recht haben, aber wir müssen diese Möglichkeit ausschließen. Also bitte haben Sie Nachsicht mit mir. Das dauert nur ein paar Minuten, und dann können wir uns um die Einzelheiten kümmern. Wohnt der Junge bei Ihnen?«

»Nathan? Ja, das tut er.«

»Was ist mit seinem Vater?«

»Wir sind geschieden. Er lebt in Tuscon.«

»Haben Sie noch andere Kinder?«

Sie zögerte ein wenig und sagte dann: »Nein.«

»Leben noch andere Erwachsene in diesem Haushalt?«

»Nein. Nur er und ich.«

»Wie alt ist Nathan?«

»Zwölf seit letztem Juni.«

»Welche Klasse?«

»Siebte.«

»Sie sagen, Sie sind geschieden. Wie ist Ihr Verhältnis zu Nathans Vater?«

»Einigermaßen herzlich.«

Sie war das schon einmal gefragt worden und hatte die Antwort parat. Ich fragte mich, wer ihr die Frage gestellt hatte, und notierte mir, sie danach zu fragen.

»Was ist mit seinem Verhältnis zu Nathan?«

»Sie lieben sich abgöttisch.«

»Wie oft sehen sie sich?«

»Nicht oft genug. Vielleicht einmal im Monat. Mein Ex fliegt sooft hierher, wie er kann. Und den Sommer verbringt Nathan in Arizona.«

»Wann haben Sie sich das letzte Mal gesehen?«

»Ungefähr vor einer Woche. Nathans Vater war hier.«

»Bevor wir das Gespräch beenden, müssen Sie mir noch sagen, wie ich ihn erreichen kann.«

»Natürlich.«

Ich atmete tief durch, bevor ich ihr die nächste Frage stellte. Ich bin mir sicher, dass sie das gehört hatte. »Mrs. Leeds, haben Sie irgendeine Art von Lebensgefährten?«

Ich hasse diese Frage. Mein erster Impuls wäre, *Freund* zu sagen, aber auch das können wir nicht mehr tun. Es wird langsam lächerlich, wie wir inzwischen reden müssen. Frazee hatte einmal einen tollen Anruf – eine weiblich klingende Stimme sagte: *Mein Geliebter ist verschwunden.* Nach den üblichen Anfangsfragen bittet Frazee um eine Beschreibung. Er brauchte ungefähr zwanzig Minuten, um zu begreifen, dass der Anrufer ein Transvestit war und der verschwundene Liebhaber tatsächlich eine Frau, die er jedoch als Mann beschrieb. Kern der Sache ist, dass man keine verlässlichen Aussagen mehr über Leute treffen kann, die man sieht oder mit denen man spricht, weil die Leute alles Mögliche tun, um anders zu erscheinen, als sie wirklich sind.

»Ich habe keinen festen Freund, wenn Sie das meinen. Ich gehe ab und zu mit Männern aus, aber es gibt keinen Wichtigen oder Speziellen. Und keinen, der irgendwann Kontakt mit Nathan gehabt hätte.«

»Es kann also nicht sein, dass er mit irgendjemandem mitgegangen ist, ohne Ihnen etwas zu sagen?«

»Nein. Das kann ich mir nicht vorstellen.« Nun wurde Ihre Stimme wirklich hart. »Detective, glauben Sie nicht, dass ich alle anderen Möglichkeiten schon selbst ausgeschlossen habe?«

Ich ließ die Frage unbeantwortet. »Wann kam Ihnen das erste Mal der Verdacht, dass etwas nicht stimmen könnte?«

»Erst vor einer Weile. Er machte sich heute Morgen zur gewohnten Zeit auf den Schulweg, und seitdem wurde er nicht mehr gesehen. Meistens trifft er sich mit ein paar anderen Jungs an der Ecke, aber nicht immer. Wenn sie sich treffen, gehen sie den Rest des Wegs gemeinsam. Von hier aus sind es nur drei Blocks.«

Als sie mir die Adresse nannte, identifizierte ich sie als einen Wohnblock in einer der besseren Ecken des Viertels. Vor ein paar Jahren, vor meiner Zeit beim VGK, hatte es dort einen Selbstmord gegeben, und ich war in diesem Fall die Ermittlungsleiterin gewesen.

»Ich kenne das Gebäude.« Ich sagte ihr nicht, woher. »Nett und ordentlich.«

»Und sicher, dachte ich zumindest«, entgegnete Ellen Leeds.

Aber nicht sicher genug.

So begann also wieder einmal eine Suche nach der sprichwörtlichen Nadel, nach derjenigen, die die schlechte Angewohnheit hat, zum ungünstigsten Zeitpunkt in den Heuhaufen zu fallen. Nathans Beschreibung ging sofort an alle Streifenwagen und Reviere. Männlicher Jugendlicher, ungefähr einsfünfundsechzig groß, schmächtig, dunkelblonde Haare, blaue Augen. Trägt wahrscheinlich eine rote oder kastanienbraune Jacke und Jeans. Turnschuhe, aber die trugen sie ja alle; bemerkenswert wäre es gewesen, wenn er etwas anderes getragen hätte. Streifenbeamte in der ganzen Stadt würden die Beschreibung aus dem Funkgerät hören, und einige Stunden lang würden sie wirklich wachsam sein und die Augen nach ihm aufhalten. Dann würde der nächste Anruf kommen, man würde eine Beschreibung für die nächste Nadel ausgeben, und Nathans Bild würde verschmelzen mit denen aller anderen vermissten Teenager. Er würde eingehen in das große, undifferenzierte Amalgam aller nicht gefundenen Kinder, dieser Kinder, deren lächelnde Abbildungen auf Milchkartons uns allen das blasierte Gefühl vermitteln, wir hätten unsere Kinder gut aufgezogen.

Kurz bevor unser Telefongespräch endete, fragte mich Ellen Leeds: »Wie lange wird es dauern, bis Sie ihn gefunden haben?«

»Diese Frage kann ich erst beantworten, wenn wir ihn gefunden haben. Wir tun unser Bestes.« Alles andere wäre eine hässliche Lüge gewesen, nicht dass die vermutliche Wahrheit besonders schön gewesen wäre.

Auf dem Weg in das Viertel dachte ich über diese Tatsache nach: Manchmal haben wir Glück, und sie tauchen einfach wieder auf. Manchmal spazieren sie nach einer durchgemachten Nacht einfach durch die Tür, und wir erhalten einen »Alles okay«-Anruf von dem Elternteil, das nicht nur wütend ist, sondern auch ehrlich verlegen, weil es einfach nicht erkannt hatte, dass der Junge oder das Mädchen zu so etwas fähig sein könnte. Öfters als uns lieb ist, bekommen wir überhaupt keinen Anruf, wenn die Kinder wieder auftauchen, und wir vergeuden Zeit und Ressourcen mit der Suche nach einem Vögelchen, das bereits wieder im Nest ist. Das macht mich wirklich wütend.

Aber wenn es um ein wirkliches Verschwinden geht, ist unsere Erfolgsrate demütigend niedrig. Die Wahrscheinlichkeit, dass wir Nathan finden, wenn er nicht gefunden werden will – oder wenn sein Entführer nicht will, dass wir ihn finden –, ist wirklich klein. Wir haben einfach nicht die Möglichkeiten, die Art von Suche auf die Beine zu stellen, die einen entführten Jungen aufspürt, falls er noch am Leben ist – und das ist ein großes *falls*. Freiwillige Helfer sind die beste Methode, aber auch die müssen organisiert werden, und das erfordert Arbeitskräfte. Die haben wir einfach nicht.

Vor Ellen Leeds' Wohnblock standen zwei Streifenwagen. Ich redete kurz mit den Jungs – einen kannte ich, der andere war neu. Als ich selber noch Streife fuhr, hatte ich unzählige Gründe, mich mit meinen Brüdern und Schwestern in Waffen zusammenzutun. Die Umkleidräume waren der beste Ort für solche Zusammenkünfte. Aber Detectives tragen Zivilkleidung, also komme ich kaum noch dorthin.

Ein paar Leute standen herum, sie waren neugierig, was die Streifenwagen hier zu tun hatten. Die Haussicherheit war gut: Ich musste zwei Mal läuten, um durch die Eingangshalle zu gelangen. Die Leeds-Wohnung lag im fünften Stock, auf der Rückseite des Gebäudes, wahrscheinlich die ruhigere Seite, wie ich vermute, denn die Straße, die hinter dem Gebäude verlief, war eine schmale Einbahnstraße.

An der Wohnungstür hing ein handgemaltes Namensschild, ein fröhliches, heimelig schlichtes Ding. Die Frau, die auf mein *Ding-Dong* öffnete, war erstaunlich klein und dünn, worauf ich mich fragte, ob sie die Frau war, die angerufen hatte. Ihre Stimme hatte größer geklungen.

»Mrs. Leeds?«

»Ja.«

»Ich bin Detective Dunbar.« Ich gab ihr meine Visitenkarte.

»Kommen Sie rein.«

Ich betrat die Wohnung; sie war makellos sauber und in warmen Farben gehalten. Sehr gemütlich und sicher wirkend. Sie schloss hinter mir die Tür, und ich hörte, wie ein Riegel vorgeschoben und eine Kette eingehängt wurde. »Die Sicherheit unten in der Halle und auch hier oben ist sehr gut«, sagte ich.

»Mir wär's noch lieber, wenn Sie an der Haustür einen Wachmann platzieren würden, zumindest nach Einbruch der Dunkelheit. Ich habe mir dieses Gebäude unter anderem wegen der Sicherheit ausgesucht. Und ich habe eine Wohnung oberhalb der zweiten Etage verlangt, damit niemand durch ein offenes Fenster steigen und sich meinen Sohn schnappen kann.«

Es war ein bitterer und ironischer Hinweis auf die sehr schlagzeilenträchtige Entführung der zwölfjährigen Polly Klaas, die vor den entsetzten Augen von drei Freundinnen, die über Nacht geblieben waren, aus ihrem Schlafzimmer gezerrt wurde. Die Mutter schlief zu der Zeit in einem Nachbarzimmer – können Sie sich die Unverfrorenheit dieses Täters vorstellen? In diesem Fall stand nie in Zweifel, was mit dem Mädchen passiert war – sie hatte nicht einfach beschlossen, sich eine kleine Pause vom ewigen *keine Videospiele, bis du die Hausaufgaben gemacht hast* zu gönnen. Ihre Eltern waren redegewandt und hatten ziemlich gute Verbindungen, und so engagierte sich sehr schnell eine ganze Reihe prominenter Namen für die Suche. Das Dumme an dem Fall war nur, dass Polly vermutlich noch am Leben und nur etwa fünfzig Meter entfernt war, als zwei Streifenbeamte den Entführer befragten, nachdem er mit einer Panne liegen geblieben war. Der Hurensohn hatte unglaubliches Glück. Am Ende schnappten wir ihn. Für Polly war es zu spät, aber wir schnappten ihn.

Doch falls Ellen Leeds glaubte, das Verschwinden ihres Sohnes würde eine ähnliche Reaktion hervorrufen, würde ich sie enttäuschen müssen.

Sie deutete auf eine Couch und bot mir etwas zu trinken an, was ich höflich ablehnte. Wir dürfen nicht zu freundlich und ungezwungen werden, denn es ist schwer, die Oberhand zu behalten, wenn man sich verhält wie ein Besucher oder ein Gast, vor allem, wenn man eine Frau ist. Wir saßen einander gegenüber auf verschiedenen Couches, und ich öffnete mein Notizbuch. »Wenn Sie jetzt bitte so freundlich wären, mir zu berichten, wie dieser Tag verlaufen ist.«

Ich beobachtete sie beim Sprechen. Manchmal merkt man, wenn die Leute lügen, ihr Blick wandert umher, und das Gesicht verkrampft sich. Wir haben gelernt, bei Befragungen auf gewisse Anzeichen zu achten. Jemand, der nicht die volle Wahrheit erzählt, wendet oft den Blick ab, denn es ist schwer, jemandem in die Augen zu schauen und dabei zu lügen, außer man ist ein vollkommener Psychopath, und die sind, entgegen allgemeiner Annahmen, ziemlich selten.

Aber bei Eltern, deren Kinder verschwunden sind, schleicht sich noch ein anderer Faktor ein – sie geben sich selbst die Schuld, ob es nun angebracht ist oder nicht, und diese Art von Schuldgefühl trübt das Bild. Ellen Leeds starrte beim Sprechen ihre Hände an, was es für mich schwieriger machte, ihr Verhalten zu deuten.

»Ich kam heute Abend in etwa zur gewohnten Zeit nach Hause. Nathan hat einen Klassenkameraden, dessen Mutter und ich die beiden Jungs abwechselnd nehmen. Heute hätte er zu George gehen sollen. Seine Mutter und ich haben unsere Planungen so aufeinander abgestimmt, dass an den Nachmittagen immer eine von uns beiden zu Hause ist. Gott sei Dank können wir beide von zu Hause aus arbeiten. Man muss die Jungs nicht mehr direkt überwachen, es muss einfach nur immer ein Erwachsener verfügbar sein. Es ist ein gutes Arrangement, das ausgezeichnet funktioniert hat. Bis jetzt.«

»Wie kommt Nathan von dort nach Hause?«

»Er ruft an, und ich hole ihn ab. Normalerweise gegen halb sieben oder sieben, denn zu diesem Arrangement gehört immer auch das Abendessen.«

»Klingt einleuchtend.«

»Ja.« Sie zog ein Taschentuch aus einem Spender, der auf dem

Tisch zwischen uns stand, und wischte sich die Nase. »Es ist schön, wenn man nicht nach Hause rasen und schnell ein Abendessen zusammenschustern muss.«

Am liebsten hätte ich gelächelt und *Ja, ich weiß* gesagt, denn genau das musste ich jeden Tag tun, wenn ich meine normale Tagesschicht arbeitete. In der vergangenen Woche hatte man mir vorübergehend die Abendschicht übertragen, weil eine ganze Reihe von Detectives wegen eines Bioterrorismus-Lehrgangs nicht in der Stadt waren, die Dienststelle aber auch nachts besetzt sein musste. Tags darauf sollte ich wieder mit der Tagesschicht anfangen. Meine Kinder wohnten in dieser Woche bei ihrem Vater, und so war er zur Abwechslung derjenige, der nach Hause rasen und für das Abendessen sorgen musste. Es war gut zu wissen, dass er sich das Gejammer über *Aber ich mag keinen Hackbraten-Burger und kein Käse-Hühnchen* anhören musste. Evan ist ein entsetzlicher Esser, er hasst so ziemlich alles. Frannie isst alles, was sie sieht, aber nichts, was gut für sie ist. Bei Julia bin ich mir noch nicht ganz klar. Gott sei Dank sind sie nicht allergisch auf irgendwelche Nahrungsmittel, denn sonst müsste ich wahrscheinlich aufgeben.

Sorry, nicht der richtige Zeitpunkt, um in eigene Probleme abzudriften.

»Es wurde fast acht«, hörte ich Mrs. Leeds sagen.

»Rief er normalerweise vor dieser Uhrzeit an?«

Ein schlechtes Gewissen breitete sich über ihr Gesicht aus und trübte ihren Ausdruck noch mehr. »Ich habe nicht angerufen, weil ich die Ruhe wirklich brauchen konnte. Ich arbeite Vollzeit, und da kommt mein Privatleben viel zu kurz. Ich habe keine Zeit, die Sachen zu machen, die *mich* glücklich machen. Ich habe heute zum ersten Mal seit Monaten meine Stickarbeit wieder herausgeholt.«

Die arme Frau; wahrscheinlich würde sie nie mehr Stickarbeiten machen.

»Aber als es dann doch so spät wurde, rief ich dort an, und Georges Mutter sagte ...«

Es schnürte ihr die Kehle zu, und sie schwieg einige Augenblicke; ich tat nichts, sagte nichts, beobachtete sie einfach nur.

»Sie sagte mir, George habe gesagt, dass Nathan heute überhaupt nicht in die Schule gekommen sei.«

»Geben Sie sich normalerweise gegenseitig Bescheid, wenn so etwas passiert?«

»Nein. Normalerweise nicht. Ich meine, wenn der Junge nicht in der Schule ist, nimmt man doch automatisch an, dass er krank zu Hause liegt und die Mutter Bescheid weiß, nicht?«

Das war der Fehler, mit dem sie den Rest ihres Lebens würde zurechtkommen müssen. »Ja«, sagte ich leise. »Wir müssen einen Zeitplan aufstellen für jeden, der Nathan heute sah. Und für jeden, der ihn zu sehen erwartete, es aber nicht tat.«

»Sofort nach dem Gespräch mit Nancy – Georges Mutter – rief ich den Schulleiter an. Der rief Nathans Klassenlehrerin an, und die sagte ihm, dass Nathan überhaupt nicht in der Schule gewesen sei.«

»Die sind nicht computerisiert?«

»Noch nicht.«

Schulleiter, Klassenlehrerin, schrieb ich in mein Notizbuch. »Sie müssen mir noch sagen, wie ich die beiden erreichen kann. Aber bitte fahren Sie fort.«

»Das ist alles. Er tauchte einfach nicht dort auf, wo er auftauchen sollte.«

»Die Schule verfährt also nicht so, dass in einem solchen Fall sofort die Eltern benachrichtigt werden?«

»Nein.«

Kaum zu glauben, aber die Bestimmungen schrieben das noch nicht vor. Das Verfahren würde allerdings ab dem nächsten Tag eingeführt werden. Dafür würde ich sorgen.

Ellen Leeds zeigte mir den Weg, den Nathan zur Schule gegangen wäre. Sie musste ihn einmal mit mir abfahren, damit ich alles richtig verstand, und dann würde ich ihn noch einmal abgehen. Im Auto dauerte es nur ein paar Minuten, und in der Zeit beobachte ich Mrs. Leeds genau, um zu sehen, ob sie auf irgendetwas Spezielles reagierte. Doch alles, was ich sah, war der quälende Ausdruck des Kummers.

Als ich danach wieder vor ihrem Haus hielt, fragte sie: »Kommen Sie noch einmal mit hoch?«

Es war fast ein Flehen. »Im Augenblick nicht. Ich muss jetzt zunächst einmal einige Dinge in die Wege leiten. Aber ich melde mich morgen bei Ihnen und sobald sich etwas Neues ergibt.« Ich sagte mit Absicht nicht, *falls* sich etwas Neues ergibt. »Und ich werde sie wegen zusätzlicher Details anrufen.«

»Aber was tun Sie jetzt im Augenblick, da mein Sohn Gott weiß wo ist, vielleicht verletzt, vielleicht in den Händen irgendeines Monsters?«

Mir den Kopf kratzen und überlegen, was ich tun soll.

»Mrs. Leeds, bitte ziehen Sie keine voreiligen Schlüsse.« Leider war das nur eine logische Schlussfolgerung. »Ich habe Nathans Foto bereits mit dem Streifenbeamten ins Revier zurückgeschickt. Es wird innerhalb weniger Minuten zusammen mit einer Beschreibung in den Computern sämtlicher Streifenwagen sein. Außerdem gehen Faxe an die Reviere der Nachbargemeinden. Und alle diese Beamten werden nach Ihrem Sohn Ausschau halten.«

»Organisieren Sie denn keine richtige Suche?«

Ich brauchte einen Augenblick, um meine Antwort zu formulieren. »Morgen früh, wenn es sinnvoll ist, werden wir etwas organisieren, wenn die Spuren, die wir bis dahin gefunden haben, es rechtfertigen.«

»Ich würde gern mit Ihnen aufs Revier fahren. Ich möchte helfen, wie ich nur kann.«

Nein, nein, nein. »Mrs. Leeds, ich glaube nicht, dass das klug wäre.«

»Aber wenn sich etwas ergibt und Sie mich brauchen, dann wäre ich schon da.«

»Ich rufe Sie an und schicke einen Wagen, wenn sich etwas ergibt. Und zwar sofort. Sie wollen das wahrscheinlich nicht hören, aber es wäre das Beste für Sie, wenn Sie jetzt in Ihre Wohnung zurückgehen und versuchen, etwas zu schlafen.«

»Glauben Sie wirklich, dass ich jetzt schlafen kann?«

Ich glaubte es nicht. »Ich weiß, dass es schwierig für Sie ist, Mrs. Leeds. Aber im Augenblick können Sie nichts tun, als zu warten.«

»Einfach nur warten.«

»Ja. Und falls Nathan anrufen sollte …«

Sie unterbrach mich. »Ich soll also hochgehen in meine Wohnung, wo mein Sohn mit mir lebt, und ich soll einfach nur warten, bis er auftaucht oder anruft.«

»Ma'am, ich melde mich bei Ihnen, sobald ich kann. Aber ich muss eben gewisse Dinge tun, um diese Ermittlung richtig ins Laufen zu bringen.«

Sie stieg aus, doch bevor sie die Tür schloss, drehte sie sich noch einmal um und starrte mich vorwurfsvoll an. »Was soll ich denn tun, können Sie mir das sagen? Ich gehe jetzt da hoch und schaue mich in meinem Zuhause um, und nichts wird mehr vertraut sein, weil alles sich geändert hat.«

»Mrs. Leeds, es tut mir Leid, wirklich, aber wir haben eben gewisse Verfahrensweisen …«

Die Tür fiel zu. Sie lief zum Eingang des Gebäudes. Ich sah zu, wie sie die äußere Tür aufschloss, dann die in der Lobby. Das große, moderne Gebäude verschluckte sie.

Es war Mitternacht. Zu spät, um meine Kinder in der Wohnung ihres Vaters anzurufen und ihnen zu sagen, dass ich sie wahnsinnig liebte. Ihr Vater, der heilige Kevin, wäre zu Recht entrüstet, und sie wären bestätigt in ihrem Glauben, dass ihre Mutter ein wenig verrückt sei. Also tat ich das Befriedigendste, was ich tun konnte – ich machte mich an die Arbeit.

Ich rief zwei Streifenwagen zu mir auf den Parkplatz. Wir stiegen aus und suchten mit unseren Taschenlampen beide Seiten der ersten Straße ab. Wonach genau wir suchten, konnte ich nicht sagen; winzige Indizien oder Blutspuren würden wir erst bei Tageslicht sehen. Aber wir alle wussten, dass der Tatort nicht frischer werden würde, falls wir tatsächlich einen Tatort hatten. Wieder beschlich mich das Gefühl, die Nadel im Heuhaufen zu suchen. Durchs Universum zu rasen auf der Suche nach einem ganz bestimmten Asteroiden. Man kommt sich immer so klein und dumm dabei vor.

Aber irgendwo muss man ja anfangen. Wir hoben eine Menge Papierfetzen auf, aber nichts, das aussah, als hätte es etwas mit einem Schüler zu tun, keine offiziellen Benachrichtigungen der Schule, nichts, was eine weggeworfene Hausarbeit sein konnte. Wir stopfen die Papiere trotzdem in eine Beweismitteltüte, man weiß ja nie. Ein anständiger Detective ist fast immer eine Packratte – ich auf jeden Fall bin eine, obwohl ich schon darauf achte, was ich aufhebe.

Tagsüber hatte es kaum oder gar keinen Wind gegeben – Gott sei

Dank war es noch zu früh für die Santa Anas, aber wir jammerten trotzdem. Im Augenblick war ich dankbar für die Windstille, denn sonst wäre, was hier auch sein mochte, davongeweht worden.

Wir bogen in die zweite der drei Straßen ein. Von unserem Standpunkt aus konnte ich die oberen zwei Drittel des Wohnblocks sehen, den Nathan an diesem Morgen verlassen hatte, was bedeutete, dass jemand etwas gesehen haben konnte.

Diese Straße war noch mehr eine Wohnstraße als die erste, die wir abgesucht hatten – Zäune, Hecken, breitere Bürgersteige. Wir teilten das Gelände auf und trennten uns. Ich leuchtete mit meiner Lampe in Büsche, schob mit der anderen Hand Äste beiseite und suchte Stellen ab, die normalerweise nur Eichhörnchen zu sehen bekommen. Mein Rücken schmerzte vom tiefen Bücken, aber ich ignorierte den Schmerz und konzentrierte mich. Ein oder zwei Mal sah ich das rote Funkeln von Augen, die meinen Lichtstrahl reflektierten. Leises Rascheln war zu hören, wenn diverse Vierbeiner in Deckung huschten. Ein Junikäfer surrte und ritzte das dünne Furnier der Ruhe, die ich mir bis jetzt hatte bewahren können. Ich schob die vertrockneten Palmenhülsen beiseite, die unweigerlich unters Strauchwerk geweht werden, allerdings vorsichtig, denn sie haben rasiermesserscharfe Kanten. Sie raschelten wie Erdnussschalen.

Alles verstummte, als einer der Streifenbeamten rief: »Ich habe etwas.«

3

Viele Jahre waren seit dem schlimmen Tag vergangen, als Michel in der Blüte seiner jugendlichen Kraft und Schönheit einfach verschwand, und mir war es nur gelungen – durch beinahe beständige Geißelung meiner Seele –, den Schmerz etwas zu dämpfen. Die Pein, ein Kind zu verlieren, vergisst man nie; man kann nur hoffen, dass die Erinnerung mit der Zeit schwächer wird. Und genau so soll es auch sein – die Seele eines verlorenen Kindes sollte immer in den Herzen derer bleiben, die es liebten, damit sie am Leben bleibt. Ich habe mich oft gefragt, warum Gott gerade mir diese Aufgabe übertrug, warum das Wesen des Jungen, der einst Michel la Drappière war, mir zur Bewahrung übergeben wurde. Wie soll man die süße Unschuld, die liebenswerte Neugier, die wachsende Tiefe seines Charakters bewahren? Ich habe nicht einmal ein Porträt von ihm, bis auf jenes, das täglich durch meinen wachenden Verstand zu meinem träumenden Herzen wandert. Er ist groß und schlank, aber seine Gliedmaßen versprechen künftige Kraft. Seine Augen haben die Farbe eines klaren Himmels im April. Wie fängt man seine Herzlichkeit ein, die Zärtlichkeit seiner Umarmung, den Humor seiner brechenden Stimme? Oft beschleicht mich das Gefühl, dass ich dazu einfach nicht stark genug bin.

Madame le Barbier verschlug es zunächst den Atem, als ich es ihr erzählte, dann stieß sie bitterste Verwünschungen aus; sie umklammerte meine Hand so fest, dass ich um die Knochen meiner Finger fürchtete. Die zerlumpte Frau umarmte mich mit überraschender Kraft, und Tränen unaussprechlichen Kummers rannen ihr über die Wangen, um meinetwillen, um ihretwillen, um unserer verlorenen Söhne und um all der quälenden Tage willen, die ich erlebt hatte und sie noch erleben würde. Eine Schwäche überkam sie, dass ich schon befürchtete, sie würde zusammenbrechen. Ich führte sie ins Haus und zu einer Bank mit Kissen, wo sie an meine Schulter sank und sich ganz dem Schluchzen hingab. Als ihre Kraft zu weinen erschöpft war, legte sie den Kopf in meinen Schoß und bebte unter abgehackten Atemzügen, bis sie schließlich eindöste.

Ich wusste, was andere nicht wissen konnten – dass es nämlich keine Worte gab, um ihren Schmerz zu mildern, keine Mitleidsbezeugungen, um das Leid zu lindern, das im Augenblick des Verlustes seinen Anfang nahm und nie, so mein Lebensweg mir Wahres enthüllt hatte, ein richtiges Ende finden würde. Was Madame jetzt brauchte, war jemand, der stumm neben ihr saß, während sie sich bemühte, die Seele ihres Kummers zu entleeren, was ihr für sehr lange Zeit vergeblich erscheinen mochte. Eine ähnliche Freundlichkeit wurde auch mir gewährt, ironischerweise durch eine Braut Christi, die den Schleier nahm, als ihr Gatte starb – im Gegensatz zu mir allerdings freiwillig. Sie war bekannt für ihre Großzügigkeit, und die bewies sie mir mit dem Geschenk kritikloser Zeit; als die anderen Damen des Schlosses keine Geduld mehr hatten für mein Weinen und meine Klagen, als sogar Etiennes Langmut spröde wurde, war sie diejenige, in deren Gegenwart ich immer Trost fand. Sie zwang mich, wieder in das Licht zu treten, das ich so liebte, einfach indem sie nicht zuließ, dass ich in der süßen, unkomplizierten Dunkelheit versank, die nach Michels Verschwinden winkte. Im Licht zu leben erschien mir damals zu schwer; ich meinte, ich würde immer das Mal unaussprechlicher Schmach tragen, eins, das mich aus der Gemeinschaft jener ausschloss, die nicht ebenso entstellt waren.

Ich hatte mir eingeredet, dass Michels Verschwinden Folge eines Fehlers meinerseits gewesen sein musste, eines schrecklichen Versagens, und dass die Tragödie hätte abgewendet werden können, wäre ich nur wachsamer, aufmerksamer gewesen, eine bessere Mutter, ein Falke für meinen eben flügge werdenden Sohn. Zu glauben, es sei nur ein Zufall gewesen, dass Gott aus irgendeinem Grund Milord Gilles verschont und stattdessen seine Hand auf meinen Sohn gelegt hatte, war mir unerträglich, denn es nahm mir alle Hoffnung auf Sicherheit in dieser Welt. Viel tröstender war es, wenn ich mir sagte, es gäbe einen Grund dafür und meine mangelnde Wachsamkeit wäre dieser Grund. Schließlich suchen wir immer jemanden, dem wir die Schuld zuschieben können. Aber meine liebe Schwester in Gott gab mir zu verstehen, dass das, was Er in Bewegung setzt, nicht geändert werden kann, trotz unserer verzweifelten Bemühungen, Seinen Willen mit unseren guten Taten zu durchkreuzen. Im Lauf der Zeit ist es mir gelungen, mir bis zu einem gewissen Grad zu vergeben, aber das geschah mit grausamer Langsamkeit.

Meine Hand lag auf Madames Kopf; ich meinte beinahe, ebenjene Selbstvorwürfe durch ihre Haare zu spüren. Ich war entschlossen, für sie dasselbe zu tun, was man vor so vielen Jahren für mich getan hatte, waren wir doch nichts als zwei Glieder einer langen, ununterbrochenen Kette des Kummers. Ich saß da, während sie schlief, ihr Kopf schwer in meinem Schoß, und dachte an die Tage, da ich mein eigenes Leid noch immer frisch fühlte, auch wenn es für alle anderen bereits uralt zu sein schien.

Als sie sich schließlich rührte und den Kopf hob, war ihr Gesicht fleckig von Tränen, ihre Augen erbärmlich verquollen. Mit einem Zipfel ihrer Schürze wischte ich ihr den Rest der Feuchtigkeit weg. Sie starrte mich an, als ich das tat, und ihr Blick wollte wissen: *Wird das je zu Ende sein?* Ich hätte sehr gerne ja gesagt. Aber das wäre eine Lüge gewesen.

Sie erhob sich von der Bank und ging auf und ab. Ich sah ihr schweigend zu, obwohl es viele Dinge gab, die ich hätte sagen und fragen wollen. Als sie schließlich sprach, klang ihre Stimme brüchig, doch dies an sich beunruhigte mich nicht sonderlich, hatte es doch nach dem Tod meines Sohnes viele Monate gedauert, bis meine Stimme wieder über meine eigenen Ohren hinausdrang. Etienne forderte mich immer auf, lauter zu reden, manchmal sogar barscher, als es mir hilfreich erschien. Er schien dank der natürlichen Eigenschaften seines Geschlechts sich schneller zu erholen als ich, doch nach Michels Tod blieb ihm eine gewisse Härte. Ich schien sie nie ganz durchbrechen zu können, diese Rüstung, die Männer oft anlegen, um sich gegen tiefe Gefühle zu schützen, die sie behindern könnten bei den Aufgaben, die sie erledigen müssen, vor allem bei den unerfreulichen Pflichten des Krieges. Wie kann ein Mann trauern um den Krieger, dessen Kopf er abschlagen muss, und dennoch den blutigen Hieb führen? Das wäre unmöglich.

»Euer Sohn, wie war sein Name?«

»Michel«, antwortete ich. »La Drappière.«

Ich wartete, doch sie zeigte kein Anzeichen des Wiedererkennens. Nach einigen Augenblicken sagte ich: »Ihr erinnert Euch also nicht an mich?«

Sie schaute mir ins Gesicht. »Nein«, sagte sie. »Ich muss leider sagen, dass ich mich nicht erinnere. Kennen wir uns denn, Mutter?«

Natürlich hatten wir beide uns sehr verändert – dreizehn Jahre gehen an keinem spurlos vorüber, das ist die natürliche Ordnung der Dinge. Gott will nicht, dass wir noch so reizvoll sind wie jüngere Witwen, die nach wie vor Kinder gebären können und ersten Anspruch auf die Männer haben, die aus den Kriegen zurückkehren. »Wir sind uns hin und wieder begegnet, als mein Gatte in Champtocé diente, und ich mit ihm«, sagte ich ihr.

Obwohl meine Finger steif waren von Madame le Barbiers

festem Griff, fasste ich nach meinem Schleier und nahm ihn ab. Ich legte ihn auf Madames Tisch und strich mir ein paar widerspenstige Haare glatt.

Sie schaute mich an, und langsam dämmerte die Erkenntnis. »Madame la Drappière«, hauchte sie. »Natürlich.«

»Oui«, sagte ich, *»c'est moi.* Einst habt Ihr mich Guillemette genannt.«

»Aber … ich hätte nicht gedacht, dass Ihr …«

… ein Leben im Dienst der Kirche ertragen könntet, ergänzte ich für mich. Merkwürdigerweise war diese Regung für mich wie ein Kompliment.

»Es ist kein Leben, das ich mir gänzlich selbst gewählt habe.« Ich krümmte und streckte die Finger, um die Taubheit zu vertreiben. »Mein Mann starb an seinen Wunden nach Orléans.« Mehr brauchte ich nicht zu sagen.

Noch immer schniefend, schüttelte Madame le Barbier langsam den Kopf. »Nun, wenigstens seid Ihr versorgt.«

»Das bin ich«, sagte ich. »Und ich bin nicht so einsam, wie ich es in meinen letzten Tagen in Milords Diensten war. Alle, die ich dort kannte und liebte – zu der Zeit waren sie alle bereits verschwunden. Das Kloster ist ein angenehmer Ort, wo ich mich nützlich machen kann; ich bin eine Vertraute Seiner Eminenz, der sich in kleinen Dingen auf mich verlässt.«

»In der Tat. Das habe ich gestern Abend gesehen.«

Überrascht erfuhr ich nun, dass sie trotz ihres Kummers alles genau beobachtet hatte, aber da nun das Wiedererkennen ihrem Gedächtnis auf die Sprünge geholfen hatte, erinnerte sie sich auch an andere Dinge.

»Ich erinnere mich an Ihren Sohn …«, sagte sie, »aber meiner Erinnerung nach war er doch älter.«

»Ihr denkt an meinen Erstgeborenen, Jean«, sagte ich ihr. »Er ist – *war* – älter als Michel. Er ist jetzt Priester. In Avignon.«

»Ein Priester?« Ihre Überraschung war unübersehbar. »Das war erlaubt?«

Undenkbar, hatte Etienne gesagt, als Jean das erste Mal den Wunsch äußerte, Priester zu werden. *Das kommt überhaupt nicht in Frage. Du wirst Soldat werden, wie ich einer bin. Soll dein Bru-*

der Michel in den Dienst Gottes treten, wie es ihm als Zweitgeborenem gebührt.

»Er hatte keine Begabung fürs Kriegshandwerk«, sagte ich, »und auch nicht die geringste Neigung dazu …«

Michel würde mit Freuden zum Schwert greifen. Ich flehe dich an, Etienne, zum Wohle unserer Söhne, lass Jean in den Geistlichenstand eintreten.

»Es war eine gewaltige Aufgabe, aber es gelang mir, meinen Gatten dazu zu bewegen, Michel anstelle unseres Erstgeborenen die Waffenkunst lernen zu lassen. Mit der Zeit erkannte er, dass diese Einteilung beiden sehr zupass kam. Michel hatte eben begonnen, sich an den Waffen zu üben, als er …«

So viele Jahre waren vergangen, und ich konnte es noch immer kaum sagen.

»Er … verschwand«, flüsterte ich.

Meine Stimme versagte mir den Dienst, und es war ein Trost, dass Madame sich meinem Schweigen anschloss. »Dann ist Jean also in Avignon …«, sagte sie nach einer Weile, »eine schöne Stadt, *à bon temps,* habe ich gehört. Aber so weit weg.«

»Ich war noch nie dort, obwohl Seine Eminenz in der Zeit meines Dienstes bei ihm viele Audienzen beim Heiligen Vater hatte. Er sagt, es ist wirklich ein angenehmer Ort, vor allem der Palast, in dem Seine Heiligkeit residiert. Jean fehlt mir schrecklich, aber er scheint glücklicher in seiner Arbeit zu sein – und nun werde ich ihn auch endlich besuchen dürfen, wenn Seine Eminenz in einigen Monaten nach Avignon reist.«

Ich sah echte Freude in ihrer Miene. »Wie wunderbar, dass Ihr eine solche Reise vor Euch habt. Der Weg wird zwar beschwerlich sein, aber …«

»Ich hatte nie Angst, mich aufzumachen in die Welt – im Gegenteil, ich habe es immer fast als Vergnügen betrachtet. Und was mich am Ende dieses Wegs erwartet, wird die Reise selbst als lächerliche Unbequemlichkeit erscheinen lassen.« Ich klopfte mir auf den Ärmel. »Er schreibt oft, und ich trage seine Briefe bei mir, bis ich sie auswendig kenne. Aber das ist nicht dasselbe, Madame, wie die Hand auszustrecken und seine Wange zu berühren.«

»Bitte«, sagte sie, »mein Taufname ist Agathe.« Nun kam wieder ein bitteres Lächeln. »Wir sind wahre Schwestern, *n'est-ce pas?* Da uns beide etwas so Starkes wie die Seelen unserer Söhne vereint, sollten wir doch sehr vertraut miteinander sein.«

Sogleich flossen wieder ihre Tränen. Ich legte den Arm um sie, bis sie aufhörte zu weinen.

»Nun denn, Agathe«, sagte ich zu ihr, »du musst mir alles erzählen, was du über die Umstände von Georges' Verschwinden weißt.«

Sie biss sich auf die Lippe. »Ach, Mutter...«

»Guillemette«, korrigierte ich sie.

»Guillemette.« Sie versuchte zu lächeln, aber es wurde nur eine halbherzige Geste. »Es gibt Zeiten, da kann ich offenbar nicht aufhören, darüber zu sprechen, aber im Augenblick ist es so, als hättest du mir befohlen, in vierzehn Tagen ins Heilige Land und wieder zurück zu pilgern.«

Ich sagte nichts, sondern berührte zur Ermutigung nur sanft ihre Hand. Sie schniefte noch einmal und begann dann mit ihrer sorgenschweren Erzählung. »Mein Dienstherr – der Schneider Jean Peletier, ein sehr angesehener Mann – kleidet noch immer gelegentlich Madame Catherine ein, obwohl mir diese Frau beinahe vorkommt wie ein Geist, sehen wir doch kaum etwas von ihr. Manchmal, wenn sich die Gelegenheit ergibt, stattet er auch Milord persönlich aus, allerdings viel seltener, seit Milord so oft auf Reisen ist.«

Geschichten über seine Entourage waren Legende, ein mächtiger Tross, Unmengen von Gefolgsmännern und Bediensteten, alle in eindrucksvollen Gewändern. »Er scheint nie sehr lange in seinen eigenen Schlössern zu verweilen«, sagte ich. »Man wundert sich über seine nomadischen Neigungen. Als Kind zeigte er die nicht.«

»Ja, aber er hat sie gesehen – in seinem Vater. Wir statteten Milord Guy immer für die eine oder die andere Reise aus. Wie seine Reisebekleidung sich so schnell abnutzen konnte, werde ich nie verstehen. Aber jetzt bleibt Milord Gilles immer für längere Zeit in Champtocé; das sagt zumindest Monsieur Peletier, und er weiß es von einem Schneider, den er dort kennt. Wir dienen ihm nur, wenn er in Machecoul ist.« Zögernd fügte sie hinzu: »Und es ist schwierig, das einzutreiben, was er uns schuldet, deshalb sind wir nicht unbedingt erpicht auf seine Aufträge.«

Gott sei Dank hatte es nicht in meiner Verantwortung gelegen, dem kleinen Gilles den Umgang mit Geld beizubringen – ich will mir gar nicht vorstellen, welche Kämpfe wir ausgefochten hätten. Diese schauerliche Pflicht oblag Jean de Craon, der seinen Enkel in allen Dingen mit ausgesuchter Grausamkeit zum Gehorsam zwang, es aber irgendwie nicht schaffte, ihm fiskalischen Verstand einzubläuen. Ich konnte beinahe Jean de Malestroit sagen hören: *Gibt man einem Mann einen Fisch, isst er ihn und wird dann wieder hungrig, bringt man ihm aber das Fischen bei, wird er nie darben.* Dieser Spruch war nie angebrachter als in Bezug auf Milords Reichtum, der ihm ohne Anleitung übergeben worden war, so dass er, als er seine Volljährigkeit erreichte und niemand ihm mehr Einhalt gebieten konnte, so verschwenderisch wurde, wie ein Mann es nur sein konnte.

»Vielleicht sind seine vielen Reisen nur ein Versuch, seinen Gläubigern zu entfliehen«, entgegnete ich.

»Zweifellos. Dennoch ist Monsieur Peletier weiterhin bereit, hin und wieder für Milord zu arbeiten; er sagt, er möchte seine Waren dem Adel vor Augen führen, um so vielleicht zusätzliche Aufträge von jenen zu erhalten, die tatsächlich bezahlen. Er betrachtet das als vernünftige Investition. Mein Georges ist …«

Sie brach mitten im Satz ab, hielt den Atem an und stieß ihn dann langsam wieder aus, bevor sie fortfuhr, nun mit sorgfältiger gewählten Worten: »Monsieur Peletier nahm meinen Georges zum Lehrling, bevor …«

Wieder suchte sie stammelnd nach den richtigen Worten. »Auf jeden Fall ging der Junge regelmäßig mit ihm ins Schloss hier in Machecoul. Was er mir berichtete, war beunruhigend – fantastische Geschichten darüber, wie er dort behandelt wurde, manchmal von dem Pagen namens Poitou, gelegentlich aber auch von Milord Gilles selbst. Der Mann zahlt seine Schulden nicht, aber er lebt verschwenderisch und behandelt seine Gäste, auch wenn es Leute aus dem Volk sind, wie Könige. Und warum ein solches Interesse für einen bloßen Lehrling …«

Sie erinnerte sich nicht an den Tag vor so vielen Jahren, als Milord ihr den kleinen Georges aus den Händen nahm.

Na, mein kleiner Engel, wovor fürchtest du dich?

Ich behielt die Erinnerung für mich und sagte: »Es ist unschicklich, dem stimme ich zu.«

»Georges fing an, lüstern von all dem Luxus zu sprechen, den er sah. Mir missfiel das, und ich sagte ihm, er solle sich freudig mit seiner eigenen glücklichen Stellung bescheiden. Natürlich missachtete er meinen Rat, aber was konnte ich schon tun? Er war ein Lehrling, andererseits fast schon ein Mann. Ich hatte keine Macht mehr über ihn.«

»Wenn man Handwerker ist, dann ist es schwer, sich nicht nach einem Leben zu sehnen, wie Milord es führt.«

»Ich selbst habe das auch alles gesehen, dennoch wusste ich, was meinem Stande ziemt. Aber die heutige Jugend, sie scheint ganz vergessen zu haben, dass Wohlstand von harter Arbeit und Fleiß kommt.« Sie zuckte resigniert die Schultern. »Was kennt man in diesem Alter denn schon außer den eigenen Gelüsten? Er war wie ein Strohhalm im Wind. Auf jeden Fall wurde er beeinflusst von diesem Poitou – ein Kerl, wie ich ihn nicht beschreiben kann, außer dass ich mich in seiner Gegenwart unwohl fühlte, so als würden tausend Spinnen über meine Haut krabbeln. Georges kam nach Hause und erzählte mir von den Versprechungen, die der Page ihm in Milords Namen gemacht hatte, der Vergütung von Schneiderarbeiten, obwohl mein Sohn noch gar nicht ausgelernt hat. Materialien und Waren, Nadeln, teure Scheren wurden ihm versprochen – für mich war das alles zu weit hergeholt, um glaubwürdig zu sein. Das letzte Versprechen, von dem er mir berichtete, war, dass er ein Pferd erhalten sollte.«

»Ein Pferd?« Das war in der Tat weit hergeholt. »Ein wirklich außergewöhnliches Geschenk.«

»*Oui, Mère,* das ist es. Zu außergewöhnlich. Natürlich war er begeistert.«

»Wie es jeder junge Mann wäre.«

»Ich sagte ihm, er solle misstrauisch sein gegenüber solch unverdienter Großzügigkeit. Aber am festgesetzten Tag ging er dennoch und gegen meinen Willen zum Schloss, um das Tier in Empfang zu nehmen. Vor vierzehn Tagen. Bevor er aufbrach, gab ich ihm eine Kniehose mit, die er unterwegs abliefern sollte, und bat ihn, das Geld dafür in Empfang zu nehmen. Er lachte und sagte, er würde die Lieferung auf seinem Pferd machen, und dass solche Aufgaben von nun an ein Vergnügen für ihn seien und er sie sehr gerne für mich übernehmen werde.« Sie senkte den Kopf, und eine Träne tropfte ihr von der Wange. »Er ist ein guter Junge. Und mir ein guter Sohn.«

Ich wollte die wenigen guten Erinnerungen nicht stören, die ihr nach seinem Verschwinden geblieben waren, deshalb schwieg ich. Nach einer angemessenen Frist fragte ich: »Und seitdem gibt es keine Spur mehr von ihm?«

»Keine einzige.«

»Hast du im Schloss nachgefragt?«

»Mein Gatte gestattete es mir nicht. Er sagte, als Vater des Jungen sei das seine Aufgabe. Er machte sich auf nach Machecoul, kam aber lediglich mit der Nachricht zurück, dass Georges nie eingetroffen sei, um das Pferd abzuholen, und dass das Tier einem anderen gegeben worden sei.«

»Hast du ihn gefragt, wer ihm das sagte?«

»Wieder war es dieser Poitou, Milords Page.«

»Und dein Mann fragte ihn nicht weiter?«

»Mein Gatte erachtet Misstrauen gegen irgendjemanden außer seinem eigenen Sohn für unnötig.«

Ihr Groll war offensichtlich. Sie hatte nicht nur ihren Sohn verloren, sondern auch das Vertrauen in ihren Mann – eine trostlose Lage.

»Hast du nachgefragt, ob sonst jemand ihn an diesem Tag gesehen hat?«

»*Mais oui,* Mutter. Selbstverständlich.«

Nun nicht mehr Guillemette, sondern Mutter. Unsere junge Vertrautheit litt schon jetzt unter meinen eindringlichen Fragen. Was für eine Närrin war ich auch, dass ich diese Frage überhaupt gestellt hatte – hatte ich selbst doch jeden in der Umgebung von Champtocé mit meinen Fragen gequält, bis alle mich fürchteten wie die Pest.

»André Barbé sagte mir, er habe Georges an diesem Nachmittag Äpfel pflücken sehen. Er sah ihn hinter dem Haus, in dem *la famille* Rondeau wohnt, die dort einen Obstgarten hat. Er ist aber kein sonderlicher Freund von Äpfeln. Als ich das hörte, dachte ich, er hat es wohl für das Pferd getan.«

»Und sonst hat ihn niemand gesehen?«

»Kein Mensch.«

Wie viele Male hatte ich anhand dessen, was andere mir sagten, Michels letzte Stunden zurückverfolgt? Zu viele, um sie zu zählen. »Dieser Mann Barbé, hat er dir sonst noch etwas über Georges berichtet?«

»Das war alles, was er sah. Er sah nicht, wie Georges den Obstgarten verließ. Das sah übrigens auch sonst niemand, und ich habe viele gefragt. Aber Barbé hatte mir noch etwas anderes zu berichten.« Sie atmete tief durch. »Er sagte mir, er habe auf der Straße zwischen Machecoul und Nantes einen Mann getroffen, einen Fremden. Als Barbé ihm sagte, dass er aus Machecoul stamme, wurde der Fremde sehr aufgeregt und sagte ihm, er solle auf seine Kinder aufpassen, denn sie liefen Gefahr, verschleppt zu werden. Er sang dieses kleine *chanson,* das er gehört hatte; es ging etwa so: ›Sur ce, l'on lui avait dit, en se merveillant, qu'on y mangeout les petits enfants.‹«

Ich war verblüfft. Es war genau der Satz, den Jean mir geschrieben hatte, die erinnerten Worte, die mein Interesse an ihrer Notlage überhaupt erst geweckt hatten, ebenjene, die ich auch von dem beunruhigten Fremden zu vernehmen meinte, der mir den Weg hierher beschrieben hatte. Aber Georges war sechzehn Jahre alt, er war kein kleines Kind, auf jeden Fall nicht klein genug, um gegessen zu werden. Aber nicht alle Sechzehnjährigen waren schon so groß wie ein Mann. »Agathe«, fragte ich leise, »war Georges von zierlichem Wuchs?«

»Er hatte seine volle Größe noch nicht erreicht.«

»Hat dieser Barbé dir gesagt, woher dieser Fremde kam?«

»Saint-Jean-d'Angély.«

Eine ziemlich große Entfernung. Doch schlechte Nachrichten verbreiten sich schnell, vor allem auf dunklen Wegen.

Auf ihr Beharren hin blieb ich noch eine Stunde bei Agathe le Barbier, obwohl in der Angelegenheit, die mich zu ihr geführt hatte, kaum mehr etwas zu sagen war. Sie tischte mir auf, und ich nahm das Angebot an, es wäre eine Beleidigung gewesen, es nicht zu tun. In der Zeit meiner tiefsten Trauer um Michel war es mir fast unvorstellbar gewesen, auch nur zehn Schritte zu gehen, außer jemand zwang mich dazu. Madame le Barbier war von ihrem Dorf durch den Wald bis zur Klosterkirche gegangen und in ihrer Ärmlichkeit vor den Bischof und mich getreten, um eine Geschichte zu erzählen, die kaum Gehör fand. Dann hatte sie sich in der abscheulichen Dunkelheit auf den Heimweg gemacht. Heute hatte sie dem Stachel meiner Fragen standgehalten. Sie war eine Frau von bewundernswerter Stärke, die meine ganze Achtung verdiente.

Jetzt war es an mir, eine solche Stärke zu beweisen. Als ich auf dem Rückweg ins Kloster durch den dunkler werdenden Wald, durch Schatten und Fallgruben und schnappende Äste eilte, hielt ich meine Angst mit einer ganz andersartigen Ablenkung in Schach: Welch unerfreuliche Form würde Jean de Malestroits prächtige Augenbraue annehmen, wenn ich später mit ihm sprach?

»›... hatte ihm jemand verwundert berichtet, dass sie dort kleine Kinder essen.‹«

»Das habt Ihr gehört?«

»Ja, in einem Liedchen, Euer Eminenz, von einem Mann, der mir den Weg beschrieb. Und es wurde mir erzählt von jemandem, der es von einem anderen gehört hatte, dem es wiederum erzählt worden war...«

Ich erwähnte Madame le Barbiers Rolle in dieser Nachrichtenkette ebenso wenig wie die von Jean; beides erschien mir überflüssig und würde ihn nur vom Kern der Sache ablenken. »Aber das war genau das, was der Mann zu ihm gesagt hatte, Wort für Wort dasselbe, was er mir sagte, das schwört der Zeuge zumindest...«

»Guillemette, ich habe Euch doch schon so oft gesagt, dass Klatsch nicht hinnehmbar ist.«

»Das war kein Klatsch«, sagte ich mit fester Stimme, obwohl meine Knie beinahe zitterten. »Ich erfuhr es im Verlauf meiner Nachforschungen.« Schließlich zog ich Jeans Brief aus dem Ärmel und faltete ihn ungehaltener auf, als ich es hätte tun sollen. »Und schaut, hier ist es, bis aus Avignon, geschrieben von meinem geliebten Sohn. All das hat unmittelbar mit dem Grund meiner Reise nach Machecoul zu tun.«

Mir stockte der Atem. Ich hatte mich verraten! Ein beinahe niederträchtiges Lächeln kroch über das Gesicht des Bischofs. »Dann muss ich Euch falsch verstanden haben«, sagte er. »Ich glaube, Ihr sagtet, Ihr müsset nach Machecoul wegen Garnen und Nadeln.«

Bei einer Unwahrheit ertappt, suchte ich verzweifelt nach einer Erklärung. »In der Tat, Eminenz. Das war meine ursprüngliche Absicht.«

»Guillemette, Ihr braucht mich nicht anzulügen. Ich bin doch kein so schwieriger Mann, bei dem eine Frau die Wahrheit verbiegen muss.«

Bei allen Heiligen, dieser Mann lud mit seiner Strenge doch geradezu zum Lügen ein. Aber nun war nicht die Zeit, um darüber zu sprechen, dies konnte man nur in einem entspannten und ruhigen Augenblick tun, wenn er hilfreicher Kritik vielleicht zugänglicher war. Unterwürfig senkte ich den Kopf und hoffte, es würde wirken. »Bitte gestattet mir, mich zu entschuldigen, Eminenz, wegen meines mangelnden Vertrauens in Eure Anständigkeit. Ich gestehe, dass ich unbedingt noch einmal mit Madame le Barbier sprechen wollte, und ich hätte es Euch sagen sollen.«

Seine Miene wurde milder. »Ja, das hättet Ihr.«

»Aber ich benötigte diese Dinge tatsächlich. Und da ich sowieso nach Machecoul gehen wollte, dachte ich mir, es wäre hilfreich, in dieser anderen Sache Nachforschungen anzustellen.«

Er betrachtete meine leeren Hände. »Dann habt Ihr Eure Einkäufe also weggeräumt, bevor Ihr zu mir kamt.«

Heilige Jungfrau, rette mich! »Nein…«

»Nun, wo sind sie dann?«

»Es gibt keine!«, rief ich ungeduldig. »Es gab nichts nach meinem Geschmack. Der Markt schien aus irgendeinem Grund ziemlich leer.«

Die Augenbraue senkte sich wieder auf einer Seite. »Gar nichts?«

»Nein«, erwiderte ich schüchtern.

»Hmmm. Vielleicht waren ja alle Händler heute hier in Nantes; wie schade. Oft kommt Ihr von Euren Ausflügen mit mehr Einkäufen zurück als ursprünglich beabsichtigt. Und nach Eurer Rückkehr bringt Ihr Stunden damit zu, die Vorzüge Eurer Einkäufe zu preisen, in dem Bemühen, wie ich erkannt habe, Eure Ausgaben aus der Schatztruhe des Klosters zu rechtfertigen, doch ich muss auch gestehen, dass ich dieses Euer Bemühen immer mit großer Vorfreude erwarte, denn Ihr glüht förmlich, und es ist ein Vergnügen zu sehen, mit welchem Einfallsreichtum Ihr Verwendungen für die Dinge erfindet, die Ihr gekauft habt. Heute seid Ihr zurückgekommen mit leeren Händen und ohne Geschichten bis auf diese wilden Märchen von gefressenen Kindern.«

»Wenigstens waren sie nicht mit Kosten verbunden...«

»...was ihrem vermutlichen Wert entsprechen dürfte.«

Einen verblüfften Augenblick lang fragte ich mich, ob Etienne mich so gut gekannt hatte, wie dieser Mann es offensichtlich tat. »Ich gestehe, ich war ein bisschen abgelenkt von der Sache mit dem verschwundenen Kind. Aber wenigstens habe ich kein Geld vergeudet.«

»Nein, nur Zeit. Und *ein bisschen* scheint mir ein milder Ausdruck für den Grad Eures heutigen Abgelenktseins.«

»Eminenz, meine Pflichten wurden versehen, bevor ich von hier aufbrach. Ich gebe zu, dass eine meiner Absichten im Lauf des Tages die Oberhand gewann. Aber Ihr müsst auch einsehen, dass diese Geschichte einer Nachforschung wert ist – Kinder sind verschwunden, und zwar auf völlig unerklärliche Weise. Kinder. Soweit man weiß, keine Kinder von Stand, aber...«

»Sicher wissen wir es nur von einem Kind.«

»Es gibt hartnäckige Gerüchte über andere.« Meine Stimme war ziemlich schrill geworden, so dass sie sogar in meinen Ohren unangenehm klang. »Ihr wisst doch über alles Bescheid, was in diesem Reich vor sich geht. Eure Ratgeber haben sicherlich von dieser Sache gesprochen.«

»Ihr übertreibt. Es gibt viele Dinge, die ich nicht weiß. Und meine ›Ratgeber‹, wie Ihr sie so höflich nennt, haben mir nichts gesagt.«

Ein Mann mit so viel Macht wie er, der so vieles für sich und andere zu schützen hatte, musste doch ohne jeglichen Zweifel viele Zuträger haben, die ihm wichtige Neuigkeiten lieferten. Er konnte sicherlich ohne große Schwierigkeiten in Erfahrung bringen, was er wissen musste und wollte. »Es entspricht nicht der natürlichen Ordnung der Dinge, dass Kinder verschwinden«, sagte ich. »Ihr könnt doch bestimmt herausfinden, was mit ihnen geschieht.«

»Schwester, wollt Ihr damit andeuten, dass etwas Unnatürliches mit ihnen geschieht, falls tatsächlich eine böse Absicht vorliegt? Es wäre doch viel näher liegend, dass diese Kinder einfach davongelaufen oder aufgrund eines unglücklichen Zufalls verschwunden sind und ihre Überreste noch nicht gefunden wurden. Und wir reden hier von einigen wenigen Kindern, nicht von Dutzenden. Wären es Dutzende, wäre das eine ganz andere Lage.«

»Vielleicht sind es ja Dutzende. Es wäre vernünftig, das herauszufinden, bevor wir diese Verschwindensfälle als nichts Ungewöhnliches abtun.«

»Ach, ach!«, sagte er. »Reine Zeitverschwendung.«

Ich ließ einen Augenblick kalten Schweigens verstreichen, bevor ich sagte: »Ihr würdet nicht so denken, wäre es *Euer* Kind.« Ich warf einen Blick auf die Utensilien des Gottesdienstes, die auf dem Tablett bereitlagen. »Eure Vorbereitungen sind abgeschlossen. Mit Eurer Erlaubnis, Eminenz, werde ich mich jetzt in meine Kammer zurückziehen. Zu persönlichen Gebeten. Ich glaube, die Reise hat mich doch sehr mitgenommen.«

Ohne auf seine Antwort zu warten, senkte ich den Kopf und ging zur Tür. Plötzlich spürte ich seine Hand auf meiner Schulter. Ich drehte mich um und starrte ihn wütend an.

»Es tut mir Leid, Guillemette.« Er war völlig zerknirscht, zumindest für den Augenblick. »Ihr habt ja Recht«, sagte er. »Mir fehlen die Voraussetzungen, um Eure Gefühle in dieser Sache zu verstehen.«

Ein Lächeln der Dankbarkeit drängte auf meine Lippen, doch ich bezwang es und nutzte den Vorteil des Augenblicks, den er mir so günstig eröffnet hatte – nicht einmal die Jungfrau von Orléans hatte mir in dieser Hinsicht viel voraus. »Eminenz, lasst mich herausfinden, ob es noch mehr Fälle gibt, und falls es sie gibt, erbitte ich Euren Segen, meine Ermittlung noch weiter fortführen zu dürfen.«

Seine Zerknirschung, so schien es, reichte nicht so weit, dass er mir eine solch verwegene Bitte gewährte. »Ihr habt Pflichten hier, muss ich Euch daran erinnern?«

»Das braucht Ihr nicht.«

»Es würde erfordern, dass Ihr über Land reist – was sehr gefährlich ist.«

»Ich bin Äbtissin. Niemand wird mir etwas tun.«

»Auch eine Äbtissin ist eine Frau. Es gibt Männer da draußen, die sogar der Heiligen Jungfrau Gewalt antun würden, wenn sie die Gelegenheit dazu hätten.«

Ich schluckte schwer und sagte: »Dennoch werde ich gehen. Und wenn Ihr es mir verbietet, werde ich diesen Schleier ablegen, und dann könnt Ihr mir gar nichts mehr verweigern außer den Sakramenten.«

Hrrmp. »Gott möge Euch für Eure Halsstarrigkeit bestrafen.«

»*Au contraire,* Bruder, Gott wird mich für meine Tapferkeit belohnen. Ihr werdet sehen.«

»Nur Er weiß, wie Er diese beiden Wesenszüge zu betrachten hat. Tut, was Ihr wollt, Guillemette, Ihr werdet es sowieso tun.« Dann fügte er mit gewissem Widerwillen hinzu: »Wenn Ihr dies Eurer Zeit für würdig erachtet, dann muss ich mich wohl auf Euer Urteil verlassen. Aber bitte seid diskret. Wir wollen keine unnötige Aufregung unter den Leuten verursachen.«

Es war eine Gabe, aber keine ohne Gegenleistung, denn nachdem er mir seinen Segen erteilt hatte, musste er noch eine strenge Ermahnung anfügen: »Nur lasst Euch von dieser Sache nicht verzehren.«

»Ich werde mir Mühe geben.« Ich verbeugte mich leicht und wandte mich zum Gehen, doch Jean de Malestroit fasste mich sanft am Arm und hielt mich zurück.

»Gott würde es sehr freuen, wenn Ihr hier betet anstatt in Eurer Kammer.«

Gott, also wirklich. Sein Bischof war es, der mich hier haben wollte. Ich nickte zum Zeichen meines Einverständnisses, doch so würdevoll, wie ich nur konnte.

»Gut«, sagte Jean de Malestroit. Er nahm das Tablett zur Hand und wandte sich zur Tür, stellte es aber dann wieder ab und sagte mit einem Seufzen: »Eines Tages wird Gott mich für die Unzulänglichkeiten meines Gedächtnisses zur Rechenschaft ziehen. Hier ist ein Brief für Euch. Aus Avignon.« Er zog eine Schriftrolle hervor.

Jean. Mein Herz machte einen Satz, während ich gierig die Hand nach dem Pergament ausstreckte. Seine Eminenz hatte Recht. Er würde meine Leidenschaft nie verstehen.

4

Ellen Leeds hatte »rot« gesagt, in dem trüben Licht wirkte diese Jacke aber eher kastanienbraun, und deshalb versuchte ich, meine Aufregung zu zügeln. Ich war sehr froh um die Grundausbildung in Ermittlungstechnik, die alle Streifenbeamten durchlaufen mussten, denn der Kollege hier hatte sich davor gehütet, sie aufzuheben. Das erwies sich in diesem Fall als doppelt wichtig, denn als ich mich hinkniete und sie mit meiner Taschenlampe genauer untersuchte, entdeckte ich oben auf der Jacke ein kleines, zerknülltes Stück Papier.

Ein schmaler Streifen – vielleicht eine weggeworfene Quittung. Es konnte hierher geweht worden sein, doch bei so wenig Wind war das unwahrscheinlich. Ich schaute mich noch einmal um, um die Luftbewegung abzuschätzen; den ganzen Bürgersteig entlang rührte sich nirgendwo ein Blatt. Das kleine weiße Papier lag locker auf einem Ärmel, in der Nähe des Ellbogens. Wenn es tatsächlich hierher geweht worden wäre, dann hätte es sich wahrscheinlich in einer der Falten oder sogar am unteren Rand der Jacke verfangen. So aber lag es auf einem glatten Teil des Stoffes. Es musste nach der Jacke auf diesem Punkt gelandet sein, und falls es wirklich eine Quittung war, sollte eigentlich eine Uhrzeit aufgedruckt sein.

Wir ließen alles an Ort und Stelle. Einer der Streifenbeamten ging mit dem Messrad den Fundort ab und nannte die Abstände. Ich blieb am Boden, schoss ein paar Fotos und hoffte das Beste. Etwas huschte davon, als der Blitz losging. Ich zeichnete eine grobe Karte in mein Notizbuch, die die Entfernung zu zwei unveränderlichen Orientierungspunkten zeigte – der eine ein Hydrant, der andere eine Straßenlaterne; beides würde in den nächsten Tagen aller Wahrscheinlichkeit nach nicht entfernt werden. Als alles vorschriftsmäßig dokumentiert war, steckte ich beide Beweismittel in Plastiktüten und beschriftete sie. Bis auf einige Zweige und Blätter, die sich nicht vom Stoff lösten, als ich sie aufhob, sah die Jacke sauber aus und war in einem ausgezeichneten Zustand.

Das Stück Papier war, wie ich gehofft hatte, wirklich eine Quittung. Der Drucker brauchte offensichtlich eine neue Kartusche, denn die Beschriftung war kaum zu entziffern. Kurz überlegte ich mir, ob das Papier vielleicht schon eine ganze Weile dort draußen gelegen hatte und vielleicht doch hingeweht worden war. Aber ich konnte die Buchstaben und Ziffern eben noch entziffern, es war eine Quittung über den Kauf eines Kartons Milch und einer Schachtel Zigaretten in einem Laden gleich um die Ecke an diesem Morgen um zwei Minuten nach acht, und zu dieser Zeit hatte die Jacke aller Wahrscheinlichkeit nach bereits auf dem Boden gelegen.

In den Taschen fand ich nicht viel, zumindest nichts, was sie als Nathan Leeds' Jacke hätte identifizieren können. Es war kein Name eingestickt oder aufs Etikett geschrieben – mit zwölf Jahren würde er das seiner Mutter bestimmt nicht mehr erlauben, wie mein eigener Sohn Evan, der mich in diesem Alter beinahe gekreuzigt hätte, als er mich mit einem Magic Marker in der einen Hand und seiner neuen Windjacke in der anderen ertappte.

Mom, was soll denn das, ich bin doch kein Baby mehr... Jeffs Mutter hat schon vor Jahren damit aufgehört...

Ich zog drei leere Kaugummipapiere und drei Pennys heraus. Aber keinen Geldbeutel, den hatte er sicherlich in der Schultasche. Während die Streifenbeamten weiter das Gelände absuchten, ging ich zum Auto zurück, um die Beweismittel zu verstauen und mir das Foto noch einmal anzusehen, das Nathans Mutter mir gegeben hatte. Es war eine Aufnahme im Freien; er trug allerdings nicht die fragliche Jacke, sondern ein T-Shirt. Der Aufdruck zeigte die zahnreiche, bedrohliche Silhouette irgendeines Ungeheuers, umgeben von dem Schriftzug *La Brea Tar Pits.* Es sah sehr beängstigend aus.

Inzwischen dürfte der Junge selbst sehr verängstigt sein. Falls er noch am Leben war.

Weitere Streifenwagen kamen hinzu und sperrten das Gelände ab. Die ganze Nacht lang würde ein armer Anfänger in seinem Auto an einem Ende des abgesperrten Geländes sitzen müssen, um es vor Zerstörungen durch Passanten zu schützen. Und ich würde früh am nächsten Morgen mit einem Spurensicherungsteam zurückkehren, um alles noch einmal bei Tageslicht zu untersuchen. Ich hätte mir Hochleistungsscheinwerfer bringen lassen können, aber für eine detaillierte Suche ist Tageslicht das Beste, weil man bei Kunstlicht einfach nicht dasselbe sieht. Und die Entführung, falls es tatsächlich eine gegeben hatte, hatte bei Tageslicht stattgefunden, soweit ich das feststellen konnte. Man kann so viel erkennen – vielleicht ist *erspüren* das bessere Wort –, wenn die Bedingungen, unter denen das Verbrechen stattfand, reproduziert werden können.

Es war ein Uhr morgens, und ich wusste, dass Nathans Mutter noch wach sein und wahrscheinlich sogar neben dem Telefon sitzen würde. Das hätte zumindest ich in dieser Lage getan. Ich roch Zigarettenrauch, als Ellen Leeds die Tür öffnete. Eine dünne Rauchfahne stieg träge von der glühenden Spitze der Kippe in ihrer linken Hand hoch. Sie schob die Hand sofort hinter den Rücken. Vielleicht hatte ich unbewusst die Nase gerümpft.

»Normalerweise rauche ich in der Wohnung nicht.«

»Ich würde inzwischen rauchen wie ein Schlot, wenn ich Sie wäre.«

Sie winkte mich mit der freien Hand in die Wohnung und schloss die Tür hinter mir, mit demselben *Klickklack* von Schlössern, das ich schon einmal gehört hatte. »Ich weiß, dass es sehr spät ist«, sagte ich als eine Art Entschuldigung, »aber ich dachte, Sie wollten sofort informiert werden, wenn sich irgendetwas ergibt.«

Die Plastiktüte mit ihrem Inhalt konnte sie nicht sehen. Sie steckte in einer großen Leinentasche, die ich immer im Auto lasse. Ich trage Indizien nicht gern vor aller Augen spazieren, sondern versuche, sie vor Blicken zu schützen, soweit das möglich ist.

Hoffnung huschte über ihr Gesicht und ließ sie um Jahre jünger wirken. »Haben Sie ihn gefunden?«

»Nein, das haben wir leider nicht. Aber es gibt ein Indiz, das Sie sich ansehen sollten.«

Die Jahre kehrten mit scheußlicher Grausamkeit zurück. »Was für ein Indiz?«, flüsterte sie voller Angst.

»Eine Jacke.«

Sie schloss die Augen und schwieg einige Sekunden. Dann öffnete sie sie wieder und fragte: »Ist Blut daran?«

»Nein. Zumindest nicht, soweit ich das im Augenblick sehen kann. Eine genauere Untersuchung ergibt vielleicht noch etwas, und natürlich geht sie noch ins Labor, aber für mich sieht sie ziemlich sauber aus. Natürlich ist das nur ein erster Eindruck.«

Sie griff nach der Tüte. Ich zog sie zurück und hielt sie geschlossen. »Es tut mir Leid, aber ich kann Ihnen im Augenblick nicht gestatten, die Jacke zu berühren, weil Kontaminationen den Beweiswert vor Gericht mindern können. Aber Sie müssten mir die Jacke als die Nathans identifizieren, falls Ihnen das möglich ist.« Natürlich schoss ihre Hand vor, aber sie beherrschte sich und zog sie zurück. »Ich muss das Etikett sehen«, sagte sie. »Nathans Jacke wurde von einer Firma namens Harmony hergestellt. Am Kragen sollte ein schwarzes Etikett sein mit ein paar Noten und dem Schriftzug *Harmony* darauf. Ich glaube, in blauer Stickerei.«

So war es dann auch.

Drei Stunden Schlaf sind nicht gerade viel, aber mit den Kindern, die mich nachts oft wach gehalten haben, und meiner Arbeit, die mich mit ärgerlicher Regelmäßigkeit aus dem Bett holt oder mich vom Schlafen abhält, habe ich mich anscheinend daran gewöhnt. Evan war ein anständiger Schläfer, und Frannie war ganz in Ordnung, aber Julia schlief überhaupt nicht, bis sie fünf war. Sie weinte nicht, aber sie wollte spielen, und sie plapperte und plapperte in ihrem Bettchen, bis jeder im Haus hellwach war. Eigentlich wollte sie nichts anderes als Gesellschaft, aber natürlich ließ sich ihr Vater nie dazu herab, aufzustehen und mit ihr zu spielen. Es war immer ich. Doch je älter ich werde, desto schwerer fällt es mir, den Schlafmangel zu kompensieren. Als ich an diesem Morgen ins Revier zurückgekehrt war, alle nötigen Formulare ausgefüllt, ein neues Fax verschickt und die Beschriftung der Beweismittel vervollständigt hatte, war ich so aufgedreht, als hätte ich gerade eine ganze Kanne Kaffee getrunken.

Um sieben Uhr war ich bereits wieder vor Ort, eine Stunde früher, als ich normalerweise im Revier eintreffe. Die Jungs von der Spurensicherung waren noch nicht da, aber der Streifenwagen war noch auf dem Posten. Ich zeigte dem Jungen meine Marke und sagte ihm, ich sei die Ermittlungsleiterin. Er winkte mich durch, als müsste er das tun.

Jeder Tatort hat eine eigene Persönlichkeit. Ich stelle mich immer gern in die Mitte eines solchen Schauplatzes und lasse die Nuancen auf mich wirken. Einige Kollegen halten mich für verrückt, aber meine Falllösungsquote ist besser als die aller anderen in der Abteilung, deshalb sagen sie nicht viel.

Die Straße war eine ruhige Mischung aus kleinen Häusern und Läden. Kaum Aktivität, nicht einmal um das abgesperrte Gelände herum. Die meisten Läden gehörten zur später öffnenden Art – ein Delikatessengeschäft, ein Haar- und Nagel-Studio, eine Weinhandlung. Ich hätte mir einen Donut-Laden gewünscht, denn dann hätte vielleicht eher jemand etwas gesehen. Gegenüber der Stelle, wo wir die Jacke gefunden hatten, befand sich ein mit Brettern vernageltes altes Theater, an dem Schilder verkündigten, dass es renoviert werde. Einige Leute, die früh zur Arbeit mussten, gingen vorbei, aber nur eine Frau blieb tatsächlich stehen und fragte etwas. Ich sagte ihr, was passiert war, und fragte sie nach der Nachbarschaft.

»In den Häusern wohnen vorwiegend arbeitende Leute, keine Unruhestifter, und wir alle kümmern uns um unsere eigenen Dinge.«

»Wann verlassen die meisten der Anwohner das Haus, falls Sie das wissen?«

Sie wusste es nicht. Aber ich war ungefähr zu der Tageszeit hier, als Nathan aller Wahrscheinlichkeit nach entführt worden war, und die Gegend machte einen ziemlich verlassenen Eindruck. Es war also sehr wahrscheinlich, dass niemand aus der Nachbarschaft etwas beobachtet hatte.

Als ich in die Abteilung zurückkehrte, war es kurz vor acht, und ich fühlte mich schon wieder verdammt müde. Es war eine Nacht mit wenig Schlaf, aber meinem üblichen Albtraum gewesen: Ich bin im Freien, und es ist so kalt, dass mir der Rotz gefriert. Ich trage Sandalen und ein Tank-Top, aber der Schnee liegt kniehoch. Ich stapfe hindurch, aber Gott weiß wohin, denn ich scheine nie ein Ziel zu haben, ich laufe einfach, und ich spüre den Schnee an meinen Beinen reiben. Dieses Mal hatte ich ein Pferd, das aussah wie diese Mutanten in *Krieg der Sterne,* wie das Tier, das Luke Skywalker ausweidete und in dem er sich versteckte, um warm zu bleiben, bis Han Solo ihn rettete. Ich schwöre, ich konnte in diesem Traum den fauligen Gestank riechen.

Wo war George Lucas, wenn man ihn brauchte? An diesem Morgen hätte ich einige Spezialeffekte gut gebrauchen können. Tränensäcke unter den Augen, Haare, die mir im Spiegel nur ein verächtliches *Ach, lass es* entlockten. Ich funktionierte mit Adrenalin, aber der Tank war fast leer. Als ich bei der Morgenbesprechung aufstand und über den Fall berichtete, hatte ich Angst, ich müsste mich mittendrin übergeben. Danach sagte einer der Jungs zu mir: »Du klingst fix und fertig.«

»Ja«, antwortete ich ihm. »Du musst ein Detective sein.«

Von der Besprechung ging ich direkt in Lieutenant Fred Vuskas Büro, um ihm einen ausführlicheren Bericht zu geben. Fred ist ein wirklich guter Mann, der sich für uns alle in der Abteilung bei seinen Vorgesetzten einsetzt, die richtige Arschlöcher sein können. Aber er steht unter großem politischem Druck, der arme Kerl. Er war immer das Verbindungsglied zwischen den Leuten, die die Arbeit machen – wir –, und denen, die darüber theoretisieren, wie wir sie machen sollten, üblicherweise »die« genannt. Das Letzte, was er von mir hören wollte, war eine Bitte um zusätzliches Personal für eine gründlichere Suche nach Nathan Leeds.

»Alle Streifenwagen waren gestern Nacht unterwegs auf der Suche nach diesem Jungen. Keiner hat ihn gesehen. Sie wissen ja gar nicht sicher, ob er wirklich verschleppt wurde. Er könnte doch auch ausgerissen sein.«

»Wir haben seine Jacke gefunden.«

»Die hat er wahrscheinlich verloren. Oder weggeworfen, weil sie ihm nicht cool genug war. Ich will Ihnen gar nicht sagen, wie viele Jacken meine Kinder verlieren.«

»Ich habe einfach nur das Gefühl, dass der Junge kein Ausreißer ist.«

»Gestützt auf was?«

Ich wollte sagen: *Dieses Mädchen-Ding, das ihr nicht kapiert, das Ding, das wir Intuition nennen.* Aber das wäre respektlos und sexistisch gewesen, und diese Art von Selbstgerechtigkeit hatte man mir ja abtrainiert. »Ich habe das Zuhause gesehen, mit der Mutter gesprochen.«

»Auch schon andere Befragungen durchgeführt?«

»Nur mit einer Anwohnerin dieser Straße, aber das war ein echter Schnellschuss, und sie hatte mir eigentlich nichts zu sagen.«

Er starrte mich lange und ungläubig an.

»Lany, machen Sie Ihre Befragungen. Wenn Sie irgendwas ermitteln, das Sie in ihrem Gefühl bestätigt, dass der Junge nicht einfach nur davongelaufen ist, kommen Sie damit zu mir. Wir schauen es uns dann noch einmal an.«

»Mein Gott, der Junge ist zwölf.«

Jetzt wurde er zynisch. »Schauen Sie sich doch ein paar dieser Zwölfjährigen an. Kommen Sie. Ich fahre mit Ihnen nach Venice Beach, und wir fragen die Punks, die dort herumhängen, wie alt sie sind. Machen Sie sich auf die Socken, und finden Sie was Handfestes.«

Das Training hatte bei Fred offensichtlich nicht gewirkt.

Mittlerweile verspürte ich den ernsthaften Wunsch, ich hätte einen Schlüssel zur Eingangshalle von Ellen Leeds' Gebäude. Ich konnte natürlich bei ihr klingeln und sie bitten, mich einzulassen, aber dann würde sie erwarten, dass ich zu ihr komme, um sie auf den neuesten Stand zu bringen, und im Augenblick war ich etwas zu reizbar, um diplomatisch mit ihr umgehen zu können. Also wartete ich, bis jemand herauskam, zeigte demjenigen meine Marke und wurde eingelassen.

Ich brauchte einige Augenblicke der Orientierung, um herauszufinden, welche Wohnungen auf welcher Gebäudeseite mich überhaupt interessierten. Es mussten alles Eckwohnungen oberhalb der dritten Etage sein, denn alle anderen lagen zu tief oder im falschen Winkel zum Tatort. Das erleichterte mir die Arbeit, um die gesamte Westseite des Hauses brauchte ich mich also nicht zu kümmern.

Es war gegen neun Uhr dreißig, es würden also nicht allzu viele Bewohner zu Hause sein. Die erste Wohnung, bei der ich klingelte, war leer, ich schrieb also *Bitte rufen Sie mich an* auf eine Visitenkarte und klemmte sie in den Türspalt. Der Bewohner auf der vierten Etage war zu Hause, aber sehr verärgert, weil er Nachtschicht gehabt hatte und eben erst ins Bett gestiegen war. Er sagte, er sei gestern erst gegen halb zehn nach Hause gekommen, und zu diesem Zeitpunkt war das Verbrechen (falls tatsächlich eins vorlag) bereits begangen worden und der Täter verschwunden. Ich ließ mir Namen und Telefonnummer seines Arbeitgebers geben, um mir seine Angaben bestätigen zu lassen, dankte ihm dann und entschuldigte mich, weil ich ihn geweckt hatte.

Auf der fünften Etage war niemand zu Hause, ich hinterließ wieder eine Karte. Auf der sechsten wollte ich eben *Bitte rufen Sie mich an* auf eine Karte schreiben, als die Tür doch noch von einer sehr betagten Dame geöffnet wurde, deren süßliches Parfüm mich schlagartig in die Sechziger zurückversetzte. Sie war adrett gekleidet, und ihre bläulich schimmernden Haare sahen aus wie frisch frisiert. Bereits um diese Uhrzeit trug sie Perlenkette und Lippenstift – mehr als ich je trage. Das Rot verlief wie kleine Bächlein in den Falten an ihrer Oberlippe.

»Ach, kommen Sie nur rein«, sagte sie, als sie meine Marke sah. Ich hatte ihr den Grund meines Besuches noch gar nicht genannt, aber das schien für sie unwichtig zu sein. Ein Besucher war ein Besucher, und ich war Polizistin und deshalb ungefährlich. Alte Leute und Kinder denken so.

»Darf ich Ihnen Tee oder Kaffee anbieten, Officer?«

»Oh, nein, vielen Dank, Ma'am.« Ich hatte sie auch noch nicht nach ihrem Namen gefragt. Sie folgte mir mit dem Blick, als ich langsam zu dem großen Fenster ging. Die Straße, die ich sehen wollte, war gut sichtbar. Auf einem kleinen Tisch neben einem üppigen Polstersessel lag ein Fernglas, wie man es zur Vogelbeobachtung benutzen mochte.

»Sie haben eine schöne Aussicht hier«, sagte ich.

»Ja, das stimmt. Das ist der Grund, warum ich mich in diesem Gebäude eingemietet habe.«

Ellen Leeds' Gründe waren ganz andere gewesen.

»Ich war so ziemlich die erste Mieterin hier«, fuhr sie fort. »Das war, warten Sie mal, vor zwanzig Jahren. Jetzt warten sie darauf, dass ich sterbe, damit sie die Wohnung an einen Jüngeren mit viel mehr Geld weiter vermieten können.«

Ich musste lächeln. »Kann ich mir denken«, sagte ich. Ich nahm das Fernglas in die Hand. »Beobachten Sie Vögel?«

»Ein bisschen, aber nicht sehr ernsthaft. Ich hatte mal eine Bekanntschaft, einen Herren – der ist jetzt auch schon seit zehn Jahren tot –, der es sehr gerne tat. Was Sie da in der Hand halten, ist sein Glas.«

Ich stellte es taktvoll auf den Tisch zurück.

»Inzwischen schaue ich meistens nur, was draußen in der Welt vor sich geht.«

Ach bitte, bitte, bitte, flehte ich stumm. »Mrs. ... ich meine, Ma'am...«

»Mrs. Paulsen.«

Ich schrieb den Namen in mein Notizbuch. »Ich frage mich, ob Sie vielleicht gestern Morgen um halb acht oder ein bisschen später zum Fenster hinausgeschaut haben. Ein kleiner Junge, der in diesem Gebäude wohnt, ist verschwunden, und er wurde gestern Morgen auf dem Weg zur Schule zum letzten Mal gesehen.«

Sie hob kaum merklich die Augenbrauen. »Ach, deswegen also die ganze Aufregung.«

»Ja.«

»Da muss ich einen Augenblick nachdenken.« Sie setzte sich bedächtig in ihren Sessel. »Mal sehen, gestern Morgen... Ich stand zur gewohnten Zeit auf, Viertel nach sechs – und duschte. Dann trank ich meinen Kaffee und holte die Zeitung herein – ich habe da einen kleinen Jungen, der sie mir auf die Schwelle legt, wissen Sie – und las eine Weile. Ich weiß noch, dass ich um sieben den Fernseher einschaltete, um mir *Today* anzusehen – ich mag diesen Al Roker sehr gern...«

So beschrieb sie weiter die Details ihrer morgendlichen Routine, und für mich klang das sehr entspannt, fast wie im Himmel.

»Wissen Sie, ich war zu der Zeit wirklich am Fenster. Ich weiß noch, dass ich Kinder auf dem Schulweg gesehen habe. Da ist dieses eine Mädchen, das immer so hübsch aussieht, ihre Mutter zieht sie sehr adrett an, und sie hüpft immer auf ihrem Weg – erinnert mich daran, wie ich selber zur Schule gegangen bin. Wir trugen damals immer Kleider, wissen Sie, nicht wie heute, wo sie ja fast gar nichts mehr anhaben...«

»Sie sagten, Sie hätten *Today* laufen gehabt, erinnern Sie sich noch, worüber in der Sendung gesprochen oder was getan wurde, als Sie hinausschauten und die Kinder sahen?«

»Ja, das weiß ich noch. Diese Dame mit den Stoffen und den Sachen war dran und machte irgendeine Dekoration.«

Martha Stewart. Ein kurzer Anruf beim Lokalsender, um mir die genaue Sendezeit geben zu lassen. Ich zog Nathan Leeds' Foto aus meinem Fallordner und gab es ihr. »Haben Sie zufällig diesen Jungen auf seinem Schulweg gesehen?«

Sie betrachtete das Foto einen Augenblick lang. »Ja, den habe ich gesehen. Aber er ging die Straße nicht ganz hinunter, wie er es sonst tut.«

Ach bitte, bitte. Mein Herz klopfte ein wenig schneller. »Wie meinen Sie das, Mrs. Paulsen?«

»Nun ja, ungefähr auf halbem Weg, vor diesem kleinen weißen Haus, stieg er in das Auto ein.«

Genau dort, wo wir die Jacke gefunden hatten. Aber sie hatte *das* Auto gesagt, nicht *ein* Auto. »Bitte beschreiben Sie mir das Auto.«

»Ach, das ist gar nicht nötig. Sie können einfach runtergehen in die Garage und es sich selbst ansehen. Natürlich müssen sie warten bis später. An den Tagen, wenn sie wegfährt, kommt sie normalerweise erst zur Abendessenszeit nach Hause.«

Sie? Ich verstand nicht. »Soll das heißen, dass jemand aus diesem Gebäude ihn auf dieser Straße mitgenommen hat?«

»Nicht irgendjemand, meine Liebe, sondern seine Mutter.«

Ich weiß nicht, warum ich so wütend war. Eigentlich hätte sie zu den Ersten gehören müssen, die ich verdächtigte. Aber sie wirkte einfach nicht so.

Aber das hatte Susan Smith auch nicht, zumindest nicht nach außen hin. Andrea Yates… na ja, was kann man über die sagen? Smith war zumindest nicht verrückt. Sie hatte eine ziemliche Show abgezogen. Schwarzer Autodieb, meine Güte, aber die Beamten, die den Fall bearbeiteten, hatten sie bald durchschaut. Ich habe gelesen, dass die Ermittler sie schon am Tag des Verschwindens ihrer Söhne der Lüge verdächtigten. *Die Geschichte klang einfach zu glatt,* hatte einer von ihnen gesagt. Sie weinte, aber nicht an den richtigen Stellen. Meiner Meinung nach muss etwas völlig im Argen liegen, völlig verquer laufen, wenn eine Mutter ihren eigenen Kindern wehtut. Um sie umzubringen, muss sie eine Art Alien sein.

In einem unserer Fortbildungsseminare zur Täterprofilierung wurde auch ein Artikel über Smith behandelt. Ein Seelenklempner hatte viel Zeit damit zugebracht, sie zu befragen und dann zu analysieren, warum sie etwas so Unvorstellbares getan haben könnte, wie ihre Kinder im Auto festzuschnallen und es dann in einen See zu schieben, während sie drinnen schrien und weinten – er hatte alle möglichen Theorien über genetische Befehle und tief verwurzelte psychologische Zwänge. Sie habe ihre Kinder getötet, weil der Mann, den sie heiraten wollte, keine Lust hatte, sich um sie zu kümmern. Er wollte seine eigenen.

Der Psychiater führte weiter aus, dass dies ein »logisches biologisches Verhalten« von Seiten des Mannes sei – genau das waren seine Worte, das weiß ich noch genau, weil es mich so wütend machte. Männer, behauptete er, stünden unter dem »reproduktiven Zwang, Rivalen zu eliminieren«, die um Dinge konkurrieren, die seine eigenen Kinder vielleicht brauchen. Er sagte, wenn die Mutter Kinder von einem anderen Mann hätte, würde sie diese auf Kosten der Kinder bevorzugen, die sie mit diesem neuen Mann haben mochte, und dies würde die Verbreitung seines genetischen Materials gefährden.

Ich sage, das ist Blödsinn. Männer sind nicht so schlimm. Und wenigstens war der Kerl ehrlich zu ihr. Aber ein ehrlicher Mistkerl ist immer noch ein Mistkerl, und er hätte es besser wissen müssen, als sich mit einer Frau einzulassen, die kleine Kinder hat, weil das nichts als Kummer und Sorgen produziert. Und was Susan Smith selbst angeht: Für jemanden, der seine Kinder umbringt, fehlen mir die Worte.

Aber ich würde Gelegenheit haben, mit Ellen Leeds zu sprechen, und für sie würde ich Worte finden. Unmengen von Worten. Und Training hin oder her – sie würden weder einfühlsam noch respektvoll sein.

5

Le printemps *zeigt sich hier bei uns in Avignon schon in voller Blüte,* Maman. *Der Fluss ist angeschwollen vom kürzlichen Regen, und überall leuchten Farben. Die ganze Erde bereitet sich auf die wunderbare Wiedergeburt unseres Herrn vor, und voller Freude er-*

hebe ich mich jeden Tag von meinem Lager, gibt es doch so viel, für das wir ihm danken müssen.

Ich weiß, dass es im Norden noch sehr kühl sein muss, aber hier hatten wir bereits einige heiße Tage. Ich sehne mich danach, diese schwere Kutte gegen leichtere Gewänder zu tauschen …

Kein Mensch war in Hörweite. Ich griff an den Saum meines Schleiers und sagte laut: »Ach, mein lieber Sohn, wie gut verstehe ich diesen Wunsch, sich der Tracht zu entledigen.«

Seine Briefe waren immer voller süßer Witzeleien, redselig auf eine vertraute Weise, selten aber enthielten sie wirkliche Nachrichten, denn seine Stellung verlangte Vertraulichkeit. Dennoch vermeldete mir dieses Schreiben eine wundervolle Erweiterung des zuletzt Berichteten.

Täglich übernehme ich neue Pflichten, und wie es den Anschein hat, vertraut man mir völlig; es gehen Gerüchte, dass ich bald befördert werde … Manchmal kann ich mein Glück gar nicht verstehen … Ich muss nur immer wieder sagen, wie dankbar ich meinem frère de lait *Gilles für die Hilfe bin, die sein Einfluss mir hat zukommen lassen …*

Milords dankbare Diener, wir beide – Jean und ich waren uns so ähnlich. Viel mehr als er und sein Vater, der ein Krieger war, wie Jean nie einer hätte sein können. Aber Etienne und Michel waren Vater und Sohn bis ins Mark gewesen – in ihren Eigenarten, ihren Vorlieben und Abneigungen, ihrer Ausdrucksweise.

Die Ähnlichkeit zwischen den beiden war so auffällig, dass Milord Gilles sie noch erwähnte, als Michel schon lange nicht mehr bei uns war.

Zwillinge, sagte er oft zu mir, *viel mehr als Vater und Sohn – und beide so stattlich und hübsch. Euer Michel hatte das Gesicht eines Engels.*

Das hatte auch Etienne, doch das war Ansichtssache. Dennoch hätte ich mit Milord bei der Beurteilung ihrer beider Aussehen nicht in größerem Einklang stehen können.

Mon cher fils, schrieb ich vor meinem Aufbruch, *es erfüllt mich mit großem Stolz, von deiner Verbesserung zu lesen. Aber es wundert mich nicht. Es wird nicht lange dauern, bis du mir von deiner Ernennung zum Monsignore berichtest, und mein Herz frohlockt bei dem Gedanken an die Ehrungen, die dir noch zuteil werden. Milord Gilles' Gönnerschaft hat sicherlich geholfen, dir deinen Platz in Avignon zu sichern, aber diese zusätzlichen Auszeichnungen sind die Frucht deiner Leistungen – und nicht von Milords Einfluss, der in letzter Zeit nachgelassen hat.*

Hier in Nantes gibt es Intrigen …

Ich berichtete ihm von Anfang bis Ende, was ich von Madame le Barbier erfahren hatte.

Auch ich habe das Liedchen gehört, das du mir in deinem letzten Brief geschrieben hast, bezüglich des Essens kleiner Kinder! Seine Eminenz rät mir davon ab, er hat es mir aber auch nicht verboten, und deshalb werde ich jetzt über Land reiten, um mit den Leuten zu sprechen und herauszufinden, was dahinter steckt.

Ich musste denjenigen, denen ich begegnete und die ich befragte, sehr merkwürdig vorgekommen sein – eine Äbtissin, die in der Umgebung von Nantes herumirrt und fragt, ob Kinder verschwunden sind. Obwohl ich etwas suchte, das Seine Eminenz wahrscheinlich wieder als Klatsch abtun würde, war ich mir sicher, dass ich fast so viel davon verursachen würde, wie ich mitbrachte.

Bei allen Heiligen, würde man unter einem Fenster oder vor einem Marktstand verkünden, *die Verehrte Mutter hat nun endgültig den Verstand verloren … Ich habe es mit eigenen Augen gesehen …*

Von mir aus. Ich verließ das Kloster des Bischofspalastes am Dienstag der Woche vor Ostern, um herauszufinden, ob die Geschichte des Reisenden aus Saint-Jean-d'Angély, jene, die als *chanson* bereits Avignon erreicht hatte, das Ergebnis tatsächlicher Begebenheiten war oder aber der Einbildung eines armen Verrückten, möge Gott jene retten, die zu sehr vom Mond beeinflusst sind. Man hatte mir eine Eselin als Reittier gegeben, kein Pferd – *wenn Ihr unbegleitet reist, werdet Ihr mit diesem Tier besser zurechtkommen,* hatte der Stallbursche mir versichert. Mit anderen Worten: *Keiner wird versuchen, es Euch zu stehlen.* Das gab mir zu denken, einen Augenblick lang überlegte ich, die feine Goldkette abzunehmen, die um meinen Hals hängt, seit meine Mutter sie mir vererbt hat. Bis zu dem Tag, da sie in Gottes Hände überging, Etienne lebte damals noch, hatte sie immer um *ihren* Hals gehangen. Sie verriet nie, woher sie ursprünglich stammte – vielleicht von meinem Vater oder aus ihrer Mitgift. In den letzten Jahren, da sie schon beinahe ein Teil meines Körpers geworden ist, habe ich mich gefragt, ob sie nicht auch ein Geschenk von einem anderen Mann gewesen sein könnte – einem treuen Bewunderer vielleicht oder einem verflossenen Liebhaber, von dem sie nie sprach. Meine Mutter war immer eine schöne Frau gewesen, zumindest, bis ihre tödliche Krankheit sie allen Fleisches beraubt hatte und sie aussehen ließ wie ein Sack voller Knochen.

Sie ging beinahe unbemerkt von uns, denn an jenem Tag ereignete sich in *la famille* de Rais ein beängstigender Vorfall. Madame Marie de Craon de Laval hatte einen kleinen Hund mit lockigem Schwanz und sehr kurzem, sandfarbenem Fell, ein Geschenk eines Händlers vom anderen Ufer des südlichen Meers hinter dem Heiligen Land, aus einem Land, wo die Haut der Menschen angeblich schwärzer sein soll als die des dunkelsten Moors, obwohl ich nicht glaube, dass eine solch verrückte Behauptung wahr ist. Sie liebte dieses Tier in einem fast Ekel erregenden Maße. Der Hund konnte offenbar nicht bellen, sondern gab ein höchst klägliches Jaulen von sich, was dem jungen Gilles missfiel, der sich dafür rächte, indem er den Hund gnadenlos piesackte. Ich weiß, dass er eifersüchtig auf das Tier war, das von Madame Marie viel mehr Aufmerksamkeit erhielt als er selbst. Als man deshalb das Tier tot und an seinem lockigen Schwanz aufgehängt fand, gab es kaum einen Zweifel daran, wer es getan hatte. Da am Kadaver des Tieres keine anderen Spuren zu sehen waren, konnten wir nicht sofort feststellen, wie es gestorben war. Aber tot war es mit Sicherheit.

Er hat den Hund erwürgt, behauptete unsere Hebamme.

Aber woher wollte sie das wissen?

Schaut unter dem Fell an seinem Hals nach – dort werdet Ihr dunkle Flecken finden. Ich habe solche Flecken bei Männern gesehen, die gegeneinander mit den Händen kämpften, weil sie beide ihre Waffen verloren hatten.

Ich habe mich oft gefragt, warum Madame Catherine Karle Milord so aufmerksam beobachtete. Sie war diejenige, die zu spät zu seiner unvermittelten Geburt gekommen war. So oft hatte sie gesagt, dass seine Ankunft eine unheilige gewesen sei, voller schlimmer Vorzeichen.

Natürlich war Madame Marie völlig verzweifelt, doch mehr über den Verlust des Hundes als über die beängstigende Tat ihres Sohnes. *Er ist ein Junge,* sagte sie immer, als würde dies sein böses Verhalten entschuldigen, das so oft ohne Vorwarnung aus ihm herausbrach. Da ich eine gewissenhafte Dienerin bin, nahm ich es auf mich, mir Gedanken zu machen, und kam zu dem Schluss, zu dem auch jede andere Amme kommen würde: dass ich besser auf seine moralischen Stärken hätte achten, mehr Strenge bei seinen Ausbrüchen hätte zeigen und eine besser Formerin seines Charakters hätte sein müssen.

Es ist nicht deines Amtes, ihn zu formen, sagte Etienne immer zu mir. Ich widersprach ihm nie; das war *wahrlich* nicht meines Amtes.

Guy de Laval machte keine Anstalten, seinen Sohn zu bestrafen. Erst der Furcht einflößende Jean de Craon schaffte es, ihm schließlich ein Geständnis abzuringen. Der Junge Gilles stand zitternd vor seinem Großvater, der niemandem Mätzchen durchgehen ließ. Ausrede um Ausrede heulte er heraus, um zu rechtfertigen, warum er das erbärmliche Ding so hatte hängen lassen, dass seine Mutter es finden musste, mit seinen tot starrenden Augen und der aus dem klaffenden Maul hängenden Zunge.

Der Hund war so laut, dass es gottlos war, der Hund war nicht zu beherrschen, der Hund war eine Teufelsbrut.

Wie sehr wünschte ich mir, dass es auch nur ein Wort der Reue gegeben hätte; doch es kam nie eins, und Gilles de Rais wurde auch keine Strafe für seine Grausamkeit auferlegt. Ich hatte aber auch keine Zeit, ihn in dieser Angelegenheit zurechtzuweisen: Ich musste die sterblichen Überreste meiner Mutter waschen, ankleiden und für die ewige Ruhe vorbereiten. Und auf jeden Fall hätte eine solche Lektion von mir im Geheimen erteilt werden müssen, denn der Patriarch Jean de Craon nahm meine Einmischung nicht gnädiger hin als die eines anderen.

Die Goldkette, die ich an diesem Tag von *Mamans* Hals genommen hatte, hüpfte leicht auf meiner Haut, als meine Eselin einen hügeligen Pfad hochtrottete. Ich war nicht länger enttäuscht, weil ich kein edleres Reittier hatte, sondern ziemlich glücklich darüber, denn meine trittsichere Trägerin meisterte die Steigungen und Abhänge mit eseliger Könnerschaft. Doch im Verlauf des Tages verließ mich dieses Glücksgefühl – sie schrie umso mehr, je schwieriger das Gelände wurde, und am späten Nachmittag litt ich an mächtigen Kopfschmerzen.

Aber mir wäre nie in den Sinn gekommen, sie nur um der Stille willen zu erwürgen.

Ich wanderte ein wenig ziellos hin und her, hielt in vielen kleinen Dörfern an, um mein Tier zu tränken und mir ein wenig Erholung von seinem Schwanken zu gönnen. Und wo immer ich einen Brunnen fand, gab es auch jemanden, der eine Geschichte zu erzählen hatte.

Sieben Jahre alt, schön wie ein Engel, jetzt verschwunden – und so ein guter Junge, keiner, der seine Eltern je enttäuscht hätte…

Wir wissen nicht, was aus ihm wurde, ob er am Leben oder tot ist, denn seit er betteln ging, ist er spurlos verschwunden…

In meiner Satteltasche hatte ich Empfehlungsschreiben von Jean de Malestroit, der sich sehr großzügig zeigte in dem, was er für mich erbat; doch alles, was er forderte, wurde mir gewährt, wenn nicht sogar übertroffen. Noch in letzter Minute hatte er aufs Neue versucht, mir mein Vorhaben auszureden, wobei er die Gefahr als Grund nannte. Doch Bräuten Christi wird selten Gewalt angetan – warum die unsterbliche Seele riskieren, wenn so viele gewöhnliche Jungfrauen zu haben sind, die noch dazu alle jünger sind? Die Mütter von Königen waren Freiwild – Yolande d'Aragon selbst musste die Schändung durch Milord Gilles durchleiden, als der in einem seiner umnachteten Augenblicke beschloss, sein eigener »Söldner« zu sein und sie auf einer Reise zu entehren – aber eine Nonne, zumindest eine Äbtissin, durfte wohl sicher sein.

In der Pfarrei von Bourgneuf, nicht weit von Machecoul, gibt es ein verhältnismäßig komfortables Kloster; während einer Reise in Milord de Rais' Gefolge hatte ich dort vor vielen Jahren schon einmal übernachtet. Obwohl es kein hoch aufragendes Gebäude war, sah ich es schon aus der Entfernung, als die Sonne sich langsam auf die Baumwipfel senkte. Der Gedanke an eine Zuflucht war verlockend, und ich trieb mein Tier mit geflüsterten Versprechungen an, die es – auf welche Weise auch immer – zu verstehen schien.

Die überraschend junge Mutter Oberin begrüßte mich im Klosterhof, als die Sonne eben hinter den Außenmauern verschwand. Nachdem sie mein Empfehlungsschreiben gelesen hatte, stellte sie sich respektvoll als Schwester Claire vor, obwohl alle anderen sie wahrscheinlich Mutter nennen mussten. Ich erklärte ihr in wenigen Worten mein Vorhaben, worauf sich in ihrem Gesicht echte Neugier zeigte, hinter der ich mehr vermutete als nur ein beiläufiges Interesse.

Hatte auch sie Geschichten gehört? Ich hoffte auf ein wirklich erhellendes Gespräch.

Wie es von ihr erwartet wurde, lud sie mich ein, über Nacht zu bleiben. Als ich das Angebot annahm, führte sie mich persönlich in den Hauptraum der Abtei, einen Saal mit gewölbter Decke und hohen Fenstern. Dort hielt sich außer uns beiden niemand auf, denn alle anderen erledigten im schwindenden Licht die letzten Pflichten des Tages. Dann geleitete sie mich in eine kleine, ordentliche Kammer, etwa so groß wie meine eigene in Nantes, und brachte mich dort unter.

Ich dankte ihr und sagte: »Die Unterkunft ist sehr gut.«

»Wir haben nicht die Annehmlichkeiten, die Ihr in Nantes habt, aber wir sind recht zufrieden. Wollt Ihr nun etwas zu Euch nehmen?«

»Wenn noch etwas übrig ist, gerne. Aber es ist nicht nötig, eigens für mich etwas zuzubereiten.«

»Unsinn«, sagte sie. »Ein Reisender wird hier immer Stärkung finden.«

Ein himmlisches Mahl aus dicker Rübensuppe und Brot wurde mir von einer jungen Novizin aufgetragen, die kein Wort sprach, während sie die Gaben vor mir ausbreitete. Die Äbtissin wachte über jede Bewegung des Mädchens mit den Augen einer Adlermutter, und ich war mir sicher, dass jeder Fehler in ihrem Tischdienst zu einem späteren Zeitpunkt kritisch erwähnt werden würde – natürlich behutsam. Auf das Mahl folgte ein Glas Hippokras, der leider nicht von der Qualität war, wie ich sie von der Tafel des Bischofs gewohnt war. Ich genoss den Würzwein trotzdem und war dankbar für die Entspannung, die seine berauschende Wirkung mir gewährte. Als unser Gespräch sich den Einzelheiten meines Vorhabens zuwandte, wurde Schwester Claire sehr aufmerksam und sagte kein Wort, während ich von Madame le Barbiers Besuch berichtete.

»Warum sollte das eine Angelegenheit für den Bischof sein?«, fragte mich die Äbtissin. »Kinder verschwinden eben manchmal. Vor allem in Zeiten wie diesen.«

»Genau dies sagte er selbst auch. Er riet ihr, zum Magistrat zu gehen.«

»Ein weiser Rat, vielleicht...«

»Sie war bereits dort gewesen«, entgegnete ich, »hatte aber keine Hilfe erhalten. Der Bischof war so gnädig, mir Nachforschungen in der Umgebung zu gestatten, und wenn ich von überall her Berichte gesammelt habe, werde ich ihm meine Ergebnisse vorlegen.«

Sie bekreuzigte sich. »Eine Aufgabe, wie es kaum eine schrecklichere gibt.«

»In der Tat«, sagte ich, »entsetzlich. Aber das Reisen macht mir nichts aus.« Ich nippte nur langsam an dem Würzwein, damit er meine Zunge nicht zu sehr löste. »Hoffentlich wird es nicht zu lange dauern, da ich Pflichten habe, deren Umfang Ihr wohl nur zu gut kennt. Ich hoffe, diese Nachforschungen binnen weniger Tage abzuschließen – und ich fürchte, ich werde es auch, wenn man bedenkt, dass ich heute an jedem Brunnen eine Geschichte über das eine oder das andere verschwundene Kind gehört habe.«

Darauf hob die Äbtissin eine Augenbraue. »Wäre mir diese Aufgabe übertragen, wäre es mir lieber, wenn ich keinen Erfolg hätte.«

Der Wein machte mich kecker, als ich es hätte sein sollen, denn ich beugte mich vor und sagte mit großer Ernsthaftigkeit: »Ich habe diese Aufgabe aus freien Stücken übernommen, musste fast darum betteln. Von Seiner Eminenz erfuhr ich nur wenig Unterstützung.«

»Es ist die Aufgabe des Magistrats«, sagte sie. »Dennoch fragt man sich, warum der Bischof es nicht für angebracht hielt, ihn unter Druck zu setzen. Wenn das, was Ihr gehört habt, der Wahrheit entspricht, und wirklich Unschuldige verschwinden... nun, dann muss doch wohl baldigst etwas unternommen werden.«

Schwesterliche Übereinstimmung ist etwas Wunderbares. »Man fragt sich wirklich«, pflichtete ich ihr bei, »und zwar mit Nachdruck.

In Saint-Jean-d'Angély erzählt man sich, dass in Machecoul kleine Kinder gegessen werden, und diese Geschichten werden unaufgefordert weitererzählt von Reisenden bei zufälligen Begegnungen – sie werden erzählt von völlig Fremden als Warnung, und dann tauchen sie in Briefen aus Avignon wieder auf. Im einfachen Volk findet dieses Phänomen große Beachtung, doch wir, die wir auf den Stufen des Himmels tanzen, scheinen es recht unbeschwert übersehen zu haben.«

»Vielleicht hätte es Folgen, wenn die Wahrheit ans Licht käme. Folgen, die jetzt noch nicht zu erkennen sind.«

Wieder hatte sie treffsicher einen Gedanken ausgesprochen, den ich noch gar nicht in Worte gefasst hatte.

»Es wäre mir eine Ehre, in Eurem Namen Nachforschungen unter der ortsansässigen Bevölkerung anzustellen«, sagte sie. »Das würde es Euch ersparen, erst ihr Vertrauen gewinnen zu müssen. Die Leute hier in der Gegend bleiben eher unter sich und trauen Fremden nicht.«

Ein großzügiges Angebot, das ich gerne annahm. »Wenn es nicht zu große Umstände macht, könnte ich dann jeden, der Nachrichten über verschwundene Kinder hat, gleich hier in der Abtei empfangen?«

»Das erscheint mir ebenso sinnvoll wie angemessen.« Sie erhob sich anmutig. »Und jetzt müsst Ihr sehr müde sein …«

Das war ich wirklich. Schwester Claire fasste mich am Arm und führte mich zu meiner Kammer, wo sie mir eine gute Nacht wünschte. Auf der schmalen Pritsche lag frisches Stroh und darauf eine gut gefederte Unterlage, und mir wurde plötzlich bewusst, wie erschöpft vom holpernden Tagesritt ich tatsächlich war. Auch wenn mein Hintern ausreichend gepolstert war, so war er doch dem Auf und Ab des Eselsganges nicht gewachsen. Am Morgen würde ich steif sein, zumindest eine Weile.

An einer Wand stand ein Stuhl, und darüber befand sich der Schlitz eines Fensters, durch den das Licht des fast vollen Mondes hereinströmte. Ich gab mir Mühe, es zu meiden, als ich zum Stuhl ging, um mein staubiges Schuhwerk abzustreifen, damit es mir nicht den Verstand raubte wie so vielen anderen. Dann nahm ich Schleier und Kutte ab und stand nur in meinem weißen Leinenhemd da. Über dem Kopfende des Bettes hing ein silbernes Kreuz, das mich daran erinnerte, wo ich war, doch ich brauchte das Kreuz nicht, um mich daran zu erinnern, warum ich hier war.

Lieber Gott, betete ich – beinahe ernsthaft –, *lass dies alles nur Hirngespinste und Gerüchte sein…*

Ich legte mich aufs Bett, deckte mich mit der Kutte zu und fiel in einen tiefen Schlaf. Irgendwann störte ein Traum von Madame Maries aufgehängtem Hund meinen Schlaf, doch in diesem Traum war er Zerberus, der Wächter des Hades, der mich mit wütendem Jaulen zwang, den Fluss Styx zu überqueren und ihm zu folgen. Und ich begriff, dass ich keine andere Wahl hatte.

Das Frühstück war mehr als reichlich – warme Milch, knuspriges Brot, Äpfel und gülden-grüne Birnen, die man extra wegen meines Besuches aus dem Sandkeller geholt hatte. Dafür, dass wir beide uns nur sehr kurze Zeit kannten, war die Unterhaltung erstaunlich offen und freundlich. Ich schrieb das zum Teil der Wirkung einer wunderbaren Spezialität zu, welche die Äbtissin mir anbot, eine Kanne eines duftenden und köstlichen Gebräus, das entsteht, wenn man die Blätter gewisser Pflanzen aus dem Orient in kochendem Wasser ziehen lässt. Sie hatte es mit Honig gesüßt, um sein natürliches Aroma zu mildern, das sie etwas bitter fand. Ich fand es sehr angenehm und genoss das kleine Gefühl der Belebung, das es mir bot.

»Was für ein seltener und weltlicher Genuss«, bemerkte ich.

Der Stoff ihres langen Ärmels raschelte über den Tischläufer, als sie den Arm ausstreckte, um mir noch ein Stück Birne auf den Teller zu legen. »Früher war ich eine weltliche Frau«, sagte sie und lächelte herzlich, »als ich noch jünger war, will ich damit sagen.«

Nun musste ich fragen, ob es mir zustand oder nicht: »Seid Ihr verwitwet?«

»O nein«, erwiderte sie und lachte ein wenig. »Ich nahm diesen Schleier als Ledige.«

»Aus freien Stücken?«

Nach kurzem Zögern sagte sie: »Damals erschien es mir nicht so. Ich wurde schon in der Kindheit verlobt, eine ausgezeichnete Partie in den Augen meiner Familie, sehr vorteilhaft für uns alle. Nur erwies sich mein Verlobter als der abscheulichste Mann, den Gott je erschuf. Ein schändliches Tier mit verabscheuungswürdigen Gewohnheiten. Lieber wäre ich gestorben, als seine Kinder auf die Welt zu bringen.«

War diese offene, freimütige Frau schon so früh am Tage am Hippokras gewesen? Ich glaubte es nicht und kam zu dem Schluss, dass es wohl der mit Honig versüßte *thé* sein musste, der ihr die Zunge löste. »Also beschlosset Ihr, hierher zu kommen?«

Sie lächelte verschwörerisch. »War es Eure eigene Entscheidung, nach Nantes zu gehen?«

Es war eine sehr direkte Frage und sehr unumwunden ausgesprochen, und ich vermutete, dass sie die Antwort bereits wusste. »Nein«, sagte ich. »Mein Ehegatte war gestorben, und mein einzig mir verbliebener Sohn war Priester, der mich nicht unterstützen konnte.«

»Ach, ja. So geht es oft. Aber ich habe bemerkt, dass die Schwestern, die hierher kommen, nachdem sie in der Welt draußen gelebt haben, viel weiser und nützlicher sind als jene, die schon als Jungfrauen den Schleier nehmen.«

Ich konnte ihr nicht widersprechen.

»Als ich hierher kam, war es viel weniger« – sie bewegte die Hand auf der Suche nach dem richtigen Wort – »bequem. Mein Vater wollte, dass ich die Folgen meiner Verweigerung dieser Heirat begriff, die er für mich erwirkt hatte, und schickte mich deshalb an den schlimmsten Ort, den er finden konnte. Aber er hatte mich zur Klugheit erzogen, und unter diesen jungen Mädchen stieg ich schnell auf. Dieses Kloster war beinahe schon eine Ruine – als ich es übernahm, kümmerte ich mich um seine Wiederherstellung.«

»Sehr erfolgreich«, sagte ich und sah mich um. Die Steinmauern waren alle erstaunlich sauber und frisch verputzt. Alle Holzoberflächen hatte man mit Öl behandelt, so dass sie warm glänzten und einen wunderbaren Duft abgaben. Die Fenster aus vielfarbigem Glas waren makellos sauber. Obwohl unsere Abteien und Klöster viel imposanter waren, war nichts, was wir in Nantes hatten, von einer vergleichbaren Vollkommenheit. Sie hatte ihre Fähigkeiten viel tatkräftiger angewandt als ich in meinem Reich.

»Ergebenheit und Treue haben mir durchaus genützt«, sagte ich ihr, »aber immer wenn ich versuche, klug zu sein, scheint das nur in mein Verderben zu führen.«

»Ich habe hier keinen Bischof, der mich ärgert.«

»Ja«, sagte ich. »Das ist wohl wahr.«

»Seine Eminenz Jean de Malestroit ist ein Mann, der für seine Standhaftigkeit berühmt ist.«

»Auch das ist richtig«, entgegnete ich nachdenklich. »Aber immerhin gestattete er mir diese Reise, gegen sein besseres Wissen. Aber da er auch Kanzler ist, vermute ich, dass er mir dieses Zugeständnis gemacht hat, weil es in seinem oder Herzog Jeans Interesse war.«

»Seht Ihr«, sagte Schwester Claire. Dann beugte sie sich vor und flüsterte mir einen Rat zu. »Ihr müsst ihn beobachten und herausfinden, was seine Handlungen in dieser Angelegenheit beeinflusst; Ihr werdet Mittel und Wege finden, ihn so weit zu bringen, dass er Euch alles gewährt, was Ihr wollt. In dieser Hinsicht sind alle Männer – sogar Priester – wie Ehegatten.« Sie lachte leise und fügte dann hinzu: »Das ist mir zumindest gesagt worden, denn ich selber hatte ja nie einen.«

Die Äbtissin hatte bereits frühmorgens eine junge Nonne ausgesandt, lange vor unserer Mahlzeit. Das Mädchen war geradewegs ins nächste Dorf gegangen und hatte sich, wie ein guter Ausrufer es tun würde, an den Brunnen gestellt, um die Nachricht zu verbreiten, dass ich Nachforschungen nach vermissten Kindern anstelle. Sie war ein Mädchen aus der Gegend und erwies sich als außerordentlich gut gewählte Botin, denn es dauerte kaum eine Stunde, bis eine Frau aus dem Dorf erschien. Mir kam es sogar kürzer vor, vielleicht weil die Äbtissin mir noch eine Kanne ihres wunderbaren *thé* aufgetragen hatte, der die merkwürdige Wirkung hatte, mich zu beleben, aber nicht trunken zu machen. Zwar trat ich den prächtigen Steinboden zwischen dem Esstisch und dem Abtritt förmlich aus, weil ich mich etliche Male erleichtern musste, fühlte mich aber trotz meiner düsteren Mission wunderbar lebendig und begrüßte meine Besucherin überschwänglich.

»Marguerite Sorin«, sagte die Äbtissin, als die Frau hereingeführt wurde. »Madame ist Kammerzofe. Bisweilen arbeitet sie in dem *maison,* das zu unserem Kloster gehört, aber auch für eine Reihe geachteter Familien des Ortes.«

Madame Sorin verbeugte sich und nahm auf dem angebotenen Stuhl Platz, und dann wandte sich die Äbtissin, meine *sœur de Dieu,* taktvoll zum Gehen.

»Mutter, bitte bleibt doch, wenn Ihr wollt.«

Sie schien erfreut über die Einladung und nahm wieder Platz.

Ich wandte mich der Frau zu, die gekommen war, um mit mir zu sprechen. »Madame Sorin«, sagte ich, »wie schön, dass Ihr gekommen seid.«

Die Frau nickte eifrig. »Ich konnte nicht anders, nach dem, was die junge Schwester gesagt hat.«

Ihre Ausschmückungen konnte ich mir bereits gut vorstellen. »Ihr habt also eine Geschichte zu erzählen, in Bezug auf ein verschwundenes Kind?«

»*Oui, Mère,* das habe ich.«

Meine erste Frage lautete: »Wie heißt das Kind?« Es war zwar ohne große Bedeutung, aber irgendwie hatte ich den Eindruck, es würde in mir besser Gestalt annehmen können, wenn ich seinen Namen wüsste.

»Bernard le Camus«, sagte sie. »Er ist – oder war, wie es sich wohl leider erweisen dürfte – kein Junge aus dem Ort. Er war – *ist* – ich weiß nicht, wie ich es sagen soll – aus der Bretagne. Letztes Jahr kam er aus Brest hierher, wo seine Familie lebt, um bei Monsieur Rodigo zu wohnen. Der Junge war hier, um Französisch zu lernen, da er zu Hause nur Bretonisch gelernt hatte, und sein Vater meinte, es sei ein großer Nachteil, nur eine Sprache zu sprechen, vor allem diese. Er hatte viel vor mit dem Jungen, soweit wir das inzwischen erfahren haben.«

»Ein kluger Vater, zumindest in dieser Entscheidung.« Wenn der Junge nur Bretonisch sprach, würde er es nicht sehr weit bringen. »Wie alt ist dieser Knabe?«

»Nach Angaben des Vaters dreizehn, als er verschwand. Er kam letztes Jahr hierher, um nach dem Jungen zu sehen, vielleicht einen Monat, nachdem er verschwunden war. Inzwischen dürfte er vierzehn sein, ich habe allerdings vergessen, den Vater nach dem

Monat und dem Tag seiner Geburt zu fragen. Es ging ihm sehr schlecht, als wir das letzte Mal miteinander sprachen.«

Das konnte ich verstehen. »Wie habt Ihr diesen Jungen kennen gelernt?«

»Monsieur Rodigo hatte mich angestellt, damit ich mich um den Jungen kümmere. Ich ging jeden Morgen hin, um ihm sein *petit déjeuner* zu machen, den Nachttopf zu leeren, seine Wäsche zu waschen und zu flicken, eben all das zu tun, was seine Mutter oder Amme getan hätte, und natürlich freundeten wir uns an, der Junge und ich. Sein Französisch war noch sehr schlecht, besserte sich aber schnell. Irgendwie schafften wir es, einander zu verstehen. Ich habe keine Söhne – Töchter allerdings genügend –, und deshalb war das für mich eine angenehme Abwechslung.«

»Man spürt, dass Euch sein Wohlergehen sehr am Herzen lag.«

»Ich kümmerte mich um ihn, so gut ich konnte. Aber ich konnte nicht jeden Augenblick über ihn wachen.« Tiefer Schmerz und Bedauern zeigten sich in ihrem Gesicht.

Ich kannte das Gefühl sehr gut und bemühte mich, sie zu trösten. »Natürlich nicht, meine Tochter. Ihr dürft Euch keine Selbstvorwürfe machen. Gott erwartet keine allumfassende Wachsamkeit.«

»Gott nicht, aber ich«, sagte sie traurig. »Eines Tages sah ich Bernard mit einem Fremden reden; es muss im August gewesen sein, aber ziemlich spät in diesem Monat. Die Störche auf den Hausdächern waren bereits unruhig und rüsteten sich für den Aufbruch. Es war ein merkwürdig aussehender Mann, obwohl *Mann* gar nicht so recht passt – er war sehr zierlich und fast weiblich von Gestalt. Zuerst dachte ich, es könnte eine Frau in Männerkleidern sein – aber *mon Dieu,* wer würde so etwas tun, außer bei den Festen und Turnieren, wo es unter den Hochgeborenen manchmal Mode ist. Später erfuhr ich den Namen dieses Mannes – er nennt sich Poitou, was allerdings ein Kunstname nach seiner Geburtsstadt ist, wie ich herausgefunden habe –, sein richtiger Name ist Corrilaut. Ich hatte ein ungutes Gefühl, als ich ihn mit Bernard sah, denn er berührte ihn auf eine Art, die nach meinem Geschmack zu vertraulich war. Und der Junge sah so rein und unschuldig aus, er hatte ein freundliches Wesen und war sehr folgsam. Als dieser Poitou dann wieder verschwand, fragte ich den Jungen: *Was wollte dieser Mann von dir?* Und er sagte:…«

Ihre Stimme klang niedergeschlagen. »Nichts. Rein gar nichts. Nur dass Poitou ihn ermahnt habe, über diese Begegnung nicht zu sprechen. Ich forderte ihn noch einmal auf, und diesmal nachdrücklicher als zuvor, mir zu sagen, was zwischen ihnen beiden vorgefallen sei, aber der Junge wollte noch immer nichts sagen. Ich warnte ihn, dass Fremde oft Angebote machten, um kleine Kinder zu überlisten, und dass er schönen Versprechen keinen Glauben schenken dürfe, da sie selten gehalten würden. Wieder verweigerte er sich mir und verriet mir rein gar nichts. Noch einmal fragen konnte ich ihn nicht, weil ich ihn zu diesem Zeitpunkt zum letzten Mal sah.«

Die Äbtissin und ich wechselten düstere Blicke.

»Wann ist Euch aufgefallen, dass der Junge verschwunden war?«

»Nicht ich bemerkte es, sondern Monsieur Rodigo. An diesem Abend suchte er den Jungen in dem Zimmer, in dem er ihn untergebracht hatte, und fand dort seinen Überwurf, seinen Rock und seine Schuhe. Aber nicht den Jungen selbst.«

Ich lehnte mich zurück und dachte laut: »Wohin mag ein Kind ohne seine Schuhe gehen?«

Die Äbtissin gab mir die Antwort: »Wohin sonst als an einen Ort, wo man ihm neue versprochen hat? Für einen Jungen von niederem Stand sind Schuhe kein unbedeutendes Angebot.« Dann seufzte sie tief und fügte hinzu: »Und wenn nicht Schuhe, dann etwas anderes; er wurde weggelockt von etwas, das zu erhalten er ansonsten nicht hätte erwarten können, oder zumindest erst, wenn er sich selbst eine bessere Stellung erarbeitet hätte.«

Poitou. Der Name tönte in meinem Kopf wie eine Glocke. »Madame, Ihr sagt, dass Ihr den Jungen nicht mit diesem Poitou habt weggehen sehen, dass Ihr ihm aber böse Absichten in Bezug auf den Jungen unterstelltet. Ich frage mich, wie Ihr zu dieser Annahme kamt?«

Nun hob sie die Stimme. »Das war recht offensichtlich, *Mère,* so schändlich und gottlos war die Art, wie er den Jungen behandelte… und was hätte ihm dieses Kind denn bringen können? Ich kann nur annehmen, dass er ihm Böses wollte. Eine Frau weiß so etwas.«

Das tun wir wirklich, auf eine unbegreifliche Art. Behutsam, um sie nicht zu sehr aufzuregen, fragte ich weiter: »Glaubt Ihr, Madame, dass Bernard einfach weggelaufen sein könnte? Jungen in diesem Alter tun das oft. Vor allem jene mit einem wachen Geist, wie es ja bei diesem Jungen der Fall zu sein scheint.«

»Diejenigen, die es können, kehren fast immer zurück, *Mère,* nachdem sie ihren Spaß gehabt haben. Es ist eine grausame Welt, wenn man sie alleine durchwandert.«

Wie Recht sie hatte. »Vielleicht waren ihm seine Studien zuwider, und er wollte seinem Vater nicht seine Unzufriedenheit gestehen.«

Sie schüttelte nachdrücklich den Kopf. »Er sprach oft davon, wie sehr ihm das Studium gefalle. Latein wollte er auch noch lernen. So viel der Vater mit ihm vorhatte, so viel hatte er auch mit sich selbst vor.«

»Hätte es irgendeinen anderen Grund für sein plötzliches Verschwinden geben können – war Monsieur Rodigo vielleicht unbarmherzig zu ihm oder zu streng in den Vorschriften seiner Unterbringung?«

»Monsieur Rodigo ist der gütigste und liebenswürdigste Mann in diesem Dorf. Er war anständig und großzügig zu Bernard, und das Verschwinden des Jungen bekümmert ihn sehr.«

Ich stellte noch ein paar Fragen, doch alle ohne große Bedeutung, und so kamen wir zu keinem Beschluss in Bezug auf den verschwundenen Jungen. Ich dankte Madame Sorin für ihren Bericht, und sie verließ unter Verbeugungen das Zimmer.

Die Begegnung hatte mich erschöpft. Offenbar sah man mir das an, denn die Äbtissin beeilte sich, mir Erfrischungen anzubieten – vor allem eine frische Tasse ihres Gebräus. »Es gibt auch Gebäck«, fügte sie hinzu.

Ich lehnte alles ab. »Mein Magen ist im Augenblick ein wenig verstimmt.«

Die Äbtissin sagte: »Es wäre klug, wenn Ihr eine Erfrischung zu Euch nehmt, solange Ihr noch die Gelegenheit dazu habt.«

»Aber ich bin nicht hungrig«, sagte ich.

»Ich glaube, Ihr werdet es sein«, sagte sie. »Oder aber Ihr verliert gänzlich den Appetit.«

Die Antwort war mir ein Rätsel. »Warum?«

Sie faltete die Hände und sagte: »Es warten einige Dörfler auf Euch.«

»*Einige*?«

Nach einem tiefen Seufzer sagte sie mir, um wie viele es sich handelte. Ich bekreuzigte mich, um nicht in Ohnmacht zu fallen.

6

Zigarettenqualm wehte heraus, als Ellen Leeds die Wohnungstür öffnete. Ihre Haare waren zerzaust, und sie trug noch dieselbe Kleidung wie am Abend zuvor.

Sie war nicht im Bett gewesen, dieses elende Mistweib.

»Hallo, Mrs. Leeds. Entschuldigen Sie, dass ich Sie schon so früh störe. Aber ich hatte gehofft, sie zu Hause anzutreffen.« Ich zeigte mich besorgt und mitfühlend.

»Wo soll ich denn hin? Ich hatte nicht vor, heute zur Arbeit zu gehen. Ich meine, was ist, wenn Nathan mich erreichen will oder jemand ihn gefunden hat und mich anrufen will …«

Diese wunderbare Schauspielerin hatte offensichtlich das Handbuch für Eltern vermisster Kinder gelesen, und zwar die von Susan Smith redigierte Ausgabe. Ich nickte voller Mitgefühl für ihr schmerzliches Dilemma und trat ohne Einladung durch die Tür.

»Ich wollte Sie gestern Abend noch eingehender über Ihre Arbeitssituation befragen, aber wir mussten zunächst Wichtigeres besprechen. Nun, ich interessiere mich für die Vereinbarung, die Sie mit Ihrem Arbeitgeber getroffen haben.«

Übersetzung: *Ich möchte Ihren Chef fragen, wann genau Sie gestern angekommen und wieder gegangen sind.*

»Ich arbeite im Olive Branch.«

»Aha«, sagte ich. »Das muss eine interessante Arbeitsstelle sein.« Es war eine bekannte, gemeinnützige, friedensorientierte Organisation, deren Arbeit darin bestand, Anfangskapital für kleine Firmen in Drittweltländern zu besorgen, schön gemäß der Theorie, dass kleine Leute, wenn sie anfangen, fett und reich zu werden, auch sehr friedlich werden und ihre Gesellschaften sich stabilisieren. Sie waren sehr aggressiv in ihrer Geldbeschaffung, manchmal so sehr, dass es Beschwerden gab. Ich fragte mich, ob es für sie nur irgendein Job war oder ob sie es aus Überzeugung tat.

Sie beantwortete die Frage, bevor ich sie stellen konnte. »Ich schätze, ein paar der Stellen sind interessant. Aber mein Job ist eher so was wie Telefonmarketing. Ich verwalte die Spenderlisten und überwache das Computersystem, das wir zur Speicherung von Spenderdaten benutzen. Ich bin nicht draußen an der Front und bringe äthiopischen Witwen bei, wie man Bestandslisten führt. Aber der Job hat auch seine Vorteile, vor allem den, dass ich viel Arbeit auch zu Hause erledigen kann.«

»Aber gestern waren Sie dort …«

»Ja«, sagte sie mit verbitterter Bedächtigkeit. »Sonst wäre ich ja hier gewesen und hätte viel früher über Nathan Bescheid gewusst.«

Ich hätte sie gern mehr unter Druck gesetzt, um sie vielleicht zu einem Fehler zu veranlassen, aber es war noch zu früh. Ich durfte ihren Argwohn nicht wecken. »Wissen Sie zufällig noch, wann Sie gestern das Haus verlassen haben, Mrs. Leeds? Ich versuche, eine exakte Chronologie der Ereignisse des Vormittags zu erstellen.«

Sie zuckte mit keiner Wimper, bekam auch nicht diesen nervösen Blick und schien sich von der Frage absolut nicht aus der Ruhe bringen zu lassen. »Ich habe keine bestimmte Zeit, zu der ich das Haus verlasse, weil ich erst um neun dort sein muss und es nicht weit ist, nur fünfzehn Minuten mit dem Auto, vielleicht zwanzig, wenn der Verkehr sehr dicht ist. Aber ich genieße es, im Büro ein wenig allein zu sein – ich schaffe viel mehr ohne die Ablenkung durch andere Leute. Deshalb fahre ich meistens um acht los. Nathan geht schon vorher, ich habe also keinen Grund mehr, noch zu bleiben. Ich glaube, gestern bin ich so gegen sieben Uhr vierzig los. Ich weiß es nicht mehr genau, aber ungefähr um diese Zeit muss es gewesen sein. Nathan war erst ein paar Minuten weg, als ich die Wohnung verließ.«

»Und auf welchem Weg fahren Sie zur Arbeit?«

»Ich fahre links aus dem Parkplatz unseres Gebäudes und dann nach rechts auf die Montana.«

Nach Osten also. Sie wäre also nicht an Nathan auf seinem Weg zur Schule vorbeigefahren. Aber eins wunderte mich – wenn sie fast zur gleichen Zeit das Haus verließen, warum ging Nathan dann zu Fuß? Ich fragte sie danach.

»Er will es so«, erklärte sie mir. »Das gibt ihm ein Gefühl der Unabhängigkeit. Er hat Glück, dass die Schule so nahe ist. Viele andere Kinder kommen mit Bussen, aber ihm ist es lieber, aus eigener Kraft dorthin zu kommen. Er ist ein sehr zerstreuter Junge, träumt den ganzen Tag vor sich hin – und unterwegs kann er denken und murmeln und trödeln. Manchmal denke ich, er benimmt sich richtig merkwürdig, aber ihm scheint es was zu bringen. Und er soll alles bekommen, das ihm was bringt.«

Ich dachte an meine eigenen Schulwege in Minnesota – wie ich es meinen Kindern sagte, wenn sie jammerten, vor allem Evan –, mein Weg war neun Meilen lang gewesen, bergauf in beide Richtungen und immer im Schnee. Etwas ganz anderes als drei Blocks in dauernder Wärme. Aber ich verstand, was sie meinte; Zeit, um seinen eigenen Gedanken nachzuhängen, war sehr wichtig.

Wenn sie ihn schon aus irgendeinem Grund verschwinden lassen musste – wieder kam mir diese Susan-Smith-Geschichte in den Sinn –, warum ging sie dann nicht einfach mit ihm hinunter in die Garage, fuhr mit ihm davon und beging das Verbrechen im Stillen? Warum um alles in der Welt sollte sie ihn im hellen Tageslicht an einem Wochentag verschleppen?

Allmählich beschlich mich das Gefühl, dass Mrs. Paulsen sich etwas einbildete.

Ich ärgerte mich ein wenig über mich selber, weil ich nicht mehr wusste, ob sie bei meinem ersten Besuch eine Brille getragen hatte. Als sie die Tür öffnete, trug sie keine, aber an einer Kordel um ihren Hals hing eine Lesebrille.

»Tut mir Leid, Sie noch einmal belästigen zu müssen, Mrs. Paulsen, aber ich wollte mit Ihnen nur ein paar Dinge noch mal durchgehen, falls Sie Zeit haben.«

»Ach, kein Problem, kommen Sie nur rein.« Sie lächelte und zwinkerte mir zu. »Zeit ist das Einzige, was ich habe, meine Liebe. Ich mache sowieso nur mein Kreuzworträtsel.«

Sie deutete auf den Sessel neben dem Fenster. Auf dem kleinen

Tisch daneben lagen neben dem Fernglas ein zusammengefalteter Zeitungsteil und ein dickes, altes Lexikon, das die Lesebrille erklärte.

»Es gibt da noch ein paar Sachen, die ich klären muss. Wenn wir zum Fenster gehen könnten …«

»Sie hat ihm nichts angetan, oder?«

Ich war ein wenig überrascht von der unverhofften Frage. Aber sie hatte Zeit gehabt, über all das nachzudenken, was ich sie gefragt hatte, und ihre eigenen Erinnerungen noch einmal durchzugehen, und war so zu einem logischen Schluss gekommen, der meinem recht ähnlich war.

»Ich kann noch nicht sagen, was passiert ist – es wäre reine Spekulation. Deshalb bin ich ja noch einmal hier. Die Umstände des Verschwindens dieses Jungen sind etwas verwirrend, und ich muss mir darüber Klarheit verschaffen. Im Augenblick ist Mrs. Leeds keine Verdächtige in Bezug auf das Verschwinden ihres Sohnes.«

Mrs. Paulsen schüttelte leicht den Kopf und hob die Augenbrauen. Ich erwartete fast, dass sie mir Klatsch über Ellen Leeds auftischen würde, denn ihre Miene war das reinste *Ach, wissen Sie.*

Ich zwang mich, nicht darauf zu reagieren. »Wenn wir jetzt zum Fenster gehen könnten …«

Und schon war sie dort, mit kurzen, aber sicheren Schritten. Ich fragte mich, ob sie überhaupt nach draußen ging oder ob diese Wohnung und dieses Gebäude ihre ganze Welt darstellten.

»Könnten Sie mir bitte zeigen, wo Sie gestern Morgen ungefähr standen, als Sie sahen, dass Nathan zu seiner Mutter ins Auto stieg.«

»Nathan. Ich wusste gar nicht, dass er so heißt. Das war der zweite Vorname meines verstorbenen Gatten.«

»Die Welt ist klein.«

»Ja, nicht? Nun, ich stand genau hier.« Sie drehte sich zum Fenster. Ich stellte mich neben sie und schaute hinaus.

»Wo ist Ihnen das Auto zum ersten Mal aufgefallen?«

Sie überlegte einen Augenblick. »Ich kann eigentlich gar nicht sagen, dass es mir aufgefallen ist. Ich habe durchs Fernglas geschaut, und es kam einfach ins Blickfeld. Ich habe gar nicht richtig gesehen, dass es auf den Jungen zugefahren ist. Ich hatte es einfach plötzlich im Fernglas.«

Ich zeigte auf das Fernglas. »Darf ich?«

Sie nahm es vom Tisch und gab es mir. Ich hatte schon wieder vergessen, wie schwer es war, deshalb legte ich mir den Riemen um den Hals – man konnte sich ernsthaft die Zehen verletzen, wenn man es fallen ließ – und hielt mir dann das Glas an die Augen. Es dauerte eine Weile, bis ich die Brennweite auf meine Sehstärke eingestellt hatte.

»Von wo ab haben Sie Nathan verfolgt?«

»Sehen Sie den Hydranten?«

Ich bewegte das Glas. »Hab ihn«, sagte ich.

»Zählen Sie drei Laternenmasten ab. Von dort aus.«

Es war ein deutliches Stück vor dem abgesperrten Bereich. Der vermutliche Entführungsort lag einen halben Block entfernt.

Als wäre eine Erklärung für ihre Neugier nötig, sagte Mrs. Paulsen: »Ich beobachte diesen Jungen sehr gerne. Er hat eine komische Art zu gehen, und das ist interessant. Er berührt alles, woran er vorbeigeht, die Zäune, die Sträucher ... und wenn er den Kopf dreht, dann bewegen sich manchmal seine Lippen. Ich glaube, er singt vor sich hin.«

Ich ließ das Fernglas sinken, wartete kurz, bis meine Augen sich wieder umgestellt hatten, zog dann mein Notizbuch heraus und notierte mir, herauszufinden, ob Nathan an Dyslexie litt. Wie mein Sohn, der ganz ähnliche Schrullen hatte.

»Das Auto kam also ins Blickfeld. Aus welcher Richtung?«

»Von dort.«

Die Beifahrertür war demnach an der Bordsteinkante gewesen. »Und Sie haben durchs Fernglas zugesehen, wie der Junge ins Auto stieg?«

»Ja. So war es. Aber, na ja, das klingt vielleicht ein bisschen lächerlich, und ich weiß auch gar nicht, ob es wichtig ist ...«

»Alles kann wichtig sein, Mrs. Paulsen. Bitte reden Sie ganz offen, Sie brauchen keine Angst zu haben, dass Sie sich lächerlich machen könnten.«

»Na ja, es war komisch – er zögerte ein klein wenig. So, als wäre er sich wegen irgendwas nicht ganz sicher. Und ich sah, dass er seine Jacke verlor. Die fiel ihm irgendwie vom Schulranzen.«

Ja, ja, ja ... »Hat er sie dort einfach liegen lassen?«

»Na ja, schon. Die blieb irgendwie an den Sträuchern hängen. Wenn ich es mir recht überlege, kam es mir schon komisch vor, dass seine Mutter ihn nicht dazu brachte, sie aufzuheben. Aber heutzutage schätzen die Kinder die Dinge, die ihre Eltern für sie kaufen, nicht mehr so, wie wir es getan haben. Ich wollte eigentlich nach unten gehen und ihnen eine Nachricht an die Tür hängen, dass er sie verloren hat. Muss ich dann wohl vergessen haben.«

Irgendjemand musste später vorbeigekommen sein und sie ganz unter die Sträucher geschubst haben. Wahrscheinlich ein anderer Junge. Vielleicht derjenige, der dabei die Quittung verlor.

»Fällt Ihnen sonst noch irgendetwas ein? Die kleinste Nebensächlichkeit, auch wenn Sie glauben, sie sei völlig unbedeutend …«

Sie hob die Hand ans Kinn und dachte einen Augenblick sehr konzentriert nach. »Nein, tut mir Leid. An mehr kann ich mich nicht erinnern. Zumindest im Augenblick. Manchmal brauche ich eine Weile, um mir alles wieder ins Gedächtnis zu rufen. Früher war das ganz anders. Als ich jünger war, hatte ich ein gutes Gedächtnis, vor allem für Zahlen.«

Ich hätte wetten mögen, dass sie sich noch an ihre allererste Telefonnummer erinnern konnte, aber nicht mehr an das, was sie an diesem Tag zum Frühstück gegessen hatte. »Vielen Dank, Mrs. Paulsen, Sie waren mir eine große Hilfe.«

»Ach, ich habe doch sehr gerne geholfen. Ich hasse es, wenn ich höre, dass Familien in Schwierigkeiten sind. Es ist schrecklich, wie diese Dinge heutzutage laufen.«

Ein mittelmäßiger Verteidiger würde sie in der Luft zerreißen. Aber es war ein Anfang.

Fred Vuska war verärgert, er hasst es ebenso wie ich, wenn ein Fall sich so entwickelt.

»Wollen Sie Frazee mit dazunehmen? Er holt die Wahrheit schon aus ihr raus.«

Spence war unser Beichtvater; er konnte einen Eskimo in fünf Minuten dazu bringen zuzugeben, dass er geschwitzt hatte. Manchmal mussten wir allerdings auf ihn aufpassen, er wollte so unbedingt ein Geständnis von den Leuten, dass sie Dinge gestanden, die sie gar nicht getan hatten.

»Noch nicht. Ich baue gerade eine Beziehung zu ihr auf. Und ich will nicht, dass sie ausflippt.«

»Was ist mit dem Jungen? Schon was Neues?«

Ich schüttelte langsam den Kopf. Beide saßen wir eine Weile da und betrachteten unsere Fingernägel. Schließlich sagte ich: »Er ist entweder völlig okay und irgendwo versteckt, oder er ist tot.«

»Ja, davon würde ich auch ausgehen.«

»Haben wir Geld im Budget für einen Profiler? So einer könnte mir helfen zu verstehen, aus welchen Motiven jemand so was tut. Dann könnte ich noch einmal mit ihr reden und vielleicht irgendwas erreichen.«

»Das Geld ist da – genau genommen sogar ziemlich viel. Wir haben es nicht ausgegeben, weil diese Gurus damit beschäftigt sind, entweder für große Kohle Bücher zu schreiben oder Terroristen zu jagen. Wenn Sie betteln, dann schaffen Sie es vielleicht, fürs nächste Jahr einen zu buchen.«

»Daran habe ich gar nicht gedacht.«

»Sie könnten allerdings mit Erkinnen reden. Er weiß in diesen Dingen ziemlich gut Bescheid.«

Der Psychologe unserer Abteilung war eher bekannt für Hirngespinste denn für Fachwissen, zumindest unter den Detectives. »Wusste ich gar nicht.«

»Ja. Er hält sich auf dem Laufenden. Rufen Sie ihn an.«

Es konnte nicht schaden, vor allem, da Profiler so dünn gesät waren. »Werde ich, aber unterdessen werde ich Ellen Leeds mal durch den Computer laufen lassen, um zu sehen, ob der irgendwas ausspuckt.«

»Je früher, desto besser. Ich will diesen Fall so schnell wie möglich abschließen.«

Er sagte das über jeden Fall, und wir alle ignorierten ihn so ziemlich. Aber ich glaube, diesmal meinte er es ernst. Wenn ein braves Kind verschwindet, macht sich bei uns ein unbehagliches Gefühl breit. Keiner von uns mag die Dinge, mit denen wir uns zu beschäftigen haben, aber es ist unser Job, jede Möglichkeit in Betracht zu ziehen. So ungern ich es auch sage – aber die Statistiken über Missbrauch zeigen, dass er in der überwältigenden Zahl der Fälle von jemandem begangen wird, den das Kind kennt. Und genau das macht es so unvorstellbar, dass ein menschliches Wesen ein so geheiligtes Vertrauensverhältnis missbrauchen könnte. Ich meine, das eigene Kind, das Kind der Schwester, den eigenen Enkel oder Neffen … was für ein Schwein muss man sein, um so was zu tun? Ich kann es leichter verstehen – aber sehr viel leichter auch wieder nicht –, wenn Wut oder mangelnde Impulskontrolle hinter den Taten stecken; an so was kann man arbeiten. Kinder können einen manchmal mit voller Absicht zur Weißglut treiben, meine tun es auf jeden Fall. Es gibt Zeiten, da muss ich mich fast mit Gewalt zurückhalten, um sie nicht zu schlagen. Und ich bin Polizistin. Noch dazu eine Erwachsene: Viele Leute begreifen einfach nicht, was mit Kindern passiert, weil sie selbst noch nicht wirklich erwachsen sind, wenn sie sie bekommen.

Aber Leute, die Vertrauen nur aufbauen, um sich einem Kind nähern zu können und es dann mit voller Absicht verletzen, nun, für die gibt es in der Hölle einen besonderen Platz. Zumindest bete ich zu Gott, dass es den gibt.

Mit Errol Erkinnen, dem Psychologen unserer Abteilung, hatte ich nur beschränkte Erfahrung. Ich erinnerte mich, dass er einen Doktortitel in forensischer Psychologie besaß und eine Reihe gelehrter Bücher zu diesem Thema geschrieben hatte, aber ich hatte ganz vergessen, wie freundlich er war.

»Oh, ich bin mehr als glücklich darüber, mit Ihnen sprechen zu dürfen, Detective«, sagte er. »Mehr als glücklich.«

Mehr als begierig darauf, hätte er sagen können. Man muss schon selbst ein bisschen verrückt sein, um Leute, die kriminell verrückte Sachen machen, zu untersuchen und zu bewerten, und soweit ich mich erinnerte, entsprach Erkinnen dieser Anforderung. »Ich habe allerdings nur noch mittags einen Termin frei. Komisch, in den letzten Wochen war ich wirklich ziemlich beschäftigt. Im Augenblick scheint jeder eine Konsultation zu brauchen. Bizarres Verhalten scheint im Augenblick ziemlich der Renner zu sein.«

Ich hatte nicht den Mut, ihm zu sagen, dass er nur der Ersatzmann für die doppelt gebuchten FBI-Jungs war. »Ich bringe Sandwiches mit.«

»Toll.«

Als ich die Daten für Ellen Leeds eingab, erkannte ich, dass ich sie nicht nach ihrem Mädchennamen gefragt hatte. Wenn sich nichts ergab, würde ich sie anrufen und danach fragen müssen, was sie sicherlich argwöhnisch machen würde. Aber es erwies sich als unnötig.

Ich warf den Ausdruck auf Freds Schreibtisch. »Vor vierzehn Jahren wurde gegen Ellen Leeds wegen potenziellen Kindsmissbrauchs ermittelt, weil ihr erstes Kind im Alter von acht Monaten tot in seinem Bettchen aufgefunden wurde. Allerdings wurde letztendlich eine natürliche Todesursache festgestellt.«

»Plötzlicher Kindstod?«

»Wahrscheinlich. Der Ermittler gab an, sie habe ihm gesagt, der Junge wäre nicht zur erwarteten Zeit aufgewacht, sie wäre deshalb in sein Zimmer gegangen und hätte festgestellt, dass er nicht mehr atmete. Wie leicht kann man plötzlichen Kindstod vortäuschen?«

»Das weiß ich nicht. Nach dem Bericht des Leichenbeschauers waren an der Leiche des Babys keine anderweitigen Spuren zu entdecken. Aber da war doch diese Frau in New York, die acht Mal mit so was durchkam.«

»Das war in New York.«

Ich zog stumm einen Schmollmund.

Fred sagte: »Ich weiß, dass Sie diesen fettärschigen, großmäuligen Werfer hassen, den sie dort drüben haben. Aber nicht einmal in New York lässt man Baseballspieler Obduktionen machen. Die haben dort Leichenbeschauer wie wir. Damals gab's eine große Welle der Sympathie. Alle sagten, arme Frau, hat acht Kinder wegen plötzlichen Kindstods verloren. Schließlich schöpfte jemand Verdacht. Wie sich zeigte, genoss sie die Aufmerksamkeit, die sie erhielt, wenn einem von ihnen was passierte.«

»Ich frage mich, ob das auch hier der Fall ist. Der Junge ist viel zu alt für plötzlichen Kindstod, aber ungefähr im richtigen Alter, um vom schwarzen Mann verschleppt zu werden. Aber die Mutter hält sich sehr bedeckt. Sie kreischt keinem Reporter was vor oder hämmert an die Tür des Bürgermeisters. Es sieht eigentlich nicht so aus, als würde sie Aufmerksamkeit suchen.«

»Na ja, vielleicht dachte sie sich, dass die Sache schon an die große Glocke gehängt würde, wenn es erst einmal zu spät wäre.«

»In dem Fall würde sie Nathan wieder auftauchen lassen und uns irgendeine lahme Ausrede auftischen. Und ihm drohen, falls er nicht mitspielt. Man kann so ziemlich jedes Kind zum Schweigen bringen.«

»Falls er wieder auftaucht, möchte ich, dass Spence mit ihm redet.«

»Ich auch.«

Als ich zu meinem Schreibtisch zurückkehrte, um meine Handtasche und meine Waffe zu holen, blinkte mein Anrufbeantworter. Es war eine Nachricht von meiner Tochter Frannie. Sie hatte vergessen, ihre Steppschuhe zu ihrem Vater mitzunehmen und brauchte sie für ihre Tanzstunde an diesem Nachmittag. Ob ich sie bis drei in die Tanzschule bringen könnte?

Der beratende Psychologe unserer Abteilung ist wie gesagt dieser große knochige Finne namens Errol Erkinnen. Er sah gut aus: markantes Gesicht, sehr kantig und typisch nordisch. Seine Mutter war ein großer Fan von Errol Flynn, daher der alliterative Name. Wir alle nennen ihn sowieso nur Doc. Er ist ein guter Zuhörer, und ich brauchte ihm die Fakten nur einmal aufzulisten, damit er die Dimensionen des Falls und meine Skrupel begriff. Beim Anblick seines Büros würde man es gar nicht glauben – es war der reinste Dschungel. Überall lagen Papiere und Zeitschriften verstreut, es gab keine freien Oberflächen. Eine Reihe Pappkartons, alle randvoll mit Akten, stapelten sich an einer Wand. Bücherregale, voll gestopft bis zur Decke. Aber er hatte nie Probleme, Papiere zu liefern, wenn wir sie von ihm brauchten. Ich denke, er war mental organisiert auf eine Art, die die meisten von uns gar nicht begreifen. Bei intelligenten Menschen soll so was vorkommen.

Er kam direkt zur Sache. »Okay. Erstens, wenn Sie eine Mutter haben, die ihr eigenes Kind verschwinden lässt, dann liegt wahrscheinlich eine Geisteskrankheit vor. Depressionen, Münchhausen-Stellvertreter-Syndrom vielleicht, es kann aber auch etwas sein, das nicht auf den ersten Blick zu erkennen ist. Erinnern Sie sich an die Frau aus Texas, die ihre fünf Kinder in der Badewanne ertränkte, eins nach dem anderen?«

»Na ja, aber die war doch offensichtlich verrückt.«

»Ja, und jeder merkte ihr das an, und angeblich war sie ja auch in Behandlung. Aber dieses sichtbare Zutagetreten machte sie zur Ausnahme. Die meisten verstecken es. Daran müssen Sie denken, wenn Sie sie befragen.«

»Soll das heißen, dass ich sehr zärtlich sein soll?«

Er lächelte. »Nur, wenn Sie diese Neigung haben.«

Das ärgerte mich. »Kommen Sie, Doc. Sie wissen, was ich meine.«

»Ja. Tut mir Leid. Ich wollte damit sagen, Sie müssen daran denken, dass die Fragen, die Sie stellen, und wie Sie sie stellen, bei ihr als Katalysator wirken könnten.«

»Ich habe ein wenig über diese Münchhausen-Sache gelesen, aber sehr viel weiß ich nicht darüber.«

»Es ist ein ziemlich seltenes Syndrom, auch wenn es zurzeit ziemlich oft in den Zeitungen steht. Kurz gesagt, ein Elternteil oder ein Fürsorgeberechtigter – es ist fast immer eine Frau, meistens die Mutter – fixiert sich auf die Aufmerksamkeit, die sie erhält, wenn sie ein krankes Kind hat, deshalb macht sie das Kind absichtlich krank, damit sie diese Aufmerksamkeit erhält. Haben Sie den Film *Der sechste Sinn* gesehen?«

»Ja.«

»Das kleine Mädchen, das von der Mutter vergiftet wurde und dem Jungen als Geist erschien, um ihn dazu zu bringen, seine Geschichte zu erzählen, damit die kleine Schwester gerettet werden konnte: Das war ein klassischer Fall – zwar fiktiv, aber gut dargestellt – einer Mutter mit Münchhausen-Stellvertreter-Syndrom. Aber in unserem Fall könnten auch andere Diagnosen zutreffen. Die Mutter könnte psychotisch oder depressiv oder wahnhaft sein, sie könnte an jedem Krankheitsbild leiden, das sie dazu bringen könnte, ihrem Kind etwas zu tun oder es zu verstecken. Bei gewissen Zuständen kann es sogar sein, dass sie gar nicht weiß, was sie tut.«

Ich dachte über das eben Gesagte nach, während er sein Sandwich bearbeitete. »Wissen Sie, für all das andere Zeug sieht sie zu normal aus. Ich weiß, es ist oft schwer festzustellen, aber man würde doch denken, dass es irgendein sichtbares Zeichen gibt, wenn jemand bekloppt ist. Bei der Münchhausen-Sache sieht man es vielleicht nicht, außer man achtet speziell darauf, aber bei all den anderen Sachen würde man doch meinen, dass man es an ihrem Verhalten merkt.«

»Nicht unbedingt. Einige Täter, die Verbrechen an Kindern verüben, schaffen es ziemlich gut, völlig normal zu wirken. Viele Pädophile sehen aus wie der Typ von nebenan.«

Das war nur zu wahr.

»Und vergessen Sie nicht, Sie sehen sie nicht unter ›normalen‹ Umständen. Ihr Sohn ist verschwunden. Das ist eine Stress-Situation, auch für jemanden, der mitten in einer psychotischen Episode steckt, und sogar dann, wenn sie hinter seinem Verschwinden steckt.«

»Ich schätze, das stimmt.«

»Könnte es sein, dass der Ex dahintersteckt?«

»Ich habe ihn kurz überprüft, und er sieht sauber aus.«

»Ich würde ihn unverzüglich befragen. Er dürfte Ihnen eine Menge Hintergrundinformationen über sie geben können, falls er bereit ist zu reden. Und ich brauche Ihnen wahrscheinlich nicht zu sagen, dass er Ihnen ein Gefühl dafür vermitteln kann, was passiert ist, als das erste Kind starb. Mit ein wenig Glück können Sie auch herausfinden, ob er denkt, dass sie es getan hat oder nicht. Ist er schon hier?«

»Unterwegs. Er müsste in ein paar Stunden eintreffen.«

»Gut. Wenn Sie mit ihm reden, können Sie sein Gesicht sehen.«

Nicht, dass ich es je wieder wollte – Daniel Leeds hatte eine Warze auf der Wange, die so groß war, dass man eine Pflanzenampel daran hätte aufhängen können. Es fiel mir ziemlich schwer, sie nicht anzustarren, als wir uns unterhielten, was wir sehr kurz nach seiner Ankunft in Los Angeles taten.

Nachdem ich seine Frau gesehen hatte, die klein und kompakt war, konnte ich mir die beiden als Paar kaum vorstellen. Er watschelte in den Empfangsbereich der Abteilung wie ein schwangerer Eisbär, sein Gesicht war teigig weiß, und Speckrollen hingen über seinen riesigen Gürtel. Der Hals quoll ihm über den Kragen, wenn er sich umdrehte.

Aber er war wortgewandt, intelligent, freundlich und ganz offensichtlich bestürzt über das Verschwinden seines Sohnes. Bevor wir zum schwierigen Teil kamen, musste ich ihn erst einmal beruhigen und eine Art von Beziehung aufbauen. Deshalb fing ich nach ein paar gekünstelten Höflichkeiten und einem Ausdruck des Bedauerns wegen seiner Probleme mit einer Frage an, die normalerweise ziemlich unverfänglich ist.

»Was arbeiten Sie?«

»Ich bin Raketenwissenschaftler.«

Ich musste mich fast zwingen, nicht zu lachen. So sah er nun wirklich nicht aus. »Wirklich?«, fragte ich dümmlich.

»Ja. Wirklich. Meine offizielle Tätigkeitsbeschreibung lautet Raketenantriebsingenieur. Die Firma, für die ich arbeite, entwickelt Antriebssysteme für High-Tech-Waffen und Flugzeuge. Das Militär ist unser größter Kunde.«

»Dann dürften Sie in letzter Zeit ziemlich beschäftigt sein.«

»Bin ich.«

»Haben Sie auch andere Kunden für solche Sachen?«

»Leider ja.«

»Nun ja, das muss eine sehr interessante Arbeit sein, und ich möchte wetten…«

»Eigentlich darf ich über unsere Arbeit nicht sprechen, Detective. Es ist eine Frage der Sicherheit, und unsere Regierungskontrakte verbieten mir, irgendetwas über meine Arbeit zu erzählen.«

So viel zu den unverfänglichen Fragen. Da es offensichtlich wenig Sinn hatte, die Beziehungsbemühungen zu vertiefen, kam ich zur Sache. In einem Telefongespräch hatte er mir bereits berichtet, dass er zu der Zeit von Nathans Entführung in Arizona am Arbeiten war. Bei den Sicherheitschecks, die sein Arbeitgeber aller Wahrscheinlichkeit nach hatte, war es schon fast eine Beleidigung, wenn ich versuchte, mir seine Angaben bestätigen zu lassen. Ich würde es natürlich tun, aber es hatte keine Priorität.

»Erzählen Sie mir von Ihrem Verhältnis zu Nathan, Mr. Leeds.«

Er rutschte ein wenig hin und her. Ich konnte nicht sagen, ob der Stuhl für seine Masse zu klein oder ob die Frage ihm unangenehm war. »Ich sehe ihn natürlich nicht oft genug. Ich versuche, eine funktionierende Beziehung zu ihm aufrechtzuerhalten, ein aktiver Vater zu sein und das alles, aber über diese Entfernung ist es schwierig. Er ist ein großartiger Junge. Ich vermisse ihn sehr.«

»Hatten Sie in letzter Zeit Probleme mit ihm? Ich weiß, dass Kinder und Eltern oft schwierige Zeiten durchmachen, ganz egal, wie sehr sie sich lieben. Zumindest bei mir und meinen Kindern ist das so.«

»Nein, da gibt's nichts Erwähnenswertes. Er ist ein guter Schüler und noch immer ziemlich respektvoll, obwohl ich merke, dass er allmählich zum Teenager wird, das könnte sich deshalb bald ändern.«

Ich lächelte und musste an Evan und seine gelegentlichen Aufsässigkeiten denken. »Wahrscheinlich. Aber man kommt damit zurecht, wenn man sich Mühe gibt.«

»Ich kann nicht sagen, dass mir irgendwas Spezielles aufgefallen wäre. Wir kommen ziemlich gut miteinander aus. Ich weiß, die Entfernung trägt einen guten Teil dazu bei. Wenn ich mich jeden Tag mit ihm auseinander setzen müsste wie Ellen, dann hätte ich bestimmt das eine oder andere zu sagen.«

Er hatte mir das Stichwort gegeben, das ich brauchte. »Ich wollte Sie auch nach Ihrem Verhältnis zu Nathans Mutter fragen.«

Er seufzte betrübt. »Das ist so gut wie bei jedem geschiedenen Paar, nehme ich mal an. Wir versuchen, es uns gegenseitig nicht zu schwierig zu machen, wenn Sie das meinen.«

»Was war der Grund für den Bruch Ihrer Ehe, wenn Sie mir die Frage gestatten?«

Er zögerte kurz und sagte dann leise: »Eine andere Frau.«

Es stimmt, was über Geschmack gesagt wird – darüber lässt sich nicht streiten. Dass irgendeine Frau diesen Mann begehren könnte, ging über meinen Horizont. Zugegeben, er war offensichtlich intelligent, redegewandt, fürsorglich und ein hingebungsvoller Vater. Aber das alles machte ihn nicht weniger unansehnlich.

»Gibt es deswegen Groll zwischen Ihnen?«

»Anfangs gab es den schon, aber als sich die Wogen geglättet hatten, merkte sie, dass sie von mir sowieso die Nase ziemlich voll hatte. Ich sehe keine Anzeichen, dass sie jetzt noch daran zu kauen hat. Die Sache ist jetzt schon fast zehn Jahre her, und wir beide sind seitdem viel erwachsener geworden.«

»Waren Sie diese ganze Zeit in Arizona?«

»Nein, ich bin erst vor fünf Jahren dorthin gezogen. Nathan zu verlassen war eine schwierige Entscheidung, aber das Angebot war einfach zu gut.«

»Stehen Sie in regelmäßigem Kontakt mit Ellen?«

»Ziemlich regelmäßig. Sie hält mich über alle seine Aktivitäten auf dem Laufenden, was er nicht so gut schafft, einfach, weil er so ist, wie er ist. Ein ziemlich zerstreuter Junge.«

Seine Mutter hatte von Tagträumen gesprochen. »Diesen Eindruck habe ich bereits bekommen. Ihre Gespräche mit Ellen sind also im Allgemeinen angenehm?«

»*Herzlich* dürfte es besser treffen. Sie will, dass ich ein gutes Verhältnis zu Nathan habe. Dafür bin ich ihr sehr dankbar. Sie ist eine anständige Frau.«

»Und wie hat sie in letzter Zeit auf Sie gewirkt?«

»Wie meinen Sie das?«

»Wirkte sie irgendwie nervös oder ungewöhnlich aufgeregt?«

»Na ja, ihr Sohn ist verschwunden, da ist man …«

»Ich meinte, davor.«

»Ach so. Nein, überhaupt nicht.«

»Soweit ich weiß, haben Sie zuvor schon ein Kind verloren. Plötzlicher Kindstod, wie ich gelesen habe.«

»Ja. Das war vor Nathans Geburt.«

»Das tut mir sehr Leid.«

»Danke. Es war eine furchtbare Erfahrung, das kann ich Ihnen sagen.«

»Verstehe. Als Sie das gemeinsam durchstehen mussten, wie war da Ellen?«

Wieder rutschte er hin und her. Seine Miene verdüsterte sich, als ihm dämmerte, in welche Richtung meine Frage ging; sein Tonfall wurde schärfer. »Was soll das heißen, wie sie *war?«*

»War sie bestürzt, wütend, resigniert oder was?«

»Detective, sie hatte ein Baby verloren. Wie sollte sie denn da sein?«

»Ich weiß es nicht, Mr. Leeds. Ich habe so etwas selbst noch nicht erlebt, und deshalb versuche ich, es zu begreifen. Ich frage mich auch, inwieweit diese Erfahrung ihre Reaktion in der gegenwärtigen Situation beeinflussen könnte.«

»Inwieweit könnte Ihnen das helfen, Nathan zu finden?«

»Nun ja …«

Er stemmte sich aus dem Stuhl hoch. »Hören Sie, wenn Sie glauben, dass Ellen irgendwas mit dieser Sache zu tun hat, dann täuschen Sie sich. Sie liebt diesen Jungen, und sie ist eine großartige Mutter. Löschen Sie einfach den Gedanken, dass sie etwas damit zu tun haben könnte. Verschwenden Sie Ihre und vor allem Nathans Zeit nicht. Falls es für ihn überhaupt noch so etwas wie Zeit gibt.«

Sobald er in Ellens Wohnung war, würde er ihr erzählen, dass ich ihn über sie ausgefragt hatte und dass es klang, als würde ich sie verdächtigen. Warum, ja warum konnte ich nicht so sein wie Spence Frazee, glatt wie Seide und immer die richtigen Fragen parat?

7

Es ergab keinen rechten Sinn, noch einen Tag der Befragungen in der Gemeinde von Bourgneuf anzuhängen, auch erachtete ich es nicht für nötig, noch in anderen Gemeinden nach Geschichten von Kindern, die von unbekannten Dämonen verschlungen wurden, zu forschen. In Bourgneuf und den anderen Dörfern, durch die ich geritten war, hatte ich genug Brennstoff gesammelt, um ein mächtiges Feuer zu entzünden, und so machte ich mich nach einer weiteren Nacht mitnichten glückseligen Schlafes früh auf die Rückreise nach Nantes. Das Gefühl des Abenteuers, das die Reise erträglich gemacht hatte – wenn auch gerade noch –, war jetzt verschwunden. Dringlichkeit war an seine Stelle getreten.

Unterwegs traf ich auf keinerlei Briganten, doch auch der kühnste Räuber hätte es kaum gewagt, mich anzugreifen – über meinem Kopf schwebte eine dunkle Wolke, die selbst den entschlossensten Wüstling vertrieben hätte. Dennoch wusste ich, auch wenn ich es leugnete, dass ich wirklich in Gefahr schwebte. *Das Chaos regiert überall,* hatte mein Sohn in einem seiner düstereren Briefe geschrieben. *Von einem Tag zum nächsten wissen wir nicht, welcher Herzog oder Baron zu uns kommt, um zu verlangen, dass sein An-*

spruch auf ein usurpiertes Gebiet durch einen Segen legitimiert werde.

Im Süden hatten sich die Zustände im Verlauf des letzten Jahres gebessert, der Norden jedoch blieb unsicher; wir waren ein leichtes Ziel für die Engländer, die es natürlicherweise vorzogen, die günstig gelegenen Ländereien der Normandie oder der Bretagne zu belagern, anstatt Vorräte und Waffen auf einem langen Feldzug in die Provence zu vergeuden, trotz der deutlichen Verbesserung des Wetters, die man immer erlebt, wenn man in den Süden reist. Wie viel angenehmer ist es doch, eine Landschaft zu verwüsten, wenn die Luft die Haut streichelt wie die Finger einer Geliebten und nicht der Regen sie sticht wie Pfeile und Nadeln. Herzog Jean hatte es geschafft – ich weiß nicht, ob durch Klugheit oder Gefühllosigkeit –, die Engländer in der Bretagne mit einer schwer erträglichen Allianz, deren Bedingungen sich beinahe monatlich zu ändern schienen, in Schach zu halten, sehr zum Verdruss Seiner Eminenz, wenn er gerade den Hut des Staatsmannes trug.

Vielleicht lag es an dieser beständigen Neuabstimmung des Abkommens, dass die Umstände hier bei uns in der Bretagne besser waren als in Frankreich selbst. Aber auch ein relativer Frieden kann Schwierigkeiten bringen, die man kaum erwarten würde – das heißt, das Problem der freien Söldnertruppen. Da die Kriege im Augenblick einigermaßen eingedämmt waren, zogen die Ritter und Knappen, die früher die Aufgabe hatten, ihren Herren zu dienen, jetzt ziellos durch die Lande auf der Suche nach Opfern, die sie ausplündern konnten, um wenigstens zu versuchen, mit der Beute den Fortbestand der Truppe zu sichern. Das war unzweideutig die Ironie des Friedens.

Man konnte kaum noch unterscheiden zwischen Soldat und Verbrecher, so verschwommen war die Grenze. Meinen eigenen Landsleuten gelang es ebenso wenig, die Blutgier aus ihren Seelen zu verbannen wie den verachteten Engländern – sie bedrohten Kinder, Alte und Schwache, jeden, der keine Waffe trug, und verübten für gewöhnlich Grausamkeiten, die selbst Gott zum Weinen bringen mochten. In seinem letzten Delirium hatte mein Ehemann Etienne von Dingen gesprochen, die er mir nie erzählt hätte, wäre er noch im Vollbesitz seiner geistigen Kräfte gewesen. Er hatte gesehen, wie Männer mit Ketten gefesselt und geröstet wurden, während man ihre Frauen und Kinder zuzusehen zwang, wie Zähne einer nach dem anderen gezogen wurden, bis auch der letzte *sou* den Peinigern übergeben worden war, wie Unschuldige gemartert und verstümmelt wurden – Freveltaten, die jede Vorstellung übersteigen.

Und als wären diese Quälereien nicht schon genug, verschwanden jetzt auch noch die Unschuldigen, die verschont worden waren. Allmählich bekam ich den Eindruck, dass dieses Verschwinden schon eine ganze Weile andauerte, direkt unter unseren Augen – und dennoch unbemerkt.

Am späten Nachmittag kam ich im Kloster an und brachte meine Eselsstute in ihre kleine Unterkunft zurück. Ich verabschiedete mich zärtlich von ihr; sie war eine wackere Begleiterin gewesen, die immer ein offenes Ohr hatte, aber nie widersprach. Auch dankte ich ihr dafür, dass sie auf dem Rückweg nicht zu sehr geschwankt hatte, und fütterte sie mit einer Hand voll Stroh.

In den Feldern hinter den Stallungen sah ich junge Mönche mit aufgekrempelten Ärmeln und Novizinnen mit zurückgebundenen Schleiern, die mit der Frühlingsaussaat beschäftigt waren. *Frère* Demien überwachte diese Arbeiten, ging von einem zum nächsten und wies sie behutsam in die besten Methoden für die einzelnen Feldfrüchte ein. Später, in der Wachstumszeit, wenn die Pflanzen bereits sprossen und erste Anzeichen ihrer späteren Fruchtfülle zeigten, würde ich ihn oft beobachten können, wie er sich über einen seiner Lieblinge beugte und ihm aufmunternd zuflüsterte, wie ein Zauberer oder Hexenmeister oder – besser noch – wie eine Mutter. Manchmal fragte ich mich, wie er später diese Pflanzen essen konnte, diese seine kleinen Kinder, die er so sorgfältig und mit solchem Genuss zur Fruchtbarkeit aufgezogen hatte.

Was das angeht, sie essen dort kleine Kinder…

Wie immer, wenn er im Garten weilte, war seine Stimmung heiter und gelassen, ganz im Gegensatz zu meiner eigenen, die nach meiner Reise eher düster war. Das herzliche Lächeln, mit dem er mich begrüßte, war wie Honig für einen rauen Hals, und ich fand großen Trost darin.

Er wischte sich kleine dunkle Erdkrumen von den Händen und

krempelte die Ärmel herunter. »Mutter – wir haben Euch erst in ein oder zwei Tagen erwartet«, sagte er. »Aber ich bin froh, dass Ihr zurück seid. Seine Eminenz war während Eurer Abwesenheit ziemlich reizbar.«

Ich empfand ein wenig sündige Befriedigung darüber, dass man mich vermisst hatte, allerdings gefiel mir der Gedanke nicht, dass Jean de Malestroit irgendwelche Unannehmlichkeiten hatte ertragen müssen. »Ich bin froh, zurück zu sein«, sagte ich erschöpft.

»Seid Ihr auf Schwierigkeiten gestoßen, die Eure frühe Rückkehr erzwungen haben?«

»Nur eine«, sagte ich, »nämlich die, dass ich in zu kurzer Zeit zu viel Erfolg hatte. Ich sah keinen Grund, nicht sofort zurückzukehren, vor allem, da Ostern so nahe ist.«

Ohne Erwiderung nahm er mir mein kleines Bündel, in dem ich meinen Reisebedarf mitgeführt hatte, aus der Hand und deutete zum Kloster. Arm in Arm wanderten wir langsam in diese Richtung.

»Natürlich werdet Ihr Seiner Eminenz Eure Neuigkeiten unverzüglich mitteilen.«

»Natürlich.«

»Die Staatsgeschäfte scheinen im Augenblick sehr kompliziert zu sein, zumindest nach der Stimmung unseres Bischofs in den letzten Tagen zu urteilen.«

»Ich fürchte, dann werde ich seine Sorgen wohl noch vergrößern.«

Elf, berichtete ich Jean de Malestroit. *Und Bernard le Camus – insgesamt also zwölf.*

»In zwei Jahren, und nur in der Gegend um Bourgneuf. Ganz zu schweigen von den Geschichten, die ich auf dem Weg dorthin hörte. Ich ritt nicht weiter, es schien mir unnötig, da ich schon von diesem einen Besuch genug vorzubringen habe.«

Ich wartete gespannt auf seine Antwort, doch er blieb stumm.

»Man kann es wahrlich nicht unbeachtet lassen«, beharrte ich.

Nach einem langen Augenblick des Nachdenkens über die Angelegenheit – wie ich mir vorstellte – sagte er: »Nun, wieder einmal habt Ihr mir Grund zum Grübeln gegeben. Nicht, dass es mir an

Sorgen mangelte. Sagt mir, Guillemette, Ihr habt diese Leute persönlich getroffen – erachtet Ihr deren Klagen für ernst zu nehmend?«

Ich war sprachlos. »Nun ja, Euer Eminenz, das tue ich, und ich kann mir nicht vorstellen, warum eine Gruppe völlig unterschiedlicher Menschen sich zusammentun sollte, um solche Geschichten zu erfinden, wie ich sie gehört habe. Das würde ein gerüttelt Maß an Zusammenarbeit erfordern und viel mehr Einbildungskraft, als solche Leute überhaupt besitzen.«

»Und was betrachtet Ihr als angemessene Reaktion auf ihre Klagen?«

Bei allen Heiligen, was dachte er nur? Eine solche Entscheidung konnte doch nicht von jemandem wie mir getroffen werden. Der Zweck meiner Reise war das Sammeln von Berichten gewesen, um *ihn* zum Handeln zu zwingen. Ich hatte zwar nicht vergessen, dass er seine Zustimmung zu meinen Nachforschungen nur widerwillig gegeben hatte, doch jetzt schien Jean de Malestroit so vollständig desinteressiert zu sein, dass es mich regelrecht ärgerte. Doch ich hielt den Mund; vielleicht gab es da etwas, das ich nicht wusste. Er war von Natur aus kein gefühlloser oder gleichgültiger Mann.

»Eminenz, es ist doch offensichtlich«, sagte ich ruhig, »dass man in jedem einzelnen dieser Verschwindensfälle ermitteln sollte, um herauszufinden, ob es einen roten Faden gibt. Ihr würdet gut daran tun, jemanden mit wachem Verstand zu wählen, bei dem man auch darauf vertrauen kann, dass er sich dieser Arbeit mit Begeisterung widmet.«

»Nun ja, im Augenblick scheint mir, als hätte ich derart kluge und begeisterte Köpfe für eine solche Aufgabe nicht gerade im Übermaß zur Verfügung.«

»Nötig ist nur eine Person.« Ich hielt kurz inne und drängte dann weiter: »Und da ich diejenige bin, die diese Ermittlung überhaupt erst angestoßen hat, scheint es doch nur angemessen, dass ich diejenige sein sollte, die sie auch zum Abschluss bringt.«

»Guillemette, Ihr seid eine Frau. Darüber hinaus seid Ihr Äbtissin. Angesichts Eures Ranges wäre das eine höchst unschickliche Tätigkeit.«

»Vielleicht, aber niemand sonst könnte die Leidenschaft dafür aufbringen, die ich besitze.«

»Eure Leidenschaft könnte Euren Geist vernebeln. Ein Unbefangenerer, vielleicht …«

Wie empörend! *Seine Eminenz gibt, Seine Eminenz nimmt.* »Ich glaube, dass meine tiefe Besorgnis mir in dieser Angelegenheit ungewöhnliche geistige Klarheit vermitteln wird – ich besitze die Fähigkeit, derartige Situationen zu verstehen, welche die Vorzüge ignoranter Unbefangenheit bei weitem überwiegt.«

Da es ihm nicht gelang, mich mit Vernunft von der Sache abzubringen, erinnerte er mich an meine Pflichten. »Ihr könnt für eine solche Arbeit nicht von Euren Pflichten entbunden werden.«

»Ach, Unsinn«, sagte ich. »Überall in diesem Kloster findet man untätige Hände, die sich nach Beschäftigung förmlich sehnen.«

»Nun gut«, sagte er. »Ich kann Euch nicht entbehren.«

»Dann werde ich meine Nachforschungen so einrichten, dass Ihr mich nicht zu entbehren *braucht.*«

Ein Mundwinkel zuckte leicht nach oben. »Alsdann«, sagte er, »wenn Ihr Eure Ermittlungen auf tieferer Ebene fortführen wollt, so habt Ihr mein Einverständnis.«

Ich wollte seinen Segen, doch reichte auch sein Einverständnis.

»Wir werden Schwester Elene Eure üblichen Pflichten übertragen«, sagte er. »Sie ist sehr kundig und begierig auf eine Beförderung. Folglich wird sie Euch recht gut ersetzen.«

Wie immer musste er mir noch einen letzten Hieb versetzen. Jean de Malestroit sah meine bekümmerte Miene und beeilte sich mit einer Klarstellung: »Natürlich kann Sie nie wirklich Euren Platz einnehmen. Seid versichert, dieser Wechsel gilt nur für die Zeit, bis Ihr die Arbeit vor Euch abgeschlossen habt. Wenn Ihr von dieser Eurer Mission zurück seid, werden wir sehr froh sein, Euch wieder an der alten Stelle zu haben.«

»Dann werde ich, mit Eurer Erlaubnis, sogleich beginnen.«

»Ach, Guillemette, seid nicht so überstürzt. Es wäre besser, Ihr würdet bis nach dem Osterfest damit warten«, sagte er. »Denn dazu brauche ich Euch, wie immer.«

Er brauchte mich, damit ich während der Vorbereitungen an der Wand stand, eine Aufgabe, für die ich wirklich *nicht* ersetzt werden konnte. »Selbstverständlich, Eminenz. Das ist nur vernünftig.«

Ich fand es alles andere als vernünftig.

So wurde mir die heiligste Woche unseres Jahres zur längsten. Ich wollte unbedingt weitermachen, konnte es aber nicht – Frömmigkeit musste geweckt werden, eine ziemlich schwierige Aufgabe in einer so großen Gemeinde wie der unseren, wo vielen Pfarrkindern eine anständige Mahlzeit mehr nützen würde als noch ein Teller geistiger Nahrung. Nantes hat, trotz seines Reichtums und seiner Blüte, viele Arme, die alle niedergedrückt wurden von den beständigen Kriegen und den darauf folgenden Steuererhebungen auf ihr mageres Vermögen.

Karfreitag kam und ging; seine schreckliche Trauer überspülte uns wie eine Woge und ließ dann, dank des glorreichen Einflusses der Wiederauferstehung, schnell nach. Ostern lag früh in diesem Jahr, vor dem Ende des *mars,* die Luft war deshalb frühlingskühl, als wir in einer Prozession zur Kirche gingen. Unterwegs säumten lange Schlangen von Gläubigen die schlammigen Straßen, einige mit nichts weiter als Lumpen an den Füßen, alle jedoch in der Hoffnung, den Bischof und sein Gefolge in all der Pracht und Würde einer heiligen Prozession erblicken zu dürfen. Trugen einige der Schaulustigen wirklich Schuhwerk, so wurde das unweigerlich nass und würde später beim Trocknen hart und steif werden. Nach dem Gottesdienst würde der Steinboden des Kirchenschiffs übersät sein mit getrockneten, abgestreiften Schlammklumpen, doch dafür wäre dann Schwester Elene verantwortlich.

Das Kirchenschiff quoll bereits über vor Gläubigen, alle angetan mit ihren besten Gewändern, die nur für solch würdige Gelegenheiten herausgeholt wurden. Doch vieles, was hier als prächtiger Staat vorgezeigt wurde, verdiente kaum den Namen. Madame le Barbier hätte vielen dieser Gläubigen von großem Nutzen sein können. Ich verrenkte den Hals und schaute mich um, wollte ich doch wissen, ob sie den Weg von Machecoul hierher auf sich genommen hatte, doch ich entdeckte sie nirgends in der Gemeinde.

Trotz der Verzweiflung und der Armut, über welche die meisten dieser Menschen völlig zu Recht klagten, beteten sie doch mit großer Hoffnung; es war ein Tag der Erneuerung, der Wiedergeburt und der Versprechungen des Frühlings. Die Luft hatte eine Frische, die sie zu keiner anderen Zeit besitzt. Das Sonnenlicht war dünn, aber strahlend und neckte uns mit der Ankündigung süßer Wärme.

Die Vögel sangen, als hätte Gott selbst ihnen über die Flügel gestrichen.

Wir hatten unsere eigenen von Gott gestreichelten Vögel auf der Empore im hinteren Teil der Kirche, auch wenn sie alle menschlich waren – Knaben und Männer, um genau zu sein. Aber einige von ihnen besaßen Stimmen… wie von den Engeln gestohlen. Ich schloss die Augen und ließ den Gesang mich durchdringen.

Kyrie eleison, Christe eleison.

O Domine, Jesu Christe, rex gloriae, libera animas omnium fidelium de functorum, de poenis inferni, et de profundo lacu.

Ich versenkte mich in die schmeichelnde Süße des Gesangs. Doch öffnete ich überrascht die Augen, als eine Stimme allein erklang. Ich hatte sie schon oft zuvor gehört.

Hostias, te preces tibi Domine, laudi suferium, tu suscipe, animas iras…

Auf meinem Platz im vorderen Teil der Kirche drehte ich mich um und schaute nach hinten zu den Sängern.

»Bei allen Heiligen…«, murmelte ich.

Quarum hodie, memoriam, et ius…

Frère Demien saß direkt vor mir, und ich zupfte ihn am Ärmel. Anscheinend hatte ich ihn in einem Augenblick tiefen Gebetes gestört, denn er drehte sich um und sah mich, was selten vorkam, verblüfft an.

Ich deutete nach oben. »Schaut – im Chor«, raunte ich.

Er hob die Hand, um die Augen gegen das Sonnenlicht zu beschirmen, das durch das rückwärtige Fenster schien. »Gott sei gelobt«, flüsterte er. »Buchet! Aber… warum ist er nicht in Machecoul? *Mon Dieu!*« Er sah mich bestürzt an. »Der Herzog muss ihn von Milord Gilles weggelockt haben.«

Es erschien mir unwahrscheinlich. »Man fragt sich, was das zu bedeuten hat – Milord und Buchet waren doch ein Herz und eine Seele.«

»Nun nicht mehr, wie es aussieht.«

André Buchet war im ganzen Land berühmt, und das zu Recht – er war jung und gut aussehend und besaß eine Stimme, die in ihrer Vollkommenheit eine Beleidigung Gottes hätte sein können, hätte nicht Gott selbst sie geschaffen und hätte Buchet sie nicht vorwiegend zum Lobpreis seines Schöpfers genutzt. Gilles de Rais hatte ihn eines Tages in der Gemeinde von Saint-Etienne, die zu seinem Besitz gehörte, singen gehört und ihn sofort mit sich genommen, damit er im Chor seiner persönlichen Kapelle zu den Heiligen Unschuldigen singe. Die Zeremonie zu Buchets Installation war bemerkenswert gewesen und wurde oft nacherzählt, doch konnte sie nie genau wiederholt werden, nicht einmal von denselben Sängern und Musikern – die Stimmung war damals etwas ganz Besonderes gewesen. Buchet war zu der Zeit noch ein kleiner Junge und völlig unverdorben. Doch jetzt, nachdem man ihn mit allen möglichen Privilegien verwöhnt hatte, erwartete er inzwischen eine solche Behandlung und war berüchtigt für seine Wutausbrüche, wenn etwas nicht genau nach seinem Geschmack verlief.

Lange gab es heimliches Getuschel unter uns über die Art, wie Milord den Jungen vergötterte. René de la Suze hatte dagegen Einspruch erhoben, dass sein Bruder so viel Geld auf den Jungen verschwendete.

Gute Soprane sind selten und müssen gepflegt werden, hatte Milord zu seiner Verteidigung gesagt.

Aber noch schwerer zu erhalten, und deshalb ist Geld vergeudet, hatte Milords Bruder erwidert. *Sie werden erwachsen, und die Stimme wird tiefer.*

Nicht so bei Buchet. »Wie alt ist er jetzt, was meint Ihr?«, fragte ich *Frère* Demien.

»Zweiundzwanzig vielleicht.«

»Er singt noch immer wie mit zwölf.«

Das war keineswegs übertrieben. Ich fragte mich, ob man ihn zum *castratus* gemacht hatte; falls ja, hätte es durchaus seine eigene Entscheidung sein können. Er hätte sich in einem zarten Alter dafür entscheiden müssen, bevor die Mannwerdung einsetzte.

Anscheinend waren wir nicht die Einzigen, die sich Gedanken machten über André Buchets Anwesenheit, denn überall um uns herum erhob sich Gemurmel. Als er jedoch wieder zu singen anhub, verstummte die ganze Gemeinde. Der Gesang floss seidig von seinen Lippen; die Melodie war süß und heilig, geheimnisvoll – wir alle waren völlig verzaubert.

Libera me, Domine, de morte eternal. In die ila tremenda quando celli movendisunt et terra, dum veneris, iudicare seculum, per ignem.

Dann setzte eine zweite Stimme ein, gleich darauf eine dritte, dann immer mehr, bis schließlich der ganz Chor in einem so vollkommenen Einklang sang, dass es wie *sola voce* wirkte, bis auf Buchets Stimme, die über allen anderen schwebte. Sie flehten Gott in unserem Namen an, uns alle vor dem ewigen Tod zu erretten und vor der Strafe des Feuers zu bewahren. Kein Hüsteln, kein Flüstern, nicht einmal das Weinen eines Kindes war im gesamten Kirchenschiff zu hören, so gefesselt waren wir alle von der Schönheit, welche die Luft durchwehte.

Aber mitten im letzten Akkord drehten sich plötzlich Köpfe. In den letzten Bänken entstand Unruhe, die sich die Reihen entlang fortsetzte etwa mit der Geschwindigkeit eines Männerschritts. Wir saßen ganz vorne, deshalb konnte ich nicht sehen, was oder wer die Ursache dieser Unruhe war. Am Mittelgang wurden Köpfe gesenkt, während eine kleine Prozession durch die sich teilende Menge schritt.

Als Erstes erkannte ich einen Priester in weißem Ornat – ein gewisser Monsignore Olivier des Ferrières. Das war an und für sich schon Grund für Getuschel, denn er war ein Schurke, locker im Glauben und berüchtigt dafür, dass er sich mit dunkleren Elementen zusammentat, als es seinen Vorgesetzten lieb sein konnte. Mehr als einmal hatte Seine Eminenz erwogen, ihn aus dem Priesterstand zu verstoßen.

»Er gehört weder zu dieser Pfarrei«, flüsterte *Frère* Demien überrascht, »noch zu einer anderen, die ich kenne.«

Ich zuckte die Achseln zum Zeichen meiner eigenen Verwunderung. Dann stellte ich mich auf die Zehenspitzen und reckte den Hals, um weiter nach hinten sehen zu können. Der letzte Ton des Chorgesangs hing in der Luft, ein bittersüßer Nachhall.

»*Mon Dieu*«, hörte ich mich selbst sagen. Ich merkte, wie meine Hand an meine Brust fuhr und die vertraute schützende Geste machte, zuerst von oben nach unten, dann von links nach rechts.

Das Herz klopfte mir plötzlich bis zum Hals. Milord Gilles de Rais ging langsam hinter Des Ferrières her, und jeder zögernde Schritt brachte ihn näher zum Altar. Er hob sich von den anderen in seiner Umgebung dank einer unbeschreibbaren Besonderheit ab, die mehr zu tun hatte mit seinem Rang als Edelmann und Held Frankreichs denn mit irgendeinem körperlichen Merkmal. Er war kein übermäßig großer Mann, nur wenig mehr als der Durchschnitt, aber er hatte etwas unbestimmbar Aufmerksamkeit Heischendes an sich. Seine dunklen Haare, der Mode entsprechend knapp über dem Kragen seines Umhangs gestutzt, standen in starkem Gegensatz zur Blässe seiner Haut, die in letzter Zeit nicht in Kriegen gebräunt worden war. Er trug Rot an diesem Tag, von einem Ton fast wie frisches Blut. Sein Gesicht zeigte einen Ausdruck, der mehr zum Tag der Kreuzigung unseres Herrn gepasst hätte denn zum Tag seiner Wiedergeburt. Milord war den Tränen nahe, das sah ich.

Niemand hatte erwartet, dass er hierher kommen würde, um die Auferstehung unseres Herrn von den Toten zu feiern. »Warum ist *er* nicht in Machecoul in seiner eigenen Kapelle?«, fragte ich mich laut.

»Er darf feiern, wo es ihm beliebt, Schwester.«

»Aber hier und heute, unter den Augen von Jean de Malestroit, da doch noch immer so viel Geringschätzung zwischen den beiden herrscht?«

Etwa auf halber Höhe des Mittelgangs blieb er stehen und drehte sich um. Sein Blick wanderte hoch zum Chor, und als seine Augen André Buchet fanden, schien Milords Körper zusammenzusacken wie unter einer großen Last.

Hierin lag also die Erklärung für seine unerwartete Anwesenheit.

Frère Demien beugte sich zu mir und sagte: »*Je regrette,* Guillemette, ich weiß, dass Ihr Milord sehr liebt. Aber sogar Ihr müsst zugeben, dass es schändlich ist, wie er Buchet anstarrt.«

Ich riss meinen Blick los von dem mächtigen Herrn, der als Kind unzählige Stunden auf meinem Schoß verbracht hatte, und schaute zu dem Sänger hoch, der ihn so fesselte. Die Zuneigung und die Traurigkeit in Milords Antlitz beunruhigten mich. *»Regardez, mon Frère«,* sagte ich. »Buchet ist wie Eis dort oben auf der Empore. Er erwidert Milords Blick nicht.«

Dann senkte Milord den Kopf, als würde er abgrundtief leiden. Er drehte sich wieder um und schritt weiter den Mittelgang entlang, folgte dem linkischen Des Ferrières zum Beichtstuhl, ein Pfau im Schlepptau eines Täubchens.

Ach, Guillemette, hatte mein Etienne in seinen letzten Tagen, als er nichts anderes mehr konnte, versonnen geflüstert, *du hättest ihn vor Orléans sehen sollen! Wir alle blickten ehrfürchtig zu ihm auf. Seine Rüstung war von einem glänzenden Schwarz und passte ihm wie angegossen, und wenn er seinem Ross die Sporen gab, wehte der weiße Busch auf der Spitze seines Helms gerade nach hinten. Ich sage dir, Weib, er war sowohl grimmig wie edel; er konnte sein grausames Wesen immer hervorholen, viel schneller als irgendeiner von uns. Ich sah ihn sein Schwert in den Bauch eines Engländers stoßen – nur wenige überlebten, wenn er einen vernünftigen Hieb ansetzen konnte. In dieser ganzen Armee gab es keinen Mann, der so beherzt kämpfte wie Gilles de Rais.*

Es geschah nach dieser großen und blutigen Schlacht, dass er zum Marschall Frankreichs ernannt wurde. Gilles ritt an der Seite der Jungfrau, sie in ihrer rein weißen, ungeschmückten Rüstung, er so prächtig in Schwarz.

Kohle und Schnee, hatte Etienne gesagt. Wie zwei Menschen sich so ähneln und zugleich so verschieden sein können, ist unergründlich.

Mein Mann war nicht der Einzige, dem ihre so deutliche Verschiedenheit und gleichzeitig ihre unverhüllte Kameradschaft auffielen. Die jeweiligen Legenden der beiden wuchsen; sie ein unbeflecktes Bauernmädchen, zu den Waffen gerufen von »Stimmen« (die einige für unheilig, vielleicht sogar für die Einflüsterungen von Hexen hielten), und er, der Inbegriff der Weltlichkeit, mit all der Pracht, die sein Stand ihm ermöglichte. Beide waren unabhängig in Gedanken und Tat, ihre Hingabe zeigte sich jedoch auf unterschiedliche Art. Alles, was Jeanne d'Arc tat, lag begründet in ihrem Glauben, dass Gott ihr den Auftrag und die Mittel gegeben hatte, Frankreich unter dem Bastard Charles zu einen; Gilles de Rais dagegen lieferte keinerlei Rechtfertigung für seine Taten, da sie auch niemand von ihm verlangte. Er war zur Willkür geboren, ergo tat er, was er wollte.

Sie waren beide völlig wahnsinnig, sagte Etienne oft. Angesichts dessen, was sie getrennt und gemeinsam taten, konnte es gar nicht anders sein. Und doch gab es eine schlichte Vertrautheit zwischen ihnen, die eine beunruhigende Ähnlichkeit mit Zuneigung hatte. Solange sie Kampfgefährten waren, schienen sie unzertrennlich – es gab sogar skandalöses Gerede über »Liebe«.

Aber Jeanne d'Arc war eine Jungfrau – Yolande d'Aragon hatte das selbst mit einer Untersuchung festgestellt, die so gründlich war, dass die Jungfrau sich angeblich beleidigt fühlte und sogar im Unterleib verletzt wurde –, Milord hingegen war ein verheirateter Mann, der nicht im Ruf eines Schürzenjägers stand. Ich habe nie davon gehört, dass er je eine andere Frau als Madame Catherine in sein Bett genommen hätte; viel öfters hieß es, dass er überhaupt keine Frau in sein Bett nehme, was mir mehr Sorgen machte, als wenn er es getan hätte. Und Madame Catherine war zwar eine wunderschöne Frau, aber von ganz anderem Wesen als Milord. Sie war still, höflich, freundlich und wohlwollend, ganz im Gegensatz zu ihrem aufbrausenden und abenteuerlustigen Gatten. Mir schien es, als gäbe es nichts, was er nicht versuchen würde.

Für Etienne war das alles ruhmreich und prächtig; er konnte kaum aufhören, von den Dingen zu schwärmen, die er sah. *Wie großartig das alles war, wie hervorragend wir alle waren, im Geist wie im Fleisch, ein riesiges Gefolge aus Soldaten und Edelleuten, Krieger, die endlich in einer einzigen Armee vereint waren. Schwertkämpfer, Bogenschützen, Fußsoldaten und Lanzenreiter, wir alle lebten unserem Rang entsprechend und waren bereit für die Schlacht.*

Blutgier lag in der Luft, sagte er, verstärkt noch durch die unvermittelte, erstaunliche Ankündigung jenes Tages, dass die Truppen nun endlich bezahlt würden, dank der Beiträge aus vielen edlen Truhen, die von Milord eingeschlossen. Alle Arten von Männern zogen hinter dieser einen kleinen Frau in die Schlacht: gute Männer, schlechte Männer, Diebe, Bettler, Väter, Söhne und Brüder, darunter auch Männer, die Geheimnisse vor allen außer vor Gott hatten. Viele Tunichtgute meldeten sich, darunter auch zwei in Milords Gefolge: seine Cousins Robert de Briqueville und Gilles de Sille – nie meine Lieblinge, als Erwachsene schon gar nicht, aber auch nicht, als sie noch Knaben waren. Es gab wenig, was an den beiden liebenswert war, beide hatten Eigenarten, die mich höchst nachdenklich stimmten, und ich war nicht die Einzige, der es so ging. Kein Mensch in

Champtocé oder Machecoul schien sie zu mögen, ob nun einzeln oder gemeinsam.

Doch trotz all des Unfugs, den sie an beiden Orten anstellten, waren sie nie mehr als Gilles' Schatten. Schon als Kind führte er sie herum wie Ziegen am Strick, und nie kam etwas Gutes dabei heraus. Wie oft während meiner Dienstzeit ertappte ich mich bei dem Wunsch, Gilles de Rais möge sich andere Spielkameraden suchen; die Gesellschaft mit meinem Michel schien das Gute in ihm hervorzubringen, die mit den Söhnen von Briqueville und Sille nur das Schlechte. Mit Michel konnte er ein braver Junge sein; mit seinen Cousins war er stets ein Schelm, verschlagen und gerissen.

Aber beide Cousins hielten sich wacker vor Orléans, das wurde zumindest berichtet; die Jungfrau schien alle, die unter ihrem Banner ritten, zu beflügeln, vom einfachsten Bauern bis zum höchsten Edelmann. Wie glorreich war die Erinnerung daran; wie stolz waren wir alle und wie schnell darin, einen Teil von Milords Ehre zu beanspruchen.

»Damals war er auf seinem Höhepunkt«, flüsterte ich gedankenverloren zu mir selbst.

Frère Demien sah mich besorgt an. »Wie?«, fragte er.

Für meine Ohren hatte es nicht so laut geklungen. »Ich sagte, er ist nicht auf der Höhe.«

»Ihr habt aber mehr gesagt.«

Ich schwieg. Und dann wandte ich den Kopf ab und schaute wieder zu Milord.

In meiner Ausrede hatte ich unbeabsichtigt etwas Wahres ausgesprochen: Er war zu dieser Zeit wirklich nicht auf der Höhe. Sein prächtiger Ornat konnte nicht verbergen, was wir alle in seinem Gesicht sahen. Er wirkte abgespannt und müde, älter als seine sechsunddreißig Jahre. Die Menge teilte sich weiter, um ihn durchzulassen, sowohl aus Verwunderung über seine schiere Anwesenheit, wie aus der Höflichkeit, die ihm dank seines Ranges zustand. Das Heilige Buch, das er trug, war in vergoldetes Leder gebunden, das Heft seines allgegenwärtigen Schwertes mit Juwelen jeder Form und jeder Farbe übersät. Aber der Träger all dieses Schmucks war ein erschöpfter und müder Mann.

Es hatte jüngst bestürzende Gerüchte gegeben, dass er einem

jungen Zauberer verfallen sei, einem blendenden Halunken, den der Priester Eustache Blanchet für ihn auf einer Reise nach *Italia* aufgetan hatte. Das schien ein schrecklich weiter Weg zu sein, da es doch hier in der Gegend schon genug Halunken gab, doch offensichtlich konnte keiner unserer örtlichen Verführer Milord so reizen, der seit jeher dem Exotischen den Vorzug gab vor dem Alltäglichen.

François Prelati, so hieß der Zauberer. Ich sah die beiden einmal zusammen im Schloss von Machecoul, als Seine Eminenz mich in Staatsgeschäften dorthin mitnahm. So hingerissen ich auch war von der vertrauten Umgebung, konnte ich doch nicht umhin, den jungen Mann zu bemerken, der einen Platz an der Seite Milords gefunden hatte und diesen auch kaum mehr verließ. Er schien ein ganzes Stück jünger zu sein als Milord, etwa fünfundzwanzig, ein herausgeputzter Kerl mit erstaunlich schönen Zügen und schlanker Statur. Milord folgte ihm schamlos wie ein junges Hündchen. Es bereitete mir Unbehagen, die beiden zusammen zu sehen, denn es herrschte eine widernatürliche Ungezwungenheit zwischen ihnen, viel mehr als Gott zwischen Ehrenmännern gestattet. Milord erblühte, als würde er in Gegenwart dieses Prelati selbst wieder jung werden.

Jetzt kam dieser Milord mit bleiernen Schritten auf mich zu. Ich fühlte mich geneigt, den Blick abzuwenden, auch wenn ich nicht verstand, warum – vor mir war ein Mann, der beinahe mein Sohn war, und doch wollte ich aus einem unerfindlichen Grund seinen Blick nicht kreuzen, sollte er in meine Richtung wandern. Aber die Versuchung war zu groß, die Anziehungskraft zu stark; ich sah ihn direkt an, und für einen kurzen Augenblick trafen sich unsere Blicke. Zuerst sah ich einen Funken des Wiedererkennens – wie könnte auch jemand seine eigene Amme nicht erkennen –, und dann hielt er einen Augenblick inne, um mich zu betrachten. Es lag Zuneigung in seinem Blick, und sein Ausdruck wurde mit jedem Augenblick kindlicher. Es war, als sehne er sich zurück in die Tage unter meiner Obhut. Die Blicke jener, die ihn beobachteten – fast alle –, fielen nun auch auf mich. Schließlich zerriss Milord den Faden der Zeit, der uns verband, und ging weiter, doch ich spürte noch immer die Blicke der anderen auf mir. Ich schaute mich, Geborgenheit suchend, um, doch da ich nur prüfende Blicke fand, wandte ich mich wieder ihm zu.

Aber er war schon zu weit vorne, um meine verzweifelte Mimik zu sehen, und ich konnte ihm nicht zurufen – das wäre für eine Frau meines Rangs unschicklich gewesen, vor allem an diesem heiligsten aller heiligen Tage. *Warte,* wollte ich ihm sagen, als ich sah, dass er weitergegangen war, *komm zu mir zurück,* mon fils de lait, *wir müssen miteinander reden.* Aber es war zu spät – nun war ich wieder nur eine in der Menge, die fasziniert zusah, wie unser Herr und Herrscher zum Beichtstuhl ging.

Beklommen beobachtete ich, wie Milord und sein mitgebrachter Monsignore zum Altarraum schritten. Als sie das Ende der Schlange erreichten, wo jene warteten, welche Absolution erstrebten, traten alle, die vor ihm gekommen waren, zur Seite, um ihm Platz zu machen. Er jedoch winkte sie in die Schlange zurück. Viele dieser Bauern und einfachen Bürger machten ein verwirrtes und unentschlossenes Gesicht; würde man sie bestrafen, weil sie vor ihrem Herrn zur Beichte gingen?

Schließlich sprach Gilles de Rais sie an, als würde er ihre Notlage verstehen: »Nehmt euren Platz wieder ein«, sagte er. Seine Stimme klang sorgenvoll und alles andere als gebieterisch. »Ich werde mit euch warten und erst dann beichten, wenn ich an der Reihe bin.«

Tuscheln erhob sich in der Kirche – keiner seiner Vorfahren hatte je seinen Untergebenen eine solche Hochachtung bezeugt. Gilles' Vater, Guy de Laval, war berüchtigt für seine übellaunige Behandlung von Kirchenmännern, aber selbst Milord Guy konnte kaum Schritt halten mit seinem heimtückischen Schwiegervater Jean de Craon – und ich darf wohl sagen, dass nicht einmal ein stetiger Strom uneingeschränkter Absolutionen genügt haben dürfte, um *seine* schlechte Seele zu retten.

Oft wünsche ich mir, ich hätte den Mut gefunden, ihn vor seinem Tod öffentlich zu tadeln; meine Stellung in der Familie hätte mir Straflosigkeit gewährt, und der alte Mann mochte mich sowieso nie. Seine Eminenz betrachtete den Mann als Despoten und wäre wohl insgeheim erfreut gewesen zu hören, dass Jean de Craon sich eine Strafpredigt hatte anhören müssen, quasi zum Geleit für seine jenseitige Reise, die sicherlich nicht himmelwärts ging.

Aber jetzt an diesem heiligsten der heiligen Tage trat Gilles de Rais – Enkel, Sohn, inzwischen selbst Vater, obwohl seine Tochter an diesem Morgen nirgendwo zu sehen war – nicht in die ungeduldigen Fußstapfen seiner Vorfahren. Er wartete mit untypischer Bescheidenheit inmitten des gemeinen Volkes, bis er an der Reihe war, Vergebung zu erflehen. Man findet kaum Worte, um das Gefühl zu beschreiben, das die Kirche erfüllte, als der gefürchtete und verehrte Herr von Champtocé und Machecoul und Gebieter über andere Ländereien unter seinen zitternden Leibeigenen saß und darauf wartete, vor dem Stellvertreter Gottes seine Reue zu zeigen. Ich befürchtete, dass diejenigen, die direkt vor ihm kamen, sich gezwungen fühlten, ihre Beichte zu beschleunigen, um ihn nicht zu lange warten zu lassen, und so vielleicht nur unvollständige Vergebung erhielten.

Aber Gilles wirkte nie ungeduldig oder erregt, nur ernsthaft und sorgenschwer. Als er schließlich an der Reihe war, betrat er den Beichtstuhl, und Monsignore des Ferrières nahm auf der anderen Seite des Gitters Platz. Es dauerte eine ganze Weile, bis sie wieder heraustraten; Milord war bleich wie ein Schatten, und das Gesicht des Monsignore zeigte eine sehr ernste Miene. Die Buße war einfach und kurz, aber die Sünden der Hochgeborenen waren immer schon leichter verziehen als die Sünden derer, die ihnen dienten. Vielleicht aber waren die Verfehlungen so schwer, dass die Buße nur symbolisch sein konnte. Auf jeden Fall kniete Gilles de Rais nicht lange, bevor er wieder aufstand und zu unserem Bruder Simon Loisel ging, um die Kommunion zu empfangen. Er kniete sich hin und erwartete die Hostie mit auf die gefalteten Hände gesenktem Blick.

Jean de Malestroit wirkte unbewegt und kalt, steif sah er zu, wie Loisel das Heilige Brot auf die Zunge des Marschalls von Frankreich legte. Das Gesicht meines Bischofs zeigte eine Härte, die ich zuvor darin niemals gesehen hatte. Er konnte gerissen sein, wenn es erforderlich war, und oft zeigte er Geringschätzung für die vielen, die er hatte übertölpeln können, aber selten hatte ich auf seinem Gesicht einen so vernichtenden Ausdruck des Abscheus gesehen, wie er ihn jetzt trug. Ich konnte nicht umhin, mich zu fragen, was er in diesem Augenblick wohl dachte.

Ich beschloss, ihn später danach zu fragen, wenn die Faszination und Aufregung der erstaunlichen Ereignisse dieses Tages sich schließlich gelegt hätten.

Doch dazu sollte es nie kommen.

8

Die Steppschuhe meiner Tochter hatte ich brav abgeliefert. Als ich danach an meinen Schreibtisch zurückkehrte, starrte ein Zettel mich an. Darauf stand in Freds kleiner, fahriger Handschrift ein Name, gefolgt von den Worten *Ellen Leeds' Anwalt.* Das letzte Wort war unterstrichen.

Ich warf einen Blick aufs Telefon. Das AB-Licht blinkte nicht. Aus irgendeinem Grund hatte der Anwalt mich übergangen und sich direkt an Fred gewandt.

Kaum hatte ich sein Büro betreten, sagte er: »Wie's aussieht, haben Sie ein kleines Problem, Dunbar. Der Typ rief vor einer Weile an und meinte, mit ihr bräuchten wir gar nicht mehr zu reden. Er kreischte etwas von einer Zivilklage, nachdem wir ›den wahren Täter gefangen haben‹. Warum haben Sie mir nicht gesagt, dass Sie die Mutter in Verdacht haben?«

Auf mein momentanes Schweigen sagte er nur: »Reden Sie.«

Ich berichtete ihm, was Mrs. Paulsen gesagt hatte, und erläuterte dann die Zwiespältigkeit von Ellen Leeds' Alibi. »Der Ex hatte 'ne ziemlich rote Birne, als er von hier wegging, um zu ihrer Wohnung zu fahren. Er hat mich runtergeputzt und ist dann rausgestürmt. Die beiden reden noch miteinander, und ich schätze, er hat ihr einfach gesteckt, dass ich klang, als würde ich sie verdächtigen.«

»Vielleicht hat er sich ja dieselbe Frage gestellt«, meinte Fred.

»Das glaube ich nicht. Er hat sie ziemlich heftig verteidigt.« Ich setzte mich. »Aber wissen Sie was? Bis vor kurzem war ich fast so weit, ihr die Handschellen anzulegen. Aber jetzt habe ich wieder meine Zweifel. Irgendwas stimmt hier nicht.«

»Aber was? Sie haben eine Zeugin, die den Jungen in das Auto der Mutter hat einsteigen sehen, und es gibt Probleme mit ihren Angaben, wo sie war, als es passierte.«

»Ja, ich weiß. Aber für mich ist sie einfach nicht der Typ dafür.«

»Ach, kommen Sie, Lany. Nüchterne Betrachtung der Beweislage. So treffen wir hier Entscheidungen, wissen Sie noch?«

»Ich weiß, ich weiß. Aber die alte Dame – ich weiß einfach nicht so recht, was ich mit ihren Angaben anfangen soll.«

»Ist sie senil?«

»Nein, eigentlich nicht. Sie führte mit mir ein vernünftiges Gespräch und war in dem Moment sehr klar. Es sind die anderen Momente, die ein Problem werden könnten. Nette ältere Dame, vielleicht ein bisschen neugierig, wirkt aber sehr glaubwürdig. Eine Zeugin, wie man sie sich nur wünschen kann, bis auf das Alter. Vor Gericht könnte sie zum Kanonenfutter für den Verteidiger werden.«

»Wenn wir je so weit kommen.«

Ich konnte ihn fast denken hören. *Bei dem Tempo, das Sie vorlegen, ist sie bis dahin eh schon tot.*

Er sagte: »Nimmt sie irgendwelche Medikamente?«

»Ich habe sie nicht gefragt.«

»Warum nicht?«

»Ich versuche, eine Vertrauensbeziehung zu ihr aufzubauen. Und so etwas fragt man eine ältere Dame nicht gleich an der Tür. Ich kann mir vorstellen, dass sie das als unhöflich betrachten würde. Sie mag mich, das glaube ich zumindest, aber ich weiß nicht so recht, inwieweit sie mir traut.«

»Sie haben die Erlaubnis der Leute, gewissermaßen als deren Angestellte, unhöflich zu sein. Genau genommen verlässt der Steuerzahler sich darauf, dass Sie sich in seinem Namen so verhalten. Rufen Sie sie an, und stellen Sie ihr die gleichen Fragen, die ein Verteidiger stellen würde.«

»Wenn Sie was nimmt, dann habe ich nichts mehr außer der Jacke. In welche Richtung soll ich dann weitermachen?«

»Keine Ahnung. Ich bin nur Kontrolleur. Ich delegiere die Probleme an *Sie,* die Detectives.«

»Dann üben Sie Ihre Kontrollfunktion aus. Sagen Sie mir, was ich tun soll.«

Es war, als hätte er nur auf dieses Stichwort gewartet. »Na ja, vielleicht habe ich etwas für Sie, das Ihnen einen Anstoß gibt.« Er drehte sich mit seinem Stuhl, nahm einen Pappkarton von dem Tisch hinter seinem Schreibtisch, drehte sich wieder zurück und stellte den Karton vor mich hin.

Auf der mir zugewandten Seite des Kartons stand der Name *Donnolly.*

Die Dudelsäcke bei seiner Beerdigung dröhnten mir noch immer im Kopf. »O Gott.«

In den letzten Wochen seines Lebens, bevor sein Herz platzte, wirkte Terry Donnolly gestresst und besorgt und gelegentlich deprimiert; er redete unaufhörlich davon, alles hinzuschmeißen. *Ich ertrage diese Mistkerle einfach nicht mehr* war alles, was er sagte, wenn einer von uns ihn fragte, warum.

»Seine letzten zwei Fälle. Die stagnieren im Augenblick. Ich habe sie mir heute Nachmittag, als Sie unterwegs waren, noch einmal angesehen. Die Sache, die mich auf Sie brachte – und die ihn so frustrierte –, ist die, dass in beiden Fällen der erste Verdächtige ein Vertrauter war, und zwar ausgehend von scheinbar vernünftigen Aussagen von Augenzeugen. Wie in Ihrem Fall jetzt. Aber die anderen Indizien standen in direktem Widerspruch zu den Aussagen der Zeugen, und Donnolly kam ziemlich schnell zu dem Schluss, dass diese Vertrauten nichts damit zu tun hatten. Er wusste nicht, wie er in den beiden Fällen weitermachen sollte. Ein Elternteil – über seinen Tod informiert – ruft immer wieder an und verlangt, dass der Fall einem anderen Detective zugeteilt wird.«

Ich legte die Hand auf den Karton. *Pandora, Pandora, Pandora,* schrie er, *mach mich auf, mach mich auf.* Fred schien es nicht zu hören. Der Karton wurde heiß unter meiner Hand, als hätte meine Berührung eine chemische Reaktion ausgelöst. Ich zog die Hand weg.

Fred sah es und runzelte die Stirn. »Ich habe all das Zeug zusammenstellen lassen, weil ich dachte, es könnte Ihnen weiterhelfen. Also sollten Sie es sich besser anschauen.«

Was bedeutete, dass die Fälle neu zugeteilt worden waren.

Unsere Abteilung ist ziemlich groß. Ich habe genug Schwierigkeiten, bei meinen eigenen Fällen auf dem Laufenden zu bleiben, geschweige denn bei denen der anderen. Und ich wusste, dass Donnolly zwei Vermisste hatte, aber die Details waren mir völlig fremd. Die Akten waren ziemlich umfangreich, dem Gewicht des Kartons nach zu urteilen. In meiner unteren Schublade lagen zwei Faltordner von früheren Fällen, die beide solide gelöst waren und ein gutes Karma hatten; wenn ich Donnollys Fälle in diese Ordner steckte, würde vielleicht ein wenig von dem Glück abfärben und etwas Schwung in die ganze Sache bringen.

Die Namen der Opfer standen dick auf der Vorderseite und dem Rücken von Connollys dicken Ordnern. Es war mittlerweile zu spät, um sich wirklich in sie zu vertiefen, aber ich las genug von jedem, um einen ungefähren Eindruck des Vorgefallenen zu bekommen. Im ersten Fall ging es um das Verschwinden von Lawrence Wilder, männlicher Weißer, dreizehn Jahre alt, einsachtundfünfzig groß, zierliche Statur. Hellbraune, fast blonde Haare, blaue Augen, viele Sommersprossen. Wurde das letzte Mal vor ungefähr einem Jahr gesehen, als er in das Fahrzeug des Bruders seiner Mutter einstieg, das, nach Angaben von drei Zeugen in einem Straßencafé, angeblich auch von diesem gefahren wurde. Das Problem war nur, der Onkel hatte ein unwiderlegbares Alibi – er war Feuerwehrmann und zu der Zeit im Dienst, bestätigt von Stechkarte, Kollegen und so weiter. Es gab keine wirklichen materiellen Beweise, außer einigen winzigen Spuren im Auto des Onkels, in dem wir Fasern von Kleidung gefunden hatten, die nachweislich Larry gehörte. Aber das hatte nichts zu bedeuten – der Junge hatte Dutzende Male in diesem Auto gesessen. Da die Familie des Jungen den Onkel für unschuldig hielt, hatte sie eine Belohnung für Informationen, die zu seinem Wiederfinden führten, ausgesetzt. Tausende Anrufer hatten sich gemeldet – wie immer, wenn es Geld zu holen gibt –, aber daraus hatten sich keine wirklich brauchbaren Spuren entwickelt.

Der Großteil des Papiers schien das Resultat von Donnollys Gesprächen mit den Zeugen, mit Familie und Freunden, Schulkameraden, Lehrern, Trainern, zu sein – er hatte nichts ausgelassen. Einige der Leute waren mehrmals befragt worden, vielleicht zur Klärung, vielleicht aber auch, weil Donnolly weiter an den Fällen arbeiten wollte. Das machen wir alle, wenn wir nicht wissen, wie wir weitermachen sollen – wir kehren zu den früheren Zeugen zurück. Manchmal haben wir Glück, aber meistens bringt uns das nicht mehr als das Gefühl, etwas getan zu haben und den Fall nicht aus den Augen zu verlieren. Es ist schwer loszulassen, vor allem, wenn man einen Fall unbedingt lösen will und es einfach nicht passiert.

Sogar bei diesem flüchtigen Durchblättern konnte ich Terry Donnollys Frustration spüren. Er war ein sehr guter Berichteschreiber gewesen, alles war klar und prägnant und, so weit möglich, gut dokumentiert. Aber die Berichte waren gefärbt von der bitteren Wahrheit, dass das alles nichts brachte.

Junge Nummer zwei in Donnollys Karton hieß Jared McKenzie. Er machte seinen ungeklärten Abgang etwa sechs Monate vor dem Wilder-Jungen. Als ich den Vermisstenbericht las, stutzte ich angesichts der Parallelen – ich dachte, dass vielleicht etwas aus der Wilder-Akte hier hineingeraten war. Seine körperlichen Merkmale waren erstaunlich ähnlich, mit der Ausnahme, dass Jareds Haare eher rot als blond waren. Er wurde zum letzen Mal beim Verlassen eines Fußballplatzes zusammen mit seinem Trainer gesehen, ein alter Freund der Familie, der viel Zeit mit den McKenzies verbrachte und Jared oft nach Hause fuhr. Der Trainer behauptete aber, am Tag des Verschwindens nach dem Training in seine Steuerkanzlei gegangen zu sein, um Unterlagen für ein späteres Treffen mit einem Klienten zu holen. Eine andere Mutter gab an, gesehen zu haben, wie die beiden im Auto des Trainers wegfuhren, und konnte sich auch noch an die exakte Zeit erinnern, weil sie kurz davor ihr Handy, das die Uhrzeit anzeigte, benutzt hatte. Aber der Wachposten an der Arbeitsstätte des Trainers bestätigte dessen Ankunft genau fünf Minuten, nachdem diese andere Mutter ihn gesehen haben wollte. Die Fahrt vom Fußballplatz bis zum Büro des Trainers dauerte aber mindestens zehn Minuten. Unmöglich.

Kein Wunder, dass Terry Donnolly einen Herzinfarkt gehabt hatte. Was sollte er mit solchem Zeug denn anfangen?

Und was sollte *ich* damit anfangen?

Drei Fälle, bei denen Vertraute die ursprünglichen Verdächtigen waren und die Opfer sich auf schockierende Weise ähnelten – alles weiße Jungen von schlanker Statur. In allen drei Fällen gab es relativ wenige Indizien, was bedeutete, dass die drei Täter sehr vorsichtig gewesen waren.

Oder der eine Täter.

Ich sagte Fred, was ich dachte, und bat ihn, mir jemanden zu geben, der mir beim Abgleich der Daten helfen konnte.

»Sie glauben, wir haben es mit einem Serienentführer zu tun?«

»Na ja, es ist schwierig, es nicht zu glauben.«

»Scheint mir noch ein bisschen früh für eine solche Hypothese.«

Der Todeskuss, so zärtlich hingehaucht.

Jetzt hatte ich die undankbare Aufgabe, Leute zu befragen, die bereits einen schrecklichen Verlust erlitten hatten, mit dem Ziel, ihre alten Wunden noch einmal aufzureißen. Donnollys Berichte waren hervorragend, doch ich wollte trotzdem noch einmal persönlich mit diesen Leuten sprechen.

Zuerst rief ich Nancy Wilder an. Sie war überrascht, als sie hörte, dass Terry Donnolly gestorben war, was mir ersparte, Fred fragen zu müssen, welche Familie auf eine Neuzuteilung gedrängt hatte, ein Detail, das zu besprechen ich vergessen hatte. »Ich dachte mir, dass er bei dem Fall einfach nicht weiterkommt und wir deshalb einige Wochen lang von ihm nichts hörten«, entgegnete sie, nachdem ich es ihr gesagt hatte. »Es tut mir sehr Leid, dass er gestorben ist. Hatte er Familie?«

»Eine Frau und zwei Kinder.«

»Oh, wie schrecklich.«

»Wir sind alle ziemlich traurig deswegen. Er hinterlässt eine große Lücke.«

»Ich muss sagen, er war ein sehr aufmerksamer Detective. Sehr gründlich. Ich war sehr dankbar dafür.« Sie seufzte und schwieg einen Augenblick. »O Gott«, sagte sie schließlich. »Ich bin wirklich bestürzt. Werden Sie den Fall jetzt übernehmen?«

»Ich habe die Aufgabe, einige Sachen abzuschließen. Terrys Fälle müssen geprüft werden, damit man sie entweder schließen oder für weitere Ermittlungen neu zuteilen kann. Ich sammle Informationen, damit diese Entscheidungen getroffen werden können.«

Das war nur die halbe Wahrheit, wobei ich allerdings hoffte, dass sie für sie überzeugender klang als für mich. »Ich möchte nur gern selber hören, was Sie zu sagen haben. Detective Donnolly war sehr gut darin, alles genau zu dokumentieren, aber es ist einfach etwas anderes, wenn man mit den Familien selber spricht. Ich entschuldige mich, dass ich alte Wunden noch einmal aufreiße, und ich hoffe, Sie verstehen, dass dies nur zum Besten des Falles dient.«

»Nun, das verstehe ich schon«, sagte Mrs. Wilder. »Und ich danke Ihnen für Ihr Bedauern. Aber denken Sie sich nichts – die Wunde ist noch nicht verheilt, Sie können sie also gar nicht neu aufreißen. Sie hat sich nie geschlossen, zumindest bei mir nicht. Larrys Vater ist inzwischen so weit aufzugeben, einfach anzunehmen, dass Larry irgendwo tot liegt und wir ihn nie finden. Aber ich bin noch nicht an diesem Punkt angelangt.«

Larrys Vater hatte wahrscheinlich Recht, aber es ist grausam, einem Menschen die Hoffnung zu nehmen, wenn er sonst nichts mehr hat. Es war leider nur allzu typisch, dass ein Ehepaar nach dem Verschwinden eines Kindes Schwierigkeiten durchmachen muss. Es gibt immer Schuldzuweisungen auf der einen oder der anderen Seite, auch wenn diese nie offen ausgesprochen werden.

»Mrs. Wilder, ich würde Sie gerne zu Hause besuchen, wenn das keine zu große Belästigung für Sie ist.«

Ich sollte sie am folgenden Tag besuchen. Mit der Familie McKenzie konnte ich eine ähnliche Vereinbarung treffen, Jareds Mutter war allerdings viel weniger höflich. Sie schien es für schrecklich unpassend zu halten, dass Donnolly aus lauter Frustration tot umgefallen war, und zu denken, dass es ihm irgendwie recht geschehen sei und er um ihretwillen Himmel und Hölle hätte in Bewegung setzen müssen. Ich gebe zu, dass einige von uns Eigentumsdelikte als »unlösbar« klassifizieren, nur um sie loszuwerden, aber Terry riss sich immer den Arsch auf, vor allem, wenn es um Kinder ging. Sein Stress war selbst gemacht. Und am Ende bezahlte er dafür.

Ich stellte einige diskrete Nachforschungen in anderen Abteilungen an und bat um Zusammenfassungen stockender Fälle, bei denen es um verschwundene Kinder ging. Dann kopierte ich Terry Donnollys sämtliche Befragungsprotokolle und steckte sie in einen Ordner. Evan wartete am Bordstein, als ich ihn abholte. Jeff Samuels, sein bester Freund und Schatten, stand neben ihm.

Er warf seinen Schulranzen und die Sporttasche auf die Ladefläche des Transporters und setzte sich dann vorne neben mich, nichts als Beine und Arme und glatte, strohblonde Haare. Wie sein Vater.

»War das Training heute früher aus?«

»Nein. Du bist zu spät dran.«

Ich schaute auf die Uhr. Er hatte Recht. »Tut mir Leid, Evan, ich schätze, ich brauche mal wieder eine neue Batterie.«

Ich beugte mich zu ihm und hoffte gegen besseres Wissen, dass er seine Pubertät einen Augenblick vergessen und mir einen Kuss auf die Wange drücken würde. Er verdrehte zwar die Augen, tat es aber.

»Also komm, das war doch nicht so schlimm, oder? Alte Damen macht es glücklich, ab und zu einen Kuss zu bekommen.«

»Mom, lass das… du bist ja nicht wirklich alt.«

Ich hätte auch ohne die Betonung auf dem *wirklich* ganz gut leben können.

»Was gibt's zum Abendessen?«

»Keine Ahnung. Das überlege ich mir, wenn wir nach Hause kommen.«

»Kann Jeff bleiben?«

»Natürlich. Du magst doch ein Geheimgericht, oder, Jeff?«

»Ja, Mrs. Dunbar.«

Frannie und Julia waren in der Tanzschule, wohin Kevin Julia gebracht hatte, so dass ich sie nicht bei ihm zu Hause abholen musste. Inzwischen würde eine Frau bei ihm sein, eine aus der endlosen Schlange, die er offensichtlich unterhielt. Mir war es egal, dass er seine Frauen ständig wechselte, aber ich wollte nicht, dass die Kinder es mitbekamen. Bis jetzt hatte er sich sehr anständig verhalten, zumindest in dieser Hinsicht.

Ich weiß nicht, ob Frannie meiner Mutter noch ähnlicher sehen könnte, als sie es tut; bei Julia dagegen war überhaupt keine Familienähnlichkeit erkennbar. Beide beugten sich unaufgefordert über die Rückenlehne und küssten mich, bevor sie sich auf die Rückbank setzten und sich anschnallten. Ich grinste ihren Bruder triumphierend an.

»Sie sind Mädchen«, protestierte er. »Die müssen ihre Mutter küssen.«

»Was gibt's zum Abendessen?«, fragte Frannie.

»Ja, was?«, stimmte ihre Schwester mit ein.

»Was Jeff will.«

Sofort bestürmten sie ihn mit Vorschlägen. Ich ließ mich schließlich überreden zu Spaghetti mit Tomatensoße und grünen Bohnen, beides aus der Dose, das klassische Vier-Geräte-Gericht: Dosenöffner, Mikrowelle, Abfalleimer und Geschirrspüler. Jeff ging dann zurück in die Wohnung seiner Eltern im selben Block, und wir anderen machten unsere Hausarbeiten am Küchentisch, ich mit eingeschlossen. Ich musste wohl eingenickt sein, denn als ich wieder aufwachte, stand Julia neben mir und versuchte, den Donnolly-Bericht zu lesen, über dem ich saß. Sie legte den Finger auf ein langes Wort und schaute mich mit unschuldiger Neugier an.

Ich las es ihr vor, Silbe für Silbe, wie man es mir beigebracht hatte. »Haupt-ver-däch-ti-ger«, sagte ich.

Sie wiederholte es langsam. »Sind das die Bösen?«

Es geht doch nichts über Kontext.

Als ich am nächsten Morgen nach zehn Stunden Schlaf ins Büro kam, lag auf meinem Schreibtisch ein beachtlicher Stapel Faxe. Auf dem obersten klebte ein gelber Zettel von Fred. Es stand nur *Hmmm* darauf.

Alle wurden offiziell noch als aktive Fälle geführt, in Wirklichkeit aber ruhten sie, obwohl das keiner offiziell zugeben würde. Einer war mehr als drei Jahre alt – nach so langer Zeit ist ein Fall dieser Art praktisch unlösbar, außer von irgendwoher tauchen überraschende neue Hinweise auf. Zeugen ziehen weg, ihre Erinnerungen an das Verbrechen werden schwächer. Keiner dieser Verschwindensfälle war besonders entsetzlich, zumindest nicht an der Oberfläche. *Ich sah das Auto anhalten und den Jungen einsteigen, und das war das letzte Mal, dass ich ihn (oder den fraglichen Vertrauten) an diesem Tag sah.*

Sackgasse um Sackgasse, bis auf eine Überraschung; der Fall war »gelöst« worden. Ein zwölfjähriger Junge war entführt worden, angeblich vom Freund seiner Mutter, einem gewissen Jesse Garamond, der schon einmal wegen Kindsmissbrauchs verurteilt worden war, wobei die Details dieses früheren Falls in dem Überblick nicht enthalten waren. Die Leiche des verschwundenen Jungen wurde nie gefunden, aber Garamond wurde dennoch des Verbrechens angeklagt und verurteilt, und zwar ausschließlich aufgrund der Aussage eines Augenzeugen, eines Priesters, der die beiden zusammen gesehen haben wollte, eine Stunde, bevor die Mutter bei der Polizei anrief und ihn »vermisst« meldete, weil er nicht zum vereinbarten Zeitpunkt nach Hause gekommen war.

Das Verbrechen war eine Verletzung von Garamonds Bewährungsauflagen gewesen, er kam also sofort wieder ins Gefängnis, um den Rest seiner Erststrafe abzusitzen. Die neue Strafe wurde angehängt; zur Zeit seiner Entlassung würde er wahrscheinlich keinen einzigen Zahn mehr haben.

Der Fall faszinierte mich aus zwei Gründen: erstens, weil es ungewöhnlich ist, dass man ohne Leiche eine Verurteilung bekommt, und zweitens, weil es Spence Frazee war, der den Kerl verhört hatte.

Ich war leicht überrascht, Spence an seinem Schreibtisch zu finden, denn er sitzt nicht gern dort. Es ist kein See, und Angelruten sind nicht gestattet. Wenn er gezwungen ist, in seinem Verschlag zu arbeiten, wird er nervös und launisch, und keiner hält es lange in seiner Nähe aus. Ansonsten ist er ein wirklich netter Kerl. Ich denke, er würde lieber immer noch Streife fahren, wenn der Unterschied in der Bezahlung nicht so krass wäre. Wir alle verdienen hinter unseren Schreibtischen viel mehr als damals hinter dem Steuer eines Streifenwagens, und wir kommen bei weitem nicht in so engen Kontakt mit den Mistkerlen dieser Welt wie in unserer Zeit auf der Straße. Irgendwann wird das wichtig, vor allem für diejenigen von uns, die Kinder haben. Ich hatte oft das Gefühl, ich müsste meine Uniform und mich selbst entlausen, bevor ich nach Hause ging, um nichts mitzuschleppen.

Ich legte ihm das Fax auf den Tisch.

»Was ist das?«, fragte er.

»Der Garamond-Fall.«

»Ach«, sagte er nur.

»Ich hatte nach offenen Fällen gefragt.«

»Na ja …«

Spence hatte Jesse Garamond sehr professionell bearbeitet. Er hatte sich sein Vertrauen erarbeitet, eine Beziehung aufgebaut, ein Gefühl der Verantwortlichkeit erzeugt, hatte all die Tricks angewendet, die man uns beigebracht hatte, um einen Verdächtigen dazu zu bringen, offen zu sprechen. Als er mit Garamond fertig war, meinte der, er würde gern gestehen, würde nichts lieber tun, als Spence zu sagen, dass er den Sohn seiner Freundin entführt und ermordet habe.

»Das Problem ist nur«, sagte Garamond anschließend zu ihm, »ich hab es nicht getan. He, wenn ich Ihnen wahrheitsgemäß sagen könnte, dass ich es getan habe, dann würde ich es sagen. Aber ich hab's nicht getan.«

Natürlich sagt das jeder. Aber Garamond ging noch einen Schritt weiter und verstärkte seine Glaubwürdigkeit mit dem Eingeständnis: »Diese erste Geschichte gebe ich zu. Die, für die ich verknackt wurde. Aber die Sache jetzt habe ich nicht getan. Da draußen läuft ein Perverser herum, den Sie nicht kriegen werden, weil Sie unbedingt wollen, dass ich es bin, und weil Sie alles dafür tun, damit man es mir anhängt. Und so wird ein anderer kleiner Junge leiden müssen, weil Sie den Falschen haben.«

Er hatte kein Alibi, weil er zu der Zeit, als die Entführung angeblich stattfand, seine Freundin – die Mutter des vermissten Jungen – mit der Frau seines Bruders betrog.

»He, was zum Teufel soll ich denn jetzt tun? Ich liebe meinen Bruder. Ich will nicht, dass seine Kinder wegen dieser Scheiße leiden müssen. Könnte ja sein, dass er sie verlässt, wenn er herausfindet, dass ich sie gebumst habe. Dafür will ich nicht verantwortlich sein. Auf keinen Fall. Lieber gehe ich in den Knast.«

Ehre unter Dieben, oder so etwas Ähnliches – Ehre unter Ehebrechern vielleicht. Aber auch das war eine Ausrede, die schon oft benutzt worden war – ich habe ein tolles Alibi, aber ich kann es nicht benutzen, weil jemand verletzt oder kompromittiert werden könnte –, und deshalb leicht abzutun. Normalerweise gähnen und lachen wir, wenn wir sie hören.

Aber Spence lachte damals nicht.

»Ich weiß auch nicht, Lany, aber irgendwas stimmte da nicht. Das ist nicht der Kerl für ein solches Verbrechen. Ist einfach nicht sein Stil. Er ist ein schlimmer Finger, aber kein Perverser.«

Mit dem Versprechen der Vertraulichkeit brachte Spence die Frau des Bruders dazu, die Geschichte zu bestätigen. Sie war aber nicht bereit, vor Gericht für ihren Schwager auszusagen und gestattete uns auch nicht, mit ihrem Gatten darüber zu sprechen. So viel zu ehelicher Treue.

Spence gab mir das Fax zurück. »Lass uns mal frische Luft schnappen«, sagte er.

Das Bezirksgefängnis, das Los Angeles County Correctional Institution, befindet sich in Lancaster, eine Fahrt von etwa eineinhalb Stunden durch das Vorgebirge. Ungefähr sechzig Meilen, aber die Hälfte der Zeit braucht man für die ersten zehn Meilen. Die zweite Hälfte der Fahrt war ziemlich malerisch, aber zuerst mussten wir durch einen Wald aus Reklametafeln hindurch. Manchmal denke ich, Los Angeles ist ein Reklametafel-Museum mit wechselnden Ausstellungsstücken. Kaum hat man sich an das letzte, riesige, abscheuliche Plakat gewöhnt, hängt ein neues an seinem Platz.

Spence fuhr einen zivilen Einsatzwagen, ich saß auf dem Beifahrersitz. Das Funkgerät lief, und ich versuchte, das verzerrte Geplapper zu verstehen. Ich war völlig auf die krächzenden Meldungen konzentriert, als mir ein neues Plakat ins Auge stach. Ein schwarzer Hintergrund und ein kurzes silbernes Schwert mit juwelenbesetztem Heft waren die wichtigsten Gestaltungselemente. In pseudomittelalterlicher Schrift prangte darauf der Satz: *Sie essen dort kleine Kinder.* Eine rote Flüssigkeit – wahrscheinlich einige Liter Kunstblut – tropfte von dem Schriftzug.

»Schau dir das an«, sagte ich zu Spence. »Verdammt. Jetzt gibt es sogar schon Spezialeffekte für Plakate.«

Spence spähte hinter dem Lenkrad hervor. »O ja, das habe ich vor ein paar Tagen schon mal gesehen. Genau das, was wir brauchen, noch so ’nen perversen Film, den dann irgendwelche Trittbrettfahrer in ihrer Freizeit nachspielen.«

Ich gebe es nur ungern zu, aber so etwas hat mich schon immer fasziniert. Es gab eine Zeit, bevor es Mode wurde, die in solchen Filmen dargestellten Verbrechen nachzuahmen, da war ich wirklich eine Art Horror-Fan. Ich kann nicht erklären, warum ich mir gern Schauer über den Rücken jagen lasse, aber so ist es. Ich nahm den

Blick nicht von dem Plakat, während wir durch den nachmittäglichen Verkehr fuhren, der so dicht war, dass ich es mir wirklich gründlich anschauen konnte.

»Das rote Zeug tropft anscheinend aus einem Schlauch in einen Eimer oder so was dort unten, wo die Strahler befestigt sind. Wird wohl auch ’ne Pumpe geben, die das Zeug wieder hochschickt.«

Spence schüttelte nur den Kopf und seufzte.

Unsere Waffen mussten wir bei einem Posten am Gefängnistor abgeben; ich tue das nicht gerne, vor allem nicht, wenn ich in ein Gebäude gehe, von dem ich weiß, dass es voller Krimineller ist. Das Ding wiegt an meiner Hüfte eine Tonne, aber es ist eine gewisse Beruhigung, es dort zu wissen, wenn die Hand durch die Gitterstäbe schnellt und einen am Nacken packt.

Garamond erwartete uns in einer abgeteilten Besuchskabine und nicht in einem dieser Hochsicherheitskäfige mit Glastrennwand, in denen ein Gespräch nur über Telefon möglich ist.

»Anscheinend führt er sich gut«, sagte ich leise.

Spence räusperte sich. »Man kann es sich auch angenehm machen.«

Jesse Garamond trug einen dieser vertrauten, leuchtend orangefarbenen Overalls, die in der Außenwelt, wo kein Normaler sich je in dieser Farbe erwischen lassen würde, so herrlich unübersehbar sind. Er hatte einige Tattoos mehr als zu der Zeit, als ich ihn das letzte Mal sah, am Tag seiner Verurteilung, als er aus dem Gericht geführt wurde. Seine schütteren Haare waren zu einem zotteligen Pferdeschwanz zusammengebunden, und von einem Ohr baumelte ein Goldring von beachtlicher Größe. Ich fragte mich, warum man ihm den Ring nicht herausgerissen hatte. Sein Mund war unter dem Schnurrbart kaum zu erkennen.

Er lächelte richtig, als er Spence sah. »Mann, allmählich kommen Sie mir vor wie ein Mitglied der Familie.«

»Wie geht’s, Jesse?«

»Ganz okay, kann mich nicht beklagen. Die lassen mich hier größtenteils in Ruhe, weil ich für mich bleibe. Ich schreibe ’nen Roman, wissen Sie, also brauche ich Ruhe. Die anderen Jungs wollen nicht, dass ich was Schlechtes über sie schreibe, deshalb lassen sie mir meinen Freiraum.«

Spence räusperte sich. »Ist ja sehr interessant.«

Jesse ließ sich nicht zum Narren halten. »Und, was ist der Grund dieses unerwarteten Besuchs, nicht, dass ich was gegen Gesellschaft hätte, vor allem, da Sie so anständig sind, eine Dame mitzubringen, die man sich anschauen kann…«

»Detective Dunbar bearbeitet einen Fall, der Ähnlichkeiten mit Ihrem hat, und sie will Ihnen ein paar Fragen stellen«, sagte Spence.

»Echt? Bin ich ein Verdächtiger? Weil, wenn ich es bin, will ich einen Anwalt.«

Er grinste, als er unsere Mienen sah. Ein Goldzahn blitzte in seinem Mund. Er glotzte mich lüstern von oben bis unten an; es war unheimlich und unerwünscht. Dann wurde seine Miene kalt. »Von wegen, sie arbeitet an einem ähnlichen Fall. Sie wollen mich nur dazu bringen, dass ich sage, ich hätte den Jungen abgemurkst, damit Sie besser schlafen können, das ist alles. Mann, verschwenden Sie doch keine Zeit und keine Steuergelder. Ich hab's nicht getan. Ich habe es Ihnen schon tausendmal gesagt, und ich sage es Ihnen noch einmal. Also sperren Sie die Ohren auf: Ich habe den Jungen nicht umgebracht. Dieses erste Mädchen habe ich mir vorgenommen, ja, aber ich bin kein Kindsmörder. Wie oft soll ich Ihnen das noch sagen? Schämen Sie sich, dass Sie sich mit diesem Blödsinn hinter einem Rock verstecken. Also, warum schaffen Sie Ihren schlaffen Arsch nicht hier raus und finden den Kerl, der es wirklich getan hat, wenn Sie wissen, was ich meine. Tun Sie was Produktives. Verdienen Sie sich meinen Respekt.«

»Mr. Garamond«, warf ich dazwischen.

»Sie können mich Jesse nennen, schöne Frau. Und verschwenden Sie keine Zeit damit, mir Fragen über diese anderen Fälle zu stellen. Ich bin hier drinnen, erinnern Sie sich. Ich kann also gar nichts getan haben. Und gehört habe ich auch nichts.«

»Mr. Garamond«, wiederholte ich, »ich weiß, dass Sie bereits mit Detective Frazee ausführlich über Ihren Fall gesprochen haben, aber ich möchte Sie gern noch einmal befragen. Gibt es irgendetwas, das Sie damals zu erzählen vergessen haben? Ich weiß, dass das eine schwierige Zeit für Sie war. Und ein solcher Stress kann einen vergesslich machen.«

»Ich hab rein gar nichts vergessen. Ich habe Mister Detective alles erzählt, was ich erzählen konnte. Ich war mit der Frau meines Bruders zusammen. Das hat sie Ihnen bestätigt. Jetzt sitze ich für etwas, das ich nicht getan habe, weil ich nicht will, dass es zwischen meinem Bruder und seiner Frau zu Schwierigkeiten kommt.«

»Das ist wirklich bewundernswert«, sagte ich. »Aber es müssen doch bereits Schwierigkeiten zwischen den beiden bestanden haben, wenn Sie Sex mit ihr hatten.«

»Nee«, sagte er. »Ich hab's ihr ein paarmal besorgt, so als Gefälligkeit, wenn er wegen der Reservistenscheiße, die er macht, ein paar Wochen lang nicht in der Stadt sein konnte. Keine Ahnung warum – aber er lässt seine Alte und die Kinder ganz allein. Sie fühlte sich eben einsam. Ich hab mich einfach an seiner Stelle um sie gekümmert.«

»Sehr brüderlich von Ihnen.«

»Ja. Dafür sollte man mich früher hier rauslassen.«

»Sie haben es doch jetzt schon hier drinnen ganz gut«, sagte Spence. »Als ich das letzte Mal hier war, waren Sie noch in einem dieser Käfige.«

»Es ist nicht so, wie Sie denken«, sagte er. Er sah sich verstohlen um, zur Kontrolle, ob andere Gefangene in Hörweite waren. »Ich hab den Jungs hier drinnen gesagt, dass ich wegen Verletzung der Bewährungsauflagen wieder hier bin. Die meisten dieser Kerle haben doch keine Ahnung, was draußen abgeht. Aber dann kommt dieser Typ wegen Unterschlagung hier rein, und er ist einer, der Zeitung liest. Die meisten der Typen hier drin benutzen Zeitungen nur, um ihre Pitbulls stubenrein zu machen. Aber der liest sie tatsächlich. Und er erkannte mich sofort aus den Zeitungen. Fing an, Geschichten zu erzählen über die Verurteilung und alles.«

»Und?«, fragte ich. »Sie sind doch unschuldig, oder?«

Er kicherte zynisch. »Lady, das sagen sie hier drin alle, das wissen Sie doch. Nur dass es bei mir zufällig die Wahrheit ist. Das Problem ist, jetzt fangen die Jungs an, mich für jemanden zu halten, der ich nicht bin. Das erste Mal wurde ich verknackt, weil ich Sex mit einer Dreizehnjährigen hatte. Das haben sie alle getan, allerdings wurde keiner von denen erwischt. Aber jetzt denken sie, ich hätte ein Kind umgebracht. Wissen Sie, was man mit solchen Typen hier drinnen macht?«

Ich hatte ein paar Gerüchte gehört.

»Sie müssen mir meine Sprache verzeihen, meine Mutter hat mir beigebracht, dass man vor einer Dame nicht so reden darf. Aber Sie müssen es wissen, damit Sie meine Lage hier verstehen: Die machen Wurst aus deinem Schwanz, und dann zwingen sie dich, ihn zu essen.«

Ich sah, wie Spence das Gesicht verzog und die Beine übereinander schlug. Mit dieser Art der Befragung erreichten wir überhaupt nichts. Ich stand auf und sagte: »Nun, ich bin sehr froh über Ihre Offenheit und Ihre Bereitschaft, mit uns zu sprechen, Mr. Garamond. Auch wenn nichts dabei herauskam.«

»He, kein Problem«, sagte er. »Sie können jederzeit wiederkommen. Jederzeit.«

Keiner von uns beiden hatte viel zu sagen, während wir die endlosen Gänge zwischen Besucherbereich und Eingangshalle entlangmarschierten. Die Beleuchtung war gut, die Wände waren in einem freundlichen, gedeckten Weiß gehalten. Alles wirkte einfach und sauber. Die Gitterstäbe waren aus gebürstetem Stahl, ähnlich wie die Handläufe in einem modernen Krankenhaus. Aber eine Sache ließ keine Zweifel offen: Dies war ein Verlies, ganz einfach. Es gab kein natürliches Licht, und wenn jemand nicht wollte, dass wir herauskamen, dann würden wir es auch nicht schaffen.

Kaum hatten wir unsere Waffen zurückerhalten, straffte sich Spence, da er nun wieder die Möglichkeit hatte, jeden zu erschießen, der auch nur daran dachte, aus irgendeinem Teil von ihm Wurst zu machen. Was mich anging, so war ich erleichtert, wieder das Tageslicht zu sehen, als wir durch das Haupttor traten und auf unser Fahrzeug zugingen.

»Na ja, das war wohl Zeitverschwendung«, sagte Spence schließlich.

»Nein, das war es nicht. Ich glaube ihm jetzt ebenfalls. Nur leider bedeutet das, dass ich jetzt wahrscheinlich noch einen Fall zu lösen habe. Ganz zu schweigen davon, dass ein unschuldiger Mann – vielleicht nicht unschuldig, aber auf jeden Fall dieses Verbrechens nicht schuldig – in diesem Gefängnis sitzt. Das ist nicht richtig. Eines Tages werden wir was dagegen unternehmen müssen.«

»Im Augenblick kannst du noch gar nichts sagen, Lany – dieser Kerl wurde von einem Geschworenengericht verurteilt. Und der Staatsanwalt weiß alles über diesen Fall, was ich weiß, über die Schwägerin und alle anderen Details. Ich habe mit meinen Gefühlen in diesem Fall nicht gerade hinter dem Berg gehalten, aber bis jetzt hat niemand irgendetwas unternommen, um dieses Urteil anzufechten.«

»Dann müssen wir mehr Lärm machen. Das ist nicht richtig, Spence.«

»Weiß ich. Aber für uns beide würde es beruflichen Selbstmord bedeuten, wenn wir zu diesem Zeitpunkt irgendwas aufrühren. He, du weißt so gut wie ich, dass dieser Kerl rechtmäßig wegen des Verbrechens verurteilte wurde, das ihn zum ersten Mal ins Gefängnis brachte, und dass er wahrscheinlich gar nicht hätte draußen sein dürfen, als dieser Junge verschleppt wurde. Und glaub ja nicht, er hätte dieses Mädchen nicht gezwungen. Der einzige Grund, warum er nicht wegen Notzucht mit Gewaltanwendung verurteilt wurde, ist, dass er sich des Geschlechtsverkehrs mit einer Minderjährigen schuldig bekannte. Und wenn du den echten Täter findest, wird diese Sache sich schon von selber lösen.«

»Falls ich ihn finde.«

»Das wirst du, Lany. Wie du schon gesagt hast, hast du dieses Bauchgefühl. Ich sehe es dir an. Aber bis dahin musst du diese Sache in Ruhe lassen. Es gibt keine Beweise, die die Aussage des Augenzeugen widerlegen, außer er gibt seine Schwägerin preis. Wir haben also nichts.«

Leider hatte er Recht, und ich wusste es. Demzufolge hatte ich jetzt einen neuen Fall, einen verwirrenden, schwierigen Fall, mit einer Beweislage, die nur aus heißer Luft bestand.

9

Ich vergeudete einen ganzen Tag, indem ich mich in dem alten Kummer über die schrecklichen Ereignisse suhlte, die mich vor so vielen Jahren heimgesucht hatten. Zu meiner Verteidigung muss ich jedoch sagen, dass als Folge meiner neuen Entdeckungen der alte Schmerz über den Verlust meines Sohnes jetzt wieder wie frisch für mich wirkte. Vielleicht sollte das nach zwei Jahrzehnten nicht so sein, nichtsdestoweniger verhielt es sich so.

Die Sonne stand hoch über der Burg, dem Hof und der gesamten Umgebung, doch ich konnte ihre Wärme nicht spüren. Die Blumen im Hofgarten zeigten ihre Freude über das Wetter, indem sie die Luft mit mächtigen Düften erfüllten. Ich saß zwischen einer Pfingstrose und einem Rosenstrauch auf einer Bank mit einem Sockel aus marmornen Engeln, deren dralle kleine Arme sich emporstreckten, um die hölzerne Sitzfläche zu stützen, auf der die Erschöpften Rast finden sollten, auch wenn die harten Bretter kaum Bequemlichkeit boten. Einige weiche gelbe Rosenblüten hatten sich eben geöffnet, als hätten ihre welkenden orientalischen Cousins ihnen den Auftrag gegeben, zu erblühen und die Aufgabe zu übernehmen, Insekten und Spaziergänger zu verführen. In meinem Schoß ruhte ein alter, aber noch brauchbarer Chorrock, ebenjener, dessentwegen ich angeblich nach Machecoul gereist war, um die Materialien zu kaufen, die ich dann doch nicht besorgt hatte. Gott sei's gelobt, ich fand die benötigten Garne ganz unten in meinem Korb und war deshalb nicht daran gehindert, die Ausbesserungen durchzuführen. Doch im Augenblick war es mir zu viel Mühe, meine eigenen Stiche unter jene zu mengen, die meine Vorgängerin ziemlich nachlässig angebracht hatte.

Alles, woran ich denken konnte an diesem Tag, da ich eigentlich von einem süßen Atemzug zum nächsten hätte leben und die Arbeit genießen sollen (es hätte ja auch das verachtete Verbuchen der Ausgaben sein können), alles, was mein Herz und meinen Verstand erfüllte, war die Vergangenheit, vor allem mein Sohn Michel und was aus ihm hätte werden können, wäre er mir nicht entrissen worden. Wieder war ein Brief von seinem Bruder aus Avignon eingetroffen, das hatte zumindest ein Bote an diesem Tag gesagt; doch meine Verzweiflung war so tief, dass der Gedanke, ihn zu lesen, mich kaum beflügelte.

Briefe von Michel wären ganz anders gewesen als die, welche ich von seinem Bruder erhielt, vor allem in der Regelmäßigkeit, mit der sie eintrafen. Michels wären bestenfalls gelegentlich gekommen, ganz im Gegensatz zu denen von Jean, die vorhersehbarer waren als meine einstigen Regelblutungen. Ich habe oft darüber nachgedacht, welchen Inhalt die Briefe meines jüngeren Sohnes gehabt haben könnten. Zuvörderst hätte er sie wohl mit der Freude und dem trockenen Humor gefüllt, die sein alltägliches Verhalten auszeichneten. Es hätte viele gute Nachrichten gegeben und nur sehr wenige schlechte, ein offenkundiges Missverhältnis, doch mit der guten Absicht fabriziert, meinen Kummer über einen Sohn zu lindern, der seinen Lebensunterhalt als Krieger verdiente. Alle Mütter von Söhnen, die für Sattel und Schwert geboren sind, haben diese Sorgen, doch bei meinen hatte es sich selbstredend um die einzigen gehandelt, die von Bedeutung waren. Seine rußigen Pergamente wären zerfleddert von irgendeinem Schlachtfeld oder Außenposten eingetroffen, wohin sein Lehnsherr, wer immer das hätte sein mögen, ihn geschickt hatte.

Hätte er Gilles de Rais, dem Spielkameraden seiner Kindheit, gedient? Vielleicht, aber ich glaube es eher nicht. Ich hatte es immer für möglich erachtet, dass ihre so unterschiedlichen Persönlichkeiten letztendlich eine Trennung der Wege erzwingen könnten – Michel war so von Herzen gut, und Milord Gilles schien seinem eigenen Wert nicht zu trauen, nachdem sein Großvater, ein Untier von einem Mann, ihn aus ihm herausgeprügelt hatte.

Kurz vor Michels Verschwinden fiel mir auf, dass Milord oft in Gedanken verloren schien. In dieser Zeit fing er auch an, so viel Zeit wie möglich allein zu verbringen, auch wenn seine speichelleckerischen Cousins De Sille und De Briqueville immer versuchten, sich an ihn zu klammern. Wenn es den Anschein hatte, als wäre er wieder in einer seiner düsteren Tagträumereien versunken, fragte ich meinen jungen Herrn, was er denke, doch es näherte sich die Zeit, da er mich, die Amme seiner Kindheit, abschüttelte, wie eine Schlange eine Haut abstreift, die ihr zu eng wird. Normalerweise beachtete er mich einfach nicht, doch wenn er sprach, behauptetet er oft, er wäre mit seinen eigenen Vorstellungen beschäftigt, doch nur selten verriet er mir, worin diese Vorstellungen bestanden. Oft sagte ich dann »Aha«, als würde ich verstehen, doch ich tat es nicht.

Michel versuchte, Milord in der Zeit nach dem Hinscheiden von

Vater und Mutter aus seinem Kummer zu reißen. Er reizte ihn mit beflügelnden Beschäftigungen wie Jagen oder Fechtübungen. Aber seine ernsthaften, von Herzen kommenden Appelle – *warum spielst du den Geisterbeschwörer, Bruder, da die Sonne doch so hell und strahlend scheint? Komm, lass uns stattdessen ausreiten und ein paar Füchse mit dem Lärm unserer Schwerter das Fürchten lehren* – blieben größtenteils unbeachtet. Ich vermute, es ist nur angemessen, dass man in Zeiten, da man von einem nahe stehenden und geliebten Menschen auf dieser Erde zurückgelassen wird – in Milords Fall von zwei Menschen sehr kurz hintereinander –, die Einsamkeit sucht, um nachzudenken über Tod und Leben und alles, was dem Trauernden gerade in den Sinn kommt. Ich weiß das so gut wie kaum jemand sonst.

Wenn er selbst sein wichtigster Gefährte in diesen dunklen Stimmungen war und nicht gestört werden wollte, war es an Michel, sich selbst zu beschäftigen. Dies tat er mit Lesen oder mit Schattenfechten, oder er maß sich mit seinem Vater in der Kriegskunst, wenn Etienne gerade im Schloss weilte und nicht anderweitig beschäftigt war. Dies kam oft vor in der unruhigen Zeit nach Milord Guys Hinscheiden, denn Jean de Craon war damit beschäftigt, die Besitztümer seiner Tochter zu sichern. Er war tückisch in seiner Entschlossenheit, die einzelnen Liegenschaften als ein Erbe zu erhalten, doch niemand machte ihm das zum Vorwurf, denn wir alle wussten, dass er als Vater nur die Interessen seiner Tochter zu wahren suchte, die nach dem unerwarteten Tod ihres Gatten wie gelähmt war. Doch dann besaß Madame Marie die Unverfrorenheit (einmal hörte ich Jean de Craon sie für diese Unannehmlichkeit verfluchen), selbst zu sterben.

Milord Gilles wurde, im zarten Alter von elf Jahren, in zwei widersprüchliche Positionen gestoßen. In den Augen der Welt war er der unmündige Herr eines riesigen Besitzes, dem noch der kleinste Wunsch von den Augen abgelesen wurde. Zugleich aber war er eine Marionette seines schändlichen Großvaters. Zu dieser Zeit kam es zu einer sichtbaren Entfremdung zwischen ihm und Michel. Davor war der Unterschied ihres Standes kaum von Bedeutung gewesen – sie waren einander wie Brüder. Aber ich nehme an, der Lauf der Zeit verändert alles, einige steigen auf, andere fallen, wie das Schicksal es will. Geliebte Menschen kommen und gehen, wer geht, schickt Briefe, wenn er die Möglichkeit und die Bildung dazu hat.

Briefe von Michel – wenn Gott mir nur einen gewähren würde, und wenn ich zwischen den Zeilen eine vernünftige Erklärung dafür finden könnte, was mit ihm geschehen war, dann würde ich als Gegenleistung Mittel und Wege finden, den Rest meiner Tage ohne Sünde zu leben. Wie würde seine erwachsene Handschrift aussehen? Seine Kinderschrift war dermaßen schwungvoll gewesen … Ich kannte Jeans ordentliche Zeilen, und ich würde mein Seelenheil verwetten, dass ich, wenn man mir tausend Pergamente vorlegte, das von ihm geschriebene herausfinden würde. Die flüssigen Zeilen des Texts, welche die Seite von links nach rechts überquerten, waren so vollkommen gerade wie der Meereshorizont. Ich weiß nicht, ob Michels Zeilen auch so ordentlich verlaufen wären; er war ein viel ungezügelterer Junge als Jean in seinem Alter, bestimmt für die Schlacht, wie sein Vater es gewesen war, ganz im Gegensatz zur Reihenfolge der Geburt, die ihn für die Kirche und Jean für die Schlacht ausersah. Man kann ein Kind nicht zwingen, zu werden, was es nicht sein will, zumindest meiner Meinung nach, auch wenn ich weiß, dass es schon unzählige Male getan worden ist. Aber wir leben in einer modernen Zeit, in der wir unseren Söhnen ein gewisses Maß an Selbstbestimmung gestatten. Michel war nicht geschaffen für den Priesterrock, und Jean wäre sicherlich in seiner ersten Schlacht gefallen, hätte er das Schwert ergriffen. Sollte Michel wirklich tot sein, und gibt es so etwas wie einen angemessenen Abgang, dann würde ich mir wünschen, er hätte die Möglichkeit gehabt, einen Kriegertod zu sterben, denn das wäre für ihn angemessen gewesen.

Mitten in diesen düsteren Gedanken hörte ich, wie mein Name gerufen wurde, oder genauer, mein Titel. *Mère* sagte furchtsam ein junger Priester, den ich in der Abtei bereits gesehen hatte, aber nicht mit Namen kannte. Er erschreckte mich so, dass mein Stickgarn zu Boden fiel. Der junge Mann kroch fast zu Kreuze in seiner Entschuldigung und schwor, er hätte mich nie gestört, wenn es sich nicht um einen Ruf zu Seiner Eminenz handelte. Ich brauchte eine Weile, um meine Würde wiederzuerlangen, nachdem ich die Garne aufgesammelt hatte. Obwohl ganz offensichtlich verlegen, wartete er geduldig. Mir wäre lieber gewesen, er hätte mich alleine gelassen – den Weg zu Jean de Malestroit würde ich so einfach finden, als hätte er ihn mir mit Brotkrumen vorgezeichnet.

Was würde er heute von mir wollen? Die Stunde gab mir zu denken (vor dem Mittag, eine Zeit, da er normalerweise mit Staatsdingen beschäftigt war), wie auch der Ausdruck auf seinem Gesicht, als ich seine geheiligte Höhle betrat. Zuerst gab Jean de Malestroit mir den Brief, der aus Avignon gekommen war. Ich nickte zum Dank und ließ das Gefühl des Pergaments auf meine Fingerspitzen wirken, doch anstatt sofort davonzuhuschen, um das Siegel zu erbrechen und die Worte zu verschlingen, steckte ich ihn in meinen Ärmel und wartete, auf dass der Bischof über die Angelegenheit sprach, die ihn veranlasst hatte, mich so mitten am Tag zu sich zu rufen. Beim Eintreten sah ich, dass er erregt war; er ging in seiner Kammer auf und ab, als könne er seine Gedanken nicht ordnen.

»Eminenz, wie Ihr es geschafft habt, ein Staatsmann zu werden, verstehe ich nicht.«

Er setzte sich unvermittelt auf seinen hochlehnigen Stuhl und atmete tief, um sich zu beruhigen. »Ach, Guillemette, manchmal verstehe ich es selbst nicht. Der Diplomatenhut passt mir viel weniger als die Mitra.« Er lächelte versonnen und zuckte die Achseln. »Doch hat noch kein Mann je zwei Hüte mit Behagen und Würde getragen. Dazu bräuchte man zwei Köpfe. Oft bin ich hin und her gerissen, entweder Gott oder Herzog Jean zu enttäuschen, von denen keiner sich besonders gerne enttäuschen lässt.«

Dabei hatte ich ihn die Hüte mit unheimlicher Behändigkeit wechseln sehen. Es hätte mich nicht überrascht zu entdecken, dass Jean de Malestroit einen zweiten Kopf für seinen anderen Hut hatte, versteckt irgendwo, wo niemand danach suchen würde. Ich stellte mir vor, in einem Schrank über das grässliche Ding zu stolpern, einem Schrank mit knarrenden Angeln. Ich würde die Tür öffnen, weil ich einen Docht oder ein Garn oder einen Wetzstein suchte, und dieser Kopf würde mich unter seiner durchgehenden Augenbraue heraus anstarren und mich schnell daran erinnern, dass ich mich um das lästige Geräusch der Angeln kümmern musste.

Oder vielleicht könnte Schwester Elene sich darum kümmern … würde der Kopf mit hinterhältigem Grinsen sagen.

Der gegenwärtige Hutträger riss mich aus meinem Sinnieren mit den Worten: »Ich habe Euch etwas zu sagen.«

Nach einer Pause erwiderte ich: »Ihr klingt, als würdet Ihr meinen, dass es mich nicht erfreut.«

»Ich kann Eure Reaktion nicht voraussehen – nur dass Ihr mit Sicherheit eine zeigen werdet.«

»Sprecht«, sagte ich. »Spannt mich nicht auf die Folter.«

»Nun gut. Es ist Euch nicht gestattet, mit Euren Nachforschungen über das Verschwinden von Kindern fortzufahren.«

Die vorausgesagte Reaktion nahm die Form eines unglücklichen Knotens in meinem Bauch an. Mein Esel würde im Stall bleiben, ich würde nicht wieder ausreiten, sondern im Kloster ausharren und zu meinen Pflichten zurückkehren, anstatt dass Schwester Elene sie übernahm, was für mich, wie ich gern zugebe, eine kleine Erleichterung war. Dennoch war ich sehr enttäuscht. Meine Stimme klang etwas schrill, als ich protestierte. »Eminenz, Ihr habt mir das Privileg mit gutem Grund gewährt. Es bekümmert mich sehr, dass Ihr Eure Meinung so schnell ändert.«

Er erhob sich und lächelte breit. »Es gibt eine sehr gute Erklärung dafür. Herzog Jean hat eine umfängliche Ermittlung angeordnet und jemanden zu deren Leiter ernannt.«

Wieder hatte er mich überrascht. »Aber das ist wundervoll«, sagte ich glücklich. »Wer wurde dafür bestimmt?«

Er zögerte so lange, wie ein Atemzug dauert. »Der Herzog hat jemanden ernannt, von dem er glaubt, dass er einen guten Spürhund abgeben wird.«

Viele der Männer, denen eine solche Aufgabe übertragen werden konnte, waren mir aufgrund meines früheren Dienstes bekannt; vielleicht konnte ich die Arbeit ja in der einen oder der anderen Weise beeinflussen. »Wer?«, fragte ich noch einmal.

»Lasst es uns für den Augenblick dabei belassen. Ich habe heute noch viel zu erledigen, doch ich wollte Euch nur wissen lassen, dass Ihr Euch auf keine Reise mehr vorbereiten müsst. Wir wollen morgen darüber sprechen und dann weiter konspirieren.«

»Eminenz, Ihr seid äußerst grausam – Ihr verurteilt mich für den

Rest des Tages zu Mutmaßungen und zu einer Nacht schlafloser Unruhe.«

Er setzte eine verärgerte Miene auf. »Ihr seid ein Dorn, Schwester, an der Rose meines Lebens.«

Ich war ähnlich verärgert, doch, wie mir schien, mit größerer Berechtigung. »Verzeiht mir, lieber Bruder. Aber was wäre eine Rose ohne Dornen?«

»Nun, es wäre die… ach ja, man könnte sie den Inbegriff der Vollkommenheit nennen.«

»Aber leider auch nichts sagend und wenig anregend.«

»Manchmal könnte man ein bisschen weniger Anregung ganz gut gebrauchen.«

»Anregungen dürfen nie missachtet werden, Eminenz. Es wäre eine schwere Sünde, es zu tun, Eures Zorns so würdig wie jede andere Sünde.«

»Ja… nun… vielleicht wäre sie das.« Dann fragte er mit stiller Besorgnis: »Ihr werdet wirklich nicht schlafen?«

»Keine Sekunde.«

Er seufzte. »Ich möchte nicht der Grund dafür sein. Nun gut denn. Aber Ihr müsst schwören, es als Geheimnis zu bewahren.«

»Ich schwöre.«

»Herzog Jean hat *mich* dazu bestimmt, diese Angelegenheit weiter zu untersuchen.«

Alle seine schwierigen Eigenschaften, die frömmelnde Strenge, die sture Hartnäckigkeit, das reservierte Temperament, das er so oft nutzte, um sich von denen in seiner Umgebung abzusetzen, würden jetzt den Verlauf dieser Ermittlung beeinflussen.

Andererseits war mein Einfluss gesichert.

Letztendlich legte ich die Aufgabe, das Entfernen des getrockneten Schlamms vom Steinboden des Kirchenschiffs zu überwachen, dann doch in die fähigen Hände von Schwester Elene; die Frau schien wirklich dankbar dafür zu sein, was ich nicht verstand. In den braunen Schlamm mischten sich unweigerlich Exkrementbrocken, Hinterlassenschaften von Pferden und Rindern und Ziegen, die täglich durch jede Dorfstraße zogen. So hatte ich nichts dagegen, von dieser Pflicht entbunden zu sein. Unter ihrer Aufsicht würden Novizinnen den getrockneten Unflat aufsammeln und in den Garten bringen, wo er verteilt würde unter den wachsamen Augen von *Frère* Demien, der in der ganzen Zeit Gott danken würde für Seine Großzügigkeit, ihm solch reichliche Mengen *merde* in seine Verwaltung zu übergeben. Wir vergeudeten nichts.

Ein neuer Ruf von Jean de Malestroit erreichte mich, als die jungen Schwestern mit ihren Besen und Trögen die Kirche verließen.

»Ich bin bereit, mit den Ermittlungen zu beginnen«, sagte er mir, als ich ankam.

»So schnell?«

»Wie Ihr wisst, Schwester, gehe ich sehr sparsam mit meinen Stunden um. Und den Euren, wie ich wohl sagen darf. Nun möchte ich, dass Ihr mir noch einmal die Geschichten erzählt, die Ihr in Bourgneuf gehört habt, mit allen Einzelheiten, an die Ihr Euch erinnert«, sagte er. »Es wird mir helfen, die Richtung meiner Nachforschungen zu bestimmen.«

Die Schatten sollten kürzer und wieder länger werden, bevor wir zu einem Ende kamen. Wir konnten auch nicht voraussehen, wie viele Tage diese Sache noch in Anspruch nehmen sollte.

Etwa drei Jahre zuvor gab eine Frau namens Catherine Thierry ihren Bruder in die Obhut eines hierher versetzten Parisers, eines gewissen Henriet Griart, damit der Junge in den Kapellenchor von Machecoul aufgenommen werde. Der Junge wurde nie wieder gesehen und wurde auch kein Mitglied des Sprengels, soweit seine Schwester das erfuhr; es gab auch keinerlei Erklärung, was mit ihm passiert sein konnte.

Und dann war da der engelhaft aussehende Guillaume Delit, Guibelets Sohn, der dem Grillmeister beim Bereiten des Fleisches für Gilles de Rais half. Der Küchenchef selbst, Jean vom *Château* in Briand, sagte der Mutter dieses Knaben, es sei nicht gut, dass der Junge dergestalt helfe, da in der Umgebung von Nantes kleine Kinder gefangen und getötet würden. Die Mutter beklagte sich später bei der Frau des Kochs, dass kurz nach ihrer ersten Anfrage zwei Männer zu ihr gekommen seien und sehr barsch mit ihr gesprochen hätten, dahingehend, dass sie sich besser überhaupt nicht beklage, da es weder ihr noch ihrem Sohn etwas bringe.

Der Sohn von Jean Jenvret war ein Schuljunge von nur neun Jahren, der sich oft in der Umgebung des Hôtel de la Suze in Nantes aufhielt. Seine Familie lebte in der Gemeinde Saint-Croix in Nantes, hatte aber enge Beziehungen zu Bourgneuf. Zwei Jahre zuvor, so erzählte mir seine Schwester, etwa acht Tage vor dem Fest des Heiligen Johannes des Täufers, sei der kleine Jenvret ohne ein Wort verschwunden.

Und in der Gemeinde Notre Dame in Nantes verschwand der Sohn von Jeanne Degrepie etwa um Johanni herum, also nur wenige Tage nach dem Vorfall in Saint-Croix. Seine Mutter berichtete von einer Frau namens Perrine Martin, die angeblich dabei gesehen wurde, wie sie den Jungen wegführte, und später mit ihm auf der Straße nach Machecoul noch einmal gesehen wurde. Keiner hat eine Meinung darüber, warum diese Perrine den Jungen nach Machecoul gebracht haben könnte.

Ein Schuljunge aus der Gemeinde Saint-Donatien in der Nähe von Nantes, ein wunderschönes Kind aus einer Familie namens Fougère, verschwand vor nicht ganz zwei Jahren im August. Es wurde nie eine Spur von ihm gefunden, auch konnte sich kein Mensch erinnern, ihn gesehen zu haben.

Im darauf folgenden Monat September wurde in Roche-Bernard der zehnjährige Sohn von Perrone Loessart einem Mann mit dem merkwürdigen Namen Poitou anvertraut, welcher der Mutter versprach, ihr eifrig lernender Sohn würde weitere Schulbildung erhalten. Später wurde dieser Knabe in Poitous Begleitung auf der Straße nach Machecoul gesehen, wie auch der Sohn von Jean Jenvret mit der Frau Perrine.

Ein Herr aus Port-Launay berichtet von einer Familie namens Bernard, deren Sohn sich eines Tages in Begleitung eines anderen Jungen von ähnlichem Alter nach Machecoul aufmachte, beide, um Almosen zu erflehen, da man ihnen gesagt hatte, dass dort große Freigiebigkeit zu finden sei. Die Hoffnung auf milde Gaben musste sehr stark gewesen sein, um zwei Zwölfjährige zu einer solchen Reise zu verlocken – man muss bei Nantes die Loire überqueren und dann noch viele Kilometer weiterwandern. Der andere Junge, mit dem er unterwegs war, wartete am vereinbarten Punkt drei Stunden auf ihn und war dann gezwungen, allein nach Port-

Launay zurückzukehren. Das behauptet die Mutter des vermissten Jungen, die angibt, sich sowohl beim Priester wie auch beim Magistrat bitterlich über das Verschwinden ihres Sohns beklagt zu haben.

In Saint-Cyr-en-Rais, einem Dorf in der Nähe von Bourgneuf, ging der Sohn von Micheau und Guillemette Bouer am Weißen Sonntag letzten Jahres zum Betteln nach Machecoul. Als das Kind nicht zurückkehrte, fragte der Vater in mehreren Orten nach dem Verbleib des Jungen, da er gehört hatte, dass andere Kinder ebenfalls verschwunden waren, und fürchtete, dass seinen Sohn dasselbe Schicksal ereilt haben könnte. Aber tags darauf sprach ein großer Mann in einem schwarzen Umhang bei der bekümmerten Mutter vor, während der Vater zu weiteren Nachforschungen unterwegs war. Sie kannte den Mann nicht, doch als er sie fragte, wo ihre Kinder seien, erwiderte sie, sie seien nach Machecoul zum Betteln gegangen, woraufhin der Mann verschwand und nie mehr gesehen wurde.

Ysabeau Hamelin, die seit einem Jahr in Fresnay lebte, nachdem sie im Jahr zuvor aus Pouance gekommen war, schickte ihre beiden Söhne, fünfzehn und sieben Jahre alt, mit Geld nach Machecoul, um Brot zu kaufen. Als sie nicht zurückkehrten, dachte sie zuerst, sie könnten beraubt und für tot liegen gelassen worden sein. Doch als sie und andere ihrer Familie den Weg absuchten, konnten sie keinen Hinweis auf einen Überfall entdecken. Tags darauf kamen zwei Männer zu ihr, um sie nach ihren Kindern zu befragen. Sie hatte Angst und erwähnte ihr Verschwinden nicht. Als die beiden gingen, hörte sie, wie der eine Mann zum anderen sagte, dass zwei der Kinder aus diesem Haus stammten, und so regte sich in ihr der starke Verdacht, die beiden wüssten, was mit ihren Söhnen geschehen sei.

Kurz vor vergangenem Weihnachten schickte Jeanette Drouet, Gattin von Eustache, ihre Söhne von elf und neun Jahren nach Machecoul, um Almosen zu erflehen. Sie sagte, mehrere Leute hätten ihre Söhne in den folgenden Tagen gesehen, sie seien aber nie nach Hause zurückgekehrt, und als sie und ihr Gatte dorthin gingen, um Nachforschungen anzustellen, erfuhren sie überhaupt nichts.

Unser Abendmahl stand unberührt vor uns. Eine schöne Scheibe Lamm, nach sechs Wochen der Fleischlosigkeit eigentlich sehnlichst erhofft, lag nun kalt auf dem Tablett. Keiner von uns hätte auch nur einen Bissen hinuntergebracht.

»Wurde keiner dieser Fälle je gelöst?«, fragte Seine Eminenz ernst.

»Nein. Keiner wurde je zu einem Abschluss gebracht.«

»Keine Überreste? Keine zurückgelassene Kleidung?«

»Nichts.«

Er lehnte sich auf seinem hochlehnigen Stuhl zurück, was mir die Sicht auf das wundervoll bestickte Kissen nahm, das ich sehr bewunderte. Dann legte er die Hände auf die Knie und sagte: »Das scheint mir unmöglich.«

»In der Tat. Oder zumindest sehr unwahrscheinlich.«

»Nun denn …«, sinnierte er, »wir werden dafür sorgen müssen, dass die Wahrheit ans Licht kommt. Ich denke, es wäre wohl vernünftig, wenn ich mit meinen tieferen Nachforschungen in Machecoul beginne.«

»Ja, Eminenz.«

»In drei Tagen werden wir dorthin reisen«, fügte er entschlossen hinzu.

Das war eine zu lange Wartezeit. »Eminenz, wenn wir dies weiterhin verzögern, geht noch mehr verloren.«

»Guillemette, es gibt wichtige Dinge, die ich zuerst …«

»Kinder, Euer Eminenz – was könnte wichtiger sein als die Seelen der Kleinen.«

Er erbleichte vor Schuldbewusstsein. »Nun gut, dann müssen meine anderen Verpflichtungen wohl warten. Morgen früh dann.«

Ich nickte. Mein Einfluss war auf jeden Fall gesichert.

Wir versahen die Vespern, wie wir es immer tun, und dann entließ mich Jean de Malestroit. Ich ging in die Klosterstallungen, wo ich meine kleine Eselin friedlich an einer Strohgarbe knabbern sah. Ihr Unterkiefer bewegte sich unablässig von einer Seite zur anderen, und das gelbe Gras wurde immer kürzer, bis es schließlich ganz in ihrem zahnreichen Maul verschwand. Ich bückte mich, hob frische Halme auf und hielt sie ihr hin. Mit ihren abgenutzten Zähnen nahm sie sie behutsam aus meiner Hand und kaute sie, während ich ihr liebevoll den Hals kraulte.

»Du bist ein sehr verständnisvolles Tier, Mademoiselle«, flüsterte ich, als wäre sie ein kleines Kind. Sie schüttelte den Kopf, um eine lästige Fliege zu vertreiben, und besprühte mich dabei mit Speicheltröpfchen. Ich wischte mir mit dem Ärmel übers Gesicht.

»Und außerdem sehr überschwänglich«, fügte ich hinzu. »Aber mir macht es nichts. Du hörst mir ohne Widerspruch zu, wie es nur wenige zweibeinige Wesen tun. Und dies ist auch der Grund für meinen Besuch, meine kleine Freundin. Ich würde gern deine Meinung zu einer Sache hören, die mich sehr beschäftigt.«

Sie hob und senkte den Kopf, ein zustimmendes Nicken, fast so, als würde sie verstehen.

»Gut. Dann lass mich dich Folgendes fragen: Wie kommt es, dass diese Kinder ausschließlich in Gilles de Rais' Reich verschwinden? Und wie kommt es, dass offenbar immer seine Bediensteten die Hand im Spiel haben?«

Sie wurde plötzlich unruhig und schrie.

»Genauso geht es mir auch«, sagte ich. Ich drückte meine Stirn an die ihre und stand einfach nur da, während mir eine Träne über die Wange lief.

10

Es war einer dieser Augenblicke, in denen ich mir wünschte, ich hätte in der High School besser aufgepasst. Damals hielten wir Statistik für reine Zeitverschwendung, für eins der Dinge, die wir nie mehr brauchen würden außer vielleicht bei einem Trip nach Las Vegas, dem Sündenpfuhl, den Minnesotaner nie betreten würden, weil jeder wusste, dass es für einen nicht bekömmlich war.

Wie standen die statistischen Chancen, dass in einer Stadt wie Los Angeles, wo Weiße de facto eine Minderheit waren, dreizehn vermisste Jungen alle weiß, blond, helläugig und engelhaft waren?

»Na ja, ich schätze, wir haben es da wohl mit einer Anomalie zu tun«, sagte Fred Vuska.

Ich schwieg einen Augenblick und sagte dann: »Ich glaube, womit wir es hier zu tun haben, Fred, ist ein Serienentführer.«

Das kurze, von meiner Erklärung ausgelöste Schweigen war beladen mit politischen Überlegungen und Sorgen über finanzielle Implikationen. Da Einsatzkommandos für die Transportsicherheit einen Großteil des Überstundenbudgets auffraßen und Personalengpässe durch einen Einstellungsstopp noch verstärkt wurden, steckte Fred in derselben Zwickmühle wie so ziemlich jeder andere städtische Abteilungsleiter in Los Angeles auch.

»Jetzt ziehen Sie nur keine voreiligen Schlüsse«, sagte er schließlich.

Seine Kehrtwendung überraschte mich nicht; sobald man in Verbindung mit einer Gruppe von Verbrechen den Begriff *Serie* erwähnt, vervielfachen sich die Ausgaben, manchmal sogar exponentiell. Aber seine Zurückhaltung war, gelinde gesagt, ärgerlich. »Ich weiß nicht, was ich sonst denken soll. Es gibt ein eindeutiges Muster, ein ins Auge springendes Muster, eines, das man nicht erwarten würde, vor allem hier nicht. Wenn die Zugriffe beliebig wären, dann wären auch hispanische und afroamerikanische Kinder unter den Opfern. Sie haben es doch auch bemerkt, sonst hätten Sie mir Donnollys Fälle nicht gegeben. Aber plötzlich scheint es Ihnen nicht mehr zu gefallen.«

Einen Augenblick lang machte Fred ein besorgtes Gesicht. Dann sagte er: »Es ist egal, ob mir etwas gefällt oder nicht, Dunbar, ich muss es managen. Und im Augenblick ist Management eine schwierige Sache.«

»Das weiß ich. Aber solche Sachen fragen auch nicht, ob es gerade passt oder nicht.«

»Das tun sie nie.«

Er trommelte mit den Fingern auf die Tischplatte, als würde er sich seine Alternativen überlegen. Die Alternative, für die er sich entschied, gefiel mir nicht gerade übermäßig.

»Haben Sie Fotos von allen Opfern?«

Er versuchte, mich mit der »Überzeugen Sie mich«-Masche hinzuhalten.

»Ja, in den Akten.«

»Wir sollten sie uns mal alle zusammen ansehen.«

Es würde eine Weile dauern, es zu organisieren. »Geben Sie mir eine halbe Stunde.«

»Sie können den ganzen Tag haben. Ich muss jetzt weg, um etwas zu erledigen, und bin vor halb fünf nicht zurück.«

»Dann bin ich allerdings schon weg.«

»Okay, dann machen wir es morgen.«

Er nahm seine Lesebrille zur Hand und setzte sie auf, zog sich dann einige Unterlagen heran und tat so, als würde er sie lesen – für mich eine Aufforderung zu gehen, was ich auch tat, mit einem unausgesprochenen Fluch auf den Lippen.

Es kostete mich noch ein Mittagessen, diesmal aus meiner eigenen Tasche, aber ich war froh, dass Errol Erkinnen noch einmal Zeit für mich hatte.

Doc riss die Augen auf, wie jeder es getan hätte, als ich ihm sagte, warum ich ihn sprechen wollte. Bringt man den Begriff *Serie* ins Spiel, erhalten die Fälle eine ganz neue Dimension. Seine Reaktion war sehr stark, so stark, dass mir fast ein bisschen mulmig wurde; er war Halley, der eben den Kometen entdeckte: das große Karrieresprungbrett, von dem man immer träumt, aber nur selten bekommt.

»Einen *Serien*entführer, Detective. *Sehr* interessant. Sagen Sie mir, wie Sie darauf kommen.«

»Ähnlichkeiten bei einer ganzen Reihe von Opfern in ungelösten Fällen. Bis jetzt wurden sie noch nicht miteinander in Verbindung gebracht, außer vielleicht ansatzweise. Der Fall Nathan Leeds, wegen dem ich vor ein paar Tagen bei Ihnen war, ist der jüngste, aber die anderen reichen eine Weile zurück, eigentlich Jahre. Falls ich Recht habe, muss ich deshalb davon ausgehen, dass wir es mit jemandem zu tun haben, der seit ziemlich langer Zeit aktiv ist und weiterhin eine Bedrohung darstellt. Ich bekam die letzten zwei Fälle von Terry Donnolly zugewiesen, weil Fred Vuska Ähnlichkeiten darin entdeckte, und als ich bekannt gab, dass ich nach einem Muster suche« – ich warf ihm den Stapel kopierter Faxe auf den Tisch –, »bekam ich das zurück. Eine ganze Latte ähnlicher Sackgassen-Fälle von Leuten, die nicht wissen, was sie mit ihnen anfangen sollen.«

Er nahm den Stapel in die Hand, als wollte er sein Gewicht prüfen. »Wie viele?«

»Noch zehn weitere. Insgesamt sind es also dreizehn vermisste Jungen, alle ungefähr im selben Alter – kurz vor der Pubertät –, alle weiß, schlank und mit einem niedlichen Gesicht. Ein Fall wurde offiziell gelöst, aber der mutmaßliche Täter beteuert seit dem ersten Tag seine Unschuld. Er gibt einen anderen Missbrauch zu, aber nicht diesen. Ich neige dazu, ihm zu glauben.«

»Warum?«

»Ehrlich? Nun, ich weiß es nicht. Aber er zeigt keins der körperlichen oder psychologischen Symptome des Lügens. Und mein Bauch sagt mir, dass er es nicht war.«

»Hmm.« Er stand auf und ging mit einem halben Sandwich in der Hand auf und ab. »Auffällige Ähnlichkeiten zwischen den Opfern – das ist ein guter Indikator.« Seine Stimme bekam etwas Leierndes, Tranceähnliches, und er setzte zu einem Vortrag an. »Das ist ein häufiges Phänomen, dieses Opfermuster. Ted Bundys Opfer waren sich alle sehr ähnlich, zumindest die, von denen wir wissen – viele Leute glauben, er hat doppelt so viele Frauen umgebracht, wie er zugegeben hat. Es gab immer die Spekulation, dass er sich eine junge Frau aus Seattle, mit der er kurze Zeit verlobt war, zum Vorbild genommen hat. Sie war attraktiv, intelligent, stammte aus einer intakten, angesehenen Familie – ein wirklich guter Fang für jemanden wie Bundy. Er war ein uneheliches Kind, wissen Sie.«

»Ja, das habe ich mal gelesen.«

»Sein ganzes Leben war ein einziges Streben nach Legitimität. Als seine Verlobte die Beziehung beendete, war er deshalb am Boden zerstört. Einem Bekannten vertraute er einmal an, er glaube, dass ihre Familie sie unter Druck gesetzt habe. Und nicht überraschend fingen die Morde etwa zu dieser Zeit an. Sie hatte lange, dunkle, in der Mitte gescheitelte Haare.«

Wie die meisten seiner Opfer. »Das heißt, er brachte sie immer und immer wieder um.«

»Symbolisch, ja.«

»Ich erinnere mich nicht mehr allzu gut an die Zeit, ich war noch ziemlich jung damals«, sagte ich, »aber eine Tante erzählte mir, dass damals viele Frauen ihre Frisur verändert hätten.«

»Das stimmt. Ich war damals im College und fing an, mich ernsthaft für Psychologie zu interessieren. Deshalb war ich genauso gefesselt wie alle anderen. Ich glaube, meine Entscheidung für forensische Psychologie hat viel mit diesem Bundy-Fall zu tun. Wie auch immer, was vielen Leuten Angst machte, war die Tatsache, dass er immer wieder entkam und herumzog – er fing in Seattle an und zog dann nach Colorado, dann nach Utah und schließlich nach Florida. Ein Mädchen konnte sich nicht darauf verlassen, dass sie sicher war, nur weil sie in Neuengland lebte.« Er lächelte traurig. »Aber man kann sich nie auf irgendwas verlassen, um sich sicher zu fühlen. Manchmal ist man einfach zur falschen Zeit am falschen Ort.«

»Aber diese Jungs sind allem Anschein nach zufällige Opfer, um das geht's ja.«

»Wahrscheinlich nicht. Anscheinend wurden sie mit Bedacht ausgewählt. Ihr Täter – falls Sie es wirklich mit einem Kerl zu tun haben, der für das alles verantwortlich ist, wie es oberflächlich betrachtet aussieht – mag aus irgendeinem Grund kleine, blonde, weiße Jungs. Was Sie jetzt herausfinden müssen, ist, *warum.«*

Ich machte eine Geste, wie um zu sagen: *Deshalb bin ich ja hier…*

Er lächelte. »Wahrscheinlich irgendeine Art von Fixierung. Wenn man das Echte nicht bekommen kann, sucht man sich das, was dem am ähnlichsten ist.«

»Bei Bundy scheint das nicht so recht funktioniert zu haben«, sagte ich. »Er hat es immer wieder getan.«

»Das kommt daher, dass das Ähnliche – das nie mehr als ein Ersatz sein kann – nur selten das ursprüngliche Bedürfnis, welches zu dieser Fixierung führte, befriedigt. Er verspürte vorübergehende Erleichterung, aber das ursprüngliche Bedürfnis nach Legitimität blieb. Er musste also immer weiter töten. Im Lauf der Zeit kommt es dazu, dass die Tat, was immer sie ist – Mord oder Vergewaltigung oder Entführung –, ihre Wirksamkeit verliert und immer häufiger wiederholt werden muss. Haben Sie schon einen Zeitplan für die Fälle aufgestellt?«

Ja, in meiner Freizeit. »Nein, noch nicht.«

»Na ja, das würde ich mir als Nächstes vornehmen, wenn ich Sie wäre.«

»Wonach soll ich suchen?«

»Nach gar nichts. Bleiben Sie unvoreingenommen, sehen Sie, was da ist, und nicht, was Sie dort gerne hätten. Das Muster eines Mörders ist nicht immer so regelmäßig, wie wir es gern hätten. Natürlich hilft es, wenn es so ist.«

Er sagte *Mörder.* Ich hatte noch nicht *Mörder* gesagt, weil wir noch keine Leichen hatten, nur Löcher in der Luft, wo einmal Menschen waren. Aber meine Aura sagte *Mörder,* und er reagierte darauf. »Ja«, sagte ich. »Es hilft.«

»Tut mir Leid. Mehr kann ich Ihnen im Augenblick nicht sagen. Muster unterscheiden sich, ausgehend von einer Reihe von Faktoren.« Er ging zu einem seiner überquellenden Bücherregale und musterte einige Augenblicke lang die senkrechten Buchrücken. Ich glaube, er hatte eine Art Zielvorrichtung, denn ich hätte in diesem Durcheinander nie etwas gefunden. »Ach, da ist es ja«, sagte er vor sich hin, zog ein Buch heraus und gab es mir. »Nicht gerade Bettlektüre, aber eine sehr gute Studie über die Psyche von Serienmördern. Es dürfte sehr informativ für Sie sein. Um die Sache etwas zu beschleunigen, kann ich Ihnen jetzt allerdings schon sagen, dass die Intervalle im Allgemeinen immer kürzer werden. Wenn das erste Intervall ein paar Wochen oder einen Monat beträgt, verkürzt sich das zweite auf zwei Wochen, das nächste vielleicht auf zehn Tage und so weiter. Wenn es dann nur noch ein paar Tage sind, kriegen wir sie meistens, weil sie die Vorbereitungen überstürzen und sich nicht mehr unter Kontrolle haben und deshalb anfangen, Fehler zu machen.«

»Ich liebe es, wenn sie diese Fehler machen.«

»Ja«, sagte er. »Fehler auf Seiten des Mörders können sehr willkommen sein. Aber es sieht nicht so aus, als wäre Ihr Täter schon an diesem Punkt. Wie Sie mir gesagt haben, ging diese Verschleppung ja ziemlich reibungslos vonstatten, wie auch die anderen beiden, in die Sie sich hineingekniet haben. Würde mich interessieren, was sich bei den anderen Fällen in Bezug auf die Intervalle ergibt. Wenn Sie sein Intervallmuster herausgefunden haben, dann haben Sie zwei Informationen über diesen Kerl. Sie wissen bereits, wie seine Fixierung aussieht, und dann wissen Sie, wie verzweifelt dieser Kerl ist.«

Ich fragte mich allmählich, ob er sich noch an unser erstes Gespräch erinnerte, in dem wir über Nathan Leeds' Mutter gesprochen hatten. »Doc«, sagte ich, »falls wir es mit einem Serienentführer zu tun haben, bin ich mir nicht sicher, ob es ein Kerl ist.«

Er starrte mich an. »Haben Sie einen Grund zu glauben, es könnte sich um eine Frau handeln?«

»Der Leeds-Fall, wissen Sie noch? Die Mutter, von der wir dachten, sie könnte das Münchhausen-Stellvertreter-Syndrom haben, weil es so aussah, als hätte sie ihren eigenen Jungen entführt?«

»Ach ja, richtig...«, erwiderte er abwesend. Irgendwie war er zur nächsten Hypothesenebene gesprungen und hatte vergessen, es mir zu sagen. »Nun, es ist äußerst unwahrscheinlich, dass es eine Frau ist.«

Ich war verwirrt. »Ich habe diese Mutter aus der Nähe gesehen. Sie ist wirklich eine Frau.«

»Schauen Sie für einen Augenblick darüber hinaus, Detective. Diese Verbrechen werden fast nie von Frauen begangen, und wenn ich mich recht erinnere, haben Sie selbst gesagt, dass Sie sie einfach nicht für den ›Typ‹ dafür hielten. Haben Sie Ihre Meinung geändert?«

»Nein.«

Er zerknüllte das Sandwich-Papier und warf es in den Abfalleimer. »Die Statistiken sprechen überwältigend für einen Mann als Ihren Entführer. Es ist einfach nicht Teil der grundlegenden weiblichen Psyche, so etwas zu tun.«

Plötzlich kam ich mir vor, als hätten wir die Rollen getauscht. »Wir reden hier nicht von einer normalen Psyche.«

»Das ist nicht ausschlaggebend. Nicht einmal die abnormalsten weiblichen Psychen kommen auf so etwas.«

»Was ist mit dieser Frau in Florida...«, stammelte ich, ohne mich so recht zu erinnern. Doch dann fiel es mir wieder ein. »Wuornos. Soweit man weiß, brachte sie ein Dutzend Kerle um.«

»Ich bin nicht allzu vertraut mit dem Fall. Aber ich weiß, dass sie in vieler Hinsicht atypisch war. Und ich meine gelesen zu haben, dass es in diesem Fall auch transsexuelle Aspekte gab.«

»Das könnte hier auch der Fall sein. Wir sind in Kalifornien.«

»Das Land der Freien«, sagte er mit einem matten Lächeln. Er ging um den Schreibtisch herum und setzte sich auf die vordere Kante. Dann schaute er professoral auf mich herab und sagte: »Sehen Sie, Detective Dunbar, natürlich ist es theoretisch möglich, dass Ihr Täter eine Frau ist. Es ist auch theoretisch möglich, aber nicht sehr wahrscheinlich, dass O. J. Simpson es nicht getan hat. Ich will nur nicht, dass Sie sich unnötig verzetteln, vor allem, da wir ja noch eine aktuelle Bedrohungslage haben. Ich würde Ihnen dringend raten, von der Annahme auszugehen, dass es sich um einen männlichen Täter handelt.«

»Aber beim letzten Mal sah der Entführer aus wie eine Frau …«

Er unterbrach mich mit einem Kopfschütteln. »Denken Sie daran, was ich Ihnen vor ein paar Minuten gesagt habe, dass Sie sehen sollen, was da ist, nicht, was Sie sehen wollen. Was da zu sein scheint, ist eine Frau, es kann aber auch nur die Illusion einer Frau sein. Wenn das der Fall ist, und ich vermute es, dann wissen Sie jetzt *drei* Dinge über diesen Kerl: Sie kennen seine Fixierung auf kleine, blonde, weiße Jungs, Sie kennen sein Timing, wenn Sie es herausgearbeitet haben, und Sie wissen, dass er nach der Methode ›Wolf im Schafspelz‹ vorgeht. Es ist möglich, dass er sich herrichtet wie jemand, der er nicht ist, um das Vertrauen seiner Opfer zu erschleichen. Ob als Mann oder als Frau, er nähert sich seinen Opfern immer als eine Person, die sie für vertrauenswürdig halten. Kein Wunder, dass er noch nicht entdeckt wurde. Clever, sehr clever. Ich würde gerne sehr dicht an Ihrer Arbeit dranbleiben, Detective Dunbar. Das ist, gelinde gesagt, ein sehr interessanter Fall.«

Copyright und *Tantiemen* standen auf seinem Gesicht geschrieben, zusammen mit *nationaler Anerkennung.* Für ihn war der Fall nur von klinischem und theoretischem Interesse, und ich merkte, dass er die akademische Übung genoss. Aber ich war diejenige, die diesen Formwandler finden musste, der von einem Fall zum nächsten sein Aussehen offensichtlich vollkommen ändern konnte.

Ich machte mich direkt an die Akten, um alle Opferfotos herauszusuchen und sie mir anzusehen, und während ich das tat, ordnete ich sie chronologisch nach dem Datum des Verschwindens auf einer Tafel. So würde ich Fred nicht nur die äußere Ähnlichkeit der

Opfer zeigen können, sondern konnte auch eine potenzielle Intervall-Abfolge erarbeiten. Zwei Fliegen mit einer Klappe.

Aber als ich damit fertig war, stand eine der Fliegen von den Toten auf, schlug ein paarmal mit den Flügeln und warf mir die Klatsche zurück. Die Abstände zwischen den Verschwindensfällen waren groß und unregelmäßig – nicht ein paar Wochen oder ein Monat, wie Doc angedeutet hatte, sondern mehrere Monate, Abstände von unvorhersagbarer Länge, von denen der kürzeste acht Wochen betrug. Es gab kein erkennbares zeitliches Muster.

Sehen, was wirklich da ist, nicht, was Sie sehen wollen.

Ich packte Spence und Escobar am Arm und schleppte sie beide zu meinem Schreibtisch. »Schaut euch das mal für mich an«, sagte ich, beinahe flehend.

»Wonach suchen wir?«

»Nichts. Sagt mir einfach, was ihr seht.«

»Ich sehe eine Menge Datumsangaben. Anscheinend suchst du nach einem Muster.«

»Na ja, schon.«

»Ich sag das nicht gern, Lany, aber ich seh hier keins.«

Als Escobar meinen enttäuschten Gesichtsausdruck sah, fügte er hinzu: »Das könnte einfach heißen, dass es zwischen den Fällen, die wir kennen, noch ungemeldete Entführungen gibt. Oder dass der Kerl auch an ganz anderen Orten aktiv wird. Vielleicht lebt er ja an beiden Küsten, oder so was in der Richtung.«

Ich fragte mich, wie ich über Nacht von einer Mutter mit Münchhausen-Stellvertreter-Syndrom zu einem Serienentführer, der an der West- wie an der Ostküste operierte, hatte kommen können. Eine sehr gute Frage, eine, auf die ich keine Antwort hatte.

Fred marschierte durch den Mannschaftssaal. Er hatte bis morgen warten wollen, aber ich hatte das Material schon jetzt. Ich sprang ihn beinahe an, als er an meinem Verschlag vorbeikam.

»Ich habe die Fotos«, rief ich durch den Lärm der Stimmen und bimmelnden Telefone.

Er war die verkörperte Verärgerung, gab aber nach, denn anscheinend sah ich aus, als würde ich gleich weinen. »Dann kommen Sie«, sagte er.

Ich nahm meine Fototafel und folgte ihm in sein Büro. Auf seinem Schreibtisch baute ich sie auf, während er angewidert einen Stapel kleiner Zettel anstarrte, die alle einen Rückruf verlangten. Dann betrachtete er einige Augenblicke lang die Tafel, und sein Blick wanderte dabei kritisch von einem Foto zum nächsten. »Ich sehe, was Sie meinen«, sagte er. »Sieht aus wie eine Mehrlingsgeburt.«

»Und?«

Ein kurzes, unverbindliches Schweigen folgte. »Ich werde es in Betracht ziehen«, sagte er schließlich.

»Fred, ich könnte wirklich etwas Hilfe gebrauchen.«

Wieder schwieg er eine Weile und dachte intensiv nach. »Wenn es sich wirklich nur um einen Kerl handelt, dann hat er sich eben ein Kind geschnappt, das heißt, wir stehen am Anfang eines seiner Intervalle, und wir haben etwas Zeit bis zum nächsten. Haben Sie Geduld und ermitteln Sie weiter.«

»Na, dann werde ich der nächsten Mutter sagen, dass ich genau das tue.«

»Das ist alles. Die Besprechung ist beendet.«

Ich stürmte hinaus, auf der Suche nach jemandem, in den ich meine Fänge schlagen konnte. Einige Minuten später kam Fred an meinen Schreibtisch.

»Hören Sie, ich kann Folgendes für Sie tun: Ich gebe Ihnen Freiraum, damit Sie sich ausschließlich darauf konzentrieren können. Geben Sie mir alle Ihre anderen Fälle, und ich verteile sie.«

Ich hatte Schwierigkeiten, meine Enttäuschung zu verbergen. »Ich hatte auf ein bisschen mehr gehofft.«

»Noch nicht, Dunbar. Sie müssen mir schon etwas Überzeugenderes bringen, das ich den Leuten da oben zeigen kann, bevor ich Ihnen zusätzliche Hilfe geben kann. Aber ich werde nicht zulassen, dass jemand Ihnen einen neuen Fall auf den Tisch knallt.«

Für den Augenblick musste ich mich wohl damit zufrieden geben.

Nach Freds Bescheid und da meine Kinder an diesem Abend mit ihrem Vater in eine Ausstellung gehen und die nächsten beiden Nächte bei ihm schlafen würden, beschloss ich, den ganzen Samstag und den Sonntagvormittag darauf zu verwenden, die neuen Fälle durchzuarbeiten und vielleicht sogar einige der Familien anzurufen, deren Kinder verschwunden waren. Doch bevor ich das Büro verließ, rief ich die alte Mrs. Paulsen noch einmal an, um sie nach etwaigen Medikamenten zu fragen.

»Ich muss Ihnen eine ziemlich persönliche Frage stellen«, begann ich.

»Nun, dann werde ich mir Mühe geben, Sie zu beantworten.«

»Wenn wir die Person fangen, die Nathan Leeds entführt hat, müssen wir eine Beweisführung aufbauen. Und ein Teil dieser Beweisführung würde Ihre Zeugenaussage sein. Jeder anständige Verteidiger wird versuchen, Ihre Glaubwürdigkeit zu untergraben. Bevor wir weitermachen, muss ich deshalb wissen, ob Sie irgendwelche Medikamente nehmen, die Ihr Erinnerungsvermögen beeinträchtigen könnten.«

»Ach du meine Güte. Das ist doch nichts Persönliches. Ich dachte, Sie würden mich nach meinem Sexualleben fragen.«

Gott, bitte, lass mich auch auf diese Art alt werden. »Nein, nein. Nichts in der Richtung.«

»Detective, ich nehme nicht mal Aspirin.«

»Sie nehmen also nichts gegen erhöhten Blut- oder Augeninnendruck oder gegen Diabetes?«, fragte ich, um die typischen Probleme abzuhaken, die ältere Leute haben.

»Ich bin gesund wie ein alter Gaul, wie es so schön heißt.«

»Wie alt sind Sie, wenn ich fragen darf?«

»Aber jetzt werden Sie persönlich.« Sie lachte kurz. »Vierundachtzig Jahre hinter und noch sechzehn vor mir.«

»Ich schätze, es ist immer gut, ein Ziel zu haben.«

»Das ist es wirklich, Detective. Hält einen auf Trab.«

Mir hatte man ein Ziel vor den Latz geknallt, eins, das mich auf jeden Fall »auf Trab« halten würde; die Frage war nur, wie lange.

»Vielen Dank, Mrs. Paulsen. Wenn es so weit ist, wird sich jemand vom Büro des Staatsanwalts bei Ihnen melden.«

Das war meine letzte offizielle Arbeit dieses Tages. Ich habe es mir zur Gewohnheit gemacht, am Freitag meinen Schreibtisch ein wenig aufzuräumen, damit auf ihm kein Chaos herrscht, wenn ich am Montag wiederkomme. Zwar hatte ich vor, auch am Samstag hier zu sein, aber Gewohnheiten sind schwer auszurotten, und so räumte ich trotzdem auf, auch wenn ich morgen wieder Chaos anrichten würde. Ich schätze, *Chaos anrichten* ist ein relativer Begriff – für mich bedeutet es, dass ein Bleistift nicht an seinem Platz oder ein Notizblock nicht parallel zur Tischkante liegt. Wenn alles andere nichts bringt, räume ich auf.

Der Verkehr war dünner, als ich es bei meiner üblichen Abfahrtszeit gewohnt war. Da ich oft mitten in der Stoßzeit nach Hause fahre, war ich schon ein paarmal in Versuchung, das Blinklicht aufs Armaturenbrett zu stellen und einfach durchzurasen. Ich habe es allerdings noch nie getan. Andere Polizisten tun es, ich habe es selbst schon ein- oder zweimal auf dem Freeway gesehen. Ich nicht – nicht genug Testosteron, nehme ich mal an.

Zum Abendessen gab's die Reste eines Chilis. Ich vermisste die Kinder, obwohl sie wahrscheinlich ziemlich glücklich waren, weil Kevin weniger streng mit ihnen war und eine bessere Auswahl an Videospielen hatte. Manchmal machte ich mir Sorgen deswegen, dass sie ihre Hausarbeiten nicht machten oder den Verführungen der populären Kultur erlagen, die ich seit den Tagen ihrer Geburt abzuwehren versucht hatte. Mit einem gewissen Erfolg – Frannie ist ein Bücherwurm und Julia sehr kreativ; sie finden immer etwas Produktives zu tun. Aber Evan kann sich völlig in die Playstation versenken, und er ist sehr viel anfälliger für gesellschaftlichen Druck. Deshalb ist er derjenige, über den ich mir die meisten Sorgen mache. Er war mein erstes Kind, und ich bin sicher, dass ich bei seiner Erziehung viele Fehler gemacht habe.

Aber an diesem Wochenende konnten sie von mir aus ihr Hirn in Brei verwandeln. Ihr Vater würde sich gut um sie kümmern – am Sonntagabend würden sie gut versorgt und anständig geliebt zu mir zurückkehren. Und nur das war wichtig.

Nach einer schnellen Dusche und einem Glas Rotwein ging ich mit Erkinnens Buch in der Hand ins Bett.

Serienmörder: Das umfassende Handbuch.

Nachdem ich die Kissen genau dort hatte, wo ich sie haben wollte, schlug ich das Buch auf und überflog die Inhaltsangabe. Die Fallstudien betrafen Mörder, die mir nur allzu bekannt waren. Ich glaube, das war es, was zumindest einige von ihnen wollten,

Ruhm und Unsterblichkeit. Es gab auch einen Abschnitt über historische Mörder; von einigen hatte ich gehört, von anderen nicht. Jack the Ripper – wer kennt den nicht; Vlad Tepes, der legendäre Pfähler und das historische Vorbild für Graf Dracula; Elisabeth Bathory, die Gräfin, die glaubte, das Blut einer Jungfrau würde ihre Haut glatt erhalten, und deshalb regelmäßig darin badete. Gilles de Rais, ein Name, den ich nicht kannte, den uns aber die Geschichte als Blaubart überliefert, so zumindest der Untertitel des Kapitels.

Ich hatte immer gedacht, Blaubart wäre ein Pirat gewesen. Ich schätze, das war dann wohl eher Schwarzbart.

Ein Kapitel war eine methodische Einführung, ein anderes lieferte detaillierte Beschreibungen der Bedingungen, die Männer mit gewalttätigen Neigungen zu den schlimmsten Monstern formten. Ich dachte darüber einen Augenblick nach und kam zu dem Schluss, dass ich in dem Kapitel wahrscheinlich etwas finden würde, das ich meinen eigenen Kindern antat, und dann als Mutter ein noch stärkeres schlechtes Gewissen haben würde. Keine gute Idee, dieses Kapitel zu lesen, wenn die Kinder beim Vater sind. Aber ich konnte ihm offenbar nicht widerstehen.

Vieles, was das Buch vorbrachte, war nur gesunder Menschenverstand. Man nehme alle Eigenschaften, die wir als abnormal oder pervers betrachten, und forme daraus eine einzige Persönlichkeit. Neunzig Prozent von ihnen waren Bettnässer, und die meisten davon berichteten von schweren Konflikten mit Eltern oder Fürsorgeberechtigten wegen dieses Problems. Mehr als achtzig Prozent waren als Kinder missbraucht worden. Die meisten zeigten sich von Natur aus schüchtern oder, genauer gesagt, introvertiert. Der Autor argumentierte, dass körperlicher und sexueller Missbrauch, gewöhnlich durch den dominanten Mann in ihrem Leben, der Grund dafür sei. Einige der untersuchten Mörder gaben an, dass sie von ihren Müttern oder Großmüttern betatscht oder zum Sex gezwungen worden seien.

Verdammte kranke Mistluder.

Und Erkinnen hatte Recht – der stärkste Indikator dafür, dass aus einem menschlichen Wesen ein Serienmörder wird, ist, zumindest nach diesem Autor, die Tatsache, dass derjenige mit einem Y-Chromosom geboren wurde. Natürlich steckte noch viel mehr dahinter, denn ansonsten wäre die ganze Welt in Schwierigkeiten – sie waren auch Brandstifter und Drogenkonsumenten und Alkoholiker und Sexsüchtige. Aber das Mannsein war der überwältigende gemeinsame Faktor.

Sie töteten als Kinder und Teenager kleine Tiere und mieden in gesellschaftlichen Situationen die Nähe anderer. Sie waren Einzelgänger, die jedem unnötigen Kontakt aus dem Weg gingen. Sie waren Unruhestifter in der Schule, schlechte Schüler trotz ihrer beachtlichen Intelligenz. Sie waren Soziopathen, die keine Reue empfinden konnten, und Psychopathen, die sich nicht unter Kontrolle hatten.

Aber vor allem waren es Fantasten. Sie stellten sich vor, was sie tun wollten, bevor sie den Mut fassten, es tatsächlich zu tun. Einige berichteten von detailreich ausgearbeiteten mentalen Vorbereitungen für ihre Verbrechen …

Ich legte den Finger auf die Seite und schloss für einen Augenblick das Buch. *Detailreich ausgearbeitete mentale Vorbereitungen.* Mein Kerl musste so etwas getan haben – wie es aussah, hatte er Abstände von mindestens zwei Monaten zwischen den Entführungen, und in dieser Zeit musste er etwas tun. Aber was war mit materiellen Vorbereitungen? Die mussten in diesem Fall eine große Rolle spielen, *falls* Doc Recht hatte.

Ich steckte eine Haarnadel auf die Seite, um die Stelle zu markieren, und legte das Buch weg. Es war wirklich nicht gerade Bettlektüre, und jetzt hatte ich mich mit etwas angesteckt, worüber ich nachgrübeln und nachgrübeln würde, bis es für mich mehr Sinn ergab. Und wovon ich wahrscheinlich in dieser Nacht träumen würde.

Mein letzter Gedanke vor dem Einschlafen war, dass ich Doc schon bald ein weiteres Mittagessen spendieren würde.

Ein spürbares Gefühl der Heiterkeit überkam mich, als ich am Samstagvormittag den ordentlichen Stapel Fallakten betrachtete, den ich am Montag Fred übergeben würde. Einer der offenen Fälle, ein tätlicher Angriff, würde es wahrscheinlich nie bis vor Gericht schaffen – es gab glaubwürdige Augenzeugen und solide materielle Beweise, und wenn der Täter nur einen Funken Verstand hatte, würde er sich eines geringeren Verbrechens schuldig bekennen und uns allen die Mühe ersparen, ihn festnageln zu müssen. So oder so würde er viel zu früh wieder auf freiem Fuß sein und es wieder tun, sobald er die Möglichkeit dazu bekam. Manchmal frage ich mich, warum ich mir die Mühe mache, hier überhaupt aufzutauchen.

Wem will ich hier was vormachen? Der Grund – oder die Gründe, wenn Sie es präziser haben wollen – liegt bzw. liegen hier vor mir auf dem Schreibtisch: Nathan Leeds, Larry Wilder und Jared McKenzie, und die zehn anderen, die so aussehen wie sie. Die Heiterkeit, die ich noch Minuten zuvor empfunden hatte, verschwand, und das düstere Gefühl böser Vorahnungen nahm ihren Platz ein.

Natürlich waren diese dreizehn Fälle, individuell und juristisch gesehen, voneinander unabhängig, aber ich wusste in meinem Herzen, dass sie miteinander zu tun hatten, auch wenn Fred das verdrängte. Leicht schief in diesem Aktenstapel steckte dieser wunderbare kleine Quertreiber, der Garamond-Fall. Ein zerfleddertes Eck lugte vorwurfsvoll heraus. Ich schob es zurück und richtete alle Kanten gerade.

Würde ich den Schlüsselhinweis erkennen, wenn ich in diesem Durcheinander über ihn stolperte? *Bleiben Sie unvoreingenommen,* hatte Erkinnen mir gesagt; ein guter Rat, den man aber viel leichter geben als befolgen konnte.

Die Postfächer der Abteilung befanden sich günstigerweise direkt vor dem Umkleideraum. Ein paar vollständige Fallakten warteten dort bereits auf mich; in den Händen der Jungs, die sie abgegeben hatten, mussten sie sich angefühlt haben wie heiße Kohlen. Die Arme voller Detektivkram, stand ich einen Augenblick da und dachte an die schlechte alte Zeit, als mein Job, wie erniedrigend er auch gewesen sein mochte, am Ende meiner Schicht auf der Straße so ziemlich beendet war. Ich drückte die Schwingtür mit dem Hintern auf und betrat den Umkleideraum. Die Bänke waren seit meinem letzten Besuch ersetzt worden, die neuen hatten eine gekörnte, rutschfeste Oberfläche und waren ein gutes Stück breiter. Hatten weibliche Polizisten breitere Hintern bekommen, und brauchten sie Reibung auf ihren Bänken? Nicht wie zu meiner Zeit auf Streife, da mussten wir ganz bestimmte körperliche Anforderungen schlichtweg erfüllen.

In dem Raum war niemand – es dauerte noch Stunden bis zum Schichtwechsel, dann allerdings würde er sich füllen mit Zurückkehrenden und Aufbrechenden. Als ich noch auf der Straße war, wurde hier drin immer heftig gequatscht – wir prahlten mit unseren Kindern, jammerten über unsere Freunde oder Ehemänner, jubelten über ein Schnäppchen. Von einem der neuen Mädchen – der Tochter eines der Jungs, der bereits Polizist war, als ich anfing – hatte ich gehört, dass es jetzt viel Tratsch gebe, und einiges davon ziemlich fies. Die Dinge haben die schlechte Angewohnheit, sich zu ändern.

Etwas hatte sich allerdings nicht geändert – die Stille zwischen den Schichtwechseln. Keine Telefone – wenn jemand mich erreichen wollte, musste er mich anpiepsen. Ich setzte mich auf eine der Bänke, stellte den Umschlagstapel neben mich und dachte mir, ich schaue mir ein paar davon hier an, bevor ich wieder hoch in meinen Verschlag gehe.

Es dauerte fast vier Stunden, bis ich wieder nach oben kam.

Sooft ich einen neuen Umschlag öffnete, war es, als würde ich dasselbe Drehbuch noch einmal lesen. Ein kleiner weißer Junge war plötzlich und ohne Erklärung verschwunden. Dieser Junge war unweigerlich von zierlicher Statur und hatte blonde oder hellbraune Haare, ein nettes Gesicht und sehr helle Haut. Augenzeugen berichteten, ihn unmittelbar vor der Entführung in der Gesellschaft eines Vertrauten gesehen zu haben, aber der Vertraute (bis auf den geschätzten Mr. Garamond) schien immer ein unwiderlegbares Alibi zu haben. Ich war bereit, meine Pension zu verwetten, dass sich dasselbe Muster auch zeigen würde, wenn der Rest der Akten eintraf.

Inzwischen verstand ich Docs Interesse sehr viel besser. Man möchte immer Empörung empfinden über diese Scheußlichkeiten, aber wenn sich allmählich ein Bild herausschält, wie es eben jetzt passierte, dann schleicht sich bald eine mit einem schlechten Gewissen vermischte Aufregung ein. Ich lasse START ziemlich schnell hinter mir und gehe direkt auf das Feld *Die Rache ist mein, sagt der*

Detective zu. Ich werde zur Jägerin im Löwenfell; ich schärfe meinen Speer. Mit dem Speer in der Hand trabe ich los. Ich habe Hunger. Ich will fressen.

11

Es ereignete sich genauso, wie ich es befürchtet hatte – im Verlauf unserer Nachforschungen, die viel mehr Zeit in Anspruch nahmen, als ich für vernünftig hielt, verschwanden weitere Kinder. Noch vor Pfingsten ging ein Knabe verloren. Die Witwe von Yvon Kerguen, der in der Gemeinde von Saint-Croix in Nantes ein Steinmetz von großem Geschick gewesen war, vertraute ihren Sohn dem heimtückischen Poitou an, dessen Ruf inzwischen allgemein hätte bekannt sein sollen, aus irgendeinem Grund aber unbeachtet blieb.

Sie essen dort kleine Kinder.

Aber warum um alles in der Welt übergaben ihm die Leute weiterhin ihre Söhne?

Man hat uns Wohltaten versprochen. Immer und immer wieder wurde dieselbe Geschichte erzählt. Ich kann nicht verstehen, warum irgendjemand ihm glaubte – gab es vielleicht die irrsinnige Hoffnung, dass ein Junge nicht demselben Schicksal zum Opfer fallen würde wie die anderen, dass ein Kind verschont würde dank einer besonderen, unfassbaren Eigenschaft, die alle Eltern hoffen, ihren Kinder anerzogen zu haben, es aber nur selten tun? Es müsste schon Unsterblichkeit sein, denn etwas Geringeres schien sie nicht schützen zu können.

Das Kerguen-Kind war fünfzehn und angeblich recht schön für einen Knaben kurz vor der Mannwerdung. Er wurde als klein und sehr jung wirkend beschrieben. Beinahe so hübsch wie ein Mädchen sei er, hieß es, und sehr freundlich.

Mein Michel war auch schön gewesen, aber alles andere als klein – er hatte lange, gerade Beine und die Anmut, die solche wohl gestalteten Glieder verleihen können. Es war immer ein Vergnügen, ihn zu betrachten, dieses Wesen, das durch mich auf die Welt zu bringen Gott für angemessen gehalten hatte. Er reifte zum Mann mit viel mehr Würde, als die meisten Knaben es tun; er hatte nichts von der schlaksigen Unbeholfenheit, die sein Geschlecht so grausam zeichnet, wenn die Stimmen tiefer und die Schultern breiter werden. Oft legte er die Arme um mich und drückte mich fest mit bedingungsloser Liebe – glücklich wäre die Frau gewesen, die er zum Weibe genommen hätte, denn ihr hätte es nie an Zuneigung gemangelt. Bis zum heutigen Tage weiß ich noch, wie es sich anfühlte, seine Arme um meinen Hals zu haben; ich brauchte keinen illustren italienischen Zauberer, um mich an die Festigkeit seines Griffs und die Wärme seiner Wange an meiner zu erinnern, an die reine Freude, ihn bei mir zu haben, ihn einfach zu haben.

Aber natürlich konnte ich ihn nicht behalten – keine Mutter kann je einen Sohn behalten, auch wenn ich meinen viel früher aufgeben musste als die meisten, und unter viel mehr Schmerzen.

Anfang Mai wurde ein weiterer Junge verschleppt, wieder in der Nähe von Machecoul; er war mit vielen Kindern seines Dorfes zum Schloss gegangen, um Almosen zu erflehen, denn die Eltern hatten gedacht, die Menge würde ihnen Sicherheit bieten. Zuerst erhielten immer die Mädchen Almosen, und dann gingen sie und überließen die Knaben sich selbst. An dem fraglichen Tag ging ein Sohn des Armen Thomas Aise und seiner Frau, die in Port-Saint-Père lebten, mit der Gruppe zum Schloss, aber aus irgendeinem Grund wurde er immer wieder übergangen, wenn die Spenden verteilt wurden. Erst als alle anderen erhalten hatten, gab man auch ihm Almosen.

Doch diesmal gab es eine Zeugin bei der Verschleppung. Ein junges Mädchen namens Dominique hatte auf Aises Sohn gewartet, denn sie war verliebt in den Jungen und hoffte, mit ihm nach Hause gehen zu können. Ihre Tante hatte beim Magistrat mit der Geschichte vorgesprochen, die ihre verwirrte kleine Nichte ihr erzählt hatte, nachdem sie, als der Junge nicht erschien, allein in der Dunkelheit nach Hause zurückgekehrt war. Sie war zu jung, um die Gefahren zu begreifen, die ihr drohten, und ich muss gestehen, sie wirkte ein wenig einfältig – zwar nicht unbedingt geistesschwach, aber langsam.

Ich gestehe freimütig, Gott möge mir verzeihen, dass ich mir diese ihre Schwäche zu Nutze machte. Sie wurde eines Nachmittags zu uns gebracht – auf die diskrete Anweisung des Magistrats hin, nachdem Seine Eminenz verlangt hatte, sie möge vor uns erscheinen. Wir hatten bereits beschlossen, dass besser ich als der Bischof selbst es übernähme, mit ihr zu reden, denn sie war schüchtern in Gegenwart Erwachsener, das behauptete zumindest ihre Mutter. Ich fragte mich, wie sie dann den Mut aufgebracht hatte, auf einen älteren Knaben zu warten.

Doch als ihre Mutter sie zu uns brachte, verstand ich es.

»Tritt vor, Dominique«, keifte ihre Mutter und schubste sie gewissermaßen vor unseren Tisch. Ich fragte mich, ob die Mutter angeregt hatte, dass das Mädchen auf den Knaben wartete. Er war zwar jung, aber nicht zu jung, um für das Werben eines Mädchens empfänglich zu sein. Ich schätzte sie auf etwa dreizehn oder vierzehn, also nur wenig jünger als der Knabe. Ein Kind zu empfangen konnte für ein solches Mädchen die einzige Hoffnung sein, sich einen Gatten zu sichern.

Jean de Malestroit hielt sich im Hintergrund, während ich mit ihr sprach. Wenn es mir nicht gelang, ihr zu entlocken, was wir brauchten, konnte er immer noch eingreifen.

»*Bonjour, ma chérie*«, sagte ich.

Die Mutter klopfte ihr hastig auf die Schulter. Das Mädchen verbeugte sich und sagte: »*Bonjour, Mère.*« Dann faltete sie die Hände vor ihrer weißen Schürze, die aussah, als wäre sie für den Besuch im Bischofspalast gründlich gewaschen worden.

»Danke, dass du heute hierher gekommen bist.«

»*Oui, Mère*«, sagte sie und verbeugte sich wieder.

»Ich habe gehört, du weißt etwas darüber, was mit dem Sohn von Thomas Aise geschehen ist. Du hast ihn das Schloss betreten sehen, sagt deine Tante.«

»Das ist richtig, *Mère.*«

»Ging er allein hinein oder in Begleitung?«

»In Begleitung eines Mannes.«

»Kennst du diesen Mann?«

»Nein. Aber ich habe ihn in Machecoul schon einmal gesehen. Man sagt, er heißt Henriet.«

Ich musste aufpassen, dass meine Betrübnis sich nicht zeigte. Und auch meine unheilige und schändliche Aufregung nicht! Denn noch hatte ich Jean de Malestroit nichts von meinen Gedanken bezüglich Milord de Rais und all diesen ungeklärten Fällen erzählt.

»Hast du gehört, was dieser Mann Henriet zu dem Aise-Knaben sagte?«

»Sein Name ist Denis, *Mère.*«

»Gut, Denis. Hat Monsieur Henriet etwas zu ihm gesagt?«

»*Oui, Mère.*« Wieder vollführte sie eine hastige und unnötige Verbeugung, bevor sie fortfuhr. »Er sagte, wenn Denis kein Fleisch hätte, könne er ins Schloss kommen und welches erhalten.«

Fleisch war für ein hungriges Kind eine mächtige Verlockung. »Hat Denis etwas erwidert?«

»Nein, aber er ging sogleich hinein.«

»Sprach er mit dir, bevor er es tat?«

Sie senkte leicht den Kopf. »Nein.«

Weiter sagte sie aus, sie habe gesehen, wie er weggeführt wurde. Sie war die Letzte, die ihn außerhalb des Schlosses gesehen hatte.

Wir sammelten all diese Neuigkeiten und brachten sie zusammen mit denen über die früheren Fälle zu Pergament. Überall lagen Bögen in Stapeln und Folianten; ich wunderte mich, dass sie ob der Hitze des auf ihnen Verzeichneten nicht in Flammen aufgingen.

Eines Tages standen wir über den Dokumenten, und es kam zur Sprache, worauf alles hindeutete.

»Guillemette«, sagte er niedergeschlagen.

»Ja, Eminenz…«

»Ein Muster zeigt sich.«

»In der Tat, Eminenz. Das habe ich mir selbst schon gedacht.«

Ein Schweigen entstand, in dem wir beide über das Problem nachdachten, das wir enthüllt hatten. »Was sollen wir tun?«, fragte er schließlich.

Ich kann die Gedanken nicht beschreiben, die mir in diesem Augenblick durch Herz und Seele gingen, denn sie waren zu ungeordnet und wirr. Auch wollte ich gar nicht, dass sie in meinen Gedanken genauere Form annahmen. Aber sie taten es trotzdem, gegen meinen Willen. »Ich bin nicht diejenige, der man diese Frage stellen sollte«, sagte ich leise. »Ich kann kein unvoreingenommenes Urteil abgeben.«

Weiter brauchte ich mich nicht zu erklären. Er wusste sehr gut, was in meinem Herzen vor sich ging. Unmöglich aber konnte er die wahre Natur meiner Seelenqualen verstehen – die kann niemand verstehen, der nicht ein Kind mit Geduld und besten Absichten aufgezogen hat, nur um miterleben zu müssen, wie der Charakter dieses Kindes schrecklich vom wahren Weg abweicht.

»Es scheint offensichtlich, dass Milord de Rais diese Kinder stiehlt oder zumindest jemand in seinen Diensten es tut. Könnte er so blind sein für die Taten seiner Untergebenen, dass er es nicht weiß?«

»Man hofft, dass es so ist«, sagte ich.

Ich atmete einige Male, bevor seine Beobachtung an mein Ohr drang. »Aber Ihr glaubt es nicht.«

»Ich weiß nicht, was ich glauben soll«, rief ich beinahe flehend. »Vielleicht nutzen sie ihre Vertrauensstellung bei ihm aus, um ohne sein Wissen Verlockungen anzubieten. Diese Möglichkeit besteht immer, Eminenz.«

Jean de Malestroit warf mir einen besorgten Blick zu.

»Nun, möglich ist es, und man darf es nicht außer Acht lassen.«

Es fiel mir auf, dass der Bischof sich bemühte, die Fassung zu wahren. Ich jedoch erlegte mir eine solche Beschränkung nicht auf. »Es widerstrebt mir, dies von ihm zu glauben«, fuhr ich fort. »Mein Verstand sagt mir das eine, mein Herz etwas anderes.«

Es war eine Lüge. In meinem Herzen kannte ich die Wahrheit. Auch damals schon.

Seine Eminenz verblüffte mich nun mit einer beinahe bösartigen Erklärung. »Was mich angeht«, schäumte er, »so hat mein Verstand wenig Schwierigkeiten mit der Vorstellung, dass Gilles de Rais beim Streben nach unreiner Lust allen Anstand bedenkenlos über Bord werfen könnte.«

Einige Augenblicke stand ich sprachlos da und verschränkte dann die Arme vor der Brust, wie um mein Herz zu schützen. »Euer Eminenz, er ist ein Edelmann – von ihm erwartet man nicht, dass er sich an die Regeln des gewöhnlichen Lebens hält. Ihr kennt seine Geschichte – Ihr kennt ihn sein ganzes Leben lang.«

»Wie Ihr, wenngleich nicht gar so vertraut. Wobei meine geringere Kenntnis mir einen schärferen Blick ermöglicht als Euch – mir scheint, dass Eure Gefühle Euch auf eine höchst weibliche Art blenden. Ich hatte von Euch in dieser Angelegenheit Besseres erhofft.«

Die Beleidigung schmerzte, aber ich ließ sie durchgehen, begriff ich doch, dass die Menschen manchmal solche Spötterei als Waffe zur Verteidigung einer schwierigen Position benutzen. »Ihr könnt nicht leugnen, dass sein Leben, auch unabhängig von seinem Stand, alles andere als gewöhnlich war.«

»Das gebe ich gern zu, Schwester, sowohl im Guten wie im Schlechten. Aber vor den Augen Gottes ist er nicht mehr und nicht weniger gewöhnlich als jeder andere Mensch. Trotzdem verhält er sich, als wäre er sein eigenes Gesetz. Er verantwortet sich vor niemandem.«

Obwohl die Taten, die wir untersuchten, einer solchen Verachtung würdig waren, waren wir uns alles andere als gewiss, dass jener Mann, den er mit ihr bedachte, sie wirklich verdient hatte. Es überraschte mich sehr, solch unbändiges Gebaren von einem Mann zu hören, dessen makellosen Verstand ich so bewunderte und auf dessen Freundschaft ich mich stets verlassen konnte. Ich sah mich gezwungen, dieses barsche Urteil zurückzuweisen, ob es nun berechtigt war oder nicht. »Ich kenne ihn gut, Exzellenz. Ich sah ihn zu Ostern beten. Seine Gebete sind viel ernsthafter als die meinen, um die Wahrheit zu sagen.«

»Guillemette …«

Ich hob die Hand, viel forscher, als weise gewesen wäre. »Hört mich an«, fuhr ich fort, »auch wenn es Euch vielleicht missfällt. Er verantwortet sich vor Gott, Eminenz, wie wir alle. Ihr selbst wart anwesend, als er seine Sünden Gott darbrachte und freigesprochen wurde. Wir wissen nicht, welcherart die Sünden waren, welche Taten er …«

Ich musste mitten im Satz innehalten – sein Ausdruck zeigte eine so plötzliche und gänzliche Veränderung, dass mir die Stimme versagte. Die Augen unter seiner Braue zuckten schuldbewusst hin und her. Irgendwie hatte er offensichtlich Olivier des Ferrières dazu gebracht, ihm das im Beichtstuhl Vorgebrachte zu verraten, und kannte so Gilles de Rais' Verfehlungen. Ich konnte nur vermuten, mit welchen Mitteln er dem geringeren Priester diese vertraulichen Enthüllungen entrissen hatte.

Als ich mich zum Gehen wandte – denn so groß war meine Empörung ob dieser Wendung der Dinge –, fasste er nach meinem Ärmel.

»Guillemette, es gibt viel, was Ihr über diesen Mann nicht wisst.«

Ich schüttelte seine Hand ab und ging langsam zum Fenster. Eine Schar Knaben, von denen ich einige als Söhne wichtiger Edelleute kannte, wurde von einem unserer Lehrmönche über das Pflaster des Hofs geführt. Die ersten gingen in stummer Einzelreihe hinter dem Bruder her, der sich ein hoch geschätztes Buch an die Brust drückte und entschlossen nach vorne starrte. Diejenigen am Ende der Schlange befleißigten sich eines viel weniger schicklichen Verhaltens; sie sprangen umher und schlugen mit der offenen Hand nacheinander. Gilles de Rais hätte sich ans Ende der Schlange zurückfallen lassen, damit er an dieser Ausgelassenheit teilnehmen konnte; den Ernst, der jenen an der Spitze aufgezwungen wurde, hätte er nicht ertragen. Er hätte ihn auch nicht ertragen müssen. Aber Milord Guy hatte nicht zugelassen, dass sein Sohn in einer Gruppe unterrichtet wurde, nur die Anwesenheit meiner Söhne Jean und Michel war gestattet; meine Gedanken waren also reine Vermutung. Aber es war eine Vermutung, die auf tiefem Wissen gründete, wie alle meine Vermutungen über ihn.

»Eminenz«, sagte ich leise. »Ich kenne seine Seele besser als irgendein Lebender, vielleicht sogar seine Gattin eingeschlossen. Ich habe ihn *geformt.*«

»Ich verstehe, dass Euch das schmerzt«, erwiderte er bedächtig. »Aber Ihr vor allen anderen solltet wissen, dass der Mann die Grenzen missachtet, die ihm gesetzt wurden. Es wird eine Zeit kommen, da wird er sogar Gott selbst zu missachten versuchen, und das wird sein endgültiger Untergang sein. Denkt an meine Worte – es wird geschehen, wie ich es prophezeit habe.«

Mitte Mai, an einem warmen, sonnigen Tag, an dem die Welt ein besserer Ort hätte sein sollen, als sie tatsächlich war, tat Milord Gilles wie prophezeit. Er ritt von Champtocé zu der Abtei in Saint-Etienne-de-Mer-Morte, begleitet von vielleicht sechzig Männern in voller Rüstung und Bewaffnung, als sollte ein kleines Land eingenommen werden und nicht eine Abtei mit Kirche. Milord selbst schwang dem Vernehmen nach eine lange, spitze Pike, obwohl nur wenige Soldaten eine solche so tödlich zu handhaben wissen wie jene der unauffälligeren Art, das hatte zumindest mein Gatte einmal gesagt. Es sei das gefährliche Aussehen, das den Feind zur Unterwerfung ängstigt, hatte Etienne behauptet. Er hatte wohl Recht gehabt, denn Gilles de Rais traf auf keinerlei Widerstand. Nicht, dass er mit viel hätte rechnen müssen – der »Kommandant« des Schlosses war ein tonsurierter Kleriker, Jean le Ferron, ein Mann, der für seine Großzügigkeit und sein sanftes Wesen berühmt war.

Die Nachricht gelangte zu uns durch einen schnellen Reiter, dessen schäumendes Pferd beinahe zusammenbrach, als der Mann abstieg. *Frère* Demien und ich waren zu der Zeit im Garten, wo wir ein wenig konspirierten ob des geeigneten Ortes für eine gewisse Pflanze, wenn auch Diskussionen dieser Art dank des Fachwissens und der Leidenschaft meines Bruders in Christus immer von ihm beherrscht wurden. Doch Leidenschaft hin oder her, als mein Klatsch liebender Bruder den Boten geradezu in den Bischofspalast rennen sah, entschuldigte er sich, doch erst nach einem schnellen Blick, der eilige Rückkehr versprach, sobald er sich ausreichendes Wissen über dieses knospende Geheimnis verschafft hatte.

Die Geschichte, mit der er zurückkehrte, ließ mich, die Röcke gerafft, zu Jean de Malestroit eilen, der schnell bestätigte, was *Frère* Demien bereits verraten hatte.

»Warum sollte er mit Gewalt Ländereien einnehmen, die ihm durch Erbe zugefallen sind?«, fragte ich ehrlich erstaunt.

»Sie gehören ihm nicht mehr.«

»Er würde Saint-Etienne niemals verkaufen!«

»Wie es aussieht, hat er es getan. An Geoffrey le Ferron.«

Der Kämmerer des Herzogs Jean, kein Freund *de la famille* de Rais. »Wie könnt Ihr es wagen …«

»Mäßigt Euch, Guillemette – ich weiß, dass es wahr ist. Es wurde in Machecoul vereinbart.«

Staatsangelegenheiten war alles, was Jean de Malestroit mir sagte, als ich ihn nach dem Zweck einer Reise fragte, die wir im vergangenen Herbst unternommen hatten. Die Besprechungen, die hinter verschlossenen Türen stattfanden, waren geheim und, nach den Mienen der abreisenden Teilnehmer zu urteilen, von düsterem Ernst. Jetzt ergab alles einen Sinn; natürlich würden Milords Vertreter düstere Mienen machen, wenn sie ein solches Juwel wie Saint-Etienne aufgeben mussten.

»Le Ferron hätte stattdessen Truppen dort einquartieren sollen. Sein Bruder ist Manns genug, den Alltag eines solchen Ortes zu überwachen, aber nicht, ihn zu verteidigen. Natürlich hatte er von Milord de Rais ein solch doppeltes Spiel nicht erwartet, sonst hätte er den Besitz nicht so ungeschützt gelassen.«

Man kann sich nicht vorstellen, was für eine lächerliche Szene dies gewesen sein musste – Gilles de Rais, stolz und bewaffnet auf seinem riesigen Ross, wie er diesen furchtsamen Mann beleidigte und mit Körperverletzung bedrohte, nachdem er vom Marquis de Ceva in Ketten herausgeschleift und zu Boden geworfen worden war. Eine verzweifelte und beschämende Tat.

»Aber warum sich von Saint-Etienne trennen?«, stöhnte ich beinahe. »Er wurde dort getauft.«

»Offenbar hält auch er es für einen Fehler, Schwester. Er hat es ruchlos zurückgestohlen. Der Verkauf war ein verzweifelter Versuch, sich Mittel zu beschaffen, weil seine Ausgaben seine Truhen geleert haben.«

»Ist seine Lage inzwischen so schlimm?«

»Man verkauft, was man kann, Schwester, wenn es keine andere Möglichkeit gibt, sich Gold zu verschaffen. Aber – gemeines Räubertum?«

Es würde Vergeltungsmaßnahmen geben, und sie würden schnell kommen. Eine Weile versuchte ich, Seine Eminenz davon zu überzeugen, dass Vorsicht angebracht sei, solange wir nicht mehr Kunde über die Angelegenheit hätten – wir hatten nur den ersten Bericht, und wenn wir erst einmal alle Seiten gehört hätten, würden wir sicherlich ein weniger heimtückisches Bild der ganzen Geschichte erhalten. Das hoffte ich zumindest.

Jean de Malestroit hegte keine solchen Gefühle der Nachsicht. »Ich bin mir sicher, dass der Bericht der Wahrheit entspricht, und absolut empört, dass solche Gräuel einem unbewaffneten Bruder in Christus angetan werden, einem Mann, der nur die von ihm erwartete brüderliche Pflicht erfüllte.«

»Aber Ihr habt nur einen Bericht.«

»Einen verlässlichen.«

»Dennoch, wenn Ihr Euch mit eigenen Augen überzeugt, wird Eure Seele in dieser Sache eher Frieden finden«, sagte ich.

»Ich vermute, es ist wohl eher Eure Seele, die Frieden finden will.«

Ich bettelte und flehte, und schließlich willigte er ein. Es wurde beschlossen, dass wir am nächsten Morgen in aller Frühe aufbrechen sollten. Während wir in den verbliebenen Stunden des Tages hastige Vorbereitungen trafen, wütete der Bischof gegen Milord Gilles und verfluchte ihn ob seiner sündigen Ausschweifungen. *Der Mann kennt keine Grenzen – überhaupt keine! Er wirft mit Gold um sich, als könnte er es von einem Baum pflücken. Und wenn die Früchte dieses Baumes geerntet sind, stiehlt er sich einfach einen anderen. Er macht Geschäfte mit dem Teufel und vergnügt sich in der Gesellschaft von Alchimisten.*

»Eminenz!«, rief ich, als ich dies hörte. »Das sind wirklich schwer wiegende Beschuldigungen – Ihr sprecht von Blasphemie.«

»Ja«, sagte er seelenruhig.

»So habt Ihr Euch dazu herabgelassen, an… Hörensagen zu glauben.«

»Ich habe Grund zu der Annahme, dass es nicht Hörensagen ist, sondern ganz einfach die abscheuliche Wahrheit. Von verlässlichen Zeugen habe ich gehört, dass der Mann sich den schwärzesten aller Riten hingibt. Ich gelange allmählich zu der Überzeugung, dass es wahr ist.«

Seine Miene wurde weich, fast mitfühlend, denn er wusste, welche Wirkung eine solche Nachricht auf mich haben musste. »Ich habe im Dorf von Machecoul Nachforschungen anstellen lassen«, sagte er, »vorsichtig und im Geheimen. Viele der Tagesbediensteten leben dort, manche direkt im Schatten des Schlosses. Vor diesen Leuten kann man kein Geheimnis bewahren – ihr Leben ist so schlicht und grausam, dass sie Vergnügen darin finden, jene zu beobachten, die sie beherrschen. Und es gibt viel Gerede. Sehr viel. Wieder und wieder heißt es, dass Milord diesen Italiener Prelati beständig um sich hat und dass sie zusammen die schwarze Kunst praktizieren.«

Ich bekreuzigte mich, um das Undenkbare abzuwehren. »Aber … das ist doch vollkommen verboten.«

»Alles Verbotene wird im Geheimen praktiziert, Guillemette. Diese Dinge sind verboten, weil sie zu verlockend sind, als dass die Schwachen ihnen widerstehen könnten, und weil sie die ansonsten Unschuldigen in den Untergang treiben. Wir verbieten sie, um jene zu schützen, die sich nicht selbst schützen können. Gilles de Rais beherbergt diesen Zauberer Prelati, seit Eustache Blanchet ihn zu ihm brachte.«

Er hatte eingehend gegen Milord ermittelt, ohne mir von den Ergebnissen zu berichten. Obwohl das sein Recht – ja sogar seine Pflicht – war, verletzte es mich, dass er mich übergangen hatte. Obwohl ich gestehen muss, dass ich gar nicht hören wollte, was er mir jetzt offenbarte. Ich kniff die Augen zusammen und vergaß dabei, dass es die Ohren waren, nicht die Augen, die das Hören besorgten, fast so, als würde, wenn ich den Sprecher nicht sähe, seine Rede sich als unwahr erweisen.

»Blanchet selbst weicht Milord fast nie von der Seite«, fuhr er fort. »Aber nicht, weil er so hoch geschätzt ist. Nein, Milord gestattet es nicht, weil er fürchtet, Blanchet könnte sich davonmachen und einem seiner Feinde erzählen, was er weiß.« Nun senkte er die Stimme. »Man spricht sogar von widernatürlicher Unzucht in diesem Haufen.«

»Genug!«, schrie ich beinahe. »Wie könnt Ihr, die Ihr auf Gerede nicht das Geringste gebt, so etwas sagen, vor allem zu mir?«

»Ihr vor allen Leuten wisst, wie sehr ich die Wahrheit ehre«, sagte er leise. »Ich würde solche Behauptungen nicht aufstellen, wenn ich mir ihrer Richtigkeit nicht sicher wäre. Meine Nachforschungen waren sehr gründlich. Ich habe viele beunruhigende Dinge erfahren.«

Der Schmerz übermannte mich, Tränen liefen mir über die Wangen; mit seiner freien Hand wischte Jean de Malestroit sie mir sehr sanft ab.

»Guillemette«, flüsterte er, »bitte weint nicht.«

Ich gehorchte ihm nicht.

»Bitte«, sagte er noch einmal. Er legte die Hand unter mein Kinn und hob mein Gesicht. »Öffnet die Augen. Ihr müsst die Wahrheit erkennen. Ich erzähle Euch diese Dinge, weil ich weiß, dass Ihr diesen Mann liebt wie einen Sohn. Es wäre schrecklich für Euch, würdet Ihr sie von einem Fremden hören. Ich weiß, dass Ihr bereits einen Sohn verloren habt und nicht noch einen verlieren wollt. Aber er ist ein schlechter Mensch geworden, Guillemette. Er ist es nicht wert, Euer Sohn zu sein. Eurer Tränen nicht wert.«

»Ihr versteht nicht… Ihr könnt es nicht…«

»Ihr habt ja Recht«, entgegnete er tröstend. »Ich kann es nicht. Ich verstehe nicht, wie ein solches Untier Eure Achtung verdienen kann. Als Ihr diese Aufgabe übernehmen wolltet, versuchte ich, Euch davon abzubringen, Euch zu schützen, damit Euer Schmerz nicht von neuem über Euch komme.« Er seufzte und nahm die Hand von meinem Gesicht.

»Ihr seid eine starke und entschlossene Frau, Schwester, Eigenschaften, die ich seit langem in Euch bewundere. Ihr treibt mich an, es Euch gleichzutun, wenn ich in mir selbst keinen Antrieb mehr finde. Sobald ich das Gefühl habe, nichts mehr in mir zu haben, was ich meinen Pflichten widmen kann, dann denke ich daran, dass Ihr schwer gelitten habt und dennoch so viel gebt. Ihr wolltet diesen Menschen helfen, die ihre Söhne verloren haben. Ihr habt nicht wissen können, wohin das führen würde…«

Natürlich hatte er Unrecht, tief in meinem Herzen hatte ich es schon die ganze Zeit gewusst. Aber die tieferen Begleiterscheinungen dieses Wissens hatten die Macht, mich an einen dunklen Ort zu führen, wohin zu gehen ich nicht ertragen konnte und mich mit aller Kraft weigern würde.

Jean de Malestroit verstand die wahre Bedeutung meines betrübten Gesichts nicht und versuchte verzweifelt, mich zu trösten. »Es tut mir Leid«, sagte er mitfühlend. »So furchtbar Leid.«

Ich nahm seine Hand. »Das weiß ich. Und es tut mir gut, dass Ihr es sagt. Aber noch stehen mir viele Martern bevor. Versprecht mir«, flehte ich, »dass Ihr mich im Verlaufe dieser Nachforschungen stets an Eurer Seite und immer auf dem Laufenden haltet.«

»Es könnte sich erweisen, dass es um Dinge geht, die für die Ohren einer Frau nicht geeignet sind.«

»Was kann ich denn noch sehen oder hören, das mich noch mehr entsetzen würde?«

»Guillemette«, flehte er leise, »verlangt das nicht von mir.«
»Ich habe es verdient, und noch viel mehr.«
Schließlich stimmte er zu.

12

Larry Wilders Mutter hatte das Recht, ein ebenso knurrender Köter zu sein, wie Mrs. McKenzie es gewesen war, doch sie erwies sich als freundlich und war gern bereit, mich um 14 Uhr 30 zu empfangen. Auf der Fahrt zu ihrer Adresse knapp südlich von Brentwood hielt ich an der Third Street Promenade in Santa Monica an, um mir ein Mittagessen zu besorgen. Früher kam ich mit den Kindern wirklich gern hierher, weil die Promenade eine Fußgängerzone ist und ziemlich sicher wirkte – aber nur, bis einer der Jungs vom Drogendezernat mit mir einen kurzen Ausflug dorthin machte und mir die ganzen Taugenichtse zeigte, von denen die meisten sich als gesetzestreue Bürger tarnten. Während ich an einem Taco-Stand auf meine Bestellung wartete, beobachtete ich die Jugendlichen, die sich in der Gegend herumtrieben. Es gab eine Horde von Jungs, die alle in derselben Altersgruppe zu sein schienen wie meine Opfer – mit dem Wissen, das ich jetzt habe, neige ich zu der Ansicht, dass sie zu jung sind, um ohne ihre Eltern hier zu sein. Sie zeigten das für junge Teenager so typische Rudelverhalten. Wenn der Anführer sich in Bewegung setzte, folgten ihm die anderen in der genau festgelegten Rangordnung eines Starenschwarms. Auch bin ich der Meinung, dass es ein Hinweis auf echte Führungsqualitäten ist, wenn ein Junge es schafft, Anführer einer solchen Gruppe zu sein. Aber wie formuliert man das auf einem Bewerbungsformular? *Ich habe eine Gang angeführt, habe die Jungs bei der Stange gehalten, also gebt mir endlich 'nen verdammten Job.*

Von der Promenade war niemand verschwunden, zumindest nicht, soweit ich mich erinnern konnte, was bei der Masse an Degenerierten ziemlich überraschend war. An den Rudelführern würde sich niemand vergreifen – es würde schon einen der weniger Auffälligen aus dem Gefolge treffen. Wenn ich ein Entführer wäre, nach welchen Kriterien würde ich mir mein Opfer aussuchen? Ich beobachtete die Gruppe einige Augenblicke und konzentrierte mich dann auf einen einzelnen Jungen, weil mein Bauch mir sagte, dass er der Verletzlichste der Gruppe war.

Ich stellte mir vor, dass er sich kurz von der Gruppe entfernte und ich mich an ihn heranschlich. *He, Junge, brauchste was? Gras? Koks? Ecstasy?* Dann könnte ich ihn weiter vom Rest der Gruppe weglocken und *voilà* – er wäre mein.

Das war etwas übertrieben, denn so leicht würde es nicht sein. Aber unmöglich wäre es auch nicht.

Auf einer Parkbank aß ich mein Chili und betrachtete weiter die Passanten, von denen viele Einkaufstüten schleppten. Ich beneidete sie um ihre Muße. Dann war es nur noch eine kurze Fahrt bis zur Adresse der Wilders. Mrs. Wilder öffnete fast augenblicklich die Tür. Sie hatte ein angenehmes Gesicht mit einem freundlichen Lächeln, aber so traurige Augen. Larrys Mutter sah älter aus, als ich erwartet hatte, aber ein solches Martyrium, wie sie erlebt hatte und noch immer durchmachte, kann einen Menschen wirklich altern lassen. Wir haben das alle schon zu oft gesehen.

Ich hatte noch kaum die Marke aus der Tasche gezogen, als sie schon sagte: »Detective Dunbar? Bitte kommen Sie herein.«

Was, wenn ich nicht Detective Dunbar gewesen wäre? Die Leute sind einfach zu nachlässig, was ihre Sicherheit betrifft. Ich sagte nichts – denn es wäre wie Salz in einer Wunde gewesen. »Ja. Mrs. Wilder?«

»Kommen Sie doch rein.« Sie streckte die Hand aus. »Freut mich, Ihre Bekanntschaft zu machen«, sagte sie freundlich. So nett und höflich. Als ich dann im Wohnzimmer stand, wanderte mein Blick zu einem Familienfoto auf dem Stutzflügel in einer Ecke. Mutter und Vater und vier Kinder. Der Blonde, Larry, war das kleinste und wahrscheinlich das jüngste. Diese Mutter schleppte sicher, wie alle anderen Mütter, eine tonnenschwere Last von Selbstvorwürfen mit sich herum – Larry war ihr Baby, und wir sehen Disziplin und Wachsamkeit bei unseren jüngsten Kindern viel lockerer als bei unseren älteren. Natürlich verziehen wir unsere ältesten Kinder bis zum Gehtnichtmehr, aber wenn dann die jüngsten kommen, sind wir schon entspannte Profis, die immer die richtigen Antworten parat haben. Wahrscheinlich hatte sie Larry viel mehr unbeaufsichtigt tun lassen als ihre ersten Kinder.

Ich ging zum Flügel und deutete auf das Foto. »Darf ich?«

»Bitte«, sagte sie.

Mit dem Zeigefinger deutete ich auf Larry. »Er sieht ein bisschen anders aus als auf dem Foto, das Sie uns gaben.«

»Ich weiß. Aber das andere ist präziser. Er lässt sich nicht gerne fotografieren, und deshalb sieht es bei ihm nie natürlich aus, wenn wir posieren. Aus diesem Grund habe ich Detective Donnolly auch das ungestelltere Foto gegeben. Darauf sieht er mehr aus wie der wirkliche Larry.«

»Aha. Ich glaube, das ist typisch für das Alter.«

»Ja«, sagte sie leise. »Und das sind meine anderen Kinder.«

Ihre *überlebenden* Kinder, dachte ich. Ich schalt mich für diese negative Haltung, während sie mir die anderen Kinder vorstellte, deren Namen ich sofort wieder vergaß, weil ich sie nie brauchen würde. Aber ihr Alter war für mich von Interesse und potenziellem Nutzen.

»Zwanzig, achtzehn und fünfzehn«, erklärte sie mir und deutete dabei auf jedes Kind.

Wir setzten uns, und ich wiederholte die Details des Falls so, wie ich sie in Donnollys Akte gelesen hatte. Der Onkel war von Zeugen gesehen und identifiziert worden, aber er war zu der Zeit auf der Feuerwache gewesen, zusammen mit sechs anderen Feuerwehrmännern, die alle gerichtsverwertbare Aussagen zu seinen Gunsten abgegeben hatten. Mrs. Wilder hatte zu den Informationen, die Donnolly ausgegraben hatte, nichts Neues hinzuzufügen. Es wurde Zeit, dass ich meine eigene Schaufel auspackte.

»Hatte Larry ein eigenes Zimmer?«

»Ja, das hatte er.«

»Ich frage mich, ob es wohl möglich wäre, dass ich einen Blick hineinwerfe?«

Mrs. Wilder erstarrte; das Zimmer war vermutlich so eine Art Heiligtum für sie. Sie sagte nichts, seufzte nur tief und deutete mit einer Kopfbewegung an, ich solle ihr folgen.

Gemeinsam stiegen wir die Treppe hoch und bogen nach links in einen langen, gut ausgeleuchteten Gang ein. Das Haus war hell und offen und hatte viele Fenster. Es sah nicht aus wie ein Trauerhaus. Der Boden war mit lachsfarbenem Spannteppich ausgelegt, der so weich war, dass ich meine eigenen Schritte nicht hören konnte, und an den Wänden hingen Fotos von wilden Tieren, jedes gerahmt in einer anderen Primärfarbe. Kinder mochten so etwas.

Larrys Zimmer war im Gegensatz dazu voll gestopft und unaufgeräumt. Auf dem Bett lagen Kleidungsstücke verstreut, Schuhe waren nachlässig einfach auf den Boden geworfen worden. Es sah aus, als hätte sie nichts angerührt. Ich tat so, als müsste ich mich abstützen, um das Gleichgewicht nicht zu verlieren, während ich mir zwischen Videocassetten und Comicheften hindurch einen Weg suchte, und legte deshalb die Handfläche auf den Schreibtisch. Tatsächlich wollte ich die Oberfläche auf Staub prüfen. Ich betrachtete schnell meine Fingerspitzen, als Mrs. Wilder wegsah – sie waren sauber. Die Unordnung wirkte typisch für einen Jungen. Anscheinend hatte sie alles angehoben, die Oberflächen darunter abgewischt und alles wieder an seinen Platz gelegt.

Nach dem zu urteilen, was im Zimmer verstreut lag, hätte ich Larry Wilder für einen Stubenhocker gehalten. Es gab viel Computer-Zeug, darunter auch einen Joystick.

»Hat Ihr Sohn viele Videospiele gespielt?«

»Auf dem Computer, ja. Wir haben keins von diesen … *ääh*, Geräten, schätze ich, ich weiß nicht, wie ich die nennen soll … die man in den Fernseher einstöpseln kann.«

Sie sagte das ziemlich triumphierend. *Schön für dich,* dachte ich.

»Wir haben auch die Zeit begrenzt, die er im Internet sein durfte. Das Modem läuft über einen Timer. Wir hatten immer Angst, dass …«

Anscheinend konnte sie den Satz nicht beenden, aber ich wusste ziemlich genau, was sie sagen wollte. Larrys Eltern hatten Angst gehabt, dass irgendein elektronischer Mutant, ein Pädophiler, der sich als anderer Teenager tarnte, ihren Sohn in diesen unvorstellbaren Leerraum locken würde. Eine berechtigte Angst – wir in unserer Abteilung waren beständig auf der Suche nach Perversen, die sich der neuen, in Pädophilenkreisen immer beliebter werdenden Verführungsmethode bedienten: der Online-Maskerade.

Es sah inzwischen so aus, als hätte ich es mit einem Maskeradeur zu tun, aber der schien mit seinen Opfern nicht in einem Internet-Chatroom Kontakt aufzunehmen. Dieser Gedanke war fast eine Erleichterung, denn diese Typen gehören zu der schlimmsten Sorte Aufreißer – sie richten bei den Jungs, die sie bearbeiten, unglaublich viel Schaden an, nicht zuletzt dadurch, dass sie sie während des Verführungsversuchs von wirklich sinnvollen Tätigkeiten abhalten, auch wenn die Jungs nicht richtig anbeißen.

Aber es war auch eine gewisse Enttäuschung, denn wir haben unsere eigenen Aufreißer, Beamte, die als kleine Jungs posieren und so diese Perversen in eine Falle locken. Erst kürzlich hatten wir in unserer Abteilung einen solchen Fall – zu dem Zeitpunkt aß Escobar gerade einen Muffin und war deshalb lange genug an seinem Schreibtisch, um einen Anruf entgegenzunehmen –, bei dem der Vater eines Jungen argwöhnisch wurde, weil die Rechnung seines Internetproviders in einem Monat astronomische Höhen erreichte. Bevor er allerdings etwas zu dem Jungen sagte, rief er seinen Provider an und drohte mit seinem Anwalt, weil der Junge noch minderjährig war. Als der Junge sich nun in diesen Chatroom einloggen wollte, erhielt er einige Tage lang die Meldung SEITE IN BEARBEITUNG, er merkte also gar nicht, dass sein Zugang blockiert war. Der Vater gab diese Information an Escobar weiter, der die Online-Identität des Jungen annahm und es binnen einer Woche schaffte, mit dem Täter ein Treffen zu vereinbaren. Wir schnappten ihn auf dem Parkplatz eines Fast-Food-Restaurants. Der Kerl wollte sich darauf hinausreden, er sei zu einer strafbaren Handlung provoziert worden, doch der Richter lachte nur und behielt ihn in Haft. Damals glaubte ich fast wieder an die Gerechtigkeit.

»Ein Timer«, wiederholte ich nachdenklich. »Direkt am Verbindungskabel?«

»Ja. Unterbricht die Verbindung, sobald er länger als eine bestimmte Zeit online bleibt. Nur sein Vater und ich wissen, wie man damit umgeht.«

»Eine sehr originelle Art der Kontrolle«, sagte ich. »Davon habe ich noch nie etwas gehört. Aber was für eine gute Idee.«

»Nachdem wir das Ding installiert hatten, wusste er genau, wie viel Zeit er fürs Internet hatte, und plante seine Hausarbeiten und seine anderen Aktivitäten so, dass wir uns deswegen nicht streiten mussten.«

»Das würde ich gern auch bei meinem Sohn mal versuchen. Ich finde, er verbringt viel zu viel Zeit am Computer.«

Sie schien das sehr zu freuen. »Ich sage meinem Mann, er soll sie anrufen – er ist derjenige, der sich mit den Details auskennt. Ich war allerdings diejenige, die die Sache durchsetzen musste.«

Ich lächelte und sagte: »Ist es nicht immer so?«

»Am Anfang war es ziemlich schwierig«, gestand sie mir, »aber sobald sich alle an das Verfahren und die Beschränkungen gewöhnt hatten, hatten wir keine allzu großen Probleme mehr. Wir hatten außerdem einen Site-Blocker installiert, den wir so programmierten, dass er in keine Chatrooms kam. Es gab auch einen, der von der Schule gesponsert wurde, aber für den brauchte man ein Passwort, um hineinzukommen, und er wurde nur stichprobenartig überwacht.«

Mrs. Wilder wischte automatisch ein bisschen Staub vom Tisch, aber die Art, wie sie das machte, bestätigte mir, was ich vermutet hatte: dass das Zimmer für sie heilig geworden war. Es war so traurig – diese penible, gepflegte, gebildete Frau am Ende ihrer mittleren Jahre versuchte, mich wissen zu lassen, dass sie eine gute und aufmerksame Mutter gewesen war, eine verzweifelte Bemühung, in der sie sich für den Rest ihres Lebens verstricken würde. Unbewusst würde sie vor jedem, der wusste, dass ihr Sohn verschwunden war, ihre Rolle verteidigen. Wenn sie sich nur selbst überzeugen könnte, würde ihr der Rest von uns nicht mehr so wichtig sein.

»Wie ich Detective Donnollys Notizen entnehmen konnte, hielt er die Wahrscheinlichkeit einer Internet-Entführung für ziemlich gering. Soweit ich weiß, haben Sie zugestimmt, dass in dieser Richtung nur am Rande ermittelt wurde.«

»Das haben wir.«

»Hat sich Ihre Meinung in dieser Hinsicht geändert?«

»Nein.«

Ich deutete auf Larrys Bett. »Darf ich mich setzen?«

»Bitte. Machen Sie nur.«

Ich setzte mich auf den Rand der Matratze und betrachtete den Holzboden. In der Mitte des Zimmers lag ein Teppich mit deutlichen Staubsaugerspuren und nur einer Linie von Fußspuren: den meinen – wahrscheinlich löschte sie ihre eigenen Spuren mit dem Staubsauger, wenn sie das Zimmer verließ. Dann ließ ich meinen Blick nach oben wandern und musterte die Wände. Sie waren in einem etwas helleren Grünton als der Teppich gehalten, eine Farbe, die man früher Krankenhausgrün nannte, weil es angeblich erholungsfördernd und beruhigend wirken sollte. Eine Anschlagtafel mit Dutzenden kleiner Zettel hing an einer Wand sowie ein Kalender vom letzten Jahr, auf dem noch immer der Monat von Larrys Verschwinden aufgeschlagen war. Es gab einen Trainingsplan für Fußball, eine Karte mit Zahnarztterminen und eine Reihe von Geburtstagskarten mit typischen Großmuttermotiven. Und einen Mathe-Test mit einer großen Eins in einem Kreis. Nichts, was von der erwarteten Norm abweichen würde.

Aber wenn die Wände selbst erholsam wirken sollten – die Sachen, die er an sie gehängt hatte, waren es nicht. Es gab zwei riesige Poster der *Krieg der Sterne*-Filme, eins mit einem zerschundenen und blutigen Bruce Willis aus einer seiner *Stirb Langsam*-Episoden, und mehrere kleinere Poster mit Dinosauriern. Ein paar Anzeigen für *WrestleMania* waren aus Zeitschriften herausgerissen und ziemlich wahllos angeklebt worden, eindeutig nicht von einem Elternteil.

Noch keine Farrahs oder Britneys.

Doch das Poster, das mir wirklich ins Auge stach, war das für eine animatronische Ausstellung prähistorischer Tiere im Museum bei den La-Brea-Teergruben, die nach sehr langer Laufzeit im vergangenen Jahr geschlossen worden war. Das große, dunkle Rechteck hing an einem Ehrenplatz hinter dem Fußende des Betts, wo er es sehr gut sehen konnte. Evan war mit Jeff in diese Ausstellung gegangen – ich weiß nicht mehr, wer sie begleitete, Kevin oder Jeffs Vater –, und er schwärmte wochenlang davon. Alle möglichen Spezialeffekte, erzählte er mir, mit diesen unglaublichen Tieren von vor zehntausend Jahren. Am besten hatte Evan gefallen, dass es in dieser Show auch Ritter und Krieger gegeben hatte, wie in einigen seiner Fantasy-Spiele, und dass sie diese Tiere geritten hatten. Wissenschaftspuristen entfachten eine hitzige Kontroverse über die chronologische Ungenauigkeit; ich weiß noch, dass ich mich darüber ziemlich amüsierte, weil ich als Kind immer die *Familie Feuerstein* angeschaut hatte. Na, und die ritten auf Dinosauriern! Wichtig war mir nur, dass damals Evans Interesse für etwas Reales geweckt wurde.

Als ich das Poster sah, verstand ich die Begeisterung noch besser. Es zeigte einen grotesken, warzenübersäten Keiler, der vor ekligem Schleim triefte, viel zu violett für normales Blut, aber vermutlich etwas, das einem der Künstler als Bestienblut nahe bringen wollte. Auf dem Rücken dieses Keilers saß ein Kriegerwesen in einer reich verzierten, schwarzen Rüstung – das ganze Arrangement wirkte faszinierend mittelalterlich. Er hatte ein kurzes Schwert erhoben und hielt sich an der Mähne des Keilers fest – das Tier hatte eine zottige Krause um den Hals, fast wie ein Löwe. Position und Winkel des Schwerts erweckten den Eindruck, als wollte dieser Ritter oder Krieger das Tier töten, während er noch auf ihm saß. Er würde den Dämon zwar zur Strecke bringen, dabei aber stürzen und vielleicht selbst ums Leben kommen. Die eindrucksvolle Darstellung verstörte mich, aber mein Blick wollte sich nicht von den winzigen Details lösen, die der Künstler hineingemalt hatte, die Juwelen auf dem Heft des Schwertes, die fantastischen, eingeprägten Verzierungen auf der Rüstung, die blitzenden, spitzen Nieten auf den Fingern der Metallhandschuhe.

Doch trotz all der winzigen Details auf dem Bild war, wenn man in den Schlitz an der Vorderseite des Helms schaute, kein Gesicht zu erkennen.

»Hmm«, sagte ich, während ich das Poster anstarrte.

»Ja«, entgegnete Larrys Mutter fast unhörbar – eine merkwürdige Reaktion. Aber ich ging nicht weiter darauf ein.

Als ich das Haus der Wilders verließ, konnte ich mir ein besseres Bild von dem Jungen selbst machen. Es ist schwer, allein von Fotos und Beschreibungen einen lebendigen Eindruck zu bekommen. Was ich wirklich bräuchte, wäre ein animatronischer Junge. Aber nachdem ich in seinem Zimmer gewesen war, auf seinem Bett gesessen und gesehen hatte, wo er seine Turnschuhe abstreifte und seine Jeans hinwarf, nachdem ich mir die Dinge angeschaut hatte, die er sich gerne anschaute, kam ich zu dem Schluss, dass er ein netter, normaler Junge war, keiner der Promenade-Bürschchen. Ich sagte seiner Mutter, dass ich mich bei ihr melden würde, falls ich noch etwas brauchte, und dass ich sie sofort informieren würde, wenn sich etwas Neues ergeben sollte. Sie wusste, dass *wenn* eigentlich *falls* bedeutete; ich sah das ihrem Gesicht an, als ich mich verabschiedete. Aber sie war so freundlich, es mir nicht vorzuhalten.

Im Haus der McKenzies würde ich keine so freundliche Aufnahme finden. Meine Ankunft dort verzögerte sich wegen eines Stopps bei dem Café, in dessen Nähe Larry verschleppt worden war. Ich fuhr in eine Ladebucht und wurde sofort von einem stirnrunzelnden Kellner angegangen, der mich mit offenkundiger Verärgerung aufforderte, mein Auto woanders abzustellen. Meine Marke und die Versicherung, gleich wieder wegzufahren, nahmen ihm den Wind aus den Segeln.

Ein paarmal ging ich langsam den Bürgersteig auf und ab, immer unter den ungeduldigen Blicken des Kellners. Nachdem ich ein Gefühl für den Block bekommen hatte, ging ich direkt an ihm vorbei in das Café und fragte nach der Geschäftsführerin. Sie kam in weißer Jacke und fleckiger Schürze aus der Küche und wischte sich die Hand an dieser Schürze ab, bevor sie sie mir entgegenstreckte. Ich nahm an, dass sie wahrscheinlich auch die Köchin war, vielleicht sogar die Besitzerin. Sie sagte, sie sei am Tag der Entführung hier gewesen, habe aber selbst nichts gesehen, und berichtete dann, die beiden anderen potenziellen Augenzeugen arbeiteten nicht mehr in diesem Café, ich müsse sie also zu Hause aufsuchen, falls sie noch immer an der alten Adresse wohnten. Sie meinte, dass zumindest eine nach wie vor in der Nachbarschaft wohne, weil sie noch gelegentlich herkomme und nichts von Umziehen gesagt habe.

Ich dankte ihr, ging wieder nach draußen und verärgerte den Kellner noch ein wenig mehr, indem ich ihn direkt anlächelte und mich an einen der Tische im Freien setzte. Nun musste er mir tatsächlich seine Aufmerksamkeit schenken, der arme Kerl. Während ich das tat, kam ein Auto langsam herangefahren und blieb parallel zu meinem Fahrzeug stehen. Der Fahrer nickte dem Kellner zu, der einen nervösen Blick in meine Richtung warf und dann langsam den Kopf schüttelte. Das Auto stieß langsam zurück und fuhr die

Straße hinunter. Eine klassische unauffällige Abwimmelung, weil die Luft nicht rein war.

Jetzt war klar, warum der Trottel nicht wollte, dass sich irgendjemand, vor allem keine Polizisten, in diese Ladebucht stellte. Er wartete nämlich auf eine Drogenlieferung. Wahrscheinlich nur für sich selbst; für einen Dealer wirkte er nicht taff genug. Ich prägte mir die Nummer des davonfahrenden Autos ein, um sie später jemandem aus dem Drogendezernat zu geben. Wenn der Kerl sich wirklich über mich ärgern wollte, dann würde ich ihm mit Freuden einen richtig guten Grund dafür geben.

Ich bekam den Eindruck, dass Marcia McKenzies Gereiztheit ihr normaler Zustand war, auch über ihren Kummer hinaus, so wie Mrs. Wilders normaler Zustand die Freundlichkeit war.

»Ich weiß nicht, warum ich das alles noch einmal durchkauen muss«, jammerte sie, als wir uns schließlich gesetzt hatten. Schon jetzt kam ich mir wie ein Eindringling vor, das Haus war so perfekt hergerichtet, dass ich mich nicht genügend qualifiziert fühlte, es zu betreten. Nicht auszuschließen, dass Plastikhüllen über die Möbel kamen, wenn einige Tage lang kein Besuch erwartet wurde. Fast hatte ich Angst, über den Orientteppich im Wohnzimmer zu gehen; das Ding hatte wahrscheinlich ein paar meiner Monatsgehälter gekostet.

Leider hatte ihr Wohlstand diese Familie nicht geschützt. Jared McKenzies Verschwinden hatte sie getroffen wie eine Fuhre Kies, und sie buddelten sich immer noch heraus. Leute, die nicht erwarten, zu Opfern zu werden, werden wütend und frustriert, sie fühlen sich unsicher und verletzt, und es verstört sie enorm, dass die Welt in einem kurzen Augenblick zu einem so fremden Ort werden kann. Marcia McKenzie war bisher gewöhnt an allseitige Ehrerbietung, musste sich aber jetzt mühsam durch ein schwerfälliges System kämpfen, das gegen einen anonymen Kriminellen nicht ankam. Alles, was sie bei dem Versuch, eine Art von Gerechtigkeit zu erreichen, erlebt hatte, stand in krassem Gegensatz zu dem, was sie von diesem System erwartete. Den Buchstaben des Gesetzes nach hätte das System sie besser behandeln müssen, deswegen brauchte sie aber nicht so unhöflich zu mir zu sein. Mindestens ein Dutzend

Mal im Verlauf unseres Gesprächs wäre ich am liebsten aufgestanden und gegangen. Ich konnte den Ausdruck *Es ist eine Schande* schon nicht mehr hören – es kam mir vor, als wären Terry Donnolly und ich die direkte Ursache ihres Elends.

Sie schimpfte immer weiter. »... ein beklagenswerter Mangel an Reaktion, die ärgerliche Unfähigkeit, den Bedürfnissen meiner Familie gerecht zu werden ...«

Ja, ich verstehe, dass Sie den Eindruck bekommen könnten, die Sache wäre fallen gelassen worden, während wir Detective Donnollys Fälle neu organisierten. Aber das wird jetzt alles besser. Ich musste vorsichtig sein; wenn ich ihr zu bereitwillig zustimmte, würde sie noch unrealistischere Erwartungen entwickeln, als es ohnehin schon der Fall war. Ich brauchte fast eine Stunde, bis ich sie beschwichtigt hatte und in Jareds Zimmer gelangt war, und dann klingelte – Gott sei Dank – das Telefon. Sie ließ mich allein und ging nach unten, um den Anruf entgegenzunehmen.

Sie blieb lange weg, und da ich nach einer Weile keine Lust mehr hatte zu stehen, setzte ich mich ohne Erlaubnis aufs Bett. Im Gegensatz zu Larry Wilders Zimmer war dieses Zimmer aufgeräumt worden von einer übereifrigen Mutter, die noch eine gewisse Kontrolle über einen Sohn ausüben musste, der nicht länger da war. Und dafür gab es keinen besseren Ort als seine Privatsphäre, die vielleicht schon vor seinem Verschwinden ein Streitpunkt zwischen ihnen gewesen sein mochte. Ich war in Jareds Zimmer dreister als in Larrys, berührte ohne Skrupel Dinge, hob sie auf, drehte sie um und musterte sie eingehend. Larry Wilders Zimmer hatte auf mich wie ein Ort des Respekts gewirkt, während Jared McKenzies einer des Tumults war, wobei die Atmosphäre bestimmt wurde von den respektiven Müttern oder, in Marcia McKenzies Fall, der respektlosen Mutter.

Ich öffnete seine Schubladen und erwartete, sie sauber und aufgeräumt zu finden. Aber zu meiner Freude waren sie unordentlich und typisch Junge. Vertrocknete Filzstifte, kleine Steine, verbogene Büroklammern, abgenagte Bleistifte, zerrissene Schuhbänder, Sammelkarten, ausländische Münzen, Kinokarten ...

Und ein Bleistiftetui, aus dem Souvenirladen der La-Brea-Teergruben.

13

Das Pferd, das man mir für den Ritt nach Saint-Etienne gab, war ein sanfter Brauner, aber je länger der Ritt dauerte, desto mehr graute mir vor dem nächsten Morgen, würden meine Beine und Seiten doch so steif sein, dass ich kaum würde gehen können. Früher war ich gern auf einem Pferd geritten, vor allem, wenn Etienne mich und meine Söhne zu einem Ausflug über Land mitnahm. Wir baten den Stallmeister in Champtocé um Tiere, der es eigentlich nicht gestatten durfte, uns aber sehr gern zu Willen war, vor allem, wenn die Herrschaft in Machecoul weilte und nichts davon erfuhr. Michel und der junge Gilles ritten oft alleine aus, auf Pferden, die viel zu groß waren für sie, um kleine Tiere durch den Wald zu jagen oder um mit dem eben flügge gewordenen Vogel, den Milord an seinen Arm gewöhnte, Falkner zu spielen. Oft blieben sie stundenlang aus, was nicht nur mir Sorgen bereitete, sondern auch Jean de Craon, der so viel in seinen Enkel investiert hatte, dass schon ein gekrümmtes Härchen ihn zu einem Wutausbruch gegen all jene reizte, die sich um ihn zu kümmern hatten. Doch auch uns allen gelang es nicht immer, ihnen eine Begleitung aufzuzwingen, denn oft schlichen sie sich heimlich davon.

Ich konnte mir nur vorstellen, in welche Raserei Jean de Craon geraten wäre, hätte er über seinen Enkel erfahren, was ich am gestrigen Tag über ihn erfahren hatte.

Als wir uns nun Saint-Etienne näherten, kam zu meinen körperlichen Beschwerden noch eine dunkle Vorahnung. Es würde zu keiner Begegnung zwischen uns und Milord kommen, zumindest zu keiner beabsichtigten, denn wir waren nur ein kleiner Trupp und unbewaffnet, und Seine Eminenz wollte die Lage nur aus sicherer Entfernung beobachten. Wir wollten uns nicht zu erkennen geben, außer es sollte unbedingt notwendig werden, sondern wollten still und leise Erkundigungen bei jenen einholen, die Zeugen der Einnahme des Schlosses geworden waren. Und wir würden warten und schauen, was sich entwickelte. All dies hatte Seine Eminenz angeordnet, um mir einen Gefallen zu tun. Am Abend zuvor hatte Jean de Malestroit – nach Abschluss der Vorbereitungen – für uns ein kleines Abendmahl auftragen lassen, das wir hungrig in der Ungestörtheit seiner Gemächer zu uns nahmen. Es war ein unter den Umständen angenehmer Abend, der nur dadurch einen säuerlichen Beigeschmack bekam, dass er wieder anhub, Einwände gegen diese Reise zu erheben.

Jetzt saß ich im hellen Tageslicht auf einem Pferd, und alle meine Sinne waren aufs Äußerste geschärft, ein Zustand, den ich kaum kenne, denn von einer Frau Gottes wird so etwas nur selten verlangt, außer vielleicht, es handelt sich um Jeanne d'Arc. Aus dem Schutz einer Baumgruppe heraus spähte ich nach Saint-Etienne hinüber; ich war aufgeregt und ein wenig ängstlich, stellte mir trotz allem aber auch künftigen Ruhm vor beim Anblick dessen, was ich vor mir sah: die gut bewaffneten und kampfbereiten Fußsoldaten im Umkreis des Schlosses in der Nähe der uralten Kirche, die Berittenen, deren Pferde unter dem Gewicht der Rüstung tänzelten. Ich erkannte den Marquis de Ceva – ein widerlicher Halunke, wie die Welt noch kaum einen gekannt hat.

»Milord ist nirgendwo zu sehen. Er muss wohl noch im Schloss sein«, sagte ich zu Seiner Eminenz.

Er nickte ernst, konnte aber ein Lächeln nicht unterdrücken. Mein Kriegergebaren schien ihn zu erheitern. Für mich war es eine Möglichkeit, mir die Zeit zu vertreiben, denn allmählich wurde ich es müde, nur in die Ferne zu starren, während vor dem Kircheneingang Soldaten in offensichtlicher Verwirrung herumliefen.

Die Sonne stand schon hoch am Himmel. Ich erregte Anstoß bei unserer Truppe, indem ich meinen Schleier abnahm und mir die Haare ausschüttelte, setzte ihn aber eiligst wieder auf, als alle Köpfe sich in meine Richtung drehten. Jean de Malestroit ließ ein schnelles Kichern hören und zog dann seine Augenbraue hoch. Er beugte sich zu mir und flüsterte: »Es wird Euch vielleicht trösten zu hören, dass ein Helm nicht weniger lästig ist. Ich nehme an, Ihr werdet bald auch Euer Schwert brauchen.«

Was ich mehr brauchte, war eine bequemere Sitzgelegenheit – ich musste meine Haltung auf dem Pferd alle paar Minuten ändern, um nicht gänzlich steif zu werden. Und mit all den hinderlichen Gewändern war das ziemlich schwierig. Aber es gab auch viel, das mich ablenkte, in den kleinen Bewegungen, die einem ins Auge fallen, wenn der Blick nicht nur auf einen Gegenstand gerichtet ist. Am fesselndsten war eine Katze, die sich allem Anschein nach nicht vertreiben ließ; sie – oder er, aus der Entfernung konnte ich das nicht erkennen – strich immer wieder um die Beine der Pferde, was sie aufwiehern ließ und so die Reiter verärgerte. Immer und immer wieder verscheuchte der Marquis de Ceva diese Plage mit seiner Schwertspitze, doch die Katze kam immer wieder zurück, wie Katzen es eben tun, vor allem, wenn sie hungrig sind.

Dieses Spiel ging eine Weile, und dann trat plötzlich Milord Gilles selbst aus der Kirchentür.

»Eminenz«, flüsterte ich.

»Ich sehe ihn«, entgegnete er.

Wir alle richteten uns in unseren Sätteln auf und schauten zu, wie Milord in seiner schwarzen Rüstung wütend über die Holzplanken klirrte und sein gezogenes Schwert gegen niemanden im Besonderen und alle auf einmal schwang. Er hatte seinen Helm in der anderen Hand und warf ihn einem seiner Männer zu, der ihn gerade noch auffangen konnte. Als ich Milords grimmen Blick sah, fragte ich mich, welchen Preis dieser Mann hätte bezahlen müssen, hätte der Helm bei einem Aufprall auf den Boden eine Delle bekommen.

Vielleicht zeigte sich Jean le Ferron widerspenstiger als erwartet. Einige Augenblicke marschierte Milord, sichtbar zürnend, unter seinen Männern auf und ab, ein Auftritt, den ich aus seiner Kindheit nur allzu gut kannte. Dann geriet die Katze ihm zwischen die Beine und ließ ihn in seiner hemmenden Rüstung beinahe straucheln; er erhob die Stimme und ließ eine Reihe von Flüchen los, wie Damen sie nur selten hören, wenngleich er ja nicht wissen konnte, dass eine Dame in der Nähe war.

Das hätte ich ihm verzeihen können. Von Männern, vor allem von solchen von Stand, erwartet man bei entsprechender Gelegenheit ein solches Verhalten. Aber dann tat er vor meinen ungläubigen Augen etwas Unverzeihliches – er packte sein Schwert mit beiden Händen und schlug mit einem glatten Hieb das lästige Katzentier entzwei.

Ich bin keine große Freundin von Katzen, aber ihr unnötiges Abschlachten darf man nicht gutheißen. Die beiden Teile lagen zuckend zwischen den Hufen der Pferde, und Gilles de Rais' Männer lachten über das Elend des Tiers. Seine Überreste würden zu Brei zerstampft sein, bevor der Tag vorüber war, dessen war ich mir sicher. Augenblicklich musste ich an Madame Maries kleines Hündchen denken, das so grausam aufgehängt worden war.

Ich drehte mich zur Seite und würgte; die Überreste meines Frühstücks, bereits vom Ritt zu Mus zermahlen, sandten ihre Bitterkeit auf meine Zunge. Gefährlich schief im Sattel hängend, klammerte ich mich am Knauf fest und spuckte aus, so gut es eben ging. Jean de Malestroit fasste mich mit reglosem Gesicht am Arm, um mich im Gleichgewicht zu halten. Er sagte nichts, doch aus dem Augenwinkel heraus sah ich, dass er *Frère* Demien zunickte, der schnell einen Krug herauszog und ihn ihm reichte.

»Trinkt«, drängte Seine Eminenz mich sanft.

Ich erwartete Wasser, doch es war Wein – von guter Qualität. Seine Güte war allerdings vertan, da ich es nicht über mich brachte, ihn zu schlucken. Ich spülte mir mit der fruchtigen Flüssigkeit den Mund und spuckte sie dann aus. Sie konnte nicht süß genug sein, um diesen bitteren Geschmack zu vertreiben.

Danach nahm *Frère* Demien einen aus unserer Eskorte und machte sich – auf Umwegen, um nicht entdeckt zu werden – auf ins Dorf von Saint-Etienne, das westlich von uns lag. Jean de Malestroit hatte ihm den Auftrag gegeben, Le Ferrons Gemeindemitglieder zu befragen, was tatsächlich in der Kirche passiert war. Wir blieben mit unserer verkleinerten Eskorte zurück und beobachteten weiterhin das Kommen und Gehen vor dem Schloss. Als mein Magen sich wieder beruhigt hatte, holte ich Brot und Käse heraus. Beides hatte ich in meiner Satteltasche verstaut gehabt und teilte es nun mit unseren Männern, wobei ich genügend für jene zurückbehielt, die fortgeritten waren. Nur für den Fall, dass sie im Dorf keine Gastfreundschaft erfuhren.

Die Sonne hatte drei Viertel des Himmels bereits durchmessen, als unsere Kundschafter zurückkehrten. Sie schlüpften durch den Wald hinter uns und kamen leise zwischen den Bäumen hervor.

Frère Demien hatte einen grimmen Gesichtsausdruck, als er aus der Deckung herausritt. Unser tonsurierter Bruder in Christus Jean le Ferron war offensichtlich aus der Kirche gezerrt, vor aller Augen auf die Knie gezwungen und mit einem Knüttel geschlagen worden.

»Seine Hände und Füße waren in Ketten«, berichtete *Frère* Demien. »Die Leute sagen, er wurde dann, zerschunden und blutig, als Gefangener in seine eigene Kirche zurückgeschleift. Einige der Zeugen weinten, als sie es mir erzählten. Einige, die diese Schandtat gesehen hatten, konnten sich nicht überwinden, überhaupt zu sprechen.«

»Ungeheuerlich«, fauchte Seine Eminenz leise. »Dass dieses Besitztum auf solch niederträchtige Art eingenommen wurde. Wir werden augenblicklich Maßnahmen ergreifen.«

Ich sah den Zorn in seinen Augen, die unverwandt auf dem Sprecher ruhten; ich kenne keinen Mann, der so genau darauf achtet, was ihm gesagt wird, noch einen, der das Gesagte mit größerer Wucht wiedergeben konnte. Wissen ist meine Macht, sagte er oft, da ich kein Schwert trage. Aber so sehr ich diesen Mann bewunderte, ja liebte – unschickliche Gefühle im besten Fall –, und Zorn für angebracht hielt, glaubte ich doch, dass er aus dem falschen Grund zornig war.

»Jean«, sagte ich sehr leise. Als er seinen Taufnamen hörte, drehte er sich schnell um.

»*Oui,* Guillemette?«

»Findet Ihr es nicht bedauerlich, dass wir, wenn ein Schloss verloren geht, den Schuldigen mit mehr Nachdruck verfolgen, als wir es mit dem Schänder unserer Kinder tun?«

Er wandte den Blick wieder ab und grummelte unverbindlich. Meine Unzufriedenheit wuchs.

Ich betete, so ernsthaft wie mein beinahe heidnisches Gewissen es gestattete, für die Seele von Gilles de Rais und bat Gott, mir zu zeigen, dass er nicht war, was er geworden zu sein schien – ein Ungeheuer, ein Dämon, ein Anbeter des Satans. Ich flehte Gott gegen mein besseres Wissen an, er möge enthüllen, dass das alles nicht stimmte und Milord, auf den ich Einfluss wie eine Mutter gehabt hatte, sich als schuldlos erweise. Ein solcher Ausgang schien mit jeder neuen Enthüllung über seinen Charakter unwahrscheinlicher. Aber eins wusste ich mit Gewissheit: Herzog Jean lagen die Schlösser seiner Kameraden mehr am Herzen als die Kinder der Menschen, die in ihrem Schatten lebten. Und das war etwas, dem man mit Empörung begegnen musste.

Gegen Mitte des Nachmittags hatte unsere Wachsamkeit ein wenig nachgelassen; die Gefahr, in unserem Waldversteck entdeckt zu werden, erschien sehr klein. Milord Gilles' Männer schienen viel zu sehr mit sich selbst (und der weiteren Verstümmelung der Katzenhälften) beschäftigt, um auch nur ein einziges Mal in unsere Richtung zu blicken. Unsere Pferde, denen die Tatenlosigkeit viel mehr zusagte als den Reitern, gaben keinen Laut von sich. Die Stille war verblüffend, und doch hörte niemand außer mir, dass ein Mann sich durch den Wald näherte. Und nur, weil ich in meiner Satteltasche stöberte und deshalb leicht nach hinten gebeugt saß, hörte ich die leise Bewegung im Unterholz.

Ich behielt einen kühlen Kopf, beendete meine Suche in der Satteltasche und drehte mich wieder um. Dann täuschte ich eine leichte Ohnmacht vor, so dass Seine Eminenz sich zu mir beugte und mich ergriff. Ich nutzte seine Nähe und flüsterte:

»Hinter uns lauert ein Mann. Ich konnte ihn nicht deutlich sehen, aber ich weiß, dass er da ist.«

Mit ähnlicher Geistesgegenwart richtete der Bischof sich wieder auf, aber langsam, um unseren versteckten Beobachter nicht argwöhnisch zu machen, und wandte sich an einen der Männer. Er richtete den Blick nachdrücklich auf dessen Schwert und deutete mit einer leichten Kopfbewegung nach hinten.

»Da hinten, im Unterholz«, hörte ich ihn sagen, doch seine Worte waren so leise, dass der Eindringling sie unmöglich gehört haben konnte. Der Mann schloss, zum Zeichen, dass er verstanden hatte, langsam die Augen und öffnete sie wieder.

Nach einigen Augenblicken sagte der Mann: »Euer Eminenz, wenn Ihr gestattet… darf ich für einen Augenblick absitzen?«

Jean de Malestroit nickte übertrieben und sagte: »Natürlich.«

Der Mann stieg ab, nestelte ein wenig an seinem Beinkleid herum, als wollte er sich erleichtern, und ging dann in die Richtung des Unterholzes hinter mir. »Mutter, ich bitte um Eure Nachsicht…«

»Ich werde nicht hinsehen«, sagte ich.

So ging er ins Unterholz, seine Hand scheinbar an seinem Gemächte, doch tatsächlich viel näher am Heft seines Schwerts. Ich hörte ein Schaben, als das Schwert aus der Scheide gezogen wurde, und dann ein leises Rascheln. Ich drehte mich, um zu sehen, was geschah; am liebsten wäre ich aus dem Wald auf die Lichtung gestürzt, doch das war nicht das Verhalten eines Kriegers, der unentdeckt bleiben wollte. So blieb ich voller Angst auf meinem Pferd sitzen und sah zu, wie die Zweige wild schwankten. Es gab kein Geschrei – stattdessen einen hastigen und leisen Austausch kurzer Sätze, als wollte auch der Eindringling nicht von Milord de Rais' Männern entdeckt werden. Dann wurde es still im Unterholz.

Die Stille dauerte, bis unser Mann wieder hervortrat, vor sich einen Gefangenen mit auf den Rücken gefesselten Händen. Er schob ihn auf uns zu. Der Mann strauchelte, fand aber kurz vor Seiner Eminenz das Gleichgewicht wieder. Er schaute hoch in das strenge Gesicht des Bischofs und verbeugte sich unverzüglich.

Ein Priester!

»Sagt, was Ihr zu sagen habt, Bruder, und es sollte besser sehr wichtig sein«, befahl Jean de Malestroit, noch immer mit leiser Stimme.

Den Kopf weiter gesenkt, erwiderte der Mann: »Verzeiht mir, Euer Eminenz.« Seine Stimme zitterte leicht.

»Beichtet zuerst Eure Sünde.«

»Meiner Sünden sind viele«, flüsterte der Priester hastig, »aber ich will sagen, dass ich Euch um Verzeihung bitte, weil ich Euch so überrumpelt habe. Ich wollte mitnichten Euren Standort an Milord verraten, indem ich über die Lichtung ging, um mit Euch zu sprechen.«

»Dafür sind wir dankbar«, sagte Seine Eminenz. »Nun aber, woher wusstet Ihr, dass wir hier sind?«

»Ich folgte dem jungen Priester aus dem Dorf.«

»Er bemerkte Euch nicht?«

»Nein, Eminenz.«

Jean de Malestroit warf einen missbilligenden Blick in *Frère* Demiens Richtung und wandte sich dann wieder unserem Bittsteller zu. »Wie heißt Ihr?«, fragte er.

»La Roche«, antwortete der Mann, »Guy.«

»Nun, Bruder Guy, ich muss Euch fragen – warum habt Ihr Euch nicht direkt an *Frère* Demien gewandt, als er in Eurem Dorf war?«

»Ich hatte nichts zu sagen zur Einnahme der Kirche, die, wie ich hörte, das Ziel seiner Fragen war. Ich diene einem viel kleineren Sprengel auf der anderen Seite des Dorfes und war nicht anwesend, als diese Gräueltat stattfand. Aber einer unserer jungen Männer sah Euer Gefolge schon aus weiter Entfernung.«

»Wir sahen keine jungen Männer auf unserem Weg.«

Ein dünnes Lächeln zeigte sich auf La Roches Lippen. »Dann nehme ich an, dass er sich doch gut genug versteckt hatte. Wir befürchteten schon, dem wäre nicht so.«

»Ein Spion?«

Der Priester nickte. »Wir haben hier überall im Wald Männer.«

Auf den neugierigen Blick des Bischofs hin erklärte er: »Wir wagen es nicht, unsere Kinder unbeobachtet zu lassen. Dämonen verschleppen sie.«

Von Jean de Malestroit kam nur Schweigen. Aber der Priester fuhr fort: »Unser Mann sagte uns, dass die Äbtissin unter Euch sei.«

Nicht *eine* Äbtissin, sondern eine ganz besondere – ich selbst. Er sah mich an, während ich mich verwirrt umschaute.

Jean de Malestroit bedachte mich mit einem missbilligenden Blick. »Wie es scheint, habt Ihr Euch hier einen Ruf geschaffen, Schwester«, sagte er sehr gedämpft.

»So sieht es allerdings aus, mein Herr«, flüsterte ich zurück. »Gott möge mir verzeihen.«

Er knurrte verstimmt und flüsterte dann: »Wir werden sehen.«

Der Priester trat einen Schritt näher an mich heran. Sein Bewacher streckte die Hand aus, um ihn zurückzuhalten, doch ein kurzer Blick von Jean de Malestroit ließ ihn innehalten.

»Wenn ich sprechen darf, Mutter.«

Ich schaute unbewusst zu Jean de Malestroit hinüber, der die Entscheidung allein mir überließ, indem er wegschaute.

»Sprecht«, sagte ich. Ich richtete mich im Sattel auf, denn ich genoss diesen Augenblick der Macht. »Aber eilt Euch«, ermahnte ich ihn, »denn das Licht schwindet bereits.«

»Aus Bourgneuf erreichte uns die Kunde, dass Ihr dort viele Geschichten über verschwundene Kinder gehört habt. Auch wir haben eine Geschichte zu erzählen.«

»Wir?«, fragte ich.

»Ja. Andere warten auf mich, gut versteckt im Wald.« Er deutete hinter sich und machte mit den Augen Zeichen.

»Wie viele?«, fragte Seine Eminenz argwöhnisch.

»Sieben«, antwortete der Priester.

Genug, um uns zu überwältigen. Aber warum die Zahl verraten, wenn die Absicht unlauter war? Vielleicht hatte er sie aber auch zu gering angegeben, um unser Vertrauen zu erschleichen. Es war einfach zu verwirrend, dieses Kriegergeschäft. Ich schaute in Jean de Malestroits Richtung, aber seine Miene war nicht zu entziffern. Ich machte meinen Ausdruck unmissverständlich: *Bitte, lasst uns hören, was sie zu sagen haben...*

Schließlich nickte er. Wir wendeten unsere Pferde und folgten La Roche.

Es zeigte sich sehr schnell, dass wir nichts zu befürchten hatten; zu den sieben gehörten drei Frauen, ein Mann, der ziemlich alt zu sein schien, und halt der Priester. Die beiden anderen waren kräftige Männer, aber beide unbewaffnet.

Nach vielen Verbeugungen und Knicksen der Gruppe sagte Seine Eminenz: »Ihr habt einen weiten Weg zu Fuß zurückgelegt, um Eure Geschichte zu erzählen.«

»Wir kommen im Andenken an ein Kind. Da wird der Weg uns nicht lang.«

Jean de Malestroit betrachtete die Gruppe einen Augenblick lang und fragte dann: »Ist einer von Euch Vater oder Mutter des Kindes?«

»Nein«, antwortete der Priester. »Es war ein Waisenknabe.«

Eine der Frauen sagte: »Seine Mutter starb bei seiner Geburt.«

Davor fürchtete sich jede Mutter, wenn die Wehen einsetzten. »Was ist mit dem Vater?«, fragte ich.

Wieder antwortete La Roche. »Er starb vor zwei Jahren, an der Schwindsucht. Eine Zeit lang bemühte er sich, den Jungen aufzuziehen, und es gelang ihm auch, bis seine Krankheit ihn übermannte.«

Eine andere Frau sagte: »Der Vater war mein Stiefbruder, und als er seinen Tod nahen spürte, bat er mich, ich solle mich selbst um den Knaben kümmern oder eine gute Familie für ihn finden, falls ich ihn nicht behalten könnte. Aber ich hatte nicht die Mittel, noch ein hungriges Maul zu stopfen.« Sie senkte beschämt den Blick.

»Unsere ganze Gemeinde hat sich um ihn gekümmert«, fuhr der Priester fort. »Der Knabe wuchs uns sehr ans Herz. Er hatte einen wachen Verstand und fing eben mit großer Begeisterung an, Latein zu lernen. Mir deuchte, er habe sogar das Zeug zum Priester, denn er war sehr fromm.«

Jean de Malestroit schien über all das nachzudenken, sagte aber nichts.

»Also haben wir einen Sohn verloren«, sagte La Roche, »aber vielleicht hat Gott auch einen Diener verloren.«

»Wir sind alle Diener Gottes, Bruder.«

Der Priester schaute mich an, als er fortfuhr. »Ich weiß, es ist höchst unziemlich, dass wir alle vorsprechen, Mutter, aber er hat sonst niemanden mehr, der für ihn spricht.«

»Dann müsst Ihr es tun«, sagte ich.

Nun redeten alle durcheinander.

Er war ein guter Junge, trotz seiner misslichen Lage. Immer eine Freude für alle, die ihn kannten. Ein guter Junge, ein braver Junge.

Und der letzte Satz, gesprochen von einer jungen Frau: »Wir wissen, dass andere verschleppt wurden. Man kann es nicht länger leugnen.«

Sie essen dort kleine Kinder.

»Wie hieß er?«, fragte der Bischof schließlich.

»Jacques, durch die Taufe«, antwortete ihm der Priester. »Aber wir nannten ihn Jamet, aus Zuneigung. Der Name seines Vaters lautete Guillaume Brice.«

»Wann verschwand er?«, fragte Seine Eminenz weiter.

Der Priester schaute wieder mich an, doch es war der Bischof, der gefragt hatte. Ich fragte mich, ob Schwester Claire es irgendwie kundgetan hatte, dass man bei mir ein offenes Ohr finden würde. »Zum letzten Mal wurde er vor über einem Jahr gesehen«, sagte er. »Im Februar. Er gab gern jenen etwas zurück, die für ihn sorgten. So ging er eines Tages weg, um Almosen zu erbetteln, und kehrte nicht zurück.«

»Wurden Nachforschungen angestellt?«

Die Stieftante des Knaben sagte: »Überall in der Umgebung, und auch darüber hinaus. Er war der Letzte unserer Familie, und nur durch ihn hätte der Name seines Vaters – und auch der meines Vaters – bewahrt werden können. Wir wollen nicht, dass Jamet einfach in Vergessenheit gerät, wie es bei den anderen geschah, als man sie nicht finden konnte. Wir wollen, dass ihm Gerechtigkeit widerfährt.«

Es war dieselbe enttäuschte Verbitterung, die ich auch bei den anderen Klagen gehört hatte. Aber diesmal war eine ganze Gemeinde zugunsten eines Jungen aufgestanden, der in Wahrheit niemandes Sohn war. Die Hoffnungen und Erwartungen dieser Menschen hingen in der Luft wie Nebel und hüllten uns ein.

»Ich werde mich der Sache annehmen«, sagte der Bischof schließlich.

Die Tante des Knaben trat vor. »Wann werden wir von Euch hören?«

Dies schien Jean de Malestroit zu überraschen – eine solche Unverblümtheit war er von seinen Bittstellern nicht gewohnt. Aber die allgemeine Empörung der Menschen war eine Kraft, deren Macht er gut verstand. Er antwortete: »Es gibt wichtigere Angelegenheiten, deren Bewältigung mir übertragen wurde, aber ich verspreche Euch eins: Ich werde mich bald darum kümmern.«

Die Gruppe murmelte und nickte dankbar. Dann sagte La Roche: »Euer Eminenz, gestattet mir, einen Augenblick mit den Dörflern zu reden, und dann spreche ich wieder mit Euch.«

»Wie Ihr wollt, Bruder.«

Einige Augenblicke lang besprachen sie sich leise untereinander. Schließlich löste der Priester sich aus der Gruppe und sagte: »Wir haben einen gewissen Verdacht, wer der Schuldige bei all diesen Verschwindensfällen sein könnte.«

»Ich bin mir sicher, dass Ihr den habt«, lautete Jean de Malestroits Antwort. La Roche war klug genug, den Mund zu halten. Nach einer Weile fuhr der Bischof fort: »Aber ich werde mit Hilfe einer gerechten Ermittlung zu meinem eigenen Urteil kommen. Zur rechten Zeit, und falls es zu einem Prozess kommt, werdet Ihr alle erfahren, was ich weiß.«

Das schien ihnen zu genügen. Nach vielen Worten und Gesten des Dankes verabschiedeten sie sich und verschwanden wieder im Wald.

Auf dem langen, nur vom Schein unserer Fackeln erhellten Rückweg nach Nantes dachte ich über die Ereignisse dieses langen und erschöpfenden Tages nach. Während wir durch das Waldgebiet kurz vor der Stadt zogen, hörte ich Jean de Malestroits Stimme. Er ritt direkt neben mir, aber es klang, als würde er aus weiter Entfernung rufen.

»Nun gibt es endlich einen Grund, gegen Gilles de Rais tätig zu werden.«

Ich ließ diese Erklärung eine ganze Weile unbeantwortet. Es war die bittere Wahrheit, dass unsere verlorenen Kinder Herzog Jean weniger bedeuteten als der Anspruch auf Saint-Etienne. Gilles de Rais musste den Irrsinn seines Versuchs, sich diesen Besitz zurückzuholen, erkannt haben – wie lange meinte er wohl, würde es dauern, bis Herzog Jean eine größere, besser ausgestattete Truppe mit ergebenen Männern ausschickte, um Milord in den Staub von Saint-Etienne zu stampfen?

Milords eigentliches Verbrechen bestand darin, dass er sich als Herzog Jean ebenbürtig betrachtete. Er hatte das bei seinem *Grandpère* gesehen, der mehr Reichtum, mehr Ländereien, mehr Gefolgsleute, mehr Gerissenheit und auf jeden Fall mehr Wagemut als der Herzog besessen hatte. Es war ein lächerlicher Fehler, dass Milord annahm, eine solche Ebenbürtigkeit würde zwangsläufig auf ihn übergehen. Noch verwunderlicher waren die verrückten Beschuldigungen, die Gilles angeblich ausgestoßen hatte, als er angriff. »Ihr diebischen Halunken«, hatte er Jean le Ferron angeschrien. »Ihr habt meine Männer geschlagen und ihnen Geld abgepresst. Kommt vor die Kirche, oder ich schlage Euch tot.«

Kein Mensch glaubte auch nur einen Augenblick, dass Jean oder Geoffrey le Ferron irgendjemandem irgendetwas abgepresst hatten. Und keiner von uns konnte ergründen, wie ein Mann, der zu Ostern so viel Demut und Frömmigkeit gezeigt hatte, so plötzlich und auf eine so irrsinnige Art die Herrschaft über die eigene Seele verlieren konnte, wie Gilles de Rais es vor Saint-Etienne gezeigt hatte. Man hatte gehört, sowohl bei seiner kurzen Buße an Ostern wie auch bei späteren Gelegenheiten, dass er den tiefen Wunsch hege, eine Pilgerfahrt ins Heilige Land zu unternehmen, um sein übles Leben hinter sich zu lassen und um Verzeihung zu bitten.

Doch nur sein Beichtvater und vielleicht Jean de Malestroit kannten die Schwere der Sünden, die Absolution erforderten. Und beide schwiegen darüber.

Jean de Malestroit wusste schon jetzt genug, um in Herzog Jeans Namen vernichtend gegen Milord Gilles vorzugehen. Doch wäre er nicht so töricht gewesen, eine Kirche zu erstürmen, hätte es gut sein können, dass Gilles de Rais nie wegen irgendetwas belangt worden wäre, auch nicht nach den Klagen so vieler Eltern.

Ihr seht, Milord war immer noch zu sehr einer von uns.

Aber er würde es nicht mehr lange bleiben.

14

In meiner lutherischen Familie in Minnesota waren wir am Sonntagvormittag ungefähr acht Stunden in der Kirche (zumindest kam es mir so vor) und saßen dann für den Rest des Tages bei einem großen, irgendwie altmodischen, aber gemütlichen Essen zusammen. Ich selbst lebe zwar nicht mehr so, konnte mich aber trotzdem nicht überwinden, eine der Familien in meinen sieben dokumentierten Fällen anzurufen, einfach weil die winzige Chance bestand, dass sie es vielleicht noch taten. So brachte ich einen ruhigen Sonntag damit zu, die Fallakten zu lesen und noch einmal zu lesen und zu versuchen, einen Überblick zu formulieren.

Als Schnüffler kommt man sich oft komisch vor. Nur drei dieser Familien wussten, dass eine völlig Fremde sich in die Details ihres Lebens vertiefte und dass diese Fremde, auch wenn sie sich bemühte, professionelle Distanz zu wahren, sich doch aus dem Gelesenen eine Meinung bilden würde.

Ausgehend von meiner Ausbildung und meiner beruflichen Erfahrung, ist es meine Meinung, Euer Ehren, dass dieser Junge noch am Leben sein könnte, wenn die Mutter besser auf ihn aufgepasst hätte.

Oder: *Nach Betrachtung der Beweislage komme ich zu dem Schluss, dass der Onkel des Jungen ein Perverser ist, auch wenn er ein Alibi hat.*

Manchmal kann man nichts dagegen tun. Ich will nett sein und den Zweifel zu Gunsten der Leute sprechen lassen, aber man sieht eben so viel – zu viel.

Eine Unmenge von Fragen würden sich ergeben, darunter die wichtigste: War das vermisste Kind in der letzten Zeit vor seinem Verschwinden im Museum der La-Brea-Teergruben gewesen? Wenn ja, mit wem?

Und wenn es so auffällige Ähnlichkeiten zwischen den Opfern gab, gab es dann nicht vielleicht auch Parallelen zwischen den Vertrauten? Bis dahin war die einzige sichtbare Gemeinsamkeit zwischen den ursprünglichen Verdächtigen die, dass sie alle mit dem Opfer in einer engen Vertrauensbeziehung gestanden hatten, sowie die Tatsache, dass sie alle später durch Alibis entlastet wurden – einschließlich Garamond, auch wenn der das seine nicht gerichtsverwertbar machen wollte.

Nicht gerade eine bahnbrechende Beobachtung.

Nur wenige der Fälle waren so weit gediehen, dass es Fotos der Vertrauten in den Akten gab, denn keiner war je polizeilich registriert worden, bis auf Garamond, der mich allmählich wütend machte. Im Gefängnis zu verrotten, nur um seinen Bruder zu schützen – das war wie aus einer dieser griechischen Tragödien, die wir in der High School lesen mussten. Von den wenigen Fotos, die ich hatte, machte mich eins sehr traurig. Der angebliche Täter – ebenfalls ein Onkel – hatte seinen Arm um das Opfer gelegt, sie standen vor einem Baseball-Fängernetz, und der Junge war im Trikot und ziemlich verdreckt, als hätte er den ganzen Nachmittag Fangen geübt. Ein liebender Amateur musste das Foto aufgenommen haben, denn es gab viel zu viel Hintergrund, und das ganze Ding war leicht schief. Aber die Zuneigung war so offensichtlich; der Junge war glücklich, der Onkel war glücklich, der Fotograf hatte das alles sehr ungestellt eingefangen. Ich sah mir den Kerl auf dem Foto an und mir kam nur ein Gedanke: *unmöglich.* Ich hatte keine Grundlage für diese Einschätzung, aber auch nichts, durch das ich sie hätte widerlegen können. So viel zu professioneller Distanziertheit.

Ich glaube, ich war noch nie so glücklich, meine Kinder zu sehen, wie an diesem Nachmittag, als sie zu mir zurückkamen. Es machte einfach alles wieder normal. Sie hatten sich offensichtlich sehr gut amüsiert; Kevin sah völlig geschafft aus, als er sie ablieferte, und das war immer ein gutes Zeichen.

Ob Sie es glauben oder nicht, eine meiner Lieblingsbeschäftigungen mit ihnen ist das Wäschewaschen, weil es eine ziemliche Gemeinschaftsleistung bedeutet. In dem Chaos, das er sein Zimmer nennt, fand Evan einen Korb, und wir setzten uns im Wohnzimmer um einen Berg aus Socken, Unterwäsche, Sportsachen und T-Shirts und versuchten, alles zu sortieren. Julia zog die weißen Sachen heraus, Frannie die hellen bunten und Evan die dunklen – er weigert sich, die Weißen zu machen, weil Frannies kleine BHs darunter sind und er die nicht anrührt.

»Du bist ein solcher Feigling«, neckte sie ihn. »Julia muss deine blöden Unterhosen anfassen, und du hast Angst vor einem kleinen BH.«

»Ja, klein stimmt, Miss Flachbrüstig«, spottete er zurück.

Lautes Geschrei folgte. Plötzlich flog Wäsche durchs ganze Zimmer. Um bei dem Spaß nicht abseits zu stehen, schnappte ich mir ein Handtuch und schlug damit nach meinem Sohn, der mit seiner brechenden Stimme auflachte und geschickt auswich.

»Gefühlloser Trampel«, rief ich und konnte mein eigenes Lachen kaum unterdrücken. »Hoff' lieber, dass sie nicht größer wird als du.«

»Ja«, ergänzte Frannie. Sie spannte den Bizeps an wie Arnold. »Du glaubst, in dem Studio lerne ich Tanzen, du Trottel. Es ist *Karate.*«

Sie schlug ungeschickt nach ihm, und Evan packte sie am Handgelenk. Kreischend vor Freude, beteiligte Julia sich an dem Handgemenge, indem sie Evan auf den Rücken sprang und einen Ringkampf anfing, in dessen Verlauf sämtliche Frisuren in ziemliche Unordnung gerieten. Es dauerte nicht lange, bis wir alle grinsend und keuchend auf dem Rücken lagen.

Schließlich bekamen wir die Wäsche sortiert und die erste Ladung in die Maschine. Ich legte eine Beatles-CD auf, denn es war mir seit längerem ein Anliegen, die Begeisterung für die Musik der Sechziger, die mein älterer Bruder mir beigebracht hatte, an meine Kinder weiterzugeben. Es freute mich immer sehr, dass sie die meisten Texte gut genug kannten, um sie mitsingen zu können. Ich kontrollierte die Hausaufgaben der drei, und danach gab es gegrillte Käse-Sandwiches.

Julia und Frannie schliefen vor dem Fernseher ein. Ich packte mir Frannie auf die Schulter. Nicht mehr lange, und sie würde zu schwer sein dafür. Unterwegs in ihr Zimmer musste ich noch einmal stehen bleiben und ins Wohnzimmer zurückschauen. Dort war mein wunderbarer Sohn und tat etwas sehr Einfühlsames: Er hatte sich seine kleine Schwester, wie ich Frannie, auf die Schulter genommen und folgte mir den Gang entlang.

Ich musste mich sehr beherrschen, um nicht zu weinen.

Natürlich musste ich ihn mit Küssen besabbern, als er ein wenig später selbst ins Bett ging. Und natürlich war er angewidert von diesem Exzess an mütterlicher Liebe. Mir war es egal. Als alle schliefen, räumte ich die Küche auf, weil es an einem Montagmorgen nichts Schlimmeres gibt als die Schweinerei vom sonntagabendlichen gegrillten Käse. Danach sammelte ich meine Akten und Ordner zusammen und steckte sie in meine immer dicker werdende Aktentasche.

Erkinnens Buch starrte mich vom Nachttischchen her an, als ich unter die Decke schlüpfte. Ich schaute es an und dachte: *Für heute reicht's,* nahm es aber dann trotzdem in die Hand und fing an zu lesen. Nach ein paar Minuten machte ich mir die ersten Notizen. Am nächsten Morgen wachte ich mit der Wange auf dem aufgeschlagenen Buch auf. Es gab so unendlich viele Dinge, die ich noch wissen musste.

Zwei der drei noch verbliebenen Fallakten lagen am Montagmorgen in meinem Postfach. Ich fragte mich, ob ich selbst auch so schnell die Kontrolle über so etwas aufgegeben hätte, wie die ursprünglich mit diesen Fällen beschäftigten Detectives es offensichtlich taten. Aber was die Karriere anging, war es sinnvoll, denn man hat nur sehr ungern zu viele ungelöste Fälle auf dem Tisch liegen. Einzeln betrachtet, war bei allen diesen Fällen keine schnelle Aufklärung in Aussicht. Und trotz meiner Entdeckung, dass ein Zusammenhang zwischen ihnen allen bestand, konnte es durchaus sein, dass auch ich sie nicht lösen konnte. Dadurch würde zum ersten Mal in meiner Laufbahn mein Aufklärungsquotient auf den Durchschnitt sinken.

Ich rief die Familien der Opfer eine nach der anderen an, um mich vorzustellen. Den Wechsel des Ermittlungsleiters erklärte ich mit »Arbeitsumschichtungen«. Die meisten, mit denen ich sprach, waren sehr verständnisvoll und gern bereit, mit mir zusammenzuarbeiten. Ich schaffte es, mit der Mutter eines weiteren Opfers einen Gesprächstermin für den späten Nachmittag – nachdem ich Frannie in der Tanzstunde abgeliefert haben würde – auszumachen. Die meisten der Anrufe liefen, den Umständen entsprechend, gut, aber es gab auch eine sehr gespannte Unterhaltung, die mich deprimierte. Der angebliche Täter, der Vater des verschwundenen Jungen, war völlig durchgedreht, nachdem er als Verdächtiger verhört worden war. Sein Alibi war das wackligste von allen – er war allein zur Arbeit gefahren. Ein ganzer Monat war vergangen, bevor jemand herausfand, dass er von der Überwachungskamera einer Mautstation aufgenommen worden war, einer, die erst kurz zuvor installiert worden war, um Nichtzahler überführen zu können. Die Mutter sagte mir, dass die Detectives ziemlich aggressiv gegen ihren Mann vorgegangen seien, was sie auch tun mussten, vor allem, da die Beweislage – in diesem Fall ein extrem verlässlicher Augenzeuge – so deutlich auf ihn hinwies. Der Mann beging drei Monate nach dem Fall Selbstmord und hinterließ seine Frau nicht nur als Witwe, sondern auch kinderlos, denn der verschwundene Junge war ihr einziges Kind gewesen.

Ich musste dieses Monster einfach schnappen. Unbedingt.

»Überprüfen Sie alle bekannten Sextäter in der Gegend, bevor Sie irgendwas anderes tun«, sagte Fred.

»Ach, kommen Sie, Fred, das bringt doch nichts. Von wegen unnötiger Kleinarbeit …«

»Sie müssen sich den Rücken decken, Dunbar, weil ich Ihr Vorgesetzter bin und Ihr Rücken eine Verlängerung von meinem ist. Wenn Ihr Täter – und ich bin mir noch immer nicht sicher, ob wir es hier wirklich nur mit einem zu tun haben – am Ende doch einer unserer Bekannten ist, dann gibt's einiges zu erklären, sobald jemand merkt, dass Sie sich die nicht sofort vorgeknöpft haben.«

Er hatte natürlich Recht; es war professionell vernünftig, das zu tun, außerdem gab es uns politische Sicherheit. Aber mir kam es vor wie eine gigantische Zeitverschwendung; es gab Tausende von

Sextätern in der Gegend von Los Angeles, und es würde ewig dauern, sie alle vorzuladen.

»Kann ich nicht wenigstens versuchen, zuvor den Kreis ein wenig einzuschränken?«

»Wie?«

Ich probierte es noch einmal. »Wie wär's mit einem Profiler?«

Ich hätte es besser wissen müssen.

»Halten Sie sich an Erkinnen.«

Diesmal lud er mich zum Essen ein, in ein ziemlich nettes kleines Restaurant in West L. A., auf der Südseite der Melrose. »Die erstatten Ihnen doch keine Spesen«, sagte er. »Ich kenne diese Typen.«

»Das erste habe ich aus der Portokasse bezahlt«, sagte ich ihm. »Das Zweite ging auf mich. Aber das war schon okay. Sie haben mir sehr weitergeholfen.«

»Na gut, dann gehen das und das nächste auf mich.«

Wir suchten uns einen Platz; das Lokal war bewusst im Bistro-Stil gehalten, auch die etwas abseits gelegenen Ecknischen fehlten nicht. Ein wenig Zigarettenrauch in der Luft, und wir hätten in einem Schwarz-Weiß-Film aus den Vierzigern sein können. Die Ungestörtheit war ziemlich teuer erkauft, aber ich hatte nichts dagegen – sie diente einem guten Zweck, und die Gesellschaft war angenehm.

Bis er anfing, über Perverse zu reden, worum ich ihn allerdings gebeten hatte.

»Die Statistiken zeigen eindeutig, dass die Wiederholungsrate bei Sexualstraftätern deutlich höher ist als in allen anderen Schwerverbrechenskategorien. Es gibt eine Reihe gut strukturierter, wissenschaftlich solider Studien, die diese Hypothese bestätigen. Darüber hinaus zeigen die Ergebnisse von zwei Metastudien –«

»Für Normalsterbliche, Doc.«

»'tschuldigung.«

Eine kleine Pause entstand. »Wissen Sie, es wäre mir sehr recht, wenn Sie mich Errol nennen würden.«

Ich musste ihn angestarrt haben, denn er ergänzte: »Bitte.«

»Natürlich. Das wäre nett.«

Wie kann man nur so etwas Blödsinniges sagen.

»Also, Errol, eine Metastudie ist…«

»Ja. Okay. Das ist eine Studie, bei der wir das Zahlenmaterial einer Reihe kleinerer Studien zusammenfassen, um zu sehen, ob die Kombination etwas anderes ergibt als die ursprünglichen Ergebnisse der kleineren Studien.«

»Aha. Klingt nach etwas, das ich tun würde, wenn ich sehr schnell ein Paper produzieren müsste.«

»Manchmal läuft es so – jemand muss seine Dissertation abschließen und verrennt sich bei seinen Recherchen. Aber sie können auch wirklich hilfreich sein, weil der Datensockel breiter ist. Manchmal denke ich, dass viele der kleineren Studien einen zu beengten Blickwinkel haben. Sie müssen wissen, dass wir, wenn wir Fördermittel für ein Projekt wollen, originäre Studien vorweisen müssen, wir können also nicht einfach etwas besser machen, was ein anderer bereits gemacht hat. Das Ei muss auf ganz neue Art zerteilt werden.«

Ich glaubte ihn zu verstehen. »Anstatt also einfach nur die Schlafgewohnheiten von Kaffeetrinkern zu untersuchen, müssen Sie sich mit den Schlafgewohnheiten von Kaffeetrinkern beschäftigen, die vorwiegend Styropor-Becher benutzen.«

»Sehr gut, Detective.«

»Wissen Sie was, ich glaube, mir wäre es recht, wenn Sie mich Lany nennen würden.«

»Tut mir Leid. Natürlich. Ich wollte nur nicht unhöflich sein. Lany also. Wie auch immer, Rückfälligkeit wird ziemlich regelmäßig untersucht. Viel zu regelmäßig, wie viele von uns meinen. Aber die Hoffnung stirbt als Letztes.«

Sein Tonfall war ein bisschen zu pedantisch für meinen Geschmack, und ich fragte mich, ob er einer dieser Akademiker war, die Polizisten für zu blöd zum Leben halten. »Wir hoffen immer, dass die beunruhigende Wahrheit sich ändert oder dass ein Faktor sich zeigt, der den festgestellten Trend zum Positiven hin verändert, so dass wir die Glaubwürdigkeit dieses Trends in Zweifel ziehen können.«

»Moment mal.« Vielleicht hatten diese Typen ja Recht mit der Blödheit der Polizisten. »Ich komme da nicht mit.«

»Wir haben Behandlungsmethoden für diese Sache. Wir wollen

sagen können, dass sie erfolgreich sind, nicht nur aus Gründen des Stolzes, sondern um die Kosten der Untersuchungen und Behandlungen dieser Kerle rechtfertigen zu können. Ich weiß, *ich* würde gern glauben, dass unsere Bemühungen, Sexualstraftäter zu rehabilitieren, erkennbaren Erfolg und Nutzen haben können. Aber ich bin mir nicht so sicher. Die traurige Wahrheit sieht so aus, dass das Ergebnis immer dasselbe bleibt, egal wie man die Statistiken liest: Die Rückfallquote bei Tätern, die Sexualverbrechen an Kindern verüben, ist beängstigend hoch. Laut einer jüngst veröffentlichten Studie liegt sie bei fünfzig Prozent.«

»Das hätte ich auch geschätzt. Wir haben immer dieselben Typen, die solche Sachen tun.«

»Ja. Immer dieselbe traurige Geschichte. Aber wir versuchen immer, sie besser aussehen zu lassen. Ich habe vor kurzem erst einen Artikel in einer Zeitschrift für forensische Psychiatrie gelesen, der sich für eine Neudefinition von Rückfälligkeit aussprach. Der Autor behauptete, die fünfzig Prozent seien übertrieben, weil sie die Wiederholungsquote von Tätern beschreiben, die seit mehr als zehn Jahren aus dem Gefängnis entlassen sind. Der Autor zieht die Fünf-Jahres-Statistik vor – hier ergibt sich eine Quote von dreißig Prozent, die wohl irgendwie leichter zu verkraften ist.«

Ich versuchte zu verstehen, schaffte es aber nicht, wie eine Wiederholungsquote von dreißig Prozent je hinnehmbar sein könnte.

»Das ist aber eine große Verschiebung in nur fünf Jahren.« Mehr fiel mir dazu im Augenblick nicht ein. Aber Erkinnen war in Fahrt.

»Im Wesentlichen bedeutet das, dass die Fähigkeit des Sexualstraftäters, seinen Triebzwang zu kontrollieren, in mehr als der Hälfte der Fälle irgendwann zusammenbricht, und das wiederum heißt, je mehr Zeit verstreicht, desto höher ist die Wahrscheinlichkeit, dass ein Ersttäter wieder zuschlägt.«

Er beugte sich über den Tisch, obwohl der Kellner uns längst unser Essen gebracht hatte und niemand sonst in Hörweite war. »In Wahrheit ist es noch viel trauriger. Die tatsächliche, absolute Quote dürfte noch viel höher sein als fünfzig Prozent, weil wir die Männer außer Acht lassen, die ihr Verbrechen wiederholen, aber nicht gefasst werden. Und Sie müssen auch in Betracht ziehen, was ich zuvor kurz erwähnt habe – die meisten der Studien versuchen zu beweisen, dass eine Behandlung die Wiederholungswahrscheinlichkeit von Ersttätern beeinflussen kann. Jeder, der bereits einmal rückfällig geworden ist, bleibt in diesen Studien außen vor. Deren Wiederholungstaten tauchen in den Statistiken also nicht auf. Und leider ist es auch so, dass nicht alle Opfer von sexuellen Belästigungen den Mut haben, zur Polizei zu gehen, deshalb bleiben auch diese Fälle unberücksichtigt.«

Es war so deprimierend, das alles zu hören, weil ich nach Hause gehen und darüber *nachdenken* würde. »Gibt es eigentlich auch gute Nachrichten?«, fragte ich.

»Ja, ein paar schon. Es gibt Anzeichen, dass Sexualstraftäter, die während der Haft behandelt werden, weniger zu Wiederholungen neigen. *Weniger* ist vielleicht nicht das richtige Wort. *Später* ist wahrscheinlich präziser. Bei denen, die ihre Tat irgendwann wiederholen, und wie wir bereits wissen, ist das eine ganze Menge, ist nach einer Behandlung die Zeitspanne zwischen Entlassung und Rückfall länger.«

»Na, das ist doch immerhin ein Anfang«, bemerkte ich beinahe sarkastisch. »Streckt die Arbeitsbelastung.«

Er kicherte leise. »Sieht so aus.« Dann wurde er wieder ernst. »Aber ich sage Ihnen jetzt eins, und das ist meine feste Überzeugung: Egal, womit wir diese Kerle bombardieren, sie werden es wahrscheinlich wieder tun. Ich glaube, die meisten der führenden Psychologen, die sich auf die Untersuchung von Sexualstraftätern spezialisiert haben, würden darin übereinstimmen, dass diese Kriminellen von ihren Triebzwängen nicht wirklich geheilt werden können. Sexuelle Gewalt kann durch aggressive Behandlung und Therapie bis zu einem gewissen Grad kontrolliert werden, aber der Drang wird immer in diesen Männern schwelen, und wir können nur hoffen, ihn einzudämmen. Aber früher oder später bricht er sich wieder Bahn.«

»O Gott. Warum?«

»Wir haben keine Ahnung. Sie lesen das Buch, nicht?«

»Ja.«

»Es erklärt sehr ausführlich, warum diese Kerle diese Sachen machen. Natur contra Kultur, biologische Faktoren, all das.«

»Hilft mir aber nicht viel. Es ist ja nicht so, dass mein Täter aktiv werden könnte und ich ihn stoppen kann, wenn ich nur weiß, worauf ich achten muss. Er ist bereits aktiv geworden, und ich hechle hinter ihm her.«

»Nun ja, wir können ein allgemeines Profil erstellen, wie das FBI es tun würde, aber ich würde es lieber etwas formloser halten.«

»Das ist mir auch lieber. Und am besten gleich jetzt.«

»Das dauert nicht lange«, sagte er. »Und es ist viel einfacher, als die meisten Leute glauben. Kurz gesagt, diese Typen sind einfach falsch verdrahtet. Ihre Seelen sind verkehrt herum.«

»Ihre *Seelen.«*

»Ja. Oder verschwunden. Ihre Seelen wurden ihnen irgendwann gestohlen.«

Ich war nicht daran gewöhnt, dieses Wort in meiner Arbeit zu hören. »Hm. Das macht die Sache aber komplizierter.«

»Ja, das schon. Es wäre einfacher, wenn es eine strukturierte, allgemein anerkannte Methode zur Seelenerforschung gäbe, aber die gibt es nicht. Nicht einmal für eine gesunde, funktionierende Seele. Und wie's aussieht, haben Sie es mit jemandem zu tun, dessen Seele in einem unergründlichen Missverhältnis zum Rest der Welt steht.«

»Ich schätze, falls Sie es wirklich schaffen würden herauszufinden, was in diesen Kerlen vorgeht, würde es Ihnen nicht sehr gefallen.«

»Wahrscheinlich nicht«, gab er zu.

Wir kehrten in sein Büro zurück und erstellten ein grobes Profil. Mein Entführer war demzufolge männlich, wie wir bereits festgestellt hatten, und aller Wahrscheinlichkeit nach weiß.

»Das verstehe ich überhaupt nicht«, erwiderte ich, als er es mir sagte.

»Auch sonst niemand. Aber es stimmt einfach, dass etwa fünfundneunzig Prozent der Serienpädophilen weiß sind. Es gibt allerdings nicht allzu viele Studien zu diesem Thema.«

»Na, so was. Da frage ich mich doch, warum.«

»Es kursieren jede Menge Spekulationen, das meiste davon ist verständlicherweise ziemlich kontrovers. Ein prominenter Psychologe hat die Theorie aufgestellt, dass männliche Weiße sich in unserer Gesellschaft generell mächtiger fühlen als die Männer anderer Rassen; ich kann mir vorstellen, dass dieses Argument eine gewisse Berechtigung hat.«

»Ihr Kerle habt alles in der Hand.«

»Jetzt kommen Sie mir bitte nicht feministisch, Detective. Oh, 'tschuldigung, ich wollte sagen, Lany. Ich hatte eben angefangen, Sie zu mögen.«

Ich fing auch eben an, ihn zu mögen. Wir mochten einander einige verlegene Minuten lang und wandten uns dann wieder unserem Thema zu.

»Es gibt eine andere Theorie zur Erklärung des rassischen Ungleichgewichts bei Serienmördern. Ein ziemlich extremer Soziologe glaubt, dass farbige Männer oft gar nicht die Chance bekommen, zu Wiederholungstätern zu werden, weil sie von den Strafverfolgungsbehörden engagierter verfolgt werden als Weiße.«

»Wollen Sie damit sagen, sie können gar nicht zu Serientätern werden, weil sie öfters geschnappt werden?«

»Genau.«

»Ach, Blödsinn«, sagte ich und vergaß meine guten Manieren. »Ich kenne keinen Polizisten irgendeiner Hautfarbe, der einen Weißen weniger intensiv jagen würde als einen Schwarzen, wenn er der Überzeugung wäre, dass derjenige einem Jungen den Kopf abgeschnitten hat. Was für ein hirnrissiger, hirnrissiger Gedanke.«

»Hm, ja. Da könnte ich Ihnen zustimmen. Und vergessen Sie am fünfzehnten April, dem Einkommensteuerstichtag, nicht, dass die Entwicklung dieser Theorie wahrscheinlich mit Bundesmitteln gefördert wurde.«

»Totaler Blödsinn, Doc. Es gibt Grenzen der Bevorzugung der eigenen Rasse, sogar in Polizistenkreisen.«

»Das habe ich persönlich ohnehin immer geglaubt, aber ich bin froh, dass Sie es bestätigen. Diese Theorie erschien mir immer polemisch, wenn nicht sogar aufrührerisch.«

»Na, wenn der Kerl jemanden in Aufruhr versetzen wollte, bei mir hat er es geschafft«, sagte ich. »Also suche ich nach einem weißen Mann. Wie alt?«

»Achtzehn bis vierzig«, erwiderte er, »aber das typische Alter für Serienpädophile ist Ende zwanzig bis Anfang dreißig.«

»Nicht gerade dreckige *alte* Männer.«

»Sie werden meistens geschnappt, bevor sie so alt werden, oder?«

»Wir geben uns Mühe.«

»Nun, es gibt noch etwas, woran Sie denken müssen, nämlich dass der Typ wahrscheinlich ein ziemlicher Einzelgänger ist. Er bleibt lieber für sich. Und er will anonym bleiben, weil das Rampenlicht ihn stört.«

»Aber dieser Entführer schnappt sich seine Opfer im hellen Tageslicht, vor den Augen von Zeugen.«

Erkinnen verlieh seinem Argument mit einem Lächeln Nachdruck. »Aber er tut es ja nicht als er selbst. Und das passt auch«, fügte er hinzu, »weil diese Kerle es ja alle sehr mit der Fantasie haben.«

»Darüber steht auch was in dem Buch. Eine ganze Menge.«

»Berechtigterweise. Jeder Serienentführer oder -mörder, der eingehend untersucht wurde, gibt an, er habe mit Fantasien angefangen und sie erst dann in die Tat umgesetzt, als diese Fantasien ihm keinen Kick mehr brachten. Wenn er die Tat schließlich ausführt, wird das meistens durch irgendein Ereignis ausgelöst.«

»Zum Beispiel...«

»Ein Verlust, ein Unfall, ein Umzug, Krankheit... alles, was für denjenigen traumatisch sein kann. Zurückweisung und Verlassenwerden stehen ganz oben auf dieser Liste. Und diese Kerle sind meistens intelligent – vielleicht nicht gerade übermäßig gebildet, aber clever.«

Allmählich drehte sich alles in meinem Kopf. Kleinere Dosen wären bei dieser Art von Information besser, sagte ich mir. Und ich muss gestehen, ich freute mich auf einen weiteren Besuch bei ihm. Eine kleine Ausrede würde es einfacher machen. Abrupt stand ich auf. »Ich muss los, Errol. Aber danke, sowohl für das Essen wie für die Informationen. Es war unglaublich hilfreich.«

»Ach, nichts zu danken. Mir macht der Fall Spaß. Es ist ein echtes Vergnügen, mit Ihnen zu arbeiten.«

Nun entstand noch ein letztes verlegenes Schweigen zwischen uns. »Eins wollte ich allerdings noch sagen«, fügte er schließlich hinzu.

Anstelle der erhofften Einladung zum Abendessen gab er mir eine Warnung mit auf den Weg. »Der Kerl, den Sie suchen, wurde wegen dieser Sache noch nie verhaftet. Zumindest nicht hier in der Gegend.«

Ich schätze, nicht einmal Seelenklempner wissen, wie ein guter Schlusssatz aussieht.

»Wie kann er das sagen?«, fragte mich Fred. »Wie kann er wissen, ob dieser Kerl schon mal verhaftet wurde oder nicht.«

»Das kann er nicht, aber ausgehend von dem, was ich ihm gesagt habe, was die Beweislage hergibt, stellt er diese Vermutung an.«

»Sie haben doch gar keine Beweise.«

»Ich habe Muster.«

»Vor Gericht bedeuten die rein gar nichts, das wissen Sie.«

»Ich nutze meine Zeit viel besser, wenn ich herauszufinden versuche, wer es ist, als wer es nicht ist. Erkinnen hat mir ein paar Richtlinien gegeben.«

»Klasse. Kann's gar nicht erwarten, sie zu hören.«

»Na ja, zum einen ist der Kerl wahrscheinlich intelligent. Nicht gerade ein Bücherfresser, aber clever. Vielleicht nicht der Schüler, an den ein Lehrer sich sofort erinnern würde, aber mit einer Intelligenz, die ihm überleben hilft.«

»Man würde doch meinen, wenn diese Kerle so intelligent sind«, sagte Fred, »dann sollten sie sich doch denken können, dass wir sie am Ende kriegen.«

»Schon, aber einige von denen wollen ja gerade diese Art von Aufmerksamkeit. Bundy ist ein gutes Beispiel dafür. In seinem normalen Leben erreichte er diese spektakuläre Berühmtheit nicht. Er war nahe dran, aber die letzten Meter schaffte er nicht.«

»Nun ja, anscheinend war sein Ego irgendwann größer als sein Hirn. Das muss man sich mal vorstellen, in einem Staat wie Florida sein eigener Verteidiger sein zu wollen. Die dort unten lieben doch ihre Grillfeste. Und außerdem soll Bundy fast vierzig Frauen umgebracht haben. In dieser Größenordnung bewegen wir uns nicht.«

»Ursprünglich ging man davon aus, dass Bundy sechzehn oder siebzehn umbrachte. Die unregelmäßigen Abstände bei meinem Täter könnten mit *nicht gemeldeten* Fällen zu erklären sein.«

»Bei allem Respekt, Lany, Ihr Kerl hat es ja nicht auf Gossenkinder abgesehen. Die Jungs, die er sich schnappt, sind Jungs, deren Verschwinden auch gemeldet wird.«

»Wie viele Vierzehnjährige reißen jedes Jahr aus?«

»Zu viele, um sie zu zählen, aber…«

»Ich glaube, man kann davon ausgehen, dass einige derjenigen, die nicht gemeldet werden, blonde Haare und ein liebes Gesicht haben. Vielleicht sind sie für ihn nur eine *Übung* für diejenigen, die gemeldet werden.«

Darauf hatte Fred nichts zu sagen. Ich machte weiter.

»Erkinnen meint, dass dieser Kerl es sehr mit der Fantasie hat. Und das ist der Grund, warum er die Vertrauten nachahmt – er fantasiert über Vertrautheit. Er schafft sich die Illusion, ein anderer zu sein.«

Vuska saß einfach nur da, und ich meinte fast, es aus seinem Kopf dampfen zu sehen. Schließlich sagte er: »Und? Wie wollen Sie jetzt alle Fantasten zusammentreiben?«

»Er braucht gewisse Fähigkeiten, um so etwas durchzuziehen. Er erzeugt Illusionen. Und genau da müssen wir anfangen.«

Was für ein Zoo unser Mannschaftssaal plötzlich war – er wimmelte von verrückten Weißen, die entweder ihr Geld damit verdienten, jemand zu sein, der sie nicht waren, oder versuchten, ihr Geld damit zu verdienen. Es versteht sich vermutlich von selbst, dass es von einem zum anderen deutliche Qualitätsunterschiede gab. Einige waren einfach nur erbärmlich schlecht – andere so gut, dass sie einen wirklich zum Lachen bringen konnten.

Wir knöpften uns jeden bekannten Imitator und Zauberer von Los Angeles vor, zumindest jene, die nicht auf Tournee waren. Von einigen hatte ich gehört oder sie sogar gesehen, einen in der *Tonight Show.* Er war fast schon berühmt, und wahrscheinlich zu prominent, um mein Perverser zu sein. Jemand, der so im Licht der Öffentlichkeit stand, wurde zu genau beobachtet, um unbemerkt so raffinierte Verbrechen verüben zu können.

Dachte ich zumindest damals.

Es dauerte drei Tage, bis alle einbestellt und verhört waren. Die Streifenbeamten, die diese Kerle tatsächlich aufspüren mussten, redeten über nicht anderes. Nachdem alles vorbei war, war ich die

Lachnummer der ganzen Abteilung. Als ich am dritten Tag zur Arbeit kam, fand ich auf meinem Stuhl ein Schild mit der Aufschrift Comedy-Zentrale. Ich konnte nicht abstreiten, dass alles sehr amüsant war. Was allerdings niemanden amüsierte, mich eingeschlossen, war die unbestreitbare Tatsache, dass die ganze Sache rein gar nichts gebracht hatte.

Nur um sicherzugehen, tat ich deshalb, was Vuska verlangt hatte, und schleppte ein paar der bekannteren örtlichen Perversen aufs Revier. Ich wurde allerdings das Gefühl nicht los, dass es nichts als unnötiger Aktivismus war. Die meisten der Typen in unserer Gegend waren sowieso nur Belästiger, keine Entführer oder Mörder. Wobei sexuelle Belästigung kein unbedeutendes Vergehen ist. Aber Mord ist etwas ganz, ganz anderes. Die Männer, die ich verhörte, waren unappetitlich und verquer, aber nicht böse. Die meisten schämten sich, und es war ihnen peinlich, deswegen noch einmal zum Verhör bestellt zu werden. Einer flehte mich an, ich möge dafür sorgen, dass man ihn endlich in Ruhe lässt, und meinte, er habe diese Prozedur bereits sieben- oder achtmal über sich ergehen lassen müssen. Er tat mir fast Leid, ein paar Sekunden lang. Dann meldete meine Vernunft sich wieder.

Ich suchte nach einem Soziopathen, einem, der unfähig war zu echter Scham, und die örtlichen Perversen, die ich verhörte, schämten sich zu Tode, was die meisten von ihnen aus meinem Verdächtigenkreis ausschloss. Mein Täter war vermutlich kein Zauberer, aber er verwandelte sich in jemanden, dem die Opfer vertrauten, und zwar so gut, dass das jeweilige Opfer in sein Auto stieg, ohne eine Szene zu machen. Die Glaubwürdigkeit seiner Illusionserzeugung musste phänomenal sein, beinahe makellos. Er musste irgendeine Verbindung zu den Opfern haben, denn er konnte so etwas nicht durchziehen, ohne ausführliche eigene Beobachtungen angestellt zu haben. Und die Recherchen, die dieser Täter anstellte, mussten enorm sein und seine Vorbereitungen fehlerlos. Woher nahm er die Zeit, das alles so gründlich zu machen? Ich konnte mir nicht vorstellen, wie jemand einen Job und ein Privatleben haben konnte und es dann noch schaffte, so viel Zeit für diese Aktivitäten zu erübrigen.

Außer, seine Arbeit und diese Aktivitäten hatten miteinander zu tun. Außer, Arbeit und Privatleben waren bei ihm eins.

Es gibt eine kleine Gruppe junger, hipper Undercover-Polizisten, deren Aufgabe es ist, engen Kontakt mit den Straßenkindern zu halten. Sie kommen direkt von der Polizeiakademie und mischen sich an einigen der berüchtigteren Straßenecken der Stadt der Engel unter die kleinen verlorenen Seelen. Ihre Uniform heißt Coolness. Sie führen Informanten und sammeln Informationen über die verschiedenen Drogenszenen, in der vagen und leider sehr unrealistischen Hoffnung, ein Straßenkind davon abzuhalten, sich die schlechten Drogen, die unweigerlich in die Stadt kommen, in die Venen zu jagen. Sie sind nur schwer auszumachen, aber Vuska rief einen ihrer Vorgesetzten an und konnte es so einrichten, dass einer mich anrief.

Der junge Beamte, mit dem ich sprach, sagte mir unverblümt, was ich von ihm verlange, sei eine ziemlich große Sache, und es könne einige Zeit dauern, bis er sich wieder bei mir melde. Deshalb überraschte es mich umso mehr, als er schon ein paar Tage später wieder anrief und berichtete, dass vier, vielleicht fünf Jungen ihre gewohnten Schlupfwinkel verlassen hätten, ohne vorher Bescheid zu sagen. Diese Jungs seien einfach von einem Tag auf den anderen nicht mehr aufgetaucht, und alle innerhalb des letzten Jahres.

Die Angaben zu den Zeitpunkten ihres Verschwindens waren erwartungsgemäß ziemlich ungenau. *Zu der Zeit, als wir dieses schwere Gewitter hatten,* lautete eine der Aussagen, *so um die Ferien herum, vielleicht an Thanksgiving oder Weihnachten,* eine andere. Der Gedanke, dass ein Junge etwa im Alter meines Sohnes sich so einfach in Luft auflösen konnte, ohne dass jemand Notiz davon nahm, machte mich sehr traurig.

Mein Täter hatte die Gegend abgefahren. *Vielleicht hat jemand was gesehen,* sagte ich dem jungen Beamten. *Vielleicht hat eins der anderen Kinder…*

Vergessen Sie es, erwiderte er.

Es war alles so demoralisierend. Wohin ich mich auch wandte, ich fand nur Entmutigung. Lediglich Errol Erkinnen schien Engagement für diese Fälle aufzubringen, aber er konnte keine Beamten von den nach dem 11. September ins Kraut geschossenen Überwachungseinheiten abziehen und sie losschicken, damit sie die Gegenden abgrasten, wo die Entführungen stattgefunden hatten, mit Freunden der verschwundenen Jungs redeten, eben all die Laufarbeit erledigten, die getan werden musste. Escobar und Frazee trieften in unseren alltäglichen Gesprächen förmlich vor Aufmunterung, aber ihre Arbeitsbelastung und ihre Zeitpläne trieben sie schier in den Wahnsinn. Ich brachte es nicht übers Herz, ihre großzügigen Hilfsangebote anzunehmen. Wenn mein Leben ein Film wäre, dann gäbe es jetzt eine überraschende Wendung, vielleicht ein unverhofftes Beweisstück oder einen krassen Fehler von Seiten des Entführers. Es würde hundertzwanzig Minuten, also zwei Stunden dauern, das Verbrechen zu lösen, denn das ist ungefähr das Zeitlimit für die Zuschauer, die nach einer solchen Zeitspanne notorisch nervös werden. Mir wurde allmählich klar, dass ich die Tür zu der Welt dieses modernen Blaubarts wohl am ehesten fand, wenn ich verstand, wie er seine Opfer aussuchte. Ich zeichnete eins meiner berühmten Diagramme, investierte viel Zeit in die Beschäftigung mit ethnischer Zugehörigkeit, sozioökonomischem Status, medizinischer Versorgung und all den anderen leicht eruierbaren Merkmalen. Zwei der Jungs gingen zum selben Kinderarzt, na und. Sie wohnten in derselben Gegend. Drei der Familien waren Vegetarier. Auch das war interessant und bemerkenswert, aber es bedeutete nur, dass die Mütter vielleicht auf denselben Märkten einkauften oder dieselben Kochbücher besaßen. Ich suchte nach einer Art Tauschbörsen-Verbindung. Hatten sie alle an einem Tag denselben Flohmarkt besucht, und hatte er sich alle Autonummern notiert?

Waren sie alle an einem Tag, an dem auch er dort war, in den La-Brea-Teergruben gewesen?

Ich würde alle Familien noch einmal befragen müssen, mit einer neuen Zielrichtung. Es würde eine unangenehme Aufgabe werden – viele dieser Familien hatten ihren Sohn schon vor langer Zeit verloren, und vielleicht, nur vielleicht, fingen ihre Wunden langsam an zu heilen.

Aber ich war angenehm überrascht. Im Grunde genommen war Mrs. McKenzie die Einzige, die mir Schwierigkeiten machte. Die Witwe des Selbstmörders zeigte sich still, aber sehr kooperativ. Die meisten anderen waren sehr hilfsbereit und beantworteten meine Fragen umfassend.

Zuerst hielt ich es für einen glücklichen Zufall, dass alle Familien noch in der Gegend wohnten, doch dann wurde mir klar, dass kaum eine Familie ihr Heim verlassen würde, solange es noch Hoffnung gab, dass ihr Kind zurückkehren könnte. Und noch etwas zum Leben im Wartestand: Nur zwei der Familien hatten das Zimmer des vermissten Kindes umgestaltet. Ich ging noch einmal durch all diese Zimmer und betrachtete eine Schwindel erregende Auswahl von Wandgestaltungen, die alle die Hoffnungen und Träume des dekorierenden Elternteils für das Kind reflektierten. Die Schottenkaro-Tapete in einem der Zimmer bereitete mir ein wenig Kopfzerbrechen. Der Junge verbrachte seine Freizeit umgeben von unendlich vielen rechtwinklig gekreuzten Linien in Rot und Grün, und das war auch das Letzte, was er sah, bevor er abends einschlief. Wovon würde er träumen?

In einem dieser Zimmer befand sich an einer Wand eine vom Boden bis zur Decke reichende Schiefertafel mit einer Schale voller Buntkreiden am Sockel. Das letzte künstlerische Werk des Jungen war noch zu sehen – ein zahnreiches Monster, das bis zum oberen Rand der Tafel reichte und eine Art Strahl aus den Nüstern pustete, wie ein elektrischer Drache. Es fiel mir auf, weil es eine mehr als nur flüchtige Ähnlichkeit mit dem Poster des dunklen Ritters aufwies. Der Lichtstrahl war feurig rot-orange und auf einen knopfäugigen kleinen Kerl gerichtet, den man in den unteren Teil der Tafel verbannt hatte. Dieser winzige Tunichtgut würde gleich schmelzen, wenn ich die Absicht des Künstlers korrekt interpretierte. Trotz des blutrünstigen Themas gefiel mir der Gedanke, dass dieser Junge mit einer Schale voller Farben dastand und sich auf dieser riesigen Tafel austoben durfte. Was für ein Fest, sogar für einen Erwachsenen.

Eins der Jungenzimmer, blau mit aufgespritzten weißen Wolken, erinnerte mich an das Zimmer des kleinen Jungen in *Kramer gegen Kramer.* Das Zimmer verströmte eine merkwürdige Stille, eine Atmosphäre des Konflikts. Hatte es Probleme gegeben in der Familie, als die Entführung stattfand? War das Gefühl, daran schuld zu sein, aus den Eltern in die Privatsphäre des Jungen gesickert? Es gab allerdings keine Teergruben-Souvenirs, was mich kurzfristig enttäuschte. Vielleicht lag ich falsch mit meiner Vermutung, dass da eine Verbindung bestand.

Von all den vermissten Kindern hatte nur eins sein Zimmer mit einem der Geschwister geteilt. Ich blieb dort nicht lange, es erschien mir sinnlos. Der Bruder, der dieses Zimmer noch bewohnte, war älter als der Vermisste – siebzehn, ein ziemlich miserables Alter. Und er war ein miserabler Junge mit einem schlitzäugigen Gesicht, das *Geh weg* zu schreien schien. Meine Fragen nach seinem Bruder beantwortete er knapp und barsch. Ich dankte ihm für seine Hilfe und wandte mich zum Gehen, doch als ich die Schwelle überquerte, machte er noch einmal den Mund auf.

»Wollen Sie sich die Kiste mit seinem Zeug anschauen?«

Zeug war genau das, was ich suchte. »Ja, wenn du nichts dagegen hast.«

»Da sollten Sie aber besser meine Mom fragen.«

Es erwies sich als guter Rat. Die Mutter regte sich ziemlich auf, erlaubte mir aber schließlich, sie mitzunehmen, wobei ich ihr allerdings versprechen musste, eine Inhaltsliste anzulegen und alles zurückzubringen, sobald ich es untersucht hatte.

Als ich, mit der Kiste unter dem Arm, dieses letzte Haus verließ, fühlte ich mich ziemlich deprimiert. Mein nächster Tagesordnungspunkt würde es sein, ein neues Meisterstück zu kreieren, ein weiteres, perfekt organisiertes Diagramm mit allem, was ich über meine Opfer und ihre persönlichen Gewohnheiten, einschließlich des jeweiligen Teergruben-Faktors, wusste. Was für ein Schild würde man mir auf den Schreibtisch stellen, wenn ich damit fertig war? *Museumseingang* vielleicht.

Ich kehrte an meinen Schreibtisch zurück und stellte die Kiste hinter meinen Stuhl. Auf dem Anrufbeantworter waren ein Dutzend Nachrichten, darunter eine oder zwei von Anwälten, bei denen ich einfach annahm, dass sie Zauberer oder Illusionisten als Mandanten hatten. Allein schon der Gedanke, sie zurückrufen zu müssen, bereitete mir Magenschmerzen. Ich beschloss, mich stattdessen auf die aufreibende Frage zu konzentrieren, die jede Mutter quält, wenn Weihnachten vor der Tür steht, in der vagen Hoffnung, sie könnte mich in diesem Fall weiterbringen.

Was mögen heranwachsende Jungs?

Total frustriert rollte ich meinen Stuhl vom Tisch weg. Er stieß gegen die Kiste, und ich wurde nach hinten geworfen.

Es wäre sowieso wieder nur eine Sackgasse, also warum sich überhaupt die Mühe machen. Weltbewegendes würde kaum in dieser Kiste sein.

Ich öffnete sie: wieder Pandora. Turnschuhe, Baseball-Handschuh, ein mit Gummibändern zusammengehaltener Stapel Comichefte. Eine Tube mit leuchtend blauer Zinkoxid-Nasenschutzcreme, die in einer Baseball-Kappe derselben Farbe steckte. Drei zusammengerollte Poster, eins von einem Rockstar, eins von einem berühmten Catcher…

Die Antwort auf die Weihnachtsfrage platzte durch den Nebel: Heranwachsende Jungs lieben Bestien. Monster, Gnome, Satyrn, Gorgonen, Kentauren, Basilisken, Schimären, Drachen, Zyklopen, Schlangen und Werwölfe. Das letzte Poster, das ich aufrollte, war dasselbe, das ich schon einmal gesehen hatte: dieselbe Bestie, und auf deren Rücken derselbe dunkle Ritter aus den La-Brea-Teergruben. Der Ritter hatte noch immer kein Gesicht.

Aber ich wusste, ich wusste einfach, das war das Monster, nach dem ich suchte.

15

Chère Maman,

der Juni hat wundervoll begonnen, mit blauem Himmel, warmen Winden und nach Jasmin duftender Luft. Wir sind sehr froh um dessen reiche Fülle in diesem Jahr, denn in einem der angrenzenden Klöster gibt es eine Schwester, die aus einem Krug voll seiner Blüten den Duft herausziehen kann, als wäre sie eine Zauberin, eine nützliche und willkommene Häresie, so es eine solche gibt. Sie benutzt die Essenz als Grundstock, um darauf kompliziertere Düfte zu bauen, die alle die Andacht erhöhen, indem sie dem Betenden Ruhe und Frieden bescheren.

Vor drei Tagen verstauchte Seine Heiligkeit sich den Knöchel, der dem Vernehmen nach inzwischen ganz blau und gelb geworden ist, doch ansonsten blieb er unverletzt. Natürlich kann man es nicht dabei belassen; der Kardinal, der zu der Zeit bei ihm war, sagt, er sei einfach zusammengebrochen, aber ein Bischof, der ebenfalls anwesend war, sagt, die Spitze seines Schuhs habe sich im Saum seiner Robe verfangen. Jetzt haben wir Kabale zwischen einem Kardinal und einem Bischof im innersten Kreis des Papstes; man braucht nicht viel Vorstellungskraft, um sich auszumalen, wie dieser Machtkampf wohl ausgehen wird! Getuschel über den Gesundheitszustand Seiner Heiligkeit erhebt sich nun regelmäßig bei Sonnenuntergang.

Ich hoffe, diese kleinen Neuigkeiten lenken dich ein wenig von den schrecklichen Dingen ab, von denen du jetzt umgeben bist. Doch unsere kleinen Ränke kommen deinem Los in der Bretagne mitnichten gleich. Fass dir ein Herz, Mutter, und sei so stark wie immer; Gott tut, was Ihm beliebt, und wir müssen seinen Willen als Teil eines größeren Plans sehen, dessen Weisheit wir nie werden verstehen, derer wir uns jedoch sicher sein können.

Was für eine Weisheit? In dem, was nun zu Tage trat, konnte ich keine erkennen.

Der Jasmin, von dem Jean so liebevoll sprach, musste im Norden erst noch erblühen, doch das war mir einerlei, denn ich finde seinen Geruch widerlich, vor allem in Parfüms; dann lieber noch der Gestank des Körpers, der eine bewundernswerte Ehrlichkeit besitzt. Das Sonnenlicht in der Bretagne ist immer dünner als das, mit dem der liebliche Süden gesegnet ist, die Luft ist kühler und die Düfte gedämpfter. Falls wir in dieser Hinsicht Erfolge vorweisen können, so sind es die Düfte unserer Obstgärten unter der meisterhaften Pflege von *Frère* Demien. Die Reste der Birnenblüten waren in den bretonischen Winden zur Erde gefallen wie verspäteter Schnee, und falls der Sommer schön bliebe, würden wir einen reichen Ertrag bekommen. Ich kann die *pots de fruits* schon beinahe schmecken, die unsere Tafel zieren werden, wenn die Ernte eingebracht wird.

Cher Jean,

durch deine Augen und Worte kenne ich die Schönheit Avignons, und das hilft mir, meinen Kummer in Schach zu halten, zumindest für eine kurze Weile. Wenn ich im Herbst dorthin reise, wird mir alles schon vertraut erscheinen. Du erinnerst dich sicherlich noch daran, wie der Juni hier aussieht, aber in diesem Jahr erscheinen mir die Blumen und Bäume wunderbarer denn je, ein Geschenk, für das ich dankbar bin, denn ich fühle mich nach unseren Entdeckungen so hilflos, fühle mich, als hätte man mir meine Seele gestohlen. Diese Mission, von mir in allerbester Absicht begonnen, scheint jetzt all den Atem und das Blut und den Willen zur Selbstfortsetzung zu haben, unabhängig von meinen Wünschen. Ich bin zutiefst zerrissen; ich giere nach dem dunklen Wissen, das Jean de Malestroit enthüllt und nach meinem Wunsch mit mir teilt, und verabscheue es zugleich. Mein Wunsch, das Schicksal der verschwundenen Kleinen aufzudecken, wird überschattet von meiner Angst zu erfahren, wer sie verschleppt hat. Jeden Tag bohrt ein neuer Pfeil sich in meine Brust, und mit keiner noch so großen Kraft kann ich die Widerhaken herausziehen, die in mir schwären und mich vergiften werden, sollte ich sie nicht bald herausbekommen.

Der spitzeste dieser Herzpfeile war die wachsende Gewissheit, dass Milord Gilles nicht der Mann war, für den ich ihn gehalten hatte. Früher war er wie ein Bruder meines eigenen Sohnes gewesen, kein fehlerloser zwar, aber dennoch ein Teil meiner Familie. Er war eine der letzten verbliebenen Verbindungen zu diesem verlorenen Kind, und jetzt sah ich auch diese zerstört.

Gerüchte über dies alles verbreiten sich wie eine frische Seuche, sagte Jean de Malestroit mir eines Morgens. Wir müssen diskret sein, denn sonst bekommt Milord unnötig Wind davon. Wir dürfen ihn nicht ohne berechtigten Grund aufregen.

Damit wollte er sagen, er wolle nicht, dass Milord um die Verdächtigungen wisse, die gegen ihn erhoben wurden. Wie sich zeigte, hätte mein Bischof sich darüber gar nicht den Kopf zerbrechen müssen, denn Milord war viel zu beschäftigt mit eigenen Angelegenheiten und gab sich nicht mit allgemeinen Gerüchten ab. Er hatte zu viel zu tun, um Herzog Jeans beträchtlichen Zorn nach dem Vorfall in Saint-Etienne-de-Mer-Morte abzuwehren.

»Fünfzigtausend *écus? Mon Dieu!*«

Der Brief von Herzog Jean, der diese enorme Strafe anordnete, lag auf dem Tisch vor Jean de Malestroit, der seine Befriedigung kaum verbergen konnte.

»Das ist doch kaum zu beschaffen«, sagte ich. »All die Juwelen des Königs würden dafür nicht ausreichen. Selbst auf der Höhe seines Reichtums hätte Milord Gilles Schwierigkeiten mit diesem Betrag gehabt.«

Seine Eminenz brauchte nichts zu sagen, um seine Freude über diese neue Entwicklung auszudrücken. Sie zierte sein Gesicht sichtbarer als ein buschiger Schwanz eine Katze.

Ich ging zum Fenster, wo die Luft nicht so schal war wie die, welche mich plötzlich zu umgeben schien. Der düstere, graue Himmel war kein Trost. Während ich nach draußen starrte, hörte ich, wie Jean de Malestroit von seinem Stuhl aufstand. Er stellte sich hinter mich und legte mir die Hand auf die Schulter, als hätte er Mitleid mit mir. »Man freut sich nie wirklich, wenn jemand in Ungnade fällt, Guillemette, aber dieses Mal müsst sogar Ihr zugeben, dass es wohlverdient ist.«

Seine Tröstung hätte mir mehr bedeutet, wenn seine Schadenfreude weniger offensichtlich gewesen wäre. Ich konnte nicht begründet einwenden, dass diese Strafe unangemessen sei, aber sie gab Anlass zu anderen Sorgen, darunter die einer möglichen gewaltsamen Erwiderung von Milords Seite. »Der Mann ist ein Krieger«, sagte ich. »Wenn man ihm einen Hieb versetzt, wird er sicherlich seinerseits mit einem kräftigen Hieb antworten.«

Mein Bischof konnte ein aufkeimendes Lächeln gerade noch unterdrücken. »Ohne Kredit ist der Mann gelähmt, und bei dieser Strafe, die auf ihm lastet, wird niemand ihm auch nur einen *sou* leihen. Wir werden sehen, wie er reagiert, wenn er die Kosten aus seiner eigenen Schatulle bezahlen muss.«

Milord reagierte, als gäbe es überhaupt keine Kosten. Es kam nur ein weiterer Ausbruch von ihm, vielleicht der bis dahin verrückteste. In einem, wie Anwesende es beschrieben, gewaltigen Zornesausbruch schleifte er den Priester Le Ferron in Ketten aus dem Schloss in Saint-Etienne und brachte ihn in das Verlies seines eigenen Schlosses in Tiffauges. Dort unterwarf er Le Ferron Folterungen und Demütigungen, die schlimmer waren als alles, was er seinen ärgsten Feinden angetan hatte, und die Kunde davon erreichte Le Ferrons Bruder Geoffrey, der, wie nicht anders zu erwarten, über alle Maßen darüber empört war.

»Aber warum nach Tiffauges?«, fragte ich verärgert.

»Weil es außerhalb der Gerichtsbarkeit von Herzog Jean liegt«, erwiderte Jean de Malestroit. »Der einzige andere Ort, an den er ihn hätte bringen können, ist Pouzages. Champtocé hat er wieder verloren.«

Seine Herrschaft über Tiffauges und Pouzages war eine künstliche, da sie eigentlich seiner Gemahlin gehörten, die es ihrem verzweifelten Gatten nicht gestattet hatte, sie zu verkaufen. Ich bedauerte Madame Catherine – das taten wir alle. Sie war ein Geist von einer Frau, ein formloses Ding ohne Einfluss, immer so still und mürrisch. Obwohl Gilles ihr eine Tochter gezeugt hatte, wie es seine Pflicht war, bin ich mir sicher, dass sie beide nur zähneknirschend den Akt durchgestanden hatten, dessen Frucht die kleine Marie war. Ironischerweise war das kleine Mädchen ein süßes und liebes Kind und für mich fast so etwas wie die Enkelin, die ich nie haben würde. Ich wunderte mich oft, wie dieses Mädchen Frucht einer solchen Zwietracht sein konnte.

Denn Zwietracht gab es, und zwar genügend davon. Solange ich sie beobachtet hatte, hatte er nie ein freundliches Wort für sie oder zeigte ihr seine Gunst; in den besten ihrer gemeinsamen Tage konnte man sein Verhalten ihr gegenüber kaum mehr als höflich nennen. Meistens zeigte er völlige Verachtung für sie, außer was ihre Erscheinung betraf – er achtete stets in besonderem Maße darauf, dass ihre Garderobe auch eine Zierde für ihn war. Hätte er sie behandelt, wie die meisten Gatten edlen Geblüts ihre aus politischen Gründen Angetrauten behandelten – mit kühler Höflichkeit und Diskretion bei der Schürzenjagd –, hätten wir alle ihn mehr bewundert. Aber er versuchte, sie in Fragen des Besitzes, wo er ihre Zustimmung nötig hatte, mit Drangsal zur Unterwerfung zu zwingen, fast immer mit Jean de Craons Hilfe. Oft hörten wir seine Schreie der Nötigung durch die Kammern und Säle auf Champtocé hallen, und wir alle fürchteten um sie.

Vor etwa einem Jahr hatte Jean de Malestroit mich einmal gefragt: »Sagt mir, Guillemette, Ihr müsstet es wissen – schlägt er sie?«

Die Frage hätte mich nicht so überraschen sollen, wie sie es tat, erhob sie sich doch anlässlich eines Disputs über das Wesen der Ehe, der wiederum ausgelöst worden war durch einen skandalösen Mord. Eine gewisse Edelfrau war einmal zu oft geschlagen worden und hatte ihrem Gatten mit der Spitze eines gut platzierten und geschickt geschwungenen Dolches geantwortet. Der boshafte Schurke war nackt und sich in seinem eigenen Bett windend gestorben, vor den Augen seiner Frau, die ebenfalls nackt und von seinem verhassten Blut triefend über ihm stand. Wir alle hatten immer wieder einmal ihre blauen Flecken gesehen und ihre beschämten Blicke bemerkt, aber keine von uns hätte es je gewagt, sich einzumischen – solche Dinge gingen nur Ehemann und Eheweib etwas an, außer die Frau hatte zufällig eine mächtige Verwandtschaft. Die ihre war nicht mächtig genug, um sie vor dem Galgen zu bewahren, aber in der Folge dieser Affäre gab es viel Disput über die Frage, was Ehegatten einander schuldig sind und wie sie sich betragen sollten. Es herrschte viel Uneinigkeit unter den Teilnehmern, aber ich musste an die Frau aus Bath denken, die ihr Urteil über die Ehe in höchsten Ständen mit solcher Genauigkeit traf: *In einem edlen Haushalt, so es heißt, auch nicht jede Schüssel gülden gleißt…*

»Man fragt sich doch, was zwischen ihnen vorfällt«, erwiderte ich diplomatisch – inzwischen bin ich mir sicher, dass er von mir eine Bestätigung wollte und von meiner Antwort enttäuscht war. »Bei einem Wesen, wie Milord es besitzt, besteht sicherlich die Gefahr, dass er sie von Zeit zu Zeit schlägt.«

»Aber Ihr wisst es nicht sicher.«

»Nein, Eminenz«, sagte ich. Ich erinnere mich, dass ich etwas verstimmt war über sein zugespitztes Nachfragen – ich war Milords Amme, nicht die Kammerzofe seiner Frau, als die ich zwar mehr Einsicht, aber weniger Würde gehabt hätte. »Um dies zu wissen, hätte ich in Madame Catherines Schlafkammer anwesend sein müssen. Milord selbst war nur selten dort. Und wenn er doch einmal erschien, war ich nicht eingeladen, das kann ich Euch versichern.«

Aber der Mann war ein beharrlicher Inquisitor und wollte es dabei nicht bewenden lassen. »Keine ihrer Damen sprach davon, nicht einmal im Vorübergehen?«

Ich lächelte sehr dünn, aber mit großer Befriedigung. »Eminenz, ich bin entrüstet«, sagte ich. »Verlangt Ihr, dass ich auf solchen Klatsch höre?«

Danach stellte er keine weiteren Fragen mehr. Mich aber brachte das Gespräch dazu, dass ich mir selbst über diese Sache Gedanken machte, auch wenn es mich nichts anging. Immerhin hatte Milord, in einem Handstreich, der beinahe einen Krieg ausgelöst hätte, Madame Catherine entführt und gegen ihren Willen und den ihrer Familie zur Heirat gedrängt und ihr dann fälschlich, aber mit solchem Eifer den Hof gemacht, dass sie seine Liebesschwüre tatsächlich zu glauben begann. Als sie schließlich vor einem Priester standen(der mit der Spitze eines Schwertes überzeugt wurde, die Zeremonie gegen die Befehle ihre Familie durchzuführen), war Catherine de Thouars bereit, dem Baron Gilles de Rais ihre liebende Ergebenheit zu schwören. Man stelle sich ihre Enttäuschung vor, als das wahre Wesen ihrer Ehe sich zeigte.

Doch falls Milord sie in dieser Besitzangelegenheit misshandelt hatte, so hatte es nicht den gewünschten Erfolg, denn Pouzages und Tiffauges blieben fest unter ihrer Herrschaft. Dennoch musste er ihr in der Folge seines Überfalls auf Saint-Etienne etwas angetan haben. Vielleicht aber schämte sie sich so sehr, dass sie nicht länger in der Bretagne bleiben konnte. Sie floh in das Stadthaus eines Cousins in Pouzages in Frankreich und nahm die zehnjährige Marie mit sich, so dass Gilles de Rais allein und wütend zurückblieb.

Ich fragte mich, was Jean in dem geschützten kleinen Königreich des Papstes in Avignon über die Entwicklungen hier denken mochte. *Ich bange um Milord,* schrieb ich, *ich bange um seine Seele. Haben dich auch andere Nachrichten über diese Sache aus andern Quellen erreicht,* fragte ich ihn, *und falls ja, was sagen sie darüber? Wir haben versucht, verschwiegen zu sein, aber Gerüchte haben Flügel …*

Als ich nach der Frühmette zu Jean de Malestroit ging, um ihm diesen Brief zur Beförderung nach Avignon zu übergeben, fand ich ihn in einem Zustand tiefer Versunkenheit, wie er sie normalerweise nur für wichtige Staatsgeschäfte oder ernste Glaubensangelegenheiten aufbringt. Das Blatt vor ihm auf dem Tisch war von klumpiger Qualität und merkwürdiger Form, als hätte der Schreiber es selbst gefertigt. Ich hätte ihm nicht viel Beachtung geschenkt, wäre Seine Eminenz nicht derart vertieft darin gewesen.

Ich wartete schweigend, wie es meine Pflicht war; als er zu Ende gelesen hatte, legte er das Blatt hin und rieb sich einige Augenblicke die Augen. Dann bedeckte er das Gesicht mit den Händen und seufzte durch die Finger.

»Eminenz?«, fragte ich leise.

Er hob das Gesicht nicht; es blieb in seinen Händen vergraben. »Ja«, kam die dumpfe Erwiderung.

»Ihr seid in Sorge…«

Er schaute mich an. »Das dürfte Euch im Augenblick doch kaum überraschen.«

Er klopfte auf das Pergament und deutete mit einen Nicken an, dass ich selbst einen Blick darauf werfen sollte. Dann stand er auf und bot mir zum Lesen seinen Platz an.

Die Schrift war derb, und es gab keine Unterschrift. Aber die Beschreibungen waren lebendig und konnten kaum ausgedacht sein, außer vielleicht von einem außergewöhnlich begabten Geschichtenerzähler. Drei Beispiele für Hexerei, in deren Verlauf Milord angeblich den Satan für seine eigenen Zwecke heraufzubeschwören versuchte, wurden genannt.

Meine Hände zitterten, als ich das Blatt las.

Sie nahmen Kerzen und einige andere Gegenstände, wie auch Lehrbücher, und mit diesen Bänden als Anleitung zogen sie mit der Spitze von Milords Schwert mehrere große Kreise. Nachdem dies getan und eine Fackel entzündet worden war, verließen alle außer dem Zauberer und Milord das Zimmer. Sie stellten sich, in einem gewissen Winkel zur Wand, in die Mitte der Kreise, woraufhin der Zauberer ein weiteres Zeichen in die Erde ritzte mit brennender Kohle, welche sie mitgebracht und darauf Magnetit und Aromen gestreut hatten, worauf ein süßer, berauschender Rauch sich erhob…

Der Zauberer. Ich stand auf, als ich geendet hatte, und gab ihm das grobe Pergament zurück. »Glaubt Ihr das?«

Er zögerte leicht. »Die Vorfälle sind insgesamt so klar beschrieben, dass man Grund hat, das alles für möglich zu halten.«

Die Antwort auf meine nächste Frage war mir wohl bekannt, aber ich stellte sie trotzdem, wohl deshalb, weil ich Besseres erhoffte. »Was ist jetzt zu tun?«

Er ging in der Kammer auf und ab, doch seine Schritte machten kein Geräusch. »Diese Beschuldigungen sind so schwer wiegend, dass es meine Pflicht ist, wenn nötig auch gegen meinen eigenen Willen, sie offiziell zu untersuchen. Da der Sachverhalt der Ketzerei so glaubhaft aufgeworfen wurde ... Herzog Jean wird von mir verlangen, dass ich gegen ihn vorgehe.«

»Der Vorwurf der Ketzerei muss von einem Richter der Inquisition verfolgt werden«, sagte ich, während mir Tränen in die Augen stiegen. »Ob vorzugehen ist oder nicht, habt Ihr, und Ihr ganz allein, zu entscheiden.«

Er würde es von sich selbst verlangen, daran hatte ich keinen Zweifel.

»Nicht ich habe das zu entscheiden, Schwester«, behauptete er, »sondern Gott.«

Mit zitternder Stimme flüsterte ich: »Ich weiß nur zu gut, wie *das* ausgehen wird. Gott entscheidet immer auf eine Art, die mir und den Meinen nicht gnädig ist.«

»Ihr müsst mehr Glauben haben. Gott ist gnädig zu allen seinen Geschöpfen, aber oft erkennen wir Seine Gnade nicht, wenn sie uns begegnet. Doch keiner von uns kann sich verstecken – wir müssen uns fügen mit Bereitwilligkeit und Demut.«

Von Gilles de Rais würde es für diese Gnade Gottes weder Bereitwilligkeit noch Demut geben. Angesichts seines mit Sicherheit drohenden Untergangs wagte Milord seinen dreistesten Schachzug – und wenn nicht dreist, dann ohne jeglichen Zweifel wahnsinnig. Er suchte Herzog Jean auf.

Dreistigkeit war ihm nicht fremd, und Wagemut auf keinen Fall; es heißt, wenn Jeanne d'Arc es von ihm verlangte, habe er gekämpft wie Ariel, Gottes eigener Löwe. Am vierten Tag des Mai im Jahre 1429 traf der junge Milord de Rais zusammen mit Baron Dunois und der Verstärkung sowie den Vorräten, die die Armeen der Jungfrau brauchten, falls es überhaupt noch Hoffnung auf Sieg geben sollte, in Orléans ein. Auf einem Feld vor der Stadt empfing die

Jungfrau Jeanne sie in der Gesellschaft vieler angesehener Edelleute, darunter Sainct Severe und der Baron de Coulonces, alles höchst lösegeldträchtige Männer, deren Gefangennahme für jeden Engländer eine Großtat gewesen wäre. Zusammen mit dem Bastard Charles ritten all diese Herren direkt vor den Augen der Engländer in die Stadt Orléans zurück. Es musste wohl als das größte ihrer Wunder betrachtet werden, dass gegen sie kein Schwert erhoben, kein Speer geschleudert und kein Pfeil geschossen wurde.

Doch am selben Tag erhielt Baron Dunois die Nachricht, dass der englische Hauptmann John Fastolf mit frischen Truppen und Vorräten unterwegs sei, und so erklärte sich, warum die Engländer nicht angegriffen hatten – sie hatten sich in Erwartung der Verstärkung weise zurückgehalten.

Dunois eilte sogleich in die Gemächer der Jungfrau, um ihr von dieser Besorgnis erregenden Wendung der Ereignisse zu berichten, erzählte mir Etienne. *Er war schier außer sich vor Verzweiflung. Sie bat Dunois, ihr mitzuteilen, wenn Fastolf eingetroffen sei, und dann begab sie sich, da sie völlig erschöpft war, in das Bett, das sie mit ihrer Gastgeberin teilte. Wie kann ein Krieger sich schlafen legen, wenn so etwas bevorsteht. Soldaten tun so etwas nicht!*

Dieser Soldat war ein junges Mädchen, sagte ich meinem Gatten. *Sie brauchte Ruhe.*

Wir alle hielten das für widersinnig – töricht jenseits aller Vorstellung! Dass ein Krieger sich nicht bereitmacht, wenn eine Schlacht droht…

Ihre Ruhe sollte nicht lange dauern. Kaum hatten ihre Zofen und ihre Gastgeberin sie verlassen, schrak sie hoch und hielt sich den Kopf – neuerlich kreischten die Stimmen in ihr. Sie hatte eine hitzige Schlacht sich entwickeln gesehen und gehört, doch sie schwor bei der Heiligen Jungfrau, es sei eine Vision gewesen, kein Traum, deshalb sprang sie von ihrem Lager auf und lief nach draußen, um in Erfahrung zu bringen, ob diese Schlacht tatsächlich im Gange sei. Dort wurde sie von einer neuen Vision erfasst; sie stürzte, den Kopf zwischen den Händen, zu Boden und schrie: *Les voix, les voix!* Die Stimmen gaben ihr Befehle, aber sie wusste nicht, was Gott von ihr wollte. Sollte sie Fastolf, der seine Anwesenheit noch nicht kundgetan hatte, abfangen, oder sollte sie eine andere Schlacht suchen? Ihr schrilles Klagen der Unentschlossenheit weckte jeden in ihrer Unterkunft und alle in der näheren Umgebung.

Aber dann erhob Jeanne d'Arc sich aus ihrer Verwirrung; sie legte ihre weiße Rüstung an und ritt zum Burgoyner Tor hinaus, von wo aus man Flammen in den Himmel lodern sah. Schwache Kampfgeräusche kamen aus dieser Richtung, und bevor jemand sie daran hindern konnte, ritt sie darauf zu. Ihre Zofe alarmierte die Herren, deren Armeen zu ihrer Unterstützung zusammengezogen worden waren, darunter auch Gilles de Rais, der, so Etienne...

...einen Strom von Flüchen losließ, der die Blätter der Bäume hätte verwelken lassen können. Hätte die Jungfrau ihn in diesem Augenblick gehört, hätte sie ihn wohl von ihrer Seite verbannt, denn eine solche Sprache hatte sie ihren Truppen streng verboten. Alles wäre verloren gewesen.

Ich konnte mir die deftigen Worte, die an diesem Tag über seine Zunge flossen, nur vorstellen, Etienne wollte sie nicht wörtlich wiederholen, denn keine Frau sollte sie hören, vor allem nicht seine Gemahlin. Aber ich wusste Bescheid – Milord hatte eine unverwechselbare Sprache. Von frühester Kindheit an entgeisterte er mich mit Flüchen, so vulgär wie jene, die sein viehischer Großvater beständig von sich gab.

Mich schauderte bei dem Gedanken, dass, wäre Jeanne d'Arc in diesem Augenblick nicht außer Hörweite gewesen, Frankreich womöglich verloren gewesen wäre, denn es war Milord Gilles, der sie an diesem Tag vor dem sicheren Tod errettete. Hätte sie ihn fortgejagt, wer weiß, wie alles ausgegangen wäre.

Am Tor fand sie die Bürger der Stadt in einer offenen und blutigen Schlacht – die Narren hatten sich aus eigenem Antrieb gegen die verhassten Engländer geworfen. Sie wussten nicht, wie man kämpfte, und hatten keine Waffen außer ihren Knüppeln und Sensen, so dass die Jungfrau, als sie dort ankam, überall um sich herum Tote und Verwundete liegen sah in dem Schlamm, der so vom Blut getränkt war, dass er förmlich rot glühte. Eine Weile saß sie wie gelähmt auf ihrem Pferd und betrachtete weinend die Legionen der Gefallenen, so zumindest die Berichte der wenigen Überlebenden, die sie dort gesehen hatten. Es heißt, dass sie in diesem Augenblick verzweifelt ihre Sünden hatte beichten wollen, noch bevor dieser

Tag bitterer Sündhaftigkeit zu Ende gegangen war. Doch Gott riss sie aus ihrem Wahn – dies an und für sich schon ein Wunder – und brachte sie dazu, den Befehl über jene Bürger zu übernehmen, die überlebt hatten.

Doch nun hätte Gott sie beinahe verlassen. Der englische Befehlshaber Talbot erkannte die Gelegenheit und schickte Truppen aus, um sie von hinten anzugreifen. Nun war sie, ohne Rückzugsmöglichkeit, zwischen feindlichen Kräften gefangen. Als Milord von dieser schrecklichen Situation erfuhr, ritten er und der vagabundierende Krieger La Hire direkt zu Saint-Loup. Sie kamen von hinten und griffen die Engländer mit derselben Boshaftigkeit an, die diese beim Niedermetzeln jener Städter angewandt hatten, die Jeanne vor einer Stunde noch beweint hatte. Jeanne wandte nun die Überreste ihrer eigenen Truppen ebenfalls gegen die Engländer, und nun saß der Feind in ebenjener Falle, die er ihr zuvor gestellt hatte.

Wäre Milord ihr an diesem Tag nicht zu Hilfe geeilt, wäre der Bastard Charles wohl nie gekrönt worden. Wir blieben Sieger in dieser Schlacht, obwohl alles gegen uns stand, und das war vorwiegend ein Verdienst von Gilles de Rais.

Die Platten mit unserem Abendessen standen vor uns auf dem Tisch. Nach einem leisen, höflichen Rülpser überraschte Jean de Malestroit mich mit einer Enthüllung. »Milord hat seinen Bediensteten gesagt, er sei nach Josselin gegangen, um Gelder einzufordern, die der Herzog ihm noch schulde. Doch niemand lässt sich zum Narren halten. Viele seiner Diener haben schon lange keinen Lohn mehr erhalten, und sie murren mächtig.«

»Ihr müsst Spitzel unter ihnen haben.«

Jean de Malestroit leugnete es nicht, sondern wechselte das Thema. Er wischte sich den Mund mit einer *serviette* und schob den Teller weg. »Die Stunde der Vespern ist nah«, sagte er. »Wir müssen uns um die Vorbereitungen kümmern.«

Ich konnte nichts anderes tun, als den Blick zu senken und zu nicken. Gemeinsam erhoben wir uns mit raschelnden Gewändern. So ergeben wie immer folgte ich ihm aus der Kammer.

Doch als wir draußen waren, täuschte ich Vergesslichkeit vor und sagte: »Ach du meine Güte, das wäre mir beinahe entfallen.

Schwester Elene wollte mich unbedingt sehen, ich glaube, es geht um Haushaltsdinge.«

»Nun, dann sputet Euch. Gott wartet nicht gerne.«

Ich nickte. Dann wandte ich mich nach einer schnellen Verbeugung von ihm ab, gerade noch rechtzeitig – mit den Röcken in der Hand eilte ich den Gang entlang, bis ich weit genug weg war, so dass er mein Schluchzen nicht hören konnte.

Der Innenhof war dunkel und still; eine leichte Brise brachte Erfrischung nach der Hitze des Tages, die noch drückend auf allem lastete. Das Mysterium der Messe wohnte noch in mir.

»Ich habe eben verlockende Neuigkeiten gehört«, sagte *Frère* Demien, als wir langsam zum Kloster gingen. »Ich habe erfahren, dass Eustache Blanchet schon vor einiger Zeit aus Machecoul geflohen ist.«

»Nein«, erwiderte ich. »Das würde er nie tun.«

»Doch. Nach Mortagne – es heißt, er wollte Milord den Dienst aufkündigen.«

Es heißt.

Das würde seine Abwesenheit bei den Osterfeierlichkeiten erklären. »Aber warum? Er liebte doch seine Stellung als Milords Priester, und ich kann mir nicht vorstellen, dass er sie aufgibt.«

Frère Demien schien ähnlich verwirrt und zuckte nur die Achseln. »Wer weiß, Schwester. Aber es ist in der Tat unheimlich. Vielleicht tat er es unter Zwang. Inzwischen ist Blanchet wieder in Machecoul, aber offenbar herrscht kein Frieden zwischen ihnen.«

Die verwegenen oder verzweifelten Taten eines gemeinen Mannes sind nicht immer der Stimme eines Ausrufers wert, aber die eines Priesters ziehen besondere Aufmerksamkeit auf sich, vor allem unter seinen Vorgesetzten. Ich frage mich, warum Jean de Malestroit es mir vorenthalten hatte.

Als ich später Blanchets persönliche Zeugenaussage hörte, verstand ich.

Poitou und Henriet brachten François Prelati und mich von unserer Unterkunft in Saint-Florent-le-Vieil in Tours zu Milords Schloss in Tiffauges. Nun, in dieser Zeit suchte Lord Gilles häufig Prelatis Gesellschaft – ja, ich bestätige, dass der italienische Zau-

berer auf vielfache und unterschiedliche Art seine Neugier weckte, und inzwischen verfluche ich mich dafür, ihn in Milords Dienste gebracht zu haben. Als Milord in das Zimmer kam, in dem ich und einige andere untergebracht waren, gingen wir alle in ein anderes Zimmer, damit Prelati und Milord allein sein konnten. In der folgenden Nacht sah ich sie dieses Zimmer verlassen und in einen niederen Saal gehen, der direkt hinter uns lag; dort blieben sie einige Zeit. Ich hörte Rufe und Bitten des Inhalts: »Komm, Satan« oder einfach nur »Komm!« Dazu hörte ich Prelati sagen: »uns zu Hilfe…« oder ein anderes Flehen. Es wurde noch mehr gesprochen, doch ich konnte nichts davon verstehen, und dann blieben Milord und Prelati noch eine halbe Stunde in dem von vielen Kerzen hell erleuchteten Saal.

Gott stehe mir bei, binnen kurzer Zeit erhob sich ein kalter Wind und blies heftig durch das Schloss, und mit einem lauten und unheiligen Kreischen erfasste er mich. Ich dachte mir, dass dieser Sturm nur die Stimme des Teufels selbst sein kann. Deshalb suchte ich nun Rat bei Robin Romulart, der zu der Zeit ebenfalls in Tiffauges weilte. Wir stimmten darin überein, dass Milord und Prelati Dämonen beschworen und dass wir beide nichts damit zu tun haben wollten.

Am nächsten Morgen floh ich beim ersten Licht des Tages schleunigst aus Tiffauges, um dieser Unheiligkeit zu entkommen, und ging direkt nach Mortagne in das Stadthaus von Bouchard-Menard. Sieben Wochen blieb ich dort, und in dieser Zeit erhielt ich viele Briefe von Milord, in denen er mich bat, zu ihm zurückzukommen, und mir versicherte, dass ich bei ihm und Prelati noch immer in hohem Ansehen stünde. Ich weigerte mich immer wieder und beantwortete schließlich nicht einmal mehr seine Briefe; ich hatte kein Verlangen nach seiner Gesellschaft oder der von Prelati und dessen Dämonen.

In der Zeit, die ich bei Bouchard-Menard verbrachte, kam noch ein weiterer Gast, ein Jean Mercier, der Schlossvogt in La-Roche-sur-Yon in Luçon war. Mercier erzählte mir, in Nantes und anderswo werde öffentlich gemunkelt, dass Milord Gilles eigenhändig ein Buch mit Blut schreibe und dass er vorhabe, mit Hilfe der Macht dieses Buches den Teufel dazu zu verlocken, ihm so viele

Festungen zu schenken, wie er wünsche. Dadurch wolle er sich wieder in den ihm zukommenden Stand versetzen, und danach würde keiner ihm je wieder schaden können. Ich fragte nicht, woher das Blut für dieses Buch kam.

Schon am nächsten Tag erschien der Goldschmied Petit im Bouchard-Menard, um mich in Milords Namen aufzusuchen. Er sagte mir, dass sowohl Milord wie Prelati sich große Sorgen um mein Wohlergehen machten, und übermittelte mir ihre dringende Bitte, zu ihnen zurückzukehren. Worauf ich entgegnete, dass ich, wegen der Gerüchte, die ich gehört hatte, unter keinen Umständen zu ihm zurückkehren werde. Und ich trug Petit auf, Milord zu sagen, dass er, falls diese Gerüchte zuträfen, diese Handlungen besser vollständig und unverzüglich einstellen solle, denn es sei falsch, sich solchen üblen Praktiken hinzugeben.

Offensichtlich hatte Petit Milord und Prelati diese Botschaft überbracht, denn Milord warf den Boten sofort in den Kerker des Schlosses von Saint-Etienne, das er später dem Schatzmeister des Herzogs, Le Ferron, übergab und dann mit Gewalt wieder an sich riss. Er schickte Poitou, Henriet, Gilles de Sille und einen weiteren Diener namens Lebreton nach Mortagne, um mich zu ergreifen, wogegen ich machtlos war. Ich vermute, die Nachricht von Petits Gefangennahme hätte mich wachsamer machen müssen – es wäre wohl klug gewesen, wenn ich zu der Zeit aus Mortagne geflohen wäre.

Aber ich tat es nicht, und Gott allein weiß, warum. Milords Männer brachten mich bis nach Roche-Servière, und erst dort sagten sie mir, dass ich ebenfalls in Saint-Etienne eingekerkert werden würde und dass Milord mich töten lassen werde, weil ich derartigen Klatsch und üble Gerüchte in die Welt gesetzt hätte. Woraufhin ich mich standhaft weigerte weiterzugehen, denn ich hatte keine Gerüchte verbreitet, wie er mir vorwarf. Ich drohte derartige Vergeltungen an, wie ich sie unmöglich hätte ausführen können, doch aus einem unheimlichen Grund zeigten sie die gewünschte Wirkung auf meine Häscher. Ich vermute, alle Männer glauben, dass Priester eine gewisse Macht besitzen, die andere nicht haben, doch welche göttliche Macht ich auch einst besessen haben mochte, wurde sicherlich vernichtet durch meinen Verkehr mit Männern, die wir inzwischen als Ketzer kennen. Sie taten mir nichts, sondern brachten mich direkt zu Milord nach Machecoul, wo ich zwei Monate lang gegen meinen Willen festgehalten wurde.

Gilles de Rais verließ Josselin unbeschadet, zumindest körperlich. Was für eine Auswirkung die Audienz auf seine Gemütsverfassung gehabt haben mochte, konnte ich nicht sagen, aber ich stellte mir vor, dass Milord – angesichts der verzweifelten Situation, in der er sich befand – über den unglücklichen Ausgangs des Gesprächs zwischen ihm und Herzog Jean sehr wütend sein musste. Falls Eminenz etwas wusste, sagte er mir nichts. Unsere täglichen Pflichten erledigten wir mit zur Schau getragener Gelassenheit, doch darunter lag ein brodelnder Kessel der Neugier.

Morgenmette, Vespern und alles, was dazwischen lag – das war mein Leben. Ich brachte meine Zeit damit zu, zwischen dem Kloster und dem Palast hin und her zu gehen und von einer Pflicht zur nächsten zu wechseln. Eines Abends auf dem Weg zum Kloster hörte ich in der Ferne einen Reiter. Ich hatte eben den Bogengang betreten, der den Hof säumt und direkt zum Konvent führt, und stellte mich in den schützenden Schatten, als das Geräusch schneller Hufe an meine Ohren drang, zuerst nur schwach, dann Furcht erregend anschwellend, bis die Erde unter meinen Füßen ob der Gewalt der Tritte erzitterte, lange bevor der Verursacher – ein Reiter, der auf den Hof donnerte – sich zeigte. Von irgendwo aus einem anderen Schatten tauchte ein Stallknecht auf, der das schäumende Pferd an die Kandare nahm, während der Reiter absprang.

Meine Neugier brannte; ein Reiter aus Avignon würde sich nicht so beeilen, außer die Gerüchte über die Gesundheit Seiner Heiligkeit wären tatsächlich wahr. Aber der Himmel war noch nicht eingestürzt, und ich nahm deshalb an, dass sie nicht stimmten.

Die Nacht brachte ich mit schlaflosem Grübeln zu, und wenn mir doch einmal die Augen zufielen, schlief ich schlecht. Als ich am nächsten Morgen den Bischof aufsuchte, war ich stachelig wie ein Dornenbusch. Die gewohnten allmorgendlichen Höflichkeiten, ansonsten ein tröstendes Ritual, schienen mir plötzlich eine lästige Verstiegenheit zu sein.

»Der Bote«, sagte ich wissbegierig.

Jean de Malestroit schien überrascht. »Es gibt nichts Neues aus Avignon, außer dem, was ich Euch bereits gegeben habe«, sagte er mir.

»Nein, Eminenz, der Reiter, der gestern Abend ankam, als ich mich eben zur Ruhe begab …«

Nach einer Pause sagte er: »Ach. Dieser Bote. Ich habe mich schon gefragt, ob jemand ihn gesehen hat.«

»Er kam herangejagt wie ein Gewitter. Man konnte ihn unmöglich *überhören.*«

»Ach ja … nun, ich werde wohl Vorschriften erlassen müssen bezüglich der Ankunft von Reitern, damit niemand gestört wird.«

»Kam er aus Josselin?«

Er nickte langsam und wühlte dann in Pergamenten, als wollte er meine Fragen vereiteln.

»Nun, was hatte er zu sagen?«

Jean de Malestroit begann sich zu winden, als wäre ihm unbehaglich zumute. Schließlich sagte er: »Ich muss Euch leider sagen, dass Herzog Jean keine Einzelheiten seiner Begegnung mit Gilles de Rais verlauten ließ. In dem Brief, den er sandte, teilte er nichts von Bedeutung mit, außer dass Milord Gilles seine Hilfe und Unterstützung bei der Lösung des Problems mit Saint-Etienne erbeten hatte.«

»Die er natürlich nicht erhielt, gleichgültig, welche Gegenleistung er auch versprach.«

»Nein, die erhielt er nicht. Und er hat in Bezug auf Gegenleistungen nichts mehr anzubieten. Keine Mittel, mit denen er noch schachern könnte.«

Ich hatte nicht gewusst, dass sein Vermögen bereits derart geschwunden war. »Aber …«, sagte ich, »er hat doch sicherlich mehr gesagt …« Mir fehlten die Worte, ich wusste nicht, wie ich ihm das Wissen entlocken sollte, wonach ich so verlangte. Er vermied geschickt zu erwähnen, wie zu verfahren man ihm aufgetragen hatte, was völlig unabhängig war von dem in Josselin Vorgefallenen, aber mit Sicherheit in diesem dringenden Schreiben enthalten gewesen war. Er wandte sich von mir ab und ging zu seinem Schreibtisch, der von einem Ende zum anderen mit Pergamenten übersät war. Sobald er sich wieder in sie vertieft hätte, würde ich nicht mehr zu ihm durchdringen können.

Ich wusste mir nicht mehr anders zu helfen, als ihn unverblümt zu fragen. »Sollt Ihr gegen Milord vorgehen?«

Wieder antwortete er mir nicht direkt. »Ich wurde über Milords Bewegungen informiert«, sagte er. »Er hat das Schloss unbeschadet verlassen, ist aber noch nicht nach Machecoul zurückgekehrt; gestern quartierte er sich in dem Haus ein, in dem er auch bei seinem letzten Besuch in Josselin wohnte, dem Haus eines Mannes namens Lemoine vor den Mauern von Vannes.«

»Ich kenne dieses Haus – ein prächtiger Landsitz.« Ich konnte mir gut vorstellen, dass Milord in diesem vornehmen und prunkvollen Haus Zuflucht suchte. »Aber ich frage mich, warum er sich dort versteckt.«

»Buchet«, erwiderte Seine Eminenz.

Später sollten wir durch Poitou von dem Einfluss erfahren, den Buchet auf Gilles de Rais hatte.

Buchet brachte einen Jungen von etwa zehn Jahren zu Milord in Lemoines Haus, wo Milord sich dem Kinde fleischlich näherte. Er übte seine Lust auf den Knaben auf dieselbe Art aus, wie er es bei so vielen anderen getan hatte. Zuerst machte er sein Glied steif, indem er es mit beiden Händen rieb, dann schob er es zwischen die Schenkel des Jungen und benutzte die unnatürliche Öffnung des Knaben, um sich Erleichterung zu verschaffen. Währenddessen hing dieser Knabe an einem Seil, das um seine Hände gebunden war, von einem Deckenbalken. Ich hatte den Knaben mit einem Knebel, den ich ihm in den Mund steckte, stumm gemacht. Deshalb schrie er nicht, aber seine Miene war voller Angst und Verzweiflung.

Als Milord mit dem Knaben fertig war, befahl er Henriet und mir, ihn zu töten. Aber in Lemoines Haus gab es keinen Ort, wo man das hätte tun können, ohne Aufmerksamkeit zu erregen. Wir brachten deshalb den Knaben in das nahe gelegene Haus eines Mannes namens Boetden, wo die Edelknappen, die uns auf der Reise begleiteten, untergebracht waren. Wir wussten, dass dieser Wirt uns dort freie Hand lassen und nichts von dem verraten würde, was er sah oder hörte. Milord schien eine Schar von solchen Komplizen im ganzen Land zu haben, einen in beinahe jeder Gemeinde, die wir besuchten, doch wie er sie findet und wodurch er sich ihre Mitarbeit sichert, ist mir nicht bekannt.

In Boetdens Haus trennten wir den Kopf des Jungen vom Körper ab. Entweder war das Messer stumpf, oder seine Halsknochen waren sehr kräftig, denn es war eine elende Arbeit. Milord wurde sehr niedergeschlagen und ängstlich, deshalb verbrannten wir den Kopf gleich in dem Zimmer, wo die Tötung stattgefunden hatte. Doch wie sollten wir uns des Körpers entledigen, ohne dass jemand außer dem Wirt uns dabei beobachtete? Boetdens Haus befand sich in der Nähe der Dorfmitte und war ziemlich ungeschützt, wir konnten unsere Arbeit also nicht draußen erledigen. Schließlich kam mir der Gedanke, dass man die Leiche in der Latrine dieses Hauses versenken sollte, und als ich dies aussprach, stimmten die anderen mir zu. Also banden wir dem Jungen seinen eigenen Gürtel um und ließen ihn in das Loch hinab.

Zu meiner großen Bestürzung war der Unrat jedoch nicht tief genug, um die Leiche ganz zu bedecken. Ein Teil stand heraus, als kopfloser Zeuge dessen, was man ihm angetan hatte.

Ich wurde unter großen Schwierigkeiten von Henriet und Buchet in die Grube hinabgelassen, während sie oben blieben, um mein Absenken besser überwachen zu können. Mit viel Mühe und Plackerei gelang es mir endlich, den Leichnam so tief zu versenken, dass er von oben nicht mehr zu sehen war. Als ich dann wieder aus der Grube gezogen wurde, erbrach ich mich, bis ich meinte, mein Magen würde mir aus dem Körper springen.

16

Man würde erwarten, dass die La-Brea-Teergruben sich an einem etwas abgelegeneren Standort befinden, aber sie liegen genau im Zentrum von Los Angeles, mitten zwischen diesen Kolossen aus Stahl und Beton. Ihr Randbereich ist begrünt, aber angesichts der ganzen umgebenden »Zivilisation« kann man leicht vergessen, dass die Teergruben zuerst da waren. Man riecht sie, bevor man sie sieht, und der Geruch ist so, als würde jemand in der heißen Sonne auf einem Dach arbeiten. Wenn ich nur durchgehe, finde ich den Geruch gar nicht so übel. Aber den ganzen Tag? Ich weiß nicht.

Als ich dies dem Museumsdirektor gegenüber erwähnte, grinste er mich nur mit wildem Blick an und schnupperte genussvoll. Danach erwartete ich, dass er sich auf die Brust trommeln und kreischen würde, aber irgendwie schaffte er es, sich zu beherrschen. Netter Kerl, völlig unverhohlen in seiner Liebe zu der Einrichtung, die er leitete. Ich hatte eher einen Akademiker erwartet und mich darauf vorbereitet, mich mit dem paläontologischen Äquivalent eines Kunstwichsers herumschlagen zu müssen, der Sorte Leute, mit denen wir es zu tun haben, wenn wir in ein Kunstmuseum gehen. Sie halten alle Polizisten für unheilbar kulturlose Holzköpfe, aber sie wollen unseren Rat bei ihren lästigen kleinen Sicherheitsproblemen. Unverschämtheit.

Aber dieser Kerl mochte seine Arbeit wirklich. Ein paarmal musste ich sagen: *Das ist alles sehr eindrucksvoll, Sir, und ich unterbreche Sie nicht gerne, aber ich habe einige etwas spezifischere Fragen an Sie …* Dann tat es ihm immer sehr Leid, dass er schon wieder abgeschweift war.

Ich beschrieb ihm das Poster, das ich gesehen hatte. Er ging zu einer Schublade, zog eins heraus und entrollte es für mich. »Das da?«

Wieder jagte es mir einen Schauer über den Rücken. »Ja.«

»Ein bisschen ahistorisch«, sagte er. »Aber was soll's – ab und zu muss man sich doch auch mal einen Spaß erlauben dürfen.«

Das Poster war also seine Idee gewesen. Ich vermutete, dass es ihn einigen Aufwand gekostet hatte, seine historische Ungenauigkeit zu rechtfertigen. »Ein tolles Poster«, sagte ich. »Ich wette, es hat eine Menge Leute angelockt, die sonst nicht hierher gekommen wären.«

»Keine Frage, ja. Diese Ausstellung zog ein so buntes Publikum an, wie wir es noch nie hatten. Leute aus dem ganzen Land – aus der ganzen Welt.«

Und aus ganz Los Angeles, dachte ich.

Er ging zu einer Schublade in seinem Schreibtisch und zog ein Buch mit demselben Umschlag hervor. »Das Buch war ebenfalls ein großer Erfolg. Ziemlich teuer wegen der vielen farbigen Abbildungen, aber wir haben Unmengen davon verkauft. Unmengen. Ein Großteil des Erlöses aus diesem Buch ging in unseren Stiftungsfonds.«

»Es muss eine tolle Erfahrung gewesen sein, an dem Projekt mitarbeiten zu dürfen.«

»Nur die beste meiner Karriere. Vor allem in der Entwicklungsphase. Ich konnte mit einigen der talentiertesten Leute zusammenarbeiten.«

Dann seufzte er tief und schüttelte den Kopf.

»Und wenn man bedenkt, dass es beinahe gar nicht stattgefunden hätte.«

In der Hoffnung, dass er mir das erklären würde, wartete ich ein paar Sekunden, bevor ich fragte: »Ich kann mich nicht erinnern, in der Presse etwas gelesen zu haben, dass es nicht stattfinden …«

»Konnten Sie auch nicht. Wir haben es nicht an die große Glocke gehängt. Die Polizei haben wir allerdings schon benachrichtigt, deshalb überrascht es mich andererseits schon ein wenig, dass Sie nichts davon wissen. Wir hatten nämlich eine Bombendrohung.«

»*Wirklich?*«

»Ja, wirklich. Ich schätze, es ist gut, dass Sie nichts davon wussten, weil wir wirklich versuchten, es geheim zu halten. Einer der Mäzene war sehr publikumsscheu. Wir hatten schon Angst, er würde sich zurückziehen. Es waren einige Verhandlungen in letzter Minute nötig, um ihn bei der Stange zu halten. Die Drohung erwies sich als schlechter Scherz, aber dieser Mäzen – genau genommen war er der Schöpfer einer ganzen Reihe von Animatronics-Geräten – bestand darauf, dass wir ein besseres Sicherheitssystem installieren.«

»War vermutlich sowieso keine schlechte Idee.«

»Na ja, ziemlich teuer war es schon. Letztendlich bezahlte er aber einen Teil aus eigener Tasche.«

Alles sehr interessant, hatte aber wahrscheinlich nichts mit meinen Ermittlungen zu tun. »Ich arbeite an einem Fall«, sagte ich, »der mit mehreren kleinen Jungs zu tun hat. Einige davon scheinen diese Ausstellung besucht zu haben. Es ist die einzige Gemeinsamkeit, die ich bis jetzt feststellen konnte, deshalb möchte ich damit anfangen, einige Leute zu überprüfen, die an dieser Ausstellung mitgearbeitet haben.«

Die Neugier stand ihm ins Gesicht geschrieben. »Wie ominös.«

»Ja. Leider kann ich Ihnen im Augenblick nicht mehr sagen. Dazu sind die Hinweise noch nicht konkret genug.«

»Das ist aber schade, denn sonst könnte ich Ihnen den Kreis vielleicht ein wenig eingrenzen. An dieser Ausstellung waren Hunderte von Leuten beteiligt.«

»Ich nehme an, das waren nicht alles Museumsangestellte.«

»Nur sehr wenige. Wir vergeben viele Aufträge nach draußen, Reinigung und Versorgung zum Beispiel. Das Sicherheitssystem, von dem wir gesprochen haben – eine Fremdfirma hat das Personal gestellt. Wir hatten natürlich unsere eigenen Kameras, und der Ausstellungsmacher hat das Video-System für uns eingerichtet, samt Blue Screen …«

»Blue Screen?«

»Ja. Ich dachte, das kennt inzwischen jeder. War fast so eine große Attraktion wie die Ausstellung selber.«

Als Reaktion auf meinen verwirrten Blick fragte er: »Haben Sie Kinder?«

»Drei.«

»Hmm. Ich dachte, jedes Kind in L. A. hätte diese Ausstellung gesehen.«

»Ihr Vater brachte meine Kinder zusammen mit einer Gruppe hierher, und ich glaube, ein anderes Elternteil war auch noch dabei. Aber von Blue Screen habe ich nichts gehört. Sie haben nur von den beweglichen Tieren und Rittern erzählt, aber nichts über Blue Screen.«

»Wir hatten die Idee, das Sicherheitssystem in die Ausstellung zu integrieren, damit es nicht zu sehr auffällt. Das Video-System hatte TV-Qualität, viel besser als das, was man normalerweise von Überwachungskameras erwarten würde. Alle Besucher wurden aufgenommen, während sie in der Warteschlange standen. Es gab ein Fluoroskop, um Rucksäcke und Taschen zu untersuchen, aber die Besucher konnten die Maschine selbst bedienen und ihre eigenen Taschen durchleuchten. Natürlich wurde das Ganze von geschultem Personal überwacht, aber die Besucher bekamen so das Gefühl, dass sie die Sicherheit selbst mitgestalten konnten. Es war alles wunderbar interaktiv. Aber der Höhepunkt der ganzen Sache war der Blue Screen. Der wird beim Film für Spezialeffekte verwendet, wenn man Personen in Hintergründe einfügen will, die zuvor aufgenommen wurden. In unserem Fall haben wir die Besucher aufgefordert, vor der Kamera herumzualbern, und wenn sie dann in der Schlange warteten, konnten sie sich selbst vor einer Reihe von Hintergründen sehen. Einer war eine Art urzeitlicher Morast, ein anderer ein mittelalterlicher Wald mit einem Keiler, der plötzlich hinter einem Baum hervorsprang. Alle waren begeistert, und wir bekamen ein gutes Bild von jedem, ohne dass wir auftreten mussten wie Big Brother. Es war alles sehr raffiniert. Der Mäzen gab sich große Mühe, um was Besonderes draus zu machen.«

Mir kam das alles ein bisschen übertrieben vor, aber das sagte ich ihm nicht. »Also wurden alle diese Leute aufgenommen. Natürlich mit ihrem Wissen.«

»Ja. Die ganze Sache war eigentlich ein Spaß. Und die Leute konnten sich Kopien ihrer Szenen kaufen, wenn sie wollten. Dadurch holten wir einen guten Teil der Kosten wieder rein.«

»Und gab es ansonsten auch Wachleute auf dem Gelände?«

»Ja. Zwei, die sich durch die Ausstellung bewegten, und zwei in einer Kabine, wo sie die verschiedenen Kameras überwachten.«

»Wurden die Überwachungsbänder aufbewahrt?«

»Nicht von uns. Die Ausstellung endete vor mehr als zwei Jahren. Wir haben die Bänder kopiert, die wir von unserem internen System hatten, viele Male inzwischen, da bin ich mir sicher. Aber was mit den Blue-Screen-Bändern ist, weiß ich nicht.«

»Wer könnte sie denn haben, falls sie nicht gelöscht wurden?«

»Die Sicherheitsfirma.« Dann zögerte er einen Augenblick. »Oder vielleicht der Mäzen.«

Der Mäzen. Nicht der Mäzen Mr. Soundso oder ein Mäzen. Nur *der Mäzen.* »Könnten Sie mir bitte den Namen dieses Mäzens sagen?«

Wieder zögerte er kurz. »Er hält sich gern bedeckt.«

Pech, dachte ich, sagte aber: »Ich bin mir sicher, dass er angesichts der Situation, in der wir ermitteln, Verständnis haben wird.«

»Ich kann diese Entscheidung nicht treffen, wenn ich nicht weiß, was für eine ›Situation‹ das ist.«

Ich merkte, dass hier eine Hand die andere waschen musste. »Im Augenblick kann ich Ihnen nur sagen, dass wir in mehreren Pädophilie-Fällen ermitteln, zwischen denen möglicherweise ein Zusammenhang besteht.«

Es wäre vielleicht wirkungsvoller gewesen, *Serien*-Pädophilie zu sagen, aber ihm verschlug es auch so die Sprache. »Nun, ich schätze, dann ist es ziemlich ernst.«

»Ist es.« Ich gab ihm meinen auf einer leeren Seite aufgeschlagenen Notizblock. Vielleicht würde er sich nicht so sehr wie ein Verräter vorkommen, wenn er den Namen nicht laut aussprechen musste. »Ich wäre Ihnen sehr dankbar, wenn Sie mir den Namen dieses Spenders aufschreiben könnten.«

Er nahm das Notizbuch und zog den Kuli ab, den ich an den rechten Rand geklemmt hatte. Mit dramatischer Geste klickte er die Spitze heraus und schrieb. Dann klemmte er den Kuli wieder an den Block, klappte ihn zu und gab ihn mir zurück.

Ich blätterte ihn nicht wieder auf, um nachzusehen, wie der Name lautete. Ich wollte keine übermäßige Überraschung zeigen, falls es sich um einen Prominenten handelte. »Außerdem brauche ich den Namen der Firma, die ihnen das Sicherheitspersonal stellte. Und den der Reinigungsfirma ebenfalls.« Ich gab ihm den Block noch einmal.

»Natürlich«, sagte er im Schreiben. »Gibt es sonst noch etwas, das ich im Augenblick für Sie tun kann?«

»Ich wäre Ihnen dankbar, wenn Sie mir Ihr Personalbüro zeigen könnten. Ich muss mir die Unterlagen für die Zeitspanne der Ausstellung anschauen.«

Inzwischen hatte seine Haltung sich merklich versteift. Die Luft ist raus, sagte seine Miene. Ich würde ein andermal wiederkommen müssen, um spezifischere Informationen aus ihm herauszubekommen. Aber ich hatte meine erste Spur seit Wochen.

Wilbur Durand. Er war einer dieser Spezialeffekte-Zauberer, der viel für Hollywood gearbeitet hatte, vor allem für Horrorfilme. Ich recherchierte ein wenig über ihn, was allerdings in den Hintergrund trat gegenüber nochmaligen Gesprächen mit den Familien und den fälschlich Verdächtigten, eine Aufgabe, von der ich mich nicht ablenken lassen wollte.

Doch dann kam die ultimative Ablenkung: Fünf Tage vor der Zweimonatsmarke wurde ein zwölfjähriger Junge von seinen Eltern als vermisst gemeldet. Doch diesmal gab es eine verblüffende Abweichung vom bisherigen Muster: Der Junge war schwarz, wenn auch relativ hellhäutig. Alles andere passte; er war ein guter Junge und wurde zuletzt zusammen mit seinem älteren Bruder gesehen. Der Streifenbeamte, der die Anzeige aufgenommen hatte, hatte erfahren, dass es Streit zwischen den Brüdern gegeben hatte, und diese Information sofort an mich weitergegeben. Der biologische Vater des verschwundenen Jungen war der zweite Ehemann der Mutter und Stiefvater des älteren Sohnes, der seine Eifersucht auslebte, indem er im Haushalt Chaos anrichtete, wann immer es ging. Die Mutter des verschwundenen Jungen erzählte mir, ihre eigene Mutter hätte die beiden Brüder kurz vor dem Verschwinden bei einem Wortgefecht beobachtet.

Es passte also alles ziemlich gut – bis auf das kleine Problem mit der Hautfarbe.

Die Mutter war schockiert und entrüstet, als ich sie telefonisch fragte, ob ich ihren älteren Sohn einem Verhör in dieser Sache unterziehen dürfe.

Nicht er, sagte sie mir. *Er ist so ein guter, guter Junge, eher wie ein Vater als wie ein Bruder. Die beiden haben ihre Probleme, aber sie lieben sich, ich weiß, dass sie das tun.*

Mir blieb keine andere Wahl, als auf dem Verhör zu bestehen. Die Mutter gab schließlich nach und versprach, ihn aufs Revier zu bringen. Ich wollte sie besuchen und zu Hause mit ihm reden, aber sie beharrte darauf, ihn zu mir zu bringen.

Sie kamen ziemlich schnell, und der Sergeant führte sie für mich in ein Verhörzimmer. Als ich eintrat, stand ich einen Augenblick nur da und starrte sie an wie eine völlige Idiotin. So viel zum Ethnientraining.

Sowohl die Mutter wie auch der ältere Bruder waren weiß.

Es war wie ein Stabhochsprung – eine Offenbarung. Das Aussehen der Opfer war bei allen bis auf einen der verschwundenen Jungen relativ gleich, aber das war nicht das einzige Auswahlkriterium des Täters – da war ich mir absolut sicher. Es war die Hautfarbe der angeblichen Entführer, die identisch war.

Um die Sache gut aussehen zu lassen, stellte ich eine Reihe relevanter Fragen. Die Antworten kamen alle direkt, ohne Zögern, keine flackernden Blicke, keins der klassischen Anzeichen dafür, dass sie logen oder etwas zurückhielten. Als ich den älteren Bruder fragte, ob er bereit sei, sich einem Lügendetektortest zu unterziehen, um seine Aussagen zu bestätigen, zuckte er mit keiner Wimper und sagte sofort ja. Ich dachte, die Mutter würde ihm gleich einen Klaps geben.

Die letzte Frage, die ich stellte, war die einzige, die mir an diesem Punkt wichtig war.

»Gab es in den letzten Jahren irgendwelche speziellen Veranstaltungen, die du mit deinem Bruder besucht hast?«

Mutter und Sohn schauten völlig verwirrt. Ich wusste, sie wollten Fragen hören, die einen Bezug zur Suche nach dem verschwundenen Jungen hatten. Aber der Bruder antwortete.

»Ein paar Ballspiele, ein Konzert, und diese Dino-Geschichte im Teergrubenmuseum …«

Da all diese ehemals Verdächtigten bereits sehr intensiv verhört worden waren, gab es absolut keinen Grund, warum man von ihnen erwarten konnte, dass sie noch mehr Fragen darüber beantworteten, wo sie mit ihren verschwundenen Kindern gewesen waren. Mit den meisten hatte ich bereits gesprochen, vorgeblich, um mich bei ihren Fällen auf den neusten Stand zu bringen, doch in dieser Runde würden die Fragen präziser sein. Ich musste einiges an Überzeugungsarbeit aufbringen und mich vielmals entschuldigen, meistens für Sachen, die ich gar nicht getan hatte. Man muss sich mal vorstellen, wie demütigend und erniedrigend das sein muss, zuerst verdächtigt und beinahe angeklagt zu werden, einem Menschen, den man liebt, etwas angetan zu haben, und sich dann von den Beschuldigern sagen lassen zu müssen: *Denk dir nichts, wir haben es nicht so gemeint.* Warum in der Folge dieser ersten Ermittlungen nicht Horden von Anwälten über die Polizei von Los Angeles hereingebrochen waren, ist kaum zu verstehen. Das Trauma des Erlebten würde diesen Leuten noch lange zu schaffen machen, und ich musste besonders vorsichtig sein, damit keiner von ihnen den Eindruck bekam, sie würden wieder unter Verdacht stehen.

Ich versicherte jedem, dass die Informationen mir helfen würden herauszufinden, ob einige neue Theorien über das Verschwinden ihrer Kinder Hand und Fuß hatten, und diese Erklärung wurde allgemein akzeptiert. Aber sie waren alle ein wenig verwirrt über die Fragen – welche speziellen Veranstaltungen haben Sie und Ihr vermisster Junge besucht? Die direkte Frage – haben Sie mit Ihrem Jungen die Monster-Ausstellung besucht? – wäre zu manipulativ gewesen. Die Antwort musste kommen, ohne dass ich sie ihnen aus der Nase zog.

Jeder Einzelne erwähnte das Museum. Im Verlauf von drei oder vier Tagen sprach ich mit allen und kam dabei zu einer neuen Erkenntnis: Fast alle waren im frühen mittleren Alter, zwischen einssiebzig und einsachtundsiebzig groß (die drei Frauen eingeschlossen), von durchschnittlichem bis unterdurchschnittlichem Gewicht – und alle waren Weiße.

Es war eine ungefähre körperliche Beschreibung meines Verdächtigen.

Ich brauchte wieder eine Doc-Dosis, aber auf neutralem Territorium. In seinem Büro kam ich mir vor wie eine Studentin, und so wollte ich mich in seiner Gegenwart nicht fühlen. Auf dem Revier ging es immer chaotisch zu, und so bat ich ihn, einen Ort vorzuschlagen, wo wir uns treffen konnten. Es war schließlich der Santa Monica Pier, wo wir uns zu einem Hot-Dog-Essen trafen.

Die Möwen waren so laut wie immer, aber der Lärm störte mich nicht. Ich liebe den Pier mit seinem bunten Treiben und seiner Vitalität. Manchmal wimmelt es dort von bösen Jungs – und auch von bösen Mädchen, vor allem an den Freitag- und Samstagabenden. Aber am Nachmittag ist es dort das reinste Paradies. Meine Kinder gehen gern dorthin, vor allem Evan, es ist einer unserer absoluten Lieblingsorte.

»Alle ehemals Verdächtigen sind ungefähr gleich groß, zwischen einssiebzig und einsachtundsiebzig, und sie sind alle eher dünn. Deshalb nehme ich an, dass mein Verdächtiger es ebenfalls ist, da solche Merkmale schwer zu simulieren sind.«

»Was ist mit Gesichtsmerkmalen?«

Ich dachte an das Poster mit dem schwarzen Schlitz, wo die Augen sein sollten. Mein geistiges Bild von dem Verdächtigen hatte ein größeres, noch schwärzeres Loch, wo das Gesicht sein sollte. »Ich habe keine Ahnung, wie das Gesicht dieses Kerls aussieht.«

»Und was wollen Sie in dieser Hinsicht von mir?«

»Ich will noch einmal über die psychologischen Attribute reden, wenn Sie nichts dagegen haben, denn endlich habe ich etwas herausgefunden, das alle verschwundenen Jungs und ehemaligen Verdächtigen gemeinsam haben. Sie alle besuchten eine bestimmte Ausstellung im La-Brea-Teergruben-Museum …«

»Die mit den Tieren?«

»Ja. Sie lief ziemlich lang, und eine Unmenge von Leuten haben sie besucht. Ich muss also alle Leute überprüfen, die in dieser Zeit dort arbeiteten oder mit dieser speziellen Ausstellung zu tun hatten, einschließlich der Angestellten der externen Servicefirmen.«

»Klingt nach einer Menge Arbeit.«

»Ja, das ist es. Ich würde gern eine vernünftige Anzahl von Verdächtigen aus den Hunderten herausfiltern, und dazu brauche ich jede Hilfe, die ich bekommen kann.«

»Sie sind sich ziemlich sicher, dass er dort seine Opfer findet?«

»An diesem Punkt ist das noch Wunschdenken. Um ehrlich zu sein, mir kommt es ziemlich weit hergeholt vor, aber es ist die einzige Gemeinsamkeit.«

»Na ja, wenn es jemand ist, der im Museum arbeitet oder damit zu tun hat, dann haben Sie es wahrscheinlich mit einem gut organisierten Mörder zu tun.«

Das schien mir bereits offensichtlich. »Na ja, die Kontaktaufnahmen scheinen nicht spontan zu sein …«

»Stimmt, das ist ein Kriterium, aber es gibt gewisse subtile Eigenschaften, die man nicht oft genug wiederholen kann. Gut organisierte Mörder sind allgemein eher stille Leute, die in einer durchstrukturierten Fantasiewelt leben, im Gegensatz zu den eher desorganisierten, willkürlicher handelnden Typen, die in ihren Fantasien und Taten viel impulsiver sind. Der gut organisierte Täter plant seine Tat bis ins letzte Detail in seiner Fantasie und geht erst dann hinaus und setzt seine Fantasie in die Tat um. Der Desorganisierte hat unstrukturierte Fantasien und wird von einem äußeren Anstoß dazu gebracht, hinauszugehen und sich ein Kind zu schnappen. Was er mit diesem Kind anstellt, muss nicht unbedingt etwas mit der Fantasie zu tun haben, die der Tat vorausging, außer vielleicht auf sehr allgemeine Art.«

»Wenn Sie still sagen, was meinen Sie damit? Ich glaube, wer so etwas tut, muss ziemlich verwegen sein. Und still und verwegen scheinen mir ein Widerspruch zu sein.«

»Eine gewisse Form von Wagemut gehört schon dazu, da stimme ich Ihnen zu. Man könnte diese Eigenschaft aber auch Zwanghaftigkeit nennen. Man erkennt es allerdings selten von außen – nur wenige der Leute, die Sexualverbrechen an Kindern begehen, sind sichtbar so pervers, dass man sie als solche erkennt. Es wird viel davon gesprochen, dass man es ihnen an den Augen ansieht, normalerweise nach der Verhaftung, aber die Wahrheit ist, dass diese Typen, wenn man sie in Anzug und Krawatte steckt, in einem Pendlerzug nicht auffallen würden. Das widerspricht dem landläufigen Bild von einem solchen Verbrecher; die meisten von uns stellen sich einen Typ wie Charles Manson vor – obwohl Manson eher ein Anfallsmörder denn ein Serienmörder war, wenn Sie so wollen –, wilde Haare, abgerissene Kleidung, irrer Blick, eine erkennbare Psychopathie, die uns abschreckt. In den meisten dieser Fälle täuscht die Verpackung über den Inhalt hinweg; die meisten der Männer, die Serienmorde oder Serienpädophilie begehen, leben in Verpackungen, die beängstigend normal sind. John Wayne Gacy ist ein perfektes Beispiel für einen Kerl, der äußerlich mehr als normal aussah. Er war in der Zeit, in der er seine Verbrechen beging, ein erfolgreicher Bauunternehmer mit einem gut gehenden Geschäft. Als sein eigener Herr hatte er die Möglichkeit, sich freizunehmen, um seinem Zwang nachgehen zu können, und das Geld machte es ihm leichter. Wir könnten die ganze Liste der berühmtesten Mörder der Weltgeschichte durchgehen und würden viel Normalität finden und sogar einige außergewöhnlich attraktive Gestalten. Was diese Männer von allen anderen unterscheidet, ist viel mehr innerlich als äußerlich.«

Ungefähr einen Block weiter unten warf ein Arbeiter einen Abfallsack in einen offenen Müllcontainer. Die Möwen stürzten flügelschlagend und schreiend herab. Sie griffen den Sack mit ihren Schnäbeln an, einige flogen mit Leckerbissen davon. Die anderen stritten sich über dem Container.

»Das Überleben der Tüchtigsten, hm?«

»Ein starker Trieb.« Errol warf eine kaputte Muschelschale in den Sand unter dem Pier. »Es gibt einen Anthropologen namens Lyall Watson, der die Theorie aufgestellt hat, dass Verhalten, das wir als böse betrachten, oft echten Überlebenswert hat, zumindest in genetischer Hinsicht. Er erklärt es im Kontext der Darwinschen Evolutionstheorie, dass nämlich die Störung der Ordnung in der Welt – vor allem in der Bevölkerung – zu dem Anstieg böser Taten, den wir in den letzten Jahrhunderten erlebt haben, beiträgt. Und dass der Grund, warum Serienmörder vorwiegend Männer sind, der ist, dass sie bei der Weitergabe ihres genetischen Materials in Konkurrenz stehen. Wenn man Rivalen eliminiert, haben die eigenen Gene größere Chancen.«

»Klingt für mich ziemlich weit hergeholt.«

»Seine Theorien erklären aber sehr gut, warum gewisse Menschen die verrückten Dinge tun, die sie eben tun, wenn es keinen anderen offensichtlichen Grund dafür gibt. Ich muss zugeben, vieles davon verstehe ich nicht, obwohl das etwas ist, wofür ich bezahlt werde.«

»Na, dann dürfte ich überhaupt keine Chance haben.«

»Vielleicht doch. Sie sind eine intelligente Frau. Aber vielleicht kann ich Ihnen ein bisschen Zeit ersparen. Es ist unwahrscheinlich, dass Ihr Täter tatsächlich ein Angestellter des Museums ist.«

»Warum?«

»Weil es unwahrscheinlich ist, dass ein organisierter Mörder sein eigenes Nest beschmutzt.«

»Gacy hat alle seine Opfer in seinem eigenen Keller vergraben. Dahmer hat sie in die Tiefkühltruhe gesteckt.«

»Aber ob Sie es glauben oder nicht, das sind eher Ausnahmen und keinesfalls die Regel. Sie gingen das Risiko ein, gefasst zu werden und wurden ja auch gefasst, eben *weil* sie das taten. Ein Angestellter des Museums würde ein sehr großes Risiko eingehen, wenn er sich seine Opfer dort aussuchen würde. Ich würde mich auf Leute von außen konzentrieren. Die Subunternehmer. Die Servicefirmen. Und noch etwas – die Art, wie diese Verbrechen begangen werden, erfordert Ressourcen.«

»Ich weiß, daran habe ich auch schon gedacht. Er muss sich irgendwo herrichten, braucht einen ziemlich abgelegenen Ort, wohin er diese Jungs bringen kann…«

»Und es kostet Geld. Er besorgt sich Verkleidungen, kauft Autos, erzeugt all diese Illusionen. Der Kerl hat entweder lange für diese Aktionen gespart, oder er ist reich.«

»Der Museumsdirekter hat viel von einem der Mäzene erzählt. Er sagte mir, dass er das Sicherheitssystem zum Teil finanzierte, weil er mit dem, das sie ursprünglich installiert hatten, nicht zufrieden war.«

»Wie heißt der Kerl?«

»Wilbur Durand.«

Doc klappte die Kinnlade herunter. »Der Spezialeffekte-Typ.«

»Ja.«

»O Mann«, sagte er. »Das ist ja unglaublich.«

Bevor ich ihn fragen konnte, was er damit meinte, meldete sich mein Piepser. Die Vibration an meinem Gürtel erschreckte mich. »Merken Sie sich Ihren Gedanken«, sagte ich und rief im Revier an.

Er würde ihn sich eine ganze Weile merken müssen. Wir hatten eine Leiche.

17

Das Sommerwetter blieb schön, wie wir alle gehofft hatten, und dank dieses glücklichen Umstands reiften Äpfel und Kirschen in Hülle und Fülle heran. *Frère* Demien marschierte stolz wie ein Gockel umher und gluckte zugleich wie eine schützende Henne über seinen verhätschelten, fruchtschweren Bäumen. In dieser chaotischen Zeit sahen wir einander nicht so oft, wie ich es gewollt hätte; er war im Obsthain und in den Gärten beschäftigt, das redete ich mir zumindest ein. Doch schließlich kam ich zu der Überzeugung, dass auch er mir bisweilen aus dem Weg ging, weil er sich seine gute, gehobene Stimmung nicht von meiner immer stärker werdenden Düsterkeit trüben lassen wollte. Er war mir ein so guter und liebenswerter Freund wie immer, aber ich konnte auch die Entfremdung nicht übersehen, die zwischen uns entstanden war.

Ende Juli wäre die Ernte gesichert, sofern Gott zuvor nicht seinen Zorn in Unwettern ausschüttete. Jetzt war die Zeit des Wartens und

Schauens in allen Dingen, auch in der Angelegenheit Gilles de Rais. Warten ist mir ein Gräuel; alle, die mich kennen, wissen das. Seine Eminenz hatte mich klugerweise in der Zeit zwischen Milords Abreise aus Josselin und der ersten offiziellen Maßnahme gegen ihn in Frieden gelassen. Obwohl wir so viel Zeit wie eh und je miteinander verbrachten, meistens auf angenehme Art, enthielten unsere vertrauten Gespräche keine Erwähnung von Gilles de Rais.

Um mich zu beschäftigen, trieb ich die jungen Schwestern zu noch mehr Reinlichkeit an, als wollte ich Schwester Claires Erfolg in Bourgneuf nachahmen. Eines Nachmittags fand mich mein Bischof im Hof in einem der seltenen Augenblicke der Muße. Vor mir hatte ich einen Holzrahmen, auf den ein Stück feinen Leinens gespannt war. Ich hatte ein Blumenmuster auf das Gewebe gezeichnet, das ich jetzt mit bunten Seidenfäden nachstickte. Das spätnachmittägliche Sommerlicht eignete sich hervorragend für diese fesselnde Tätigkeit, der ich mich in schwierigen Zeiten wegen des Trostes, den sie mir schenkte, oft zuwandte. Meine Freude daran musste ziemlich offensichtlich gewesen sein, denn der Bischof merkte mir meine Versunkenheit an, als er sich näherte, und zwar beinahe entschuldigend.

»Ich wollte Euch einladen, mit mir zu Abend zu essen«, sagte er mit einem Lächeln, »aber Ihr scheint so in Eure Arbeit vertieft zu sein. Es gibt Kapaun. Euer Lieblingsgericht.«

»Ihr braucht mich nicht in Versuchung zu führen«, entgegnete ich. Ich steckte meine Nadel in das Gewebe und erhob mich von meinem Stuhl.

Er trug zwar die Gewänder des Geistlichen, verhielt sich aber wie der galante Edelmann, der er oft war, indem er mir den Arm bot. Die Röte, die mir in die Wagen stieg, machte mich rasend, aber ich konnte nichts dagegen tun. Ich legte die Hand auf seinen Arm, und gemeinsam schritten wir über den Hof des bischöflichen Palastes zu seinem privaten Speisezimmer, den ganzen Weg ohne ein einziges Wort.

Kapaun und Karpfen und gedämpfte Zwiebeln – mein Gaumen war zufrieden. Aber natürlich begriff ich auch, dass es einen Grund für diese Einladung gab.

»Ich habe den Befehl erhalten, gegen ihn vorzugehen«, sagte der Bischof schließlich, »zunächst nur wegen seines Überfalls auf Jean le Ferron. Im Verlauf der Ermittlungen werden wir mehr Beweise sammeln, um eine Anklage wegen Mordes zu untermauern.« Er zögerte, als würde das die harten Worte lindern, die nun folgten.

»Und es wird eine Inquisition geben.«

Ich lehnte mich zurück und dachte einen Augenblick über die Ereignisse der letzten Zeit nach. Ich kniff fest die Augen zusammen, um die dunklen, taumelnden Bilder zu verscheuchen, die durch meine Seele marschierten wie eine Armee von Invasoren. Ich hatte es nicht gewagt, irgendjemandem zu erzählen, dass ebendieser Ansturm verrückter Visionen, die immer häufiger und mit immer größerer Macht kamen, aus mir das düstere, grübelnde alte Weib machten, dem mein jüngerer Bruder Demien offensichtlich aus dem Weg gehen wollte. Hätte ich etwas erzählt, hätte man mich weggesperrt, da alle überzeugt wären, ich könne nicht länger bei Verstand sein. Es war immer dasselbe: ein dunkler und gesichtsloser Unhold in voller Rüstung, der ein blutiges Schwert schwang. Er ritt auf einem Tier, das ich nicht benennen konnte, und stürzte mit hoch erhobenem Schwert auf mich zu, um mir ein Kind aus den Armen zu reißen und es, am Nacken gepackt, fortzutragen wie ein Raubvogel. Er warf das Kind in die Luft und schlug ihm, als es wieder zu Boden fiel, mit einem einzigen, mächtigen Hieb den Kopf ab.

Ich wusste, wer hinter dieser eisernen Maske steckte. Aber wie konnte er so heimtückisch diesen Säugling abschlachten, der doch nur er selber sein konnte? Ich brachte kaum ein Flüstern zustande. »Kann es nicht vermieden werden?«

Jean de Malestroit streckte die Hand über den Tisch. Als unsere Finger sich vereinigten, sagte er: »Nicht einmal Jesus konnte den Kelch vermeiden, den Sein Vater Ihm gab.«

»Was geschieht jetzt?«

Von irgendwo unter dem Tisch zog der Bischof einen Folianten mit Pergamenten heraus und gab ihn mir.

»Das ist ein Entwurf dessen, was kopiert und veröffentlicht wird.«

Er war in seiner eigenen Handschrift geschrieben. Vor mir lag die sorgfältig formulierte Eröffnungsanklage, die Gilles de Rais letztendlich in die Knie zwingen würde. Man hatte mir die Gelegenheit gewährt, sie zu lesen, bevor die Bedingung der Veröffentlichung erfüllt wurde.

In der Tat eine bittersüße Ehre.

Allen, die diese Briefe lesen, geben wir, Jean, dank göttlicher Zulassung und der Gnade des Heiligen Apostolischen Stuhls Bischof von Nantes, unseren Segen im Namen unseres Herrn und verlangen, dass Ihr diese Briefe zur Kenntnis nehmt.

Hiermit wird bekannt gegeben, dass bei dem Besuch der Gemeinde von Saint-Marie in Nantes, in welcher der unten erwähnte Gilles de Rais häufig in dem Haus mit dem Namen La Suze logiert und ein Gemeindemitglied besagten Sprengels ist, und beim Besuch anderer, ebenfalls unten erwähnter Kirchengemeinden, uns zuerst häufige und öffentliche Gerüchte erreichten, und dann Beschwerden und Erklärungen guter und besonnener Leute.

Die Liste, die folgte, war lang und schmerzvoll zu lesen, denn im Verlauf meiner Ermittlungen hatte ich einige dieser Leute kennen gelernt: Agathe, Frau von Denis de Lemion; die Witwe von Regnaud Donète; Jeanne, Witwe von Guibelet Delit; Jean Hubert und seine Frau; Marthe, Witwe von Yvon Kerguen; Jeanne, Frau von Jean Darel; Tiphaine, Frau von Eonnet le Charpentier. Alle waren Gemeindemitglieder in Sprengeln im Umkreis von Liegenschaften, die Gilles de Rais gehörten oder gehört hatten; die Kirchen standen neben den Namen der Zeugen.

Wir, die wir diese Kirchen unserem Amte gemäß besuchten, ließen die Zeugen gewissenhaft befragen und haben aus ihren Aussagen erfahren, dass, neben anderen Dingen, derer wir uns gewiss sind, der Edelmann Gilles de Rais, Ritter, Herr und Baron besagten Ortes, unser Untertan und unter unsere Gerichtsbarkeit fallend, zusammen mit gewissen Komplizen vielen jungen und unschuldigen Knaben die Köpfe abschlug, sie also derart tötete und abscheulich massakrierte, dass er sich mit diesen Knaben abartiger Lust und dem Laster der widernatürlichen Unzucht hingab, oft Dämonen anrief oder andere dazu verleitete, ihnen opferte oder Pakte mit ihnen schloss und andere ungeheure Verbrechen innerhalb unseres Zuständigkeitsbereichs verübte; und durch die Nachforschungen unserer Bevollmächtigten und Beauftragten haben wir erfahren, dass besagter Gilles de Rais die oben erwähnten Verbrechen und andere Ausschweifungen sowohl in unserer Diözese wie auch an verschiedenen anderen außerhalb gelegenen Orten verübt und begangen hat.

Aufgrund jener Verbrechen stand besagter Gilles de Rais und steht noch immer bei ernsthaften und ehrbaren Personen in Verruf. Um jeden Zweifel in dieser Angelegenheit zu zerstreuen, haben wir diese Briefe verfasst und ihnen unser Siegel aufgedrückt.

Gegeben in Nantes am 29. Juli 1440, im Auftrag des Fürstbischofs von Nantes.

»Wann wird er Milord übergeben?«

»Morgen.«

»Und der öffentliche Aushang?«

Er schaute auf seinen leeren Teller. »Das hat noch Zeit.«

Mein eigener Teller war verschwunden, und wie durch Zauberhand, in Wahrheit aber durch die Hand einer jungen Novizin, die so leise war, dass man es kaum merkte, wenn sie den Raum betrat, war eine wunderbare *crème* vor mir aufgetaucht. Ich konnte mich nicht erinnern, das Mädchen schon einmal im Kloster gesehen zu haben, doch gehörte sie mit Sicherheit zu uns, trug sie doch dieselbe Tracht und denselben Schleier wie alle anderen Novizinnen und war ebenso unsichtbar.

Ich bewunderte den köstlichen Nachtisch einige Augenblicke lang, hatte aber keinen Appetit mehr. Plötzlich fühlte ich mich beobachtet, und ich hob den Kopf; Jean de Malestroits Blick ruhte so eindringlich auf mir, dass ich ihn förmlich brennen spürte. An diesem Abend war ich nicht unsichtbar.

Zwei Tage Regen hielten uns alle im Haus, aber *Frère* Demien wachte noch immer sorgsam über seine reifenden Früchte. Von der Sicherheit eines der oberen Fenster aus sah ich, wie er immer wieder Wasser von den schweren Ästen schüttelte, um zu verhindern, dass sie zu Boden gedrückt wurden. Es waren Dutzende von Bäumen und Unmengen von Regen abzuschütteln. Eine unmögliche Aufgabe, außer für jene, denen göttlicher Beistand zum Erfolg verhilft.

Als der Tag sich neigte, sah ich ihn, wohl zum letzten Mal vor Sonnenuntergang, zur Abtei zurückkehren. Auch er selbst hatte ein

Schütteln dringend nötig, denn er war durchnässt bis auf die Haut. Auf dem Pfad zwischen dem Obstgarten und den bischöflichen Gebäuden begegnete er einem Reiter, der ihn offensichtlich kannte, denn der Mann hielt an und sprach kurz mit dem jüngeren Bruder. Als sie dann in entgegengesetzte Richtungen auseinander gingen, meinte ich zu sehen, dass *Frère* Demien seinen Schritt beschleunigte.

Er kam direkt zu mir, atemlos und noch in seiner nassen Kutte.

»Es gibt Neuigkeiten«, sagte er, triefend und keuchend. »De Sille und De Briqueville sind verschwunden. Sie haben Gilles de Rais die Gefolgschaft aufgekündigt und sind davongelaufen.«

Wer konnte es ihnen verdenken? Diese Halunken hatten wohl gewusst, dass ihr Herr und Cousin nicht mehr in der Lage war, sie zu beschützen. Aber wie schändlich undankbar sie dabei waren – sie hatten sich mit einem Teil seines Vermögens davongemacht. Sie waren verantwortlich gewesen für den Erwerb von Baumaterial für seine Kapelle, für den Kauf von Kleidern und Geschenken für seine Opfer und für die Beschaffung von Vorräten, die für ein so aufgeblähtes Gefolge nötig waren. Hatten diese Schurken jedem Posten auf einer Rechnung einen oder zwei *sous* hinzugefügt und sie so Milord zur Zahlung präsentiert, um den Aufschlag selbst zu behalten? Das war so sicher wie der Regen, der vor dem Fenster fiel.

Man hoffte, dass Milord nicht so töricht war, etwas Besseres von ihnen zu erwarten, und falls doch, erwies er sich als der betrogene Narr, für den ich ihn inzwischen halten musste. Diese Gedanken waren Besorgnis erregend, aber andere Ahnungen über Milord Gilles – einige noch verstörender – kamen mir ebenfalls in den Sinn, eine vor allem, die nicht wieder verschwand, aber sich auch nicht richtig zu erkennen gab. Sosehr ich mich auch bemühte, ich konnte sie mir nicht ins Bewusstsein rufen. Doch ich wusste, irgendwann würde ich es können.

Trotz *Frère* Demiens Bemühungen berührten die unteren Äste in unserem Obstgarten doch noch die Erde. Entsetzt nahm unser guter Bruder uns alle in die Pflicht, von der niedrigsten Novizin bis hin zu mir. In Scharen gingen wir hinaus auf die noch immer nassen Felder und banden die ungehörigen Äste mit allem an Seilen und Schnüren hoch, was uns gerade in die Hände fiel – in einem Fall die ausgefranste Kordel einer Mönchskutte. Wir pflückten alle Früchte, die schon jetzt den Makel späterer Unvollkommenheit trugen, und stützten die nun leichteren Äste auf gegabelte Stöcke, die wir im nahen Wald gesammelt hatten. Die Notwendigkeit einer so enormen Kraftanstrengung entging den meisten von uns, aber wir verehrten unseren großartigen Bruder und ertrugen seine schrulligen Ängste mit all unserem Humor.

Gegen Ende des Vormittags, ich plagte mich noch im Kreise meiner Töchter in Christus ab, fiel mir in der Entfernung eine Bewegung ins Auge. Ich trat aus dem Schutz der Bäume und spähte nach Westen. Eine Art Gefolge zog heran. Derweil es sich näherte, sah ich Herzog Jeans vertraute Standarte im Wind flattern. Schlamm spritzte hinter ihnen auf wie Staub auf den Straßen, und in weniger als einem Herzschlag, so kam es mir vor, verschwand die gesamte Truppe durch das Tor in den Palasthof. Ich entschuldigte mich, was ich nicht hätte tun müssen, da ich die Ranghöchste unter den Arbeiterinnen war, und lief auf das Schloss zu, wobei ich mir auf dem Weg durch den Garten und über die Straße die Ärmel herunterkrempelte. Im Haupthof schaffte ich es, die Schürze abzunehmen und sie im Vorübereilen in die Küche zu werfen, was der Spülmagd, die flink genug war, sie aufzufangen, einen überraschten Blick entlockte. Während ich die Treppe hochstieg, versuchte ich, Schleier und Haube in Ordnung zu bringen.

Doch dies alles erwies sich als nutzlos, denn als Jean de Malestroit mich sah, sagte er als Erstes: »Ihr seid ganz aufgelöst, Guillemette. Man könnte meinen, Ihr seid von einem, äh, barbarischen Ort hierher geeilt.«

»Der Obstgarten«, erklärte ich. »*Frère* Demien…«

Er seufzte resigniert. »Wann findet der junge Mann nur Zeit für seine Andachtsübungen?«

»Das *sind* seine Andachtsübungen, Eminenz«, sagte ich atemlos. »Aber genug von diesem Geplänkel. Ich habe Herzog Jeans Reiter gesehen.«

»Ja«, sagte er. »Sie haben mir gerade eben seine Botschaft überbracht.« Er legte die Hand auf einen Stapel Blätter, der auf seinem Schreibtisch lag. »Ich habe just begonnen, Sie zu lesen.«

Unaufgefordert setzte ich mich, um zu warten.

»Er möchte ihn mit einem einzigen, schnellen Schlag erledigen«, sagte der Bischof, bevor er ganz zu Ende gelesen hatte. »All seine Besitztümer beschlagnahmen, hier und in Frankreich, um ihn völlig zu lähmen.«

»Aber die Liegenschaften in Frankreich kann er nicht übernehmen …«

»Rechtmäßig nicht, nein.«

Er ließ die Blätter geräuschvoll auf den Tisch fallen. Ich hätte sie liebend gern selbst gelesen, beherrschte mich aber.

»Herzog Jean kann tun, was ihm beliebt«, sagte er nachdenklich. »aber eine solche Übernahme wird Folgen haben, und eine davon dürfte sicherlich der Verlust von König Charles' Gunst sein. Der König steht zwar in keiner Weise in Milord Gilles' Schuld oder hegt eine besondere Liebe für ihn – wahrscheinlich würde er ihn ebenso gerne los sein wie der Herzog. Aber noch herrscht Zwist zwischen Charles und dem Herzog wegen dieser erfolglosen Rebellion, die der Herzog unterstützte – gegen meinen Rat natürlich.«

Natürlich, dachte ich. »Aber dies wurde doch sicherlich zwischen den beiden bereinigt.«

»Ich fürchte, der König hat ein langes Gedächtnis.«

»Er scheint nur ein kurzes Gedächtnis zu haben für die Unterstützung jener, die ihm die Krone aufs Haupt setzten. Darunter auch Milord Gilles, falls Ihr das auch vergessen habt.«

Vermutlich mir zuliebe machte er ein betretenes Gesicht. »Das vergisst niemand, Guillemette. Aber diese Dinge jetzt überragen die Erinnerung an Milords Tapferkeit. Er verhält sich wie der schlimmste Feigling.«

»Sogar ein Feigling hat Rechte, wenn es um sein Land geht.«

»Einem Feigling, der unaussprechliche Verbrechen begangen hat, können seine Rechte aberkannt werden. Jetzt, wenn Ihr gestattet …«

Er wandte sich wieder den Dokumenten zu, und ich beobachtete ihn beim Lesen. Seine Versunkenheit war tief und ließ sich durch nichts erschüttern. Nachdem er die letzte Seite ungedreht hatte, lehnte er sich zurück, faltete die Hände im Schoß und saß sehr still da. Es sah beinahe so aus, als würde er beten. Als er die Augen wieder öffnete, schien es, als sei er zu einer Entscheidung gelangt.

»Ich werde Herzog Jean raten, in dieser Angelegenheit sehr behutsam vorzugehen. Welches Verfahren auch eingeleitet wird, welche Anklagen auch erhoben werden, es darf kein Zweifel an ihrer Rechtmäßigkeit bestehen.«

»Eine solche Makellosigkeit würde eine Zusammenarbeit zwischen Herzog Jean und dem König erfordern«, sagte ich, »denn ihre Interessen sind nicht im Einklang.«

Einen Augenblick schaute er mich stumm an. »Bei allen Heiligen, Guillemette, ich glaube, als Äbtissin seid Ihr am falschen Platz, Ihr solltet Diplomatin sein. Warum habe ich diese Qualitäten an Euch nicht schon früher bemerkt?«

Nun, sie waren wohl eben erst zum Vorschein gekommen.

Für mich hatte es den Anschein, dass Gerechtigkeit das Beste war, was Gilles de Rais noch erhoffen konnte, da jede Art von Entlastung nicht mehr möglich war. Für Jean de Malestroit bot sie sich als geeignetes Mittel an, mit dem er die Würde der Kämpfer in dieser rechtlichen Schlacht und auch die Rechtmäßigkeit des Ausgangs wahren konnte. Wir redeten noch ein wenig länger über das Vorgehen, mit dem diese Gerechtigkeit zu erreichen war; ich wusste, dass Seine Eminenz noch viele Gespräche mit jenen Männern führen würde, die mit ihm am Richtertisch stehen würden, und ich bemerkte, dass er in unseren Gesprächen für das übte, was ihm bevorstand.

»Allmählich denke ich, es wäre das Beste«, beschloss der Bischof laut eine seiner Grübeleien, »wenn König Charles die Herrschaft über Milords Besitzungen in Frankreich an Herzog Jean übergibt. Aber es wird ihm wohl nicht gefallen, dieses Zugeständnis an seinen Rivalen öffentlich zu machen.«

»Dann würde vielleicht ein Vermittler weiterhelfen, einer, der beiden Teilen Peinlichkeiten erspart. Vielleicht der Bruder des Herzogs, Arthur«, schlug ich vor. »Er ist der Kronfeldherr Frankreichs und als solcher ein Vertrauter des Königs.«

»Es besteht noch immer eine kindische Rivalität zwischen dem

Herzog und Arthur. Man hofft, dass dieser Bruderzwist, sofern man helfend eingreift, sich besser entwickelt, als es bei Kain und Abel geschah.«

Ich hatte meine Zweifel. Ich überlegte kurz, ob es eine solche Rivalität auch zwischen meinen Söhnen gäbe, wäre Michel noch bei uns. Es gab eigentlich nichts, worüber sie sich hätten streiten können, keinen Grundbesitz, kein Geld und keinen Titel. Das Einzige, was sie gemeinsam hatten, war die Verbindung mit Gilles de Rais – Michel als Knabe, Jean als junger Mann. Oft habe ich mich tief in meinem Herzen gefragt, warum Gilles sich solche Mühe gemacht hatte, Jean zu helfen, ihm eine so gute Stellung in Avignon zu verschaffen. Vielleicht, weil er ein wenig wahre Brüderlichkeit nötig hatte; seine noch bestehende Rivalität mit seinem leiblichen Bruder René hatte begonnen, als Jean de Craon sein Schwert René vermachte und nicht Gilles, wie allgemein erwartet wurde. Seitdem gab es immer Händel zwischen den beiden.

»Bruderschaft ist oft eine schwierige Art der Verwandtschaft, auch wenn man hoffen möchte, dass es anders wäre«, sagte ich. »Aber der Herzog und Arthur werden unter den gegebenen Umständen ihre Schwierigkeiten doch sicherlich überwinden. Mit ein wenig Hilfe, natürlich.«

»Man hofft es. Es wäre für alle Beteiligten von großem Nutzen.«

Seine Eminenz besprach sich später an diesem Tag mit seinen Beratern, die ihm zustimmten, dass dies eine ausgezeichnete Vorgehensweise sei. Ein Brief wurde aufgesetzt, der Herzog Jean vorschlug, er möge sich mit seinem mächtigen *Frère* Arthur treffen, um seine Absichten in Bezug auf Milord zu besprechen.

Wenn Ihr die Absicht habt, Tiffauges und Pouzages zur Begleichung der Milord Gilles auferlegten Strafe zu beschlagnahmen, müsst Ihr zuerst Euren Bruder dazu bewegen, den König zu überzeugen, dass er Euch dies ohne Einmischung gestattet. Das ist für alle Beteiligten der vernünftigste Weg.

Natürlich würde all diese Brillanz vergebens sein, sollte Charles plötzlich Gewissenbisse bekommen ob seiner Schuld gegenüber Gilles wegen der Unterstützung der Jungfrau, ohne deren Siege er nie gekrönt worden wäre. Aber seit er diese Schuld eingegangen war, war mehr als ein Jahrzehnt vergangen – und fast ein Jahrzehnt seit ihrer Hinrichtung. Ob langes Gedächtnis oder nicht, Charles würde diese Schuld nur bezahlen, wenn man sie direkt einforderte. Für mich hatte es den Anschein, als wüssten Bauern immer, wann ihre Schulden fällig sind, während Könige ihre Gläubiger brauchten, um sie daran zu erinnern.

Wir saßen auf unseren Pferden und betrachteten die Festung in Vannes. Wie viele dieser riesenhaften Gebäude hatte ich in meinen Tagen auf dieser Erde schon gesehen? Oft denke ich mir, Leute von niedriger Geburt können sich kaum vorstellen, welche Intrigen sich auf der anderen Seite der schlammigen Gräben abspielen. Als Frau von mittlerer Geburt hatte ich genug gesehen, um zu wissen, dass vieles davon unheilig war.

Innerhalb dieser Mauern, auf deren Zinnen Herzog Jeans Standarte wehte, hatte eine Begegnung zwischen Brüdern stattgefunden, bei der sie unter der Leitung Seiner Eminenz Jean de Malestroit, durch göttliche Bestimmung Bischof von Nantes, zu einer Einigung gelangt waren. Arthur de Richemont, Kronfeldherr von Frankreich, Freund und Verbündeter des Königs, würde Gilles de Rais' Ländereien in Frankreich, darunter auch Tiffauges und Pouzages, besetzen. Herzog Jean wurde so die Peinlichkeit erspart, es selbst tun zu müssen. König Charles wurde der Anschein der Einwilligung erspart und die Schmach, dass sein Verrat gegenüber Gilles de Rais öffentlich bekannt wurde. Als Gegenleistung würde De Richemont bretonische Ländereien erhalten, sobald diese rechtmäßig beschlagnahmt werden konnten.

Wir reisten von Vannes nach Tiffauges, wo De Richemont sich mit uns traf. Die Beschlagnahme von Tiffauges verlief schnell und ohne Blutvergießen. Der Priester Jean le Ferron, der nach seiner Demütigung durch Milord Gilles bei dem Angriff auf Saint-Etienne noch immer dort eingekerkert war, wurde nun endlich in unsere Obhut übergeben. Der arme Mann trug noch immer die entzündeten roten Wunden seiner Schläge, doch ritt er mit in würdevollem Triumph erhobenem Kopf über die Zugbrücke. Er sprach kein Wort, während wir ihn zurück nach Nantes begleiteten, wo wir ihn seinem Bruder Geoffrey übergaben.

Nun konnte es keinen Zweifel mehr geben, dass Gilles de Rais von seiner hohen Mauer des Ruhms stürzen und sich nie wieder erheben würde.

Ein kühler Wind aus dem Westen kniff mir in die Knöchel, während ich auf einem hölzernen Podest stand und die Arme ausstreckte, um die Äpfel an den höchsten Ästen zu pflücken. Jean de Malestroit war so beschäftigt mit den Vorbereitungen für Milords Vernichtung, dass er meiner weniger bedurfte, was mir, je nach meiner Stimmung, einmal mehr, einmal weniger gefiel. Einfache Ernteaufgaben brachten mir Frieden: Ich trug Kisten für einige meiner betagten Schwestern, deren Bereitschaft größer war als ihre Kraft, und wurde dafür belohnt mit einem Trugbild der Jugend. Ich hielt Leitern, während junge Brüder in den Himmel stiegen, um Gottes Gaben zu ernten. Ich tröstete eine Novizin, die unabsichtlich einen halben Wurm gegessen hatte, indem ich ihr sagte, diese schleimigen Dinger hätten einen verborgenen medizinischen Nutzen und würden oft in äußerst schwierig herzustellenden Tränken versteckt – das hatte eine erfahrene Hebamme mir erzählt. All diese kleinen Dienste waren mir Hilfsmittel, um mich in die Freuden des Augenblicks zu versenken, ohne über die Schrecken nachzudenken, die uns sicherlich noch bevorstanden. Aber Zufriedenheit ist immer abhängig von den Launen Gottes, und so war es auch an diesem Tag. Hoch oben auf meiner hölzernen Kiste war ich die Erste, die den jungen Mönch sah, der aus dem Bischofspalast und in den Obstgarten gelaufen kam. Neugierig sah ich zu, wie dieser Priesterknabe zu *Frère* Demien ging, der ihm einen Augenblick zuhörte und dann in meine Richtung schaute.

Ich stieg von meiner Kiste herunter, wählte aus meinem Korb den vollkommensten Apfel aus, den ich finden konnte, und rieb ihn kräftig an meinem Ärmel. Als *Frère* Demien dann vor mir stand, überreichte ich ihn ihm mit übertriebenem Zeremoniell.

»Ich glaube, wir sind dieses Jahr gesegnet«, sagte er, als er ihn entgegennahm.

»Das sind wir«, entgegnete ich. »Ich genieße diese ruhigen Stunden des Erntens sehr.«

»Dann fürchte ich, ich muss Euren Genuss unterbrechen. Seine Eminenz wünscht Euch zu sprechen.«

»Ah, Guillemette«, sagte Jean de Malestroit, als ich eintrat. »Warum diese finstere Miene?«

»Ist es denn nicht unnatürlich, sich an einem so herrlichen Tag innerhalb steinerner Mauern aufzuhalten?«

»Womöglich hat *Frère* Demiens übertriebene Liebe zum Garten auch Euch ergriffen?« Er zögerte einen Augenblick, als würde er etwas noch einmal überdenken, und sagte dann: »Verzeiht mir, dass ich Euch aus Eurer Gemütsruhe reiße. Aber ich dachte mir, Ihr würdet dies gern sehen, bevor andere es zu sehen bekommen.«

Er reichte mir ein mit einer unbekannten Handschrift verfasstes Pergament. Während ich mich auf einen Stuhl setzte, überflog ich die Grußformeln und Segenswünsche, da sie in jedem rechtlichen Dokument immer dieselben waren, was heißen soll, verwirrend und voller Oberflächlichkeiten. Im Namen von, dank der Gnade von, unter der Schirmherrschaft von. Diese Wörter verzögerten nur, dass ich den einzigen Teil des Schreibens erreichte, der von Bedeutung war:

Wir, die wir nicht wünschen, dass derartige Verbrechen und die ketzerische Krankheit, die wuchert wie ein Geschwür, wenn sie nicht unverzüglich herausgerissen wird, in Schweigen übergangen werden, durch Nachlässigkeit oder Verheimlichung, und die wir fürderhin wünschen, dass die erforderlichen Heilmittel tatkräftig verabreicht werden, ersuchen und befehlen im Namen aller Anwesenden Euch, den Einzelnen und die Gesamtheit, ohne dass einer dem anderen Schuld zuschiebt oder sich auf Kosten eines anderen entschuldigt, durch diesen einen bindenden Erlass, dass Ihr am Montag, der auf das Fest der Erhöhung des Heiligen Kreuzes folgt, also dem 19. Tag des September, in personam *vor uns oder unserem Vertreter vorführt den Edelmann Gilles de Rais, Ritter, unser Untertan und unter unserer Gerichtsbarkeit stehend, den wir demgemäß und entsprechend der Bedingungen dieses Schreibens vor uns wie auch vor den mit dem Fall beauftragten Anklagevertreter bestellen, auf dass er Rede und Antwort stehe im Namen des Glaubens wie auch des Gesetzes, und dafür ist es unser Wunsch, dass dieses Schreiben von Euch oder anderen unter Euch pflichtgemäß in die Tat umgesetzt werde.*

Gegeben am vergangenen Dienstag, dem 13. Tag des September, im Jahr unseres Herrn 1440.

Das Datum war das des heutigen Tages, und es war noch früh, so dass das Dokument dem beabsichtigten Empfänger noch nicht übermittelt worden sein konnte. Das Schreiben war kopiert worden im Auftrag des Fürstbischofs Jean Guiole, ein Mann, der für gewöhnlich nicht zu unseren Vertrauten gehörte. Ich legte mir das Pergament auf den Schoß. »Ihr habt es nicht selbst unterzeichnet.«

»Auch andere haben die Befugnis, dies zu tun.«

Ein weiteres, rechtliches Dokument folgte am nächsten Tag.

Ich, Robin Guillaumet, Priester und öffentlicher Notar in der Diözese von Nantes, habe mit Sorgfalt diese Erlasse zur Vollstreckung verfertigt, die gegen den besagten Gilles, Ritter, Baron von Rais, in besagtem Schreiben als Hauptbeschuldigter genannt, veröffentlicht und von mir in meinem eigenen Recht besiegelt wurden am 14. dieses September, gemäß der in diesen Schreiben verlangten Form und Art.

»Wieder habt nicht Ihr unterschrieben, mein Bischof.«

»Es ist nicht nötig, dass die Unterschrift die meine ist«, sagte er.

Er würde weiter versuchen, sich zurückzuhalten.

Jean de Malestroit begleitete auch den Verhaftungstrupp nicht, als dieser einen Tag später, am 15. des September, in Machecoul eintraf – er schickte einen weiteren *avocat,* der an seiner Stelle Herzog Jeans Hauptmann begleiten sollte. Der Trupp aus Rechtsvertretern und Soldaten zeigte sich gut beritten und schwer bewaffnet am Tor von Milords Schlosse.

Es waren Gilles de Rais' Gleichgestellte und Vertraute, darunter auch Männer, die mit ihm vor Orléans gegen die Engländer in die Schlacht gezogen waren. Ich versuchte, mir die Willenskraft vorzustellen, die nötig war, um den eigenen Waffenbruder zu verhaften. In welcher Weise auch immer, wohl unter Aufbietung all seiner Männlichkeit, gelang es dem Hauptmann Jean Labbe, der einst in Milord Gilles' eigenen Truppen geritten war, den Haftbefehl zu verlesen und von Gilles de Rais zu verlangen, dass er sich unverzüglich diesem Trupp ergebe.

Wir, Jean Labbe, Hauptmann, handelnd im Auftrag meines Herrn Jean V., Herzog der Bretagne, und Robin Guillaumet, Anwalt, handelnd im Auftrag von Jean de Malestroit, Bischof von Nantes, befehlen Gilles, Graf von Brienne, Herr von Laval, Pouzages, Tiffauges und anderer solcher Orte, Marschall von Frankreich und Generalleutnant der Bretagne, uns unverzüglich Einlass in sein Schloss zu gewähren und sich zu unserem Gefangenen zu machen, auf dass er sich der Anklage der Hexerei, des Mordes und der widernatürlichen Unzucht stellen möge.

Wie immer verließen wir nach der Vesper die Kapelle und kehrten in die Abtei zurück. Jean de Malestroit war an diesem Abend kein Meister des Gesprächs, und ich keine Meisterin; während wir den Bogengang am äußeren Rand der Kirche entlanggingen, wechselten wir kaum ein Wort.

Aber Worte, die herausmüssen, kommen auch heraus; Jean de Malestroit fasste nach meiner Hand und hielt mich an. »Ich habe Nachricht von Hauptmann Labbe«, sagte er leise. »Sie werden noch vor dem Morgen hier eintreffen. Er wird versuchen, ihre Ankunft so zu legen, dass noch tiefe Nacht herrscht.«

»Das ist nur klug«, sagte ich so leise, dass ich es selbst kaum hören konnte.

»Die Ergreifung ging still vonstatten«, sagte er. »Wie auch die Reise von Machecoul hierher – es gab keine Schwierigkeiten. Labbe sagte, dass Milord sich mit einem erbarmungswürdigen Mangel an Widerstand in seine Hände ergab, wie auch Prelati, Poitou und Henriet.«

So war es mein Wunsch, die Ankunft in stiller Ungestörtheit zu beobachten, der mich in den frühesten Morgenstunden die Wendeltreppe in den Nordturm der Abtei hinaufführte. Über mir flackerte eine Fackel, gehalten von meinem schmerzenden Arm, der sich in den letzten Tagen einmal zu oft nach Äpfeln gestreckt hatte und sich jetzt mit Zittern dafür rächte. Ich brauchte das Licht mehr denn je, die Steinstufen waren abgenutzt von den Schritten vieler Jahrhunderte, und nur hin und wieder gab es Fensterschlitze, die ein wenig Mondlicht hereinließen. Immer im Kreis ging ich und langsam; so dauerte es einige Minuten, bis ich oben auf der Brustwehr ankam, von der aus ich Gilles de Rais' beschämenden Wiedereinzug in Nantes beobachten würde.

Ich trat hinaus auf den kleinen Balkon und staunte über das Mondlicht, das durch Wolkenfetzen hindurch den Himmel mit sichtbaren Strahlen hauchdünnen Silbergraus erhellte. Zahllose Sterne funkelten über mir, und einen kurzen Augenblick lang vergaß ich ob des Zaubers meinen Kummer.

Die Fackel steckte ich in einen Spalt, den ich in einer steinernen Bestie entdeckte, deren böse Fratze im flackernden Schein noch bedrohlicher wirkte. Unter mir lag der Marktplatz, den Labbes Gefolge würde überqueren müssen, um zum Bischofspalast zu gelangen. Er lag sehr tief unten, vielleicht siebzig Ellen, und als ich mich über die Brüstung beugte, wurde mir übel.

Wann würde ich Schlaf finden, um jenen auszugleichen, den ich jetzt opferte, um diese makabre Parade zu beobachten. Ich sehnte mich nach einer heißen Tasse des köstlichen *thé,* den Schwester Claire mir in Bourgneuf so gastfreundlich aufgetragen hatte. Minuten vergingen, dann eine halbe Stunde, dann eine Stunde; der Mond neigte sich zum Horizont, und sein Licht verblasste. Doch unter mir war mehr Licht, als ich erwartet hatte, denn eine nach der anderen tauchten Fackeln auf dem Platz auf.

Sie schienen aus dem Nichts zu kommen, durch die Schatten zu schlüpfen. Ihr Licht erhellte die Köpfe derer, die sie in die Höhe hielten, und als der Schein immer heller wurde, sah ich, dass die Leute, die sich nun versammelten, wie gemeines Volk gewandet waren und nicht wie Edelmänner oder Soldaten. Das Auftauchen von immer Neuen fesselte mich so sehr, dass ich die Schritte hinter mir nicht hörte. Erst als jemand meinen Namen rief, wusste ich, dass ich nicht mehr allein war.

Zuerst erkannte ich die Stimme nicht, denn das Echo im Durchgang verzerrte jeden Klang. Jean de Malestroit trat hutlos und in schlichtem Gewand ins schwächer werdende Mondlicht.

»Ihr seid nicht geziemend gewandet, um einen großen Herren zu begrüßen«, bemerkte ich.

Er lächelte. »Ich werde ihn nicht begrüßen. Hauptmann Labbe wird ihn direkt in den Palast führen. Dort wurden Räumlichkeiten für seine Unterkunft vorbereitet.«

»Aha«, sagte ich. »Räumlichkeiten. Damit meint Ihr wohl den Kerker.«

»Er ist noch immer ein Mann von Stand, Guillemette; es wird ihm nicht an Bequemlichkeit mangeln, dessen dürft Ihr sicher sein.«

Ich drehte mich um und betrachtete die anschwellende Menge. »Anscheinend können Neuigkeiten nicht geheim gehalten werden.«

»Nicht solche Neuigkeiten.«

Einige Minuten lang stand Jean de Malestroit hinter mir, und dann spürte ich seine Hand auf meiner Schulter.

»Es tut mir Leid«, flüsterte er.

»Ich weiß, Jean«, sagte ich.

Den Rest der Zeit standen wir nur da und sprachen kein einziges Wort. Lange bevor wir den Karren sahen, der Gilles de Rais und seine Komplizen trug, hörten wir in der Ferne das Knarren der Räder. In die Menge unter uns – inzwischen vielleicht hundert Mann – kam Unruhe. Von unserer hohen Warte aus sahen wir ihre Fackeln in einem fahrigen Rhythmus herumschwirren, dessen Tempo sich erhöhte, je lauter das Geräusch der Räder wurde. Als die ersten Pferde auf dem Platz auftauchten, bewegten die Fackeln sich in einer Woge des Lichts auf sie zu. Wir hörten das Schaben von Schwertern in ihren Scheiden und sahen, wie Labbes Soldaten die Menge mit scharfen Spitzen zurückdrängte.

Irgendwie wurde die Ordnung aufrechterhalten, bis der Karren selbst in Sicht kam, doch in diesem Augenblick stürzte die Masse wie wild darauf zu. Schreien und Johlen schwoll an zu einem wütenden Chor; Fackeln tanzten gespenstisch, als wäre es Allerheiligen, was Soldaten zwang, aus ihrer Ordnung auszuscheren und wenigstens zu versuchen, die Lichterträger zurückzudrängen. In dem Schein, der auf den Karren fiel, konnte ich Gilles de Rais eben noch erkennen. Er war zwischen seine Komplizen geschlüpft und benutzte sie als Deckung. Die jungen Männer, die mit ihm verhaftet worden waren, dienten ihm jetzt als Schilde gegen die grapschenden Hände der Menge. Wir sahen zu, wie dieses unheimliche Schauspiel sich unter uns entwickelte wie eine große, dramatische Tragödie, deren Ende mir sicherlich das Herz brechen würde.

Später berichtete Henriet von ihrer Ankunft in Nantes.

Ich kann meinen Zustand, als sie uns ergriffen, kaum beschrei-

ben. Ich hätte davonlaufen sollen, aber ich sah keinen Fluchtweg – ach, hätte ich nur den Weitblick von De Sille und De Briqueville gehabt. Milord Gilles ging auf mein Flehen nicht ein – keiner von uns konnte ihn erreichen, so sehr war er in sich selbst versunken. Ich hatte ihn schon früher so gesehen, aber wenn sonst diese Stille über ihn kommt, ist es in Wahrheit ein Tagtraum, ein Vergnügen an etwas tief in ihm selbst. Er beantwortete keine unserer verzweifelten Fragen nach unserem Schicksal, sondern starrte nur durch die Stangen des dahinholpernden Karrens nach draußen, murmelte Gebete um Vergebung, Beteuerungen seiner Hingabe an Gott und Schwüre ewiger Reue, und erneuerte immer wieder sein Versprechen, ins Heilige Land zu pilgern. Ich konnte mir nicht vorstellen, dass Gott ihm in diesem Augenblick zuhörte, sonst hätte Er uns ein Zeichen geschickt, um uns zu trösten. Milords Gesicht war angespannt und voller Tränen, und ihm stand die Angst ins Gesicht geschrieben. Und wenn Gott einen großen Herren in seiner Stunde höchster Not nicht erhörte, wie konnte da ich, nichts als ein Page dieses Herren und vieler derselben Verbrechen schuldig, erwarten, dass mein Flehen erhört würde? Was ich noch an Hoffnung auf Erlösung hatte, wurde fest mit der Milords vereinigt durch ein Band unleugbarer Komplizenschaft.

Hätte ich in diesem Augenblick ein Messer gehabt, hätte ich mir selber die Kehle durchgeschnitten. Aber man hatte uns in weiser Voraussicht alle Waffen abgenommen, und so war ich gezwungen, am Leben zu bleiben und mich meinem Schicksal zu stellen, das nur schrecklich sein konnte.

18

Das zwölfjährige Opfer, Earl Jackson, wurde in einer Ecke eines Parkplatzes in einem Komplex verlassener Lagerhäuser in der Nähe des Flughafens gefunden. Der Fundort lag noch innerhalb der Stadtgrenzen von Los Angeles, aber nur knapp.

Erkinnen war noch bei mir, als ich vor dem gelben Absperrband hielt. Vier Streifenwagen bewachten das abgesperrte Gelände, alle mit blinkenden Lichtern. Das war zu viel des Guten – der nächste Verkehr war mindestens hundert Meter entfernt. Aber Vorschriften sind Vorschriften.

Es war überhaupt nicht so, wie ich es von einem Illusionisten erwartet hätte – keine Requisiten, keine Inszenierung, kein Folterszenario. »Ich weiß nicht so recht«, sagte ich, während ich den Wagen abstellte. »Das scheint nicht zu passen.«

»Haben Sie nicht was von einer Übungstat gesagt?«

»Üben hätte er nur die Entführung selbst können.«

»Na ja, vielleicht hat er alles andere schon perfektioniert. Die Entführung ist wahrscheinlich sein schwächster Punkt. Alles andere hat er völlig unter Kontrolle.«

Es erschien mir ziemlich sinnlos, dagegen etwas einzuwenden. »Haben Sie schon mal ein totes Kind gesehen?«

»Nein.«

»Kann ziemlich grausig werden.«

»Das bezweifle ich keine Sekunde lang.«

Bezeichnenderweise war ich es, die kotzte.

Ich habe immer eine Flasche Wasser in meinem Auto, und ich war froh darum, weil ich mir den bitteren Geschmack aus dem Mund spülen konnte, bevor ich mich an die Untersuchung des Fundorts machte. Keiner hielt mir meinen Gefühlsausbruch vor. Als ich schließlich genauer hinschaute, sah ich, dass Earl – wie auch der Rest der verschwundenen Jungs – eher schmächtig war und jung für sein Alter wirkte. Er lehnte mit ausgestreckten Beinen an einem Müllcontainer. Beide Arme verschwanden hinter dem Oberkörper und waren vermutlich gefesselt, was wir allerdings erst mit Sicherheit sagen konnten, wenn wir ihn umgedreht hatten. Davon waren wir noch weit entfernt. Von der Taille abwärts war er nackt. Seine mageren Waden und Oberschenkel zeigten noch nichts vom Muskelzuwachs der Pubertät. Seine Genitalien steckten zum Teil zwischen seinen Oberschenkeln und waren nur halb sichtbar, schienen aber auf den ersten Blick unverletzt zu sein. Die unteren drei Knöpfe eines kurzärmeligen Jeans-Hemds waren geöffnet, als hätte der Mörder vorgehabt, es ihm auszuziehen.

Aber es gab keine Anzeichen für hastiges Herunterreißen der Kleidung wie fehlende Knöpfe oder geplatzte Nähte. »Scheint beim

Ausziehen ziemlich sorgfältig vorgegangen zu sein.« Nun, ein Knopf fehlte. Immerhin.

»Ritualistisch. Sehr organisiert.«

Eine Spur getrockneten Bluts lief von irgendwo unter dem Hemd in seine Leiste. Ich streifte mir einen Gummihandschuh über die rechte Hand und hob das Hemd an. Mitten auf dem Bauch befand sich eine glattrandige Messerwunde, aus der ein kleines Stück Darm herausquoll, ähnlich wie bei einem Leistenbruch.

Ich konzentrierte mich auf den Körper, bis ich Docs ruhige Stimme hörte. »Schauen Sie sich sein Gesicht an«, sagte er.

Natürlich würde er dorthin zuerst schauen, die Stelle, wo sich die Gefühle zeigen. Ich ließ das Hemd sinken und betrachtete Earl Jacksons makelloses Gesicht. Darauf sah ich, was vermutlich seine letzte Empfindung gewesen war: Entsetzen. Nacktes, unverhülltes Entsetzen.

Wie mochte er sich nur gefühlt haben, dieser Zwölfjährige, der, an einen Müllcontainer gelehnt, zusehen musste, wie ein Messer in seinen Körper eindrang. »Können Sie sich vorstellen …«

»Nein«, sagte Doc. »Kann ich nicht.«

Ich ließ den Blick vom Gesicht zum Halsbereich wandern, was mich aus der Umklammerung der Trauer löste und wieder Empörung in mir aufwallen ließ, ein viel produktiverer Gemütszustand. Das Gewebe unter dem Kinn war geschwollen und verfärbt.

»Sieht aus wie Strangulierung«, sagte ich. »Die Stichwunde ist nicht so schlimm.«

»Sein Mund ist offen«, hörte ich Erkinnen sagen. »Weit und rund. Er schrie. Sie dürfte schlimm genug gewesen sein, um diesen Ausdruck zu verursachen.«

»Na ja, hat wahrscheinlich verdammt wehgetan. Aber sie hat ihn nicht getötet.«

»Er schrie. Das sehe ich seinem Gesicht an.«

Es war ohne Bedeutung. Nur zwei Menschen wussten, was Earls letzte Äußerung war – er selbst und sein Mörder.

Ich stand auf und ging zu einem der Streifenwagen. Während ich die Handschuhe auszog, fragte ich: »Wer hat ihn gefunden?«

»Ich.« Der Polizist, der mir antwortete, wirkte sehr jung. Seinem aschfahlen Gesicht nach zu urteilen, war es seine erste echte Leiche.

»Wie haben Sie ihn gefunden?«

»Ich war eben bei einer Routinekontrolle«, sagte er. »Wenn ich nicht zu einem konkreten Einsatz gerufen werde, muss ich dieses Gelände zweimal am Tag kontrollieren. Die Morgenrunde hatte ich wegen eines häuslichen Zwischenfalls verpasst«, sagte er und senkte den Kopf. »O Gott, hoffentlich ist es nicht gerade dann passiert…«

»Wahrscheinlich nicht«, sagte ich. »Das Blut ist ziemlich trocken. Er ist wahrscheinlich schon die ganze Nacht tot.« Das war nur eine Vermutung; der Leichenbeschauer würde das präziser sagen können. »Wann war Ihre letzte Runde vor dieser?«

»Gestern Abend. Ich hatte mit einem der anderen Jungs die Nachtschicht getauscht und kam so gegen 22:30 hier durch.«

»Irgendwas Ungewöhnliches gesehen?«

»Nein. Es war ruhig. Aber ich habe nur sehr schnell kontrolliert, weil ziemlich viel los war. Normalerweise mache ich das ein bisschen gründlicher.« Er seufzte schwer, dieses *Was, wenn* würde er noch lange mit sich herumschleppen.

Ich notierte mir den Namen auf seinem Brustschild. »Ich melde mich wegen der Aussage bei Ihnen«, sagte ich. Er nickte ernst.

Später stellte der Leichenbeschauer fest, dass der Tod am späten Abend des vergangenen Tages eingetreten sein musste.

»Halb elf oder elf«, sagte er mir. »Und diese Messerwunde rührt nicht von einem heftigen Zustechen her. Der Schnitt war sehr sauber und klinisch.«

»Was ist mit dem Darm? Das sieht für mich nicht sauber aus.«

»Ich glaube, der Mörder war gerade dabei, ihn herauszuziehen. Es gibt Anzeichen, dass er die Wunde aufgespreizt hat. Es wurde wahrscheinlich ziemlich langsam und präzise gemacht.«

»Würden Sie sagen: *chirurgisch?«*

»Ja, man könnte sagen, die Wunde war eine chirurgische. Aber von *dem* Chirurgen möchte ich mich nicht aufschneiden lassen.«

Der sich nähernde Streifenwagen hatte die Tat wahrscheinlich unterbrochen. Ich fragte mich, ob es ein Trost für den jungen Polizisten wäre, wenn er wüsste, dass sein Eintreffen Earls unvermeidbaren Tod wahrscheinlich beschleunigt und ihm so eine Unmenge von Schmerzen erspart hatte.

Er hatte nicht so ausgesehen, als würde ihn das trösten.

Fred traf ein. Wenn er mir jetzt befohlen hätte, alle bekannten Ausweider von Los Angeles aufs Revier zu schleppen, hätte ich ihn k.o. geschlagen. Aber er tat es nicht. Er schaute Earl Jacksons Überreste nur kurz an und schüttelte den Kopf.

»Halten Sie mich auf dem Laufenden«, sagte er. Dann stieg er ohne ein weiteres Wort in sein Auto und fuhr davon.

Bisher hatte ich gedacht, wenn ich erst eine Leiche hätte, würde das Fred dazu bringen, die Sache auf meine Art zu sehen. Aber er glaubte nicht, dass es eine Verbindung gab, eben weil es eine Leiche gab. Das machte für ihn den Jackson-Fall anders.

Ich musste zugeben, dass ich selbst meine Zweifel hatte, trotz Erkinnens offensichtlicher Überzeugung, dass es entweder ein Fehler oder eine Eskalation war. Letztendlich hatte ich nicht mehr in der Hand als vor dem Leichenfund. Wenn der Mörder gestört worden war, würde man meinen, dass es am Tatort mehr Spuren geben müsste, weil der Täter so schnell hätte verschwinden müssen, dass er in seiner Hast Sachen zurückgelassen hätte. Aber es gab keine Spuren von quietschenden Reifen, keine Haare oder Fasern. Der rissige Beton des Parkplatzes war auch nicht gerade geeignet, uns den ersehnten Schuhabdruck zu liefern. Es meldeten sich keine Zeugen, die etwas Sachdienliches beobachtet hatten. Das einzige Blut am Fundort war das von Earl Jackson.

Es war mein Fall, aber inzwischen betrachtete ich ihn beinahe als Ablenkung von meinem eigentlichen Fall, auch wenn ich nichts hatte als den Namen, den der Museumsdirektor mir gegeben hatte. Ich stürzte mich in Recherchen über Wilbur Durand, als wäre das meine letzte Hoffnung.

Ein Talent von Hitchcock'scher Größe im Horror-Genre. Dieses übertriebene Lob prangte auf der Startseite einer Website, die sich ausführlich mit Horrorfilmen beschäftigte. Eine Liste bekannter Klassiker war aufgeführt, bei denen er ohne Ausnahme die Hand im Spiel gehabt hatte, was mir bis dahin völlig entgangen war. Unten auf der Liste war sein jüngstes Œuvre aufgeführt – Wilbur Durand war Autor, Produzent und Regisseur von *Sie essen dort kleine Kinder.*

Der Film wurde nicht in Verbindung mit seinem Namen beworben. Nach Angaben des Redakteurs dieser Site (der, wie ich mir in Erinnerung rufen musste, seinen eigenen Standpunkt vertrat und nicht unbedingt den des Objekts seines Interesses) war *Kleine Kinder* ziemlich wichtig für Durand persönlich, weil er die vollständige kreative und finanzielle Kontrolle über das Projekt hatte. Hat Durand in einem Interview Aussagen in dieser Hinsicht gemacht? Falls ja, fand ich sie nicht, zumindest nicht im Web. Es gab jede Menge Informationen über sein Gesamtwerk, was ziemlich umfangreich war. Es war sehr einfach, grundlegende Informationen über alle Projekte zu bekommen, mit denen er sich beschäftigt hatte.

Aber sein Privatleben blieb ein völlig unbeschriebenes Blatt. *People, Us* und *Entertainment Weekly* hatten offensichtlich alle vergeblich versucht, ihn zur Mitarbeit bei Artikeln über ihn selbst zu bewegen. Er war ein schattenhafter Einsiedler erster Ordnung. Fotos von dem Mann waren wie Hühnerzähne; in den wenigen, die ich finden konnte, trug er eine Sonnenbrille und sah aus wie eine böse, perverse Reinkarnation meines Idols Roy Orbison. War er verheiratet? Mochte er Hunde, Eiskrem? Kein Mensch wusste es. Ich schaute mir die OUT/LOUD-Website an, aber auf deren Liste der heimlichen Homosexuellen unter den Prominenten Hollywoods tauchte er nicht auf, was allerdings nicht bedeutete, dass er keiner war, nur dass sie es noch nicht herausgefunden hatten, diese Mistkerle. Meine persönlichen Schwulen-Detektoren schlugen allerdings schon beim Betrachten der Fotos aus.

Falls er doch zur Homophilie neigte, hielt er sich sehr bedeckt.

Unsere wöchentliche Revierbesprechung fand zur Mittagszeit dieses Tages statt; diesmal gab es Pizza, die in unseren Sitzungen immer eine besonders zungenlösende Wirkung zu haben scheint. Als alle anderen über ihre Fälle berichtet hatten, gab ich einen kurzen Überblick über den Jackson-Mord. Ich war im Augenblick noch nicht so weit, Durand zu erwähnen – er war mir in meinen Gedanken immer noch zu wenig greifbar –, aber ich redete über den Museumsbesuch und ließ alle wissen, dass ich sämtliche sich daraus ergebenden Spuren sehr energisch verfolgen würde. Fred Vuska schaute sehr unbehaglich drein, als die anderen unerwarteterweise anfingen, jede Menge Fragen zu stellen.

Kaum hatte Fred den Raum verlassen, kamen Escobar und Frazee gemeinsam auf mich zu.

»Brauchst du Hilfe?«, fragte Spence.

Auf meine besorgte Miene hin bemerkte Escobar: »Fred muss es ja nicht wissen.«

Ich schaute von einem zum anderen. »Habt Ihr Zeit?«

Sie nickten gleichzeitig, und zwar sehr eifrig.

»Ihr seid großartig«, sagte ich. »Ich bin gerade noch dabei herauszufinden, worauf ich mich als Nächstes konzentrieren muss, aber ich kann euch spätestens morgen Vormittag Bescheid sagen.«

Zuerst musste ich einen Besuch erledigen.

Durands Haus lag im Brentwooder Teil von Los Angeles, Ziel dieser berüchtigten Schneckentempo-Jagd, Schauplatz des weltberühmten O.J.-Simpson-Falls, aber weiter oben am Hügel als das Anwesen an der Rockingham. Hier oben in der Stratosphäre waren die Häuser und die Gärten größer, die Zäune dicker und höher, und die Aura des *Betreten verboten* war bedrückend. Durands Haus – eigentlich mehr ein Anwesen – stand, weit von der Straße zurückgesetzt, auf einem von einem dicht mit Bäumen bestandenen Eckgrundstück.

Beim ersten Vorbeifahren sah ich es überhaupt nicht. An der Einfahrt gab es ein verschlossenes Sicherheitstor mit einer rechtwinkligen Gegensprechanlage genau in der Mitte. Einen Block weiter wendete ich und stellte das Auto etwa dreißig Meter östlich des Tores ab. Langsam ging ich den vorderen Zaun und die eine Seite ab. Ein hungrig wirkender, schwarzbrauner Rottweiler tauchte nach ungefähr einer Minute auf und lief parallel zu mir etwa drei Meter innerhalb des Zauns. Er bellte kein einziges Mal und knurrte auch nicht, ließ mich aber mit gut getimtem Lefzenlecken wissen, dass ich appetitlich aussah. Als ich die Hand auf den Zaun legte, bleckte er die Zähne. Das reichte mir.

Die Garage war das meiner Position nächstgelegene Gebäude. Ein Nebengebäude, das eine Art Gäste- oder Bedienstetenunterkunft zu sein schien, war an die Rückseite des Hauses angebaut. Vielleicht war es auch ein Atelier, falls dieser Kerl wirklich ein derart kreatives Genie war. Es war ohne direkte Verbindung zum

Haupthaus und stand ein gutes Stück davon zurückgesetzt. Zwischen diesem Anbau und der nächsten Grundstücksgrenze lagen noch zwanzig oder fünfundzwanzig Meter Garten – es muss schön sein, wenn man so reich ist, dass man sich mitten in L. A. einen solchen Grundbesitz leisten kann. Ich hätte dort was Essbares angepflanzt. Tomaten und Auberginen. Oder viele Kräuter.

Am Ende des Zauns machte ich kehrt und ging den Weg zurück, und der Rottweiler ließ mich auch jetzt nicht aus den Augen. Als ich wieder am Tor angelangt war, krächzte eine Stimme aus einem Lautsprecher, den ich nicht sofort entdeckte. Schließlich erkannte ich, dass er in einem Kreuzblumenornament eines der Torpfosten versteckt war. War das ein Detail, das sich Durand, Meister der Täuschung, selbst ausgedacht hatte?

Niemand weiß besser als ein Detective, dass Detailbesessenheit alles ist.

Den Lautsprecher hatte man aber offensichtlich aus dem Schutt des Burger-Drive-Ins in Malibu gefischt, der im letzten großen Regen einen Hügel hinuntergerutscht war.

K'nn'ch'nen h'lfen?

»Nein, danke.«

Stille. Dann *Kann'ch Ihnen h'lfen?* Es war nachdrücklicher, aber nicht viel deutlicher.

»Nein. Wirklich nicht. Aber nochmals vielen Dank.« Wenn die Tonqualität am anderen Ende ähnlich schlecht war, hatte er mein Kichern wahrscheinlich nicht gehört.

Das war vermutlich nicht die Art von Antwort, die Durands Wächter normalerweise von Zaungästen zu hören bekamen. Touristen würden vor Verlegenheit türmen. Perverse würden sich schleunigst aus dem Staub machen, um nicht wegen Herumlungerns verhört zu werden, was eins der hübschesten Verbrechen ist, die uns ein genaueres Nachforschen gestatten, und das führt oft zu einer Verhaftung wegen eines viel schwereren Verbrechens. Aber ich ging einfach nur den Bürgersteig entlang; wie jeder normale Bürger hatte ich jedes Recht, mich an diesem sonnigen kalifornischen Nachmittag auf dieser öffentlichen Durchgangsstraße zu befinden.

Wieso kam ich mir dann so fehl am Platz vor? Wahrscheinlich weil ich ein solches Haus nur im Rahmen einer Ermittlung oder bei einer virtuellen Tour des *Architectural Digest*, den der Einsiedler Durand wahrscheinlich mied wie die Pest, je von innen sehen würde.

Am liebsten hätte ich ein saftiges Steak gehabt, um es dem gierigen Hund zuzuwerfen, der sich jetzt innerhalb des Tores in direkter Linie zwischen mir und Durands Eingangstor platziert hatte. Wobei es mir allerdings wenig gebracht hätte – ich würde fünfzig Dollar wetten, dass dieser Hund von Pawlows Sohn so abgerichtet worden war, dass er über Fleisch oder jeder anderen Art von Verführung *nicht* zu sabbern anfing. Er hatte wahrscheinlich kräftig Schläge bekommen, sobald er von einem anderen außer seinem Trainer oder Führer etwas annahm, in einem Maße, dass das arme Tier jetzt vermutlich nur noch aus ganz bestimmten Händen fressen konnte. Durand zahlte wahrscheinlich viel Geld, um dieses Tier zu mieten, das nicht gerade aussah wie ein Schoßhündchen.

Einige Augenblicke blieb ich noch stehen und schwankte hin und her zwischen Klingeln und einfach Weggehen, so dass die drinnen sich Gedanken machen konnten, was ich hier wollte. Was würde ich ihn fragen, falls er zu Hause und bereit war, mich zu empfangen?

Mr. Durand, macht es Ihnen wirklich Spaß, die Illusion des Scheußlichen zu erzeugen? Auf so etwas Blödsinniges würde es wohl hinauslaufen, denn ich hatte nichts vorbereitet. Ich fing ja eben erst an, diesen Kerl zu jagen, und auf diese Art würde ich ihn nie stellen.

Lässig pfeifend, die Hände in den Taschen, schlenderte ich zum Auto zurück. Irgendwo in diesem Haus beobachtete mich jemand sehr genau. Mein Auto war ein ziviler, weißer Ford Taurus, ein Allerweltsauto. Ich sah nicht aus wie eine Polizistin, und ich glaubte auch nicht, dass man mich für eine hielt.

Außer jemand da drin wartete bereits darauf, dass ich auftauchte.

Frazee wollte wissen, was ich an diesem Nachmittag so konzentriert am Computer machte.

»Über einen Verdächtigen recherchieren«, entgegnete ich.

Er sprang fast über den Tisch. »Du hast einen Verdächtigen? Warum hast du bei der Besprechung nichts davon gesagt?«

»Einen potenziellen Verdächtigen, meine ich. Er hatte mit der Museumsausstellung zu tun.«

Mein Kollege setzte sich auf den Stuhl neben mich und starrte einige Augenblicke den Bildschirm an. »Irgendeinen direkten Kontakt mit den Besuchern?«

»Überhaupt keinen. Aber er hat eine starke Verbindung – er war der Schöpfer der Tierausstellung. Jedes meiner Opfer war dort. Und er hat das Sicherheitssystem entworfen. Jeder Besucher wurde auf Video aufgenommen.«

Spence schwieg einen Augenblick und sagte dann: »Ich glaube, ich habe gelesen, dass eine Million Leute dort waren.«

»Der Kerl ist ein Illusionist, Spence. Ich suche nach jemandem, der so etwas wirklich gut kann. Und Doc hat über ein paar Charakteristika gesprochen, die zu dem Kerl passen wie die Faust aufs Auge.«

»Kennst du ihn persönlich?«

»Nein.«

»Wie kannst du dann sagen, dass die Charakteristika passen?«

»Ich habe einiges über ihn gelesen. Genug, um mir einen ziemlich guten Eindruck zu verschaffen.«

»Klasse«, sagte er sarkastisch. »Die Presse ist immer eine verlässliche Informationsquelle. Das wissen wir alle. Sag mir Bescheid, wenn du echte Hilfe brauchst.«

»Bestimmt.«

Mit einem tiefen Seufzen und einem Kopfschütteln ließ er mich allein am Computer zurück.

Ich suchte nach einem Fan-Club. Spielberg, Lucas, Hitchcock, Industrial Light and Magic – alle hatten Gruppen treuer Anhänger, die offensichtlich den ganzen Tag nichts Besseres zu tun hatten, als E-Mails über ihre Helden auszutauschen. Will Durand hatte nichts dergleichen, was mir völlig unverständlich war. Kinofanatiker tun alles, um das Gefühl zu bekommen, sie hätten eine besondere Beziehung zu ihren Idolen – es ist eine Form von Möchtegern-Verhalten, das bisweilen in Auflauern ausufert, oft in einem Maße, dass wir einschreiten und den Leuten den Kopf zurechtsetzen müssen. Leider kommen wir manchmal zu spät.

Aber Durand bekam diese Art von Aufmerksamkeit nicht. Es gab keinen Club, keine Organisation, keine News-Group.

»Was würdet ihr tun, wenn ihr jemanden davon abbringen wolltet, für euch einen Fan-Club zu gründen?«

»Sobald jemand damit anfängt, würde ich ihm von meinem Anwalt einen Brief schreiben lassen und ihn auffordern, es sein zu lassen«, rief Escobar quer durch den Saal. »Oder ihn selber anrufen. Ist der Kerl so berühmt, dass er einen Fan-Club hat?«

»Ich weiß nicht, ob *berühmt* das richtige Wort ist. Aber er muss eine Art Kultgemeinde haben – er arbeitet an Horrorfilmen.«

»Aha.«

»Erkinnen meinte, dass der Kerl wahrscheinlich ein Einsiedler ist, also dürfte er mit den Fans vermutlich nicht selbst in Verbindung treten. Wahrscheinlich hat er es über einen Anwalt gemacht. Ich glaube, Doc hat Recht, was das Einsiedlertum angeht; es gibt da draußen absolut nichts über meinen Kerl. Anscheinend braucht er diese Art von Publicity nicht; er ist wegen seiner Fähigkeiten so hoch angesehen, dass Produzenten und Regisseure sich um ihn reißen, weil sie alle wollen, dass er bei ihren Filmen mitarbeitet.«

»Dunbar« ermahnte mich Spence, »wir sind in Los Angeles. Du darfst hier nicht *Film* sagen. Du musst *Streifen* sagen.«

»Nein, muss ich nicht.« Ich schob meinen Stuhl zurück und stand auf. »Ich glaube, ich lass jetzt mal seinen Namen durch unsere Register laufen.«

»Das kann ich doch für dich machen«, bot Spence an.

Nach meinem ganzen Betteln um Hilfe merkte ich jetzt, dass ich noch nicht bereit war, irgendetwas aus der Hand zu geben. »Danke, aber ich mache das selber«, erwiderte ich. »Morgen früh weiß ich, ob ich einen Grund habe, gegen den Kerl vorzugehen.«

»Wie du willst«, sagte Spence. Dann runzelte er leicht die Stirn. »Aber lass dich von der Geschichte nicht auffressen.«

Anscheinend merkte man mir das bereits an.

Durand hatte in zwei Staaten einen Führerschein erhalten, in Kalifornien und in Massachusetts. Beim kalifornischen Schein waren drei Adressen vermerkt: eine in einer ziemlich üblen Gegend, wahrscheinlich hatte er seine wilden Jahre dort verbracht; die zweite in einer besseren, sichereren Gegend, die aufstrebende Künstler anzog. Die dritte war seine gegenwärtige Adresse, wo er bereits seit fünfzehn Jahren wohnte. Drei Umzüge in zwanzig Jahren des Erwachsenseins – nicht gerade ein zwanghafter Wohnungswechsler.

Die Adresse in Massachusetts lautete D Street in Boston. Auf einer computerisierten Karte tauchte sie präziser als South Boston auf. Der Führerschein war abgelaufen, als Durand neunzehn Jahre alt war, und wurde nie erneuert. Das Ablaufdatum fiel ungefähr mit dem Erteilungsdatum des kalifornischen Scheins zusammen. In seiner ansonsten unauffälligen Jugend hatte er eine Reihe von Strafzetteln wegen Geschwindigkeitsübertretungen und anderen geringfügigen Verkehrsverstößen bekommen, allerdings mehr als der Durchschnitt. Einige waren für rücksichtsloses Fahren. Vielleicht hatte er damals irgendeine Wut in sich gespürt, die er hinter dem Steuer abreagieren wollte. Einer der aufnehmenden Beamten beschrieb ihn als »aggressiv und unkooperativ«, aber anscheinend hatte Durand seine Strafen still und ohne weiteren Protest bezahlt. Damals schickten wir die Straßenrowdys noch nicht in Verkehrserziehungsprogramme, wir kassierten sie einfach ab und freuten uns diebisch über ihre sprunghaft ansteigenden Versicherungsprämien.

Etwa ein Jahr vor dem Umzug an seine gegenwärtige Adresse hörten die Strafzettel auf. War er zu einem reuigen Sünder der Straße geworden? Wahrscheinlich nicht – statistisch gesehen eskalierten diese Tendenzen eher, als dass sie schwächer wurden. Vielleicht hatte er einen Verkehrsrichter gefunden, der gnädig über seine vehikulären Unzulänglichkeiten hinwegsah, aber das konnte ich herausfinden. Die wahrscheinlichere Erklärung war die, dass er einen Fahrer engagiert hatte.

Schade. Es wäre zu schön gewesen, wenn dieser Kerl wegen eines kleinen Verkehrsdelikts angehalten würde und die Beamten den ganzen Rücksitz voller Perücken und Büchertüten finden würden.

Aber so unvorsichtig würde er nicht sein.

Bei der ersten kalifornischen Adresse ergab sich mehr. In seinem zweiten Jahr hier hatte er sich mehrmals über die laute Katze seiner Nachbarin bei der Polizei beschwert.

»He, Spence«, sagte ich und konnte ein Lachen kaum unterdrücken, »das musst du dir mal anschauen.«

Er nahm mir die ausgedruckte Beschwerde aus der Hand und las das Beamtenkauderwelsch laut vor. »Wilbur Durand«, sagte er und ließ sich den Namen, den er nun endlich kannte, auf der Zunge zergehen, »Beschwerdeführer, gibt an, häufig vom Jaulen eines Katers gestört zu werden, der Esther Grandstrom gehört, einer Frau im späten mittleren Alter, die in der Nachbarwohnung des Beschwerdeführers wohnt. Mr. Durand behauptet, der Lärm der Katze beeinträchtige sowohl seinen Schlaf wie seine seelische Gesundheit. Officer T.L. Robinson besuchte den Beschwerdeführer in seiner Wohnung und fand den Beschwerdeführer sehr erregt vor. Nach mehreren Minuten der Diskussion gelang es dem Beamten, Mr. Durand zu beruhigen. Er belehrte ihn dann, dass er nichts unternehmen könne, da die Katze im Augenblick keinen Lärm mache. Mr. Durand riet er, die Polizei zu einem Zeitpunkt zu alarmieren, da die Katze tatsächlich Lärm mache, damit die Störung ordnungsgemäß dokumentiert werden könne, oder die Störung mit Video oder Tonband selbst zu dokumentieren. Der Beschwerdeführer Durand wollte wissen, ob denn sonst im Augenblick nichts unternommen werden könne, worauf Officer Robertson erwiderte, es könne nichts unternommen werden.«

Mit einem Grinsen gab er mir das Blatt zurück. »Der Beschwerdeführer ist dein Verdächtiger?«

Ich nickte.

»Noch nie von ihm gehört.«

»Ist anscheinend ’ne ziemlich große Nummer.«

»Na, schön für ihn. Ich muss sagen, Beschwerden wie diese sieht man nicht viele. Der ist doch offensichtlich nicht ganz richtig im Kopf.«

»Und dazu noch ein guter Autofahrer.« Ich gab ihm den Ausdruck mit den Verkehrsvergehen. »Wenn du mir helfen willst, könntest du dir die genauer anschauen. Herausfinden, ob da irgendwas gedreht wurde. Die verschwanden alle ziemlich still und leise.«

»Und genau das würde ich jetzt auch tun, wenn ich nur ein bisschen was im Hirn hätte. Kannst du mir nicht was Pikanteres geben?«

Wir lachten beide. Das tägliche Kichern war in unserem Beruf eine absolute Notwendigkeit. Dann ging er, kopfschüttelnd und mit dem Blatt in der Hand, davon.

Der nächste Eintrag für diese Adresse war allerdings nicht mehr zum Lachen. Die Beschwerde kam aus demselben Haus. Aber diesmal beschwerte sich nicht Durand über Esther Grandstrom, sondern Esther Grandstrom beschwerte sich über Durand.

Ihr Kater war plötzlich verschwunden. Sie wollte Durand verhaften lassen.

»Miss Grandstrom?«

Alles, was ich sah, als sie vorsichtig die Tür öffnete, waren die knotigen Finger einer Hand. Dann zog sie die Tür gerade so weit auf, dass sie mich mustern konnte. Eine kräftige Kette spannte sich über den Spalt, so straff, dass sie wohl noch auf beiden Seiten eingehängt war. Ich sah Strähnen weißer Haare und Angst in den Augen.

Ich hielt meine Marke und meinen Ausweis mit einer Hand in die Höhe. Sie kniff die Augen zusammen und las sie.

»Ich würde gern ein paar Minuten mit Ihnen über einen früheren Nachbarn sprechen.«

»Über welchen?« Ihre Stimme war hoch und dünn. »Es ist doch ein dauerndes Kommen und Gehen.«

»Wilbur Durand. Er hat hier in den Jahren …«

Sie konnte die Tür gar nicht schnell genug öffnen. Kurz hintereinander klirrten Ketten und klackten Riegel.

»Kommen Sie rein, Detective«, sagte sie.

Der Gestank von Katzenurin sprang mich an. Ich folgte der Lady ins voll gestopfte Wohnzimmer; Miss Grandstrom hatte offensichtlich noch nie eine Katzenskulptur gesehen, die ihr nicht gefiel. Und dann gab es auch noch die richtigen Katzen – allein in diesem Raum mindestens vier. Der Gesamteindruck war bedrückend und abstoßend.

»Wird langsam Zeit«, sagte sie. »Ich habe mich schon gefragt, wann in dieser Ermittlung mal was vorangeht.«

Ich sagte mit Absicht nichts, weil ich hoffte, dass sie weiterreden würde. Was sie auch tat.

»Er hat meinen Farfel umgebracht. Der Kater war gesund wie ein Pferd, und er wäre mir *nie* davongerannt.«

Einige Sekunden lang wusste ich nicht so recht, wie ich vorgehen sollte. Sollte ich ihr sagen, dass ich zwar tatsächlich wegen Durand hier war, aber eigentlich nicht in Verbindung mit dem alten Katzenfall, der schon vor zwei Jahrzehnten als unlösbar abgelegt worden war? Oder sollte ich mitspielen und sie in dem Glauben lassen, ich würde an dem Fall arbeiten, um sie am Reden zu halten?

»Ich versuche, ein paar alte Details zu klären«, sagte ich ihr schließlich. Es war nicht gerade eine Lüge, allerdings auch nicht die ganze Wahrheit. Aber es funktionierte.

»Können Sie für mich den Vorfall noch einmal auffrischen?«, fragte ich. »Ich weiß, es ist sehr lange her, aber ich muss Sie bitten, mir alles zu sagen, woran Sie sich erinnern. Ich war noch kein Detective, als Sie Ihre Beschwerde vorbrachten.«

Meine Nase juckte bereits. Ich war nicht richtig allergisch gegen Katzen, mochte aber auch nicht, was ihre Anwesenheit mit meinen Nebenhöhlen machte. Es waren mit Sicherheit mehr als vier; Katzen waren wie Küchenschaben – für jede, die man sah, waren noch irgendwo ein Dutzend andere versteckt. Eine von ihnen, eine große, ziemlich dicke Tigerkatze, schnurrte wie ein Rolls-Royce an meinem Bein. Miss Grandstrom bückte sich und zog sie am Nackenfell weg.

»Komm, Boris«, flötete sie. »Nicht jeder mag Kätzchen.«

Sie lächelte und gab mir die Gelegenheit, meiner Zuneigung zu Katzen Ausdruck zu geben, was ich ihr allerdings verweigerte. Aber ich lächelte zurück, was ihr zu genügen schien.

»Es ist schon sehr lange her«, sagte sie. »Aber wenn man ein geliebtes Wesen verliert, kommt man nicht so schnell darüber hinweg. Ich zumindest nicht.«

»Verstehe«, sagte ich. »Nun, lassen Sie mich nachsehen …« Ich blätterte in der Akte, bis ich den Ausdruck des Polizeiberichts gefunden hatte. »Vor dem Verschwinden Ihrer Katze beschwerte sich Durand über den Lärm.«

»Das stimmt. Aber ich verstehe wirklich nicht, worüber er sich so aufregte – Farfel redete gern, aber seine Stimme war süß und leise. Wir hatten viele gute Gespräche. Natürlich sprach er die Menschensprache besser als ich die Katzensprache.«

Wahnsinn kann sehr subtil und schleichend sein. »In dem Bericht heißt es, der Lärm sei nachts aufgetreten.«

»Ich bin noch nie aufgewacht, weil meine Katzen Lärm machen«, erwiderte sie stur.

»Könnte es sein, dass Sie so fest schliefen, dass Sie es nicht hörten?«

»Na ja, das ist immer möglich. Ich habe einen sehr guten Schlaf …«

»Wissen Sie, wie Ihre Katzen sich nachts verhalten?«

»Wahrscheinlich nicht anders, als sie es auch tagsüber tun.«

»Aber Sie wissen es nicht sicher?«

»Nein, das nicht.«

»Sie können also nicht hundertprozentig sagen, ob es Lärm gab oder nicht?«

»Nein, wenn Sie es so formell wollen. Aber ich glaube immer noch, dass Durand das nur erfunden hat. Aus irgendeinem Grund mochte er mich nicht.«

»In dem Bericht heißt es weiter, dass Mr. Durand zu der Zeit zu Hause arbeitete. Wissen Sie zufällig, was für eine Arbeit das war?«

»Irgendwas mit Bildhauerei, wenn ich mich recht erinnere, aber das sollten Sie ihn wohl besser selbst fragen.«

»Ich höre mir, wenn möglich, gern auch die Eindrücke der anderen Seite an. Und ich wollte mit Ihnen sprechen, bevor ich mit ihm spreche.«

Das gefiel ihr, und sie fing wieder an zu reden. »Er war immer zu Hause, wie es schien; er verließ die Wohnung kaum. Die Leute, die vor ihm in der Wohnung waren, arbeiteten die ganze Zeit und waren fast nie da. Die Leute, die seitdem hier wohnten – viel zu viele, um sie alle aufzuzählen, aber niemand von denen war so viel zu Hause wie dieser Mr. Durand.« Sie grinste, als sie den Namen sagte. »Ich bin einmal mit Plätzchen zu ihm gegangen, um wieder ein wenig Frieden zwischen uns zu stiften, und er ließ mich sogar ein, nur für ein paar Augenblicke.«

Sie schob sanft eine Katze von ihrem Bein weg. »Nicht die Strümpfe, Maynard. Das weißt du doch.« Dann sah sie wieder mich an. »Es war eine komische Wohnung. Kaum Möbel, nur ein paar Sachen an der Wand. Aber das eine Zimmer, das ich hinten sah, wo mein Schlafzimmer ist – die Tür war offen, und ich konnte hineinsehen –, das war wohl so eine Art Arbeitszimmer. Es war voller… Ausrüstung, so würde man es wohl nennen. Werkzeug und Materialien; ziemlich voll gestopft. Ich weiß nicht, wie ein Mensch so leben kann – man konnte kaum einen Fuß vor den anderen setzen.«

Ich fragte mich, wann sie sich zum letzten Mal ihr eigenes Wohnzimmer genauer angesehen hatte. Eines Tages würde jemand erst eine Menge Zeug aus dem Weg schaffen müssen, bevor er Miss Grandstrom vom Boden abkratzen konnte. Eines Tages würde ein armer, argloser Streifenbeamter hier in Erwartung eines simplen Hinscheidens mit natürlicher Ursache hereinschneien und plötzlich von dürren, verhungernden Katzen im Survival-Modus angegriffen werden.

»Er kam also anfangs mit seinen Beschwerden direkt zu Ihnen, und Sie versuchten, darauf zu reagieren. Versuchten, die Situation zu seiner Zufriedenheit zu ändern.«

»Na ja, soweit ich das konnte. Ich meine, es sind immerhin Katzen – die haben ihren eigenen Willen. Ich habe den ganzen Tag *psscht* gemacht, aber das schien ihnen ziemlich egal zu sein.«

»Wie war Mr. Durand denn sonst als Nachbar, Miss Grandstrom?«

»Wie meinen Sie das?«

»Na ja, so von der Persönlichkeit her. War er neben den Schwierigkeiten mit den Katzen ein netter Kerl?«

Sie beugte sich ein wenig näher. »Wollen Sie die Wahrheit wissen?«

Puh. »Ja, bitte, wenn es Ihnen nicht zu unangenehm ist.«

Sie brannte förmlich darauf, es mir zu erzählen. »Er war ein Spinner, wenn Sie mich fragen. Ein bösartiger, Tiere hassender Spinner. Er hatte keine Freunde, soweit ich das sah, bis auf ein paar junge Männer, die kamen und gingen. Und keine Freundin.« Sie setzte sich gerader hin, als wäre sie persönlich beleidigt. »Ich fand das ziemlich ungewöhnlich. Er war ja immerhin ein gut aussehender junger Mann. Ich weiß nicht, wie er jetzt aussieht, aber als das alles passierte, war er ziemlich attraktiv. Anscheinend war seine Art so unangenehm, dass die Mädchen ihn nicht mochten.«

»Wenn Sie bösartig sagen, was meinen Sie damit?«

»Ach, er war sehr unfreundlich. Ich versuchte immer, nett zu ihm zu sein, ein bisschen Konversation zu machen. Unsere Balkone stießen aneinander, und ich versuchte mit ihm zu reden, wenn er da draußen war. Er hängte seine Wäsche zum Trocknen hinaus.«

Das hieß, jedes Mal, wenn Will Durand mit einem Korb Wäsche auf seinen Balkon ging, stürzte Esther Grandstrom mit einer Katze im Arm ebenfalls hinaus und redete mit ihrer hohen, schrillen Stimme auf ihn ein. Das würde jeden in den Wahnsinn treiben. Aber ihre Katze umbringen? Das war eine Überreaktion.

»Sagen Sie mir, was passierte, als Sie entdeckten, dass Ihre Katze – äh, Farfel – gestorben war.«

Sie seufzte schwer. »Ach, das war schrecklich. Ich fand ihn vor meinem Abteil im Keller. Wir haben alle unsere eigenen, kleinen Verschläge, wo wir Sachen hineintun können. Er war schon ein paar Tage verschwunden, und ich war bereits ziemlich verzweifelt. Ich musste in den Keller, um was aus meinem Abteil zu holen, und als ich in diesem Teil das Licht einschaltete, sah ich ihn. Hing direkt vor mir.«

»Er hing?« Das stand nicht im Bericht. »Wie?«

»Seine Hinterläufe waren mit einer Art Ranke zusammengebunden.« Ihre Stimme zitterte, und die Augen wurden ihr feucht. »Man hatte ihm den Bauch aufgeschlitzt – seine Eingeweide hingen heraus.«

Igitt. »Das tut mir sehr Leid«, sagte ich. »Es ist schlimm, wenn man so was sehen muss.«

»Ja.« Ihre Stimme klang verloren und entfernt. »Ich habe noch immer Albträume davon.«

»Gab es irgendetwas Spezielles, was Sie darauf brachte, dass Durand es getan hatte?«

»Er hasste mich, und er hasste meine Katzen, vor allem die.«

Das war logisch. Die Platzierung des Kadavers war eine Botschaft gewesen. Aber ansonsten gab es keinen Hinweis, dass Durand etwas damit zu tun hatte.

»Werden Sie ihn verhaften?«

Ich brachte es nicht übers Herz, ihr zu sagen, dass der Fall seit dreizehn Jahren verjährt war. »Ausgehend von dem, was ich bis jetzt habe, kann ich das noch nicht tun. Und im Endeffekt hängt das vom Staatsanwalt ab, nicht von mir. Aber ich werde mit ihm reden.«

Pandora würde Dynamit brauchen, um den Deckel von der Büchse zu sprengen, in der Will Durand sich versteckte. Er war Mister Nirgendwo.

Ich rief die Hauptnummer seines Studios an; aus irgendeinem merkwürdigen Grund stand sie tatsächlich im Telefonbuch. Wahrscheinlich hatte dieses Versehen jemandem den Kopf gekostet.

Tut mir Leid, Detective, aber Mr. Durand ist im Augenblick im Ausland, wo er an einem Film arbeitet.

Was für ein Film?

Ich fürchte, darüber kann ich im Augenblick noch nicht reden.

In welchem Land ist er?

Das kann ich nicht sicher sagen, es gibt eine Reihe von Drehorten, und er könnte überall sein.

Wann erwarten Sie ihn zurück?

Das wissen wir noch nicht.

Ungefähr.

Das hängt davon ab, wie das Projekt vorangeht. Manchmal gibt es Verzögerungen, deshalb kann ich einfach nicht sagen, wann er zurückkommt. Aber ich werde ihm aufschreiben, dass er Sie anrufen soll, wenn er wieder da ist, und dann können Sie vielleicht etwas ausmachen.

Es war das erste Mal, dass mein Name für einen Rückruf notiert wurde. Ich hatte keine Möglichkeit herauszufinden, ob er tatsächlich außer Landes war, weil wir von unseren Bürgern nicht verlangen, dass sie bei der Ausreise ihren Pass vorlegen; ich musste warten, bis er ihn bei der Einreise präsentierte.

»Büro der Detectives. Moskal am Apparat.«

Ich war neidisch auf seinen ausgeprägten Bostoner Akzent. Hier in L. A. haben wir keinen Akzent, und mein mittelwestliches Näseln war schon vor langer Zeit verschwunden. »Hier spricht Detective Lorraine Dunbar aus Los Angeles, von der Abteilung Verbrechen gegen Kinder. Ich weiß, das ist ein langer Zeitraum, aber ich würde gern mit einem Detective sprechen, der bereits vor ungefähr fünfundzwanzig Jahren bei der Truppe war. Ich arbeite an einer Reihe von Fällen mit verschwundenen Kindern, und ich ermittle gegen einen Verdächtigen, der jetzt in L. A. lebt, aber zu der Zeit in South

Boston wohnte. In dem Zusammenhang habe ich mich gefragt, ob es damals bei Ihnen vielleicht Fälle gab, die zu denen passen, die ich gerade bearbeite. Ich dachte, dass mir vielleicht ein Detective weiterhelfen könnte.«

»Ich bin der Dienstälteste hier, ich bin allerdings erst seit fünfzehn Jahren in der Abteilung. Aber einer der pensionierten Jungs könnte Ihnen vielleicht weiterhelfen.«

Ein pensionierter Detective könnte aus der Erinnerung erzählen, hätte aber keinen Zugriff auf alte Akten und Fallunterlagen. »Wissen Sie zufällig, wer der älteste Polizist in Ihrem Bezirk ist?«

»Ja, den kenne ich.«

Eine Pause entstand; ich meinte, ein kleines Kichern zu hören.

»Könnten Sie mir den Namen dieser Person nennen?«

»Ich bin es.«

»Oh. Das trifft sich ja gut.«

»Ja, nicht?«

»Wie lange, wenn ich fragen darf…«

»Sechsundzwanzig Jahre.«

»O Mann«, sagte ich ungläubig. »Und Sie sind noch nicht in Pension?«

»Raten Sie mal.«

»Dann könnte ich ja wohl mit Ihnen reden.«

»Na ja, wenn Sie eine intelligente Antwort wollen, sollten Sie es vielleicht bei einem der Jüngeren probieren. Aber schießen Sie los«, sagte er. »Mal sehen, was ich tun kann.«

»Ich habe eine ganze Reihe von verschwundenen kleinen Jungs«, sagte ich. Ich brauchte fast fünf Minuten, um alle Details zu erzählen, darunter auch die meiner ersten Recherchen über Wilbur Durand, und in dieser ganzen Zeit schwieg der Bostoner Detective und hörte aufmerksam zu.

»Er kam nach Kalifornien, um hier aufs College zu gehen«, sagte ich ihm.

Moskal sagte sich die relevanten Daten laut vor. Dann schwieg er einen Augenblick lang mysteriös und sagte schließlich: »Ich kenne einen Fall mit einem verschwundenen Jungen aus dieser Zeit. Wir fanden damals die Leiche, ungefähr eine Woche später. Den Mörder konnten wir allerdings nie schnappen.«

Ich spürte, wie mein Puls sich beschleunigte. »Dann ist der Fall also offiziell noch ungelöst.«

»Theoretisch ja. Im Augenblick arbeitet allerdings niemand an den ungelösten Altfällen. Wir haben einfach nicht die Leute dafür. Oh, Entschuldigung, die Arbeitskräfte.«

Ich mochte ihn.

»Wir auch nicht, aber ich nahm den Anruf wegen des jüngsten Falls entgegen, und das führte dazu, dass die anderen auch auf meinem Tisch landeten. Ansonsten würden die auch nur herumliegen. Was ist mit Jungs, die verschwanden und nie gefunden wurden – erinnern Sie sich an solche Fälle?«

Er lachte und wich der Frage dann geschickt aus. »Detective Dunbar, bei allem Respekt, aber glauben Sie, dass ich mich in meinem Alter noch daran erinnern kann, was ich zum Frühstück hatte?«

»Na ja …«

»'tschuldigung. Aber ich bin die Zielscheibe aller geriatrischen Witze hier bei uns. Wir haben wahrscheinlich Dutzende verschwundener Jungs, die nie gefunden wurden. Wie Sie sicher wissen, muss das nicht heißen, dass sie alle ein schlimmes Ende gefunden haben. Aber geben Sie mir doch ein bisschen Zeit, damit ich nachsehen kann; ich melde mich dann wieder bei Ihnen. Wir sind gerade dabei, die ganzen alten Sachen in den Computer einzugeben, und einige von diesen Fällen sind vielleicht schon in der Datenbank. Wenn sie es sind, dann geht es sehr schnell. Wenn nicht, dann kann's eine Weile dauern. Aber mit ein bisschen Glück finde ich sie, bevor der Tag rum ist.«

Ich machte mir eben Notizen in den Akten, als er mich eine Stunde später mit einem Anruf überraschte.

»Ich weiß nicht, ob das hier für Sie relevant ist. Ich habe zwei tote und drei verschwundene Jungs innerhalb von zwei Jahren ungefähr zu dieser Zeit. Sie sind alle weiß und zwischen elf und vierzehn Jahren alt.«

Eine unserer Sekretärinnen stammte aus New England.

»He, Donna, wie lange dauert es mit dem Auto von New York nach Boston?«

»Ungefähr fünf Stunden, je nach Verkehr.«

Verdammt.

»Aber es gibt einen Schnellzug, der schafft es in zweieinhalb. Und es gibt auch einen Flieger, der braucht fünfundvierzig Minuten. Bis man allerdings am Flughafen ist und so weiter, da geht es mit dem Zug schneller.«

Ich überlegte mir, wie viel Zeit ich insgesamt brauchen würde. Es war machbar.

»Fred«, fragte ich so beiläufig, wie ich konnte, »sind in diesem Computer-Kurs in New York eigentlich noch Plätze frei?«

»Ich glaube nicht, Dunbar.« Er lehnte sich in seinem Sessel zurück und kniff die Augen zusammen. »Was ist los, gehen Ihnen die Fälle aus?«

»Nein, aber ich renne dauernd gegen Wände, und ich habe das Gefühl, ich müsste meine Recherchefähigkeiten ein wenig aufpolieren. Der Kurs ist am kommenden Wochenende, ich würde also kaum Arbeitszeit verlieren…«

Er schien nicht gerade übermäßig begeistert zu sein, sagte aber: »Ich werde mal nachsehen. Beim letzten Mal war er schon voll. Aber man weiß ja nie.«

Eine halbe Stunde später wusste ich, dass Jimmy Trainors Frau Schwierigkeiten in ihrer Schwangerschaft hatte, so dass der junge Beamte seine Teilnahme an dem zweitägigen Kurs absagen musste. »Wir haben sein Ticket bereits bezahlt. Die gute Nachricht ist, dass Sie es benutzen können. Sie müssen allerdings schon am Donnerstagabend hin und am Sonntagvormittag wieder zurück fliegen. Die Seminare finden ganztägig Freitag und Samstag statt.«

Ich rief Kevin an. Er war gern bereit, die Kinder schon früher zu übernehmen. Fred ließ mich bei dem Kurs anmelden. Donnerstag war in zwei Tagen. Ich musste noch einiges vorbereiten.

19

Gerichtliche Ermittlung und Untersuchung, um zu beweisen, sofern möglich, dass Milord Gilles de Rais und seine Komplizen, Anhänger und Jünger eine gewisse Anzahl kleiner und anderer Kinder verschleppten und sie niederstrecken und töten ließen, damit sie an Blut, Herz, Leber oder andere Körperteile gelangten, um aus diesen Teilen Opfer für den Teufel zu machen oder andere Hexereien mit ihnen durchzuführen, zu welchem Sachverhalte wir vielerlei Beschwerden gehört haben.

Verkündet wurde das ohne jede Gefühlsregung von dem dominikanischen Priester Jean de Touscheronde, ohne den geringsten Anflug des feierlichen Ernstes, der solche Anschuldigungen eigentlich begleiten sollte. Milord war selbst nicht anwesend an diesem achtzehnten Tag des September, aber der Zweck dieser Anhörung war nicht, ihn für den Verlust dieser Kinder zur Verantwortung zu ziehen – das würde später kommen –, sondern um ihre Verschleppung rechtlich zu belegen, damit Jean de Malestroit, wenn sein kirchlicher Prozess begann, all die erforderlichen Vollmachten hatte – von Gott wie vom König –, um die Schlinge der Schuld um Milords Hals festzuziehen.

Unter jenen, die warteten, um Zeugnis abzulegen, waren dieselben Leute, die wir schon in Saint-Etienne gesehen hatten und die den weiten Weg bis nach Nantes auf sich genommen hatten, damit ihre Erinnerung an das Kind Guillaume Brice nicht vom Wind davongetragen würde wie der Staub, zu dem er geworden war. Doch als sie nun ihre Geschichte erzählten, fügten sie noch einen neuen Aspekt hinzu – eine Entführerin.

Ein Mann aus unserem Dorf sagt, er habe um letztes Johanni herum eine alte Frau mit rosigem Gesicht von vielleicht fünfzig bis sechzig Jahren getroffen; sie habe einen kurzen, leinenen Überwurf über ihrem Gewand getragen. Zuvor habe er sie schon in den Wäldern von Saint-Etienne gesehen, wo sie in Richtung Nantes ging. Am selben Tag, als dieser Mann sie zum letzten Mal sah, sah er auch das Kind Guillaume Brice in der Nähe der Straße, wo er die alte Frau gesehen hatte. Er sagt, die Stelle sei einen Pfeilschuss vom

Pfarrhaus entfernt gewesen, in dessen Nähe ein Mann namens Simon Lebreton wohnte, der als Anhänger von Milord Gilles de Rais bekannt ist. Wir führen Klage im Namen des Kindes, mit der Hoffnung, dass man Mittel und Wege finden möge, sein Verschwinden aufzuklären …

Ach Michel, dachte ich, als ich an diesem Abend vor meinem Bett kniete, *du hattest das große Glück, eine Mutter und einen Vater und einen Bruder zu besitzen, die um dich trauerten.* Was für ein feines Wesen musste dieser verschwundene Knabe gehabt haben, da man sich so gut an ihn erinnerte. In meinem Geiste hatte er Gestalt angenommen als eins jener Kinder, deren Seele voller Freude und deren Herz rein war, die immer Wege fanden, die Prüfungen, die Gott ihnen auferlegte, zu meistern, trotz ihrer zahlreichen Benachteiligungen, die sie zu Opfern jedes Übeltäters werden ließen, der im Schatten des Waldes lauern mochte, und sie dazu brachte, diesem Übeltäter zu vertrauen, wenn er sich ihnen zeigte. Man fragt sich, ob diese alte Frau den wunderschönen Jungen bei der Hand nahm und ihm mit einem beruhigenden Lächeln unwiderstehliche Versprechen machte: anständige Kleidung als Ersatz für seine Lumpen, ein sauberes, warmes Bett, um darin zu schlafen, und genug zu essen, um das beständige Knurren seines Magens zu beenden, Schuhe, damit seine Füße im Winter nicht bluteten. *Du musst nur mit mir zu meinem Herren kommen, der süße kleine Knaben, wie du einer bist, über alles liebt und dich sehr gerne kennen lernen möchte.*

Seine Eltern, beide inzwischen in Gottes Hand, würden nie erfahren, dass er verschwunden war – vielleicht war das ein Segen. Zumindest wusste ich, was mit meinem Sohn passiert sein *könnte.* Ich hatte etwas Greifbares: einen Keiler, auf den ich meinen Hass richten konnte.

Warum fühlte ich mich dann plötzlich so unsicher?

Am Montag, dem 19. Tag des September, musste Gilles de Rais in der großen Halle von La Tour Neuve vor Seine Eminenz treten. Keiner von denen, die aus Milords bevorstehendem Untergang einen Vorteil ziehen würden, war als Zeuge zugelassen – Jean de Malestroit wollte sich nicht nachsagen lassen, er ebne ihnen den

Weg, und auch als Zuschauer durften sie den Gerichtssaal erst betreten, als die Öffentlichkeit eingelassen wurde.

Beinahe hätte er nicht einmal *mir* die Anwesenheit gestattet. Er betrat die Sakristei, als ich mich gerade um seine geheiligten Gewänder kümmerte, und verkündete: »Guillemette, ich glaube nicht, dass es gut ist, wenn Ihr heute im Gericht anwesend seid.«

Meine Stimme war kaum hörbar. »Ihr habt mir versprochen, dass ich anwesend sein darf – bei allem, was Euch heilig ist –, als ich bereit war, meine Nachforschungen zu Gunsten der Euren einzustellen.«

»Ich habe Euch kein so bestimmtes Versprechen gegeben.«

»Eminenz, das ist schändlich. Wollt Ihr mich mit Winkelzügen von dieser Ermittlung fern halten, die ich ohne Eure Hilfe begann und so gut durchführte, dass Ihr es angemessen fandet, sie nach mir weiterführen zu lassen.« Meine Stimme war immer lauter geworden.

Er zuckte angesichts meines so barsch vorgebrachten Widerspruchs zusammen; Jean de Malestroit war es nicht gewohnt, dass man ihn anschrie. Das waren auch seine Wachen nicht, die sofort herbeigestürzt kamen. Mit einem schnellen Blick schickte er sie weg, und wir waren wieder allein – ich mit meiner wachsenden Wut, er mit seiner abscheulichen Geduld.

»Ihr werft ein wenig schmeichelhaftes Licht darauf. Ich wollte Euch nur vor Schaden bewahren.«

»Ach, Ihr kennt mich gut, Bruder; ich bin nicht so zart besaitet. Ich habe genug unter Gottes Launen gelitten, um stark zu sein.«

»Ich wollte Euch vor der Laune bewahren, die Gott jetzt für Euch bereithalten könnte. Es könnte eine beträchtliche sein.«

»Ihr erinnert mich oft daran, dass unser Herr den bittren Kelch nicht zurückwies – jetzt erinnere ich Euch daran.«

»Es steht in meiner Macht, es Euch zu verbieten. Das wisst Ihr.«

Es war ein vernichtender Verrat. »In der Tat, Eminenz, könnt Ihr mit mir tun, was Euch beliebt, solange ich Eure Magd bin. Aber seid nicht überrascht, wenn ich diesen verwünschten Schleier abwerfe und mich Eurer Macht entziehe.«

»Das würdet Ihr niemals tun. Ihr *könntet* es nicht.«

Ich riss mir den Schleier vom Kopf und warf ihn zu Boden. »Ich habe früher ohne dieses Zelt gelebt und werde es, wenn nötig, wieder tun. Koste es, was es wolle.«

Einige Sekunden lang sagte er gar nichts, sondern starrte mich nur mit einem Ausdruck an, der zugleich traurig und sehnsüchtig war.

»Euch mag es vielleicht gleichgültig sein, was aus Euch wird, Guillemette«, sagte er schließlich. »Aber ich kann Euch versichern, mir ist es nicht gleichgültig. Ganz und gar nicht.«

»Dann müsst Ihr das Versprechen halten, das Ihr mir vor Gott gegeben habt«, sagte ich. »Oder ich werde dieses Kloster verlassen.«

So kam es, dass ich an seiner Seite war, als Jean de Malestroit sich an diesem Morgen auf den Weg machte zum weltlichen Gericht. Als wir durch den Palast gingen, war meine Stimmung getrübt durch das Entsetzen über das, was zwischen uns vorgefallen war, und so war die Menge, die uns auf dem Platz vor dem Palast begrüßte, für mich ein lästiger Anblick. Kaum sahen sie uns, erhob sich ein Schrei und dann drängten sie alle nach vorne. Diese zornigen Seelen schrien vor Enttäuschung und schimpften über die Heimlichkeit und Langsamkeit des Verfahrens. Die Feinheiten politischen Vergeltens, die Edelleute einander angedeihen ließen – soll heißen, mit Gold und Besitztümern –, konnte von solchen Leuten nicht gewürdigt werden. Sie wollten dieselbe einfache und schnelle Gerechtigkeit, der man sie unterwarf.

Doch als ich über Schilder und erhobene Schwerter hinwegspähte, sah ich in der Menge viele, deren Gewänder einen viel größeren Wohlstand verrieten und bei denen ich argwöhnte, dass das Versprechen einer schmutzigen Intrige sie angelockt hatte – es kommt nicht oft vor, dass ein großer Herr und Held so dramatisch in Ungnade fällt.

Hastig zogen wir uns in den Palast zurück und waren gezwungen, uns durch ein Gewirr feuchter, schlecht beleuchteter Gänge zu quälen, die unterirdisch am äußeren Rand der Anlage entlangführten. Wir kamen an der Stelle vorbei, wo die Engländer einst durchgebrochen waren – sie war inzwischen wiederhergestellt, aber nach all dieser Zeit noch sichtbar –, und traten eine gute

Weile später im Erdgeschoss direkt unter der großen Halle wieder ans Licht.

Tageslicht, Beleuchtung, Luft. Tief sog ich die frische Luft ein und schüttelte den Saum meines Gewandes, um eventuelles Ungeziefer zu vertreiben. Sogleich stiegen wir zu dem Balkon im ersten Stock hinauf und schauten auf die Menge hinunter, die vielleicht fünf oder sechs Meter unter uns wogte. Obwohl Seine Eminenz sich im Hintergrund hielt, konnte er nicht vermeiden, entdeckt zu werden. Ein Chor von Drohungen und Verwünschungen schwoll in die Höhe und hallte von den flachen Steinmauern wider.

Hängt ihn! Lasst ihn leiden, wie unsere Söhne gelitten haben. Möge er verdammt sein auf alle Ewigkeit in der Hölle.

Frère Demien hatte sich einen Weg durch diesen Wahnsinn gebahnt und trat hinter uns auf den Balkon. »Die Menge«, keuchte er, »sie ist wie toll…«

»Mit jeder Minute mehr«, sagte Seine Eminenz. Ich sah eine seltene Andeutung von Angst in seiner Miene, als er den Blick über die immer noch anwachsende Menge schweifen ließ. »Die Wachen könnten in Unterzahl geraten«, sagte er. »Wie unterschiedlich in der Zusammenstellung sie ist – Arme, Reiche, gemeines Volk und Edelleute.«

Frère Demien war weniger großzügig in seiner Einschätzung. »Scharlatane, Taschendiebe, Straßenhändler mit ihrem wertlosen Tand.«

Er hatte ein besseres Auge für solche Dinge als ich, aber bei genauerer Betrachtung wurde deutlich, dass er Recht hatte. Leicht zu entdecken von unserem hohen Aussichtspunkt aus waren die Halunken und Hökerer, die jenen auflauerten, die kaum etwas hatten, das sie nach Nantes mitbringen konnten, es aber mit noch weniger verlassen würden. Hinter den Taschendieben und Säckelschneidern sah man Tänzer, Jongleure, Sänger und Narren, bunt gekleidet und fantastisch herausgeputzt, alle bemüht, sich der wenigen *sous* zu bemächtigen, die man den Leuten entlocken konnte. Es bestand die Gefahr, dass dieser Prozess zu einer Art Belustigung wurde, dass die Feierlichkeit und Ernsthaftigkeit des Bevorstehenden von der billigen Geschmacklosigkeit dieser Aufführung besudelt wurde.

Aber der gemeinsame Wunsch all dieser Leute war unmissverständlich – sie wollten Gilles de Rais. Er war vorübergehend in einer Zimmerflucht in der Mönchsabteilung des Klosters untergebracht und nun gezwungen, sich durch dieses Gewühl zu quälen, um in den Palast zu kommen, wo der Prozess stattfand.

Sie warteten auf ihn.

Fünf Minuten später tauchte eine Damensänfte auf, getragen von sechs kräftigen Männern anstelle der üblichen vier.

Etwas stimmte ganz offensichtlich nicht. Wir alle starrten hin; schließlich fand *Frère* Demien Worte für unseren Argwohn. »Das ist aber eine außerordentlich beleibte Dame.«

Die Menge ließ sich nicht mehr täuschen als er. Sie drängte nach vorne und begann, an den Vorhängen zu reißen. Die Träger beschleunigten ihre Schritte und packten die Haltestangen noch fester, während ihr Geleitschutz die Menge zurückdrängte.

»Er könnte doch durch die Gänge in den Palast kommen, wie wir es taten.«

»Er soll auf diese Art kommen«, sagte Jean de Malestroit mit ruhiger Entschlossenheit.

Ich trat zurück und betrachtete ihn, wie er die Szene unter uns beobachtete. Es war nicht gerade Freude, die ich auf seinem Gesicht sah, sondern eine Regung, die eher mit Befriedigung zu tun hatte. Er gab den Leuten, was sie wollten, und das war die Anwesenheit von Milord Gilles in ihrer Mitte. Daher seine Sorge um die Wachen, deren Notwendigkeit er wohl unterschätzt hatte. Ich schaute nach unten und sah, dass sie noch Herr der Lage waren, aber nur gerade noch.

Die Menge reagierte unwillig, als die Terzen-Glocke ertönte. Die Wut, die diese Masse Unzufriedener verströmte, war ätzend und gehässig. Beleidigungen, Flüche und Drohungen wurden ausgestoßen, als gäbe es keine Strafen, wenn ein Bauer seine Herren beschimpfte. Bevor Milord in Ungnade fiel, hätte die Menge sich geteilt aus Hochachtung vor seinem Rang, wie es zu Ostern geschehen war, als er kam, um seine Beichte abzulegen. Heute gab es keine Hochachtung, nur Hohn und Spott.

Soldaten Gottes, gewandet in heiliges Purpur, waren gezwungen, ihre Lanzen und Schwerter gegen den sie bedrängenden menschlichen Abschaum zu richten.

»Sie würden ihn am liebsten hier in Stücke reißen«, flüsterte ich *Frère* Demien zu und musste verwundert feststellen, dass Seine Eminenz verschwunden war.

»Es gibt Leute, die einen solchen Ausgang für nicht unerwünscht halten.«

Ich gehörte nicht zu jenen; in mir regte sich ein unheiliger Drang, ihn über das reden zu hören, was er getan hatte.

Jetzt stürmten weitere Wachen aus dem Innenhof. Der verstärkten Truppe gelang es schließlich, die herandrängende Menge zu teilen, und die Sänfte setzte sich wieder in Bewegung und erreichte so den Hof.

Eilends verließen wir den Balkon und begaben uns zur Kapelle. Sie lag auf der anderen Seite einer offenen Rotunde, in der die Treppe in die Höhe führte. Als wir sie umkreisten, hörten wir eilige Schritte die Treppe heraufkommen. Ich schaute über die Brüstung hinunter und erblickte Milord inmitten seiner Bewachung; die gesamte Gruppe stürmte die Treppe hoch, wie auf der Flucht, obwohl sie nicht mehr verfolgt wurde.

Der gut aussehende, charismatische Gilles de Rais, glänzend gewandet in königliches Blau, wirkte inmitten seiner purpurnen Häscher dramatisch fehl am Platze. Als er mein Aufstöhnen hörte, hob er den Kopf, und unsere Blicke trafen sich. Während er die restlichen Stufen erklomm, starrten wir einander bestürzt an. Ich drehte im Geiste die Zeit zurück und versuchte mir vorzustellen, wie er unter anderen Umständen hier eingetreten wäre, vielleicht um eine Auszeichnung zu empfangen, und sah mich selbst im festlichen Gewand, vielleicht sogar mit Gold verziert. An meiner Seite würde, heil und stolz, Etienne stehen, mein verehrter und geliebter Gatte, der platzen würde vor Stolz über die Errungenschaften seines Lehnsherrn und in seinem Herzen ein wenig daran teilhaben würde. Posaunen würden erklingen, und alle, die bei uns standen, viele treue Gefolgsleute, würden klatschen und Loblieder singen. Und in Milords Blick würde ich die Hochachtung und Ehrerbietung sehen, von der ich wollte, dass er sie mir als einer Frau entgegenbrachte, deren Einfluss ihn erst der vielen Auszeichnungen würdig machte, die er erhalten hätte können, wären die Dinge anders verlaufen.

Stattdessen sah ich in seinem Ausdruck einen kurzen Augenblick des Schuldgefühls, ein Aufblitzen von Scham, bevor eine Härte alles überlagerte. Und dann verschwammen, wie durch Hexerei, die Züge meines einst geliebten *fils de lait,* bis er in meinen Augen gesichtslos war.

Ich hörte seine Stimme; wie aus weiter Ferne sagte er: »*Mère* Guillemette…« Der Tonfall war spröde und ohne die zärtliche Hochachtung, die hätte mitschwingen sollen…

Wären die Dinge anders verlaufen.

Was mir noch an klaren Gedanken geblieben war, nahm ich nun zusammen. »Milord«, sagte ich so bestimmt, wie ich konnte. »Ich muss mit Euch sprechen, es gibt etwas, das ich Euch fragen muss.«

Ich streckte die Hand aus, aber er war schon an mir vorüber, für mich nicht mehr erreichbar, meinem Einfluss entzogen. Aber so sicher, wie ich dort stand, wusste ich, dass ich mich nie ganz von ihm würde befreien können.

An diesem Tag, vielleicht dem bedeutendsten seines zweifachen Dienstes, sah Jean de Malestroit in seiner Robe aus tiefrotem Samt vom Scheitel bis zur Sohle aus wie ein Patrizier. Bruder Blouyn, der an seiner Seite saß, war ähnlich geschmückt, doch die Wirkung war bei ihm nicht annähernd so atemberaubend wie bei meinem Bischof, der kirchlicher wie weltlicher König dieses Gerichtsreiches war, solange es dauern würde, den Willen des Herzogs zu erfüllen. Ihre beiden Namen wurden zur Eröffnung feierlich ausgerufen vom Ankläger des Herzogs, Guillaume Chapeillon, der auch danach den Großteil des Redens übernahm.

Jean de Malestroit blickte streng und teilnahmslos, aber ich kannte den Mann zu gut, um ihm diese leidenschaftslose Miene abzunehmen. Sein Gefesseltsein war für mich deutlich sichtbar, sowohl in seinem Mienenspiel wie auch in der angespannten Haltung seines Körpers, den er leicht vorgebeugt hatte, um besser hören zu können. Milord Gilles stand ihm in seiner scheinbaren Ungerührtheit in nichts nach, und mehr noch – er war argwöhnisch, sorglos und scheinbar gelangweilt von dem Sturm, der ihn nun verschlingen würde.

Frère Demien flüsterte mir zu: »Es ist mir unergründlich, warum er eine derartige Gleichgültigkeit an den Tag legt.«

»Mir ebenfalls«, sagte ich.

Vielleicht hatte ein Anwalt oder Rechtsbeistand ihm geraten, dass ein vornehmes Auftreten ihm vor Gericht nützen würde. Das war nicht der Büßer, den wir an Ostern gesehen hatten, dessen Sorgen die Haut seines Gesichts nach unten zogen, und auch nicht ein Mann, der in Saint-Etienne eine Katze entzweigeschlagen hatte, sondern eher jemand in der Mitte zwischen diesen beiden. Ich beobachtete ihn ununterbrochen, die Augen starr auf ihn gerichtet, als hinge mein Leben davon ab, dass ich diese Verbindung aufrechterhielt. Er sah mich kein einziges Mal wieder direkt an, sondern stand stumm da, während Chapeillon ihm vorwarf, Saint-Etienne angegriffen und einen Priester als Geisel genommen zu haben. Und, damit man es nur ja nicht vergesse, die widernatürlichen Morde an so vielen unschuldigen Kindern.

Die Schreiber führten eifrig Buch.

Am Montag nach dem Fest der Erhöhung des Heiligen Kreuzes, im Gericht vor dem Verehrten Vater, dem Fürstbischof von Nantes, hier anwesend auf der Richterbank, um Recht zu sprechen in der großen Halle von La Tour Neuve in Nantes, erschienen in personam *der ehrenwerte Guillaume Chapeillon, Ankläger besagten Gerichts, der die Ladung mit der veröffentlichten Unterfertigung vollstreckte, auf der einen Seite, und der oben genannte Milord Gilles, Ritter und Baron, der Angeklagte, auf der anderen.*

»Seid Ihr bereit zum Eingeständnis der Ketzerei gegen die kirchliche Lehre?«, fragte Chapeillon.

Ich wechselte mit *Frère* Demien einen erwartungsvollen Blick in der Hoffnung, dass er uns allen die Qual eines langen und kontroversen Prozesses ersparen werde.

Doch Gilles de Rais fügte sich nicht. »Nein, Euer Ehren«, sagte er mit überraschender Selbstsicherheit, »ich bekenne mich dieses Vorwurfs nicht schuldig. Und auch keines anderen, der erhoben wurde. Es ist mein Wunsch, persönlich vor Euch oder jedem anderen Richter oder Inquisitor der Ketzerei zu erscheinen, damit ich mich gegen die Vorwürfe, die so fälschlich gegen mich vorgebracht wurden, verteidigen kann.«

Die Federkiele eilten hastig über die Seiten der Schreiber, als die unfassbaren Worte durch die Kapelle hallten.

Selbiger Gilles de Rais, Ritter und Baron, nach zahlreichen Anschuldigungen von Seiten des besagten Anklägers gegen besagten Milord Gilles, um festzustellen, ob er die Ketzerei gegen die kirchliche Lehre, soweit von besagtem Ankläger dargelegt, gestehen wolle, äußerte den Wunsch, in personam *vor besagtem Verehrten Vater, dem Fürstbischof von Nantes, und vor allen kirchlichen Richtern wie auch vor jedem Prüfer der Ketzerei zu erscheinen, um sich gegen besagte Anklagen zu verteidigen.*

Es war nicht weniger eine Kriegserklärung gegen diese bretonischen und französischen Richter, als es sein erhobenes Schwert gegen einen Engländer vor Orléans gewesen war. Wenige Schlachten in der Geschichte hatten einen so gesicherten Ausgang gehabt wie diejenige, in die sich Gilles de Rais nun so gierig zu werfen schien. Aber ein Feigling war er noch nie gewesen, deshalb hätte es uns nicht so unvorbereitet treffen sollen, wie es uns traf. Die verstörende Herausforderung hallte durch den Saal, und nachdem sie endlich verklungen war, war einige Sekunden lang nichts anderes zu hören als das Rascheln der Pergamente mit der Anklageschrift, die nun dem verblüfften Chapeillon aus den Händen glitten.

Als Seine Eminenz das Wort ergriff, war seine Stimme fest, aber gefährlich leise. »Wie Ihr wollt, Milord. Das ist Euer Recht, und man wird es so einrichten.« Die beiden wechselten Blicke kalter Verachtung wie Dolchstiche. Von der Höflichkeit und Ritterlichkeit, welche die schriftliche Niederlegung der Schreiber vermuten lassen würde, war nichts zu spüren. Mit Sicherheit würde es keiner von ihnen wagen, Jean de Malestroits kochende Wut in Worte zu fassen. »Gilles de Rais, Baron und Ritter«, sagte der Bischof, »Euch wird hiermit auferlegt, am achtundzwanzigsten Tage dieses Monats September im Jahre 1440 in diesem Gericht vor mir selbst und dem Verehrten Bruder Jean Blouyn zu erscheinen, zu welchem Zeitpunkt Ihr Euch zu verantworten habt für jene Verbrechen und Verfehlungen, wie sie aufgeführt wurden in der vorausgegangenen Darlegung von Guillaume Chapeillon, den wir dazu bestimmen, seine fähige Anklagevertretung in dieser Angelegenheit fortzuführen. Im Namen Gottes und des Gesetzes: Ihr werdet Euch für diese Übeltaten zu verantworten haben.«

Und nach einer Pause fügte er hinzu: »Möge Gott Eurer Seele gnädig sein, so es Seinen Zwecken dient.«

Ich saß auf einer Steinbank vor einem Zimmer, das vorwiegend zum Empfang von Gästen in der Abtei genutzt wurde. Obwohl dieses Bauwerk viele wunderbare, weniger sichtbare Verstecke hatte, in denen ich ungestörter gewesen wäre, war dies doch mein Lieblingsplatz. Hier konnte ich das Kommen und Gehen von Besuchern, Bittstellern, Verkäufern und Gläubigern beobachten, von allen, die hier zu tun hatten, Würdenträger eingeschlossen. Aber in diesem Augenblick war ich in meiner eigenen kleinen Welt versunken, und der Heilige Vater selbst hätte vorbeigehen können, ohne dass ich es bemerkt hätte. Als deutlich wurde, dass man sie nicht zu dem Prozess zulassen würde, hatte die Menge des frühen Morgens sich zerstreut und nur ihren Abfall hinterlassen, den Handlanger nun aufklauben mussten. Ich fragte mich ernsthaft verärgert, ob es nötig war, einen solchen Schmutz zu hinterlassen, wenn doch der Schmutz, der innerhalb dieser Mauern verhandelt wurde, bereits so überwältigend war.

Das Wetter war unerklärlich schön, und in einer besseren Gemütslage hätte ich geweint vor Freude über einen erschlichenen Sommertag, bevor die Kälte wieder über uns kam. Ein Korb mit angeschlagenen Äpfeln stand an meiner Seite, und in meinem Schoß hatte ich eine Schüssel. Mit einem kleinen Elfenbeinmesser schälte ich eine Frucht nach der anderen und entfernte alle schlechten Stellen, damit man *pâtisseries* daraus machen konnte, deren zarte Beschaffenheit ruiniert würde durch ein widerspenstiges Stückchen Schale oder die kleinste Unvollkommenheit im Fruchtfleisch selbst. Ich schnitt mit dem Messer, die Schale löste sich. Ich schnitt fester, noch mehr Schale fiel herab. Ich ließ die Schnipsel achtlos auf die Erde fallen, denn sie waren nicht gut genug für weitere Verwendung. Asche zu Asche, Staub zu Staub; alles, was aus der Erde wächst, wird irgendwann von ihr zurückgefordert.

Wie auch mein Sohn, der viel zu schnell aufgewachsen und zurückgefordert worden war; das nahm ich zumindest an.

Immer und immer wieder ließ ich in dunklem Rhythmus die unschuldigen Früchte jenen Aufruhr spüren, der in meinem Inneren wütete. *Confutatis, maledictus, pergatorium.* Wenn diese Eigenschaften sich in unserer *pâtisserie* widerspiegelten, dann wäre sie eine bittere, ungenießbare Katastrophe. Wahrheiten, die ich für unangreifbar erachtet hatte, stürzten eine nach der anderen ein. Ich hatte mich immer bemüht zu glauben, dass Gottes Laune mir meinen Sohn genommen hatte, aber Gilles de Rais war an diesem Tag bei ihm gewesen – er war tatsächlich sogar der Letzte gewesen, der ihn gesehen hatte, wie seine Diener die Letzten gewesen waren, die man mit so vielen verschwundenen Kindern gesehen hatte.

An jenem Tag war ich im hohen Turm von Champtocé und trocknete Wäsche, als sich draußen ein Geschrei erhob. Ich eilte zum Fenster und sah, dass der Schlossvogt seinen Männern hastig befahl, das Fallgitter hochzuziehen. Wenn so etwas geschieht, denkt man natürlich an eine anrückende Streitmacht, und mein Sohn war zusammen mit Milord draußen in den Wäldern von Champtocé und kreuzte vielleicht den Weg der Soldaten. Doch als ich den jungen Gilles allein durch das Tor laufen sah, wurde aus meiner Sorge echte Angst. Ich ließ die ordentlich zusammengelegte Wäsche fallen, sprang mit gerafften Röcken verzweifelt die Treppe hinunter und stürzte auf den Hof.

Milord, kurz vor der Mannwerdung noch ein Schlaks mit überlangen Gliedern, stand gebückt da, die Hände auf die Knie gestützt und den Kopf gesenkt. Er keuchte und japste von der Anstrengung seines Laufs. Diejenigen, die ihn umringten, bereit, ihm alles zu bringen, wonach er verlangte, waren verblüfft und verwirrt und versuchten, ihn zum Sprechen zu bringen.

Mit mir würde er sprechen: Ich war alles, was er noch an Mutter hatte, und mit mir würde er sprechen, bei allen Heiligen. »Milord«, bedrängte ich ihn, »was ist mit Michel?«

Keuchen, Japsen, Keuchen und dann ein Blick nackten Entsetzens: »Madame«, rief er, »der Keiler, wir stießen auf ihn, ich rannte so schnell, wie ich konnte, um ihm zu entfliehen, und ich dachte, Michel wäre hinter mir, aber als ich mich umdrehte und er nirgendwo zu sehen war…«

Ich schrie auf vor Schmerz und verlor die Besinnung; der Vogt Marcel fing mich auf.

»Wo habt Ihr ihn zuletzt gesehen?«, fragte Marcel den Jungen.

Er schnappte nach Luft. »Ich weiß nicht …«

Der Vogt packte ihn bei den Schultern und schüttelte ihn. *»Überlegt – wo habt Ihr ihn zuletzt gesehen?«*

Von dieser Heftigkeit eingeschüchtert, plapperte der junge Gilles: »Westlich des Eichenwäldchens, rund fünfzig Schritt, in dem Hohlweg, der zum Fluss führt.«

»Ist der Junge verletzt?«

»Ich … ich weiß es nicht.«

Der Vogt winkte nach einem Pferd. Ich packte verzweifelt seinen Arm. »Die Hebamme – wenn Michel angefallen wurde, braucht er sie.«

Während er meine Finger von seinem Arm löste, schaute er zu einem seiner Männer. »Sucht Madame Catherine«, sagte er. »Bringt sie zu uns.«

Ich drehte mich um und ging auf den Stall zu. Nun war er es, der mich am Arm packte. »Nein«, sagte er, »Ihr dürft nicht mitkommen.«

»Er ist mein Sohn«, flehte ich.

»Nein«, sagte er noch einmal, mit noch größerer Bestimmtheit. Inzwischen hatte seine ganze Truppe sich um ihn versammelt, es waren also genügend Männer vorhanden, die ihm zu Willen waren. »Haltet Madame la Drappière hier fest«, befahl er, und einer der Männer trat prompt vor, um genau das zu tun.

Ich wehrte mich vergebens gegen seinen Griff. Im Gesicht des Vogts war so viel Mitleid; ich glaubte, wenn ich nur mehr flehte, würde er mich mit ihm gehen lassen. Doch er war so klug, den Blick abzuwenden, und sagte zu einem anderen seiner Männer: »Sucht Etienne und bringt ihn hinaus in das Wäldchen.« Und dann bestieg er das Pferd, das man ihm gebracht hatte, und galoppierte davon.

Ich würgte und hustete wegen des Staubs, den die Hufe aufwirbelten. All diese Erinnerungen würgten mich nun aufs Neue. Eine Hand legte sich auf meine Schulter, und ich erschrak.

»Guillemette«, hörte ich Jean de Malestroits Stimme, »Ihr quält diese Äpfel.«

Die Frucht, deren Schale sich unter meinen rohen Schnitten löste, fiel mir aus der Hand. Gemeinsam sahen wir zu, wie sie über die Erde rollte.

Ich wischte mir die Hände an meiner Kutte ab, was für mich ungewöhnlich schlampig war, denn ich halte Reinlichkeit sehr hoch. »Ihr seid sehr scharfsichtig, Eminenz«, sagte ich.

Wie es aussah, wollte er sich setzen; er musste mich nicht um Erlaubnis fragen, und eigentlich hätte ich aufstehen müssen, als er erschien. Aber wir beide hatten solche Albernheiten nicht mehr nötig. Mit einem leichten Nicken deutete ich auf den freien Platz neben mir auf der Bank, und er raffte seine Richterrobe und setzte sich raschelnd.

»Ich nehme Euch die Beichte ab, wenn Ihr wollt, und befreie Euch so von der Last, die Euch offensichtlich den Kummer bereitet, den ich jetzt in Euch sehe.«

Indem ich eine widerspenstige Strähne zurücksteckte, schaute ich ihn an. Mein Ausdruck zeigte offensichtlich noch weiteres Unbehagen, denn er fügte schnell hinzu: »Habt keine Angst – ich werde Euch keine schwierige Buße auferlegen.«

»Nun denn, wie Ihr wünscht. *Pater, ignosca me, ob malo dissipavi.*«

Jean de Malestroit ließ ein kurzes Kichern hören. »Gott dürfte im Augenblick über einen vergeudeten Apfel nicht übermäßig besorgt sein«, versicherte er mir. »Aber er würde gern wissen, wie auch ich, was Euch wirklich auf der Seele lastet.«

Ein matter Atem entströmte meinen Lippen. Ich schaute Seiner Eminenz direkt in die Augen und sah dort die Bereitschaft, mich in meinem würdelosen Zustand anzunehmen. Aber es war noch nicht an der Zeit, ihm zu sagen, welche Gedanken mir wirklich durch den Kopf gingen. Deshalb sagte ich ihm etwas, das ihn mit Sicherheit zufrieden stellen würde: »Was uns alle in diesen Tagen quält, bekümmert auch mich.«

»Ah.« Er lehnte sich zurück und dachte über meine Antwort nach. »Ich denke, das ist nur natürlich, dass wir alle besorgt sind wegen der Dinge, die uns nun zu Ohren kommen. Es ist alles so beklagenswert. Aber andere bringen genügend Klagen vor, Schwester – die Euren sind im Augenblick nicht notwendig.«

»Dennoch, Bruder, bin ich besorgt, und ich muss einfach darüber sprechen. Schaut nur, was aus ihm geworden ist. Einst dachte ich, ich würde ihn kennen. Nun ja. Jetzt aber hat es den Anschein, als hätte ich ihn überhaupt nicht gekannt.«

»Der Satan nimmt viele Gestalten an, Schwester. Er schleicht sich in die Welt, wo er auch nur die kleinste Ritze findet. Er wechselt die Gestalt, um durch die Öffnung zu passen, und dringt unbemerkt ein, außer wir sind ewig auf der Hut vor ihm.«

»Sind wir so wahrhaft blind, dass so ein … ein … Ding auf Erden wandeln kann, ohne dass wir es bemerken?«

»Dem Anschein nach sind wir es.«

»So viele haben sich beschwert, warum haben wir nicht zugehört?«

»Es waren vorwiegend arme Kinder, viele von ihnen schon so gut wie vergessen …«

»Sie waren nicht alle arm. Und einige hatten Eltern, die laut über ihren Verlust klagten.«

»Nicht laut genug, wie es aussieht.«

Ich erinnerte ihn nicht daran, dass auch seine Ohren anfangs diesen Klagen verschlossen waren und dass er mir nur widerstrebend gestattet hatte, dem nachzugehen, was ich gehört hatte. »Lieber Gott«, sagte ich nach kurzem Schweigen, »wie konnte dies alles nur geschehen?«

»Wahrscheinlich ist es eine Veränderung, die schleichend vonstatten ging und bis jetzt nicht erkannt wurde.« Er veränderte leicht seine Haltung auf der Bank, um die Steifheit zu vermeiden, die einsetzen würde, wenn er sich zu lange nicht bewegte. »Ich habe viel über die Natur des Bösen nachgedacht, denn Gott hat mich mit seiner Ausmerzung beauftragt. Ich muss gestehen, diese Aufgabe erschien mir immer unmöglich. Ich kämpfe täglich mit meiner Unzulänglichkeit.«

Er bewegte sich erneut, diesmal mit einem leisen Stöhnen. »Euch sagt diese Bank mehr zu als mir«, sagte er.

Für einen Augenblick vergaß ich meinen Kummer. »Gott hat mir die Leibesfülle geschenkt, die mir sie ertragen hilft.«

»Das habe ich bemerkt. Gott ist sehr großzügig mit seinen Geschenken.« Dann wurde sein Ausdruck wieder etwas ernster. »Aber wir dürfen die Tatsache nicht aus den Augen verlieren, dass das Böse eins von Gottes größten Geschenken sein kann.«

Ich starrte ihn an. »Wie das?«

»Bedenkt seine vielen Formen: Kriege, Seuchen, das Beben der

Erde, das Einstürzen des Himmels – in der Tat die Dunkelheit. Gott hat das Böse mit Ziel und Absicht in diese Welt gesetzt. Er wollte uns helfen, vermöge des Vergleichs zu erkennen, was wir als gut erachten sollen. Wir verabscheuen die Dunkelheit und feiern das Licht, weil wir begreifen, dass das eine das Böse darstellt und das andere das Gute. Aber Dunkelheit und Licht waren immer da, da Gott sie erschaffen hat, sind sie nichts anderes *geworden* als das, was sie immer waren. Sie wurden uns vielleicht nur schrittweise enthüllt, aber sie waren immer auf dieser Welt. Ich befürchte, Schwester, dass Gilles de Rais schon immer etwas Unheiliges an sich hatte und dass wir erst jetzt allmählich sein wahres Wesen erkennen.«

Er hatte Gedanken in Worte gefasst, die ich selbst nicht aussprechen konnte, als wüsste er, dass ich sie hatte – und dass sie mich vergiften würden, blieben sie unausgesprochen.

»Ich glaube, es wird noch mehr enthüllt«, sagte er dann leise.

In dem Augenblick begriff ich, dass er mehr wusste, als er mir sagte. Ich konnte es ihm nicht verdenken. Schlechte Nachrichten sollten in kleinen Bissen verabreicht werden, damit sie den Hörer nicht völlig zerstören. Ich nahm einen neuen Apfel zur Hand und begann ihn zu schälen. »Die Zeit wird es zeigen, Eminenz, wie sie es schon immer getan hat.«

Ich bewegte das Messer, die Schale löste sich. Eine Weile sah er mir schweigend zu, dann sagte er: »Ich fürchte, wenn alles gesagt ist, werden wir viel mehr wissen, als wir eigentlich wissen wollten.«

Ich nickte. »Ich glaube, Ihr habt Recht«, erwiderte ich. Aber ach, wie sehr wünschte ich mir, er würde Unrecht haben.

Es dauerte noch drei Tage, bis ich mich dazu überwinden konnte, Eminenz die Frage zu stellen, die mich vergiftete. Ich konnte sie nicht länger zurückhalten.

»Ihr habt jene verhört, die ihm bei seinem Bösen geholfen haben, Poitou und Henriet.«

In dem Augenblick war er Kanzler und kurz angebunden, weil er mit vernachlässigten Staatsdingen beschäftigt war. »Das habe ich«, sagte er. Er schien verärgert über die Unterbrechung, doch er schaute mich an, was er nicht immer tat.

»Gründlich?«

»Gründlich genug, um zu wissen, dass sie seine Komplizen sind und dasselbe Schicksal erleiden sollten, das ihren Herren treffen mag.«

»Sie wussten also, auf welche Art diese Unschuldigen ums Leben kamen.«

Jean de Malestroit zeigte ein wenig Verdruss. »Nicht alle waren unschuldig, Guillemette. Es gab einige, die offensichtlich Milord de Rais' Gesellschaft suchten, um einen Vorteil aus seinem Stand zu ziehen. Man kann nicht sagen, dass diese jungen Männer völlig ohne Schuld waren.«

Ich wollte keine Zeit mit einem Disput über diesen Punkt vergeuden, denn meine Entschlossenheit schwand bereits. »Aber diejenigen, die noch jünger waren – Ihr wisst, auf welche Art sie gestorben sind?«

»Ja.« Er schob seine Lektüre ein Stück von sich weg und lehnte sich verwirrt zurück. »Wollt Ihr mich etwas Bestimmtes fragen, Schwester?«

»Ja«, antwortete ich. »Das will ich.«

»Dann seid so freundlich und tut es; ich habe Arbeit vor mir liegen und würde gern damit fortfahren.«

»Die Jüngeren«, fragte ich, »sagen wir, die Zehn- oder Elfjährigen – wie wurden sie getötet?«

»Auf grausame Art«, antwortete er. »Wie sonst?«

»Nein, ich meine, mit welchen Methoden beendete er ihr Leben …«

»Guillemette …«

»Sagt es mir.«

Er zögerte kurz und sagte dann: »Einige wurden getötet, indem man sie ausbluten ließ. Andere wurden am Hals aufgeschlitzt und dann enthauptet.«

Einen Augenblick lang schwieg ich vor Bestürzung.

Im Namen Gottes …

Ich war beinahe erleichtert, denn es war nicht, was ich erwartet hatte. Aber die wahre Erleichterung würde erst kommen, wenn ich auch die letzte Antwort erhalten hatte.

»Wurde einigen auch der Bauch aufgeschlitzt?«

Er sah mir direkt in die Augen. »Ja. Den meisten. Aber warum wollt Ihr diese grässlichen Einzelheiten wissen?«

Ich ließ die Frage unbeantwortet. »Eminenz, ich möchte noch einmal zu einer Reise aufbrechen. Aber diese wird länger sein als die letzte. Ich möchte Euch bitten, *Frère* Demien mitnehmen zu dürfen.«

Er legte seine Arbeit wieder weg. »Das ist unmöglich. Im Augenblick seid Ihr unentbehrlich.«

»Bittet Schwester Elene, meinen Platz einzunehmen.«

»Und *Frère* Demien wird auch gebraucht …«

»Die Ernte ist bereits gut im Gange. Wir sind beide entbehrlich.«

»Aber wohin jetzt? Wir haben doch bereits …«

Ich hob die Hand, und er ließ sich von mir zum Schweigen bringen.

»Es gibt Dinge, über die ich mir Klarheit verschaffen muss«, sagte ich.

20

Die Maschine stieg wie eine Rakete vom John Wayne Airport auf und gewann sprunghaft an Höhe, aber der Rest des Fluges war ruhig und schien nicht so lange zu dauern wie die ewigen Sicherheitschecks, die wir vor dem Einsteigen durchlaufen mussten. Wir landeten in Newark; es war das erste Mal, dass ich die veränderte New Yorker Stadtsilhouette mit eigenen Augen sah. Alle in der Maschine waren still, als wir zum Gate rollten. Es schien nur angemessen.

Wir fünf fuhren in einem Zubringerbus zu unserem mittelmäßigen Hotel. Da ich die einzige Frau war, hatte ich ein Zimmer für mich allein, die Jungs mussten sich mit Doppelzimmern begnügen. Es würde perfekt funktionieren. In dem Kurs am Freitag würde ich tatsächlich etwas lernen. Schade, dass ich den am nächsten Tag verpassen würde – der Lehrer hatte erwähnt, er würde einige Themen behandeln, die wirklich interessant klangen. Suchmaschinen, die speziell für die Ermittlungsarbeit konzipiert waren, Pay-by-Call-

Dienste, einige ähnlich wie Nexus Lexus, die speziell auf böse Jungs ausgerichtet waren. Aber ich hatte Wichtigeres zu tun. Am Samstagmorgen schlich ich mich um sechs Uhr, als alle anderen noch schliefen, aus dem Hotel. Ich hängte das BITTE NICHT STÖREN-Schild an die Tür und schob einem Kollegen einen Zettel unter die Tür mit der Nachricht, dass ich die ganze Nacht wegen Frauenproblemen wach gewesen sei und jetzt schlafen wolle. Große, starke Bullen schauen ohne Wimpernzucken in den Lauf einer Waffe, aber ein Tampon ist eine ganz andere Geschichte.

Detective Peter Moskal wollte mich an der South Station abholen, die, wie er mir versichert hatte, ganz in der Nähe des Reviers von South Boston lag. Ich hatte ihm gesagt, ich könne auch ein Taxi nehmen, aber er bestand darauf, mich abzuholen.

Ich erkannte ihn sofort an der goldfarbenen Marke, die aus der Tasche seiner Lederjacke hing, aber er war keineswegs das schlecht gekleidete, ausgelaugte Donut-Depot, das ich erwartet hatte. Moskal war attraktiv auf die Clint-Eastwood-Art, bis hin zu den Falten. Er hatte tolles Haar, gut geschnitten und frisiert, war durchtrainiert und groß und bewegte sich mit freundlicher Ungezwungenheit. Kein einziges graues Haar, obwohl er mindestens Ende vierzig sein musste.

Kein Ehering.

»Ich schätze, Polizisten fangen hier immer ziemlich früh an«, sagte ich.

Breites Grinsen. »Ja. Ich war vier, als ich auf die Akademie kam. Aber jetzt bin ich reif für die Rente, zumindest sagt das meine Frau.«

Verdammt.

»Ich möchte Ihnen danken, dass Sie einen Teil Ihres Samstags für mich opfern.«

»Ist schon okay. Keins der Kinder hatte was anderes zu tun außer Hausaufgaben, das war also kein Problem. Bei Mathe kann ich Ihnen sowieso nicht mehr helfen.«

Er schenkte mir ein Lächeln zum Dahinschmelzen.

»Und«, sagte ich, betont geschäftsmäßig, »haben Sie die Akten?«

»Liegen auf meinem Schreibtisch. Ich dachte, wir fahren dorthin und schauen sie durch – es ist eine Menge Zeug. Wenn Sie wollen, kann ich Sie dann zu den Tatorten führen. Aber die sind nicht mehr so wie damals. Ich hoffe, Sie erwarten nicht, nach zwei Jahrzehnten dort übermäßig viel zu finden.«

»Ich bin schon froh, dass die Gebäude überhaupt noch stehen«, sagte ich auf dem Weg zu seinem Wagen, den er in einer Ladebucht geparkt hatte. »Mann, in L. A. hat man das Gefühl, dass Gebäude im Jahresrhythmus hochgezogen und wieder abgerissen werden. Aber ich möchte wirklich einfach nur sehen, wo diese Sachen passiert sind. Ich kriege langsam ein Gefühl dafür, wer dieser Durand ist, und ich möchte sehen, ob ich ihn hier unterbringen kann. Und falls noch Zeit ist, möchte ich gern mit jemandem sprechen, der an der ursprünglichen Ermittlung beteiligt war.« Wir stiegen ein und los ging's.

»In der Hinsicht muss ich Sie enttäuschen«, sagte Moskal kurz darauf. »Der Ermittlungsleiter ist, na ja, sagen wir einfach, er ist ein ziemlich schwerer Alkoholiker. Kann kaum noch reden. Und der Sergeant, der als Erster am Tatort war, setzte sich vor ungefähr drei Jahren mit einer hübschen Pension zur Ruhe. Ich habe herausgefunden, dass er kurz darauf Krebs bekam und im letzten Jahr starb.«

»Verdammt. Ich hoffe, er hatte sich für die Partnerversorgung entschieden.«

»Er war nicht verheiratet.«

»Na, dann hat er wenigstens keine verarmte Witwe hinterlassen.«

»Nein. Sean O'Reilly kam aus einer ziemlich wohlhabenden Familie. Um genau zu sein, er war Will Durands Onkel.«

»Ach, hören Sie auf. Das gibt's doch nicht.«

Er nickte, während zahllose Gebäude an uns vorbeizogen. »Es stimmt. Ich bin hier in Southie aufgewachsen und kannte sogar seine Familie. Wir kennen uns hier alle untereinander, zumindest dem Namen nach.«

Ich brauchte einige Augenblicke, bis ich das verdaut hatte. »Entschuldigen Sie, wenn ich jetzt falsche Behauptungen aufstelle«, sagte ich. »Aber ist Moskal nicht ein … kontinentaleuropäischer Name? Ich dachte, Southie ist fest in irisch-amerikanischer Hand.«

»Schön gesagt, Detective«, sagte Moskal und lachte. »Er ist polnisch. Ich schätze, Sie kriegen da unten auch Ethnientrainig.«

»Einmal pro Jahr, ob wir es brauchen oder nicht.«

»Der Mädchenname meiner Mutter war O'Shaughnessy. Sie haben sie wieder reingelassen, obwohl sie einen Polen geheiratet hatte.«

»Na, da sehen Sie mal.«

Wir fuhren in Richtung Südosten durch das Bostoner Hafenviertel, eine Gegend, die verschandelt wurde von nicht fertig gestellten Bauprojekten. Schließlich machten, im Verlauf einer Viertelmeile, industrielle graue Schlackesteinmauern pastellgrünen und -gelben Reihenhäusern Platz. Das gletscherähnliche Vordringen von Gewerbegebiet in Wohnviertel war unverkennbar. Ich fragte mich, ob das Viertel Gegendruck ausübte oder ob das Eis sich bereits gesetzt hatte.

»Durand hat zwei noch lebende Schwestern, und seine Mutter – Sean war ihr Bruder. Sie wohnen in einem wirklich hübschen Haus am Strand. Ich würde Ihnen sehr raten, mit jemandem aus der Familie zu reden, das ist ein interessanter Haufen.«

»Inwiefern?«

»Na ja, erstens ist Wilbur Durands Schwester Sheila Carmichael. Halbschwester, meine ich.«

Sie war eine dieser Anwältinnen mit hohem Dershowitz-Faktor und dem landesweiten Ruf, Staatsanwälte in den Selbstmord zu treiben. Ich hatte sie schon oft im Fernsehen gesehen, als Sprachrohr eines Klienten, dessen Recht, Chaos anzurichten, bedroht wurde von den unsympathischen Lakaien der Steuerzahler, mich eingeschlossen. Ihr hervorstechendstes Merkmal war eine kaum gezähmte Mähne tiefroter Haare mit einer weißen Strähne auf Bonnie-Tyler-Art. Eine Furcht einflößende Frau, stahlhart, und zwar jede Sekunde.

»Na, dann wird er wohl keine Schwierigkeiten haben, einen Anwalt zu bekommen, falls er wirklich der Kerl ist, den ich suche.«

»Wahrscheinlich nicht. Die Familie ist von der gut betucht irischen Sorte, allerdings nicht so reich wie die Kennedys, nur wohlhabend. Jim Durand war der zweite Mann seiner Mutter. Der erste, Brian Carmichael, starb jung. Hat ihr eine ganze Horde Kinder hinterlassen. Sie sollten wirklich mit jemandem aus der Familie reden.«

Er sagte das immer wieder. Ich wollte ihn unbedingt fragen, warum, aber es erschien mir noch zu früh.

Das Revier von South Boston hatte keinen eigenen Parkplatz, die blau-weißen Einsatzwagen parkten in Mehrfachreihen vor dem Gebäude. Moskal bugsierte sein Auto in die erste Lücke, die er sah.

»Und ich dachte, wir hätten Parkprobleme.«

»Sind Ihre Straßen so schmal?«

»Nein.«

»Dann haben Sie noch nicht gelebt.«

Er schenkte mir wieder ein großes, breites Lächeln und brachte mein Herz zum Schmelzen. »Wenn Sie wissen wollen, was ein Stau ist, schauen sie sich den Südost-Ring an einem verschneiten Freitagnachmittag um vier an.«

Es war ein komisches Spiel des Immer-noch-eins-Draufsetzens, aber es machte Spaß und entspannte die Atmosphäre. Kaum hatten wir das heruntergekommene Gebäude betreten, wusste ich, dass er den Wettbewerb um das schlechteste Büro spielend gewinnen würde. Moskals Schreibtisch stand in der Ecke eines Zimmers mit fleckiger Decke und rostenden Heizungsrohren.

»Willkommen in meinem Reich«, sagte er. »Wenn man es denn so nennen kann.«

Die Akten lagen, ordentlich aufgestapelt und ausgerichtet, am Rand des von Initialen vernarbten Schreibtisches. Er nahm den Stapel und gab ihn mir. »Damit sollten Sie eine Weile beschäftigt sein. Ich will mir gerade mal Kaffee holen. Möchten Sie auch was? Der Donut-Laden ist gleich um die Ecke. Die haben Bagels und Muffins und das ganze Zeug.«

Ich bat um einen Kaffee und ein Blaubeer-Muffin und versuchte, ihm Geld zu geben. Er lehnte es ab und ließ mich mit den Akten allein. Sie lagen schwer in meinem Schoß, deshalb legte ich sie wieder auf den Tisch und nahm die erste zur Hand. Dann vertiefte ich mich in den geschriebenen Bericht.

Der erste Junge, der in South Boston verschwunden war – Michael Patrick Gallagher – war dreizehn Jahre alt, sah aber jünger aus, ein klassischer »guter Junge«, der in der Schule gute Leistungen zeigte und nie in Schwierigkeiten kam. Er wurde zum letzten Mal mitten am Nachmittag vor einem Eckladen in South Boston gesehen, wo er Pennies und Nickels aus seinen Taschen kramte, um sich einen Schokoriegel und Kaugummi zu kaufen. An dieser Ecke trennte er sich von einer kleinen Gruppe seiner Kameraden. Gegen 15 Uhr 30 hätte er zu Hause sein sollen, aber es war Freitagnachmittag, und da war es nicht ungewöhnlich, dass Michael länger ausblieb, falls er nur wenig oder gar keine Hausarbeiten hatte. Als er nach 19 Uhr noch immer nicht aufgetaucht war, telefonierte seine Mutter nervös in seinem engsten Freundeskreis herum, was sich jedoch als nutzlos erwies. Um 19 Uhr 20 rief sein Vater die Polizei an. Ein Streifenwagen wurde über Funk zu den Gallaghers geschickt. Der Beamte, der den Funkspruch wegen des Verschwindens entgegengenommen hatte, eröffnete die Ermittlungen mit den üblichen Fragen an die Eltern: Hatten sie Grund zu der Annahme, dass er davongelaufen sein könnte, weil er vielleicht Schwierigkeiten in der Schule oder zu Hause hatte? Wussten sie überhaupt, ob er in der Schule Schwierigkeiten hatte? Hatte es in letzter Zeit eine feststellbare Veränderung im Verhalten des Jungen gegeben? Nichts dergleichen.

Der Beamte durchsuchte das Haus, um auszuschließen, dass Michael vielleicht unbemerkt nach Hause gekommen und irgendwo eingeschlafen war, oder schlimmer, dass er ohnmächtig geworden war und die Rufe seiner Eltern nicht hören konnte. Innerhalb kürzester Zeit konnte er feststellen, dass der Junge nicht im Haus war und die Eltern ihm insofern die Wahrheit gesagt hatten, als es sich hier also aller Wahrscheinlichkeit nach nicht um einen durchgebrannten Teenager handelte, dessen Familie gar nicht wusste, dass er in seinem Leben Schwierigkeiten hatte. Michael hatte eine Lieblingssendung, die jeden Freitag um 17 Uhr wiederholt wurde, aber er war nicht nach Hause gekommen, um sie sich anzuschauen. Seine Mutter gab an, es habe sie sehr überrascht, dass er sie verpasst hatte.

Beschreibung und Foto des Jungen waren per Fax verschickt und an alle Streifenwagen im Bostoner Raum ausgegeben worden. Der Fall wurde dann dem Revier South Boston zugeteilt. Der Aufnahmebericht war unterzeichnet von dem Streifenbeamten, einem gewissen Peter Moskal.

Ich fing eben an, die letzte Zusammenfassung des anderen Detective zu lesen, eine bittere Chronik der Frustration, als Moskal mir meinen Kaffee und den Muffin auf den Tisch stellte.

»Warum haben Sie mir nicht gesagt, dass Sie der Erste vor Ort waren?«

Nun kam er mir sehr philosophisch. »Es war mir einfach zu viel Zufall. Ich weiß auch nicht, ich schätze, es war mir ein bisschen unheimlich. Aber als ich hörte, wonach Sie fragten, war ich richtig froh. Ich hätte nicht geglaubt, dass ich je die Chance bekommen würde, diesen Fall zu bearbeiten. Ich habe im Lauf der Jahre ein paarmal gebeten, den Fall wieder aufnehmen zu dürfen, aber ohne Beweise wollte man es mich nicht tun lassen.«

Ich lehnte mich zurück und betrachtete ihn. Ich sah Aufregung in seiner Miene, anstelle des vorherigen besorgten Ausdrucks, und Feuer in seinen Augen. »Nun, Detective, wie's aussieht, bekommen Sie jetzt diese Chance doch noch.«

»Wollen nur hoffen, dass es kein Schuss ins Blaue ist. Diese Geschichte war für mich immer irgendwie unabgeschlossen. Aber bis jetzt konnte ich nichts unternehmen. Ich sollte Ihnen also danken.«

»Ist mir ein Vergnügen«, sagte ich. »Glaube ich wenigstens. Aber weil wir gerade von unabgeschlossen reden, ich muss noch *heute Abend* nach New York zurück. Es wäre schön, wenn Sie, ausgehend von dem, was Sie wissen, für mich die Prioritäten setzen könnten.«

Er nahm die restlichen Akten vom Schreibtisch und deponierte sie auf einem nahen Aktenschrank. »Vergessen Sie die«, sagte er. »Oder schieben Sie sie wenigstens für den Augenblick beiseite. Der Fall des Gallagher-Jungen ist der vollständigste von allen, und falls Sie irgendwas finden, das Sie weiterverfolgen wollen, dann ist der Rest hier. Zuerst fahren wir zum Schauplatz – es ist nicht weit. Und dann würde ich mit der Familie Gallagher reden. Sein Vater und ein paar Brüder leben noch immer im Viertel. Und wenn dann noch Zeit ist, gibt es jemanden, mit dem Sie meiner Meinung nach auf jeden Fall reden sollten. Eine sehr nette Frau – kannte die Familie Durand ziemlich gut, aber eher über indirekte Kanäle, sie hat also keine schützende Loyalität. Die Dame heißt Kelly McGrath. Ihre Schwester Maggie war eine Zeit lang Haushälterin im Durand-Haus – sie ist inzwischen allerdings gestorben, auch an Krebs.«

»Das ist eine Epidemie, was?«
»Sieht so aus. Ich hoffe, es erwischt mich nicht.«
»Das hoffe ich auch.«

Moskal tätigte drei Anrufe, bevor wir uns auf den Weg zu der Stelle machten, wo der Gallagher-Junge gefunden worden war. Sheila Carmichaels Telefondienst sagte, dass sie nicht in der Stadt sei und erst ab Montag zurückrufen könne; er hinterließ keine Nachricht, sondern schrieb mir ihre Nummer auf, damit ich sie von L. A. aus zumindest anrufen konnte. Patrick Gallagher, Michaels Vater, meinte, er würde sehr gerne mit uns reden; wie Moskal sagte, war er sogar begierig darauf. Und Kelly McGrath würde sich freuen, mich zum Tee empfangen zu dürfen. Wir würden dann direkt von ihrem Haus zum Bahnhof fahren. Es würde eine anstrengende kleine Tour werden.

»Ich könnte versuchen, den Detective zu finden, der die Folgeermittlungen in diesem Fall anstellte, aber ich muss Ihnen sagen, der Kerl wird Ihnen nicht viel weiterhelfen.«

»Im Augenblick habe ich zu viel zu tun und nicht genug Zeit. Aber ich könnte ihn von L. A. aus anrufen.«

»Ich weiß nicht, ob der überhaupt noch Telefon hat.«

»Ist es so schlimm?«

»Schlimmer.«

Er fuhr; ich las. Die von dem inzwischen Alkoholiker Gewordenen durchgeführten Befragungen waren vollständig und perfekt gemacht; ich fand es sehr schade, dass solche Fähigkeiten den Bach hinuntergingen. In den Berichten, die er schrieb, war chronologisch eine deutliche Zunahme seiner Besorgnis erkennbar, ähnlich wie ich es in Terry Donnollys Arbeit gesehen hatte. Als der Fall schließlich geschlossen wurde, war das alles andere als ein Paukenschlag gewesen. Die Ermittlung war einfach ausgebrannt und hatte dabei einen ehemals guten Polizeibeamten mitgerissen.

Er hatte sich alle bekannten Pädophilen der Gegend vorgeknöpft, wie ich es getan hatte, auf Anweisung seines Vorgesetzen, ebenfalls wie bei mir. Drei Verdächtige, alles weiße Männer in den Dreißigern, waren nach der Erstbefragung weiter verhört worden, wurden später jedoch wieder freigelassen, weil es keine Hinweise gab, die auch nur einen von ihnen mit dem Verschwinden des Jungen in Verbindung brachten.

Er hatte ausführlich alle Kumpel von Michael Gallagher befragt, doch keiner von ihnen erinnerte sich an irgendetwas Ungewöhnliches oder Beunruhigendes im Verlauf dieses Nachmittags oder im Verhalten des Jungen. Michael hatte sich lächelnd von ihnen allen verabschiedet, so die Transkriptionen, und war dann mit einem halb gegessenen Schokoriegel in der Hand in die erwartete Richtung, nach Hause nämlich, davongegangen. Einer der Freunde erinnerte sich, dass Michael den Rest des Riegels auswickelte, bevor er um die vertraute Ecke bog, und danach konnte er ihn nicht mehr sehen. Das war das letzte Mal, dass Michael Gallagher lebend gesehen wurde, bevor man am nächsten Montagmorgen seine Leiche fand.

Das Auto hielt in einer Gasse hinter einem offensichtlich verlassenen Gebäude. Es war ein schmales dreistöckiges Haus mit Veranden vor den Hintertüren. Von den Geländern der Veranden spannten sich Wäscheleinen zu einer Stange auf der anderen Seite der Gasse. Die Gegend war deprimierend, sogar ein bisschen unheimlich.

»Da sind wir«, sagte Moskal. Wir stiegen aus, und er führte mich zur hintersten Veranda. Dort deutete er auf das Gitterwerk unterhalb der Veranda, das die Stützpfosten verdeckte.

Ich drückte gegen eine der Tafeln; zu meiner Überraschung gab sie nach, öffnete sich aber nicht mehr als ein paar Zentimeter.

Zu meiner weiteren Überraschung trat Moskal sie mit einem kräftigen Tritt ein und störte so die Anordnung dessen, was möglicherweise dahinter lag.

»Netter Platz zum Sterben für einen Jungen, was?«

Es war nasskalt, es stank, und überall hingen Spinnweben. Gott allein wusste, wie viel Rattenkot auf dem nackten Erdboden lag, wie viele Mäuseskelette streunende Katzen dort hinterlassen, wie viele Stinktiere ihre Drüsen entleert, wie viele Penner dort vor dem Regen Schutz gesucht hatten. All diese Hinterlassenschaften waren während der Misshandlungen Michael Gallaghers tiefer in die Erde hineingearbeitet worden, wahrscheinlich durch den Druck seines Bauchs, während er von hinten vergewaltigt wurde.

Die Bodenbretter der Veranda litten an den Rändern an terminaler Trockenfäule. »Sieht leer aus«, sagte ich leise.

»Ist es. Hatte schon eine Reihe von Besitzern. Hat sich aber für keinen so recht rentiert.«

»War es damals schon leer?«

»Nein, aber das Erdgeschoss war unbewohnt, das weiß ich zumindest. Die Mieter im ersten Stock waren gerade am Ausziehen.«

»Wer fand ihn?«

»Handwerker. Sie ersetzten gerade einige gesprungene Fassadenplatten. Der Besitzer hatte ihnen gesagt, sie könnten ihr Werkzeug übers Wochenende hier unterstellen. Sie hörten gegen drei am Freitagnachmittag auf. Michael wurde um halb vier zum letzten Mal gesehen. Am Montagmorgen kamen die Jungs wieder, und der Gestank traf sie wie eine Keule. Einer von ihnen kotzte genau da, wo Sie jetzt stehen. Die Spurensicherung für diesen Mord war eine richtige Drecksarbeit, das kann ich Ihnen sagen.«

Ein Metallstift rostete in der Öse eines Überwurfscharniers. »Es war nicht zugeschlossen?«

»Das Vorhängeschloss war aufgebrochen, aber der Mörder hatte es wieder so hingehängt, dass es auf den ersten Blick intakt aussah. Leider wurden die Fingerabdrücke, falls es welche gab, von dem Mann verwischt, der den Verschlag am Montagmorgen öffnete. Die Tür war offen, als ich hier ankam; sie haben sie nicht wieder geschlossen. Und ich habe als Erstes meinen Einsatzleiter angerufen. Sergeant O'Reilly.«

Durands Onkel.

»Verdammt.«

»Ja. Der war da wie der Blitz und ließ mich das Areal absperren. Dann stieg er über die Kotze und ging hinein. Allein.«

»Noch mal verdammt.«

»Ja, ja, ja. Und er war lange da drin, länger als fünf Minuten. Ich weiß nicht, wie er das aushalten konnte, aber irgendwie hat er es geschafft. Erst als er wieder rauskam, durfte ich die Spurensicherung rufen.«

»Nicht während er drin war?«

»Nein. Er hat mich mit anderen Sachen beschäftigt. Die Namen der Handwerker aufnehmen, Sachen, die eigentlich die Aufgabe der Detectives gewesen wären. Aber er ließ es mich tun.«

Im Bericht stand, dass Michael Gallagher mit einem Nylonstrumpf stranguliert worden war – keine Strumpfhose, sondern ein oben offener, schenkelhoher Strumpf, der an einem Straps oder Hüfthalter befestigt werden musste. Völlig anachronistisch, auch schon vor zwanzig Jahren. Die beiden Socken des Jungen waren ihm in den Mund gestopft worden, wahrscheinlich, um ihn am Schreien zu hindern. An Händen und Füssen gefesselt, ebenfalls mit Strümpfen, lag er bäuchlings auf der Erde. Er war grausam anal vergewaltigt worden, und zwar so brutal, dass die Erde unter seinen Lenden blutgetränkt war. Im Anus wurden keine Spermaspuren gefunden.

Bei der Obduktion wurden aber Spuren von Latex entdeckt.

»Ein Kondombriefchen oder ein benutztes Kondom wurde nirgends gefunden?«

»Nein. Der Mörder hatte offensichtlich alles mitgenommen.«

Hier hatte es sich um einen sorgfältigen Mörder gehandelt, zumindest was die Details anging. Ein organisierter Mörder. »Er hat sich ein gutes Versteck für die Leiche ausgesucht.«

»Außer, dass es zu der Zeit wärmer wurde und der Gestank in ein paar Tagen sowieso herausgedrungen wäre.«

»Er wollte wahrscheinlich, dass man sie fand«, sagte ich. »Aber nicht zu schnell.«

Die Fotos, die ich in der Akte gesehen hatte, zeigten eine sorgfältig gefesselte Leiche in verdrehter Lage. »Ich wette, dieser Junge hat sich gewehrt.«

»Wahrscheinlich.«

»Was bedeutet, dass der Mörder es eilig gehabt haben dürfte. Vielleicht haben Sie deshalb kein Sperma gefunden, weil er überhaupt nicht fertig wurde.«

»Das war leider nicht festzustellen. Das Einzige, was wir mit Sicherheit sagen können, ist, dass Michael Gallagher nicht freiwillig mitmachte. Seine Hände und Arme waren geschwollen und aufgeschürft, Gott sei seiner Seele gnädig. Der Täter wäre wahrscheinlich noch voller blauer Flecken gewesen, wenn wir ihn schnell genug geschnappt hätten. Das Problem mit blauen Flecken als Beweismittel ist aber, dass sie vergehen.«

»Wie wirkte eigentlich Sean O'Reilly dabei? Ich meine, war er irgendwie nervös oder so was in der Richtung?«

»Er sagte nur immer wieder, was für eine Schande das sei, was für eine furchtbare Schande, dass die Mutter ihn nicht so sehen sollte, mit dem ganzen Blut, das aus ihm herausgeflossen war. Und ich erinnere mich, dass er ziemlich weiß im Gesicht, ziemlich erschüttert war. Sean war ein echter Veteran; so etwas hätte ihn eigentlich nicht so mitnehmen dürfen. Ich gebe zu, es war ein ziemlich übler Tatort, aber ich hatte schon Schlimmeres gesehen und er ebenfalls – ein paar Jahre zuvor hatten wir diese Kollision eines Busses mit einem Zug, und da lagen überall Leichenteile herum. Damals zuckte er mit keiner Wimper. Ich fragte ihn, ob er okay sei, und er sagte irgendwas von Grippe.«

Moskal schwieg einen Augenblick und schaute auf seine Füße hinunter.

»Sonst noch was?«

Der große Detective seufzte. Er war sehr bekümmert und versuchte gar nicht, es zu verstecken. »Als Sean aus dem Verschlag kam, hatte er Blut an den Händen, das er sich mit einem weißen Taschentuch abzuwischen versuchte – wir trugen damals alle keine Handschuhe. Wir sind wie alte Eishockeyspieler: am liebsten ohne Helm und Tiefschutz. Ich fragte ihn, wie es dort hingelangt war, und er sagte, er hätte selbst überprüfen wollen, ob der Junge wirklich tot war. Als hätte überhaupt die Chance bestanden, dass er es nicht war. Wir machen das normalerweise, indem wir einen Finger auf einen der Pulspunkte legen. Die Hände des Jungen waren gefesselt, also hätte Sean es am Hals machen müssen. Aber an Michael Gallaghers Hals war kein Blut. Nach Angaben des Leichenbeschauers blutete er durch den Anus aus.«

»Was bedeutet, dass er nach der Vergewaltigung noch lange genug lebte, damit das passieren konnte.«

»Ja. Ich will Ihnen gar nicht sagen, wie oft mich dieser Gedanke nachts wach gehalten hat. Ich wollte immer wissen, welchen Körperteil Sean O'Reilly wirklich berührt hatte. Er dürfte hier drin einige Spuren verwischt haben.«

Von dem stand kein Wort in den Berichten.

»Und noch was – die Strümpfe, ich meine, die passten einfach überhaupt nicht nach South Boston. Ich weiß noch, als die Strumpfhosen auf den Markt kamen, schmissen meine Mutter und meine Schwester ihre Strümpfe und Hüfthalter sofort weg. Ich will gar nicht daran denken, wie viele Jahre das schon her ist. Dass jemand sie benutzte, musste eine bestimmte Bedeutung gehabt haben.«

Ich blätterte in den Tatortfotos, bis ich zu einer Aufnahme der Strümpfe kam. Sie waren der Länge nach ausgebreitet, aber in der Mitte umgeschlagen, damit sie auf das Fotoformat passten. In ihrer ganzen Länge ausgebreitet, wären sie auf dem Foto nur unklar zu erkennen gewesen. Durch den hauchdünnen beigefarbenen Stoff schien eine Tischplatte durch.

»Waren Sie aus Seide oder Nylon?«

Er starrte mich an. »Das weiß ich nicht.«

Ich betrachtete das Foto noch einmal; irgendetwas an diesen Strümpfen beschäftigte mich.

Eine dunkle Linie verlief entlang der geformten Rückseite des Beins.

»Sie haben Nähte«, sagte ich laut.

»Was?«

»Nähte! Hinten. Sehr Fünfzigerjahre. Betty Gable, wissen Sie noch? Es gibt ein paar berühmte Fotos von ihr, auf denen sie Strümpfe mit Ziernaht trägt.«

»Und?«

»Die kamen schon Anfang der Sechziger aus der Mode. Krankenschwestern und Nutten trugen sie noch, aber sonst niemand. Der Kerl musste sich eine ziemliche Mühe machen, um sie zu beschaffen. Wahrscheinlich in einem exklusiven Strumpfgeschäft.«

»Oder in einem Kostümladen.«

»Er erzeugte eine Illusion«, sagte ich leise. Lauter fragte ich: »Wissen Sie zufällig, welche Schule Wilbur Durand besuchte, als dies hier passierte?«

»Wir hatten damals noch dieses Schulbussystem zum Rassenausgleich, also kann ich Ihnen das nicht so einfach sagen, aber er dürfte in der High School gewesen sein – da müssen Sie sich wohl an die Schulbehörde wenden. Viel Glück. Das werden Sie brauchen.«

Ansonsten gab es nichts mehr zu sehen. Ich hatte die Atmosphäre des Tatorts auf mich wirken lassen. Draußen war es hell und sonnig, eine warme Brise blies mir Haarsträhnen ins Gesicht. Aber mir war eiskalt.

Patrick Gallagher führte uns ins Wohnzimmer seines schmalen Reihenhauses und bot uns Kaffee an. Pete Moskal nahm an; ich lehnte ab.

Zwanzig Jahre waren vergangen, aber der Mann trug noch immer die emotionalen Narben. Ich drückte ihm mein aufrichtiges Beileid aus. Er wollte wissen, warum ich, eine Polizistin aus Los Angeles, mich für einen Mord interessierte, der vor zwanzig Jahren hier, auf der anderen Seite des Kontinents passiert war.

»Ich habe einen Verdächtigen im Fall eines verschwundenen Kindes in Los Angeles, der früher hier lebte.«

»Und Sie hoffen, eine Verbindung zwischen den Fällen herzustellen.«

Ich nickte.

»Es ist Durand, nicht?«

Pete Moskal kam bis zu einem *Wir sind nicht befugt,* als ich ihm mit einem entschiedenen *Ja* das Wort abschnitt. Wir drei starrten uns gegenseitig an, bis Gallagher schließlich sagte: »Ich wusste es. Dieser Hurensohn, ich wusste es.« Er deutete mit dem Finger auf Moskal. »Habe ich es Ihnen nicht gesagt? Ich sagte doch, dass er etwas damit zu tun hatte.«

Ich drängte mich dazwischen. »Mr. Gallagher, im Augenblick weiß ich noch nicht sicher, ob Durand der Mann ist, den ich suche. Bitte ziehen Sie keine voreiligen Schlüsse. Ich habe Ihnen das nur gesagt, weil ich Ihre uneingeschränkte Kooperation brauche. Außerdem brauche ich Ihre Diskretion, zumindest so lange, bis ich genug beisammen habe, um ihn zu verhaften. Vorausgesetzt, Sie haben nichts dagegen, wäre es mir recht, wenn Sie mir jetzt sagen, wie Sie darauf kommen, dass Wilbur Durand Ihren Sohn umgebracht hat.«

»Zunächst einmal, weil er ein Perverser war.«

»Ein Perverser.«

»Ja. Er war eine absolute Schwuchtel. Und er hatte ein Motiv.«

»Das wäre …«

»Sich an Aiden zu rächen.«

Ich schaute Moskal an. »Ich weiß nicht, wer das ist.«

»Michaels älterer Bruder«, antwortete Gallagher. »Durand war in der High School scharf auf ihn. Versuchte, ihn zu allen möglichen widerlichen Sachen zu überreden. Aiden sagte ihm, er solle verschwinden, verprügelte ihn sogar ein paarmal.«

»Mr. Gallagher, warum haben Sie das nicht gesagt, als die Polizei den Mord an Ihrem Sohn untersuchte?«

»Weil Aiden es mir erst vor ein paar Jahren gestanden hat.«

Ich stellte mir die Szene zwischen Vater und Sohn vor, die Enttäuschung und Frustration und der schreckliche Schock, etwas so Entsetzliches erzählt zu bekommen. »Darf ich fragen, warum das nach so langer Zeit zur Sprache kam?«

Gallagher ließ die Schultern hängen. Schließlich redete Moskal. »Aiden war Feuerwehrmann. Dieses Gebäude, das hier in Boston einstürzte, wo so viele Jungs so schlimme Verbrennungen erlitten...«

Ich erinnerte mich. Die Geschichte hatte es bis in die landesweiten Nachrichten geschafft. Das ist immer der Fall, wenn ein Feuerwehrmann Verbrennungen erleidet und später stirbt.

Moskal und ich waren beide erschöpft und weiß im Gesicht, als wir Gallaghers Haus verließen. Es gab Dinge, die hingen ungesagt zwischen uns in der Luft, schreckliche Dinge, die von menschlichen Wesen nicht ausgesprochen werden sollten. Patrick Gallagher hatte etwas Neues ins Laufen gebracht, und jetzt war es an Moskal und mir, es auch am Laufen zu halten.

»Kelly McGrath erwartet uns in einer halben Stunde. Die Fahrt dauert nur zwei Minuten. Wollen Sie ins Revier zurück?«

»Nein«, sagte ich. »Ich glaube, wir beide haben einiges zu besprechen. Gehen wir's an.«

»Okay.« Er hielt am Bordstein, direkt vor einem kleinen Park – ein unbebautes Grundstück, das man begrünt hatte. Ich fragte mich, ob dort früher ein Haus gestanden hatte, vielleicht eins, das abgebrannt war. Auf einem Karussell lärmten Kinder.

Ich machte den Anfang. »Das sind genug neue Indizien, um den Fall wieder zu eröffnen.«

»Ja.«

»Und Sie wollen ihn haben.«

»Ja.«

»Ich brauche noch ein bisschen mehr Zeit, um in Los Angeles Beweise zu sammeln. Ich möchte Sie gern bitten abzuwarten, wenn Sie die Möglichkeit dazu sehen.«

»Ich dachte mir, dass Sie mich das bitten.«

»Ich habe dreizehn vermisste Jungs. Vielleicht lebt einer von ihnen noch.«

»Das sollten Sie eigentlich besser wissen.«

Ich tat es, wollte es aber nicht wahrhaben. »Hoffnung besteht immer.«

Der Lärm der Kinder wurde plötzlich lauter. Wir drehten uns beide um und sahen, dass zwei etwas ältere Jungs vom Karussell gesprungen waren und es jetzt mit aller Kraft anschoben. Die Kleinen waren begeistert.

»Ach, wenn man die Zeit zurückdrehen könnte«, sagte ich.

»Ja.« Er dachte das offensichtlich nicht, sondern wollte unser Problem so schnell wie möglich geklärt sehen. »Ich könnte schon warten, aber wenn er davon Wind bekommt, dass Sie hinter ihm her sind, und er mir deshalb durch die Lappen geht, kann ich ganz schön in Schwierigkeiten kommen.«

»Ich kann Ihnen nicht garantieren, dass das nicht passiert. Aber ich kann Ihnen versprechen, dass ich so schnell und so diskret vorgehen werde wie möglich. Ich habe auf der Suche nach ihm bereits sein Studio angerufen. Vielleicht hat ihm schon jemand gesagt, dass es Nachfragen gab. Wer weiß, vielleicht hat er sich bereits aus dem Staub gemacht.«

»Wenn er es getan hat, quittiere ich sofort den Dienst und jage ihn.«

Das glaubte ich ihm aufs Wort.

Wir kamen zu einer einstweiligen Übereinkunft: Ich würde eine Woche bekommen, um so viel zu sammeln wie ich konnte, und dann würden wir beide uns noch einmal unterhalten und die Situation neu bewerten. Wenn er mit meinen Fortschritten nicht zufrieden war, würde er selbst in Aktion treten. Aber bis dahin würde er nichts Offizielles unternehmen. Fünf Minuten vor der vereinbarten Zeit hielten wir vor Kelly McGraths Reihenhaus.

Sie war nicht so alt, wie ich erwartet hatte. Anfang sechzig vielleicht, zierlich, die Haare kastanienbraun gefärbt, ordentlich und gepflegt. Sie führte uns geradewegs in ihr Wohnzimmer; auf dem Couchtisch stand bereits ein Teeservice mit Tassen und Löffeln und Würfelzucker. Sahne, aber keine Zitrone. Auf dem Klavier standen Fotos von Kelly und einer etwas älteren Frau, die ihr Zwilling hätte sein können.

»Ist das Ihre Schwester Maggie?«, fragte ich, als sie mir eine Tasse mit Untertasse reichte.

»Ja«, antwortete sie und bekreuzigte sich mit der freien Hand. »Sie ruhe in Frieden.«

»Wie lange ist sie schon tot?«

»Ach, schon sehr lange. Inzwischen sind es dreiunddreißig Jahre.«

Sie war gestorben, als Wilbur sieben Jahre alt war. »Ihre Schwester war Kindermädchen bei den Durands?«

Sie machte kurz ein verwirrtes Gesicht und sagte dann: »O ja, der kleine Junge hieß Durand, nicht? Ich hatte das ganz vergessen. Für mich ist das immer noch das Carmichael-Haus. Sie nannten es ja selber so, deshalb. Sie mochten es nicht, dass Patricia einen Franzosen heiratete. Ich meine, er war katholisch und alles, ich verstehe einfach nicht, wie einige Leute so engstirnig sein können. Das liegt am Geld, wenn Sie mich fragen. Wie auch die Schäbigkeit, das muss man sich mal vorstellen. Es wäre wohl einiges besser für sie gelaufen, wenn ihre Familie ihr ein bisschen mehr geholfen hätte.«

Ich musste keine einzige Frage mehr stellen.

»Patricia ging es nicht gut, wissen Sie. Sie hatte ziemliche Probleme bei seiner Geburt, und die neue Ehe funktionierte von Anfang an nicht so recht. Sie bekam diese furchtbare Infektion und musste sich alle ihre weiblichen Teile entfernen lassen – Sie müssen mir verzeihen, dass ich vor Ihnen so offen darüber spreche, Detective Moskal. Danach schenkte ihr Mann ihr keine Beachtung mehr. Hat sie ziemlich allein gelassen. Nach der Geburt des Babys zog er mit ihr nach Brookline, weil es eine aufstrebende Gegend sei und eine gute Investition, wie er sagte. Na ja, aber Patricia gefiel es dort nicht. Sie hatte keine Freunde dort, in der Kirchengemeinde fand sie auch keinen Anschluss, und so fing sie an, ihre Sorgen in Alkohol zu ertränken. Die Carmichael-Kinder – Sheila, Eileen und Cullen – hatten keine so schwere Zeit, weil sie ihre Mutter hatten, als es ihr noch gut ging, und ihr Vater war wunderbar gewesen, Gott sei seiner Seele gnädig. Was für eine Schande, dass er so jung sterben musste.

Der arme Wil wurde von Patricia aber ziemlich vernachlässigt. Maggie fuhr jeden zweiten Tag mit der Straßenbahn hin, um dafür zu sorgen, dass Wilbur etwas Vernünftiges zum Essen bekam und anständig angezogen war – manchmal blieb sie sogar über Nacht, wenn die Missus mal wieder blau war. Wir mussten uns schließlich sogar ein Telefon anschaffen, weil Mrs. O'Day von unten es über bekam, mir ihre Nachrichten auszurichten. Oft waren seine Laken durchnässt, wenn sie dort ankam, und er hatte keine sauberen Sachen, wenn sie nicht die Wäsche machte. Manchmal musste sie die Missus ausnüchtern und mit ihr zur Bank gehen, weil sie Geld für Einkäufe brauchte. Ein- oder zweimal kaufte sie sogar Lebensmittel von ihrem eigenen Geld. Aber da habe ich einen Riegel vorgeschoben. Bring den Jungen her, sagte ich ihr, und wir ziehen ihn anständig auf. Aber sie wollte sich nicht in das familiäre Privatleben einmischen. Sie war eben so.

Egal was sie tat, er blieb ein merkwürdiger kleiner Junge. Sehr still meistens, aber wenn er wütend wurde, dann war was los. Seine Mutter bestrafte ihn nie, und sein Vater war zu der Zeit schon längst nicht mehr da. Es war herzzerreißend. Aber Maggie kümmerte sich, so gut es ging, um den Jungen – zumindest bis sie krank wurde. Er war sechs, als sie den ersten Knoten entdeckte. Sie ging nicht sofort zum Arzt, sagte, es sei schon nichts, aber ich glaube, sie hatte Angst. Als sie dann ging, war es eigentlich schon zu spät, aber sie haben ihr trotzdem beide Brüste abgenommen, um ihr noch ein wenig Hoffnung zu machen. Es brachte ihr etwas Zeit, aber nicht sehr viel.

Wils Großvater – Patricias und Seans Vater –, er war der Teufel in Menschengestalt. Hasste Maggie, weil sie sich in die Angelegenheiten seiner Tochter einmische, wie er sagte. Dabei hätte er ihr jeden Tag auf den Knien dafür danken müssen, also wirklich. Der alte Mistkerl drehte absolut durch, wenn irgendjemand etwas gegen Sean sagte, obwohl wir doch alle wussten, was das für einer war. War nie verheiratet, immer hinter kleinen Jungs her; der Großvater wollte nichts davon hören, dass man Sean mit Kindern nicht allein lassen durfte. Er war Polizeibeamter und alles, und ich schätze, das machte ihn in den Augen seines Vaters zu einem Heiligen. Maggie brachte Wil zu seiner Oma und seinem Opa, weil sie es für richtig hielt, dass er sie kennen lernen sollte, auch wenn seine Mutter sich die Mühe nicht machte. Sie erzählte mir, dass er sie ›dieses verdammte Weib‹ nannte, direkt vor dem Jungen. ›Dieses verdammte Weib ruiniert dich‹, sagte er, als wäre Maggie gar nicht da. ›Dieses verdammte Weib lässt dir viel zu viel durchgehen.‹

In der ganzen Zeit, die Maggie sich um den Jungen kümmerte, versuchte die Großmutter nie, gegen den Großvater einzuschreiten. Ich schätze, sie hatte Angst vor ihm, wohl mit gutem Grund. Es hieß, er hätte sie ein paar Mal geschlagen. Na ja, eines Tages zog Maggie sich fein an und besuchte die alte Dame zum Tee, so wie sie es jetzt bei mir tun, und erzählte ihr alles, was vorgefallen war. Flehte sie an, die Kinder zu sich zu nehmen. Und schließlich konnte sie sie sogar dazu überreden.

Maggie starb ungefähr zwei Monate später, kurz nachdem Wil und die anderen Kinder in das Haus am Strand gezogen waren. Danach ging es Wil nicht sehr gut, soweit ich weiß – er hatte den einzigen Menschen verloren, der ihn um seiner selbst willen liebte. Und später sah man ihn dann viel mit Sean. Es war nicht richtig. Überhaupt nicht.«

All das wirbelte durch meinen Kopf, während der Zug zurück nach New York ratterte und schaukelte. Ein Schnellzug vielleicht, aber die Fahrt hätte ruhiger sein können. Trotzdem war ich froh, wieder auf dem Rückweg zu sein. Ich hatte viel zu tun; ich musste diese Museumsbänder finden, um überhaupt eine Chance zu haben, diesen Kerl festzunageln. Ich brauchte einen Durchsuchungsbefehl für seine Immobilien, sowohl die privaten wie die geschäftlichen. Der Bericht musste makellos sein. Es würden alles nur Indizien sein, aber das musste reichen.

Am nächsten Sonntag musste ich Detective Moskal wieder anrufen. Falls er an diesem Tag mit seiner Familie beschäftigt war, konnte ich es vielleicht bis Montag hinauszögern. Wenn ich bis dahin noch nicht hatte, was ich brauchte, hoffte ich, dass er Vernunft annehmen würde.

Auf dem Bahnsteig in der South Station hatte Moskal zu mir gesagt: »Ich habe die ganze Zeit geglaubt, dass Sean O'Reilly in diesem Verschlag etwas fand, das jemanden belastete, und dass er es fortschaffte. Wenn ich mehr auf die strikte Einhaltung der Vorschriften beständen hätte, dann wären all diese Jungs vielleicht gar nicht verschwunden.«

»Er war Ihr Vorgesetzter«, entgegnete ich tröstend. »Was hätten Sie denn sonst tun sollen?«

»Auch er hatte einen Vorgesetzten – ich hätte einen Bericht schreiben können. Aber ich hatte eine Frau und kleine Kinder zu versorgen und konnte es mir nicht leisten, den Job zu verlieren.«

»Machen Sie sich keine Selbstvorwürfe«, sagte ich. »Solche Sachen haben wir nie ganz in der Hand, auch wenn wir es noch so gerne hätten.«

Nun kam der Zug. »Ich rufe Sie am Montagmorgen an«, sagte ich.

»Okay.«

Die Landschaft rauschte vorbei. Eigentlich wollte ich an meinen Notizen arbeiten, aber der Zug schaukelte zu viel. Stattdessen kippte ich den Sitz nach hinten und versuchte, all die neuen Informationen zu verarbeiten, die ich erhalten hatte.

Onkel Sean hatte mit Wilbur herumgemacht – da würde ich meine Marke drauf verwetten. Und Wilbur hatte angefangen, mit kleinen Jungs herumzumachen, als er alt und stark genug dazu war. Einer davon hatte wahrscheinlich gedroht zu reden, und er hatte ihn umgebracht. Ihm gefiel, was das in ihm auslöste, all diese Macht. Der Mord an Michael Gallagher, so sorgfältig geplant und präzise ausgeführt, war wahrscheinlich sein erster und der Katalysator für alles, was folgte. Erkinnen würde hellauf begeistert sein.

Liebe hatte Wilbur als Kind nur von einem Menschen erhalten, den eine mächtige Autoritätsfigur ein »verdammtes Weib« nannte. Und danach war er dazu verdammt, die Perversionen eines Onkels zu ertragen, die er später auf andere auszuüben versuchte. Immer und immer wieder und noch viel grausamer.

Aber er würde es bald nicht mehr tun können.

21

Es war ein beschwerlicher Ritt nach Champtocé – ein ganzer Tag –, am gefährlichen Hochufer eines Flusses entlang, dessen Erde nur von den nackten Baumwurzeln gehalten wurde. Es schien wider jede Vernunft, dass dieser Pfad sich in solcher Nähe zum Fluss entwickelt hatte und nicht tiefer im Wald, wo der Grund fester war – doch nur, bis man an einem klaren Tag anhielt und nach Südosten schaute. Die Schönheit der Aussicht über die Loire konnte einem den Atem rauben. Aus der Erfahrung von Reisen zwischen Champtocé und Machecoul in meinen jüngeren Jahren wusste ich, dass nach schwerem Regen immer die Gefahr eines Abrutschens des Pfades bestand, doch an diesem Tag war das Wetter gut.

Wir ritten beherzt und kamen gut voran, aber auch der wackerste Reisende muss hin und wieder rasten. Da *Frère* Demien am Rande meines Gesichtsfelds sein eigenes Geschäft verrichtete, schlüpfte ich in den Wald, um versteckt meinen Bedürfnissen nachgehen zu können. Zweige knackten unter meinen Füßen, als ich mich vom Pfad entfernte; Insekten summten und Vögel riefen, um mein Kommen anzukündigen. Ein Sonnenstrahl fiel schräg durchs Blätterdach; es war alles zu vertraut, und unvermittelt sah ich mich überwältigt von Erinnerungen an mein Leben vor dem Schleier. Empfindungen und Bilder aus früheren Zeiten in diesen Wäldern stürmten mit überraschender Plötzlichkeit und Macht auf mich ein. Ich konnte mich nicht aufrecht halten, sondern sank auf die Knie.

Seine Hand auf meiner, er zog mich, neckte mich, und alles war Lächeln, Lachen, Ausgelassenheit …

Komm, Guillemette, meine hübsche Braut, ich zeige dir ein neues Kunststück, eins, das dir sicher gefallen wird. Wir waren so jung, Etienne und ich, ganz frisch verheiratet und so süß versunken in unserem gegenseitigen Verlangen. Nur zu gern hatte ich mich seinem kecken Wunsch gefügt, aber erst nach einem errötenden Augenblick gespielten Widerstands. Ich schwöre, es geschah bei dieser Gelegenheit, in diesem Wald, auf Moos so weich, ein jedes Federbett zu beschämen, dass sein Samen in meinen Schoß eindrang und zu Jean, unserem Erstgeborenen wurde.

Ich lächle jetzt, da ich an unsere Ausschweifungen denke.

O Jammer, warum gilt Liebe denn als Sünde... Meine Frau von Bath wusste zu gut, wie süß sie sein konnte.

Meistens gingen wir nach Machecoul in diesen Tagen, aber manchmal reisten wir auch zum *l'Hôtel de la Suze,* auf der anderen Seite von Nantes. Es war so bequem und behaglich wie alle Häuser Milords, vor allem im Winter; in den kurzen, kalten Tagen des Januar war es dort, auch wenn es keiner erklären konnte, viel weniger zugig als in den meisten anderen seiner Liegenschaften.

Die Rückreise nach Champtocé jedoch war immer viel angenehmer, weil Etienne und ich es als unsere Heimat betrachteten. Meine größten Freuden und die schrecklichsten Kümmernisse hatte ich dort erlebt. Wie töricht war es doch, mich derart von dem Ort in Anspruch nehmen zu lassen, da ich doch keinen solchen Anspruch auf ihn hatte.

Kurz nach Mittag kamen *Frère* Demien und ich durch das Dorf von Champtoceaux. Es gab dort eine Schänke, in der ich oft mit meinem Gatten abgestiegen war, der gerne jedem Musiker zuhörte, wie schlecht er auch sein mochte. Oft packte er mich dann an der Taille und wirbelte mich im Takt der Trommel herum; meine Röcke flogen auf höchst unschickliche Art, doch ihm war es einerlei – er liebte den Trubel und verlor sich gern darin.

Plötzlich drängte es mich, wieder in diesem Raum zu sein. »Vielleicht gibt es hier Geschichten«, sagte ich laut.

»Geschichten gibt es überall.«

»Bruder, lasst uns hier Erfrischungen zu uns nehmen.«

Er hatte nichts dagegen. Wir banden unsere Tiere vor der ehrwürdigen Einrichtung an, deren Holzschild, auf dem einfach nur *Schänke* stand, leicht schief an einem gusseisernen Ständer hing, wie schon bei meinem ersten Besuch.

Kaum waren wir eingetreten, sah ich, dass nichts sich verändert hatte, weder der Wirt noch seine dralle Frau, die noch immer durch den Gastraum stolzierte, als wäre sie die Herrin des feinsten Palastes. Ihre Leibesfülle hatte zugenommen, wohl um das Doppelte, wenn ich mich recht erinnere.

Wir legten unsere Umhänge ab und setzten uns einander gegenüber auf Bänke an einem langen Tisch. Der Wirt kam herbei, um uns zu bedienen; er sah mir direkt ins Gesicht, erkannte mich aber nicht, wobei ich allerdings auch damals kaum Stammgast genannt werden konnte, da ich nicht in Champtoceaux selbst wohnte. Dennoch schmerzte es mich kurz, und ich fragte mich, ob wir überhaupt hier hätten einkehren sollen.

»Gott segne Euch, Mutter«, sagte er und verbeugte sich leicht in meine Richtung. »Und Euch auch, Bruder«, sagte er, an *Frère* Demien gewandt. »Womit kann ich Euch heute dienen?«

»Einen Krug«, erwiderte *Frère* Demien.

»Und dann ein Wort«, fügte ich hinzu.

»Worüber denn ein Wort?«

»Was hier in dieser Gegend sich ereignet«, sagte ich. »Ich war schon lange nicht mehr hier, früher allerdings des Öfteren.«

Der Mann lächelte schalkhaft und verließ uns für einen Augenblick. Ich schaute mir die anderen Gäste an; in einer Ecke saß ein älterer Mann, dessen Gesicht ich nicht klar erkennen konnte. Er kam mir bekannt vor, ich wusste aber nicht so recht, wo ich ihn hintun sollte. Der Mann war groß und unerhört weißhaarig, was mir aber am meisten an ihm auffiel, waren seine riesigen Hände, in denen das Messer, mit dem er an einem kleinen Holzstück schnitzte, winzig erschien. Seine Finger bewegten sich mit kundigem Feingefühl, und ich war maßlos neugierig, was er wohl schnitzte. Ein Häufchen Schnipsel und Späne lag vor ihm auf dem Tisch. Wenn die Hausherrin hin und wieder vorbeikam, wischte sie mit einer schnellen Handbewegung die anstößigen Späne auf den Lehmboden, wo sie dazu dienten, verschüttetes Bier aufzusaugen.

Ihr Gatte kam mit einem großen Krug Bier und zwei Bechern, die er vor uns hinstellte, an unseren Tisch.

Wir tranken, und der Wirt begann zu erzählen. »Mal sehen, was ist alles geschehen …« Er leierte eine kurze Liste alltäglicher Ereignisse herunter: die Geburt einer Kuh, der Kauf eines Webstuhls, Schädlinge in einem Kirschgarten, ein wenig Klatsch über eine füllige Frau, die ihren dürren Gatten mit bloßen Fäusten verprügelte, weil sie meinte, er sei ihr untreu gewesen. Und dann schaute er mir wieder direkt ins Gesicht und sagte: »Und natürlich muss ich Euch nicht sagen, dass wieder Kinder verschwunden sind.«

Es erfüllte mich mit einer unerklärlichen Freude, dass er mich kannte, auch wenn es mich ein wenig ärgerte, dass mein Ruf wegen meiner Nachforschungen der Grund dafür war und nicht, dass er sich an mich als an einen lieb gewonnenen Gast aus früheren Zeiten erinnerte.

Auf meine augenblickliche Sprachlosigkeit hin sagte er: »Seid Ihr denn nicht die Mutter Äbtissin?«

»Die bin ich«, gab ich zu.

Er schien etwas von mir zu erwarten. Ich wollte ihn nicht enttäuschen.

»Nun, wie viele sind denn hier verschwunden?«

Er schüttelte den Kopf und sagte leise: »Wir können sie schon gar nicht mehr zählen.«

Als *Frère* Demien Anstalten machte, zu zahlen, wollte der Wirt nichts davon hören. Nachdem er uns verlassen hatte, konnte ich einige Augenblicke nichts anderes tun, als die Holzbretter des Tisches anzustarren. Als ich den Kopf wieder hob, suchten meine Augen den weißhaarigen alten Mann. Er war nicht mehr da.

Als wir Ancenis erreichten – die letzte richtige Stadt auf unserem Weg vor der Gemarkung von Champtocé –, fieberte ich beinahe vor Vorfreude. So viele Erinnerungen warteten dort auf mich. Warum es mich so drängte, den Schorf von einer Wunde zu reißen, die so verheilt war, wie es nicht besser hätte sein können, hatte ich zu verstehen versucht, doch ohne Erfolg. Jean de Malestroit, der einzige Mensch, der mich davon hätte abbringen können, war dieser Aufgabe nicht gewachsen gewesen.

Wir näherten uns der Festung auf der Hauptstraße, die quer durch eine weite, offene Wiese führte. Jeder, der auf den hohen Mauern der Festung Wache hielt, konnte uns sehen – wir waren so hilflos und ungeschützt wie eine Maus, über der eine Eule schwebt. Doch wir hörten keine Warnungen, keine Aufforderungen, uns zu erkennen zu geben. Ich nehme an, der Soldat auf der Mauer sah keine Bedrohung in diesem Paar aus Nonne und Priester, die Frau noch dazu auf einem Esel. Eine nach der anderen kamen die vertrauten Einzelheiten in Sicht. Zuerst sah ich die Reihe der Schießscharten im Südturm knapp unterhalb der Brüstung. Dann erblickte ich das Banner, das im Wind wehte – das von Milord war es gegenwärtig wohl nicht. Gott allein wusste, wem das Schloss im Augenblick gehörte, so oft hatte es in letzter Zeit den Besitzer gewechselt; wir hatten allerdings gehört, dass es René de la Suze gelungen sei, sich den Besitz vom Gläubiger seines Bruders zurückzuholen, wer immer dieser Narr auch sein mochte. Vielleicht wucherte ein wenig mehr Grün am Sockel der Mauern als bei meinem letzten Besuch; ganz allgemein wirkten die Flächen vor dem Burggraben überwuchert und ungepflegt, was angesichts der häufig wechselnden Besitzer zu erwarten war. Einige Steine waren aus der mächtigen Außenmauer herausgebrochen oder standen vor, und die ganze Anlage sah arg vernachlässigt aus.

Doch sie war prachtvoll trotz ihrer Mängel. Schließlich winkte uns einer der Wachposten, wir winkten zurück, um ihm unsere freundlichen Absichten zu zeigen. Das Fallgitter stieg in die Höhe, als wir uns der Zugbrücke näherten. Wie gut erinnerte ich mich an jedes Ächzen der Flaschenzugrolle, wenn Seile das schwere Tor nach oben zogen. Das Herz ging mir über vor Freude, Entsetzen, Unsicherheit, Hoffnung und vielen anderen Empfindungen, deren Namen ich nicht einmal kannte.

Würde ich finden, was ich erhofft hatte?

Nach so langer Zeit schien es eher unwahrscheinlich.

Frère Demien bemerkte meine Ängstlichkeit. »Zerbrecht Euch nicht den Kopf, Schwester. Er wird schon noch hier sein.«

Auf welcher Grundlage außer seiner unerschütterlichen Zuversicht er diese zweifelhafte Behauptung aufstellte, wusste ich nicht, dennoch versuchte ich, seinen Ausspruch als Trost zu nehmen. »Ich beneide Euch um Euer Gottvertrauen, Bruder.«

»Dieser Mann war ein guter Schlossvogt, das habt Ihr mir zumindest gesagt.«

»Aber ohne Verwandtschaft in Adelskreisen und deshalb immer in Gefahr, entwurzelt zu werden, wie ich nur zu gut weiß.«

»Welcher Narr von einem Herrn würde sich eines außergewöhnlich guten Vogtes entledigen, um jemanden an seine Stelle zu setzen, der nichts von den Besonderheiten des Besitzes weiß, nur um einen seiner Gefolgsleute zu beschäftigen?«

»Es gibt viele große Herren, die völlige Narren sind, und Gefolgstreue ist eine mächtige Kraft.«

»Nicht so mächtig, wie sie einst war, *ma sœur,* und sie wird auch nie so anziehend sein wie Weisheit, für die man nicht bezahlen muss.«

Die Überwürfe der Torwächter trugen das Wappen von René de la Suze, wie wir bereits gehört hatten. Und der Einfluss der Weisheit war während seiner Herrschaft über Champtocé erhalten geblieben, denn der Vogt Marcel lebte noch immer hier.

»Ich hätte mit Euch eine Wette eingehen sollen«, sagte *Frère* Demien mit einem Grinsen.

»Ihr hättet nicht zur Gänze gewonnen«, gab ich zurück.

»Aber das Ergebnis hätte einen gewissen Lohn verdient, das müsst Ihr zugeben.«

»Aber nicht den vollen Einsatz. Wir haben beide nicht ganz Recht.«

Marcel wohnte in der Tat noch hier, seine Pflichten allerdings waren einem jungen Mann übertragen worden, den René de la Suze ausgewählt hatte. Gilles de Rais' vernünftiger jüngerer Bruder hatte allerdings den älteren Mann zum dauerhaften Berater seines unerfahrenen Gefolgsmanns ernannt, dem dessen Rat nur nutzen konnte. Zugleich wurde der alte Vogt für seine treuen Dienste belohnt, was nur recht und billig war.

Der kraftstrotzende Mann in mittleren Jahren, der Guy Marcel gewesen war, als ich noch in Champtocé wohnte, war in dem alten Mann, der er nun geworden war, noch immer deutlich zu sehen.

Seine Augen versprühten nach wie vor *joie de vivre,* sein Schritt war noch immer entschlossen, wenn auch inzwischen etwas kürzer. Darüber hinaus zeigte seine Körperhaltung noch denselben Stolz, an den ich mich so gern erinnerte. Vorhanden war auch noch seine fast übertriebene Höflichkeit, vor allem gegenüber Reisenden.

»*Bonjour, mon frère*«, sagte er zu *Frère* Demien, als er auf uns zukam. »*A votre service.*«

»*Merci bien,* aber es ist meine Schwester in Christus, die Eurer benötigt, nicht ich«, sagte der junge Mönch.

Guy Marcel wandte sich mir zu und betrachtete mein Gesicht, ohne mich wieder zu erkennen. Dabei starrte er nicht unverhüllt, wie ein weniger höflicher Mann es getan hätte. Stattdessen sagte er: »Es freut mich sehr, Eure Bekanntschaft zu machen, Schwester.«

Ich lachte leise auf. »Ach, *Monsieur,* ist es schon so lange her?«

»*Pardon?*«

»Einst nanntet Ihr mich Madame la Drappière«, sagte ich.

Es verschlug ihm beinahe den Atem. »*Mon Dieu, Madame,* Ihr seid zurückgekehrt!«

Konnte es sein, dass man ihm nicht gesagt hatte, was nach Etiennes Tod mit mir geschehen war? Die Frauen wussten es wahrscheinlich, denn mein Schicksal hätte jede von ihnen treffen können. Aber ich war mit seiner Frau nicht sonderlich befreundet gewesen, als wir beide noch hier wohnten – sie war ein zänkisches Weib und immer übellaunig, deshalb hatte ich sie gemieden, wie er selbst es wohl auch oft tat. Ich fragte mich, ob sie noch am Leben war.

Die Arme weit ausgebreitet, kam er auf mich zu. »Madame«, sagte er herzlich, »es ist wahrlich wunderbar, Euch nach so vielen Jahren wieder hier zu sehen.«

Ich stellte *Frère* Demien vor und erkundigte mich dann höflich nach der unfreundlichen Gattin. Er sagte mir, dass ihr schon seit Jahren die ewige Ruhe beschieden sei. All dies fand statt, bevor wir überhaupt abgestiegen waren. »Ich will Euch einen Burschen für Eure, äh, Tiere rufen«, sagte Marcel. Er bot mir die Hand an, was mir den Abstieg erleichterte, der ansonsten ziemlich unschicklich geworden wäre. Während unsere Tiere weggebracht wurden, führte er uns Zweibeiner in dasselbe Quartier in der Nähe des äußeren Tores, das Monsieur Marcel schon in dieser früheren Zeit bewohnt hatte. Der neue Vogt hatte es vorgezogen, tiefer innerhalb der Festung zu wohnen, vielleicht um der Sicherheit willen, was verständlich war, denn das erste Gebäude, das bei einem Überfall angegriffen würde, wäre dieses, da es so weit am Rand und ungeschützt lag; die Achillesferse eines jeden Schlosses, wie Etienne gesagt hatte. Aber der alte Mann war vermutlich an die Gefahr gewöhnt und hätte sie vielleicht vermisst, hätte man ihn woanders untergebracht.

Er hieß uns an einem langen Tische Platz nehmen und bot uns Erfrischungen an, die wir sehr gerne annahmen. Dann saßen wir über Gläsern mit Hippokras und einem Teller errötend reifer, frisch vom Baum gepflückter Birnen beisammen. *Frère* Demien drehte eine in

Händen und seufzte bewundernd. »*Très belle*«, säuselte er die Frucht an. »*Magnifique!*«

Guy Marcel lächelte freundlich. »Ihre Vollkommenheit ist nicht mein Werk. Wir haben einen hervorragenden Gärtner, der sich um alle unsere Bäume kümmert. Ich weiß nichts von all diesen Dingen, außer wie ich die Früchte der Weisheit und der Arbeit eines anderen genießen kann. Aber man hat mir gesagt, dass die Erde hier auf wunderbare Weise ideal ist für Birnen, und dass darin das Geheimnis liegt.«

»Ich würde gern den Obstgarten sehen und eine Probe der Erde nehmen, wenn ich darf«, sagte *Frère* Demien.

»Ich werde mich darum kümmern«, erwiderte Marcel und wandte sich dann mir zu. »Und, Madame, wie geht es Euch dieser Tage?« Er deutete auf das Kreuz, das vor meiner Brust hing. »Ihr steht im Dienst Gottes, wie ich sehe …«

Ich berichtete dem alten Mann von meinem Leben seit meinem Weggang aus Champtocé, doch dieser Bericht dauerte leider nur drei oder vier Atemzüge. Er war so freundlich, daran Anteil zu zeigen, und beglückwünschte mich zu meinem scheinbar so großen Glück.

»Ich glaube, es ist sehr gut, das Vertrauen seines Herrn zu haben.«

»Das dürftet Ihr besser als sonst jemand wissen.«

»Und wie geht es Eurem Sohn, Madame? Wenn Gott mir nicht so viel meines Gedächtnisses geraubt hätte, würde ich mich an seinen Namen erinnern …«

»Jean«, sagte ich. »Er dient Seiner Heiligkeit in Avignon. Ich muss beständig Buße tun wegen meines übergroßen Stolzes deswegen.«

Wir lachten alle ein wenig. Dann gab es keinen Grund mehr, mein Anliegen weiter hinauszuzögern.

»Ich möchte Euch einige Fragen stellen, *Monsieur,* über meinen anderen Sohn, Michel.«

Als ich den Namen aussprach, schien Guy Marcel ein wenig zurückzuzucken. »Madame«, protestierte er, » es ist schon so viele Jahre her, dass diese Tragödie geschehen ist …«

»Auch ich leide inzwischen unter den Launen des Gedächtnisses.

Ich werde Euch eine unvollständige Erinnerung nicht zum Vorwurf machen.«

»Ihr seid noch viel zu jung, um solche Gebrechen zu haben«, sagte er mit freundlichem Lächeln. »Lasst uns von anderen Dingen reden.«

Sein Kompliment schmälerte meine Entschlossenheit nicht, und auch sein reizender Versuch, das Thema zu wechseln, konnte mich nicht von meinem Ziel abbringen. Aber da ich ihm kein Unbehagen bereiten wollte, saßen wir einige Augenblicke schweigend da, und diese Pause im Gespräch schien in besonderer Weise meinen schon so lange toten Sohn zu ehren. Geduldig wartete ich, bis mir die Zeit gekommen schien, weiter in ihn zu dringen.

»Ich möchte Euch nur bitten, mir alles zu erzählen, woran Ihr Euch noch erinnern könnt.«

Der arme Mann wand sich. »Madame, was gibt es da noch mehr zu erfahren. Der Knabe ist einfach verschwunden – wir wissen nicht, warum. Vielleicht war es ja der Angriff eines Keilers, wie Milord Gilles uns berichtete. Aber das kann niemand sagen.« Er schaute zwischen mir und meinem jungen Bruder hin und her und trank dann einen langen Schluck von seinem Hippokras. »Ich wünsche mir aufrichtig, dass Gott Euren Knaben in seinen Armen wiegt, wie ich es auch für mich eines Tages ersehne. In nicht mehr allzu langer Zeit, wie ich befürchte.«

»Als Milord an diesem Tag zurückkehrte, was genau hat er da zu Euch gesagt?«

»Madame, bitte – nach so vielen Jahren kann ich mich an solche Einzelheiten nicht mehr erinnern.«

Obwohl seit Etiennes Tod mehr als ein Jahrzehnt vergangen war, konnte ich mich an den Anblick seines schwärenden Beins noch mit solcher Klarheit erinnern, dass ich es am liebsten aus meinem Gedächtnis verbannt hätte, wenn ein solches Wunder denn möglich wäre. Verzweifelt hatte ich in den Jahren versucht, mich selbst von dem Anblick seines schwarzen Beins zu erlösen, das immer weiter faulte, bis es ihm das Leben nahm. Doch wie ernsthaft ich mich auch bemühte, es gelang mir nicht: Es verharrt in meiner Erinnerung wie ein Stein, der zu schwer ist, um ihn hochzustemmen und fortzuschleudern. Irgendwo in Guy Marcels Bewusstsein war die

Erinnerung daran verborgen, was Gilles de Rais bei seiner Rückkehr von dem Ausflug gesagt hatte, der mir meinen Sohn genommen hatte. Ich würde ihm diese Worte wieder entlocken.

Und das sagte ich ihm auch unmissverständlich. »*Monsieur,* solche Dinge, wie Ihr sie gehört habt, können nicht aus dem Gedächtnis gelöscht werden. Ihr müsst nur einen Augenblick nachdenken, dann habt Ihr es wieder deutlich vor Euch, da bin ich mir sicher.«

Er stand auf und ging, ganz offensichtlich aufgewühlt, hin und her, dann setzte er sich wieder. »Madame, bitte.« Er strich mir über die Hand. »Ich bin *alt.* Ich kann mich nicht erinnern, was so weit in der Vergangenheit passiert ist.«

Ich zog meine Hand unter der seinen heraus und strich nun ihm über den Handrücken. »Bei allem Respekt möchte ich doch behaupten, dass Ihr nicht viel älter seid als ich. Und ich muss Euch daran erinnern, dass Ihr selbst es wart, der seinen Männern befahl, mich von Milord fern zu halten, ich kann mich deshalb nur an Eure Erinnerung halten. Nun bitte, um meines Herzensfriedens willen, versucht es.«

Guy Marcel hatte viele Männer gesehen, die in Schlachten und Kriegen verletzt und verstümmelt worden waren; Guy de Lavals Bauchwunde hatte er selbst in Augenschein genommen. In all diesen Fällen war es ihm immer gelungen, eine ungewöhnliche Ruhe zu bewahren. Doch jetzt, da ich ihn lediglich bat, sich an Worte zu erinnern, wirkte er zermürbt. Ich glaubte nicht, dass sein Unvermögen, sich zu erinnern, ihn beunruhigte, sondern eher der Inhalt der Erinnerung.

Er rieb sich die Stirn, als würde sie schmerzen. »Nun gut«, sagte er gequält. »Ich werde es versuchen.«

Etwas Dunkles schien vom ihm Besitz zu ergreifen, als er zu sprechen anhub. »Die Wachen hörten aus der Entfernung Schreie, deshalb schickte ich augenblicklich weitere Beobachter in den Turm. Als Milord Gilles in Sicht kam, rannte er sehr schnell und in offensichtlicher Pein. Ich ließ sogleich das Tor öffnen. Er kam alleine hindurch und stürzte mir in die Arme. Zunächst keuchte er so, dass er kaum sprechen konnte. Als er seine Stimme wieder gefunden hatte, sagte er, dass der Keiler zurückgekehrt sei, und dass er selbst sich nur umgedreht habe und gelaufen sei. Und dass er geglaubt habe, Michel sei direkt hinter ihm. Aber als er sich umdrehte, habe er ihn nicht gesehen.«

Das hatte ich alles schon einmal gehört, noch am Tag dieses schrecklichen Ereignisses. Deshalb wollte ich mehr wissen. »Sagte er darüber hinaus noch etwas? Er musste doch schrecklich erregt gewesen sein.«

»*Mir* sagte er nichts weiter. Sein Großvater führte ihn gleich danach weg, damit man ihn beruhigen und ausführlicher befragen könne, wie er sagte. Ich sprach weder mit Milord Gilles noch mit Jean de Craon weiter über die Angelegenheit. Und auch mit sonst niemandem, wenn ich mich denn recht erinnere.«

Der Vogt starrte seine Hände an, die flach auf der Tischplatte lagen, als wollte er sich an ihr verankern. »Er keuchte, Madame. Er sagte kaum mehr außer dem bereits Erwähnten, dass er das Fehlen Eures Sohnes bemerkt habe. Deshalb kann ich nicht sagen, wie sein Gemütszustand genau beschaffen war. Aber Jean de Craon schien davon überzeugt, dass er *sehr* erregt sei.«

An dem Ausdruck auf Marcels Gesicht sah ich, dass in den Tiefen seiner Seele noch andere Gedanken lauerten. Da war etwas, das er sagen wollte, aber nicht konnte.

»Monsieur, Ihr dürft ganz offen mit mir sprechen. Meine Treue gilt nicht mehr Milord Gilles, sondern Gott und Seiner Eminenz. Fürchtet nicht, dass ich Euch verraten könnte.«

»Madame …«

»Ihr werdet nicht zur Rechenschaft gezogen, gleichgültig, was Ihr mir sagt.«

Einige Augenblicke starrte er ins Leere und wandte sich dann wieder mir zu.

»Madame, vergebt mir, aber ich meinte damals, Milord Gilles für einen kurzen Augenblick lächeln zu sehen.«

»Lächeln? Was meint Ihr mit *lächeln?*«

»Als wäre er … auf irgendeine Art glücklich oder zufrieden.«

Das war etwas, das ich bis jetzt nicht gewusst hatte; mein Kummer und meine Angst waren zu der Zeit allumfassend gewesen.

Ich hörte den Vogt sagen: »Ich erinnere mich an zwei Gedanken, die ich an diesem Tag hatte. Beide machten mich stutzig. Zum Ersten erschien es mir merkwürdig, dass Milord sich umdrehen konnte und weder Knaben noch Keiler sah. Man würde meinen, dass er den einen oder den anderen hätte sehen müssen. Aber nichts ... es kam mir so unwahrscheinlich vor.«

»Und der zweite Gedanke?«

Er räusperte sich verlegen. »Ich weiß auch noch, dass ich während des ganzen Martyriums den Eindruck hatte, Milord sei eher ... erregt denn bestürzt. Ich muss sagen, es passte zu seinem Lächeln.«

Ich zog mein *mouchoir* hervor und wischte mir ohne Scham die Tränen aus den Augenwinkeln. »War an Milord Blut zu sehen?«

Er hielt inne, um in seiner Erinnerung zu forschen. Nach einigen Augenblicken sagte er: »Ja. Auf seinem Umhang, in der Mitte. Und seine Kleidung war in Unordnung; ich nahm an, dass er gestürzt war, sich dabei geschnitten und sich dann möglicherweise die Hände an seiner Kleidung abgewischt hatte. An den Händen hatte er etwas Blut, aber sie waren zerschnitten und zerschunden. Er gab an, er habe sich beim Rennen durch den Wald verletzt, als er die Äste beiseite schob. Das schien mir eine vernünftige Erklärung. Dies sagte er aus eigenem Antrieb.«

Als ich einige Tage später seine Hände zum ersten Mal aus der Nähe sah, waren die Innenflächen ganz verschorft. Die Hebamme hatte Salben und Tinkturen aufgetragen, um den Heilungsprozess zu beschleunigen, aber Milord hatte wegen eines besonders tiefen Schnitts in der rechten Hand Schwierigkeiten, eine Faust zu ballen. Er wollte die Hand nie öffnen, damit ich mir die Wunde genauer hätte betrachten können; es sei zu schmerzhaft, behauptete er. In meinem Kummer brachte ich die Willensstärke nicht auf, ihn dazu zu drängen.«

Ich lehnte mich für einen Augenblick zurück und versuchte, mich zu erinnern, was er an diesem Tag getragen hatte; eine Einzelheit, die tief in meinem eigenen Gedächtnis vergraben war. Das Bild eines dunkelblauen Umhangs und eines gelben Rocks drängte an die Oberfläche. Beides war wohl an einen rangniedrigeren Verwandten weitergegeben worden, falls das Blut sich nicht vollständig hatte entfernen lassen. Keine der Waschfrauen hatte etwas erwähnt. Ich fragte mich, ob diese beiden Kleidungsstücke je durch ihre Hände gegangen waren.

»Und von den Waldarbeitern, die an diesem Tag unterwegs waren, hatte keiner bei seinen Streifzügen irgendetwas Ungewöhnliches gehört. Alle wussten, was im Wald vorgefallen war, aber keiner sagte etwas.«

Dass Waldarbeiter unterwegs waren, hatte ich bis jetzt nicht gewusst. Mein Sohn war für sein zartes Alter ein tapferer Junge gewesen, abenteuerlustig und kühn – kein Knabe, der sich von einem Keiler hätte einholen lassen, ohne zu rennen, zu schreien, alles zu tun, um den Angriff abzuwehren. Er war bestimmt nicht sofort gestorben, er hätte geschrien und um Hilfe gerufen. Jemand hätte ihn hören müssen.

Hatte Milord seine Schreie gehört, ihn aber seinem Schicksal überlassen?

»*Monsieur,* kommt es oft vor, dass Keiler ihre Opfer fressen?«

Der Mann wich meinem Blick aus.

»*Monsieur?*«

»Nein, Madame, das tun sie nicht. Es sind zornige Tiere, aber wenn Sie töten, dann meistens nur zur Selbstverteidigung.«

Zum tausendsten Mal stellte ich mir nun die Frage, die mich seit diesem schrecklichen Tag quälte. Als sie es bis zu meinen Lippen geschafft hatte, ließ ich sie mit einem leisen Aufstöhnen entweichen. »Warum, ach warum wurde Michels *corpus* dann nie gefunden?«

»Das bleibt ein unergründliches Rätsel, Madame.«

Ein Suchtrupp hatte sich sofort auf den Weg gemacht, darunter auch Etienne. Jedes Pferd im Stall erhielt einen Reiter; zu diesen Reitern gehörte ebenfalls unsere Hebamme Madame Catherine Karle, die sich um die Wunden meines Sohnes kümmern sollte, so man ihn verletzt fand.

Sie blieben aus, bis das letzte Licht des Tages verschwunden war. Alle kehrten in offensichtlicher Erregung zurück. Aber Madame Karle, die sonst in den Klang ihrer Stimme verliebt war, hatte sich ungewöhnlich einsilbig gezeigt, sogar mir gegenüber, und sie blieb es auch fast zwei Wochen lang.

Als ich diese Merkwürdigkeit nun dem Vogt berichtete, entgegnete er: »Ja, ich erinnere mich auch, dass sie eine Zeit lang sehr mürrisch wirkte.«

Als unsere bedrückende Unterhaltung nicht weitergehen konnte, starb sie eines natürlichen Todes. Wir versuchten, unsere Stimmung mit einem köstlichen Mahl aus Wachteln und *escargots* samt weißen Rüben und knusprigem Brot zu heben. Hippokras floss wie Wasser aus der Karaffe, die er auf den Tisch gestellt hatte, und ich glaube, wir hätten wohl auch den Satz getrunken, so eifrig waren wir darauf bedacht, sie leer zu sehen. Der alte Mann erzählte nur zu gerne von den Abenteuern, die er in den Jahren seit unserer letzten Begegnung erlebt hatte, und unseren Herzen tat es wohl, Geschichten zu hören, die nichts mit dem unerklärlichen Verlust eines Kindes zu tun hatten.

Unsere Rückreise nach Nantes würde lange dauern; es wurde erwartet, dass wir in Champtocé übernachteten, und unser Gastgeber war so freundlich, uns in seinem eigenen Quartier unterzubringen. Das ist gut so, dachte ich, und vielleicht hatte er es auch selbst erkannt: In den Haupträumen des Schlosses warteten zu viele Geister auf mich, und weder wollte ich mich von ihnen quälen noch von den gegenwärtigen Bewohnern mustern lassen, was beides mit Sicherheit geschehen wäre, hätte ich auch nur einen Fuß in diese Mauern gesetzt. All unsere Bedürfnisse waren befriedigt, und ich ging dankbar betrunken zu Bett, ohne vorher zu beten.

Als Antwort auf meine Nachlässigkeit suchte Gott mich mit grässlichen Träumen in der Nacht und dröhnenden Kopfschmerzen am nächsten Morgen heim, die auch kaltes Wasser aus dem Becken nicht lindern konnte. Auch half es nicht viel, dass *Frère* Demien mir seine warmen Hände auf die schmerzende Stirn drückte, obwohl er noch einen wortreichen und überschwänglichen Segensspruch hinzufügte. Mit einem verständnisvollen Lächeln und einem merkwürdigen Gemurmel über das Vertreiben eines Katers nötigte unser verehrter Gastgeber mir einen frischen Becher Hippokras auf, der eine ganz wundersame Heilung bewirkte. Und noch wundersamer war, dass er mich nicht betrunken machte.

»Aber jetzt, da Ihr mich wiederhergestellt habt«, sagte ich, »muss ich noch einen Gefallen von Euch erbitten.«

Er wirkte nicht erfreut, blieb aber dennoch höflich. *»Oui, Madame.«*

»Wenn wir zu den Obstgärten gehen, möchte ich, dass Ihr uns

auch zu dem Hohlweg bringt, wo Milord Michel das letzte Mal gesehen haben will.«

Die Bitte schien ihm nicht so recht zu behagen, denn er runzelte leicht die Stirn. »Was ist damit gewonnen, Madame?«, fragte er.

»Ich weiß es nicht. Aber ich fühle mich gezwungen, dorthin zurückzukehren.«

Es gab keinen vernünftigen Grund für eine Weigerung, und so willigte er ein. Wir packten unsere wenigen Habseligkeiten, schnallten sie auf unsere Reittiere und ritten dann in die Richtung der Obstgärten. Während dieser ganzen Zeit sprach *Frère* Demien unaufhörlich über die Pflege von Obstbäumen. Die ersehnte Hand voll Erde wurde von meinem jungen Reisebegleiter ausgegraben und sorgfältig untersucht, indem er an ihr roch, sie probierte, zwischen den Fingern zerrieb und mit seinem Speichel vermengte, alles, um ihr ihr Geheimnis zu entlocken. Doch seine abschließende Bemerkung nach alledem lautete nur: *Hmmm.* Ich wunderte mich, sagte aber nichts, da meine Gedanken woanders waren.

Wir verließen den Obstgarten auf einem Pfad in Richtung Westen und ritten ein kurzes Stück. Bald erreichten wir das markante Eichenwäldchen und bogen dort auf einen neuen Pfad ein, dem wir ein noch kürzeres Stück folgten, bis er plötzlich sehr steil nach unten führte.

Kurz unterhalb der Hügelkuppe, etwa die Körperlänge eines Mannes, war das kleine weiße Kreuz, das Etienne in die Erde gesteckt hatte, um die Stelle zu kennzeichnen, wo unser Kummer begonnen hatte, obwohl wir nicht genau sagen konnten, wo es war. Er hatte mich hierher geführt, kurz nachdem er es aufgestellt hatte; und ich weiß noch, dass ich mich fragte, ob dieses Kreuz das einzige Memento meines Sohnes sein würde und nicht die Legenden und Berichte über Heldentaten, die wir uns erhofft hatten.

Ich starrte das Symbol seines Gedenkens an, so weiß und strahlend vor dem Grün und Braun der Umgebung. Obwohl es schon seit vielen Jahren ungeschützt an dieser Stelle stand, wirkte es erstaunlich frisch.

»Jemand muss sich darum gekümmert haben.«

»*Oui, Madame*«, sagte Marcel leise. »Wir kommen hin und wieder mit Tünche hierher.«

Ich konnte meine Dankbarkeit kaum in Worte fassen. In der andächtigen Stille wirkte das Plätschern des Baches am Grund des Abhangs wie eine unheilige Ausgelassenheit.

Schließlich fragte ich: »Steigt der Bach im Frühling stark an?«

»Ein ziemliches Stück.«

»Und im Herbst – trocknet er aus?«

»Soweit ich weiß nicht, Madame. Wir hatten in diesem Monat nur wenig Regen, und dies ist normalerweise die trockenste Zeit, also wird er kaum viel flacher werden, als Ihr ihn jetzt seht.«

Ich sah, wie das klare Wasser sich über den Steinen kräuselte. Es war mehr als genug, um Blut abzuwaschen.

Auf der Straße, die an der Wiese vor dem Schloss entlangführte, verabschiedeten wir uns von Guy Marcel; wir würden nach Westen in Richtung Nantes reiten, und er in die Gegenrichtung zu seinem Haus in der Festung. *Frère* Demien wünschte unserem Gastgeber ehrerbietig alles Gute, aber ich brachte nur eine zärtliche Melancholie zustande – der Vogt war eine der wenigen noch verbliebenen Verbindungen zu Champtocé, und Gott allein wusste, ob wir uns wiedersehen würden, bevor einer von uns ins Grab fuhr. Auch in den Augen dieses alten Mannes sah ich ein wenig von meiner Sehnsucht nach diesen früheren Tagen, nach einer Wiederholung der ruhmreichen Zeit, die wir einst gehabt hatten, eine Vorstellung, deren Unmöglichkeit ihr nichts von ihrem Reiz nahm.

Wir hatten etwa hundertdreißig Ellen in gegensätzlichen Richtungen zurückgelegt, als ich den Vogt rufen hörte: »Madame! Wartet!«

Ich brachte meinen Esel zum Stehen und drehte mich zu ihm um. Die mächtige Festung ragte hinter ihm in die Höhe und ließ ihn mit ihrer welkenden Pracht winzig erscheinen.

»*Oui, Monsieur?*«

Er trieb sein Pferd ein paar Schritte in meine Richtung, um nicht schreien zu müssen. »Die Hebamme, Madame Karle …«, hub er an. Dann zögerte er einen Augenblick, als überlegte er, ob es überhaupt ratsam sei zu sagen, was ihm auf der Zunge lag. »Sie selbst kann unmöglich noch am Leben sein, aber Ihr Sohn könnte durchaus noch auf Erden wandeln.«

Ich erinnerte mich noch gut an ihn. »Guillaume«, sagte ich.

»*Oui,* ebenjener.« Er sagte uns, wo der Mann wohnte, nicht weit von unserem Weg entfernt. »Vielleicht solltet Ihr ihn aufsuchen.«

22

Ich brauchte in diesem Fall einen Vertrauten. Frazee und Escobar waren Kumpel und Kollegen, aber ich brauchte einen Freund. Errol Erkinnen stand mir immer zur Verfügung, und dafür war ich ihm dankbar, in mehr als einer Hinsicht.

»Ich habe heute Morgen einen Durchsuchungsbefehl für Wilbur Durands Haus und Studio beantragt. Ich brauche diese Bänder, um in dem Fall weiterzukommen. Ich sabbere schon fast bei dem Gedanken, in seinen Sachen zu wühlen; er muss doch irgendwo eine Wäscheschublade haben…«

»Eine was?«, fragte Erkinnen.

»'tschuldigung«, sagte ich. »Das ist der Platz, wo Mädchen ihre geheimsten Sachen aufbewahren. Für meinen Ex war es die oberste Schublade in seinem Schreibtisch.«

»Ah ja. Für mich ist das die Werkzeugkiste. Aber ich gehe total auf, wenn jemand da drin rumwühlt. Was für einen Job Sie haben, in den intimsten Dingen der Leute rumschnüffeln zu dürfen.«

»Sie schnüffeln in den Hirnen der Leute rum.«

»Stimmt«, gab er zu.

»Ich schwöre Ihnen, manchmal glaube ich, wir sind genauso krank wie die Typen, hinter denen wir her sind.«

»Ach, das glaube ich nicht. Einige von denen sind mehr als krank. Aber das sieht nach einer Beschleunigung aus – Sie scheinen was Neues über ihn erfahren zu haben.«

»Ja. Eine ganze Menge.«

Er hörte aufmerksam zu, als ich ihm von meiner Reise nach South Boston berichtete, von Detective Pete Moskal, der Familie Gallagher, dem merkwürdigen Mangel an Beweisen bei dem Mord an ihrem Sohn und von dem, was Kelly McGrath mir erzählt hatte.

»O Mann«, sagte er, als ich fertig war. »Ich weiß nicht, ob man ein besseres Drehbuch für einen Serienmörder schreiben könnte.«

»Entführer.«

Er wurde ernst. »Sie wissen, es ist durchaus möglich, dass alle diese Jungs tot sind.«

»Keine Leichen, Doc, außer der des Jackson-Jungen, und wir sind alle der Meinung, dass das eher eine Übungsgeschichte war. Der Einzige, der wenigstens juristisch tot ist, ist der Neffe von Jesse Garamond. Und das auch nur, weil der Onkel des Mordes an ihm verurteilt wurde und die Behörden deshalb annehmen, dass die Leiche irgendwo versteckt ist. Aber sie wurde nie gefunden.«

»Ich frage mich, was er mit ihnen macht.«

Doc sagte dies in nachdenklichem Tonfall; seine klinische Distanziertheit war so stark, dass sie mich beinahe wütend machte. Meine Stimme klang auch in meinen Ohren barsch, als ich erwiderte: »Irgendwann in naher Zukunft werden wir das schon rausfinden. Falls wir nicht kaltgestellt werden. Reden Sie weiter über diese Drehbuch-Geschichte.«

»Richtig. Tut mir Leid. Ich meine, es ist einfach das klassische Profil. Fehlende Bindung zur Mutter, schwacher oder abwesender Vater, eine männliche Autoritätsfigur, die sich auf negative, dominante Art einmischt – in Durands Fall zwei: sein Onkel und sein Großvater. Verlust einer wichtigen Bezugsperson – die Haushälterin – in einem kritischen Alter.«

»Vor allem den Onkel würde ich am liebsten erwürgen. Der hat ihm wirklich den Rest gegeben. Ich meine, eine solche Vertrauensbeziehung zu einem Kind zu haben und es dann für Sex zu missbrauchen …«

»Wissen wir sicher, dass er das getan hat?«

»Nein, nicht hundertprozentig. Aber ausgehend von dem, was ich in Boston erfahren habe, gibt es meiner Ansicht nach einen guten Grund für die Annahme, dass es passiert ist. Der Onkel ist tot, ich kann ihn also nicht mehr damit konfrontieren. Wirklich schade. Na ja, vielleicht ist es gar nicht so schade – das Totsein meine ich –, nach allem, was er getan hat.«

»Vorsicht, Detective. Sie müssen Ihre Gefühle außen vor halten. Ich kenne Fälle von Polizisten, die sich mit Verbrechensopfern identifiziert haben, und das ist schlimm genug. Aber es ist absolut kontraproduktiv, wenn Ihnen das mit einem Verbrecher passiert.«

Ich antwortete nicht sofort, weil ich erst überlegen musste – was empfand ich wirklich für Wilbur Durand? Eine komische Mischung aus Widersprüchlichkeiten – ich verabscheute ihn und war fasziniert von ihm, und manchmal beides in einem Gedanken.

»Sie haben Recht«, sagte ich, »und ich weiß es. Ich hasse es – einerseits tut mir der Kerl Leid wegen all der schlimmen Dinge, die ihm als kleinem Jungen passiert sind, und andererseits bin ich mir fast hundertprozentig sicher, dass er ein Monster der schlimmsten Sorte ist. Wie erbärmlich mir das alles vorkommt.«

»Es ist absolut nicht erbärmlich, sondern nur natürlich, Mitleid mit jemandem zu haben, der so viel durchgemacht hat wie dieser Kerl. Wenn er nicht zum Pädophilen geworden wäre, wenn er Klempner oder sonst was geworden wäre, dann würden Sie ihm auf den Rücken klopfen, weil er sein Leben so gut in den Griff bekommen hat. Dass er überhaupt überlebt hat. Die Ironie dabei ist allerdings, wenn er sich zu einem normalen Mann entwickelt hätte, zumindest an der Oberfläche, dann hätten wir wahrscheinlich nie erfahren, was er als Kind durchgemacht hat.«

»Wie kann man das alles durchmachen und nicht *durchdrehen*?«

»Manche schaffen das. Sie entwickeln die erstaunlichsten Bewältigungsmechanismen.«

»Warum dann Durand nicht?«

»Hat er vielleicht sogar. Vielleicht hätte er noch ein viel schlimmeres Monster werden können. Sehen Sie, ich verstehe, was Sie empfinden. Wenn ich mir solche Leute betrachte, denke ich mir immer, wie glücklich ich mich schätzen kann, dass mein Leben nicht so verlaufen ist. Aber diese Typen sind Mörder, kaltblütige Mörder. Was ihnen passiert ist, ist tragisch, aber ihre Taten sind trotzdem unentschuldbar.«

Ich wusste, in dem Augenblick, da ein Anwalt aufstand und von all dem zu reden anfing, würde ich ihm am liebsten die Kehle herausreißen. Eine gute Jury würde einen solchen Anwalt ignorieren, falls genügend Beweise vorlagen; in diesem Fall war es aber nicht so, zumindest jetzt noch nicht.

»Sheila Carmichael wird einen psychologischen Gutachter für die

Verteidigung finden, der aussagen wird, dass jemand es hätte kommen sehen und etwas dagegen unternehmen müssen, und dass man ihn für sein Verhalten nicht verantwortlich machen kann, weil keiner ihm geholfen hatte, als es noch etwas bewirkt hätte«, sagte Doc.

»Nicht, wenn ich sie zuerst erschieße.«

»Lany. Das ist neu.«

»Ich weiß, Entschuldigung. Ich hab's nicht so gemeint.«

Er wirkte nicht sehr überzeugt.

Ich sagte: »Warum hat *sie* es nicht bemerkt? Sie ist doch seine Schwester.«

»Sie wird sagen, dass sie damals bereits aus dem Haus war.«

»Na ja, das dürfte auch stimmen – bei ihnen besteht ein Altersunterschied von zehn Jahren.«

»Und außerdem ist es ja nicht so, als hätten wir das nicht alles schon gehört«, sagte er. »Wissen Sie, die Psychologie bezieht ja immer noch Prügel, weil sie angeblich eine unexakte Wissenschaft ist. Einige Leute halten sie überhaupt nicht für eine Wissenschaft, sondern nur für einen Haufen manipulatives Gewäsch.«

»Lassen Sie mich raten – die Paranoiker.«

Er lachte, zumindest klang es so ähnlich. »Und die Schizophrenen. Aber die Gesellschaft verlangt noch immer von uns, dass wir voraussagen, wer irgendwann durchdrehen wird.« Er klopfte mit der Hand auf den Aktenorder mit Notizen, den er im Verlauf unserer Gespräche angesammelt hatte. »Alles, von dem wir glauben, dass es einen Serienpädophilen produziert, ist hier drinnen. Wir hätten vielen Menschen viel Leid ersparen können, wenn wir Wilbur Durand schon als Jugendlichen analysieren und dann die eindeutige Aussage hätten treffen können, dass man ihn aus Gründen der öffentlichen Sicherheit für den Rest seines Lebens wegsperren muss. Aber stellen Sie sich mal den Aufwand und die Kosten vor, jedes Kind auf Prädikatoren für spätere Pädophilie hin untersuchen zu lassen, und den empörten Aufschrei von Bürgerrechtlern. Das ist einfach nicht zu machen – wir können nicht jeden einsperren, der auf Kinderpornographie fixiert ist, nur weil er irgendwann zur nächsten Stufe übergeht.«

Er hatte Recht. Wilbur Durand war schon vor langer Zeit zu dieser nächsten Stufe übergegangen und schnappte sich jetzt echte

Kinder und tötete sie. Als ich das begriff, verflüchtigte sich bei mir jedes Mitleid. Ich stand auf und ging herum. »Es muss doch irgendwo im Nordatlantik eine öde Insel geben, wo wir sie alle für eine Weile hinschaffen können, um festzustellen, ob das bei der Pädophilie-Quote einen Unterschied macht. Oder auf irgendeinen Archipel vor Sibirien.«

Doc hörte die tiefe Verbitterung in meiner Stimme. »Sie sind ein bisschen mehr als frustriert bei diesem Fall, nicht?«

»Mir wird langsam die Zeit knapp. Und ihm nicht.«

Ein Hoch auf den Richter. Ein Hoch auf den Staatsanwalt. Der Suchbefehl nach den Museumsbändern wurde noch an diesem Nachmittag ausgegeben.

Und Fred Vuska war endlich bereit, mir Unterstützung zu geben. Er hatte eigentlich keine andere Wahl, da der Richter von dem Fall so überzeugt war, dass er offizielle Aktionen gegen den Verdächtigen genehmigte. Und ich allein konnte nicht gleichzeitig zwei Lokalitäten durchsuchen – wichtig an der Sache war, dass wir an beiden Orten gleichzeitig auftauchten, irgendjemandem den Durchsuchungsbefehl unter die Nase hielten und alles auf den Kopf stellten, bevor irgendetwas beiseite geschafft oder versteckt werden konnte.

Wir würden also simultan vor dem Haus und vor dem Studio aufkreuzen. Ich würde das eine Team leiten, Escobar das andere. Es war zwar nicht vorauszusagen, wo sich Durands Wäscheschublade befand, aber ich wurde das Gefühl nicht los, dass für ihn dies alles ein kreativer Prozess und das Studio sein kreatives Zentrum war. Liebe und Arbeit, nicht? Die beiden Dinge, die die Leute wirklich antreiben. Und wir hatten es mit einem Kerl zu tun, der beides auf eine höchst perverse Art verband.

Das Studio lag am hintersten Ende einer rückwärtigen Parzelle der Apogee Studios, weit weg also von der Route der Touristentrambahn. Ich hatte unscharfe Fotos des Gebäudes in einigen Boulevardblättern gesehen, die berichteten, dass schwarze Magie und okkulte Rituale zum Alltag des Studios gehörten, neben Besuchen von Außerirdischen, deren spitzköpfige Fotos offensichtlich und mit lachhafter Ungeschicklichkeit einfach hineinkopiert waren.

Allmählich klang das alles für mich durchaus möglich.

Das Gebäude war ein großer, rechteckiger Schandfleck mit Flachdach, umgeben von einer Asphaltwüste. Als ich darauf zufuhr, machte meine Aufregung Nervosität Platz. Es war so kahl und öde, völlig abweisend. Es gab kein Grün um diese Festung, Wilburs Königreich, das er mit Sicherheit verteidigen würde. Ich stellte mir Töpfe mit kochendem Wasser vor, die in sechs Metern Abstand am Rand des Daches standen, dahinter Krieger ohne Gesichter, die nur darauf warteten, heißen Tod auf jeden zu kippen, der zufällig vorbeikam.

Der Empfangsbereich war ähnlich ungastlich – wobei Durand es wohl nicht nötig hatte, irgendjemanden zu beeindrucken, um Aufträge an Land zu ziehen. Wir waren durch eine schwere Glastür hereingekommen, die der einzige Eingang zu sein schien. Das überraschte mich; die meisten dieser Studiogebäude haben große Gleittüren, und oft stehen sie weit offen, damit man hineinsehen kann. Nicht so bei Durands – es war von Metall und Beton förmlich umhüllt.

Wir marschierten mit unseren Marken und dem Durchsuchungsbefehl in der Hand hinein.

»Wir suchen Wilbur Durand«, sagte ich.

Ein kalter Starrblick von einem jungen männlichen Assistenten. »Tut mir Leid, aber er ist nicht hier.«

Wir stürmten einfach an ihm vorbei; Spence kicherte richtig. Der junge Mann griff zum Telefon, während wir durch die Tür in den eigentlichen Arbeitsraum gingen, wo wir unvermittelt stehen blieben.

»O Mann«, sagte Spence und sah sich um.

Es war Disney World, ein Museum, eine Szene aus *Alice im Wunderland,* alles auf einmal. Überall an den Wänden hingen Masken und Körperdoubles für all diese Figuren, die wir alle kennen. Reproduktionen von Köpfen und zerfetzten Halsansätzen von berühmten Schauspielern waren in einem Schaukasten gleich hinter der Tür ausgestellt. Von der Decke hingen Plastik-Aliens, verstümmelte Arme, blutige Bein- und Armstümpfe.

Es war eine überwältigende Ansammlung von Zeug, und wir mussten uns durch alles durchwühlen. Schließlich bemerkte Spence: »Der Kerl ist anscheinend in seine eigene Arbeit verliebt.«

»Ich glaube, genau darum geht's in diesem Fall.«

Überall waren falsche Gesichter, Masken mit Haarteilen an Stirn und Schläfen, die sich perfekt in die echten Haare des Schauspielers einfügen sollten. Der Traum eines jeden Kopfjägers. Unter einer langen Theke Kisten voller Sachen, die kein normaler Mensch je aufheben würde. Schuhbänder, Handschuhe, Gürtel und Schirme, alles penibel sortiert, sogar nach meinem zwanghaften Maßstab – Körbe voller Perücken und Haarteile, Harpo-Haare, Marylin-Haare, Moe-Haare. Ich nahm einen dieser Mopps zur Hand und schnupperte daran – es roch nicht wie echtes Haar, aber es war auf jeden Fall nicht dieses glänzende Vinyl-Zeug, das man bei Puppen verwendet. Es gab Reihen um Reihen von Regalen, die mich ein wenig an riesige Gewürzregale erinnerten, doch diese enthielten Make-up, Hunderte von kleinen Flaschen, jede mit einer anderen Tönung. Und große Klumpen Ton – ich vermute, es war Ton, zumindest sah es so aus – auf jedem der Tische. Es hätte auch eine Art Plastilin sein können, dem Geruch nach. Es gab jede Hautfarbe, die man sich vorstellen konnte, in unterschiedlichen Schattierungen.

Wir fotografierten alles. Der Durchsuchungsbefehl gestattete das Fotografieren zwar nicht ausdrücklich, und es hatte in jüngster Zeit Fälle gegeben, in denen Fotos, die ohne ausdrückliche Anordnung gemacht worden waren, vor Gericht nicht zugelassen wurden, aber das war mir egal. Wenn wir die Fotos vor Gericht verwenden konnten, toll, wenn nicht, dann eben nicht. Wenigstens hatten wir so Material zur Stützung unserer eigenen Erinnerungen.

Stapel um Stapel von Kisten, so viel Zeug, dass man hindurchwaten musste – ich fragte mich langsam, ob wir alles durchsuchen konnten, bevor Durands Anwalt es schaffte, uns von hier zu verscheuchen. Es gab so viel zu sehen; ich musste mich selbst und die anderen daran erinnern, dass wir speziell wegen der Bänder hier waren. Wir konnten natürlich auch anderes eindeutig belastendes Material mitnehmen, aber an diesen Wänden hingen keine wirklichen Verbrechen, nur deren Nachbildungen. Von den Videos abgesehen, wussten wir nicht, wonach wir suchen sollten.

Ungefähr dreißig Minuten nach Beginn unserer Suche rief einer der Jungs mich zu einem Karton, den er in einem Wandschrank an der Rückwand des Studios entdeckt hatte. Er war fest mit Klebeband verschlossen, aber als er ihn öffnete, fand er ihn gesteckt voll mit Bändern, die den Namen von einem von Durands Filmen trugen, viel mehr Kassetten, als man für einen einzigen Film erwarten würde. Ich nahm eine heraus und las das Etikett – es war beschriftet mit einem Datum vom Beginn der Ausstellung. Dann nahm ich einige andere zur Hand, die ich willkürlich aus verschiedenen Ecken des Kartons herausfischte – sie alle passten in den Zeitraum der Ausstellung.

Mein Herz klopfte, als würde es mir gleich aus der Brust springen.

Ich fing an, sie zu zählen, weil wir ein Verzeichnis aller beschlagnahmten Gegenstände aufstellen müssen und ich einfach nicht wusste, was ich sonst mit der Energie anfangen sollte, die mich durchströmte. Bei Nummer neunundzwanzig wurde mir bewusst, dass ein neuer Mitspieler die Bühne betreten hatte: ein Anwalt in karierter Bundhose und mit höchst aufgebrachter Miene, den man offensichtlich vom Golfplatz geholt hatte.

Er fing sofort zu toben an, dass er eine einstweilige Verfügung bezüglich allem, was wir beschlagnahmten, erwirken werde.

Ich ging zu ihm und sagte sehr höflich: »Lassen Sie sich nicht aufhalten.« Ich zeigte ihm den Durchsuchungsbefehl. »Wir haben die eindeutige Befugnis, diese Überwachungsbänder und alles andere, was Ihren Mandanten in einer Reihe von Kindsentführungsfällen belasten könnte, zu beschlagnahmen.«

Er ließ sich davon nicht beeindrucken. »Das sind doch keine Überwachungsbänder«, höhnte er. »Sehen Sie sich die Beschriftung an.«

»Ich bin der Ansicht, dass sie mit Absicht falsch beschriftet wurden. Ihr Mandant kann sie zurückbekommen, wenn wir mit ihnen fertig sind, und wir werden sehr darauf achten, sie in keiner Weise zu beschädigen, aber sie sind gerichtlich angeforderte Beweismittel, und wir werden sie mitnehmen, ob es Ihnen passt oder nicht.«

Die Antwort war ein kalter, böser Blick. Ein Handy kam zum Vorschein. Der Anwalt wandte sich ab und wählte im Gehen.

Es hätte mich sehr gefreut, wenn Wilbur Durand gekommen wäre, solange wir noch hier waren; ich wollte diesen Kerl einmal persönlich sehen und hören, um mir über die unscharfen Fotos hinaus ein Bild von ihm machen zu können. Wen sonst konnte der Anwalt jetzt anrufen? Ich notierte mir die Zeit.

Ich nahm an, dass sich der Anruf als Ortsgespräch erweisen würde, wenn wir die Telefonrechnung beschlagnahmten.

Obwohl ich jetzt hatte, was ich wollte, war ich noch nicht bereit, das Studio zu verlassen; hier war noch etwas anderes, ich spürte es in den Knochen. Ein Satz aus dem Buch, das Doc mir gegeben hatte, ließ mich nicht mehr los:

Es zeigt sich die beinahe universelle Neigung, von jedem Opfer ein Souvenir zu behalten.

Gott allein wusste, welch schreckliche Dinge er womöglich aufbewahrte. Finger, Zehen, Ohren? Er hatte hier Hunderte von falschen Fingern und Gliedmaßen, aber echte würden irgendwann einen Gestank abgeben, den wir alle sehr gut kannten. Es konnten auch Kleidungsstücke oder Schülerausweise sein – die bekamen heutzutage ja sogar Grundschüler. Haarlocken, achtlos zwischen all diese Perücken geworfen.

»Irgendwie müssen wir Zeit schinden«, sagte ich zu Spence. »Ich muss mir noch was überlegen.«

»Wir können ja die Kartons ausleeren und Bestandslisten anlegen, als würden wir die Sachen mitnehmen.«

»Gute Idee. Das dürfte eine Weile dauern.«

Einer der Jungs stellte mir den Karton mit den Bändern in meinen Kofferraum. Ich raste mit quietschenden Reifen vom Parkplatz und fuhr direkt zum Revier.

Als ich Fred berichtete, wir hätten die Bänder, sagte er nur: »Gut. Dann könnt ihr ja von dort verschwinden.«

»Aber wir sind noch nicht fertig – nur überschlägig geschätzt, sind das nicht genug Bänder, um den gesamten Zeitraum der Ausstellung abzudecken. Ein paar von unseren Jungs suchen noch immer nach dem Rest.«

Als die Bänder für mich hinausgetragen wurden, hatte ich mir die Szene betrachtet, die wie in Zeitlupe ablief; ich hatte noch nie gesehen, dass jemand so bedächtig Sachen aus Kartons zog: *ein*

Dingsbums, noch ein Dingsbums, und was haben wir denn da, alles sehr bedächtig und regelmäßig und langsam. Beim Hinausgehen wies ich die anderen an, sich nur ja Zeit zu nehmen und alles sorgfältig aufzulisten, in bewusst übertriebener Lautstärke, so dass sowohl der Anwalt wie auch der Assistent es mitbekamen. Dem Anwalt platzte fast der Kragen vor Empörung, er schrie etwas von Oberster Gerichtshof usw. Unsere Jungs grinsten alle, als würden sie mit irgendeinem Streich ungestraft davonkommen.

In einem unserer Geräteschränke war ein Handkarren, den wir bei einer Razzia beschlagnahmt und nie versteigert hatten. Den benutzte ich jetzt, um die Bänder in eins der Verhörzimmer zu fahren. Während ich auf das spezielle Gerät wartete, das nötig war, um sie ansehen zu können, zog ich all die Kassetten heraus, deren Datum ungefähr zu den Zeiträumen passten, in denen die Familien nach ihren Angaben die Ausstellung besucht hatten. Ihre Erinnerungen waren natürlich nicht perfekt. Als das Gerät endlich eintraf, war ich bereits ziemlich gereizt, aber meine Frustration wurde noch stärker, da ich bei einigen Fällen das Bandmaterial für mehrere Tage im Schnelldurchlauf durchgehen musste, um den fraglichen Jungen zu finden. In der Bewegung sahen sie alle so anders aus; ich hatte ja nur Fotos. Doch jedes Mal, wenn ich einen fand, freute ich mich einfach; es war fast so, als wären sie noch am Leben.

Ich kopierte die jeweiligen Abschnitte mit den Jungen, so dass ich sie, als ich endlich fertig war, alle auf einer Kassette hatte. Mich schauderte, als ich daran dachte, was für ein Albtraum es wäre, Abertausende von Familien benachrichtigen zu müssen, wenn wir es nicht bald schafften, Durand zu stoppen.

»Lany?«

Ich sprang fast an die Decke. Fred stand in der Tür des Verhörzimmers.

»Wie lange noch? Ich kriege eins auf den Deckel wegen dieser ganzen Überstunden.«

»Nur noch ein paar Stunden. Versprochen.«

»Wir sind verpflichtet, bei unseren Durchsuchungen *gewissenhaft* vorzugehen, falls Sie das vergessen haben.«

Gott behüte, dass wir einem Perversen den Zutritt zu seinem Arbeitsplatz verwehren.

»Dort ist noch mehr, Fred, ich weiß nur noch nicht genau, was. Ich brauche noch ein kleines bisschen mehr Zeit.«

»Dieser Anwalt ruft mich alle fünf Minuten mit einer neuen Drohung an.«

Was sollte ich sagen? »Tut mir Leid, Fred, aber wir arbeiten dort, so schnell wir können.«

Offensichtlich unzufrieden ließ er mich mit meiner größten Hoffnung allein – den Bändern. Ich wusste, ich musste mich nur hinsetzen und mir diese Kopie anschauen, und irgendetwas würde mich anspringen. Ich sah sie mir immer und immer wieder an.

Escobar war vom Wohnhaus zurück.

»Was gefunden?«

»*Nada.*«

»He, hast du mal ein paar Minuten Zeit?«, fragte ich.

»Normalerweise dauert es länger.«

Ich lachte. »Das werde ich mir merken. Könntest du dir einfach diese Kassette anschauen und mir sagen, was du siehst?«

Er setzte sich hin und schaute. »Sie sind alle blond«, sagte er.

»Das weiß ich bereits.«

»Sie sind alle jung.«

»Das auch.«

»Sie sehen alle aus wie richtig nette Jungs.«

Unschuld, da waren wir uns einig, war das Selektionsmerkmal.

»Hat keinen großen Beweiswert«, sagte Escobar.

Er hatte Recht. Ich konnte mir schon jetzt vorstellen, was Doc sagen würde, dass nämlich diese Merkmale alles darstellten, was der Entführer selbst gern gewesen wäre und dass er in seinen Augen das eigentliche Opfer war – ein süßer kleiner Junge, dem immer und immer wieder wehgetan wurde. Dass er wütend war, weil man ihm seine Kindheit geraubt, seine Unschuld zerstört hatte, so wütend, dass es ihm zur fixen Idee wurde, dafür zu sorgen, dass er nicht der einzige kleine Junge blieb, dem so etwas passierte. Wilbur selbst war weit über das Alter hinaus, in dem man die Narben und Verletzungen der Kindheit einfach abschütteln konnte, um den Boden zu bereiten für diesen kostbaren Seelenzustand. Er erkannte die Zutraulichkeit in jedem seiner Opfer und versuchte, sie für sich selbst zu erreichen.

Aber diese Erkenntnis würde mir noch keinen Haftbefehl einbringen. Und auch nichts, was man im Wohnhaus gefunden hatte. Dort waren zwar keine Anwälte, aber Escobar schimpfte schier endlos über einen sehr lästigen Boy, der ihnen von einem Zimmer zum nächsten folgte und sich wild gestikulierend und in einer fremden Sprache über die Unordnung aufregte, die sie hinterließen.

»Er regte sich furchtbar auf, weil wir überall alles herumliegen ließen«, sagte Escobar. »Dabei war die Filzaktion viel ordentlicher als die meisten, einfach deshalb, weil es nicht viel zu filzen gab – jedes Teil stand so, als hätte es eine Bedeutung. Natürlich war danach mehr Durcheinander als davor. Und dieser Boy drehte völlig durch deswegen.«

Dass kein Anwalt sich zeigte, war eine so offensichtliche Unterlassung, dass sie einfach ins Auge sprang. Warum nicht Anwälte in beide Häuser schicken, wenn man in keinem etwas zu verstecken hat? Ein Mann wie Durand hatte doch sicher einen Anwalt mit mehreren Untergebenen. Dass er also keinen Anwalt in sein Privathaus schickte, während es durchsucht wurde, konnte nur bedeuten, dass er dort wirklich nichts zu verbergen hatte.

Die vor der Durchsuchung aufgenommenen Polaroids zeigten deutlich, dass Escobar Recht gehabt hatte – das Interieur war so karg wie ein Schrein, der Tempel eines Kontrollfreaks par excellence. Das Schlafzimmer wirkte wie der unterkühlteste Ort, den ich je gesehen hatte. Das Bett war aus Ebenholz, sehr dunkel und ohne jede Verzierung an Kopf- oder Fußbrett. Hatte wahrscheinlich so viel gekostet wie mein Auto. Es gab Nachttischchen, aber es stand so gut wie nichts darauf, nur diese kleinen Skulpturen oder was auch immer – ich weiß wirklich nicht, wie ich sie nennen soll –, sie sahen irgendwie aus wie buddhistische Meditationssteine. Völlig nutzlos außer als Staubfänger. Auf meinem Nachttischchen habe ich Bücher und Feuchtigkeitscreme und ein Glas Wasser, K-Y, falls ich mal Glück haben sollte, und jede Menge anderer Sachen.

Was mir aber wirklich ins Auge stach, war das, was er über dem Bett hängen hatte – ein Poster für seinen Film *Sie essen dort kleine Kinder.*

»Wo war der Sarg?«

Escobar kapierte es nicht.

»Der, in dem er wahrscheinlich schläft«, sagte ich.

Escobar stand grummelnd auf. »Du fantasierst ja schon. Wird Zeit, dass du heimgehst.«

Ich wandte mich den Polaroids vom Studio zu. Die Zerstörung der Unschuld war überall sichtbar in den künstlichen Körperteilen und -flüssigkeiten, den sehr echt wirkenden Plastikschwertern und -messern, den so perfekt gestalteten und bemalten Vinylwunden mit Muskel- und Sehnenresten und Verwesung. Ich versuchte, die Abbildungen der Fotos in meiner Vorstellung mit den Bildern von den Bändern zu überblenden. Und dann überblendete ich dies mit meinen Eindrücken aus den Zimmern der Jungen.

Es war da, so dicht, dass ich es beinahe greifen konnte.

Was es auch sein mochte.

Spence war an seinem Schreibtisch. »Ich muss jetzt sofort noch einmal ins Studio zurück. Muss mir alles noch mal anschauen.«

Er fragte nicht lange nach. »Ich fahre«, sagte er. Wir waren schon beinahe durch die Tür, als mein Piepser sich meldete.

Ach ja – ich hatte Kinder, die Essen, Fahrgelegenheiten und hin und wieder auch Trost brauchten. In diesem ganzen Irrsinn hatte ich das beinahe vergessen. »Was ist denn jetzt?«, fragte ich laut. »Hat Evan seine Schienbeinschützer wieder vergessen?«

Diesmal nicht. Es war der Sergeant vom Dienst. Ich hatte einen Besucher.

23

Wer den Tod betrügt, indem er ein außerordentlich hohes Alter erreicht, wird oft in einen fast mythischen Rang erhoben, ob nun eine solche Ehrerbietung durch bemerkenswerte Taten oder einen makellosen Charakter verdient wurde oder nicht – wir wissen von einer Frau aus Saint-Etienne, die einhundertundzwei Frühlinge erlebte; sie war niederträchtig und von trägem Geist, ein richtiges Zankweib in ihren mittleren Jahren, und doch kamen die Leute von weit her, um sie zu berühren, in der Hoffnung, ein wenig von ihrer Langlebigkeit aufzunehmen. Wenn Madame Catherine Karle diesen Markstein erreicht hätte, dann hätten wir sicherlich davon erfahren, denn sie war eine wahrlich bemerkenswerte Frau. In Champtocé berichteten Leute, die sie kannten, dass sie mit Steinen und Kieseln und einer Hand voll Erde wahre Wunder wirken konnte, und ich fand keinen Grund, dies nicht zu glauben.

Ihr Sohn Guillaume war ein guter, starker Mann mit einem freundlichen und verständnisvollen Wesen, der der Beste aller Gatten gewesen wäre, hätte er je geheiratet. Mir schien es immer, als müsste er einen höheren Rang bekleiden; er hatte etwas an sich, das ihn von uns anderen abhob. Er blieb für sich, ohne jedoch hochnäsig zu sein; dennoch hatte er eine gewisse »Größe« an sich, eine Vornehmheit der Erscheinung, die nicht zu übersehen war. Doch sie drückte sich aus in guten Worten und Taten, in deren Genuss auch ich kam. Am Ende des Martyriums meines Mannes, als ich ihn nicht mehr allein umdrehen konnte, war Guillaume immer bereit, mir mit seinen starken Armen und seinem guten Herzen bei der Pflege des Sterbenden behilflich zu sein.

Ich war damals als viel jüngere Frau den Anforderungen und Freuden des Lebens viel näher. Zu dieser Zeit mochte Guillaume annähernd fünfzig Jahre gezählt haben, er war ein sehr gut aussehender Mann, groß, aufrecht, schlank und gut gebaut, mit himmelblauen Augen und einem sehr schönen Lächeln. Voller Scham muss ich gestehen, dass ich in Etiennes letzten Tagen Guillaume mit einer gewissen Sehnsucht betrachtete. Ich hatte die Manneskraft meines Gatten seit seinem Weggang nach Orléans nicht mehr erlebt, und ich vermisste seine Zärtlichkeiten schrecklich. Inzwischen habe ich mir diese schändlichen Gedanken vergeben, aber ich glaube nicht, dass Gott schon dazu bereit ist, und würde Jean de Malestroit sie kennen, wüsste ich nicht, wie viel Buße er mir für meine menschliche Schwäche auferlegen würde.

Unser Weg führt uns sowieso durch Champtoceaux, sagte ich mir, *und nicht einmal Seine Eminenz kann etwas gegen eine weitere kurze Verzögerung unserer Rückkehr einwenden.* Und Guillaume Karle war leicht zu finden: Ein jeder, den wir fragten, kannte ihn und sprach mit großer Bewunderung von dem alternden *gentilhomme.* Dennoch konnte niemand wissen, was sich hinter einer geschlossenen Tür befand, und mein fürsorglicher Begleiter wollte mir nicht gestatten, ihn allein aufzusuchen. *Nur um Eurer Sicherheit willen, Schwester,* hatte *Frère* Demien sehr ernsthaft gesagt. Da musste ich mich fragen, wie ich ohne seinen Schutz all die Jahre hatte unbeschadet überstehen können – wohl nur dank eines unsichtbaren, geheimnisvollen Engels, dessen Macht ausschließlich für die reisende Äbtissin reserviert war. Also wirklich.

Ich sah zu, wie die Tür nach innen aufschwang, und als der Bewohner erschien, stand vor mir der Mann, den wir in der Taverne gesehen hatten. Mit neuerlicher Verwunderung betrachtete ich seinen dichten Schopf weißer Haare. In mir regte sich eine Freude, die ich gerne verbannt hätte, doch sie blieb – ja wurde sogar noch größer –, als ich ihn nun nach so langer Zeit wieder betrachtete. Ich sah auch in seinem Gesicht Überraschung und vielleicht auch ein wenig Freude; er wandte sich mir zu und beschirmte mit einer Hand die Augen, während er mit der anderen überschwänglich winkte. Ich konnte ein Lächeln nicht unterdrücken.

Mit erstaunlich festem Schritt durchmaß er den kleinen Garten vor seinem Haus und kam zu mir, und obwohl ich noch auf meinem Esel saß, war ich kaum größer als er.

»Madame«, sagte er mit aufrichtiger Herzlichkeit. »Oder sollte ich Euch vielleicht Mutter nennen?«

»*Mais non, Monsieur,* keiner außer Eurer bemerkenswerten *maman* sollte diese Ehre zuteil werden.«

»Wie liebenswürdig von Euch, so freundlich von ihr zu sprechen. Und wie wahrlich wunderbar, dass Ihr mich besucht. Es ist schon sehr lange her, nicht?«

Inzwischen lächelte ich übers ganze Gesicht. »Das ist es in der Tat, *Monsieur.* Zu lange.«

So tauschten wir noch eine Weile Nettigkeiten aus, bis er schließlich sagte: »Vielleicht sollten wir ins Haus gehen und von anderen Dingen sprechen.«

Er bot mir seine Hand, und ich ließ mir von ihm von meinem Reittier helfen. Wenn man ein Nonnengewand trägt und von einem Esel absteigen will, gibt es wenig Hoffnung, dies mit Anmut zu tun. Irgendwie landete ich auf dem Erdboden, ohne zu stolpern.

Im Haus fand ich mich in einem Maße willkommen, wie ich es an fremden Orten nicht oft erlebte. Die Luft war frisch, aber warm und roch nach geöltem Holz. Kein Wunder – die Möbel waren schön und gut gemacht, von einer Eleganz, wie man sie vom Sohn einer Hebamme nicht erwarten würde. Die Anwesenheit einer Frau war beinahe greifbar – vielleicht hatte er sich doch eine Gattin genommen. Seine Welt hatte eine Pracht, die mich auf unerklärliche Weise glücklich machte.

Es war mir nicht bekannt, wie Guillaume seinen Lebensunterhalt verdient hatte, außer durch Handreichungen für seine Mutter, aber er musste beträchtlich verdient haben, um sich all die hübschen Sachen leisten zu können, die er angesammelt hatte.

»Wie schön Eure Möbel sind«, sagte ich.

»Oh, vielen Dank«, erwiderte er. »Die meisten habe ich selbst gemacht.«

Kaum hatte er das gesagt, war es für mich offensichtlich: Er war ein Möbelschreiner. Ich hätte es mir denken können, als ich ihn schnitzen sah. Aber es gab auch Wandteppiche und Webstoffe, wieder von einer Güte, die man nur in adligen Haushalten findet. Ich legte meine Hand auf ein fein gewobenes Tuch auf einer sehr schönen Truhe. Guillaume Karle bemerkte meine Neugier. »Mutter beklagte sich immer darüber, dass sie kaum Zeit hatte, solche Dinge zu machen. Sie lernte diese Fertigkeiten schon als sehr junges Mädchen.«

Die Fähigkeiten, solch feinen Zierrat herzustellen, findet man bei Töchtern niederer Familien normalerweise nicht. Es hatte immer Gerüchte unbekannter Herkunft gegeben, denen zufolge Madame Karle eine Herzogin oder Prinzessin sei, die davongelaufen war und sich nicht aufspüren lassen wollte. Ich glaubte diesen Klatsch nicht – Madame war viel zu praktisch, viel zu versiert gewesen in den natürlichen Dingen des Lebens, um eine solche Erziehung genossen zu haben. Und mir hatte sie persönlich gesagt, dass ihr Vater ein Arzt sei. Letztendlich war es mir ziemlich gleichgültig, woher sie stammte. Sie war eine gute Frau, die einen außergewöhnlichen Sohn aufgezogen hatte; sie verdienten beide meine ewige Bewunderung.

Ich konnte es nicht lassen, mich weiter in dem Zimmer umzusehen. Mein Blick blieb an einem sehr kleinen Porträt einer jungen Dame hängen, eine Tuschezeichnung auf Pergament in einem geschnitzten Elfenbeinrahmen. Mit einem Blick in Guillaumes Richtung bat ich um Erlaubnis, es berühren zu dürfen, und er antwortete darauf mit einem Nicken.

Sehr behutsam nahm ich es in die Hand.

Die dargestellte Frau zeigte ein feines Lächeln, wie ich es gelegentlich auf dem Gesicht der Hebamme gesehen hatte. »Madame selbst?«, fragte ich.

»Keine andere.«

Sie war wohl sehr gut getroffen, denn ich konnte mir die alte Frau vorstellen, die als junge Dame in der Blüte ihrer Jahre meine Kinder aus mir herausgeholt hatte. Obwohl die Abbildung ohne Farbe gezeichnet war, konnte ich sehen, dass ihre Haare sehr hell gewesen waren; in ihren späteren Jahren waren sie silbrig mit Strähnen des ursprünglichen Goldes darin. Ihr Ausdruck hatte eine große Würde, und Feuer blitzte aus ihren Augen, beides Wesenszüge, die ich auch aus dem persönlichen Umgang mit ihr kannte. Ich stellte das Porträt behutsam wieder auf die Anrichte zurück.

»Wenn Ihr mir jetzt sagt, dass sie noch am Leben ist, würde mich das nicht überraschen.«

»Ich wünschte, ich könnte es«, sagte ihr Sohn, »aber Gott rief sie im Alter von einundneunzig Jahren zu sich. Das glauben wir zumindest. Sie erinnerte sich, den Schwarzen Tod überlebt zu haben, und so kamen wir zu diesem Schluss.« Er lächelte ein wenig wehmütig. »Doch nicht einmal sie konnte dem letzten Ruf widerstehen. Das kann niemand, auch wenn wir es noch so sehr hoffen.«

Es war noch nicht allzu viele Jahre her. »Das tut mir aufrichtig Leid«, sagte ich. »Ich werde ihr immer dankbar sein für das, was sie für meinen Gatten getan hat. Und Euch auch.«

Frère Demiens stumme Anwesenheit erinnerte mich daran, dass wir uns nun dem zuwenden sollten, weshalb wir gekommen waren.

»Nun«, sagte ich mit einem wehmütigen Seufzen, »das Licht dieses Tages wird schwinden, bevor wir uns versehen. Vielleicht hat *Frère* Demien es Euch schon an der Tür gesagt – wir kommen eben aus Champtocé. Wir hatten dem alten Vogt aus meiner Zeit dort, der immer noch in der Festung wohnt, einen Besuch abgestattet.«

»Ah«, sagte Guillaume, »*Monsieur* Marcel.«

»Ebenjener.«

»Einer der besten Männer, die diese Erde je gesehen hat. Wie geht es ihm? Ich denke oft an ihn, war jedoch schon lange nicht mehr dort.«

Sein Tonfall verriet, dass er recht froh war, dort nicht mehr zu wohnen. »Er erfreut sich guter Gesundheit und fröhlichen Mutes«, sagte ich. »Und dort scheint alles wie früher zu sein, bis auf eine gewisse Vernachlässigung, die, wie man hofft, eher auf die Zeit denn auf böse Absicht zurückzuführen ist«, sagte ich. »Aber natürlich kann innerhalb dieser Mauern nicht wirklich alles so sein wie früher, ist dieser Besitz doch schon durch so viele Hände gegangen.«

»Was nur gut war, möchte ich meinen.« Er hielt inne und fügte dann hinzu: »Es kam schließlich so weit, dass meine Mutter nicht mehr dorthin gehen wollte, unter gar keinen Umständen. Sie sagte immer, dort ginge Böses vor sich. Sie könne es in ihren Knochen spüren, meinte sie.«

Ihre Knochen hatten Recht gehabt. Später sollten wir von Poitou hören:

Als Milord Gilles Champtocé von seinem Bruder René de la Suze wiedererlangt hatte, gingen wir dorthin, doch nur zu dem Zweck, es wiederum weiterzugeben, diesmal an den Herzog der Bretagne. Milord hatte es ihm verkauft, doch ich vermute, dass er den Besitz nicht aufgegeben hätte, hätte er es nur irgendwie vermeiden können. Ich kenne die Feinheiten der Abmachung zwischen den beiden nicht, ich weiß nur, dass Milord sehr unglücklich darüber war und diese Übertragung unter Zwang vollzog.

Zu diesem Zeitpunkt forderte Milord Gilles zum ersten Mal einen Schwur der Geheimhaltung von mir. Er sagte: »Poitou, nie darfst du meine Geheimnisse verraten. Niemandem.« In diesem Augenblick verstand ich nicht, was ich geheim halten sollte, aber in meiner Treue schwor ich trotzdem.

Mit diesem Schwur nahm meine eigentliche Schande ihren Anfang.

Milord befahl uns – Henriet, seinem Cousin Gilles de Sille, Robin Romulart und Hicquet de Brémont und mir –, in den Turm zu gehen, wo wir, wie er sagte, die Leichen und Knochen vieler toter Kinder finden würden. Er wollte sicherstellen, dass Herzog Jean sie nicht entdeckte, wenn er Champtocé in Besitz nahm. Ich glaubte ihm zunächst nicht. Aber die anderen bestätigten die Wahrheit des Ganzen, und ich begann, um meine Seele zu fürchten. Wir sollten diese Überreste einsammeln, in eine Truhe packen und sie heimlich ins Schloss von Machecoul bringen. Er sagte nicht, wie viele es waren, aber als wir dorthin gingen, fanden wir die Überreste von sechsunddreißig oder sechsundvierzig Kindern, an die genaue Zahl kann ich mich im Augenblick nicht erinnern; damals zählten wir die Schädel, um sie zu bestimmen.

Diese »Leichname« – keiner war unversehrt – brachten wir sodann in Milords Gemächer in Machecoul. Wir reisten im Schutze der Dunkelheit, wobei wir alle neben dem Karren ritten, auf dem sich die Überreste befanden. Dort verbrannten wir mit der Hilfe von Jean Rossignol und André Buchet und unter Milords persönlicher Anleitung die Leichen im großen Kamin. Und als die Asche am nächsten Morgen erkaltet war, kippten wir sie in die Gräben und Latrinen von Machecoul. Es war nicht sehr schwierig, und wir hätten es auch in Champtocé tun können, wenn wir mehr Zeit gehabt hätten – aber der Herzog würde zu früh eintreffen, oder an seiner Stelle sein Abgesandter, der Bischof Jean de Malestroit, wir wussten nicht, wen wir erwarten sollten.

Ich kann nicht sagen, wer diese Kinder getötet hatte; ich weiß allerdings, dass Milords Cousin ihn oft besuchte, wenn er dort weilte, und dass eine große Vertrautheit zwischen ihnen herrschte, manchmal auch von unzüchtiger Art, wie es oft auch zwischen Milord und mir geschah. Ich wusste, dass man Kinder zu ihm brachte, wie auch ich selbst es später oftmals tat, um seine enorme Lust zu befriedigen. Wir alle miteinander brachten ihm im Lauf der Zeit etwa vierzig Kinder. Mehr als mir lieb ist, möge Gott meiner Seele gnädig sein.

Was er sicherlich nicht sein wird.

Nach Michels Verschwinden war ich so in meinem Kummer versunken, dass ich, falls sich wirklich Böses in Champtocé eingeschlichen hätte, es gar nicht hätte bemerken können. Catherine Karle hatte nichts von meiner Liebe zu dieser Festung – im Laufe vieler Jahrzehnte war sie gekommen und gegangen und hatte ihren

Aufstieg und Fall miterlebt, ohne je eine sichtbare Rührung zu zeigen.

»Eure Mutter besaß eine wunderbare Beobachtungsgabe«, sagte ich zu Guillaume, »deshalb muss ich, was Ihr mir erzählt, als Wahrheit annehmen, auch wenn ich es selbst nicht bemerkt habe.« Ich hielt kurz inne, um über meine Unzulänglichkeit als Beobachterin nachzudenken. »Ich vermute, ich hätte es sehen müssen«, sagte ich dann reumütig, »war Champtocé doch so viele Jahre lang mein Zuhause.«

»Macht Euch deswegen keine Vorwürfe, Madame. Niemand sieht gerne solche Dinge.«

»Ihr wäret überrascht, Monsieur, wie viele Fehler man in seinem Inneren finden kann, wenn man nur genug Zeit zum Nachdenken hat – wie ich sie zur Genüge habe. Aber genug von diesen Klagen.« Nun nannte ich ihm ohne weitere Umschweife mein Anliegen. »Wir sind hier, weil wir hoffen, mehr über das Ableben meines Sohnes zu erfahren.«

Er wich ein Stück zurück und bekreuzigte sich. Es war nicht nötig, diesem Mann erneut in Erinnerung zu rufen, was Michel widerfahren war, und das war für mich eine Erleichterung – früher war ich so töricht gewesen zu glauben, dass jedes Erzählen meines Kummers ihn lindern würde. »Marcel meinte, es könnte noch etwas geben, an das Ihr Euch erinnert. Wir beide, Ihr und ich, sprachen damals nicht darüber, und auch Eure Mutter und ich nicht. Deshalb bitte ich Euch jetzt zu sprechen.«

Er nahm Madame Catherines Porträt zur Hand und betrachtete es einen Augenblick. Nachdem er es ehrfurchtsvoll wieder an seinen Platz gestellt hatte, sagte er: »Was werden Euch meine Erinnerungen nutzen? Sie können Euch nur Kummer bereiten, und nichts wird sich ändern.«

»Das vermag ich nicht zu sagen, *Monsieur,* bis ich sie von Euch gehört habe. Aber zögert nicht, offen zu sprechen, denn Ihr könnt nichts sagen, was mir mehr Schmerz bereiten könnte, als ich bereits durchlitten habe.«

Einen kurzen Augenblick dachte ich, er würde Widerspruch erheben, doch stattdessen sagte er: »Nun gut, Madame. Wenn es Euer ehrlicher Wunsch ist, dass ich es tue, dann werde ich es tun. Aber zuerst wollen wir uns setzen. Mir schmerzen plötzlich die Knochen.«

Der Sessel, in den ich meinen wund gerittenen Körper senkte, war so bequem, dass ich, wenn die Sonne schon untergegangen wäre, wohl augenblicklich in den Schlaf gesunken wäre, ohne einen Gedanken an die Gebete, die von mir erwartet wurden, bevor ich die Augen schloss. Doch jetzt saß ich aufrecht auf der Polsterkante – ich wollte sein Gesicht deutlich sehen, wenn er sprach. Schon jetzt konnte ich Schmerz darin erkennen.

»*Mère* sprach viele Stunden nach ihrer Rückkehr von dieser Suche kein Wort«, sagte er. »Obwohl sie doch jemand war, der so gerne plapperte. Ich versuchte, sie zum Reden zu bringen, doch sie blieb so gut wie stumm, als hätte sie mit einer großen Verwirrung zu kämpfen.« Er rieb langsam die Hände aneinander; erst als seine Unruhe nachließ, redete er weiter. »*Mère* war eine starke Frau mit einer robusten Seele; sie hatte in ihrem Leben schon viele schlimme Wunden und Verletzungen gesehen, viele Prüfungen durchlitten und schwere Zeiten erlebt. Ich dachte, sie wäre inzwischen unempfänglich für Schmerz und Entsetzen. Aber damals hatte sie einen solchen Zorn in sich … Euer Gatte hat Euch doch sicherlich gesagt, was sie ihm erzählt hatte.«

Ich lehnte mich entsetzt zurück. »Er hat mir nie gesagt, dass er mit ihr gesprochen hatte.«

»Er hat Euch nicht erzählt, wie wir im Eichenwäldchen aufeinander trafen?«

Ich antwortete mit einem Kopfschütteln. Ich fühlte mich betrogen, vor allem, weil ich mich nicht mehr an meinen Gatten wenden und ihn fragen konnte.

Guillaume hatte meinen Verdruss offensichtlich bemerkt, denn er sagte: »Ärgert Euch nicht, Madame. Wäre ich Euer Gatte gewesen, hätte ich Euch solch bedrückende Dinge wohl auch nicht erzählt. Aber jetzt werde ich Euch schildern, woran ich mich noch erinnere: Etienne stocherte mit der Spitze seines Schwertes in einem Gestrüpp. Als er uns sah, machte er ein Gesicht beinahe so, als hätten wir ihn bei einer Sünde ertappt. Aber er rief uns einen Gruß zu, und wir sprachen kurz miteinander. Hätte er gefragt, was wir im Wald machten, hätte *mère* ihm geantwortet, dass wir auf der Suche nach Arzneikräutern seien, aber er fragte uns nicht. Er war ziemlich beschäftigt mit dem, was er gerade tat.«

Wenn Etienne von diesen Erkundungen zurückkehrte – immer allein –, war seine Stimmung düster und abweisend. »Er ging so oft hinaus, da muss er doch zahlreichen Menschen begegnet sein, denke ich mir zumindest.«

»Wir sahen nicht viele Leute. Ich glaube, nach Guy de Lavals unglückseliger Begegnung mit dem Keiler und dem Verschwinden Eures Sohnes wagte sich keiner, der in der Umgebung wohnte, mehr in diesen Teil des Waldes. Wie es auch in Paris geschah, als dort Wölfe umherstreiften.«

»Ach ja. Möge Gott uns alle beschützen.«

Im letzten Herbst hatte ein bösartiger Wolf, der Courtaut genannt wurde, weil er sich selbst den Schwanz abgebissen hatte, um sich aus einer Falle zu befreien, eine Woche lang dreist ein Rudel seiner Brüder und Schwestern durch die Straßen von Paris geführt. Gemeinsam griffen sie zwischen Montmartre und der Porte Saint Antoine Dutzende von Menschen an und verstümmelten sie. Sie versteckten sich in den Weinbergen und Sümpfen und kamen nachts heraus, um den verängstigten Bürgern aufzulauern, die innerhalb der Stadtmauern lebten. Wenn sie auf eine Herde Schafe, ihre natürlichen Opfer, stießen, ließen sie diese in Frieden und griffen stattdessen den Schäfer an. Als Courtaut am Martinstag schließlich gefangen wurde, schob man ihn in einem Karren durch die Straßen, das Maul weit aufgerissen, damit jeder seine blutigen Zähne sehen konnte.

»Aber wenn es so gefährlich war, warum gingt dann Ihr und Eure Mutter in den Wald?«

»Gleich nach meiner Geburt waren wir einige Jahre lang getrennt, und sie kannte deshalb den Schmerz, ein Kind zu verlieren, nur zu gut. Bevor wir wieder vereint wurden, war sie viele Male kurz davor, die Hoffnung zu verlieren, wie sie mir mehr als nur einmal erzählte.«

Meine Augen wurden feucht. Das war etwas, das ich nicht gewusst hatte. Ich hätte sie getröstet, wenn sie es mir erzählt hätte, aber vielleicht hatte sie keinen Trost gewollt – Catherine Karle war eine Frau, deren Schultern schier unendliche Lasten tragen konnten. Ich senkte den Blick und sagte leise: »Die Hoffnung verliert man nie. Insgeheim hoffe ich immer noch, dass Michel eines Tages zu mir zurückkommt. Meine größte Angst ist, dass ich ihn nicht erkennen könnte, falls es geschieht.«

Guillaume schwieg eine Weile, wie auch *Frère* Demien. Das einzige Geräusch war unser gemeinsames Atmen, bis Karle wieder zu sprechen anhub.

»Madame«, flüsterte er.

Ich hielt den Kopf gesenkt.

Er umfasste meine Hände. »Madame«, sagte er noch einmal, »es tut mir sehr Leid, Euch sagen zu müssen, dass Euer Sohn nicht zurückkehren wird.«

»Die Hoffnung verliert man nie«, wiederholte ich, »zumindest nicht, bis alle Hoffnung dahin ist.«

Er drückte meine Hände. »Alle Hoffnung *ist* dahin.«

Ich hob den Kopf und sah eine schreckliche Traurigkeit in seinen Augen.

»Wisst Ihr, Madame – wir haben ihn gefunden.«

Es war schon spät, das Licht verlöschte, und wir waren seit dem Mittag unterwegs. Unsere Pferde wurden langsam unruhig, aus diesem unausgesprochenen Drang heraus, der sie dazu bringt, sich zu dieser Stunde gegen ihre Reiter zu wehren. Vielleicht spüren sie die bevorstehende Dunkelheit und wollen Schutz suchen, bevor sie ganz hereinbricht. Man weiß nie, welche Schrecken der Wald für Pferde bereithält. Mein Pferd scheute sogar noch mehr als das von Mère, *denn obwohl sie eine Frau von beachtlicher Größe war, hatte sie doch kaum Fleisch auf den Knochen, wohingegen ich, der nach meinem Vater kam, wie sie behauptete, viel schwerer war als sie.*

Lass uns die Pferde tränken, *meinte sie,* vielleicht wird die Wohltat des Wassers sie besänftigen. *Mir leuchtete das ein, und so übernahm ich die Führung unseres Duos und lenkte mein Pferd durch den Eichenhain, in dem wir nach Eurem Sohn gesucht hatten. Der Zufall oder was auch immer wollte es, dass wir eine beträchtliche Menge Misteln in den Eichen entdeckten, die wir sammelten, bis unsere Packtaschen prall gefüllt waren. Wir freuten uns noch weiterhin über den gefundenen Schatz, als wir zu dem Bach am Grund des Abhangs kamen.*

Es hatte in diesem Jahr heftig und sehr früh geregnet, und der Bach war so angeschwollen und mächtig, wie ich ihn nur selten gesehen hatte. Schlick und Kies und Blätter zeigten am Ufer die Höhe an, bis zu der er gestiegen war. Zu dieser Zeit war das Wasser bereits wieder gesunken und floss nun etwa eine Elle unterhalb des Hochstandes. Als wir dies sahen, ritten wir mit großer Vorsicht am Ufer entlang, denn der Schlamm konnte an Stellen tückisch sein und so feucht, dass ein Pferd bis zu den Knöcheln darin versank, vielleicht sogar so tief, dass auch das kräftigste Tier seinen Fuß nicht mehr herausziehen konnte. So war es ganz natürlich, dass wir sehr auf die Steine und Äste achteten, die überall herumlagen, und unsere Pferde im Zaum hielten.

Im Verlauf dieses behutsamen Ritts am schlammigen Ufer entlang stießen wir auf eine merkwürdige Ansammlung von Steinen, einen Haufen, der so von Menschen gemacht aussah, dass er unmöglich natürlichen Ursprungs sein konnte.

Wir banden unsere Pferde an einem niedrigen Baum an und gingen zum Wasserrand, doch fast augenblicklich versanken unsere Füße im Schlamm. Ich griff nach einem kräftigen Ast und konnte mich so herausziehen, und danach half ich meiner mère, *wieder auf festeren Boden zu kommen. Doch weder sie noch ich stellten einen Fuß auf den Steinhaufen am Wasserrand, denn er war zweifellos ein Grab.*

»Madame«, hörte ich Guillaume sagen. Die Worte hingen in der Luft, klangen aber, als kämen sie aus dem Wasser des entfernten Bachs, an dessen Ufer sie die Überreste gefunden hatten. »Madame – soll ich aufhören?«

Irgendwie gelang es mir, wieder an die Oberfläche zu kommen. »Nein«, sagte ich. Mein Kummer hatte mich so sehr im Griff, dass ich kaum sprechen konnte. »Um Gottes und aller Heiligen willen«, flüsterte ich, »*nein.* Erzählt mir alles.«

Plötzlich schien das Alter, das bis dahin scheinbar so spurlos an ihm vorübergegangen war, sich mit großer Macht auf ihn zu legen, und ich sah vor mir einen alten Mann, der seit vielen Jahren eine große Last auf seiner Seele trug.

Wir waren weiterhin vorsichtig, aber nachdem wir nun wieder sicheren Stand hatten, fingen wir an, die obersten Steine von dem Haufen zu entfernen. Bald kamen die Umrisse von Armen und Beinen und einem Leib und schließlich, am äußeren Rand, von einem Kopf zum Vorschein. Und an der Größe und Form erkannten wir, dass es ein junger Mann oder ein Knabe sein musste. Inzwischen hatten die größeren Steine Kieseln Platz gemacht; wer immer hier Euren Sohn zur Ruhe gebettet hatte, hatte ihn zuerst mit Sand und kleineren Steinen bedeckt und dann größere Brocken darüber geschichtet. Wir gingen sehr behutsam vor, um seine Ruhe nicht zu stören, und irgendwann sagte ich zu Mère: Lass uns nur das Gesicht freilegen, damit wir sehen, wer es ist.

Sie war einverstanden, und so kratzten wir den zusammengebackenen Sand um den Kopf herum weg, bis unsere Finger auf Fleisch stießen. Es fühlte sich schwammig und fest zugleich an, und obwohl die Natur bereits ihren Lauf genommen hatte, war vom Gesicht noch genug vorhanden, so dass wir Michel erkennen konnten.

Wir hielten einen Augenblick inne, und meine Mutter fing an zu beten – laut, was sie sehr selten tat. Sonst war sie immer sehr zurückgezogen in ihrer Andacht, sie vertraute darauf, dass Gott ihr schon zuhören würde, und hielt es deshalb für überflüssig, sich den Anschein von Frömmigkeit zu geben. Sie betete zu Gott und der Jungfrau für den Seelenfrieden Eures Sohnes. Und als sie ihre Gebete beendet hatte, saß sie einen Augenblick lang stumm da. Dann wandte sie sich mir zu und sagte, Gott habe ihr aufgetragen, dass der Knabe von seinen Sünden freigesprochen werden sollte und dass er, wenn dies getan sei, in den Himmel aufgenommen werde, wie er es dank der Unschuld seines Lebens verdient habe.

Als ich einwandte, dies müsse von einem Priester getan werden, lachte sie. Ich habe den Schwarzen Tod erlebt, *entgegnete sie,* und in dieser Zeit war auch für viel Geld kein Priester zu bekommen, denn die Pest galoppierte durch die Klöster wie auf dem schnellsten Ross. Es gab nicht genug Lebende, um die Toten zu begraben, und wir mussten mit dem zurechtkommen, was wir hatten. Oft war der letzte Überlebende der Einzige, der sich um die Seelen derer kümmern konnte, die vor ihm zugrunde gegangen waren. Und auch wenn dieser letzte Überlebende sich schon im kalten Griff des Todes wand, sprach er doch alle, die vor ihm gestorben waren, von Sünden frei. Du wirst doch nicht sagen wollen, dass all diese Seelen des Teufels waren, nur weil es ihnen der göttlichen Gnade ermangelte.

Te absolvo, *sagte sie über Eurem Sohn. Und ich bin überzeugt, dass diese Worte die erforderliche Wirkung hatten.*

Sie war eine so gute Frau gewesen, rein in ihrer Seele und gut in ihrem Herzen. Ich musste einfach glauben, dass ihre Worte Michels Erlösung bewirkt hatten.

»Nun«, sagte ich, während mir die Tränen über die Wangen rannen, »es tröstet mich, dass er nicht ohne Absolution blieb. Aber ich kann nicht ruhen, bis … ich muss einfach wissen … wie in Gottes Namen kam er zu Tode?«

Lass uns ihn weiter freilegen, *sagte sie.*

Aber das dürfen wir nicht tun. Wir müssen ihn in Frieden ruhen lassen.

Nein, *beharrte sie,* hier ist ein Geheimnis zu lüften. Ein Junge legt sich nicht auf die Erde und begräbt sich derart vollkommen selbst als Vorbereitung auf einen Tod, von dem er sicher weiß, dass er kommen wird. Er war noch einige Dezennien von seinem natürlichen Ende entfernt.

Also entfernten wir allen Schlick und Sand von seinem Leichnam, und durch die feine Kiesschicht, die noch auf ihm blieb, sahen wir die Wunde, die ihn offenbar niedergestreckt hatte. Denn sein Hemd war in der Mitte aufgerissen, und seine Eingeweide waren herausgezogen worden.

Tränen liefen mir über die Wangen, tropften auf die Brust meiner Tracht und von dort auf meinen Schoß. Mein ganzer Mut hatte mich verlassen, und durch meine Adern rann kein Blut, sondern scharfes und giftiges Quecksilber, das meine Seele zu Eis erstarren ließ. Er war also unter Schmerzen gestorben.

Wir lehnten uns einen Augenblick zurück und betrachteten, was wir freigelegt hatten. Mère *stieß leise eine wüste Verwünschung aus und bat mich dann, seine Arme ganz freizulegen. Sie trug immer ein Messer in ihrem Strumpf – sie sagte,* Grandpère *habe ihr das beigebracht –, und das war ihr schon viele Male sehr nützlich gewesen. Nun schnitt sie damit die Brust des Knabenhemdes heraus, faltete sie sorgfältig und steckte sie in die Tasche ihrer Schürze.*

Damit ich die Wunde besser sehen kann, *sagte sie.* Es nützt mir nichts, wenn sie verdeckt ist.

Nun betrachteten wir den Riss im Bauch genauer. Sie berührte ihn behutsam mit ihren Fingern und schob die Gedärme beiseite, um zu sehen, von welcher Stelle sie kamen. Und dann fluchte sie noch einmal. Wir müssen etwas tun, *sagte sie zu mir.* Wir können ihn nicht hier liegen lassen.

Es ist Gotteslästerung, die Toten wieder auszugraben, *ermahnte ich sie.* Das war doch der Grund für die Schwierigkeiten deines Vaters, nicht? Man wird uns sicherlich hängen, wenn wir dabei ertappt werden.

Wir werden sicherlich in der Hölle verfaulen, wenn wir nichts tun, *entgegnete sie beharrlich.* Diese Wunde ist nicht das Werk eines Keilers. Es wird für alle Ewigkeit auf unseren Seelen lasten, wenn wir nichts tun. Und ich habe schon genug auf meiner Seele.

Alle meine Einwände und Ermahnungen halfen nichts. Immerhin brachte ich sie so weit, dass sie bereit war, mit mir nach Hause zurückzukehren, damit wir uns dort ausruhen und ohne unnötige Hast überlegen konnten, wie wir weiter vorgehen sollten. Nachdem dies beschlossen war, machten wir uns daran, den Leichnam wieder zu bedecken. Inzwischen war Mère *aber schon recht steif, denn sie hatte bereits eine ganze Weile gekniet, und ihre Knie waren nicht mehr die einer jungen Frau; ich glaube, sie war damals schon über siebzig. Ich hieß sie aufstehen, um ihre Gelenke zu entlasten, und legte die restlichen Steine alleine auf. Als sie sich ganz aufgerichtet hatte, drehte sie sich um und schaute hinter uns. Ich hörte sie aufstöhnen und schaute in die Richtung, in die sie starrte. Oben auf der Anhöhe sah ich eine Gestalt auf einem Pferd. Es war der Großvater, Jean de Craon.*

Sie hatte kaum von ihrer Familie gesprochen, und wenn, dann erzählte sie nur, dass ihr *père* ein Meister der Heilkunst gewesen sei.

Er hatte Königen und Prinzen gedient und bei den berühmtesten Lehrern studiert, woraus er den allergrößten Nutzen gezogen hatte. Doch im Verlauf seiner Studien und der anschließenden Ausübung der *cyrurgerie* hatte er Leichen exhumiert und seziert, was die Kirche aufs Strengste verboten hatte. Doch der Mann war schon lange tot und mit Strafe nicht mehr zu erreichen.

»Kannte Jean de Craon die Geschichte ihres Vaters?«

»Ich glaube, er wusste genug.«

»Aber er konnte nichts tun, um ihr zu schaden; die Verbrechen ihres Vaters waren nicht die ihren.«

»Milord Jean würde da wahrscheinlich anderer Meinung sein.«

»Das kann er auf seinem Platz in der Hölle ruhig sein, aber ich kann mir nicht vorstellen, dass ein Richter die Tochter für die Verbrechen ihres Vaters zur Verantwortung zieht.«

»Gott zieht uns alle für die Sünden unserer Väter zur Verantwortung.«

»Ja, schon«, sagte ich ungeduldig, »aber das ist etwas ganz anderes – die Sünden, mit denen wir auf die Welt kamen, nicht die Sünden, die wir selbst begehen.«

»Meine Mutter hatte eigene Sünden, für die sie sich verantworten musste«, sagte er leise. »Milord Jean hatte die Mittel, sie zum Schweigen zu bringen. Es gab Geheimnise, die sie bewahren musste. Ansonsten, das kann ich Euch versichern, hätte sie durchaus laut ausgesprochen, was sie für die Wahrheit in Bezug auf den Tod Eures Sohnes erachtete.«

Ich hatte beinahe Angst, weiter in ihn zu dringen. Aber nun war ich schon so weit gekommen und sah keinen Gewinn in einem Rückzug – Schwierigkeiten lagen in jeder Richtung, die ich wählte.

»Ich möchte diese Wahrheit hören.«

»*Je regrette,* Madame, aber das wird nicht leicht für Euch sein.«

»Sprecht.«

»Nun gut. Meine Mutter war der Ansicht, dass der Bauch Eures Sohnes nicht vom Hauer eines Keilers, sondern von einem Messer geöffnet wurde. Der Täter, sagte sie später, sei schlau genug gewesen, die Wunde so aussehen zu lassen, als stammte sie von einem Tier, indem er sie fransig machte und Dreck hineinschmierte. Doch dann hatte er sich offensichtlich eines Besseren besonnen und Michel beerdigt. Hätte allerdings ein anderer ihn gefunden, hätte der wohl übersehen, was ihr auffiel.«

Ich schwieg und starrte meine gefalteten Hände an, die in meinem Schoß lagen und das *mouchoir* meiner Mutter mit verzweifelter Heftigkeit umklammert hielten. Ich konnte mich gar nicht erinnern, dass ich es aus dem Ärmel gezogen hatte. Aber hier war es, zerdrückt zu einem faltigen Knäuel – das Opfer all meiner aufgestauten Wut.

Meine Gedanken, die eigentlich bei dem sein sollten, was Guillaume Karle mir eben enthüllt hatte, wanderten stattdessen zu Madame Catherine und ihrem Vater. Angesichts ihrer unehelichen Geburt war es ein fast zu heikles Thema, um ihren Sohn danach zu fragen, aber etwas in ihrer Vergangenheit hatte sie davon abgehalten zu enthüllen, was sie über das Schicksal meines Sohnes wusste, und ich wollte nun den Grund erfahren, warum sie mir dieses Wissen vorenthalten hatte. Vor allem aber wollte ich diesen Mann nicht in ein noch tieferes Schweigen über dieses Thema treiben, indem ich ihn mit drängenden Bitten um weitere Enthüllungen in Verlegenheit brachte. Ich beschied mich schließlich mit einer Frage, die mir unverfänglich erschien. »Erinnert Ihr Euch noch gut an den Vater Eurer Mutter?«

»Aber ja, sehr gut«, erwiderte er. »Als wäre er mein eigener. Als ich geboren wurde, war mein eigener Vater bereits tot. Und *Grand-père* nahm sich meiner an, als ich von *Maman* getrennt wurde.«

»Vielleicht, *Monsieur,* beehrt Ihr mich mit einer Geschichte Eurer bemerkenswerten Familie.«

Er lächelte, antwortete aber ausweichend. »Das würde viel Zeit in Anspruch nehmen.« Dann deutete er zum Fenster, in dem das Licht des Tages bereits deutlich schwächer wurde. »Die Sonne geht unter, und Ihr müsst Nantes erreichen. Aber ich würde mich geehrt fühlen, wenn Ihr vor Eurem Aufbruch eine kleine Erfrischung von mir annehmt. Etwas Wein, ein wenig Käse und Brot. Ich habe auch einige schöne Äpfel, wenn Ihr wollt.«

Schnell schaute ich zu *Frère* Demien hinüber, der das Angebot mit einem Nicken annahm. »Wie freundlich von Euch, dass Ihr Euren Tisch mit uns teilt«, sagte ich. »Aber ich selbst habe im Augenblick keinen Appetit auf Nahrung.«

»Ah, Madame. Dann soll mir Eure Gesellschaft genügen.«

Als er von seinem Stuhl aufstand, wirkte er einen kurzen Augenblick ein wenig unsicher, vielleicht wegen der Steifheit, die bei Leuten ehrwürdigen Alters nach langem Sitzen einsetzt. Am liebsten hätte ich ihm meine Hand gereicht, um ihn zu stützen, doch ich beherrschte mich, und er schaffte es auch alleine.

»Ihr habt mir viel zum Nachdenken gegeben, *Monsieur«,* sagte ich, als wir kurze Zeit später unsere Reittiere bestiegen. »Ich bin Euch dankbar für Eure Offenheit.«

Er berührte meine Hand mit aufrichtiger Herzlichkeit. »Solche Dinge erzeugen aber keine angenehmen Gedanken.«

»Betrachtet werden müssen Sie aber dennoch.«

Seine Augen sagten, was seine Lippen nicht aussprechen wollten: dass man gewisse Dinge besser auf sich beruhen lassen sollte und dass der Wald, den ich betreten wollte, ein gefährlicher war.

Doch betreten würde ich ihn. Sollten auch die Wölfe von Paris und die Keiler von Champtocé mir dort auflauern. Ich war bereit, mich ihnen zu stellen.

24

Ich hatte richtig vermutet: Wilbur Durand war nicht außer Landes. Er war so nahe: Ich brauchte nur die Arme weit genug auszustrecken, um ihn zu berühren. Er atmete ein und aus, wie alle anderen im Zimmer; ich sah, wie seine Brust sich hob und senkte, während er auf der anderen Seite der Empfangstheke stand. Ansonsten war er wie eine Statue, völlig bewegungslos und monochrom.

Ich trat zur Seite, um ihn aus der Deckung der Theke zu locken, damit ich ihn besser ansehen konnte. Doch er rührte sich nicht von der Stelle, drehte sich nur leicht, um mir mit den Augen folgen zu können. Ich konnte nicht anders, ich musste ihn einfach kurz anstarren. *Ach bitte, bitte, bitte,* flehte ich stumm diesen dunklen Dämon an, *mach irgendwas Dummes – zieh ein Messer, und spring mich unvermittelt an, so dass ich meine Knarre ziehen und dir eine Kugel direkt in dein verqueres Hirn jagen kann.*

Aber um hier raufzugelangen, hatte er zuvor die Sicherheitskontrolle passieren müssen, zu der auch ein Metalldetektor gehört, er war also waffenfrei. Trotzdem war er alles andere als unbewaffnet – wenn er die dunkle Brille abnahm, die seine Augen verdeckte und mich davon abhielt, sie zu lesen, würden Laserstrahlen zünden und mir ein Loch in die Stirn brennen.

»Mr. Durand«, sagte ich dümmlich. »Ich bin Detective Lany Dunbar.«

Was für eine Idiotin ich doch war – er wusste, wer ich bin. Er schnaubte verächtlich und ignorierte meine ausgestreckte Hand.

»Vielen Dank, dass Sie gekommen sind«, stotterte ich.

Ich fühlte mich wie gefriergetrocknet, kristallin; eine schnelle Bewegung, und ich würde in Millionen Splitter zerspringen, die sich nie wieder zusammensetzen ließen. Doch meine Sinne hatten mich noch nicht völlig verlassen; ich betrachtete ihn, brannte mir sein Bild ins Vorderhirn wie ein Foto, schätzte ihn ein, so gut ich nur konnte. Durand war von durchschnittlicher Größe, sehr schlank und teigig weiß, wo seine Haut sichtbar war. Er hatte dunkle, glatte und eher längere Haare, die sehr sauber geschnitten waren. Sehr dunkle Gläser verbargen seine Augen. Er hielt sich stocksteif, das Rückgrat sehr gerade. Vor mir stand eine wandelnde Karikatur, ich wusste nur nicht so recht, von was.

Trotz seiner ganzen Affektiertheit war er schrecklich unauffällig – in einer Menge hätte ich ihn wohl kaum erkannt. Durand war die Art Mensch, die sich sehr leicht klein und unwichtig erscheinen lassen konnte. Er konnte wahrscheinlich in jede beliebige Rolle schlüpfen. Doch als er plötzlich etwas sagte, lief es mir kalt über den Rücken.

»Geben Sie mir mein Studio zurück.«

Kein »Wie geht es Ihnen« oder sonst einen der üblichen Grüße. Seine Stimme überraschte mich; ich hatte eine faszinierende Modulation erwartet, wie bei Vincent Price oder Will Lyman. Doch anstelle der volltönenden, gebieterischen Stimme, die ich erwartet hatte, stieß er eine Reihe schriller Silben aus, die, so unwahrscheinlich es war, zu einer Forderung verschmolzen.

Ein Alt, wäre er ein Sänger – absolut keine Männerstimme, aber eigentlich auch keine Frauenstimme. Wenn er mich angerufen hätte,

hätte ich nicht sagen können, welchen Geschlechts er war. Seine Stimme klang irgendwie verfälscht, als würde er durch einen Verzerrer oder unter Wasser sprechen; jedes Wort hörte sich an wie Metall auf Metall. Er sagte nicht: *Guten Tag, ich bin Wilbur Durand; ich habe erfahren, dass Sie mit mir sprechen wollen.* Er äußerte nur diese eine Forderung: *Geben Sie mir mein Studio zurück.*

Dieses Studio war seine Schwäche.

Es war erschütternd zu erkennen, wie schlecht meine Vorstellung von Wilbur Durand zur Realität passte. Ich hatte eine mächtigere Stimme erwartet, einen mächtigeren Körper, eine beeindruckendere Präsenz. Er war so unauffällig, dass ich unter anderen Umständen kein zweites Mal hingeschaut hätte. Aber ich wusste, was ich wusste, und mich schauderte bei dem Gedanken, mit ihm in einem Zimmer zu sein, diesem Katzenkiller, diesem Kinderstehler, diesem wahrscheinlichen Mörder. Ich hoffte inständig, dass er es nicht bemerkte. Aber natürlich tat er es.

Als der Dienst habende Sergeant mir sagte, wer auf mich wartete, legte ich die Fotos meiner Kinder um, die auf meinem Schreibtisch standen, damit er sie nicht sah, falls ich es schaffte, ihn für ein Gespräch in den Mannschaftssaal zu schleppen. Ich wollte nicht, dass er mit meinem Privatleben in Berührung kam.

Bei einem wie Durand wäre es einleuchtend gewesen, wenn er mit einer ganzen Horde Leibwächter auftauchte, aber er war allein. Eine verrückte Frage ging mir nicht mehr aus dem Kopf: Wie viel Unverfrorenheit braucht es, um allein in einem Polizeirevier aufzutauchen, wenn man mit gutem Grund annehmen kann, dass man eines Kapitalverbrechens, vielleicht sogar mehrerer, verdächtigt wird? Anscheinend wirkte in ihm einer von zwei offensichtlich gegensätzlichen Seelenzuständen: entweder ein furchtloses Vertrauen in die Akzeptanz durch die Umgebung, wenn man Grenzen überschreitet, oder ein soziopathischer Zustand, in dem die Grenzen empfehlenswerten Verhaltens nicht erkannt und deshalb ignoriert werden. Vielleicht beide, auf jeden Fall schaffte er es, mich nervös zu machen, und ich bin mir sicher, dass er es wusste.

Er warf mir einen höhnischen Blick zu, der bedeutete: *Hab ich dich erwischt.* Und das hatte er – ich war ziemlich sprachlos, als sich auf seinem Gesicht ein herausforderndes Lächeln ausbreitete.

Inzwischen war Spence bei mir. Ihm fiel wieder ein, wie ein Mund funktioniert, lange bevor ich mich daran erinnerte. »Ihr Studio ist gemäß richterlicher Anordnung unter Verschluss, Mr. Durand. Sie erhalten es erst wieder zurück, wenn wir die Inventarisierung aller potenziellen Beweisstücke, die wir dort fanden, abgeschlossen haben.«

Durand ignorierte Spence völlig und richtete seine Erwiderung an mich. »Ich habe kein Verbrechen begangen. Deshalb kann es auch keine Beweisstücke geben.« Seine Mundwinkel zuckten beinahe unmerklich, doch alle anderen Gesichtsmuskeln blieben starr. »Was immer Sie dort für echte Beweise halten, ist nur die Illusion eines Beweises.«

Meine Stimme kehrte zurück, aber sie klang bestimmt zitterig. »Mr. Durand, wir werden den Beweiswert dessen, was wir dort finden, so schnell wie möglich bestimmen. Wir werden Ihnen nicht länger als absolut nötig zur Last fallen. Unterdessen aber gibt es in Bezug auf Ihren Besitz ernste Haftungsfragen zu klären – wir müssen absolut sicher sein, dass wir alles richtig machen, sowohl zu unserem Schutz wie zu Ihrem. Wegen des möglichen historischen und künstlerischen Werts der Dinge, die Sie dort haben, hat unser Rechtsbeistand uns geraten, mit extremer Vorsicht vorzugehen.«

Er wusste, was das eigentlich bedeutete: dass wir in seinem Studio bleiben würden, bis man uns mit juristischen Winkelzügen hinauswarf. Ich nahm all meinen Mut zusammen und ging noch einen Schritt weiter. »Wenn Sie ein paar Minuten Zeit haben, wäre es gut, wenn Sie mit mir in eins der Befragungszimmer kommen würden. Dort können wir ungestörter reden.«

»Nein.«

Mehr sagte er nicht. Er hätte sich darüber auslassen können, was sein Anwalt mit uns anstellen würde, aber er tat es nicht; er hätte toben und schimpfen und mich verfluchen können, aber er blieb stumm. Er hatte nicht vor, sich überhaupt mit mir einzulassen. Kein Hin und Her, keine Verhandlungen, bei denen ich etwas sage und dann er etwas sagt und wir zu einem Abschluss kommen, ob einvernehmlich oder nicht. Er stieß keine Drohungen aus, weder allgemeine noch spezielle. Er stand einfach da, runzelte die Stirn und wandte sich dann zum Gehen.

Im Empfangsbereich herrschte eine Totenstille, als die Tür, durch die Wilbur Durand verschwunden war, sich zischend schloss. Ich schaute mich um: Aus allen Gesichtern war die Farbe gewichen.

»O Mann«, sagte der Dienst Habende schließlich, »was zum Teufel war denn *das?«*

»Ich weiß es nicht«, hauchte ich. »Ich glaube, die Wissenschaftler arbeiten noch daran.«

»Viel Glück für sie«, sagte Spence.

Das zivile Fahrzeug kroch mit Spence am Steuer durch die schwülwarme Stadt. Ich saß, noch immer wie betäubt, auf dem Beifahrersitz. Der Verkehr war laut und hektisch, und meinen pochenden Schädel bestürmten Bilder von Earl Jacksons kleinem verstümmeltem Körper. Ich wollte in diesem Leben nichts mehr, als Wilbur Durand schnappen.

»O Gott, Spence, er stand direkt vor mir. Ich hätte nur meine Handschellen herausziehen müssen…«

»Ich kenne das Gefühl. Aber den Fall darfst du auf keinen Fall durch einen Fehler vermasseln.«

Es hätte auch bedeutet, dass ich ihn hätte berühren müssen. Und dazu konnte ich mich nicht überwinden, unter keinen Umständen.

Die Fotos vom Studio lagen auf meinem Schoß. Hitze flimmerte über dem Asphalt, während wir dahinkrochen. Noch einmal kämpfte ich mich durch die Bilder von Durands bizarrer Welt, auf der Suche nach dem Funken, nur einem kleinen Funken der Erleuchtung. Doch ich sah nur Köpfe, Arme, Zähne, Perücken, Ohren, Blut und Gedärme vor mir – für einen normalen Menschen alles völlig unbegreiflich.

»Schau dir das an«, sagte ich und hielt ihm ein Foto hin. Spence warf im Fahren einen schnellen Blick darauf.

Er runzelte die Stirn. »Was soll denn das sein?«

»Eine ganze Kiste voller falscher Popel – das zähe Gummizeug, das man einem Schauspieler in die Nase klebt, damit es herunterhängt und aussieht wie Rotz.«

»Ich hoffe nur, das ist nicht der Grund, warum wir noch mal dorthin fahren.«

Wer wusste schon, was ihn am Ende überführen würde? »Es

muss was ganz Gewöhnliches sein. Ich weiß nur noch nicht, was es ist.«

Wir betraten denselben Empfangsbereich und wurden vom selben Handlanger angeblafft. Und wieder ignorierten wir ihn.

»Der gewöhnt sich schon noch an uns«, witzelte ich. Aber kaum waren wir wieder drinnen, war es mit der Leichtfertigkeit vorbei. Ich fiel in eine Art konzentrierter Trance, ließ meinen Blick von Karton zu Karton, von Regal zu Regal wandern und einige Augenblicke bei jedem Gegenstand verharren. Ich schaltete mein Hirn in den Scan-Modus und zappte von einem Gegenstand zum nächsten, in der Hoffung, dass etwas, irgendetwas meine Aufmerksamkeit erregen würde.

Ich dachte an meine Kinder; was hatten die, das in diesem Raum aufbewahrt werden konnte, ohne dass es zu viel Aufmerksamkeit erregte? Das Studio war voller zukünftiger Souvenirs, die eines Tages vielleicht so berühmt waren wie Dorothys rubinrote …

Slipper …

Fußbekleidungsrequisiten. Der Karton war auf den Boden geleert worden, der Inhalt lag überall verstreut. Ein Detective von einer anderen Abteilung zählte methodisch Schuhe. Es war, als würde ich mein eigenes Wohnzimmer betrachten – überall lagen Turnschuhe. Jungs tragen Turnschuhe. Es gab viel zu viele Paare Kinderschuhe im Vergleich zu anderer Fußbekleidung in diesem Karton.

Warum hatte er so viele Turnschuhe?

In Nathan Leeds' Zimmer stand ein entsetzlich leerer Turnschuhkarton.

Der Anwalt kam wieder herein. Er stand zusammen mit dem Assistenten, der ihn wahrscheinlich sofort nach unserem Eintreffen angerufen hatte, in der Tür.

»Lasst es gut sein. Packt die Schuhe wieder in den Karton«, sagte ich leise zu den zählenden Beamten. »Wir nehmen sie mit.«

Sie dachten offensichtlich, ich hätte den Verstand verloren. Einer von ihnen warf mir einen Blick zu.

»Tut nichts, was diesen Heini da drüben auf die Palme bringen könnte.«

Als wir den Karton hinaustrugen – Spence auf einer Seite, ich auf der anderen –, drehte der Anwalt durch. »Was soll das? Wohin wollen Sie denn damit? Ihr Gerichtsbeschluss sagt nichts über die persönliche Habe meines Mandanten …« Er hatte sich vor mir aufgebaut, schrie Drohungen und bespritzte mich mit wütender Spucke, obwohl er noch immer den Gerichtsbeschluss in einer Hand hielt.

»Seien Sie still«, befahl ich, und zu meiner unendlichen Überraschung war er es sogar. Als wir mit der Kiste zwischen uns die Tür erreicht hatten, wiederholte ich seelenruhig meine Aussage vom ersten Mal: »Wir haben die richterliche Befugnis, Gegenstände als mögliche Beweismittel in der Ermittlung verschiedener Verbrechen zu beschlagnahmen.«

Wieder fing er an zu schreien. Aber sein Geschrei konnte uns nicht aufhalten.

Zwei stämmige Streifenpolizisten trugen den Karton aus der Garage hoch und stellten ihn knapp hinter der Empfangstheke auf den Boden. Dann zerrte ich ihn alleine in eins der Verhörzimmer, obwohl mir Myriaden von Beamten ihre Hilfe anboten – jetzt, da ich diese Indizien hatte, wollte ich nicht, dass irgendjemand sie berührte, bevor ich nicht jeden einzelnen Schuh persönlich untersucht hatte.

Nike, New Balance, Adidas, Puma – jede nur denkbare Marke. Direkt vor unseren Augen und doch so leicht zu übersehen. Ich fing an, die Eltern anzurufen und Termine für Besichtigungen auszumachen, im Halbstundenabstand, den ganzen Abend lang und am nächsten Vormittag noch einmal.

Ich fragte mich, wann mein Ex anfangen würde, von mir Alimente zu verlangen, anstatt andersherum. Inzwischen könnte er mir mit einigem Recht vorwerfen, ich sei eine schlechte Mutter. Denn so fühlte ich mich allmählich. Aber wenigstens waren meine Kinder in Sicherheit.

Die Eltern und Fürsorgeberechtigten trafen wie vereinbart ein. Einige waren übereifrig und kamen zu früh – sie mussten warten. Nervöse Ungeduld hing in der Luft, während Angehörige der vermissten Kinder auf unbequemen grell-orangenen Stühlen herumsaßen und die Zeiger der Uhr anstarrten, in dem Wissen, dass der

Tod des geliebten Kindes nun endlich durch Beweise bestätigt werden könnte.

Zwei große Tische standen in der Mitte des Befragungszimmers, jeder bedeckt mit Reihen ordentlich zu Paaren sortierter Turnschuhe. Escobar war nach Hause gefahren, um mehrere Paare alter Turnschuhe seiner eigenen Kinder zu holen, die wir mit versteckten Aufklebern auf der Innenseite der Zunge markierten. Andere Kollegen hatte ich dazu verdonnert, in den Tiefen ihrer Spinde nach vergessenen Paaren zu suchen. Es war, als würde man Fotos von Polizisten in Straßenkleidung mit dem Bild eines echten Verdächtigen zu einer Serie zusammenstellen; der Wert der erhofften positiven Identifikation wurde dadurch erhöht, dass es bekannte Nieten in der Zusammenstellung gab und die vom Identifizierenden zu Gunsten des eigentlichen Täters übergangen wurden. *Wir haben bewusst versucht, diesen Zeugen aus dem Konzept zu bringen, Euer Ehren, aber er kehrte immer wieder zum Foto des Angeklagten zurück, gleichgültig, wie viele andere wir ihm vorlegten.*

Fred Vuska, Spence, Escobar und ich schauten durch den Spionspiegel zu, wie ein uniformierter Beamter diese ängstlichen Erwachsenen in das Zimmer und durch diese merkwürdige Ausstellung führte. Ich hatte den Eltern und Verwandten eingeschärft, die Gegenstände nicht zu berühren, um eine Kontamination zu vermeiden, aber man konnte darauf warten, dass jemand es tun würde. Es dauerte nicht lange; einer der Väter streckte die Hand aus, zog sie wieder zurück, schaute dann zum Spiegel – er wusste natürlich, dass wir zuschauten – und nickte einfach. Er ließ die Schultern hängen und fing an zu weinen.

Ich ging sofort in das Zimmer und nahm das Paar an mich. Dann hielt ich sie dem Vater mit behandschuhten Händen hin und fragte: »Sind Sie sicher, dass diese Schuhe Ihrem Sohn gehören?«

»Ja«, flüsterte er tränenerstickt. Er deutete auf einen schwachen Farbfleck an der Spitze eines Schuhs. »Wir haben am letzten Vatertag die Veranda gestrichen, und Jamie hat sich Farbe auf die Turnschuhe gekleckert. Das meiste habe ich wieder herausbekommen, aber das da vorne an der Spitze ging nicht weg.«

Ich schaute genauer hin und entdeckte in den Falten an der Spitze winzige grüne Flecken auf dem weißgrauen Gummi.

Um jeden Zweifel an der Identifikation der Turnschuhe als diesem Kind gehörig auszuschließen, konnten wir einen Farbvergleich zwischen Veranda und Schuh anstellen.

Zu der Zeit war ein Spezialist der Spurensicherung, den ich zu Ellen Leeds' Wohnung geschickt hatte, mit dem ordentlich in einer Tüte verpackten und beschrifteten Schuhkarton zurückgekehrt. Ich ließ ihn die Tüte im Asservatenspind abstellen. Als ich dann wieder durch das Glas schaute, sah ich, dass ein anderer Mann – ein Onkel eines Opfers – sich abwandte, zusammensackte und sich übergab. Ich stürzte in den Raum, um ihm zu helfen. Nachdem er sich den Mund mit dem Ärmel abgewischt hatte, deutete er auf ein Paar Disney-World-Schuhbänder, die er während einer Geschäftsreise nach Florida für seinen Neffen gekauft hatte. Die Enden waren abgeschnitten, weil die Bänder zu lang waren und der Junge die ganze Zeit darüber stolperte. Er identifizierte sie eindeutig anhand der Klebstoffkleckse, die er auf die Enden geschmiert hatte, damit sie nicht ausfransten.

So ging es weiter, mit noch einigen positiven Identifikationen. Als all die Eltern dieses Abends gegangen waren, waren wir alleine, um unseren traurigen Sieg zu genießen.

Das Gewicht unserer neuen Entdeckung schien sich unvermittelt auf uns alle zu legen. Schließlich wandte Fred sich mir zu und sagte: »Ich glaube, Sie haben Ihren Mann. Sie wissen, dass die Hölle losbricht, wenn das hier rauskommt.«

Er hatte Recht: Es würde ein Chaos werden. Plötzlich fühlte ich mich so müde wie in meinem ganzen Leben noch nicht. Und jetzt, da ich Wilbur Durand praktisch in meiner Falle hatte, überfiel mich die merkwürdige Erkenntnis, dass ich noch nicht ganz bereit war, ihn zu verhaften. Ich musste erst mein Leben in Ordnung bringen, bevor ich es ihm widmete.

»Ich brauche einen Tag, um ein paar Dinge zu erledigen, bevor wir weitermachen«, sagte ich.

Fred starrte mich ungläubig an. »Was für Dinge?«

»*Dinge* eben, Fred. Details. Ich muss das alles zusammenschreiben und den Akten zuordnen, und ich brauche ein bisschen Schlaf, bevor ich das tue. Ich brauche nur einen Tag.«

»Sind noch andere Jungs in Gefahr, wenn wir warten?«

Jetzt stellte er diese Frage.

»Das kann ich weder so noch so beantworten, und das wissen Sie. Ich weiß, dass er das, was er macht, vorbereiten muss, falls er es auf die bisherige Art machen will, und da wir ihm jetzt im Nacken sitzen, ist er für eine neue Entführung wahrscheinlich noch nicht bereit.«

»Ich hasse *wahrscheinlich.*«

Das taten wir alle. »Einen Tag«, sagte ich leise.

Dies alles fand am Dienstagabend statt. Fred gab mir bis Donnerstagmorgen Zeit, um alle Details abzuklären und alles so zu organisieren, dass wir eine ordentliche Verhaftung vornehmen konnten.

Wir gaben uns darauf sogar die Hand. Vielleicht schüttelte er die meine zum Glückwunsch, ich weiß es nicht, aber ich hatte das Gefühl, wir hätten eine stillschweigende Vereinbarung getroffen. Ich hatte ein bisschen Zeit, vorausgesetzt, dass diese Sache nicht an die Öffentlichkeit drang. Ich hatte allen Eltern gesagt, dass wir gerade einen Haftbefehl vorbereiteten, aber noch nicht sagen könnten, wer der Verdächtige sei – wir wollten alles richtig machen und bräuchten ihre Kooperation, um das Ganze vorläufig geheim zu halten. Es war mir ziemlich schwer gefallen; sie alle hatten mich heftig mit Bitten um Informationen bestürmt. Ich hatte nichts preisgegeben, und das war mörderisch.

Es war schon fast Mitternacht, als ich mit allem fertig war. Als niemand zusah, schlüpfte ich in eins der Verhörzimmer, ließ die Jalousie vor dem Spionspiegel herunter, damit niemand hereinsehen konnte, ließ mich auf einen Stuhl fallen und gab mich einige Augenblicke lang völlig meiner Erschöpfung hin. Für eine ganze Weile würden es die letzten Minuten der Ungestörtheit und des Alleinseins sein; es gab noch einige Berge zu besteigen. Haftbefehl, die Verhaftung selbst, Anklageverlesung, Voruntersuchung, Prozess, Verurteilung, falls wir gewinnen sollten …

Gott, bitte, lass es nicht zu einem Prozess kommen, gib keinem die Chance, hier noch irgendwas zu vermasseln. Bring ihn dazu, dass er sich irgendeiner Tat schuldig bekennt, damit wir uns nicht alle durch diesen juristischen Dreck ziehen lassen müssen.

Aber wollte ich das wirklich? Natürlich wäre es einfacher, aber diese Medaille hatte auch eine Kehrseite. Wenn der Staat ein solches Schuldeingeständnis akzeptierte, würde er die mögliche Todesstrafe wohl in ein Lebenslang abschwächen müssen.

Wollte ich das wirklich? Es hatte im Augenblick wenig Sinn, darüber nachzudenken. Mein ganzes Leben würde sich ändern – und wohl eher zum Schlechteren als zum Besseren. Wenn wir diese Sache gewannen, würde es einige Anerkennung und vielleicht sogar eine Beförderung geben, aber die nächste Zukunft würde die reinste Hölle werden. Auch das Leben meiner Kinder würde sich verändern. Es würde keine stillen Abende mit Hausarbeiten oder Fernsehen mehr geben. Keine Ausflüge an den Santa Monica Pier. Sie würden viel mehr Zeit mit ihrem Vater verbringen, wobei das so schlimm nicht war. Sie würden von Klassenkameraden und Freunden mit Fragen bestürmt werden.

Schließlich stand ich auf und ging Nathans Schuhkarton holen. Ich suchte mir das Paar, das seins sein musste, aus den anderen heraus und legte die Schuhe behutsam in den Karton. Sie passten so perfekt hinein wie der silberne Pantoffel auf Aschenputtels Fuß. Ich hatte mir das bis zum Schluss aufgehoben, denn hätte ich schon frühzeitig gewusst, dass seine Turnschuhe dabei waren, wäre das für mich ein Makel gewesen. Danach hätte alles andere nur mehr wie eine Bestätigung ausgesehen, und ich wollte die Eltern nicht täuschen, die den neuerlichen Schmerz auf sich nahmen, all diese Schuhe durchzusehen. Es erschien mir einfach nicht fair.

Der Antrag auf den Haftbefehl war das Meisterstück meiner Karriere, so klar und präzise wie kaum ein polizeiliches Schriftstück, das ich je verfasst hatte. Der Staatsanwalt – so mein Wunsch – sollte derart gefesselt von dem Ding sein, dass er dafür in den Ring steigen würde, sollte das nötig werden.

Fred war damit beschäftigt, persönlich die Gruppe auszuwählen, die unseren bizarren Verdächtigen verhaften sollte. Als er seine ungläubigen Vorgesetzten informierte, brauchte er mich mit dabei, um ihm, wenn nötig, mit Erklärungen auszuhelfen. Fred formulierte seine Aussagen mit extremer Sorgfalt, damit sie nur ja nicht auf den Gedanken kamen, wir hätten irgendetwas verbockt. Die ganze Vorstellung widerte mich an; dass sie mich wütend machte, versteht sich von selbst.

Ich amüsierte mich gerade ein wenig über die Vorstellung, dass Fred in seinem schlampigen Anzug noch immer inmitten all dieser schicken Uniformen saß, als das Telefon auf meinem Schreibtisch klingelte.

Pandora hörte Probleme in diesem elektronischen Trällern, aber sie hob trotzdem ab, dumme Kuh, die sie ist.

Ein zwölfjähriger Junge war von einem Mann, den er für einen Freund der Familie hielt, angesprochen worden, als er nach dem Fußballtraining von der Schule nach Hause ging. Der angebliche Freund hielt in einem Auto neben dem Jungen an und behauptete, die Mutter habe ihn gebeten, ihn abzuholen, weil sie ihn früher zu Hause brauche. Der Vorfall ereignete sich auf einer Nebenstraße, wo relativ wenig Verkehr war, allerdings gab es zwei Zeugen. Der eine war ein lästermäuliges, zugedröhntes Teenager-Flittchen, das sich als wenig hilfreich erwies. Der andere war, wie durch ein Wunder, der Junge selbst, der entkommen konnte.

Er hieß Carl Thorsen, und im Gegensatz zu diesem zukünftigen Junkie-Mädchen, das sich nach jedem genuschelten Wort die Nase wischen musste, redete er so schnell, dass ich ihn bitten musste, so ziemlich jedes Wort zu wiederholen.

»Das Auto kam neben mir ganz nahe an den Bürgersteig ich ging langsamer weil ich dachte es ist Jacks Auto die Beifahrertür ging auf und ich blieb stehen und schaute hinein aber da war nur Schatten und ich konnte nicht richtig sehen wer drin ist ich dachte aber zuerst es ist Jake weil's das richtige Auto war und der Typ irgendwie so aussah wie er und da dachte ich mir was soll's natürlich ist es er aber irgendwas an der Stimme störte mich sie klang nicht richtig weil sie zu hoch war und da kriegte ich richtig Angst und machte einen Schritt zurück aber er konnte mich noch am Ärmel packen und wollte mich hineinzerren aber ich hab mich richtig gewehrt und konnte mich wieder losreißen und bin dann so schnell ich konnte davongerannt.«

Carl schwor, er hätte geschrien, aber es war niemand in der Nähe außer dem Mädchen, das sagte, es hätte keinen Schrei gehört, und außerdem behauptete, es habe aus der Entfernung das Nummernschild nicht lesen können. Am liebsten hätte ich das Gör für ein paar regierungsamtliche Unannehmlichkeiten aufs Revier geschleppt. Vielleicht war es aber auch besser, dass sie so unkooperativ war. Junkies geben nämlich lausige Zeugen ab.

Ich setzte Carl in einen Streifenwagen und schickte ihn aufs Revier, wo man seine Eltern anrufen und die Mühlen der Justiz anwerfen würde. Escobar und ich setzten die Jungs von der Spurensuche auf den Schauplatz an und durchkämmten dann die Nachbarschaft, während die Männer ihre Arbeit machten. Eine Frau, die in der Straße wohnte, sagte uns, dass sie möglicherweise einen Jungen schreien gehört, aber nicht nach draußen gesehen habe, um festzustellen, was da vorging. Sonst hatte niemand etwas gesehen oder gehört.

Gott, wie gern hätte ich das Kennzeichen dieses Autos gehabt.

Als ich aufs Revier zurückkam, bat ich Carl um sein Hemd. Die Chance, Fingerabdrücke zu finden, war zwar ziemlich gering, aber vielleicht hatten wir ja Glück – an diesem Tag schien das Glück ziemlich präsent zu sein, vor allem in Carl Thorsens Welt. Das Hemd sah dafür, dass es ein Handgemenge mitgemacht hatte, schrecklich sauber und unzerknittert aus – keine Risse, keine durchgescheuerten oder gedehnten Stellen, soweit ich das erkennen konnte.

Die Mutter traf ein; für ein paar Minuten ließ ich sie mit ihrem Jungen allein, bevor ich mich zu den beiden ins Zimmer setzte.

»Ich brauche Telefonnummer und Adresse Ihres Freundes Jake.«

Sie schien mehr als bereit, zu Gunsten ihres Freundes mitzuarbeiten. »Ich habe seine Handy-Nummer«, sagte sie. »Rufen Sie ihn sofort an. Er war das nicht, ich weiß genau, dass er es nicht war.«

Das wusste ich auch, aber ich wollte es noch nicht sagen.

Jake hatte zu der Zeit des Vorfalls allein in seinem Auto gesessen und deshalb keine Zeugen für seinen Aufenthaltsort, bis auf einen, der sich für ihn als ein ziemlicher Glücksfall erweisen sollte: der Verkehrspolizist, der ihm exakt vier Minuten nach dem Entführungsversuch einen Strafzettel wegen zu schnellen Fahrens verpasste, und zwar an einem Ort, der zwanzig Meilen Luftlinie vom Schauplatz des Versuchs entfernt lag.

Du wirst langsam nachlässig, Wilbur.

Ich riet dem entsetzten Jake, direkt ins Revier zu kommen; als er in weniger als fünfzehn Minuten eintraf, war er völlig hysterisch. Wir überprüften sofort sein Alibi, und ich ließ ihn wissen, dass er kein Verdächtiger war. Dann fragte ich ihn ohne weitere Umschweife das, was ich eigentlich von ihm wissen wollte.

»Waren Sie in den letzten zwei Jahren mit Carl irgendwo, wo man sie beide zusammen in der Öffentlichkeit hätte sehen können?«

Sie hätten den Ausdruck auf seinem Gesicht sehen sollen. »Natürlich. Wir unternehmen viel gemeinsam. Er ist für mich wie ein Sohn.«

Ich gebe zu, das ist nicht die erste Frage, die man unter diesen Umständen erwarten würde. Aber ich wollte mir nicht später vorwerfen lassen, ich hätte ihn in irgendeiner Form in die Richtung der La-Brea-Teergruben dirigiert. Ich wollte, dass er sie rein aus eigenem Antrieb erwähnte, deshalb bat ich ihn, genauer auf die Veranstaltungen einzugehen, die sie besucht hatten. Zuerst war er ziemlich durcheinander, doch dann zählte er eine Reihe von Filmen, Ballspielen, Treffen und Unterhaltungsveranstaltungen auf –

Und eine Ausstellung.

Ich konnte nicht anders. Ich grinste wie die Cheshire-Katze. Ich versuchte gar nicht, es zu verbergen. Ich schrie beinahe auf, so glücklich war ich.

Was er von den Videos gehalten habe, die man machen lassen konnte, während man auf den Einlass wartete?

Die seien cool gewesen, eine wirklich gute Idee; er und Carl hätten vor der Kamera herumgealbert und eine Riesenshow abgezogen. Er meinte, es habe fast so viel Spaß gemacht wie die Ausstellung selbst.

»Aber was um alles in der Welt hat das mit Carls Beinahe-Entführung zu tun?«

Ich ließ die Frage unbeantwortet. »Wenn Sie nichts dagegen haben, wird Ihnen Detective Escobar noch ein paar weitere Fragen stellen, und dann bringen wir Sie zu Carl und seiner Mutter.«

Escobar notierte sich, was Jake über die Art seiner Beziehung zu dem Jungen zu sagen hatte und über die Gründe, warum er so viel Zeit mit ihm verbrachte, wie auch noch ein paar Details über den Ablauf seines Nachmittags, damit sein Alibi wasserdicht gemacht werden konnte. Noch nie in der Geschichte des Verbrechens haben

Polizisten sich solche Mühe gemacht, um ein Alibi zu stützen – normalerweise tun wir alles, um es auseinander zu nehmen. Es war fast zu viel des Guten – eigentlich hätten wir nicht mehr zu tun brauchen, als den Strafzettel zu kopieren und Jake vom Verkehrspolizisten identifizieren zu lassen.

Nicht einmal Johnnie Cochran konnte diesen Handschuh zu klein machen.

Nach diesem Vorfall brach der ganze Mannschaftssaal in hektische Betriebsamkeit aus. *Ein Kerl,* sagte ich den Männern immer wieder. *Es ist ein Kerl.* Keiner widersprach mir. Es war ein prickelndes Gefühl, all diesen Vorgesetzten und Abteilungsleitern zuzusehen, wie sie sich aus dem Fenster hängten, nur um es so aussehen zu lassen, als hätten sie meine Theorie von Anfang an unterstützt. Die Zeit verging wie im Flug, während wir alles noch einmal überarbeiteten; als ich auf die Uhr schaute, war es fast fünf. Ich musste ziemlich schnell Kevin anrufen und ihn bitten, die zwei jüngeren Kinder um halb sechs von der Schwimmstunde abzuholen. Ich schaffte es einfach nicht. Zum ersten Mal, seit ich diese Verschwindensfälle bearbeitete, machte ich mir keine Sorgen – nicht einmal ein Wilbur Durand konnte eine neue Entführung so kurzfristig auf die Beine stellen.

25

Schwört!«

»Das werde ich nicht.«

»Bruder, wenn Ihr es nicht tut, mache ich Euch das Leben so sehr zur Hölle, wie Ihr es Euch nicht vorstellen könnt. Ihr dürft keinem Menschen etwas von den Dingen erzählen, die wir erfahren haben.«

Ich musste ihm schon mit ewiger Verdammnis drohen, damit er es mir, wenn auch nur widerstrebend, versprach. »Mit diesen Dingen muss verfahren werden, wie es ihnen zusteht«, sagte er, »sonst schwären sie in Euch und fügen Euch Schaden zu. Ich möchte nicht, dass Eure Seele von einer Krankheit befallen wird, deren Heilung ganz schlicht in einer Aussprache besteht.«

Ich beschloss die Angelegenheit mit den Worten: »Das lasst nur meine Sorge sein.«

Und genau dies wurde es. Ich ertrug mein schmerzhaftes neues Wissen in einsamem Schweigen. Ich schrieb meinem Sohn nichts davon und vertraute mich auch keiner meiner Schwestern an, die immer häufiger hinter meinem Rücken flüsterten, da ich mich mehr und mehr von ihnen zurückzog. Während die Aufgaben in unserem Kloster zumindest einigermaßen regelmäßig erfüllt wurden, schenkte ich dem Ort höchstens flüchtige Aufmerksamkeit, denn meine Interessen lagen woanders. Mein alltägliches Leben fühlte sich allmählich an wie ein Marsch durch einen Sumpf in feuchten Gewändern. Einen Fuß vor den anderen setzend, stapfte ich schwerfällig durch meine Pflichten, als schlüge in meiner Brust nicht länger ein Herz.

Wichtiger noch: Ich sprach auch mit Jean de Malestroit nicht über die Gräuel, die ich in Champtocé erfahren hatte. Nur vor ihm würde ich die Beichte ablegen, sollte ich Absolution benötigen für das schuldige Wissen, das ich erworben hatte. Mein Bischof bemerkte Veränderungen in mir, düstere Stimmungen und unvermittelte Tränen und fragte mich oft, ob ich meine Seele erleichtern wolle.

»Ich bin so heilig, wie es unter den Umständen geht«, versicherte ich ihm und empfand es als wahre Gnade, dass er nicht weiter in mich drang. Nun, er hatte wohl genügend anderes, das seine Aufmerksamkeit erforderte.

Obwohl dies alles so war, muss ich doch zugeben, dass der September erschreckend rasch verging. Am Morgen des Achtundzwanzigsten versammelten wir uns sehr früh, weit vor der Terz, in der Kapelle, die auch Gerichtssaal war. Man hatte zusätzliche Stühle herangeschafft als Ergänzung der harten Holzbänke links und rechts des Mittelgangs. Ein Podest mit Zeugenschranke stand in der Mitte vor dem Richtertisch, an dem Jean de Malestroit und Bruder Jean Blouyn sitzen und den Fortgang des Verfahrens überwachen würden. All dies vertrieb ein wenig den Geruch der Heiligkeit, der sonst diesen Ort durchwehte.

Der Tag hatte lebendig begonnen in der Erwartung von Fortschritten nach so langer Verzögerung, doch als Stunde um Stunde verging, ohne dass Milord Gilles de Rais sich zeigte, setzte ein unruhiges Murren ein. Ich saß in steifem Schweigen auf meinem Platz am Ende der ersten Reihe und sah zu, wie die Schatten mit der immer höher steigenden Sonne kürzer wurden. Der Morgengesang der Vögel wich jenem, der im Verlauf des Tages gesungen wird. *Frère* Demien neben mir rutschte unruhig hin und her wie ein zehnjähriger Junge; trotz seiner Neugier auf die bevorstehenden Ereignisse bedauerte er doch die Vergeudung eines Tages, den er in den Obstgärten hätte verbringen können.

Sein Unmut war so groß, dass er eine seltene Geringschätzung äußerte. »Ich hätte nicht gedacht, dass Milord ein solcher Feigling ist. Er sollte aus seinem Versteck gezerrt und vor diese Richter geworfen werden.«

»Edelleute werden nirgendwo herausgezerrt, Bruder. Sie müssen mit dem Anschein der Freiwilligkeit zu ihrer Demütigung kommen.«

Sein »Versteck« war eine prächtige Zimmerflucht im Bischofspalast. Zwar konnte er aus dieser Haft nicht entfliehen, doch es war auch nicht unbedingt eine Einkerkerung. Er konnte Besuch empfangen – wobei keiner gemeldet worden war –, und er konnte auf eine Art leben, die sich für seinen Stand schickte.

Während die Stunden im Warten vergingen, träumte ich von Äpfeln und Birnen, von feiner Stickerei und farbigen Glasperlen, die man hinzufügen konnte, um ihre Schönheit noch zu erhöhen. Eine kurze Ablenkung gab es, als ein Mann und eine Frau in reumütiger Hast, sich mehrmals verbeugend, die Kapelle betraten – weitere Zeugen, die weit vor der festgesetzten Zeit erschienen waren.

»Sie hätten sich nicht eilen müssen«, bemerkte *Frère* Demien.

Seine Eminenz war ganz erpicht darauf gewesen, den Prozess fortzusetzen, und hatte seinen Platz am Richtertisch an diesem Morgen mit beinahe sichtbarer Aufregung eingenommen. Jetzt war er gezwungen, wenigstens einigermaßen die Würde zu wahren, indem er immer häufiger ein Gähnen unterdrückte. Vater Blouyn, ein streng blickender Mann von kleiner Gestalt, mit hängenden Wangen und einer großen, von Kratern übersäten Nase, saß ähnlich gelangweilt zur Rechten Seiner Eminenz. Ich fragte mich oft, ob sein rotes Gesicht andere Ursachen hatte als seinen angeblich übermäßigen Genuss geistiger Getränke. Er war ansonsten ein bemerkenswerter Mann, sehr belesen und fromm, besaß all die nötigen Voraussetzungen für einen solchen Prozess und war bestens geeignet für die Bestimmung von Ketzerei, denn er war ein so rechtschaffener Mann, wie man ihn hierzulande nur finden konnte, ob er nun trank oder nicht.

Ich war daran gewöhnt, Bruder Blouyn in seinem Priestergewand zu sehen oder gelegentlich in der Kleidung eines Lehrers, heute aber trug er die Robe eines Richters und einen quadratischen Hut aus üppigem, rotem Samt, der auf den ersten Blick aussah, als wäre er ein wenig zu groß für seinen Kopf. Auch er schien das zu denken, denn er hielt ihn mit einer Hand fest, wenn er sich zu Jean de Malestroit beugte. Als er es diesmal tat, rutschte ihm eine Quaste vors Gesicht und baumelte vor seiner Nase hin und her, und er schob sie mit der anderen Hand beiseite, so dass er keine mehr frei hatte, um sie sich vor den Mund zu halten.

»So viele Zeugen«, hörte – oder besser sah – ich ihn sagen. »Sollen wir noch weitere Schreiber rufen lassen?«

Diejenigen, die anwesend waren, hatte man ausgewählt wegen der Überzeugungskraft und Leidenschaft ihrer Aussagen, die aufgezeichnet würden von den vier für diese Aufgabe bestimmten Schreibern, welche etwas tiefer vor den Richtern saßen. Ihre tintenfleckigen Finger suchten nach etwas, womit sie die Stunden füllen konnten; einer trommelte auf den Tisch, ein anderer zupfte an einem Hautfetzchen an seinem Nagelbett, und wieder ein anderer schnippelte an den Spitzen seiner Federkiele, um sie zu schärfen.

Schließlich sollte es ja einen Prozess und eine Verurteilung geben, die aufgezeichnet werden mussten.

Strategie, Klugheit und juristische Kniffe waren die Waffen, die sie gegen Gilles de Rais verwenden würden, und nicht die Schwerter und Pfeile, gegen die er sich wehren konnte. Jean de Malestroit und Bruder Blouyn würden ihn zurechtstutzen wie einen Schößling, wenn die Zeit gekommen war. Die Zeugen – die Bauern und Händler, die ihre Munition ausmachen würden – rutschten, selbst zappelig wie Kinder, auf ihren Bänken hin und her, jeder in banger Erwartung seines Auftritts vor der Zeugenschranke. Wenige dieser Leute wagten es überhaupt, mit einem Edelmann zu sprechen, geschweige denn, ihn in Gegenwart von Vertrauten des Königs in den Schmutz zu ziehen. Doch sie waren alle da, voller bereiter Wut. Dies ließ mich Madame le Barbiers Mut noch mehr bewundern. Ich fragte mich, ob sie überhaupt geahnt hatte, welchen Mahlstrom ihr Besuch beim Bischof auslösen würde.

Die Stimme des Gerichtsdieners zerriss unerwartet die Stille mit der Invokation. Ich wäre beinahe von meinem Platz aufgesprungen.

Sie würden ohne ihn anfangen.

Nun folgte eine so vollkommene Stille, dass sogar unser Atmen als Beleidigung wirkte. Der Gerichtsdiener fuhr nun fort und sprach die Worte, die eine Antwort von Gilles de Rais verlangten, auch *in absentia.*

»An diesem Mittwoch, dem achtundzwanzigsten Tag des September 1440, im zehnten Jahr der Herrschaft unseres Pontifex, des Heiligsten Vaters, Monsignore Eugène durch Gottes Gnaden Papst und der Vierte dieses Namens, während dieses des allgemeinen Konzils von Basel, vor unserem Verehrten Vater Gottes Jean de Malestroit, durch Gottes Gnaden und der des Heiligen Apostolischen Stuhls Bischof von Nantes und vor dem Ordensmann Bruder Jean Blouyn vom Orden der Dominikaner, Bakkalaureus der Heiligen Schrift und Vikar des Ordens, Bruder Guillaume Merici, vom oben genannten Dominikanerorden, Professor der Theologie, Inquisitor der Ketzerei im Königreich Frankreich, bevollmächtigt durch die Amtsgewalt desselben Bruders Guillaume und ernannt zum Inquisitor in der Diözese und Stadt Nantes, jetzt sitzend in der Kapelle des bischöflichen Palastes von Nantes, und in Anwesenheit von Schreibern und Notaren, Jean Delaunay, Jean Petit, Nicolas Géraud und Guillaume Lesné…«

Die besagten Schreiber beugten sich über ihre Pergamente und zeichneten, heftig die Federn schwingend, jedes Wort mit äußerster Sorgfalt auf.

»…von denen erwartet wird, dass sie vor besagten Herren Bischof und Vize-Inquisitor alle und jedes der Dinge aufschreiben, die sich in dem uns vorliegenden Fall ereignen, und die schließlich mit der Aufgabe betraut sind, dies alles zur Veröffentlichung auszuarbeiten, zu welcher sie alle und jeden von uns hier Anwesenden bevollmächtigt haben.«

Ad infinitum, ad nauseum. Ich verstand zwar Jean de Malestroits Wunsch, die Befugnisse dieses Gerichts in seiner Zusammensetzung sorgfältigst darzulegen, aber es war eine ermüdende Aufzählung. Unmittelbar danach wurden die Zeugen aufgerufen, damit sie ihre Aussagen zur Stützung der Anklage machten. Einige öffneten nicht nur ihren Mund, sondern auch die Schleusen ihrer Wut, und diejenigen, die es taten, wurden ermahnt, sich zu besinnen.

Agathe, Frau von Denis de Lemion; die Witwe von Regnaud Donète; Jeanne, Frau von Guibelet Delit; Jean Hubert und seine Frau; die Witwe von Yvon Kerguen; Tiphaine, Frau von Eonnet le Charpentier. Ich sah wie betäubt zu, wie jeder Einzelne aufgerufen wurde, aufstand, vereidigt wurde und dann sein Zeugnis ablegte. Alle sprachen verbittert und ausführlich gegen den Angeklagten und seine Komplizen; eine Geschichte unterschied sich kaum von der nächsten. Poitou hatte das Kind weggeführt; die alte Frau war auf dem Waldweg aufgetaucht und hatte ihre Kinder mit Versprechungen von Nahrung und anderen Wohltaten fortgelockt; De Sille und De Briqueville hatten von Geschenken gesprochen. Stellungen in vornehmen Haushalten wurden angeboten und Kleidungsstücke, die zu solchen Ehrungen passten, verschenkt. Danach hörte man nichts mehr, kein Wort, keinen Brief, nicht den kleinsten Hinweis darauf, ob diese guten, treuen Söhne entweder umgekommen oder aus anderen Gründen verschwunden waren.

Aber einer dieser Zeugen zeichnete ein anderes Bild. Die Frau hatte ihren Sohn nicht freiwillig als Gegenleistung für die versprochenen Wohltaten weggegeben. Sie war klein und dünn und sah in ihrem staubigen Kleid schrecklich schwächlich aus; am liebsten hätte ich sie in den Arm genommen und sie getröstet, ihre Tränen aufgefangen, die sicherlich bitter und oft geflossen waren. Aber sie hielt den Kopf bei ihrer Aussage hoch erhoben, was jeder Schwächlichkeit widersprach, und Seine Eminenz musste sie kein einziges Mal bitten, lauter zu sprechen.

»Ich bin Jeanne, die Frau von Jean Darel. Am letzten Fest der Heiligen Peter und Paul kehrte ich mit meinem Sohn nach Hause zurück. Wir waren von unserem Zuhause in der Gemeinde Saint-Similien nach Nantes gegangen, wo ich einiges zu erledigen hatte, und wir nutzten diese Gelegenheit, um meine Schwester Angélique zu besuchen, die nicht weit von diesem Palast hier entfernt wohnt. Ich hatte außerdem vor, die Kirche Notre Dame de Nantes zu besuchen, um dort für die Seele meiner verstorbenen Mutter ein Opfer darzubringen, was, wie ich wusste, meine Schwester sehr freuen würde.

Wir sind eine arme Familie, Milords, und wir haben keine Reittiere. Es ist eine ziemliche Entfernung, aber das Wetter war schön, und es schien ein angenehmer Tag zum Wandern zu sein. Wir pilgerten zuerst zur Kathedrale und besuchten dann meine Schwester; sie ist mir sehr lieb und eine hingebungsvolle Tante, mein Sohn beklagte sich deshalb nie über die Wanderung zu ihrem Heim, die einem Jungen seines Alters sehr weit vorkommen mochte. Und wie es manchmal passiert, wenn die Zeit voller Freude vergeht, Milords, flohen die Stunden, und wir mussten uns entscheiden, ob wir die Nacht über bleiben oder nach Saint-Similien zurückkehren sollten. Da wir niemandem gesagt hatten, dass wir vielleicht in Nantes bleiben würden, dachte ich, dass man uns vielleicht vermissen würde, was in unserem Haushalt große Beunruhigung auslösen würde. Wir verabschiedeten uns deshalb und brachen auf, als die Sonne sich dem Horizont näherte.

Mein Sohn war inzwischen hungrig geworden, und so gab ich ihm einen Ranken Brot, den er unterwegs essen konnte. Er aß ein wenig davon, aber nicht alles, doch was er aß, schien ihm für den Augenblick zu genügen. Nun wurde mein kleiner Junge allerdings auch müde, denn der Tag war lang gewesen für ein Kind in einem so zarten Alter. Wenn wir so unterwegs waren, spielte ich oft ein wenig Verstecken mit ihm, damit er aus Langeweile nicht übellaunig wurde. Er versteckte sich dann hinter einem Baum, und ich suchte nach ihm. Das machte ihm viel Freude; er war noch nicht schlau genug, um sich jedes Mal vollständig zu verstecken, und ich musste dann immer lächeln bei dem Gedanken, dass er glaubte, ich könnte ihn nicht mehr sehen. Es gab aber auch Zeiten, da war er zum Verrücktwerden erfolgreich, so sehr, dass ich mir Sorgen machte. In solchen Augenblicken zeigte er sich trotz meines Flehens nicht.

Das Letzte, was ich an diesem Abend von ihm sah, war seine kleine Hand, die hinter einem Baum hervorragte, die Reste des

Brotrankens noch in den Fingern. Ich tat so, als würde ich ihn nicht sehen, und wandte mich wieder in die Richtung, in die wir gehen wollten, erleichtert darüber, dass ich ihn sicher bei mir wusste.

Ich spürte seine beständige Gegenwart während unseres kleinen Spiels, bis zu dem Augenblick, als mich plötzlich ein kalter Schauer überlief und ich ohne erkennbaren Grund große Angst bekam. Sogleich drehte ich mich wieder um und schaute nach meinem Jungen, doch ich konnte ihn nirgends sehen. Er hatte nicht nach mir gerufen, deshalb glaubte ich ihn nicht in Gefahr, sondern dachte, er hätte sich vielleicht ein wenig verirrt. Wenn mich eine so unnennbare Angst durchzuckt hatte, hätte sie dann nicht auch ihn packen können, und hätte er nicht darauf reagieren können, indem er sich tiefer im Wald versteckte? Ich rief nach ihm und beruhigte ihn, aber er zeigte sich nicht. Ich ging den Pfad zurück, um ihn zu suchen, und als ich ihn nicht finden konnte, eilte ich weiter. Er tauchte nie wieder auf, und ich habe keinerlei Wissen darüber, was mit ihm passiert sein könnte, nur dass derjenige, der ihn mir nahm, ihn mir seitdem nicht mehr zurückgegeben hat.«

Von dem, was jene sagten, die nach ihr kamen, hörte ich nur wenig. Ihr Sohn war ohne den geringsten Laut der Not und mit ihr in der Nähe in der samtenen Dunkelheit verschwunden, und man hatte seitdem von ihm nichts mehr gesehen oder gehört.

Was gibt es Schlimmeres als das? In einem Augenblick ist alles, wie es sein sollte, aber im nächsten scheint nichts, was man früher als Gottes Wahrheit betrachtet hat, noch Gültigkeit zu haben. Alles ist verloren, alles ist zerstört, nichts bleibt mehr, woran man sich festhalten kann.

War er *La Meffraye* begegnet, der alten Frau, welche in den Wäldern und auf den Pfaden herumschlich auf der Suche nach kleinen Knaben und die sich als freundlich und lieb und harmlos ausgab? *Gott sei mit dir, mein Kind,* hatte die alte Hexe vielleicht in der Dunkelheit hinter einem Baum hervor geflüstert. *Ich sehe, du hast ein wenig Brot zu essen, aber hier ist ein weicherer Ranken, nicht so hart für deine kleinen Zähne. Ja, streck nur die Hand aus und nimm es, leg deine kleine Hand in meine, und lass dich von mir dorthin führen, wo es unvorstellbare Leckerbissen gibt… O nein, ruf nicht nach deiner Mutter, du darfst sie nicht erschrecken, sie wird böse mit dir sein, wenn du es tust… Ich werde dich zu ihr zurückbringen und ihren Ärger beschwichtigen, so dass du ihren Zorn nicht zu fürchten brauchst…*

Kleine Kinder wollen vertrauen, vor allem jenen, die zu ehren man ihnen beigebracht hat.

Das Letzte, was ich an diesem Abend von ihm sah, war seine kleine Hand, die hinter einem Baum hervorragte, die Reste des Brotrankens noch in den Fingern.

Wir blieben in der Kapelle, bis alle, die an diesem Tag vorgeladen worden waren, tatsächlich gesprochen hatten. Den Zeugen wurde gesagt, sie könnten gehen, doch nur wenige erhoben sich, um aufzubrechen, denn es sollte noch weitere Verhandlungspunkte geben. Neugieriges Tuscheln erhob sich, als ein Stapel Pergamente als Beweismittel vorgelegt wurde; ich erkannte in dem schmucken Folianten, der mit einem einzigartigen vergoldeten Lederriemen zusammengehalten wurde, den, welchen ich in Jean de Malestroits Kammer gesehen hatte.

Ich konnte das Böse, das aus ihm triefte, geradezu spüren. Denn seine Seiten enthielten die ersten Aussagen von Henriet und Poitou. Zum Glück wurden sie nicht laut verlesen.

Wir zogen uns für eine Weile zurück, um uns zu erfrischen. Wenn wir etwas später in die Kapelle zurückkehrten, würde Jean de Touscheronde mit ein paar einfachen Erklärungen das kirchliche Gericht in ein weltliches verwandeln. Gilles de Rais würde sich vor Herzog Jean V. verantworten müssen, so wie er sich in diesem selben Raum in Anwesenheit von Jean de Malestroit und Bruder Blouyn vor Gott verantworten musste.

Doch vor Beginn dieser Umwandlung war noch Zeit, so dass *Frère* Demien und ich in die Küche schlüpfen konnten, wo wir gewiss Suppe und Brot und, wenn die Köchin guter Laune war, irgendeine Süßigkeit vorfinden würden. Auf dem Weg dorthin waren wir gezwungen, uns durch die Menge zu drängen, die sich vor dem Palast versammelt hatte. Ich blieb einen Augenblick in der wimmelnden Masse stehen, denn sie hatte meine Aufmerksamkeit erregt. *Frère* Demien ging noch ein paar Schritte weiter, bevor er bemerkte, dass ich stehen geblieben war.

»Mutter?«, rief er mir zu. »Es ist besser, wenn Ihr weitergeht.« Er fasste nach meiner Hand und wollte mich führen.

»Geht nur«, sagte ich ihm. »Wir sehen uns später.«

Er seufzte, schüttelte den Kopf und ließ mich stehen.

Die Menge war beträchtlich angewachsen, seit wir an diesem Morgen die Kapelle betreten hatten. Der Platz vor dem Palast schien der Ort, wo die Leute sich aus allen möglichen Gründen versammelten; meistens strömten sie zusammen, um sich ein wenig unterhalten zu lassen, sei es von einem Jongleur oder einem Minnesänger; manchmal war es auch der Ausrufer, der wichtige Nachrichten zu verkünden hatte. Da sich die Einzelheiten der Zeugenvernahme an diesem Morgen sicherlich schon verbreitet hatten, war eine ziemliche Masse zusammengekommen. Der Anblick dieser wimmelnden Menschen, das erregte Summen ihrer Worte, die scharfen Geräusche ihrer Tätigkeiten – das alles machte mich neugierig. Doch schließlich ging auch ich in die Küche, wo die Köchin mich mit einer Schüssel Suppe zum Mittagessen erfreute, denn für ein größeres Mahl war keine Zeit; doch mir machte das nichts aus.

Mit Jean de Malestroit im Hintergrund wirkte De Touscheronde, der vor dem Richtertisch stand, beinahe winzig. In Wahrheit war sein ganzes Wesen »schmächtig«. Er hatte eine sanfte, fast weibliche Stimme, doch das gereichte dem Anklagevertreter zum Vorteil – wir alle waren so gezwungen, aufmerksam zuzuhören, und in der Kapelle herrschte absolute Stille, wenn er sprach. Spielend brachte er eine Reihe aufgeregter und verwirrter Zeugen dazu, hier unter den Blicken von mächtigen Fremden klar und deutlich von Dingen zu sprechen, die unaussprechlich waren.

»Und sagt mir, Madame, wenn Ihr so freundlich sein wollt, was geschah, nachdem Ihr Euren Sohn an Poitou übergeben hattet…«

Oder: »Monsieur, bitte sagt diesem Gericht so klar, wie es Euch angesichts Eures sichtbaren Leids möglich ist, was Eurer Ansicht nach mit dem jungen Bernard geschehen ist…«

Sie erzählten ihm alles, beichteten ihm ungezwungen, als wäre er ein Heiliger, obwohl nicht sie die Sünder waren, sondern die, an denen schwere Sünden verübt worden waren. Sie berichteten ihm, wann sie den Verlust bemerkt hatten, wo ihre Jungen verschwanden, wer die Beschwerde erhoben hatte, warum Gilles de Rais verdächtigt wurde; ein etwas herrischer auftretender Befrager hätte Zeugen von derart niederer Geburt vielleicht keine so tiefen Erkenntnisse entlockt.

Ein Mann namens André Barbé berichtete über das Verschwinden von Madame le Barbiers Sohn.

»Ich sah ihn, wie er hinter Rondeaus Haus Äpfel pflückte, und seitdem habe ich ihn nicht mehr gesehen… Verschwunden sind auch viele andere: die Söhne von Guillaume Jeudon, Alexandre Chastelier und Guillaume Hilairet… Wir wären schon früher vorstellig geworden, aber keiner wagte etwas zu sagen, aus Angst vor den Halunken in Milord de Rais' Umgebung und anderen, die ihm folgten, denn sie drohten uns mit Kerker, Verletzungen oder anderen Misshandlungen, sollten wir dem Magistrat von unserem Verdacht berichten, und der Magistrat selbst schien kein Ohr zu haben für das, was wir sagten, als einer von uns den Mut aufbrachte, ihn aufzusuchen.«

Zu meiner Überraschung stand nun Madame le Barbier selbst auf. »Euer Ehren, wenn Ihr gestattet«, sagte sie, »ich möchte den Worten meines guten Nachbarn gerne noch etwas hinzufügen.«

Unmut und Zögerlichkeit zeigten sich in De Touscherondes Gesicht. »Nun gut«, willigte er schließlich ein, »aber bitte kurz.«

Sie entsetzte uns alle, indem sie am Zeugenstand vorbei und zu dem Tisch ging, an dem die Richter saßen. Wachen strafften sich, als Madame die geballte Faust ausstreckte und sie rhythmisch schüttelte. Sie schien Entschlossenheit und Mut gleichsam aus der Luft zu holen. »Ich verfluche Milord Gilles de Rais für alle Ewigkeit«, sagte sie. »Möge seine Seele hinabsteigen in die Tiefen der Hölle für das, was er mir und diesen anderen guten Menschen angetan hat. Möge der Satan ihn sich holen und für alle Zeiten an einen Brandpfahl ketten.«

Beifalls- und Zustimmungsrufe wurden laut. Jean de Malestroit erhob sich halb vom Tisch und rief die Menge laut zur Ordnung, aber es half nichts: Aufgebracht durch Madames Fluch, wollte nun auch die Menge zu Wort kommen. In den aufgeregten Jubel mischte sich das schmerzvolle Jammern derjenigen, die gelitten hatten, und dann wurden weitere Verwünschungen ausgestoßen. Vor einem

Bischof war das eine Ungeheuerlichkeit, den eigenen Landesherrn zu schmähen grenzte fast schon an Ketzerei. Und obwohl es mir nur recht und billig erschien, dass jene, denen Milord Unrecht getan hatte, bei der Findung des Urteils, das schließlich gegen ihn gesprochen würde, zu Wort kommen sollten, war dieser Jubel und dieses Geschrei kaum mehr als eine Geste. Das letzte Wort würde das Wort Gottes sein, ausgesprochen von Seinem Diener Jean de Malestroit.

Obwohl umringt von Wachen, wich Madame nicht von der Stelle und starrte Jean de Malestroit vorwurfsvoll an, jenen Mann, der ihre ursprüngliche Klage hatte abweisen wollen, und ihr Blick schien zu sagen: Ich verfluche auch Euch, weil Ihr meiner Klage keine Beachtung schenktet, und alle Heiligen wissen, dass Ihr es verdient habt.

Er wurde wie ein Stein, ausdruckslos und hart, als hätte er in sich keinen Gedanken. Die Wachen wollten sie ergreifen, doch er winkte sie weg. Er räusperte sich leise und sagte: »Ihr könnt zurücktreten, Madame, wenn Ihr gesagt habt, was Ihr zu sagen hattet.«

Den Blick noch immer starr auf ihn gerichtet, raffte Madame le Barbier ihre Röcke und trat zurück. Als sie sich wieder unter die versammelten Zeugen mischte, wurde es plötzlich und ohne erkennbaren Grund heißer im Raum, als wäre alle Luft von einer riesigen Kreatur eingesaugt worden, die eben den Tiefen eines Sees entstiegen war. Männer öffneten ihre Krägen, Frauen fächelten sich Luft zu, um nicht ohnmächtig zu werden. Jean de Malestroit erhob sich halb von seinem Richtersessel und befahl nachdrücklich, das Fenster zu öffnen. Metallene Angeln kreischten, als das selten benutzte Fenster vom Gerichtsdiener nach innen gekippt wurde.

Ein kalter Wind strömte herein, der ebenso außergewöhnlich war wie die bedrückende Hitze. Bevor Madame Gelegenheit hatte, ihren Platz wieder einzunehmen, flatterte eine große schwarzblaue Krähe durch die Öffnung und schwebte über der Versammlung. Sie starrte böswillig mit ihren kleinen gelben Augen nach unten und schlug mit den Flügeln. Ein Raunen der Bestürzung ging durch den Raum. Inmitten der Menge sprang eine Frau erschrocken auf und sank dann ohnmächtig gegen ihren Begleiter. Der verwirrte Vogel suchte sich den höchsten Landeplatz, der im Augenblick Madame le Barbiers Kopf war. Mit scharfen Klauen krallte er sich, verzweifelt Halt suchend, in ihre Haare.

Sie schrie auf, wirbelte herum und versuchte mit fliegenden Armen, die Krallen aus ihren Haaren zu zerren. Die Menge wich entsetzt zurück. Ein Mann stand auf, deutete mit drohendem Finger auf den schwarzen Eindringling und rief: »Es ist der Teufel selbst.«

Nun begann das wahre Klagegeschrei. Leute standen auf, um zu fliehen, doch sie waren in der lärmenden Masse gefangen. Seine Eminenz, die sich nun ganz erhoben hatte, schlug immer und immer wieder mit seinem großen Hammer auf den Tisch, in dem verzweifelten Versuch, dem Aufruhr Einhalt zu gebieten.

Ich stand auf und eilte meiner leidenden Genossin zu Hilfe. Das Gesicht von dem schwarzen Gefieder abgewandt, packte ich den Vogel und drückte ihn nach oben. Nun griff er mich mit seinem scharfen Schnabel an – Blut strömte aus der tiefen Wunde, die er mir riss. Schließlich eilten uns andere zu Hilfe, und gemeinsam gelang es uns, den Vogel von seinem schreienden Opfer loszureißen. Nun wieder befreit, rauschte der Vogel in die Höhe des Kapellendachs und flatterte dort in böswilliger Erregung umher. Wir alle duckten uns ängstlich, als der schwarze Teufel, die Klauen suchend ausgestreckt, wieder herabstieß. Es schien eine Ewigkeit zu dauern, bis die Schreie der Menge ihn wieder durch die Öffnung und hinaus in die Freiheit des Himmels jagten.

De Toucheronde stürzte zum Fenster und schlug die beiden Flügel mit solch donnernder, klirrender Kraft gegen den Rahmen, dass ich schon meinte, es würde zerbrechen, doch irgendwie hielt der eiserne Rahmen, und das farbige Glas – mit geschmolzenem Blei so kunstvoll zusammengefügt – blieb ebenfalls heil.

Wie hätte meine Mutter geweint, hätte sie das zarte weiße Taschentuch, vom Blut ihrer Tochter durchtränkt, gesehen. Ich hielt meine Hand umklammert, während alle um mich herum laut aufstöhnten und einander tröstend umarmten. Männer wie Frauen beteten und bekreuzigten sich, einige ziemlich heftig, um den bösen Geist zu vertreiben, der auf diesen schwarzen Schwingen hereingeflogen war.

Hatte Milord de Rais diesen Dämon geschickt, um Madame le Barbier zu peinigen und mit ihr uns alle? Oder war sein plötzliches

Auftauchen nur ein Zufall? Keiner von uns konnte das mit Sicherheit sagen.

Aber alle waren wir zu Tode erschrocken.

Die Krähe war längst verschwunden, aber der Aufruhr hielt an und machte damit jegliche Fortführung der Verhandlung unmöglich – Madame le Barbier würde die letzte Zeugin dieses Nachmittags sein. Seine Eminenz beendete die Sitzung dieses Tages, indem er hastig einige amtliche lateinische Formeln der lärmenden Menge entgegenschrie. Dann nickte Jean de Malestroit dem Hauptmann der Wache zu, der seinen Untergeben ein kurzes Zeichen gab. Wie ein Mann begannen sie nun, mit den Enden ihrer Lanzen auf den Steinboden zu klopfen, doch der Tumult ließ nicht nach, sondern nahm an Heftigkeit noch zu. Bald wurden die Schreie von Händeklatschen begleitet, das sich dem Takt der hämmernden Lanzen anglich.

Wahnsinn und Chaos überall. Ich sah Jean de Malestroit noch einmal seinem Hauptmann zuwinken, der seinen Wachen nun den Befehl gab, das Lanzenklopfen einzustellen. Dann wurden diese Lanzen dafür verwandt, die Menge aus der Kapelle zu schieben. Der rhythmische Lärm verebbte schließlich, während die Menschen grummelnd zur Treppe strömten.

Die Einsprüche jener, die erst noch gehört werden mussten, waren laut und schrill, als hätte jeder von ihnen das Gefühl, dass gerade seine Geschichte die Richter von Milords Schuld überzeugen würde. Ich hatte großes Mitgefühl mit diesen Enttäuschten, doch angesichts des bereits Gehörten konnte ich mir nicht vorstellen, dass noch ein Bericht mehr sehr viel ausmachen würde.

Ich schaute in Jean de Malestroits Richtung; er erkundigte sich mit einem schnellen Blick nach der Schwere meiner Verletzung, worauf ich mit einem schnellen Achselzucken antwortete. Am nächsten Morgen würde sie mir Schmerzen bereiten, im Augenblick jedoch nicht. Nachdem diese Sorge ausgeräumt war, nahm sein Gesicht einen Ausdruck äußerster Wut an. In seinem Herzen würde er sich dafür tadeln, dass er diesen Tumult überhaupt zugelassen hatte, obwohl er doch offensichtlich Gottes oder des Teufels Werk war. Ihn traf auf jeden Fall keine Schuld. Dennoch würde er sich Vorwürfe machen. Ich sah zu, wie er die Kapelle durch eine

Seitentür verließ, so schnell, dass seine Robe sich hinter ihm bauschte.

Frère Demien und ich gingen zusammen mit dem Rest derer, die in der Kapelle gewesen waren, hinaus. Wir kamen gut voran; die Zeugen schienen alle sehr erpicht darauf zu sein, möglichst schnell auf den Vorplatz zu kommen, denn es gab Geschichten zu erzählen. Die Menge, die uns erwartete, schien sich seit unserer letzten Pause fast verdoppelt zu haben. Schon jetzt machte ein Gerücht um schwarze Hexerei – befördert auf den Flügeln einer Krähe – die Runde, und ich konnte die Übertreibungen hören, mit denen es von einem zum anderen weitergegeben wurde.

Ihre Flügel waren so groß wie die eines Storchs.

Diese Augen – sie waren so menschlich!

Wenn sie den Schnabel öffnete, sprach sie in Zungen!

Die Ausschmückungen würden weitergehen, bis aus der Krähe ein geflügelter Drache mit blutigen Klauen, grünen Schuppen und dämonischen gelben Augen wurde, die einem mit einem Blick die Seele durchbohren konnten. Man würde behaupten, er hätte Blut auf seinem Schnabel gehabt, ich allerdings wusste, dass es das meine war. Doch dieser Eindringling war mit mehr als meinem Blut davongeflogen – er hatte auch alle Hoffnung mit sich genommen, dass Gilles de Rais' Prozess und seine letztendliche Bestrafung auf ruhige und ordnungsgemäße Art durchgeführt werden könnten und dass uns das Chaos erspart bliebe, welches dieses Verfahren zu trüben drohte. Nun war schon zu viel des Teufels darin, als dass Gottesfurcht und Vernunft sich noch hätten durchsetzen können.

26

Carl Thorsen war ein reizender blonder Engel, wie die meisten seiner Vorgänger. Carl war kein kleiner Junge – er war ziemlich hoch aufgeschossen, aber schlank und zartknochig. Bei seiner Einschätzung hatte ich einen Vorteil, den ich zuvor noch nicht gehabt hatte: Ich sah ihn als lebendigen Menschen. Fotos sind einfach nicht das Wahre und auch Videos nur ein schwacher Ersatz, wenn es darum geht, sich ein Bild von dem Opfer zu machen. Carl war athletisch und viel anmutiger, als man erwarten würde; auf jeden Fall bewegte er sich viel weniger unkoordiniert als die meisten Jungen seines Alters, meinen Sohn Evan eingeschlossen. Er wurde für mich zum Symbol, ein Amalgam aller verschwundenen Jungen. Ich beobachtete, wie er mit den Leuten in seiner Umgebung interagierte, vor allem mit seiner Mutter. Von den anderen hatte ich nichts als die von Hoffnung gefärbten Erinnerungen, die ihre Lieben mir lieferten, um zu einem Verständnis des Wesens des jeweiligen Jungen zu kommen. Nicht so bei Carl und seiner Mutter – sie präsentierten mir ein erlesenes kleines Spiel familiärer Vertrautheit. Er wechselte hin und her zwischen kindlicher Nähe und pubertärer Verschlossenheit. Sie war zuerst fast sprachlos vor Wut, doch dieses Gefühl versteckte sie ziemlich gut, bis es sich schließlich in tiefer Erleichterung auflöste.

Wir hatten sie in das beste Vernehmungszimmer gebracht, das wir normalerweise für nicht gewalttätige, kooperative Zeugen oder verzweifelte Opfer nutzen. Die Stühle waren gepolstert und das Licht weich. Ich ließ ihnen zuerst ein wenig Zeit für sich, und als sie sich dann einigermaßen beruhigt hatten, unterhielten wir uns eine Weile, vor allem darüber, was für ein Glück Carl gehabt hatte, entkommen zu können. Escobar kam mit Jake herein – wir hatten ein »beiläufiges« Dazukommen vereinbart – und konzentrierte sich auf Carl. Sobald er den Jungen in ein Gespräch verwickelt hatte, nahm ich die Mutter beiseite und fragte sie, ob sie mit mir für ein paar Minuten den Raum verlassen wolle, damit ich ihr ein paar Routinefragen zur Vervollständigung meiner Unterlagen stellen könne. Meine eigentliche Absicht war jedoch, Jake und Carl allein in dem Zimmer zu haben, damit ich sehen konnte, wie Carl auf den Freund ihrer Mutter reagierte, wenn sie nicht dabei war.

Er rannte los, warf sich in die Arme des Mannes und sagte immer wieder seinen Namen.

Ich wusste, dass das nicht du warst, Jake, ich wusste einfach, dass du mir nie was tun würdest.

Diese Szene betrübte mich sehr. Allen diesen Jungs, wo und in welchem Zustand sie jetzt auch sein mochten, war das Vertrauen in einen geliebten Erwachsenen zerstört worden – das verstört ein

Kind, wie man es sich nicht vorstellen kann –, und dann wurden sie von einem Fremden angegriffen.

Nach wenigen Minuten brachte ich die Mutter ins Zimmer zurück. Jake hatte dem Jungen den Arm um die Schultern gelegt, und in diesem beruhigenden Körperkontakt entspannte Carl Thorsen sich so sehr, dass er dem Zusammenbruch nahe war. Wahrscheinlich hatte bis jetzt das Adrenalin ihn angetrieben, doch nun brach der Schock durch. Immer wieder musste er kurz innehalten und sich sammeln, während er seine Geschichte noch einmal erzählte, diesmal mit mehr Details.

»Ich konnte das Auto schon hören, als es um die Kurve kam. Ich drehte den Kopf nach links und schaute irgendwie so über die Schulter. Es sah ein bisschen aus wie Jakes Auto, aber seins sieht aus wie ein Haufen anderer Autos, heller Lack, kein Offroader. Und nach ein paar Sekunden hörte ich, dass es langsamer wurde. Sie wissen schon, man kann hören, dass Reifen langsamer über irgendwelches Zeug auf der Straße knirschen. Das machte mich ein bisschen nervös.

Das Auto fuhr dann ganz dicht an den Bürgersteig, so dass die Reifen ihn fast berührten, und wurde so langsam, dass es auf gleicher Höhe mit mir blieb. Dann fuhr es ein Stück voraus. Die Beifahrertür ging auf – der Kerl hat wahrscheinlich mit der rechten Hand über den Sitz gelangt und sie aufgestoßen –, aber die Stimme kam mir nicht bekannt vor. Als ich ins Auto schaute, sah ich einen Typ, von dem ich dachte, es ist Jake, also ging ich näher ran. Ich fragte ihn, was mit seiner Stimme los ist, und er räusperte sich laut und sagte, er sei erkältet. Dann sagte der Typ, ich soll ins Auto einsteigen, weil meine Mutter mich jetzt gleich zu Hause braucht.

Ich dachte mir, dass zu Hause irgendwas nicht stimmt, und wäre schon fast eingestiegen. Aber irgendwie glaubte ich dann doch nicht, dass es Jake ist. Der Kerl hat wohl gemerkt, dass ich das dachte, weil er mich plötzlich am Arm packte. Ich zog ihn weg. Er riss dann die Tür richtig fest zu – ich hatte Angst, dass er meinen Ärmel eingeklemmt hatte und ich jetzt mitgeschleift würde. Aber das war nicht so. Er fuhr richtig schnell davon und ließ mich da stehen. Ich fing an zu weinen.«

Und genau das tat er jetzt auch in dem Vernehmungszimmer, als er das Ende seines Berichts erreicht hatte. Ich fand das gut. Er sollte sich ruhig all diesen Mist an einem Ort von der Seele flennen, wo er wusste, dass niemand ihm etwas tun würde.

Ich ging gerade zur Tür hinaus, um dem Jungen eine Cola und der Mutter Kaffee zu holen, als Spence mit ziemlich schlimmem Gesichtsausdruck den Gang entlanggerannt kam.

»Es hat noch einen gegeben. Wieder misslungen.«

»Sieht als, als wären aus Ihrem *einen Kerl* Zwillinge geworden«, knurrte Vuska.

Schreien war die einzige Möglichkeit, sich Gehör zu verschaffen, und das tat ich auch, obwohl ich in diesem Augenblick den Klang meiner Stimme hasste. »Es könnte immer noch nur ein Täter sein«, kreischte ich in das Chaos hinein.

Frazee und Escobar waren still und hielten sich abseits.

»Langsam, Leute, überlegt doch mal«, rief ich in die Runde. »Soweit wir wissen, ist ihm bis heute noch nie was misslungen. Er hat sich bisher jeden Jungen geschnappt, den er haben wollte. Versteht ihr denn nicht? *Er spielt mit uns.*«

Polizisten lassen nicht gern mit sich spielen. Aber es war offensichtlich, dass Verbrecher das auch nicht mögen – zumindest Wilbur Durand nicht. Es war, als hätten wir in Frankensteins Labor das Licht angedreht, als wir anfingen, offen gegen ihn zu ermitteln. »Gerade jetzt müssen wir diesem Kerl auf den Fersen bleiben, weil er uns jetzt wirklich die Chance dazu gibt, und die kriegen wir vielleicht nicht wieder«, argumentierte ich. »Bis jetzt war er doch fast unsichtbar. Er zeigt sich uns, springt uns fast ins Gesicht. Er fordert uns heraus, weil der Hurensohn glaubt, er ist gerissener als wir.«

In meinem Kopf pochte es, und meine Hände wurden feucht. Doch während die Versammlung sich langsam auflöste, konnte ich einen Meinungsumschwung erkennen.

Carl Thorsen und seine Mutter waren noch immer in dem Vernehmungszimmer. Ich schnappte mir eine Sekretärin und sagte: »Könnten Sie ihnen bitte sagen, dass ich von einem anderen Fall aufgehalten wurde?«

Die Sekretärin machte zwar ein verdrießliches Gesicht, nickte aber.

»Sagen Sie ihnen, dass ich so bald wie möglich zurück bin. Wenn sie was zu essen wollen, besorgen Sie ihnen was in einem unserer Stammläden, und wenn nicht genug in der Portokasse ist, zahle ich es aus meiner Tasche.«

Ich fühlte mich völlig erschöpft, als ich an meinen Schreibtisch zurückkehrte, wusste aber, dass ich jetzt gleich eine neue Runde Durand-Wahnsinn einläuten würde. Die Blicke meiner Detective-Kollegen ruhten sämtlich auf mir. Fred saß mit ein paar hohen Tieren in seinem Büro und kaute die neue Entwicklung durch, als der nächste Anruf kam.

Er hatte es schon wieder getan, kaum eine Stunde nach dem letzten Mal.

Niemand wusste, was er sagen oder tun sollte, und unsere so genannten Vorgesetzten am allerwenigsten.

»Es ist eine Botschaft«, sagte ich. Doch bis auf Escobar und Spence schien mir keiner zuzuhören.

»Er sagt: *Fangt mich doch, wenn ihr könnt.*«

Und genau das hatte ich vor, ob mit oder ohne Hilfe. *Falls* ich dann noch Detective war.

Obwohl ich Errol Erkinnens Piepser-Nummer kannte, hatte ich sie noch nie benutzt. Aber das hier war ein Notfall. Er rief mich fast sofort zurück.

»Ich habe drei Jungs, die diesem Kerl entwischt sind, und sie sind im Augenblick alle hier auf dem Revier.«

»Moment mal«, sagte er, als hätte er mich missverstanden. »Sie sind ihm *alle* entwischt?«

»Ja. Alle drei. Ob Sie es glauben oder nicht.«

»Das ist eine echte Eskalation seines Verhaltens – er spielt mit Ihnen, schickt Ihnen eine Botschaft.«

Es tat so gut, dass jemand mir glaubte. »Ich habe das kapiert, aber sonst offensichtlich keiner. Allmählich glaube ich, dass aus dieser ganzen Geschichte etwas zwischen ihm und mir geworden ist. Es geht gar nicht mehr um die Jungs.«

»Da haben Sie wahrscheinlich Recht. Er hat sein Verhaltensmuster aufgegeben und kommuniziert mit Ihnen über diese Variation. Ich würde jede Wette eingehen, dass er eine Reaktion von Ihnen erwartet.«

»Ich werde reagieren, darauf können Sie sich verlassen. Aber im Augenblick muss ich diese Jungs befragen. Ich möchte mit allen dreien gemeinsam reden, weil ich glaube, dass sie, wenn sie untereinander reden können, sich eher öffnen und mehr preisgeben, als sie es sonst tun würden. Dazu brauche ich Ihre Hilfe, weil der Lieutenant will, dass ich ›einen Mediziner‹ dabeihabe.«

»Ich bin kein Mediziner.«

»Man nennt Sie doch ›Doc‹, oder? Das genügt für diesen Zweck vollkommen.«

»Okay«, sagte er. »Ich bin gleich da. Aber lassen Sie sich von dieser kleinen Abweichung in seinem Verhalten nicht in die Irre führen. Er wird es auch wieder richtig machen, und wahrscheinlich bald.«

»Bis dahin habe ich ihn im Gefängnis.«

»Glauben Sie?«

»Ich weiß es.«

Wie versprochen traf Doc ungefähr fünfzehn Minuten später ein.

Wir hatten jede der drei Gruppen in einem separaten Zimmer untergebracht. Die Sekretärinnen beklagten sich, dass sie Getränke und Essen für die Jungen und ihre Familien besorgen mussten, was ich, die unsensible Detective, ihnen so gedankenlos angeboten hatte. *Der Laden ist schon bald ein verdammtes Holiday Inn,* hörte ich eine von ihnen sagen.

Was, wenn es ihr Sohn gewesen wäre?

Bevor wir in die einzelnen Zimmer gingen, nahm Doc mich beiseite. »Die Jungs sollten sich so wohl fühlen, wie es nur geht, wenn wir das jetzt machen«, sagte er. »Muss einer von ihnen gesäubert werden?«

Ich verstand nicht.

»Zeigte einer von ihnen eine körperliche Reaktion auf den Entführungsversuch, nicht kontrollierbare Darmentleerung oder unvorhergesehenes Urinieren zum Beispiel?«

»Nicht, soweit ich das feststellen konnte, als sie reinkamen.«

»Schön. Das ist ein gutes Vorzeichen.«

Wir stellten uns vor und sprachen kurz mit jedem Kind getrennt. Zurück an meinem Schreibtisch hatte ich das Gefühl, mit Steinmauern gesprochen zu haben.

»Sie sagen nicht viel«, bemerkte ich ziemlich unglücklich.

»Wahrscheinlich machen sie zu, weil ihre Eltern dabei sind. Also müssen wir ohne Eltern mit ihnen reden«, schlug Doc vor.

»Wäre das im Augenblick vernünftig? Sie haben alle viel durchgemacht. Man sollte doch meinen, dass sie sich sicherer fühlen, wenn ihre Eltern dabei sind und sie unterstützen.«

»Sie befinden sich im Augenblick in einem Zustand äußerster Verletzlichkeit, und der ist dem posttraumatischen Stresssyndrom sehr ähnlich. Diese Jungs sind keine starken Soldaten. Sie haben bei weitem nicht die Bewältigungsmechanismen, wie Erwachsene sie haben.«

»Warum sollten wir sie dann von etwas trennen, das ihnen ein Gefühl der Sicherheit vermittelt? Würde es ihnen ohne die Eltern denn nicht noch schlechter gehen?«

»Vielleicht. Ich kann es nicht mit Bestimmtheit sagen. Aber eins weiß ich sicher: Sie nehmen alle an, dass ihre Eltern wegen dieser Geschichte wütend auf sie sind. Was meinen Sie, wie oft jeder von ihnen schon gehört hat: *Rede nicht mit Fremden.* Wahrscheinlich schon hundert Mal. Und wie kam es zu dieser ganzen Sache? Durch einen Fremden.«

Er hatte Recht. Evan wäre gedemütigt, wenn er einer Sache zum Opfer gefallen wäre, vor der ich ihn immer wieder gewarnt hatte; er würde sich völlig vor mir verschließen.

»Sie sind allerdings alle zu jung, um die typische Schuld von Überlebenden zu empfinden«, fuhr er fort. »Vielleicht später, aber im Augenblick ist das, glaube ich, irrelevant. Oft gibt es verzögerte Auswirkungen; manchmal zeigen Sie sich jahrelang nicht. Natürlich gibt es Behandlungsmethoden …«

Ich bremste ihn. »Die Lehrstunde später, Errol. Im Augenblick brauche ich Sie in dieser Sache an meiner Seite, aber überlassen Sie mir die Führung. Ich könnte allerdings ein paar Vorschläge gebrauchen, wie wir die Theorie in die Praxis umsetzen können.«

Ein bisschen eingeschüchtert, sagte er: »Vielleicht sollten wir einfach mit allen dreien in einem Zimmer, aber ohne Eltern, anfangen und schauen, was dabei herauskommt. Wir müssen allerdings aufpassen, dass sie nicht das Gefühl bekommen, sie würden verhört.«

Die Eltern hatten nichts dagegen, aber mit den Jungs lief es nicht so gut, wie wir es gern gehabt hätten. Alle drei zappelten, als hätten sie Frösche in den Taschen; ihre Beine baumelten und zuckten. Sie schmollten, als wäre dies eine Art Gruppenbestrafung.

Erkinnen nahm mich beiseite und flüsterte: »Wir müssen irgendwie diese Klassenzimmer-Atmosphäre beseitigen. Das klingt jetzt vielleicht ein bisschen pervers, aber wir müssen es so hinbiegen, dass es ihnen Spaß macht.«

Was mochten Jungs außer Monstern?

Autos.

»Sie bleiben hier«, sagte ich ihm. »Ich glaube, ich kenne den Trick.«

Spence borgte sich eine Kappe von einem der Streifenpolizisten und spielte den Chauffeur. Doc und ich stiegen zusammen mit den drei Jungen in den Fahrgastraum. Die konfiszierte Mercedes-Stretch-Limousine, ein glänzendes schwarzes Ungetüm, das über die Straßen glitt wie ein Tragflächenboot, war unser Fahrzeug für eine Tour zu den Schauplätzen der drei misslungenen Entführungen.

Es gab einen Augenblick nervösen Zögerns, bis ich auf die Waffe in meinem Schulterhalfter klopfte.

Nach einigen Minuten hatten sich alle drei ziemlich beruhigt. Es gab einen Videorecorder und eine PlayStation und all den neuesten technischen Schnickschnack in diesem Fantasieauto, das demnächst versteigert werden sollte, wie das Gesetz es vorschrieb. Wir kreuzten ein wenig durch den Neonwald und trafen die gemeinsame Entscheidung, dass wir chronologisch vorgehen sollten, was mich freute, weil ich so zu sehen bekam, was Wilbur hatte auf sich nehmen müssen, um von einem Ort zum anderen zu kommen. An allen drei Tatorten wurde die Unterhaltung nach anfänglicher Stille ziemlich lebhaft und anschaulich. *Ich stand genau hier, und er hielt hier, und dann ging die Tür auf und…*

In der Sicherheit geteilter Erlebnisse wurden ihre Beinahetragödien fast zu etwas, dessen man sich brüsten konnte. Nur der jeweils betroffene Junge konnte an den einzelnen Tatorten sagen, was genau hier passiert war, aber wie ich es erhofft hatte, reagierten die anderen, indem sie enthusiastisch das Gesagte mit eigenen Erlebnissen verglichen, dabei allerdings auch versuchten, einander zu übertrumpfen.

Die ganze Tour dauerte etwa drei Stunden und endete mit einem Abstecher in eine berühmte Eisdiele in Santa Monica und einem kurzen Aufenthalt am Pier, wo die Jungen sich die vom vielen Sitzen und den Süßigkeiten angestaute Energie abliefen. Doc und ich lehnten am Geländer und sahen zu, wie sie am Strand nördlich des Piers herumtollten. Allen dreien war es nur knapp erspart geblieben, zu einem Opferfoto auf meiner Schautafel zu werden, doch jetzt waren sie hier und rannten quicklebendig im Sand herum, so wie mein eigener Sohn es getan hätte, wäre er hier. Ich überlegte, ob es vielleicht doch einen Gott gab.

»Alle jung und hübsch«, bemerkte ich.

»Ja, so ist es. Sein Fetisch, nackt und schutzlos«, sagte Doc. »Bei Serienverbrechen ist es nicht ungewöhnlich, dass der Täter von Kräften, die er gar nicht versteht, dazu getrieben wird, sich Opfer mit bestimmten Merkmalen auszusuchen. Wenn wir diesen Kerl schnappen, möchte ich ihn danach fragen. Diese Eigenschaften können eine tiefe Bedeutung haben.«

Wenn wir diesen Kerl schnappen. Es war ein sehr schöner Traum, aber die Verwirklichung rückte näher. Ich fragte mich, ob ich bei meiner Rückkehr einen unterschriebenen Haftbefehl für Wilbur Durand auf meinem Schreibtisch finden würde.

Möwen kreischten gegen den Lärm der Brandung an. Der westliche Himmel war über dem grauen Ozean noch leuchtend orange, obwohl die Sonne bereits untergegangen war. »Schauen Sie sich diesen Himmel an«, sagte ich und seufzte vor Staunen. »Wie kann so etwas Hässliches wie Wilbur Durand nur in einer so wunderschönen Welt existieren?«

Doc legte mir die Hand auf die Schulter. Es war eine herzliche und tröstende Geste. »Ich dachte, wir hätten das schon durchgekaut«, sagte er ziemlich mitfühlend. »Das Überleben der Tüchtigsten. Der Letzte, der übrig bleibt, zeugt die meisten Nachkommen, und wenn dazu Böses nötig ist, wird Böses passieren. Ich weiß nicht, ob wir wirklich in der Lage sind, das ganz zu verstehen.«

»Er wird keine Chance bekommen, Nachkommen zu zeugen.«

Sie tollten, sie rannten, sie bewarfen sich mit Sand. Irgendwann würde die Realität wieder auf sie einstürzen, aber im Augenblick waren sie nur Figuren in einem Gerade-noch-mal-Davongekommen-Film mit gutem Ausgang. »Schauen Sie sie an. All diese wunderbare frühpubertäre Vitalität.«

»Ja. Wirklich beneidenswert.« Er sah mir direkt in die Augen. »Irgendjemand muss Durand diesen Teil seines Lebens gestohlen haben. Er versucht, ihn sich zurückzuholen, indem er ihn anderen stiehlt. Schauen Sie sie noch genauer an – beinahe Klone. Er sucht sich seine Opfer nach einem ganz bestimmten Vorbild aus.«

Michael Gallaghers älterer Bruder Aiden. Ich würde Moskal früher anrufen, als ich dachte, und ihn um noch ein Foto bitten. Ich hätte gleich die Gallaghers um eins bitten sollen, als ich bei ihnen war.

»Wir sollten sie zurückbringen«, sagte ich. »Die Eltern drehen inzwischen wahrscheinlich durch.«

»Ja, ich weiß. Aber ich mag eigentlich nicht weg. So ruhig und gelassen habe ich mich seit Wochen nicht gefühlt.«

»Ich auch nicht.«

Er pfiff auf zwei Fingern. Alle drei Jungs drehten sich um, und auf sein Winken hin kamen sie zu uns gelaufen. Der universelle Papa, ein sicherer Hafen.

»Ach, übrigens«, sagte er, »gute Arbeit.«

Ich kehrte nur ins Revier zurück, um die Jungs bei ihren besorgten Eltern abzuliefern. Zwar hatte ich allen drei Familien Folgegespräche angekündigt, wusste jedoch, es würde eine Weile dauern, bis ich dazu kam – es war noch so viel anderes zu erledigen. Aber bevor ich irgendetwas tat, musste ich nach Hause. Dort würde ich Normalität finden, von der Art, wie man sie nur als Mutter erlebt. Kevin war mehr als einverstanden, sie zurückzubringen, was mir die Mühe ersparte, zu seinem Haus zu fahren. Er hatte auch seine guten Seiten.

Ich musste unbedingt in der süßen, warmen, chaotischen Normalität meiner zwei Töchter und meines Sohnes baden. Sie wussten über meine Arbeit Bescheid und über die Auswirkungen, die sie manchmal auf mich hatte; an so vielen Abenden war ich, besudelt mit der Schlechtigkeit dieser Welt, nach Hause gekommen. Sie schlichen auf Zehenspitzen um mich herum, wenn ich völlig verzweifelt war nach der Verhaftung eines Jugendlichen für ein Verbrechen, das die meisten Erwachsenen sich kaum vorstellen konnten, ein Ereignis, das sich allzu oft wiederholte.

Frannie, meine Sensible, war die Erste, die meine Niedergeschlagenheit spürte.

»Alles in Ordnung, Mom?«, fragte sie.

Ich strich ihr einige Haarsträhnen aus der Stirn. Sie ließ sich gerade einen Pony wachsen, und das war zu einem kleinen Spiel zwischen uns geworden.

»Alles in allem, Liebling, bin ich ganz okay.«

Sie war noch nicht überzeugt. »Hast du in der Arbeit viel zu tun?«

»Dir kann man nichts vormachen, was?«

»Warum solltest du mir was vormachen wollen?«

Ja, warum – um ihr Dinge zu ersparen, die sie noch nicht verstehen müssen sollte. »Leider«, sagte ich ihr, »wird es erst noch schlimmer, bevor es besser wird.«

»Ich kann dir bei der Hausarbeit helfen«, bot sie an. In ihrer lieben Stimme war echtes Mitgefühl.

Ich hasste es, wenn mein Stress in der Arbeit ihr das Gefühl gab, sie müsse Erwachsenenpflichten übernehmen, obwohl sie noch ein Kind war.

»Keine Hausaufgaben heute Abend«, sagte ich zu ihnen allen. »Ich schreibe euch Entschuldigungen für eure Lehrer. Heute Abend spielen wir.«

Jubel wurde laut. Videospiele, Popcorn, Eiscreme, laute Musik, Kissenschlachten; wir taten alles, was für jene Dekadenz bedeutet, die einfach noch zu unschuldig sind, um zu wissen, was das wirklich ist. Mein mürrischer Sohn, der so distanziert sein konnte, wenn die Laune ihn überkam, war unerklärlich freundlich.

Die Mädchen gingen gegen zehn ins Bett. Evan schien noch aufbleiben und mit mir herumhängen zu wollen, was mich fast zu Tränen rührte. Wir legten *Apollo 13* ein, spulten bis zu den guten Stellen vor und hörten im Hintergrund Frannie und Julia durch die geschlossene Tür ihres gemeinsamen Zimmers kichern. Manchmal hatte ich den Eindruck, Evan fühlte sich aufgrund seiner Chromosomen ausgeschlossen. Heute schien es ihm nichts auszumachen. Er hatte die Mutter ganz für sich allein.

Es war kaum zu glauben, dass er sich bei der dramatischen Wiedereintrittsszene an mich kuschelte.

»Mom«, sagte er zaghaft.

»Ja, Liebling…«

Ich spürte, wie seine Schultern sich verkrampften. Er mochte es nicht, wenn ich ihn Liebling nannte. Ich drückte ihn kurz an mich und sagte: »Tut mir Leid, Evan. Ich vergesse es, wenn ich abgelenkt bin. Was ist denn?«

»Du bist nicht mehr viel zu Hause.«

Ein Messerstich ins Herz. »Ich weiß, und das tut mir Leid. Ich habe im Augenblick einen Fall, der mich viel länger in der Arbeit hält, als mir lieb ist.«

Er wurde neugierig. »Worum geht's denn?«

Sollte ich es ihm sagen? Immerhin konnte ich nicht voraussehen, was mein Bericht bei ihm bewirken würde. Ich beschloss, so allgemein wie möglich zu bleiben. »Es ist ein sehr schlimmer Fall, Sohn. Einige Jungs sind verschwunden. Alle ungefähr in deinem Alter. Einige sind schon sehr lange weg, und ich habe die Befürchtung, dass sie tot sind.«

Er überlegte einige Augenblicke und fragte dann: »Und wie geht's voran?«

Die Frage überraschte mich, aber ich antwortete ihm, wie ich einem Erwachsenen geantwortet hätte. »Es ist sehr frustrierend«, sagte ich ihm. »Das kommt in meinem Job allerdings manchmal vor. Ich habe schon eine ganze Weile einen Verdächtigen, aber bis vor kurzem hatte ich nicht genügend Beweise, um ihn zu verhaften. Ich warte auf einen Haftbefehl für diesen Verdächtigen, aber ich habe keine Ahnung, ob er ausgestellt wird oder nicht. Es ist ja nicht so, dass ein Polizist einfach einen Richter anrufen und sagen kann: *Ich glaube, das ist mein Kerl.* Ich brauche einen dringenden Tatverdacht, wie man das nennt. Und was ein dringender Tatverdacht ist, ändert sich von Richter zu Richter. Manchmal gibt mir ein und derselbe Richter einen Haftbefehl in einem Fall, und in einem anderen, ganz ähnlichen nicht. Schwer zu erklären.«

»*Das ist doch beschissen.*«

Viel zu erwachsen. Aber ich korrigierte ihn nicht – das hatte Zeit bis zum nächsten Mal, wenn wir nicht gerade einen unserer »Augenblicke« hatten. »Ja, das ist wirklich beschissen. Ich rate dir, wenn du keine Lust auf Frust hast, dann werde kein Polizist.«

»Ich finde deinen Job cool, Mom. Ich gebe bei meinen Freunden immer damit an.«

Ich hätte am liebsten geweint. »Evan, das ist wirklich lieb von dir.«

»Mir gefällt, dass du Polizistin bist. Mir gefällt, dass du die bösen Jungs einsperrst.«

Ich hatte immer gehofft, ich könnte meine Kinder so erziehen, dass sie den Wert bedeutungsvoller Arbeit begriffen. Offensichtlich hatte ich es.

Wohl zum ersten Mal seit Jahren deckte ich meinen Sohn zu und schaltete das Licht in seinem Zimmer aus. In der Einsamkeit, die mir nun blieb, ging ich zu meinem Computer und schrieb den Bericht über die bedeutungsvolle Arbeit dieses Nachmittags, da mir die Ereignisse noch frisch im Gedächtnis waren. Es wurde ein sorgfältig verfasstes Schriftstück, mit dem ich meine Position stützen wollte, die ich in diesem Fall eingenommen hatte: Wilbur Durand war der einzige Täter und hatte all diese Jungen entführt. Außerdem war da noch das kleine Problem der unberechtigten Spritztour in einem konfiszierten Fahrzeug, das jetzt dem Steuerzahler gehört, und hier gab es Erklärungsbedarf.

Alle drei Jungen wurden von einem Mann angesprochen, der sich als Vertrauensperson des jeweiligen Opfers verkleidet hatte. Die Versuche fanden ungefähr im Stundenabstand statt; im Verlauf unserer Rekonstruktion der Ereignisse bestätigten wir, dass die Strecken zwischen den Tatorten auch bei dichterem Verkehr problemlos in weniger als fünfzehn Minuten bewältigt werden konnten, was dem Täter genügend Zeit gab, die Verkleidungen zu wechseln, sofern sie im Hinblick auf einen schnellen Wechsel vorbereitet wur-

den. Alle drei Jungen sind von ähnlicher Größe, ähnlichem Gewicht, ähnlicher Hautfarbe und ähnlichem Alter, entsprechend einem Opfermuster, das wir in einer Vielzahl von anderen Fällen, die vermutlich ebenfalls auf das Konto dieses Täters gehen, herausgearbeitet haben.

Meine Ausbildung und meine Berufserfahrung haben mich zu dem Schluss geführt, dass dem Täter deutlich bewusst ist, von uns verfolgt zu werden, und dass er diese drei Opfer mit Absicht entkommen ließ, um die Ermittlungsbeamten zu verwirren und in die Irre zu führen. Die Versuche fanden in Gegenden statt, wo Zeugen eher unwahrscheinlich sind: Allerdings gab es in einem Fall eine Zeugin, die sich jedoch als unkooperativ erwies und vor Gericht als unzuverlässig erachtet werden könnte. Keins der Opfer war kräftig genug, um einem wirklich entschlossenen Entführer Widerstand leisten zu können, doch alle konnten sich dem Griff des Täters relativ problemlos und ohne großen Kampf entwinden, was die Theorie eines beabsichtigten Misslingens stützt.

Er hätte sich zumindest einen schnappen können, wenn er wirklich gewollt hätte – falls er als Verkleidungen nur Masken und Perücken benutzt hatte, hätte er mehr als genug Zeit dafür gehabt. Die Jungen hatte übereinstimmend angegeben, dass er sie gezogen hatte, aber nicht fest genug, um sie ins Auto zu zerren, und dass sie den Eindruck gehabt hätten, der Mann hätte die Entführung nur gespielt und gar nicht die Absicht gehabt, sie zu vollenden.

Ich wünschte mir, ich hätte das alles in meinen Antrag auf den Haftbefehl hineinschreiben können.

Als ich am nächsten Morgen aufs Revier kam, sah ich, dass es keinen Unterschied gemacht hätte. Spence und Escobar standen links und rechts neben meinem Tisch und grinsten von einem Ohr zum andern.

Ich hatte wieder mal den guten Richter bekommen.

»Wir können uns auf die Socken machen«, sagte Spence.

»Sieht so aus«, erwiderte ich ungläubig. »Die Frage ist jetzt nur: *wohin?*«

27

Jean de Malestroit ließ mir die Nachricht zukommen, er werde den Abend in Gesellschaft von De Touscheronde und Bruder Blouyn verbringen, da sie den Ablauf des nächsten Prozesstages besprechen müssten. Ich nahm mein Abendessen mit anderen Damen des Klosters ein, die um meine verletzte Hand einen Wirbel machten wie ein ganzer Schwarm von Ärzten. Obwohl es nach diesem Tag viel gab, das ich mit Seiner Eminenz gern besprochen hätte, muss ich gestehen, dass die Gesellschaft von Frauen für mich eine angenehme Abwechslung von dem rein männlichen Umgang war, den ich in letzter Zeit gehabt hatte. Wir versammelten uns an dem langen Tisch im großen Saal des Klosters. In all den Jahren hier hatte ich noch nie so hastige Bekreuzigungen gesehen: schnell die Hand an die Stirn, *wisch, wisch* über die Brust, und dann fing das Tuscheln über die Intrigen des Tages an. Doch in ihrem Geplauder war nichts von der Verzweiflung, die ich auf dem Kirchplatz gehört hatte, und ihr Fehlen war für mich so stärkend wie das Mahl, das vor uns stand. Danach kehrte ich erfrischt in meine Kammer zurück und fand dort die zusätzliche Gnade der Einsamkeit.

Einsamkeit, Nachdenken. Eins folgte dem anderen ganz natürlich. Und worüber sollte ich nachdenken, wenn nicht über die Dinge, die ich in Champtocé erfahren hatte? Was sollte ich enthüllen, wenn überhaupt etwas – und wem? Seit vierzehn Tagen hatte ich meinem Sohn nicht mehr nach Avignon geschrieben, obwohl ich in dieser Zeit von ihm zwei Briefe erhalten hatte, beide voll herzlichen Gefühls für mich und großer Neugier auf den Fortgang unserer Intrige. Ich wollte ihm antworten mit einem Bericht über den bisherigen Verlauf des Prozesses, aber wie konnte ich diesen zu Pergament bringen, ohne ihm zu erzählen, dass ich jetzt das Schicksal seines Bruders kannte und dass ein schrecklicher Verdacht sich in meiner Seele eingenistet hatte?

Geliebter Sohn, wir hatten einen Besuch vom Teufel selbst in Gestalt einer Krähe. Und dein Bruder wurde ausgeweidet, aber nicht von einem Keiler…

Mir gelang kein befriedigender Anfang. Nach einer Weile ergab ich mich meiner Schreibunfähigkeit und wandte mich der Stickerei zu, was mich allerdings mehrere Kerzen kostete. Doch mit jedem Faden, der durch den Stoff gestoßen und festgezurrt wurde, kam ich einem Entschluss näher. Als ich zwischen die Laken schlüpfte, hatte ich Entschiedenheit, wenn auch nicht Frieden, im Herzen.

Am nächsten Morgen begann alles von neuem. De Touscheronde eröffnete die Sitzung mit einer weiteren Zeugin, deren Kind verschleppt worden war.

Frère Demien flüsterte mir zu: »Diese Geschichten bringen inzwischen eher Gähnen als Tränen hervor. Wie viele müssen wir denn noch hören?«

Ich zuckte die Achseln; die weinende Frau kehrte an ihren Platz zurück. De Touscheronde schritt zur Richterbank, wo er sich mit Jean de Malestroit und Bruder Blouyn in ernstem Flüsterton über ein rechtliches Problem beriet. Nach einem zustimmenden Nicken wandte De Touscheronde sich wieder der Versammlung zu. Er rief den Namen Perrine Rondeau auf. Eine Frau, die ich bereits in der Menge des gestrigen Tages gesehen hatte, stand von ihrem Platz in einer der vorderen Reihen auf und berichtete.

Mein Gatte ist seit vielen Jahren immer wieder krank, und zu einer Zeit, als es ihm besonders schlecht ging, nahm ich Untermieter in unserem Haus auf, um ein besseres Auskommen zu haben. Mein Mann schämte sich deswegen sehr, aber ich wollte natürlich nichts davon hören, dass er arbeitete. Der Marquis de Ceva und Monsieur François Prelati waren im oberen Stock untergebracht; ich selbst schlief auch da oben, allerdings für gewöhnlich in einem bescheideneren Zimmer. Eines Abends war ich so aufgeregt, weil ich dachte, ich würde meinen Mann verlieren, dass meine Bedienerin mich in dem Zimmer unterbrachte, das Prelati und der Marquis gemietet hatten – sie dachte, dass die guten Betten mir eine Wohltat wären. Die Herren waren nach Machecoul gegangen, und wir alle dachten, sie würden dort übernachten. Aber der Marquis und Monsieur Prelati kehrten später an diesem Abend doch noch zurück, beide ziemlich sinnlos betrunken. Als sie mich in dem besseren Zimmer vorfanden, auf das sie meinten einen Anspruch zu haben, ob nun berechtigt oder nicht, erregten sie sich sehr.

Ich war in einem elenden Zustand, das muss ich zugeben; den-

noch hatten sie kein Recht, mich so zu behandeln, wie sie es taten. Zuerst beschimpften sie mich aufs Übelste, und dann packten sie mich, einer bei den Händen, der andere bei den Füßen, und versuchten mich ins Erdgeschoss hinabzuwerfen. Wäre meine Bedienerin mir nicht zu Hilfe geeilt, hätten sie mich wohl über das Geländer geschwungen, und ich wäre vielleicht zu Tode gestürzt! Wer hätte sich dann um meinen Gatten gekümmert? Der Marquis oder Monsieur Prelati sicherlich nicht.

Während ich so im Obergeschoss auf dem Boden lag, traten sie mir viele Male mit ihren spitzen Stiefeln in den Rücken, und ich bin seitdem nicht mehr die Alte.

Später in dieser Nacht hörte ich mit, wie der Marquis de Ceva zu Prelati sagte, er habe in Dieppe einen hübschen jungen Pagen für ihn gefunden. Monsieur schien äußerst erfreut, und einige Tage später erschien ein sehr schöner junger Knabe, der von sich behauptete, einer sehr guten Familie aus der Region um Dieppe zu entstammen. Er wohnte ungefähr zwei Wochen bei Monsieur François, und in dieser Zeit sah ich ihn bei vielen Gelegenheiten, immer in Prelatis Gesellschaft. Doch plötzlich schien er verschwunden zu sein – sein Herr kam und ging ohne ihn. Deshalb erkundigte ich mich nach ihm. Monsieur Prelati wurde sehr erregt und behauptete, dass der Junge trotz seiner angeblich so guten Herkunft ihn mächtig betrogen und sich mit zwei Goldkronen aus dem Staub gemacht habe. Ich bin nur froh, dass ich den jungen Halunken wieder los bin, sagte Prelati.

Seine Behauptungen verwirrten mich, denn der Knabe hatte einen guten Eindruck gemacht und war mir ehrlich und aufrichtig erschienen. Und ich täusche mich selten in Menschen.

Bald darauf verließen Monsieur Prelati und ein neuer junger Herr namens Eustache Blanchet mein Haus und gingen nach Machecoul, um dort Wohnung zu nehmen. Ich hörte das Gerücht, sie hätten einen Mann namens Cahu aus seinem Haus vertrieben und ihm höchst unehrenhaft und mit großer Gewalt seinen Schlüssel abgenommen. Ich kannte dieses Haus, war ich doch mit meinem Gatten schon viele Male in Machecoul gewesen. Das Haus war weit von anderen Häusern entfernt, an einer Straße außerhalb der Stadt, und es hatte seinen eigenen Brunnen, doch trotz dieses Vor-

zugs war es heruntergekommen und bedurfte dringend der Instandsetzung; als angemessene Unterkunft für Männer von Stand würde es sicherlich niemand betrachten.

Der Marquis de Ceva wohnte weiter bei mir; ich glaube, er fand meine Räumlichkeiten einem Herren angemessener. Er verlangte viel von mir, auch in Zeiten, da ich sichtlich unter der schlechten Gesundheit meines Gatten litt, aber er ließ sich immer Zeit mit der Bezahlung, wenn gewisse Summen fällig waren, und wenn er wirklich zahlte, dann gab er die Münzen erst nach langen, quälenden Verhandlungen über die tatsächliche Höhe der Schuld heraus oder mit unhöflichen Bemerkungen darüber, dass man ihn wohl betrogen habe. François Prelati und Eustache Blanchet kamen häufig aus ihrer erbärmlichen kleinen Unterkunft in Machecoul zum Marquis zu Besuch und übernachteten oft bei ihm in meinen oberen Räumlichkeiten, doch die Ruine, in der sie selber wohnten, gaben sie nicht auf. Stattdessen ließen sie ihre Pagen dort zurück, damit sie es in Besitz hielten. Mit gutem Grund, wie ich später erkannte.

Es geschah, dass ich ein paar Tage in Machecoul sein musste, während mein Gatte einen Heiler aufsuchte, und zwar kurz vor der Zeit von Gilles de Rais' Verhaftung – Gerüchte über seine bevorstehenden Schwierigkeiten machten bereits in großer Zahl die Runde, deshalb war ich neugierig darauf, was in Cahus Haus vor sich ging. Einige Mal versteckte ich mich hinter nahen Büschen und beobachtete das Kommen und Gehen dieser Herren und ihrer Diener, die alle sehr beunruhigt wirkten.

Eines Tages sah ich so, dass sie einen großen Schubkarren voller Asche aus Cahus Haus fortschafften. Er quoll über von grauem Pulver, und der junge Mann – ein fast mädchenhafter, schmächtiger Kerl – hatte Schwierigkeiten, ihn im Gleichgewicht zu halten. Einiges davon rieselte auf die Erde. Wohin sie den Rest brachten, kann ich nicht sagen, aber sobald sich mir die Gelegenheit bot, ging ich zu dem verschütteten Pulver. Es fühlte sich sehr fettig an, als ich es zwischen den Fingern zerrieb, und der Geruch – mon dieu, *ich kannte kein gekochtes Tier, das so roch. Ich suchte einige sandige Splitter heraus und blies die Asche weg. Sie waren weiß und fühlten sich an wie Knochen, als ich sie mit meinen Zähnen prüfte.*

Und dann begriff ich, was ich in der Hand hatte und dann in meinem Mund, und mir wurde übel bis tief in die Magengrube. Gott steh mir bei, dachte ich bei mir, das sind menschliche Knochen – vielleicht sogar die des schönen jungen Pagen. Und ich spuckte und spuckte, bis auch der letzte Rest dieses Geschmacks aus meinem Mund verschwunden war.

Zur Veranschaulichung begann sie nun hier in der Kapelle zu spucken, doch plötzlich zitterte und taumelte sie wie von der Fallsucht gepackt. Sie zuckte erbärmlich, und nur das Weiße ihrer Augen war noch zu sehen.

Wieder erhob sich Jean de Malestroit, doch bevor er sich ganz aufgerichtet hatte, kam sie bereits wieder zu sich.

»Ach, meine Herren, verzeiht mir – ich leide an diesen Anfällen, und wenn ich beunruhigt bin, scheinen sie mich häufiger zu überkommen.«

Argwohn und Besorgnis mischten sich auf Jean de Malestroits Gesicht. »Könnt Ihr fortfahren, Madame?«

»Ja, das kann ich, Milord.«

Nicht lange danach bemerkte ich, dass die Diener zurückkehrten, und huschte deshalb in mein Versteck hinter dem dichten Busch zurück. Es ängstigte mich zwar, dass ich so nahe am Haus war, aber es gab keine anderen Verstecke. Ich war vielleicht nur gut zwei Schritte von Monsieur Prelati entfernt, als er mit verschiedenen Gegenständen in den Armen aus dem Haus kam. Sämtliche konnte ich gut erkennen. Darunter war ein so kleines Hemd, dass es nur von einem Kinde stammen konnte. Es war mit feuchtem Blut und anderem Unrat befleckt. Er hielt es so weit von sich gestreckt, wie er nur konnte, kein Wunder, denn sogar ich im Busch konnte es riechen – ein entsetzlicher und fauliger Gestank, und ich dachte schon, dass ich mich noch einmal übergeben müsste. Aber ich unterdrückte die Galle, die mir aus der Kehle springen wollte, und schaute mir das Hemd genau an, als Prelati an meinem Versteck vorbeikam. Ich war froh, dass das Hemd nicht sprechen konnte – ich hätte gar nicht wissen wollen, wie ein so sauberer, von Blut umrahmter Schnitt in seine Vorderseite gekommen war.

Ich hörte nichts mehr von dem, was die weiteren Zeugen an diesem Tag aussagten.

Als ich Jean de Malestroit an diesem Abend aufsuchte, saß er allein in seinem Arbeitszimmer und starrte in das Licht einer einzelnen Kerze – kein herausragender Diplomat mehr, sondern ein schlichter Mann Gottes im Halbdunkel, der schwer über ein tiefes Glaubensproblem nachzugrübeln schien. Er hatte den Kopf auf beide Hände gestützt; anstelle seines gewohnten regelmäßigen Atems hörte ich tiefe, schwere Seufzer.

Ich räusperte mich leise, um seine Aufmerksamkeit zu erregen. Es dauerte einige Herzschläge, bis seine Stirn sich straffte und sein Blick den meinen kreuzte.

»Guillemette«, seufzte er. Zuneigung lag in seiner Stimme und auch ein wenig Erleichterung.

»Störe ich Euch, Eminenz?«

»Ich bin bereits tief verstört.«

»Vielleicht wollt Ihr allein sein …«

»Nein, bitte – um die Wahrheit zu sagen, ich wollte eben nach Euch schicken. Ich bin meiner eigenen Gedanken überdrüssig und sehne mich nach dem Klang einer anderen Stimme. Die Ablenkung Eurer Gesellschaft wäre mir im Augenblick höchst angenehm. Ich kann die Leute, mit denen ich diese Tage verbringen muss, auf den Tod nicht mehr ertragen, mich selbst eingeschlossen.«

Er verbrachte seine Stunden mit jammernden Zeugen, die alle ein und dieselbe Geschichte wiederholten, und berechnenden Anwälten, von denen jeder hoffte, Herzog Jean mehr zu erfreuen als der andere. Kleinkrämerische Schreiber, die an jedem Wort hingen, das in der Kapelle gesprochen wurde, waren sein ständiger Umgang. Anwälte und Ankläger und Würdenträger umringten ihn, und alle suchten sie aus dem Ausgang dieses Prozesses eigenen Nutzen zu ziehen. Er hatte die beängstigende Aufgabe, dies alles in Gottes Namen zum Abschluss zu bringen. Sein Überdruss war mehr als verständlich.

Aber wir beide wussten, dass es noch viel schlimmer sein könnte. »Stellt Euch nur vor, um wie viel qualvoller diese beiden Tage gewesen wären, hätte Milord uns mit seiner Anwesenheit beehrt«, sagte ich.

Ein schwacher Trost. »Das kann man sich gar nicht vorstellen«, erwiderte er leise. »Und irgendwann wird er wieder erscheinen müssen. Ich weiß nicht, wie ich dann die Ordnung aufrechterhalten soll.«

Am nächsten Tage sollten weitere Zeugen gehört werden, und man konnte getrost darauf wetten, dass Milord sich auch dann nicht zeigen würde. In gewisser Weise machte dies diese ganze unerquickliche Geschichte leichter erträglich, denn Gilles de Rais, Unzucht Treibender, Mörder und Dämonenbeschwörer, war noch immer Gilles de Rais, Marschall von Frankreich, Held, Baron und Ritter. Seine bleiche Abwesenheit machte es leichter, ihn als abscheuliches Ungeheuer zu betrachten, als es in seiner prächtigen Gegenwart gewesen wäre.

»Aus diesen Zeugenaussagen werden noch mehr Anklagepunkte erwachsen«, sagte Jean de Malestroit. »Wenn er sich weigert zu erscheinen, dann werden wir ihn wohl mit Gewalt vor das Gericht zerren müssen. Aber ich vermute, er wird sich zeigen, bevor Zwang nötig wird.« Er legte seine Hand sanft auf meine. »Seid Ihr darauf vorbereitet?«

Gilles de Rais würde nicht einfach nur bescheiden vor Gericht erscheinen, um still dazusitzen, während ihm ernsteste Anschuldigungen entgegengeschleudert würden – er würde seinem kriegerischen Wesen treu bleiben und einen majestätischen Kampf an den Tag legen.

Ich sagte: »Ich glaube, die angemessenere Sorge dürfte die um Milords Vorbereitungen sein. Was mich angeht, so bin ich so bereit, wie ich es je sein werde.«

Das entsprach nicht ganz der Wahrheit – es waren in der Tat noch einige Vorbereitungen meinerseits nötig, doch die hatten nichts mit Milords Erscheinen vor Gericht zu tun. Und in dieser Angelegenheit trat ich nun behutsam an Jean de Malestroit heran. »Perrine Rondeaus Enthüllungen waren fesselnd, nicht wahr?«

Er war abgelenkt. »Insofern, als sie sich unterschieden von dem, was die anderen Zeugen zu sagen hatten, ja. Das ist richtig.«

»Sie war wagemutig, diese Vorgänge zu beobachten.«

»Äußerst wagemutig.«

»Ich kann mir nicht vorstellen, dass ich mich selbst in eine solche

Lage bringen würde, gleichgültig, was damit zu gewinnen wäre. Aber mir stellt sich die Frage«, sagte ich vorsichtig, »ob irgendjemand weiß, was aus den Dingen wurde, die Prelati und andere aus Cahus Haus trugen, außer der Asche, die Perrine Rondeau beschrieb.«

Er sah mich verwundert an. »Warum ist das für Euch von Bedeutung?«

»Ich würde sie gerne untersuchen.«

»Gott im Himmel, warum denn?«

»Weil ich glaube, dass man daraus Erkenntnisse ziehen könnte.«

»Welche neuen Erkenntnisse soll man aus diesen Dingen denn noch ziehen können? Sie sind das Werk des Teufels und deshalb mit Geringschätzung zu behandeln.«

»Das Werk des Teufels enthüllt den Teufel«, entgegnete ich.

Sein Stirnrunzeln wurde von offener Missbilligung begleitet. »Das ist doch abscheuliches Zeug – blutig und übel riechend, und es dürfte sich kaum schicken, dass eine Frau sie untersucht, vor allem eine Frau Eures Standes nicht. Was soll denn diese plötzliche morbide Faszination?«

Es war eine wohlgesetzte Zurückweisung, in höflicher Berücksichtigung meiner angeblichen Empfindsamkeit, die er meinem »Stand« zuschrieb, doch diesen Stand konnte ich inzwischen selbst kaum mehr beschreiben. »Ich dachte einfach – das heißt, ich habe mich gefragt, ob man durch die Untersuchung der mit diesen Verbrechen in Verbindung stehenden Gegenstände nicht etwas erfahren könnte, das ist alles.«

»Und welchen Zwecken soll dieses Wissen dienen?«

Zwecken, über die ich im Augenblick noch nicht sprechen kann. »Als Beweis selbstverständlich«, sagte ich. »Beweise für die Verbrechen, die Milord vorgeworfen werden.«

»Beweise sind nicht nötig.«

Diese Erwiderung hatte ich nicht erwartet. »Aber … wie kann er denn ohne Beweise verurteilt werden?«

»Er wird gestehen.«

Mein erster Gedanke war: *nie.* »Gilles de Rais wird nicht gestehen«, sagte ich. »Sein Stolz wird ihm das nicht erlauben.«

»Er wird, das versichere ich Euch. Er wird sich vor Gott für seine

Verbrechen verantworten, und er wird es aus freiem Willen tun. Auch wenn wir ihn zuvor foltern müssen. Und wenn es erforderlich ist, wird dies auch geschehen.«

»Dennoch«, sagte ich, beinahe flehend. »Ich möchte die Beweise gern mit eigenen Augen sehen. Ich… ich muss sie sehen, um des Friedens meines Herzens willen.« Ich legte die Hände vors Gesicht und begann still zu weinen, doch schon am nächsten Morgen würde ich diese großartige Vorführung bedauern und eifrig büßen, denn mein Bischof ist ein guter Mensch, der diese üble Art von Täuschung nicht verdient hat. Schwester Claires prophetische Worte über die Berechenbarkeit von Männern, auch der mächtigen, klang mir in den Ohren. Nur die Härtesten der Harten, wie etwa der ungeheuerliche Jean de Craon, konnten sich dem Einfluss der von Herzen kommenden Tränen einer Frau entziehen. Und um die Wahrheit zu sagen: Meine Tränen waren gar nicht so furchtbar falsch.

Jean de Malestroit wand sich bereits, als er sagte: »Ach, nun gut denn, wenn es Euch so viel bedeutet, werde ich mich erkundigen, wohin diese Dinge gelangt sind. Aber erhofft Euch nicht zu viel.«

Ich wusste, dass mein Bischof wahrscheinlich Recht hatte – es gab kaum Hoffnung, dass das Hemd, so grausig es auch sein mochte, von irgendjemandem aufbewahrt worden war, und vor allem von diesen Schurken nicht, deren Schuld es bestätigen würde! Wohin sollte man es denn auch legen, ohne dass es die ganze Umgebung besudelte?

François Prelati würde wissen, was daraus geworden war, aber er war ein Schweinehund, der versuchen würde, dieses Wissen gegen irgendeinen Vorteil vor Gericht einzutauschen. Ich hatte nichts, womit ich ihn verführen konnte. Meine einzige Möglichkeit war ein Besuch bei Perrine Rondeau. Ich wusste, dass sie mit vielen anderen wegen dieses Prozesses nach Nantes gereist war, und sie alle wohnten vorübergehend am Rande der Stadt. Am Flussufer waren große Zeltlager dieser Pilger entstanden. Ich musste nur von einem Lagerfeuer zum nächsten gehen und nach ihr fragen – sie hatte sich mit dem Gewicht ihres Charakters einen Namen unter den Leuten gemacht.

Als ich sie am nächsten Morgen vor Prozessbeginn fand, zeugte

Perrine Rondeaus fröhliche Stimmung von einer völligen Erholung von der Belastung durch ihre Zeugenaussage am Tag zuvor. Allerdings hatte sie gesagt, was sie zu sagen hatte, und damit war die Sache für sie erledigt. Im Gegensatz zu vielen anderen, bei denen der Schmerz der Aussage länger verweilen würde, hatte sie kein Kind verloren.

Eine stattliche steinerne Feuerstelle war schon vor vielen Jahren an einer Stelle am Flussufer errichtet worden, wo die Fischer sich oft den Fisch brieten, den sie aus den schlammigen Gewässern zogen. Eine kräftige Stange aus sehr grünem Holz lag über den Steinen, und daran hatte Madame Rondeau einen Kessel am Henkel aufgehängt. Dort stand sie und rührte summend Haferbrei über dem Feuer, und ihre rundlichen Hüften wiegten sich mit dem Kreisen ihres Arms. Zu ihren Füßen lag auf einem Tuch ein großer, flacher und sauber gewaschener Flussstein, auf den sie die Grütze nach dem Kochen gießen würde. Wenn sie ausgekühlt war, würde sie in klebrige Stücke zerbrochen, die man aus der Hand aß. Die Speise war fade und geschmacklos, würde aber die Mägen vieler hungriger Menschen füllen, die in der Nähe warteten und von denen niemand die Schüsseln und Utensilien besaß, um anständig zu essen. Wie sehr hatte ich mich doch an diese Segnungen gewöhnt – eine Schüssel, ein Brett, einen Löffel, reichlich Nahrung, die man warm und mit Würde essen konnte. Für mich inzwischen reine Gewohnheit, für einen Armen aber große Schätze. Gottes willkürliche Verteilung von Glück und Wohlstand war immer so verwirrend.

Aber Er hatte Perrine Rondeau mit einer wunderbaren Herzlichkeit gesegnet, die sie jetzt zum Wohle derer einsetzte, denen dergleichen Mittel fehlten. Der Dampf, der aus dem Kessel aufstieg, kräuselte ihre mit einem Tuch zurückgebundenen Haare an den Schläfen. Über ihrem Gewand trug sie eine große Schürze, deren Ärmel ein Stück aufgekrempelt waren.

Sie musterte meine Ordenstracht und nickte dann ehrerbietig. »Guten Morgen, Mutter«, sagte sie.

»Guten Morgen. Seid Ihr Madame Rondeau?«

»Die bin ich.«

»Gott segne Euch, Madame. Ich habe Euch nach Eurer Aussage

gestern in mein Nachtgebet eingeschlossen. Ich hoffe, Ihr seid von der plötzlichen Krankheit, die Euch überfiel, genesen.«

»O ja. Und vielen Dank für Eure Gebete. Sie kommen und gehen, diese Schüttellähmungen. Nach einer Weile komme ich immer wieder zu mir.«

»Ihr seid eine tapfere Frau, und auch sehr hartnäckig in Euren Nachforschungen.«

»Ach«, sagte sie, »andere würden sagen, ich bin einfach zu neugierig.«

»Ich will über Euer Verhalten nicht urteilen, Madame, aber Eure Neugier war, wie sich zeigte, sehr hilfreich.«

»Das ist nicht immer der Fall.« Sie grinste schelmisch. »Aber wenn dem Ankläger half, was ich sagte, bin ich froh darüber. Und mir hat es nicht geschadet, dass ich gesprochen habe«, sagte sie. »Ich bedaure diejenigen, die Kinder verloren haben. Vor allem die Frau, die am Tag davor sprach, als die Sitzung unterbrochen wurde.«

Sie zog den Holzlöffel aus dem Kessel, klopfte die anhängenden Breiklumpen am Rand ab und legte den Löffel dann auf den Kessel. Als sie die Hände frei hatte, faltete sie sie und murmelte ein Gebet. Sie bekreuzigte sich und nahm das Rühren wieder auf, als hätte sie es nie unterbrochen.

»Und was mit ihr in der Kapelle passiert ist … und mit Euch selbst …«

Ich versteckte meine verbundene Hand im Ärmel. »Es wird schon nichts bleiben. Und Madame le Barbier ist eine unverwüstliche Frau. Ich bin sicher, sie wird gänzlich von dem genesen, was die Krähe …«

Sie schnitt mir das Wort ab. »Mutter, verzeiht mir meine Ungehörigkeit, denn ich will nicht respektlos sein«, sagte Perrine Rondeau, »aber das war keine Krähe. Das war der Dämon selbst, in Krähengestalt ausgeschickt von Gilles de Rais, um sie für ihre harten Worte gegen ihn zu bestrafen.«

Was für eine Macht doch Hexerei auf alle Kinder Gottes hatte. »Wenn das so ist, dann sind wir alle dem Untergang geweiht, denn in letzter Zeit wurden nur wenige freundliche Worte gesprochen.«

Wieder klopfte sie ab, betete und bekreuzigte sich. »Gott wird uns behüten«, sagte sie und hob den Löffel zur Betonung des Gesagten. Ein Breiklumpen löste sich und fiel in den Kessel. »Nun, das ist zwar kein königliches Mahl, aber es wird viele Bäuche füllen. Wollt Ihr mit uns essen, Mutter? Es ist genügend da.«

»Ihr seid zu freundlich, Madame; ich habe mein Fasten bereits gebrochen. Aber wenn Ihr die Zeit erübrigen könnt, würde ich Euch gerne nach etwas fragen, nach etwas, das Ihr gestern erwähntet – das Hemd. Ihr sagtet, Ihr hättet gesehen, dass Prelati es etwa zu der Zeit von Milords Verhaftung aus Cahus Haus schaffte.«

Sie schaute in den Kessel und runzelte die Stirn. »Der Anblick war unbeschreiblich, der Gestank unerträglich. Die ganze Vorderseite war mit Blut und Schmutz getränkt. Der Gestank drang ja sogar durch die Blätter und Äste bis zu mir – nur meine Angst vor Entdeckung bewahrte mich vor dem Erbrechen.«

Sie deutete mit einer Drehung ihres Kopfes zu einem Mann, der in der Nähe auf der Erde schlief. »Die Entfernung war nicht mehr als zwischen ihm und mir. Wahrscheinlich weniger.«

Zwei bis drei Schritte im Höchstfall. »Ihr konntet das Hemd also sehr gut sehen.«

»Ja. Monsieur Prelati hielt es auf Armeslänge von sich, und zwar mit beiden Händen, um es möglichst weit weg von seinem Körper zu halten. Es war fast unter meiner Nase.«

»Ihr spracht von einem Riss in der Mitte …«

»Das war kein Riss, sondern ein glatter Schnitt – wahrscheinlich von einem Messer aufgeschlitzt«, sagte sie und beantwortete damit eine Frage, die ich noch gar nicht ausgesprochen hatte.

Die morbide Faszination, von der Jean de Malestroit gesprochen hatte, überkam mich nun, und ich fühlte mich plötzlich sehr unheilig. »Falls Ihr Euch erinnert, Madame, wo auf dem Hemd war dieser Schnitt?«

»Vom Saum fast bis zum Hals. Auf beiden Seiten des Schlitzes war der Stoff von dunklem Blut getränkt, und zwar so sehr, dass die Stoffränder nicht ausfaserten. Aber mir fiel auch auf, dass der untere Teil des Schnitts gezackt war.«

Ich sah deutlich vor mir, was sie beschrieb, und stellte mir vor, wie das Messer in das weiche Fleisch eines Kinderbauches eindrang. Augenblicklich befiel mich eine kaum zu ertragende Schwäche. Ich legte Madame Rondeau eine Hand auf die Schulter, um das

Gleichgewicht nicht zu verlieren, und sie sah mich besorgt an. »Es ist nur eine leichte Benommenheit«, beruhigte ich sie. »Das geht vorüber.«

Bevor das geschah, waren einige andere grausige Bilder vor meinem inneren Auge vorbeigezogen. Mit einem tiefen Atemzug schöpfte ich neue Kraft. »Das scheint nur den einen Schluss zuzulassen, dass das Messer das Hemd und das Kind gleichzeitig aufschlitzte.«

»*Oui, Mère.* Das Kind, das dieses Hemd trug, wurde geschlachtet wie ein Lamm.«

Ein gezackter, aber nicht ausgefaserter Schnitt unten am Saum. »Madame«, fragte ich »in welcher Richtung schien der Blutfleck sich auszubreiten?«

Einige Augenblicke lang starrte sie in den Brei und rührte ihn rhythmisch, während ihr Blick ziellos hin und her wanderte. Wieder legte sie den Löffel auf den Kesselrand, bevor sie antwortete. »Oben am Halsausschnitt war eine große Menge Blut. Es musste sich also nach oben ausgebreitet haben.« Sie warf mir einen besorgten Blick zu. »Aber wie kann das sein?«

Das Kind war an den Füßen aufgehängt worden.

Ich spürte, wie mir mein zuvor gegessener Haferbrei in die Kehle hochstieg. Als die Übelkeit sich wieder gelegt hatte, fragte ich sie: »Was meinen Sie, in welchem Alter mochte das Kind gewesen sein, das dieses Hemd getragen hatte?«

»Oh, sehr jung. Ein so kleines Kind kann nicht viel älter als sieben oder acht Jahre gewesen sein.«

Michel mit sieben Jahren tauchte vor meinem inneren Auge auf. Er stieg auf den Schoß meiner Erinnerung und schlang die kleinen Arme um meinen Hals.

»Bestien«, flüsterte ich. »Unheilige Bestien.«

»Ja, Mutter«, sagte Perrine.

Ich dankte ihr so höflich, wie ich konnte, für ihre Ausführungen, drehte mich dann um und ging durch das Lager. Der ungezackte Saum meines Gewands schleifte durch den Staub. Jetzt waren noch mehr Menschen hier als zuvor bei meiner Ankunft. Und jeder Einzelne schien mich anzustarren.

Als ich in den Palast zurückkehrte, hatte Jean de Malestroit seine Gemächer bereits verlassen, um in die Kapelle zu gehen, ich würde also erst später erklären müssen, wo ich gewesen war. Bis auf *Frère* Demien, der aus den Gemächern kam, als ich eben wieder gehen wollte.

»Wo wart Ihr denn?«, wollte er wissen. »Ich habe mir Sorgen gemacht! Seine Eminenz hat sich auch schon nach Euch erkundigt. Und wir kommen zu spät zum Prozess.«

Und verpassen so eine weitere Leidensgeschichte. Ich bemühte mich, ein wenig enttäuscht zu sein, konnte es aber nicht. »Ich besuchte das Zeltlager, um Perrine Rondeau zu suchen«, sagte ich.

Als wäre ich besudelt, bekreuzigte sich der junge Priester und flüsterte einen schnellen Segen. »Aber warum?«

»Ich wollte sie etwas fragen, Bruder. Ich wollte mehr über das Hemd erfahren, das sie gesehen hatte.«

Ihm musste ich nicht erklären, warum mich das interessierte; *Frère* Demien hatte Guillaume Karles Geschichte ja gehört. Stattdessen setzte er zu einer ärgerlichen Schmährede gegen die arme Frau an. »Sie hat die Schüttellähmung, Schwester, und der Einfluss des Satans könnte noch immer in ihr sein – immerhin zuckte sie wie ein Zigeuner bei ihrer gestrigen Aussage.«

»Ich glaube, es ist ihr gelungen, sich von allem Bösen zu reinigen, das sie gestern befallen hatte. Als ich sie fand, tat sie etwas, was unser Retter Jesus Christus einst tat – sie gab den Armen zu essen.«

»Der Satan kann einen mit falscher Güte in die Irre führen. Er zeigt einem das Licht und führt einen in die Dunkelheit. Er berauscht einen mit falschen Versprechungen und verführt einen zu dem Glauben …«

»Genug«, sagte ich und kreuzte die Arme vor der Brust. »Man könnte meinen, Ihr übt für die Mitra, Bruder.«

»Man muss kein Bischof sein, um von den Schandtaten des Satans zu sprechen.«

»Aber es ist sicherlich nicht von Nachteil. Fürchtet nicht um meine Seele«, sagte ich. »Ich bin unversehrt zurückgekehrt.«

»Nun, ich hoffe, Ihr habt wenigstens befriedigende Antworten erhalten.«

»So sehr, wie das im Augenblick möglich ist, fürchte ich.« Denn wie es oft geschieht, führten die Antworten, die sie mir gegeben hatte, nur zu weiteren Fragen. Ich würde mich woanders hinwenden müssen, um auch auf diese befriedigende Antworten zu finden.

Nachrichten über das, was vor Gericht gesagt wurde, verbreiteten sich in den Zeltlagern und den umliegenden Dörfern, als gäbe es ein unsichtbares Band, auf dem sie befördert wurden. Niemand sprach von etwas anderem, aber so ist das immer – wir riechen Gottes Rosen nicht, wenn Mist unsere Nasen verführt. Am vergangenen Nachmittag hatte ich das Rauschen von Flügeln gehört, und als ich aufschaute, sah ich einen kleinen Schwarm Tauben, der einen der Türme umkreiste. Einige Augenblicke flatterten sie verwirrt herum, bevor sie davonflogen, jede in eine andere Richtung, aber kaum waren diese Vögel verschwunden, wurde ein anderer Schwarm freigelassen. Bald würden in ganz Frankreich und der Bretagne Könige, Edelleute und Kirchenmänner diese kleinen *papiers* lesen, auf denen die wichtigen Nachrichten standen. Tags darauf würden die Vögel sicherlich schon in Avignon sein, und mein Sohn, dessen liebende Worte ich schändlicherweise noch immer nicht erwidert hatte, würde über den Stand der Dinge auf dem Laufenden sein.

»Herzog Jean wird dringend auf Nachricht warten«, sagte *Frère* Demien, während die Vögel kleiner und kleiner wurden und schließlich ganz verschwanden.

»Er wartet begierig auf Milords Sturz«, erwiderte ich, »doch es scheint, dass der auch unabhängig von seinem Verlangen nicht mehr lange auf sich warten lassen wird. Ich frage mich, wann der Herzog sich hier zeigt. Er hätte wohl gern mit dieser ganzen Sache nichts zu tun und möchte trotzdem ihren Gewinn einheimsen. Mir erscheint das sehr unchristlich von ihm. Andererseits hat er ja viele Männer, die bereit sind, an seiner Stelle christlich zu sein.«

Die Nachrichten wurden jeden Tag auf dem großen Platz von Nantes vor dem Bischofspalast vom selben Ausrufer verkündet. Stets strömte eine große Menge zusammen, um seine düsteren Worte zu hören, und Münzen flogen förmlich in seinen umgedrehten Hut, denn er war ein vorzüglicher Geschichtenerzähler. Die Zuhörer ächzten und stöhnten und schüttelten missbilligend die Fäuste, wenn Entsetzen sich in Wut verwandelte. Und je größer die Menge der Berichte über verschwundene Kinder wurde, desto größer wurde auch die Wut der Bevölkerung auf ihren Herren.

Er berichtete von weiteren Scheußlichkeiten und erzählte neue Geschichten der Einschüchterung durch Gilles de Rais' Männer:

»Vor etwa sechs Monaten berichtete eine Putzmagd, die im Palast arbeitete, sie hätte einen kleinen, blutigen Fußabdruck gesehen. Sie benachrichtigte die Haushälterin, doch als die beiden zurückkehrten, war er bereits beseitigt worden. Die Magd verlor ihre Stellung, weil sie so vorlaut …«

Und Geschichten von tollkühnem Mut:

»Es war eine dunkle, mondlose Nacht, als ich auf der Burgmauer von Machecoul auf der Lauer lag. Es erschien mir nur angemessen, dass die Verbrechen dieser Missetäter ans Tageslicht kommen sollten. Falls in dieser Nacht wieder ein Junge verschleppt werden sollte, würde ich nicht zögern, die Männer der umliegenden Dörfer zu benachrichtigen, damit Gilles de Rais den zuständigen Behörden zugeführt werde.

Leider übermannte mich der Schlaf, und es dauerte wohl nicht lange, bis ein Mann von schmächtiger Gestalt mich, mit einem Dolch unter meinem Kinn, weckte. Ich schrie auf, aber er lachte und sagte: ›Schrei, so viel du magst! Keiner wird dich retten. Du bist ein toter Mann.‹

Ich war mir sicher, dass er mich töten wollte, und flehte um mein Leben. Dank Gottes Gnade hatte dieser Kerl wohl Mitleid mit mir und ließ von mir ab, damit ich über die Begegnung nachdenken konnte, doch nun hatte ich nicht mehr den Mut zu bleiben – ich kletterte eilends die Steine der Außenmauer hinab und schlug mich durch bis zur Straße, und obwohl es stockdunkel war, rannte und rannte ich, bis ich weit genug von diesem bösen Ort entfernt war, um anhalten und Atem schöpfen zu können. Als ich am nächsten Tag zu meinem Haus zurückkehrte, begegnete mir Gilles de Rais selbst, der in die Richtung von Boin ritt. Auf seinem Pferd erschien er mir wie ein Riese, vor allem angesichts dessen, was ich in der Nacht zuvor gegen ihn unternommen hatte! Er starrte mit großer Böswilligkeit auf mich herab und legte die Hand auf das Heft seines Schwerts. Ich schloss die Augen und wartete auf das Schaben von Metall, doch er lachte nur höhnisch auf. Er ritt davon, aber seine Begleiter blieben zurück und umringten mich. Keiner sprach ein Wort, aber ihre Mienen sagten: *Wir wissen, was du im Schilde führst, und du solltest es besser sein lassen!*«

Das war die letzte der Schauergeschichten, die ich an diesem Tag hörte. Im Gericht selbst gab es eine Unterbrechung, die mir trotz meines unvernünftigen Drangs, alles mitbekommen zu wollen, willkommen war. Während wir warteten, ließ ich, nur um der Ablenkung willen, die kühlen, glatten Perlen meines Rosenkranzes durch die Finger gleiten, ohne die entsprechenden Gebete aufzusagen, während Jean de Malestroit sich mit Bruder Blouyn und De Touscheronde besprach. Die drei hatten die Köpfe zusammengesteckt und redeten so leise, dass nicht einmal die Schreiber, die dicht bei ihnen saßen, sie hören konnten.

Es machte nichts, denn diesmal schrieb Jean de Malestroit. Mit Zustimmung seiner Kollegen verfasste er eine kurze Erklärung, die er einem der Schreiber mit einer geflüsterten Anweisung übergab. Der Mann fing sogleich an, in seinen Pergamenten zu suchen, stand dann auf und berichtete über die wichtigsten Zeugenaussagen, indem er zuerst angab, wer sie gemacht hatte, und sie dann kurz zusammenfasste.

Als er damit fertig war, drehte der Schreiber sich zu Seiner Eminenz um, der ihm mit einem Nicken die Zustimmung zur Verkündung des folgenden Schlusssatzes gab:

»Nachdem die Beschwerden vorgebracht wurden vor den Herren Jean, Verehrter Vater in Gott, Bischof von Nantes, und Bruder Jean Blouyn, Vize-Inquisitor, verfügen besagte Herren Bischof und Vikar, dadurch davon in Kenntnis gesetzt und in der festen Absicht, diese Verbrechen nicht ungesühnt zu lassen, und beauftragen hiermit jeden Priester, am Sonntag den achten Oktober den zuvor erwähnten Gilles de Rais dazu aufzurufen, vor den besagten Herren Bischof und Vize-Inquisitor des Glaubens zu erscheinen, wie es das Gesetz verlangt, um sich zu verantworten und vorzubringen, was er an Einwänden und Verteidigungen vorgebracht haben möchte, wie auch vor dem für diesen Fall und andere Fälle dieser Art rechtmäßig ernannten Ankläger.«

Luft, die zu warm für Oktober war, strömte durch das offene Fenster des oberen Saals. Wir hatten uns dort versammelt, weil die Gefahr eines Aufruhrs in der Kapelle darunter zu groß geworden war. Der obere Saal war geräumig, im Gegensatz zur unteren Halle und zur Kapelle, aber im Augenblick war sein größter Vorzug, dass durch die einfache Aufstellung von Wachen am Fuß der Treppe der Raum völlig unzugänglich war. Die Zulassung zu diesem Gericht stand allein im Belieben des Mannes, dessen Befehle die Wachen ausführten.

Obwohl unsere Sicherheit so gewährleistet schien, herrschte viel verwirrtes Gewimmel, bevor wir uns wieder den zu erledigenden Geschäften widmen konnten. Neue Gesichter erschienen, einige davon kannte ich. Der Auftritt von Pierre l'Hôpital, Präsident der Bretagne unter Herzog Jean und ein enger Vertrauter meines Bischofs, war ein beachtenswertes Ereignis.

»Wie ich sehe, hat der Herzog seinen Wachhund geschickt«, sagte *Frère* Demien.

»De Touscheronde wird sicher daran Anstoß nehmen«, erwiderte ich.

»Ts, ts«, machte *Frère* Demien.

»Es ist ein ziemliches Glück für uns alle, dass er im Dienst unseres Herzogs eher Anwalt denn Politiker ist«, fügte ich hinzu. »Ansonsten hätten wir eine beständige diplomatische Krise.«

Schritte hallten den letzten Gang entlang. *Frère* Demien drehte sich um. »Guillaume Chapeillon«, sagte er.

Der honigzüngige Chapeillon war ein gutes Gegengewicht zum verdrießlichen l'Hôpital. Er würde für Jean de Malestroit sprechen und ausschließlich ihm verantwortlich sein. Er war gewandet in feinsten Advokatsroben mit weit gebauschten Ärmeln – ich fragte mich mit nicht geringem Neid, wie viele Schätze in diesen üppigen Falten wohl verborgen waren. Eine Truppe aus Schreibern und Notaren folgte Chapeillon wie Entlein. Jeder hatte schwarzfleckige Finger und hielt ein Bündel Federkiele in der Hand, von denen die meisten aufgebraucht sein würden, bevor der Prozess zum Abschluss kam.

Diese Bediensteten und Würdenträger fanden schließlich ihre Plätze an der Spitze des Saales, obwohl mir die Verwirrung, die entstand, bevor sie alle wirklich saßen, alles andere als Vertrauen einflößte. Auch wenn wir uns nun an einem abgeschiedenen Ort befanden, blieb ein Rest von Angst. Ich saß auf einem der Stühle mit hoher Lehne, die man eiligst hereingebracht hatte, um allen Zugelassenen Platz zu bieten, und beschäftigte mich still mit mir selbst: Ich zog und zupfte am Saum meines Gewands, bis er gerade war, steckte lockere Haarsträhnen fest, strich den Schleier glatt und tat, was mir sonst noch einfiel, um mich abzulenken. Als ich schließlich ein vollkommenes Erscheinungsbild bot, schloss ich die Augen und dachte an die wunderbaren Äpfel, die wir im kalten Keller verstaut hatten, und daran, wie wunderbar es sein würde, in der öden Dunkelheit des Januar meine Zähne in einen zu graben. Mein Atem kam regelmäßiger, und ich wurde ruhiger.

Doch kaum hatte ich meinen normalen Atem wieder gefunden, wurde er mir bereits wieder geraubt durch die plötzliche und völlig unerwartete Ankunft von Milord Gilles de Rais.

28

Ich rief Moskal ein paar Tage früher als vereinbart an.

»Ich dachte, ich würde erst am Montag von Ihnen hören«, sagte er mit seinem prägnanten Bostoner Akzent.

»Ich habe ihn festgenagelt«, sagte ich und strahlte förmlich durch den Hörer.

»Wow.«

Er sagte es leise, als wäre er eher enttäuscht. Ich verstand das vollkommen; er wollte ihn ja so unbedingt wie ich.

»Ja. Ich habe einen Haftbefehl für den Mistkerl.«

»Schön für Sie. Und schnell.«

Konnte er mich grinsen hören? »Wir wollen gerade los, um ihn zu verhaften. Der Haftbefehl lautet auf das Verbrechen der Entführung eines Kindes in sieben Fällen. Ich wollte Sie nur anrufen und es Sie wissen lassen.«

»Nicht Mord?« Jetzt klang er noch enttäuschter.

»Noch nicht. Aber es kann sein, dass wir eine Leiche haben.

Ich weiß nicht, ob so eine Geschichte es bis in Ihre Lokalblätter schafft…«

»Den *Globe* kann man eigentlich nicht ein Lokalblatt nennen«, sagte er. »Aber ich habe auch die *Los Angeles Times* gelesen.«

»Dann haben Sie es gesehen.«

»Ja. Aber ich bin verwirrt. Das Opfer war schwarz, das passt nicht zu Ihrem Muster.«

»Wir gehen davon aus, dass es nur eine Übungstat war.«

»O Mann. Hat er denn nicht schon genug Übung?«

»Und dann gab es drei fehlgeschlagene Entführungen an einem Tag. Er wollte mich herausfordern.«

»Aha«, sagte er. »Das ergibt schon mehr Sinn. Jetzt, da Sie eine Leiche haben, können Sie ihn auch wegen Mordes drankriegen, sobald Sie die Beweise beisammen haben.«

»Das können wir. Und das werden wir.«

»Na dann.«

An seinem resignierten Tonfall merkte ich, Moskal wusste, dass er schon sehr nett bitten musste, um Durand zurück in den Bay State zu bekommen, was erst passieren würde, wenn der Golden State damit fertig war, ihm die Lungen aus dem Leib zu reißen, so Gott wollte.

»Wie haben Sie ihn letztendlich überführt?«

»Turnschuhe«, sagte ich. »Er hat alle ihre Turnschuhe aufbewahrt.«

Ich konnte beinahe hören, wie sein Unterkiefer auf den Boden knallte. Die Leitung schien plötzlich tot zu sein.

»Pete? Sind Sie noch da?«

»Ja«, sagte er, beinahe ein Flüstern. »Warten Sie mal ’ne Sekunde. Ich lege Sie in die Warteschleife. Aber legen Sie bitte nicht auf.«

Er war verschwunden, ich war mit einem Spiralkabel an meinen Schreibtisch gefesselt, und ein Gedanke ging mir nicht mehr aus dem Kopf: Du hältst mich davon ab, den bösen Buben einzulochen.

Es schien eine Woche zu dauern, bis er zurückkam. Zwei Kopien des Haftbefehls, die ich in der Hand hielt, waren zerknittert und schweißfeucht, fühlten sich aber so heiß an, als würden sie gleich in Flammen aufgehen. Aus den Augenwinkeln heraus sah ich, wie meine fünf Kollegen ihre Waffen überprüften, ihre kugelsicheren

Westen anzogen und die Batterien ihrer Funkgeräte kontrollierten. Das Stammesritual der Jagdvorbereitung war bereits voll im Gange, und ich würde nachhecheln müssen.

»Tut mir Leid«, sagte Moskal, als er sich wieder meldete. »Das hat länger gedauert, als ich dachte. Ich musste was nachprüfen.«

»Um Himmels willen, was denn?«

Plötzlich sprang auf dem Gestell neben meinem Schreibtisch das Fax an. Die ersten Millimeter Papier ruckelten aus dem Gerät.

»Kommt das Fax von Ihnen?«

»Ja. Ich warte, wenn Sie es sich anschauen wollen.«

Nach zweiminütigen Wehen war die Seite geboren. Ich riss sie fast verzweifelt aus dem Schlitz. Es war die etwas kontrastärmere, aber mit Hochauflösung gesendete Fax-Version von einem der Fotos, die ich in Moskals Fallordner gesehen hatte.

Die schuhlosen Füße waren eingekreist.

»O Mann«, flüsterte ich ins Telefon.

»Wenn Sie ihn verhaften, könnten Sie da vielleicht nach einem Paar schwarzer Basketballstiefel mit dem Logo der Boston Celtics suchen …«

Es würde mir ein Vergnügen sein.

Die beiden Dreier-Teams fuhren in getrennten Autos. Ich saß mit Spence und einem anderen Kollegen in dem ersten Fahrzeug, das zum Studio fuhr. Ich war dankbar für die Gesellschaft, denn ich war nervös – es war der größte Fall, den ich je bearbeitet hatte, und es versteht sich wohl von selbst, dass ich hoffte, es würde alles glatt laufen. Es gibt so vieles, was schief gehen kann, wenn man versucht, jemanden zu verhaften.

Ich schätzte Wilbur Durand als eher gelassen ein; als er mir seinen kleinen Besuch abstattete, war er so ziemlich der coolste Kunde, der je in ein Polizeirevier geschlendert war. Er hatte offensichtlich gewusst, dass wir in dem Augenblick nichts gegen ihn unternehmen konnten. Anscheinend hatte er mit einem Anwalt gesprochen, bevor er zu uns kam. Nicht mit diesem Kanzleiangestellten, den wir mit unserer Durchsuchung vom Golfplatz geholt hatten, sondern mit seiner berühmten Schwester, der bösen Hexe der Ostküste. Zweifellos wusste Sheila Carmichael bereits Bescheid, aber das muss man sich mal vorstellen: dass man einem anderen menschlichen Wesen – und noch dazu seinem eigen Fleisch und Blut – eröffnet: *Ich werde verdächtigt, mehrere halbwüchsige Jungen entführt zu haben.* Es würde ein kurzes Schweigen folgen, denn die Person, der man sich anvertraut, würde sich hüten zu fragen, ob man tatsächlich getan hat, wessen man verdächtigt wird. Und dann muss man sich vorstellen, Folgendes als Antwort zu hören: *Dann lass uns mal überlegen, was wir tun können, damit dich das nicht zu hart trifft.*

Und da fragen sich die Anwälte, warum die Leute sie mit Haien vergleichen.

In Kürze würden wir in Will Durands abgeschottete Existenz platzen und versuchen, sie aufzubrechen, und zum Teufel mit den Anwälten. Natürlich hatte man ihm bereits im Voraus eingeschärft, nichts zu sagen, falls er verhaftet würde, da war ich mir ganz sicher. Das erste Verhör nach der Verhaftung würde für einen jeden von uns, Frazee eingeschlossen, eins der schwierigsten der Karriere sein. Der Verdächtige würde bestens und aufs Professionellste präpariert sein.

Und eiskalt.

»Alles in Ordnung?«, fragte Spence.

Anscheinend merkte man es mir an. »Ja. Nein. Vielleicht. Frag mich, wenn wir ihn in Handschellen und im Auto haben.«

Er kicherte kurz. »Warst du in letzter Zeit auf dem Schießstand?«

»Ja.«

»Gut. Ich will mich nämlich nicht von dir erschießen lassen.«

»Keiner wird irgendjemanden erschießen. Soweit ich weiß, hat Durand keinen Waffenschein.«

»Das heißt nicht, dass er keine Waffe hat. Oder dass er nicht sechs oder sieben Leibwächter mit Waffen und Scheinen hat, die dafür bezahlt werden, dass sie für ihn die Drecksarbeit erledigen.«

»Ist nicht sein Stil. Das dürfte ziemlich glatt über die Bühne gehen.«

»Ja ja. So wie immer.«

Man hatte uns beigebracht, auf alles gefasst zu sein, das Unerwartete zu erwarten. Wenn ich mich nicht sehr täuschte, würde Wilbur Durand es nicht auf eine gewaltsame Konfrontation ankommen lassen. Seine Kugeln bestanden aus grauer Substanz. Wenn er damit auf uns schoss, würden wir vielleicht nie erfahren, was uns getroffen hatte.

Vor dem Studio standen zwei Fahrzeuge. Das eine war ein neuer Mercedes, schnittig und glänzend schwarz mit getönten Scheiben, das andere ein fünf oder sechs Jahre alter VW Jetta, ebenfalls schwarz. Ich gab die Kennzeichen durch. Während wir auf die Antwort warteten, überprüfte ich meine Waffe, nur für den Fall.

Es stellte sich heraus, dass keins der Fahrzeuge Durand gehörte, was eine Enttäuschung war. Der Mercedes war ein Mietwagen, was kurz Hoffnung aufkeimen ließ, bis der Dienst Habende hinzufügte, der Mieter sei eine große Anwaltskanzlei in der Innenstadt. Ich schrieb die Kennzeichen in mein Notizbuch und öffnete dann den Sicherheitsgurt.

»Keins gehört ihm oder seiner Firma.«

»Er könnte trotzdem da sein.«

Das war er nicht. Mr. Golfhose und der Wichser von einem Assistenten erwarteten uns. Beide beharrten darauf, dass Wilbur Durand wieder außer Landes sei.

»Dann ist er wohl nur kurz hergeflogen, um mir einen Besuch abzustatten, und dann gleich wieder verschwunden.«

»Ich werde keine Spekulationen über die Gründe meines Mandanten für seine Reisen anstellen«, jaulte der Anwalt. Ohne seine Golfklamotten sah er viel seriöser und amtlicher aus, aber er klang nicht besser. »Mr. Durand ist noch immer sehr beunruhigt wegen Ihrer Beschlagnahme seines Studios. Er hat einen sehr engen Terminplan und muss jetzt sehr hart arbeiten, um seine Deadlines nicht zu verpassen.«

»Er arbeitete nicht hier, als wir ankamen.«

»Vielleicht hat er irgendwo an einem Drehort gearbeitet; das weiß ich nicht. Ich weiß allerdings, dass er mit dieser Art von Störung in seinem Studio nicht arbeiten kann.«

»Er hätte uns nur bitten müssen, zu gehen.«

»Und Sie hätten das Studio verlassen?«

Er wollte mich nur ablenken, und ich wäre fast darauf hereingefallen.

»Wo ist er?«, fragte ich jetzt.

»Das ist mir nicht bekannt.«

»Aber Sie stehen doch in Verbindung mit Mr. Durand.«

»Das berührt die Vertraulichkeit zwischen Anwalt und Mandant, Detective.«

Ich spürte, wie die Frustration in mir immer stärker wurde; es würde nicht mehr lange dauern, und ich würde platzen und anfangen zu schreien. Spence spürte das offensichtlich, denn er berührte mich am Ellbogen und rettete mich, indem er den Mercedesfahrer fragte: »Haben Sie etwas dagegen, wenn wir uns noch einmal umsehen?«

»Sehr viel sogar.«

»Wenn er zurückkommt«, sagte ich, »dann sagen Sie bitte Ihrem Mandanten, dass ich mich gerne mit ihm unterhalten würde. Ach, und vielleicht möchten Sie auch hinzufügen, dass wir einen Haftbefehl für ihn haben.«

Der Anwalt fragte erst gar nicht, wegen welcher Verbrechen.

Wir gingen wieder nach draußen und riefen das Team an, das zu Durands Haus gefahren war. Sie hatten nur den bekannten sabbernden Boy vorgefunden, aber keinen Durand.

Wir mussten also wieder abziehen. So fuhren wir hinein in die spätnachmittägliche Sonne mit ihren stechenden, schief einfallenden Strahlen, die alles so heruntergekommen aussehen lassen.

»Und, wie sieht Plan B aus?«, fragte Spence.

»Es gibt keinen Plan B«, sagte ich. »Ich hatte ja kaum 'nen Plan A.«

Er starrte mich ziemlich ungläubig an. »Also komm, Lany, du hast doch sogar einen Plan B, wenn du deine Nagelfeile verlierst.«

»Im Ernst, Spence. Kein Plan B.«

»Und was tun wir jetzt, so herausgeputzt, wie wir sind?«

»Ich weiß es nicht.«

»Wir sollten ihn aufscheuchen.«

»Und wie, bitte schön?«, fragte Fred. »Sie haben doch selbst gesagt, der Kerl ist ein wandelnder Verschwindibus. Und im Augenblick können wir damit noch nicht an die Öffentlichkeit gehen.«

Ein paar hohe Tiere und einige Detectives nahmen an dieser Krisensitzung teil. Ich saß mal wieder im Schleudersitz und musste mir ziemlich schnell etwas einfallen lassen.

»Ich kenne eine Frau bei der *Times*«, sagte ich. »Ich habe mit ihr zwar schon eine ganze Weile nicht mehr zusammengearbeitet, aber wir hatten früher eine ziemlich solide Beziehung. Wenn wir ihr etwas als Gegenleistung anbieten, bringen wir sie vielleicht dazu, dass sie schreibt, Durand sei irgendwie in den Fall verwickelt, ohne ihn konkret einen Verdächtigen zu nennen. Sie könnte sich auf *anonyme Quellen bei der Polizei* berufen, so dass niemand von oben eine auf den Deckel bekommt.«

»Sie trauen ihr?«

»Ja, ich glaube schon. Wie gesagt, es ist schon eine Weile her, aber sie hat sich immer sehr anständig verhalten.«

Ich hatte von Fred mehr Widerstand erwartet, aber er schien bereit, so ziemlich alles auszuprobieren. »Könnte einen Versuch wert sein. Aber bevor es in Druck geht, möchte ich sehen, was sie geschrieben hat.«

Was stellte er sich denn vor? »Ich weiß nicht, Fred, da dürfte sie was dagegen haben. Redaktionelle Autonomie.«

»Ich will ja nicht ihre Grammatik korrigieren. Ich möchte nur sicherstellen, dass der Artikel in die Richtung geht, die wir haben wollen.«

»Für diese Art von Zusammenarbeit möchte sie wahrscheinlich was Exklusives haben, wenn es so weit ist.«

»Wie wär's mit dem ersten Interview mit Ihnen?«

»Was, wenn ich keine Interviews machen will?«

»Pech.«

Jetzt hatte ich den Salat.

Es waren knifflige Verhandlungen, letztendlich aber einigten wir uns auf eine für beide Seiten tragbare Abmachung, nur wir beide, ohne Vorgesetzte, ohne Fred, ohne Redakteure. Sie versprach, den Artikel zu platzieren, und verlangte dafür sofortigen Zugang zu allen Informationen gleich nach Eröffnung des Verfahrens, unabhängig davon, wie der Rest der Presse behandelt wurde. Außerdem würde ich mich eine Stunde lang mit ihr zusammensetzen, sobald ich mich vom Verhaftungs-Papierkram loseisen konnte, und in dieser Zeit würden wir offen über den Fall und seine Entwicklung reden.

Am nächsten Morgen war die Kacke am Dampfen.

Wie aus anonymen Polizeikreisen verlautete, wird gegen Hollywoods Special-Effects- und Make-up-Genie Wilbur Durand, zu dessen spektakulärer Erfolgsgeschichte eine Reihe der berühmtesten Horrorfilme aller Zeiten gehören, in Zusammenhang mit dem Verschwinden mehrerer kleiner Jungen im Großraum Los Angeles ermittelt. Sein erst kürzlich angelaufener Kinofilm Sie essen dort kleine Kinder, *in jeder Hinsicht ein spektakulärer Erfolg, war das erste Projekt seiner eigenen Produktionsfirma* Angel Films. *Durand, 40, wird von vielen Hollywood-Stars als der beste Make-up-Künstler seiner Generation betrachtet, doch dieser Titel sagt kaum etwas über die wahre Bandbreite seiner Talente aus. Eine Schauspielerin, die ungenannt bleiben will, wird mit folgendem Satz zitiert: »Er konnte mich auf eine Art wieder jung aussehen lassen wie sonst keiner.«*

Nach einer »langen und gründlichen Ermittlung«, so ein zuständiger Polizeibeamter, »wird nun nach Durand gesucht, um ihn im Zusammenhang mit dem Verschwinden von drei Jungen zu verhören, zwei 13 und einer 12 Jahre alt, die alle im westlichen Teil von Los Angeles entführt wurden. Einer wird seit etwa zwei Jahren vermisst, ein anderer seit ungefähr einem Jahr und der dritte seit etwa zwei Monaten. Gegenstände, die den drei vermissten Jungen zugeschrieben wurden, wurden in einem Versteck in Durands Studio gefunden und später eindeutig von Verwandten der Jungen identifiziert. Darüber hinaus wird gegen ihn wegen einer möglichen Verwicklung in den Tod des zwölfjährigen Earl Jackson ermittelt, dessen Leiche letzte Woche auf einem verlassenen Parkplatz in der Nähe des Flughafens gefunden wurde.

Durand selbst wurde kurz vor der Entdeckung des Belastungsmaterials von den Behörden zum letzten Mal gesehen, als er persönlich in die Abteilung Verbrechen gegen Kinder kam und den Ermittlern Belästigung im Verlauf der Durchsuchung seiner Arbeitsräume vorwarf. Er verlangte von ihnen sein Studio zurück. Aufgrund der Informationen, die bei der zeitweiligen Besetzung und Durchsuchung von Durands Studio gefunden wurden, wird nun eine langjährige Reihe von ähnlich gearteten Verschwindensfällen, die bisher verschiedenen Entführern zugeschrieben wurden, als das potenzielle Werk eines einzigen Täters betrachtet.

Durand steht offensichtlich schon länger in dem Verdacht, in diese Verbrechen verwickelt zu sein, nach Angaben der Polizei gestaltete sich die Suche nach Belastungsmaterial gegen ihn jedoch schwierig. Es heißt, seine allgemein bekannten einsiedlerischen Tendenzen hätten die Ermittlung erschwert.

Zusätzlich behauptet ein namentlich nicht genannter Polizeibeamter aus dem Umfeld der Ermittlung, Durands herausragende Position in der Filmindustrie habe ihm einen gewissen Schutz gewährt, und vergleicht dies mit der Nachsicht, die O.J. Simpson zu Beginn seines Verfahrens entgegengebracht wurde. Nach Angaben dieses Beamten ist es nicht ungewöhnlich, dass bekannte Mitglieder der Film-Szene von Los Angeles eine derartige Sonderbehandlung erfahren, wenn sie in Schwierigkeiten mit der Polizei geraten. »Polizisten sind auch nur Menschen – auch sie suchen die Nähe der Stars. Was liegt da näher, als sich zum Verbündeten zu machen, wenn ein Star in Schwierigkeiten ist.« Um einen Kommentar gebeten, wies die Sprecherin der Polizei von Los Angeles, Heather Maroney, diese Behauptung vehement zurück und nannte sie »unverantwortlich und haltlos«.

Inzwischen läuft eine landesweite Fahndung nach Durand, dessen Aufenthaltsort weiter unbekannt ist. Die Polizei geht zwar davon aus, dass er unbewaffnet ist, betrachtet ihn jedoch als extrem gefährlich, vor allem für Kinder. Sein Sprecher sagt, er arbeite »außer Landes« an einem Film, doch diese Behauptung konnte nicht bestätigt werden. Wegen seines Geschicks im Verkleiden und Verstellen ist es unwahrscheinlich, dass er als er selbst unterwegs ist. Die Polizei von Los Angeles hat eine gebührenfreie Hotline eingerichtet, die von jedem angerufen werden kann, der glaubt, ihn gesehen zu haben. Die Anrufer können anonym bleiben, aber jeder, der Hinweise gibt, die zu Durands Ergreifung führen, hat Anspruch auf etwaige zukünftige Belohnungen.

Drei Minuten, nachdem die Zeitung auf Freds Schreibtisch gelandet war, wurde ich in sein Büro gerufen.

»In der Kopie, die ich gelesen habe, stand nichts von diesem ›Nachsichts‹-Zeug.« Er schlug mit der Hand auf den Artikel; es musste ihm wehgetan haben. »Was soll dieser Scheiß überhaupt?«

»Wie gesagt, die haben dort Redakteure. Meine Bekannte wollte ihrem Redakteur nicht sagen, dass alles arrangiert war, deshalb konnte sie gegen dieses Extrazeug nichts unternehmen.«

»Blödsinn. Das stammt doch von Ihnen.«

Er hatte Recht – es stammte wirklich von mir. Ich hatte es zwischen Freds Lektüre und der Schlussredaktion hineingeschrieben. Es war nicht gestrichen worden. Doch die Wahrheit würde nie ans Licht kommen. »Nein«, log ich, »das stammt nicht von mir. Ich hatte ihr die Ursprungsfassung abgesegnet, und der Rest wurde später eingefügt. Vergessen Sie nicht, diese Leute werden dafür bezahlt, dass sie fantasievoll mit der Wahrheit umgehen.«

»Jetzt, da das draußen ist, möchte ich gar nicht wissen, wie mit mir umgegangen wird, wenn wir diesen Kerl nicht schnell schnappen. Und mit Ihnen natürlich auch.«

Fotos des undefinierbaren Wilbur Durand zierten die Titelseite jeder Zeitung des Landes. In Mexiko und Kanada hielt man die Augen auf nach dem flüchtigen Genie, und in Europa ebenso. Seine Geschichte machte international Schlagzeilen, und das war vorherzusehen: Sie triefte förmlich von dem Saft, dem anscheinend keiner von uns widerstehen kann, auch wenn es kaum jemand zugibt.

Ich schämte mich nicht. Ich muss gestehen, dass ich für diese Art von Sensationen ebenso anfällig bin wie jeder andere. Dass ich ihnen nicht widerstehen kann, dürfte mit ein Grund sein, warum ich Polizistin wurde; ich habe meine Zeit auf der Straße abgedient, aber ich wusste immer, dass ich einmal Detective werden würde – gewisse Dinge muss ich einfach herausfinden. Einige Antworten bekam ich in Boston, aber nicht alle.

Zum Beispiel die auf die Frage, wie es kommt, dass ein Mann mit so immensem Reichtum und so enormer Macht, einem so unglaublichen Genie und solchen beneidenswerten Talenten zu dem werden kann, was er jetzt ist. Wenn ich sein Geld und sein Hirn hätte, würde ich mit Sicherheit die Welt regieren, denn genau das kann man tun, wenn man hat, was er hat.

Und als Nächstes wollte ich wissen, warum Eltern mit so einem Kind es versäumen können, seine Stärken zu erkennen und zu fördern. Das ist schon schlimm genug, aber noch einen Schritt weiter zu gehen und ihm tatsächlich Schaden zuzufügen, nun, das muss einfach ein Verbrechen sein.

Und schließlich musste mir jemand sagen, warum ich ganz tief in meinem Herzen Mitleid mit diesem Monster hatte, obwohl mein Hirn kreischte: *Grillt den Schweinehund, und zwar schnell.*

Nachdem die Geschichte nun an die Öffentlichkeit gelangt war, gab es kaum noch jemanden, der nicht zu uns in den Ring steigen wollte. So ziemlich jedes Medium, jeder forensische Psychologe und jeder Profiler des Landes flehte uns förmlich an, mitarbeiten zu dürfen. Dieser Fall konnte zum Goldesel werden für jeden, der ihn nur richtig anzupacken wusste, und sie stellten sich bereits an und schubsten und rempelten in einem Kampf um eine Position, die längst von einem gewissen Errol Erkinnen gehalten wurde, der in diesem Fall bereits sehr früh seine Schuldigkeit getan hatte.

Die Hotline wurde von Tausenden von Anrufern belagert. Wir drehten fast durch bei dem Versuch, allen Hinweisen nachzugehen.

Ich habe ihn in der Drogerie gesehen, Sie wissen schon, die neben der Ultra-Mart-Tankstelle… Er stand vor mir in der Kinoschlange. Ich wollte mir Sie essen dort kleine Kinder *ansehen, und er musste es einfach sein, weil es doch sein eigener Film ist…*

Wir haben ihn am Flughafen gesehen. Er war angezogen wie Greta Garbo, mit Pelzmantel und allem. Bei diesem Wetter, das müssen Sie sich mal vorstellen, in einem Pelzmantel – das macht doch keiner, außer er muss es, also musste er es sein…

Er versuchte, in die Umkleidekabine im Baseball-Stadium zu kommen. Er hatte diesen alten, abgenutzten Handschuh dabei…

Und die ultimative Verkleidung: *Er war in Uniform. Ich sah ihn mit einigen anderen Polizisten herumhängen. Sie hatten keine Ahnung, aber ich erkannte ihn. Ich wusste einfach, dass er es war…*

Der Medienrummel stieg fast in Simpson'sche Höhen. Jeden Tag, wenn ich das Revier betrat oder verließ, standen sie da mit ihren Übertragungswagen und Schulterkameras und Radiomikrofonen. Frauen, die zu dieser frühen Stunde schon perfekt frisiert und geschminkt waren, Männer in Armani vor Sonnenaufgang – was konnte einen Menschen dazu bringen, solche Mühen auf sich zu nehmen? Natürlich war es die Hoffnung auf diese glücklichen dreißig Sekunden in den Nachrichten, die einen in den Himmel der Prominenz erhoben. Es war *die* Chance, die erforderlichen Einschaltquoten zu bekommen.

Wohl jeder Job hat seine Quoten, schätze ich.

Ich fühlte mich merkwürdig abgeschottet von dem ganzen Rummel, und das lag an der Anonymität, zu der Fred mich verdonnert hatte, bis wir die ganze Sache besser in den Griff bekamen. Dieses eine Mal war ich mit ihm einer Meinung. Bevor wir Durand eindeutig als Täter identifiziert hatten, gab es gute Gründe, die Sache unter Verschluss zu halten. Jetzt, da wir wussten, dass er es war, brauchten wir die Hilfe der Öffentlichkeit, jedoch ohne ihre Einmischung, eine diffizile Gratwanderung, die nur mit sorgfältigster Öffentlichkeitsarbeit zu schaffen ist. Zum ersten Mal in meiner Karriere als Polizistin begriff ich, was Heather Maroney als Sprecherin wirklich leistete – sie war die Speerspitze im Kampf mit der Öffentlichkeit. Das Risiko, dass jemand innerhalb der Abteilung meinen Namen preisgeben würde, bestand kaum, außer ich hatte einen unbekannten Feind in den Reihen – und das erschien mir unwahrscheinlich, weil ich immer bemüht war, niemandem auf die Zehen zu treten. Fred machte sich mehr Sorgen, dass jemand aus Durands Organisation meine Identität an die Öffentlichkeit tragen würde.

Ich wurde schließlich verraten, doch von niemandem aus der Abteilung und auch von niemandem von der Presse. Es war Wilbur Durand selbst, der die Welt wissen ließ, wer ich war.

29

In den Tiefen meiner Seele begriff ich nun, dass Gilles de Rais wirklich ein Ungeheuer war, der Satan in Person, und indem ich ihn so nannte, hoffte ich ihn zu entwaffnen, damit er seine Macht verlöre, meine Gefühle zu beeinflussen. Verschwunden war die *mater* in mir, die Frau, die dem Knaben die Tränen abgewischt und ihn in den Schlaf gewiegt hatte, wenn seine leibliche Mutter es nicht tun wollte. Ich konnte mich nicht mehr dazu bewegen, teilzuhaben an seinen Ängsten, seinen Leiden, den entsetzlichen Grausamkeiten, die sein Großvater ihm zugefügt hatte und vor denen ihn niemand – ich nicht, seine abwesenden Eltern nicht und auch kein anderer – bewahren konnte.

Psch, Kind – sie ist mit deinem Vater nach Pouzages gegangen. Aber gräme dich nicht, mein Kleiner, sie kehren in weniger als vierzehn Tagen nach Champtocé zurück, und dann seid ihr wieder vereint.

Natürlich konnte mein kleiner Schutzbefohlener gar nicht umhin zu bemerken, dass Milord Guy und Madame Marie oft René mitnahmen, wenn sie wegritten, meistens nach Machecoul. Ich argwöhnte immer, dass der kränkliche jüngere Bruder, den sie im Kindbett beinahe verloren hatte, der Mutter mehr am Herzen lag. Es gab stets Ärger, wenn dergleichen geschah – vielleicht nicht gleich bei ihrer Abreise, dann aber bei der nächsten Enttäuschung, die mit seiner vermeintlichen Vernachlässigung gar nichts zu tun haben brauchte. Schon beim geringsten Anlass schlug er mit seinen kleinen Fäusten nach mir und steigerte sich in einen Wutanfall hinein. Wenn ich versuchte, ihn zu bändigen, streckte er seine Arme in die Höhe und glitt so aus meiner Umarmung wie eine sich windende Schlange, und wenn er dann auf dem Boden landete, trampelte er, bis die Steinplatten erzitterten. Seine Eltern hatten mir verboten, ihn für diese fürchterlichen Wutausbrüche zu bestrafen, wenn sie nicht anwesend waren, auch wenn das dringend nötig gewesen wäre. Und wenn sie anwesend waren, dann konnte ihre eigene Züchtigung des Knaben im besten Fall als zaghaft und wirkungslos bezeichnet werden.

Als ich einmal angesichts seines abscheulichen Betragens mit meiner Weisheit am Ende war, beging ich einen schweren Fehler, dessen Folgen mich seitdem quälen. Ich ging zu Jean de Craon und unterbrach ihn bei seiner Buchhaltung. Als ich ihm meine missliche Lage erklärte, legte er den Federkiel nieder, fluchte laut und erklärte, das Kind werde verwöhnt bis zur Verweichlichung. Ich wartete geduldig während seiner Schmährede und hoffte, er möge zum Ende kommen, damit ich ihn fragen konnte, was ich tun sollte. Seine Unflätigkeit steigerte sich immer weiter, bis schließlich ein

Schwall von Flüchen aus ihm herausbrach, die so übel waren, dass sie sogar Engel und Heilige beleidigen mussten.

Er eilte direkt in die Kinderstube, und ich folgte ihm und flehte ihn im Laufen an, milde in seiner Strafe zu sein. Wir fanden den Knaben in der Obhut des Kindermädchens, bei dem ich ihn gelassen hatte. Sie redeten leise, und er wirkte einigermaßen ruhig, was mich überraschte – war er doch so aufgeregt gewesen, als ich ihn in die Arme des Mädchens legte. Jean de Craon, der nun glaubte, ich hätte ihn ohne Grund gestört, warf mir den vernichtendsten Blick zu, den ich je erhalten hatte.

Bitte vergebt mir, Milord Jean, aber das ist eine völlige Kehrtwendung – natürlich ein Segen, aber auch sehr überraschend, da der Knabe in einem sehr erregten Zustand war, als ich ihn verließ und…

Ohne das Ende meiner Bitte um Vergebung abzuwarten, drehte Jean de Craon sich um und ging, dunkle Flüche murmelnd, zur Tür. Doch kaum hatte der Großvater uns den Rücken gekehrt, fing Gilles wieder an. Er heulte und schniefte, nur um die Aufmerksamkeit des alten Mannes zu erregen, der Anstalten machte, ihn ebenso im Stich zu lassen, wie seine *Mère* und sein *Père* es getan hatten.

Was für eine merkwürdige Verwirrung war das doch, was für eine Abkehr vom Normalen, bei der ein Kind strafende Aufmerksamkeit sucht, nur um überhaupt Aufmerksamkeit zu erhalten, wenn die erfreulichere Art nicht zu haben ist?

So abweichend diese Vorführung auch sein mochte, so war sie doch sehr erfolgreich, denn als Jean de Craon das Jammern des Knaben hörte, drehte er sich mit wutverzerrtem Gesicht um und stürzte zu ihm hin. Gilles spielte seine Rolle meisterlich, er streckte sich auf dem Boden aus und hämmerte mit seinen kleinen Füßen so fest er konnte auf die Steinplatten. Der erzürnte alte Mann hob meinen kleinen Schutzbefohlenen am Kragen in die Höhe, ließ ihn wieder auf den Boden fallen und drosch dann mit harten Fäusten auf den Knaben ein, während ich nur dastand und ihn anschrie, er solle aufhören. Die entsetzte Magd stürzte hinaus, so dass ich nun allein das Kind gegen den grausamen Großvater verteidigen musste, der meine Versuche des Dazwischentretens mit einer Leichtigkeit abwehrte, die ich von einem Mann seines Alters nicht erwartet hätte. Er erhob gar die Hand gegen mich und hätte mich, die ich nicht seine Gattin war, wohl auch geschlagen, hätte nicht eine besorgte Wache an die Tür der Kinderstube geklopft.

Während der Großvater damit beschäftigt war, die Wache wegzuschicken, packte ich Gilles, rannte los und flehte dabei Gott an, er möge meinen Gatten oder jemand anderen, der mir helfen könnte, erscheinen lassen. Der kleine Gilles lag als wimmerndes Bündel in meinen Armen, während ich in den schmalen Gang zwischen der Kinderstube und Madame Maries Gemächern floh. Ich kannte die Verstecke dort gut genug, denn jede ihrer Damen war irgendwann einmal gezwungen gewesen, innerhalb dieser Gemächer zu verschwinden, wenn Guy de Laval ohne Vorankündigung erschien und die amourösen Aufmerksamkeiten seiner Gattin erwartete. Bei solchen Gelegenheiten war keine Zeit, sich würdevoll zurückzuziehen, denn er war ein fordernder Flegel, der nicht gern wartete. Er nahm sie dann auf der Stelle, auf einer Bank oder sogar im Stehen an der Wand, ohne darauf zu warten, bis wir anderen gegangen waren. Also versteckten wir uns und warteten still, bis Milord Guy sein Geschäft erledigt hatte, was er meist mit rascher Tüchtigkeit tat.

Solche Ereignisse, so quälend sie damals auch gewesen sein mochten, waren mild im Vergleich zu meiner Not in diesem Augenblick, doch mein Wissen um die Verstecke war mir in dieser Lage von großem Nutzen. Als ich durch besagte Tür trat, sah ich im Umdrehen, dass Jean de Craon, fast trunken vor Raserei, hinter uns herstürzte. Gilles klammerte sich an mich und wand sich, doch ich konnte eine Hand befreien und die Tür zudrücken. Sie schabte über die Schwelle, und Holz knallte auf Holz. Mit aller Kraft schob ich den Riegel vor, kurz bevor er sich auf uns stürzen konnte. Zu meiner unbeschreiblichen Erleichterung traf der Riegel die Lasche, und die Tür hielt. Der böswillige alte Rohling hämmerte mit solcher Kraft gegen die Tür, dass die Bretter sich bogen und splitterten. Mit dem Kind an meiner Brust stürzte ich zu einem Wandschrank, während Jean de Craon das unnachgiebige Holz in ohnmächtiger Wut bearbeitete.

Es dauerte eine ganze Weile, bis er so erschöpft war, dass er von der Tür abließ. Ich zitterte vor Todesangst in meinem Versteck, bis ich sicher war, dass er gegangen war. Als wir schließlich unsere stickige Gruft verließen, war mein Mieder nass von meinen Tränen und denen des Kindes. Und der Gestank in dem Schrank war unerträglich, denn während der Großvater uns verfolgte, hatte mein entsetzter kleiner Schutzbefohlener sich auf jede mögliche Art besudelt. Die Scham, die ich auf seinem Gesicht sah, als wir wieder ins Licht traten, war herzzerreißend.

Als das Kind einige Stunden später wohl verpackt in seinem Bettchen lag, schlüpfte ich in die große Halle, um meinen Gatten zu suchen. Er war den ganzen Tag unterwegs gewesen, und ich wollte ihm unbedingt erzählen, was vorgefallen war. Er nahm zusammen mit dem Rest seiner Kameraden an dem großen Tisch sein Abendessen ein. Und mitten in dieser geselligen Runde saß der böse alte Mann, der mich und seinen Enkel nur wenige Stunden zuvor in Todesangst versetzt hatte; seine Laune schien heiter und gelöst, als er sich betrunken aufrappelte.

Einen Augenblick lang lehnte ich wie gelähmt an der Wand. Eine Begegnung konnte ich unmöglich vermeiden, sollte er sich in seinen betrunkenen Kopf gesetzt haben, mir gegenüberzutreten. Ich konnte nur hoffen, dass der Hippokras ihm bereits den Blick vernebelt hatte, und als ich seine ersten taumelnden Gehversuche sah, begann ich zu glauben, dass diese Hoffnung sich erfüllen könnte.

Als er auf mich zuschwankte, nahm ich meinen ganzen Mut zusammen und schlüpfte mit gesenktem Kopf an ihm vorbei. Ich spürte seinen Blick auf mir, doch ich schaute nicht hoch. Er entließ mich mit einem kleinen, angewiderten Grunzen und sagte dann nichts mehr, versuchte weder, mich aufzuhalten noch mich anzusprechen. Es war, als wäre der ganze hässliche Vorfall in der Kinderstube nie geschehen.

Ich würde sehr gerne berichten, dass mein Gatte entsetzt war, als ich ihm die Ereignisse des Nachmittags erzählte, aber er enttäuschte mich: *Der junge Herr Gilles ist der erste Sohn eines edlen Hauses und muss lernen, seine Rolle als Herrscher anzunehmen. Das erfordert Seelenstärke.*

Ich entgegnete ihm mit Überzeugung: *Aus dem, was ihm angetan wird, lernt er nur Grausamkeit. Und Grausamkeit wird man von ihm verlangen. Dir steht es nicht zu, diese Dinge zu entscheiden.* Damit war das Thema beendet. Ich aber war sehr unzufrieden.

Gilles de Rais zeigte sich an diesem Tag vor Gericht nicht als zügelloses Kind, das dringend Züchtigung brauchte, und auch nicht als *une grande grotesquerie,* die man meiden sollte. Stattdessen trat er auf als der, für den die Leute, denen er Unrecht getan hatte, ihn hielten, bevor dies alles anfing: als wohlhabender und mächtiger Mann in voller körperlicher Blüte, ein großer Herr mit der Macht, seine Ankläger wie Insekten zu zerdrücken, wenn es ihm beliebte. Er trug seinen Rang mit überbordender Selbstsicherheit; man zweifelte, ob er überhaupt wusste, was Bescheidenheit bedeutete. Er war an diesem Tag gekleidet wie ein kleiner Gott, in einem Überwurf aus feinstem rotem Samt, die Vorderseite üppig verziert mit teuren Juwelen und funkelndem Gold. Der Stoff fiel so unbeschreibbar weich, dass es eine Augenweide war.

»Gott möge mir verzeihen, aber er ist ein prächtiger Anblick«, hauchte *Frère* Demien.

Das war er wirklich. Gilles de Rais brauchte keine Schönheit, um die ihm übertragene Rolle in der Welt auszufüllen, sein Reichtum alleine hätte ihm diesen Erfolg beschert, hätte er ihn nicht verschwendet. Dennoch war er gesegnet mit Schönheit, und an diesem Tag trug er sie wie einen Rubin am Hals einer Jungfrau – der Blick verweilt darauf, auch wenn man es nicht will. Doch etwas in ihm war zerbrochen bis zur Unmenschlichkeit, obwohl seine Essenzen und Puder und Tuschen es bis dahin recht gut hatten verbergen können. Angesichts der schrecklichen Verdorbenheiten, die in seinem Charakter an die Oberfläche traten, war ich doppelt froh, dass Jean de Craons garstige Ränke für Milords Machterweiterung keine Frucht getragen hatten.

Trotz seiner Schwierigkeiten war Gilles de Rais schrittsicher und seine Haltung gebieterisch, seine Anwesenheit jedoch verstörend. Je länger das Gericht ohne ihn getagt hatte, desto leichter zu ertragen war seine Existenz geworden, als wäre er nur eine Idee des Bösen und nicht ein Mann, der sich ganz dessen Einfluss unterworfen hatte. Seine erschütternde Erhabenheit machte es schier unmöglich, sich Gilles de Rais als Angeklagten vor diesem Gericht vorzustellen. Er sah stattdessen aus, als sei er jenen, die über ihn zu Gericht saßen, ebenbürtig.

Er stand da als stumme Herausforderung für diese Männer. Jean de Malestroit ergriff zuerst das Wort, wie es sich gehörte; er räusperte sich einmal und rief dann: »Gilles de Rais, Ritter, Baron, Herr und Marschall von Frankreich.«

Die Leidensgeschichten, die endlosen lateinischen Beweise für die Rechtmäßigkeit dieses Gerichts, die weinenden Mütter, alles Bisherige schien in diesem Augenblick plötzlich ohne Bedeutung zu sein. Mit erhobenem Kopf trat Milord in den Zeugenstand. Er legte eine behandschuhte Hand auf das Heft seines Schwerts und stand in hochmütigem Schweigen da, während von Gottes Ankläger die Vorwürfe gegen ihn verlesen wurden.

»... dass Ihr eine große Anzahl von Kindern verschleppt oder Eure Anhänger dazu veranlasst habet, sie zu verschleppen ...«

Ihre Namen wurden vorgelesen. Ich betete für hundert andere namenlose, seit langem verschwundene Söhne, die schmerzlich vermisst wurden.

»... dass Ihr sie widernatürlich missbraucht und mit ihnen die Todsünde der widernatürlich Unzucht getrieben habet ...«

Fast wie im Traum erinnerte ich mich an die Worte, die Henriet gesagte hatte, als man ihn bei seiner Verhaftung verhörte: *Und Milord verschmähte die natürliche Leibesöffnung der Mädchen, sondern verschaffte sich Lust mit Kindern beiderlei Geschlechts, indem er sein Glied zwischen ihre Schenkel schob und so lange hin und her bewegte, bis er befriedigt war.*

»... dass Ihr und Eure Anhänger böse Geister angerufen und diesen Geistern geopfert und noch viele andere Verbrechen gegen Gott begangen habet, die zu zahlreich sind, um sie zu benennen.«

Jetzt klang mir Prelatis Geständnis in den Ohren: *Die Worte der Anrufung, die wir benutzten, waren die folgenden: Dich, Barron, beschwöre ich, Satan, Beelzebub, im Namen des Vaters, des Sohnes und des Heiligen Geistes, im Namen der Jungfrau und Mutter Gottes und aller Heiligen im Himmel, erscheine vor uns und spreche mit uns und sei uns zu Willen.*

»Ihr werdet eine Abschrift dieser Anklagen erhalten, sobald sie ausgefertigt werden kann«, sagte Jean de Malestroit zu dem Angeklagten. »Versteht Ihr die Anschuldigungen, die von diesen vielen Bürgern gegen Euch vorgebracht wurden?«

Milord Gilles' Stimme war unnatürlich ruhig und leise. Er hob leicht das Kinn und sagte: »Ich weise diese Vorwürfe zurück und beantrage ihre Abweisung.«

Mir stockte der Atem, wie auch allen anderen. »*Mon Dieu*«, seufzte ich. Niemand hatte erwartet, dass er es mit einer schlichten Zurückweisung versuchen würde. Die Richter und Ankläger versammelten sich zu einem hastigen *tête-à-tête*. Als sie sich dann wieder trennten, starrte Jean de Malestroit den Angeklagten mit unerschütterlichem Abscheu an und sagte: »Diese Anschuldigungen werden nicht leichtfertig erhoben, Milord. Und sie wurden auch nicht von Einfaltspinseln vorgebracht. Es gibt eine Vielzahl von Beweisen, von denen einige unwiderlegbar erscheinen, dass Ihr dieser Verbrechen schuldig seid, derer Ihr hier angeklagt werdet.«

»Falschheit und Verleumdung!«, beteuerte der Angeklagte laut. »Ich schwöre es bei meiner Seele.«

»Hütet Euch vor dem Schwören, sonst bringt Ihr Eure Seele in Gefahr.«

»Zum Teufel mit dem, was Ihr sagt! Diese Anklagen sind völlig unbegründet.«

Wieder ging ein Aufstöhnen durch die Menge. Seine Eminenz sorgte für Ruhe, indem er sagte: »Das Gericht glaubt das nicht, Milord, sondern zieht die Möglichkeit in Betracht, dass diese Behauptungen der Wahrheit entsprechen. Darüber hinaus betrachtet das Gericht angesichts der Art dieses Falles und des Gewichts der Beweise gegen Euch Euren Antrag als schikanös und eine Zeitverschwendung für uns. Und *überdies*«, fuhr er fort, »wurde uns dieser Antrag noch nicht schriftlich vorgelegt.«

Gilles de Rais traf das unvorbereitet, diese Erklärung schien ihn durcheinander zu bringen. »Aber…«, stammelte er, »…ich habe noch keine Gelegenheit erhalten, dies zu tun!« Er drehte die Handflächen nach oben, um zu beweisen, dass es ihm an Pergament und Federkiel ermangelte.

»Das Gesetz schreibt vor, dass jeder Antrag schriftlich vorgelegt wird, Milord.«

»Das ist doch absurd!«

»Ganz und gar nicht, Milord«, sagte Jean de Malestroit mit einem kaum sichtbaren Lächeln. »Dieses Gesetz hat seit vielen Jahren Bestand.«

»Dann soll es niedergeschrieben werden!«, rief der Angeklagte. »Wenn nötig von mir selbst! Ich bitte Euch um die nötigen Werkzeuge.«

Nun schwiegen die Richter einen Augenblick. Schließlich sagte Seine Eminenz: »Ich rate Euch, für eine solche Niederschrift die Dienste eines Advokaten in Anspruch zu nehmen, wenn Ihr in dieser Richtung fortfahren wollt. Aber ich sollte Euch des Weiteren darauf hinweisen, dass dies für Euch nur eine Zeitverschwendung sein wird, denn wir werden diesen Antrag nicht in Betracht ziehen, wie wortgewandt er auch verfasst sein mag.«

»Das ist für mich nicht hinnehmbar.«

Jean de Malestroit erhob sich langsam; ich bemerkte ein leichtes Zittern seiner Hand, das jedoch verschwand, als er sie fest auf den Tisch legte. Seine Stimme klang barsch. »Es braucht für Euch nicht hinnehmbar zu sein«, sagte er. »Es muss nur für Gott und unseren Herzog hinnehmbar sein.« Nach einer Pause fügte er mit sachlicherer Stimme eine Erklärung, vielleicht auch eine Beschwichtigung hinzu: »Seid versichert, Milord, dass wir Euren Antrag nicht aus Böswilligkeit oder Missachtung ablehnen – wir tun es, weil sowohl der Glaube wie die Vernunft es verlangen, dass wir gewissenhaft in der Richtung fortfahren, die wir eingeschlagen haben.«

»Aber das sind alles Lügen, alles Blasphemien – es gibt keinen Grund zum Fortfahren. Das ist eine Verschwörung jener, die meinen Ruf vor Gott und meinem König vernichten wollen. Diese Unholde haben es auf meinen Besitz abgesehen.«

Es war die Wahrheit, obwohl das keiner der Richter je zugeben würde. Milord Gilles schien dem Platzen nahe. Sein Gesicht rötete sich, und mit zitternder Hand griff er nach dem *braquemard* in der Scheide an seiner Taille. Bei dieser Bewegung legten alle Wachen wie ein Mann die Hand ans Schwert.

»Ich leugne die Zuständigkeit dieses Gerichts«, rief er, »und ich ziehe all meine früheren Aussagen zurück, ausgenommen nur mein Taufgelöbnis, das nicht geleugnet werden kann und mir das Recht gibt, ordentlich vor Gott gerichtet zu werden.«

De Touscheronde sprang wütend auf und warf die Verachtung zurück, die Milord ihm gezeigt hatte. »Der Richtspruch über Euch wird ein ordentlicher sein, Milord. Und ein wahrheitsgemäßer. Ich schwöre bei meiner Hoffnung auf Erlösung, dass alles, was in diesen Anklagen vorgebracht wird, auf wahren Zeugenaussagen beruht. Nun schwört bei Eurer Hoffnung auf ewige Gnade, dass auch Eure Worte wahr sein werden.«

Als Antwort erhielt er nur Schweigen.

»Schwört, sage ich!«

»Das werde ich nicht. Ich erkenne die Zuständigkeit dieses Gerichts nicht an.«

»Schwört!«

»Nie und nimmer!«

»Unter Androhung der Exkommunikation befehle ich Euch zu schwören!«

Gilles de Rais' Schweigen war so laut wie eine Glocke.

Jean de Malestroit erhob sich und schlug mit seinem Hammer auf den Tisch. In den Widerhall hinein sagte er: »Dieses Gericht vertagt sich bis zum nächsten Dienstag, den 11. Oktober, und an diesem Tag, Herr, seid Ihr aufgefordert, die Wahrheit Eurer Worte zu beschwören, denn ansonsten wird Euch jede Hoffnung auf ewige Erlösung genommen.«

Er deutete direkt auf Gilles de Rais, der nur mit einem höhnischen Lächeln antwortete. Wachen gingen zu ihm und führten ihn zurück in seine Gemächer, wo er seine zunehmend unhaltbare Einstellung überdenken konnte.

Die Nachricht dieser Auseinandersetzung verbreitete sich in den Lagern wie ein Lauffeuer. Jene, die sich gekränkt fühlten, redeten davon, die Sache selbst in die Hand zu nehmen, was Chapeillon dazu veranlasste, mehrere Eilbotschaften an Herzog Jean zu schicken und ihn vor einem möglichen Aufstand zu warnen. Es kam zu endlosen Treffen und Disputen zwischen Seiner Eminenz und einer wahren Legion von Beratern über das Vorgehen in den nächsten Tagen; meine Schwestern und ich brachten fast den ganzen Montag damit zu, sie mit allem zu versehen, was sie brauchten, damit ihre Planungen für den nächsten Tag rechtzeitig und in aller Bequemlichkeit abgeschlossen werden konnten.

Doch trotz all ihrer Bemühungen – die angesichts der Nahrung, die sie brauchten, beträchtlich gewesen sein mussten – schienen sie wenig oder gar nichts erreicht zu haben. Am folgenden Dienstag, an dem das Gericht eigentlich wieder zusammenkommen sollte, versammelten wir uns und warteten darauf, dass sich ein vielleicht noch unerhörteres Drama entwickeln würde. Stattdessen vernahmen wir überrascht folgende Erklärung von einem der Schreiber:

»Dieses Gericht vertagt sich bis zum Donnerstag, den 13. Oktober, zur Stunde der Terz, zu welcher Zeit wir in diesem Fall und den Fällen dieser Art fortfahren werden, wie das Gesetz es verlangt.«

Während wir warteten, dass die Menge sich zerstreute, schaute ich von unserem erhöhten Aussichtspunkt hinab und sah ihre erhobenen, greifenden Hände und ihre offenen, schreienden Münder.

Sie würden uns alle verschlingen.

Als ich an diesem Abend Jean de Malestroit sein Mahl brachte, ging unsere Unterhaltung im fortdauernden Geschrei der Menge unter, das nicht im Geringsten nachgelassen hatte. Die Vorhänge und Wandteppiche vor den Fenstern konnten den Lärm kaum dämpfen, nicht einmal in dieser Höhe.

Ich zog einen Vorhang ein Stück beiseite und schaute hinunter auf die wogende Masse. »Sie erinnern mich an die Menge, die sich für die Jungfrau versammelt hatte.«

Seine Eminenz stellte sich neben mich und schaute ebenfalls hinunter. »Man möchte diese Geschichte gern aus dem Gedächtnis löschen.«

Darauf bestand natürlich keine Hoffnung. Fehler bleiben immer im Gedächtnis, angenehme Erinnerungen dagegen werden verjagt von Kummer und Sorgen. Gott sei Dank war ihre Hinrichtung nicht Jean de Malestroits eigener Fehler. Dennoch konnte er, wie andere Kirchenfürsten auch, nicht umhin, den schlechten Ausgang zu bedauern. Ich war damals erst vier Jahre im Dienst Seiner Eminenz und noch zu unerfahren für die Verantwortung, die ich nun trage. Jean de Malestroit schien in mir die folgsame Dienerin zu finden, die er zur Erledigung der kleinen Pflichten seines Amtes brauchte, und ich war damals mehr als folgsam. Und so fand ich mich an diesem schrecklichen Tag des Jahres 1431 an einem Platz wieder, der mir eigentlich gar nicht zustand, mit einer Aussicht, die im Allgemeinen den Mächtigen vorbehalten war.

Mein Kummer über Etiennes Tod war mir damals noch beinahe beständig im Hirn und im Herzen, aber die Verurteilung und Hinrichtung Jeanne d'Arcs riss mich aus diesem Kummer, zumindest eine Zeit lang. Seine Eminenz schwört, es hätte gute und gewichtige Gründe gegeben zu glauben, dass sie sich der Häresie der Hexerei hingegeben hatte. Ich bin mir sicher, dass dieser Glaube seinen Ursprung hat in seinem Verlangen nach Absolution von seiner Mitschuld in dieser Sache. Seine möglicherweise noch ungebeichtete Sünde war seine Untätigkeit.

Aber zu welchem Zweck sollte sie sich mit dem Teufel eingelassen haben? Sicherlich nicht, um Reichtümer oder Macht zu sammeln, auch nicht, um einem Mann seinen Besitz zu nehmen oder, schlimmer noch, seine Seele zu rauben. Wenn sie eine Hexe war, dann eine Kriegerhexe, welche die Engländer zurückschlug und den Bastard Charles auf den Thron erhob. Wir alle litten noch immer unter Agincourt, wo uns unser gallisches Herz von den überheblichen Engländern aus der Brust gerissen und zertrampelt worden war wie die arme Katze in Saint-Etienne. Wenn nicht Gott der Jungfrau die Mittel zum Sieg gegeben hätte, dann wäre es nur schicklich und recht gewesen, wenn der Teufel es getan hätte. Zu viele Seelen waren dieser Sache bereits geopfert worden, darunter auch die meines eigenen Gatten.

Und trotz ihrer legendären Kameradschaft war Milord nicht anwesend, als sie an diesen Brandpfahl gebunden wurde. Viele, die dabeistanden und entsetzt zusahen, wie diese junge Frau vernichtet wurde, bewahrten die Hoffnung, wie ich es tat, bis das Stroh unter ihr schließlich angezündet wurde, dass Milord herbeieilen und sie retten würde. Es hatte das Gerücht gegeben, er verschwöre sich, um ebendies zu tun, denn er war im nahen Louviers und hatte ein Pferd, Sattelzeug und Waffen gekauft. Wir alle sahen in diesen Erwerbungen und seiner Nähe Zeichen der Vorbereitung für diese Rettung. Aber zu ihr kam es nicht, und wenn wirklich eine Verschwörung gebildet und dann wieder verworfen worden war, dann werden wir das nie erfahren, denn seitdem hat kein Mensch mehr davon gesprochen. Vielleicht war Milord wie so viele andere zu dem Glauben gelangt, sie sei geistesgestört und ihre Stimmen seien nicht mehr als die Phrasen einer Wahnsinnigen, die sie in ihrem Kopf hörte und mit glaubhafter Inbrunst in Ohren weitergab, die nur zu bereit waren, sie zu hören.

Jean de Malestroit und ich beobachteten ihr Hinscheiden von oben, wo uns nichts geschehen konnte, sollte die Menge allzu ungehalten werden. Ich werde nie dieses wimmelnde Menschengewirr vergessen. Sie drängten sich um den abgeriegelten Scheiterhaufen und kletterten übereinander wie Ameisen. Staub stieg auf wie Dampf aus einem Kessel. Als der Todeskarren durch die Menge gezogen wurde, erhoben sich die Rufe: *Hexe, Ketzerin, Zauberin.* Ohne ihre blendend weiße Rüstung sah sie klein und Mitleid erregend schwach aus. Die Menge wogte zurück, um sie durchzulassen, und viele versuchten, sie zu berühren. Zur Stunde ihres Todes war sie keine Kriegerin, sondern ein Kind, aber eins, das verstand, dass es nun sterben musste.

Innerlich schrie ich zu Gott und fragte ihn, wie er so etwas zulassen konnte. Dieser Schatz, diese Macht hinter unserer Vereinigung, sollte nun auf Befehl Seiner Diener und in Seinem Namen hingerichtet werden. Ich wollte laut herausschreien, dass wir die Beste von uns töteten, nur um es Männern, denen sie die Haut gerettet hatte, zu ermöglichen, als unangreifbar stark und weise zu erscheinen.

Aber Gott zeigte sich an diesem Tag – als die Flammen ihre Kleider erfassten, als ihr Fleisch sich schwärzte und brutzelte und platzte, als ihre Augen sich schlossen und der Mund sich vor Schmerzen verkrampfte, da schickte Er eine weiße Taube, um ihren Platz an dem Brandpfahl einzunehmen. Sie flog auf aus den Flammen und stieg hinein in den Himmel, und ihre Flügel schlugen wild über dem leeren Gerüst.

Erst sehr viel später fanden Seine Eminenz und ich die Worte, um über das zu sprechen, was wir beide gesehen hatten und kaum zu glauben wagten.

Die Menge, die sich jetzt im Hof unter mir drängte, war zwar kleiner als damals, wirkte aber, mit dem Schreien und Weinen an allen Ecken und Enden, ganz ähnlich. Die Macht Gottes und sein Einfluss waren dort unten nirgendwo zu erkennen. Vielleicht flehten sie Ihn an, er möge das Schauspiel von Milords Martyrium weitergehen lassen, nur noch ein wenig länger, und er war zornig auf sie wegen dieses bedauerlichen Wunsches.

Dennoch sollte er ihnen gewährt werden.

Seine Bitten, so schmerzhaft leidenschaftlich sie auch vorgetragen wurden, konnten die gestrengen Richter nicht umstimmen. Gilles de Rais war einfach zu weit gegangen. Wir versammelten uns in der neunten Stunde des Morgens in der oberen Halle der La Tour Neuve am Donnerstag, den 13. Oktober, im Jahre 1440, das siebenunddreißigste Lebensjahr von Gilles de Rais und mit Sicherheit sein letztes.

Obwohl es störend war, wurden nun wieder Beobachter in den Gerichtssaal eingelassen. Jean de Malestroit wusste sehr wohl, dass es politisch weise war, wenn er zuließ, dass Außenstehende seine richterliche Tadellosigkeit bezeugten und herumerzählten. Im Abstand von wenigen Schritten wurden am Rand des Saales Wachen aufgestellt, welche die Ordnung aufrechterhalten sollten. Dadurch entstand ein Ring, den alle, die eintreten wollten, durchqueren mussten. Als der Saal so voll war, dass alle bequem Platz hatten, wurde niemand mehr eingelassen.

Als wäre der Prozess eine Unterhaltung, zu der man sie eingeladen hatte, strömten die adligen Herren und Damen der Bretagne in Scharen herbei, alle schmuck gekleidet in höchst bewundernswerter Eleganz, fast so, als wollten sie mit Milord selbst wetteifern, der sich für diese ersten Stunden seiner endgültigen Verurteilung aufs Prächtigste herausgeputzt hatte. Ich starrte schamlos die Juwelen und wunderschönen Stickereien an, die Männer wie Frauen trugen; noch nie hatte ich mich in solche Dinge gewandet, nicht einmal am Tag meiner Hochzeit.

»Ihr starrt«, bemerkte *Frère* Demien leise.

»Bitte gestattet mir einen ungestörten Augenblick der Sünde.«

Frère Demien seufzte und schüttelte den Kopf, sagte aber nichts mehr über meine so niedere Beschäftigung. Kurz darauf wurde unsere Aufmerksamkeit auf das Verfahren zurückgelenkt durch eine neue Stimme, und zwar die des ehrwürdigen Doktors des Rechts Jacques de Pencoëtdic. Er würde an diesem Tag als Ankläger dienen, darauf hatten sich alle Beteiligten geeinigt. Er war ein erfahrener Mann, zu Recht berühmt für forsche Rechtsprechung, eine ausgezeichnete Wahl. Er verstand es höchst geschickt, auch aus dem verwirrendsten Problem etwas Einfaches und Klares zu machen.

Die Luft war erfüllt vom reichen Klang seiner Worte und die Dramatik seiner Rede schier verzehrend – große Herren und wunderschöne Damen reckten die Hälse, um zu lauschen, sogar der quälend langen Erklärung der Rechtmäßigkeit dieses Gerichts.

Aber das Gefesseltsein der Menge erhöhte sich noch, als die eigentliche Aufzählung der Verbrechen begann.

»...dass ebenjene Knaben und Mädchen entführt worden seien von besagtem Gilles de Rais, dem Angeklagten, und von seinen Anhängern... dass von jenen besagten Kindern die Kehlen durchschnitten und sie getötet und zerstückelt und verbrannt und auf andere Arten schändlich gequält worden seien. Dass besagter Milord Gilles de Rais, der Angeklagte, die Leichen dieser Kinder auf verdammenswerte Weise Dämonen geopfert habe, dass nach vielen anderen Berichten besagter Gilles de Rais Dämonen und böse Geister angerufen und ihnen diese Kinder geopfert habe, manchmal nachdem sie tot waren, manchmal während sie noch starben; dass der besagte Angeklagte in grässlicher und niederer Weise die Sünde der widernatürlichen Unzucht getrieben habe, wobei er bei den Mädchen die natürliche Leibesöffnung verschmähte... dass besagter Gilles de Rais, erfüllt von bösen Geistern und alle Hoffnung auf Erlösung fahren lassend, viele Kinder verschleppt, getötet und abgeschlachtet habe, er selbst ebenso viele wie die besagten Komplizen. Dass er angeordnet und befohlen habe, die Leichen dieser Kinder zu verbrennen, in Asche zu verwandeln und in Verstecke zu werfen... dass während der besagten vierzehn Jahre er außerdem Gespräche geführt habe mit Zauberern und Ketzern, dass er viele Male ihre Hilfe erbeten habe, um seine Vorhaben durchzuführen, dass er mit ihnen sich ausgetauscht und zusammengearbeitet habe, ihren Lehren gelauscht und ihre Bücher über die verbotenen Künste der Alchimie und der Hexerei gelesen habe...«

Alles in allem wurden fünfundvierzig Anklagepunkte laut vorgelesen – an ihrem Ende waren einige der Damen einer Ohnmacht nahe. Die Menge der zugleich entsetzten und gefesselten Beobachter war während der wiederholten Aufzählungen von Gräuel um Gräuel still geworden und schien jetzt völlig betäubt zu sein. Doch zwei unter ihnen schienen jedes Wort auszukosten, beides Damen, *Mesdames* Jarville und Thomin d'Araguin, die, als die Aufzählung beendet war, aussahen, als verlangten sie nach noch mehr Gräueln. Sie starrten Milord an, wie ein Gläubiger das Abbild eines Heiligen anstarrt, weil er hofft, dass ein wenig von der Heiligkeit auf ihn abfärbt.

»Empörend«, murrte *Frère* Demien, als er sah, in welche Richtung ich schaute. »Ich habe gehört, dass Poitou diese beiden nach Champtocé brachte und ihnen gestattete, sich die Tötungen aus einem Versteck heraus anzuschauen. Und dass sie äußerst begierig darauf waren, sich eine solche Vorführung noch einmal anzusehen.

Entsetzt lehnte ich mich zurück; wie eine Frau, auch eine, deren Schoß kein Leben hervorgebracht hatte, der Vernichtung eines Kindes zusehen konnte, überstieg meinen Verstand. Und ganz zu schweigen von…

De Pencoëtdics Stimme rettete mich aus meiner Melancholie; er rief Milords Namen und hieß ihn aufstehen und sich dem Gericht zuwenden. Gilles de Rais erhob sich zu seiner ganzen Größe und richtete den Blick auf das Richterkollegium.

»Ihr werdet nun antworten, Herr«, sagte De Pencoëtdic mit ernster Stimme, »auf diese schwer wiegenden Anklagen. Ihr werdet es unter Eid und in der französischen Sprache tun, und zwar einzeln zu jedem Punkt dieser Anklage.«

Der Angeklagte ließ den Blick durch den großen Saal schweifen und suchte die Augen seiner Standesgenossen. Doch nur seine beiden weiblichen Bewunderer erwiderten seinen Blick für mehr als einen kurzen Augenblick. Denn diesem Mann in die Augen zu schauen, konnte wirklich ernste Folgen haben.

»Habt Ihr vor zu antworten, Herr?«, fragte De Pencoëtdic.

Es war so still im Gerichtssaal, dass wir die Fliegen summen hörten, und es blieb auch so, denn Milord schwieg auf die Frage des Anklägers. Alle Augen ruhten auf dem großen Marschall von Frankreich. Das nächste Geräusch, das wir hörten, war De Pencoëtdics enttäuschtes Aufseufzen, das nun die Blicke aller auf ihn zog. Langsam und der Steifheit seines Alters angemessen, drehte er sich zu Seiner Eminenz und Bruder Blouyn um. Er nickte kaum merklich, wohl ein zuvor vereinbartes Signal, und setzte sich dann in den samtbezogenen Sessel, von dem er zuvor aufgestanden war, nun wieder ein stummer alter Mann.

Jean de Malestroit beugte sich leicht vor und sagte: »Ihr werdet antworten, Milord.«

Warum er Seiner Eminenz, einem langjährigen Feind, antworten sollte, aber nicht De Pencoëtdic, der ihm nichts nachtrug, kann ich nicht sagen. Aber genau das tat er. Gilles de Rais schaute Jean de Malestroit in die Augen und sagte mit unüberhörbarem Hochmut: »Das werde ich nicht.«

Ein Raunen ging durch die Menge. Dem Stellvertreter Gottes die Antwort zu verweigern war an und für sich schon Ketzerei. Ihn ohne Ehrentitel anzusprechen war so gut wie unvorstellbar.

»Ich sage noch einmal, Milord, und ich rate Euch, bevor Ihr Euch weigert, das Heil Eurer unsterblichen Seele zu bedenken, Ihr werdet antworten.«

Gilles de Rais musste sich sichtlich im Zaum halten – er kochte, zitterte beinahe.

Ich schwöre, Etienne, ich dachte, er würde gleich platzen – wenn er nicht bekam, was er wollte, hielt er den Atem an, bis er blau wurde. Und wenn er die Luft dann wieder herausließ, schäumte er vor Wut, wie ein junger Bulle, dem man ins Auge gestochen hatte! Der Knabe nimmt eine Ablehnung seiner Wünsche nicht ohne Widerworte hin… Manchmal hätte ich nicht übel Lust, ihn selber die Peitsche kosten zu lassen, wäre es mir nicht verboten.

Beherrsche dich, Guillemette. Es steht dir nicht zu, ihn zu züchtigen.

Wenn nicht mir, wem dann? Irgendjemand muss es tun.

Nun sahen wir die Folgen dieses Versäumnisses vor uns, wessen es auch sein mochte.

»Ich werde nicht antworten«, wiederholte er. Er sah zuerst Jean de Malestroit an und dann Bruder Blouyn. Seine Miene triefte vor Stolz und Geringschätzung. »Ihr seid nicht meine Richter und seid es auch nie gewesen.«

»Im Namen Gottes, der Euer Richter ist und immer sein wird, verlange ich von Euch, dass Ihr auf die Vorwürfe antwortet, die Euch heute vorgelegt wurden.«

Jetzt fing Gilles de Rais an, Jean de Malestroit und seine Richterkollegen anzuschreien. Alle drei schraken vor der Wucht seiner Worte zurück. »Ihr seid diebische Schurken, die sich haben bestechen lassen, um mich zu verurteilen«, kreischte er, »und lieber lasse ich mich mit einem Strick am Halse aufhängen, als solchen Richtern zu antworten, wie Ihr sie seid.«

Er drehte sich um und schritt auf die Tür zu, wurde aber von zwei Wachen aufgehalten. Er wehrte sich gegen sie, und einen Augenblick lang sah es so aus, als könnte er sich losreißen. Im Saal brach Chaos aus. Jean de Malestroit war aufgesprungen und schrie gegen den Lärm an, während Gilles de Rais zurückgeschleift und vor ihn hingestellt wurde.

»Vielleicht versteht Ihr diese Vorwürfe gegen Euch nicht vollständig, Milord.« Er wandte sich an einen der Schreiber. »Wiederholt die Anklage auf Französisch«, rief er, »damit der Baron de Rais sie verstehe, denn er scheint den Ernst seiner Lage nicht zu begreifen, wenn sie ihm auf Latein erklärt wird.«

Er fuchtelte in ohnmächtiger Wut mit den Armen. »*Je comprends le Latin!*«

Der arme kleine Schreiber stand sogleich auf und begann eine unbeholfene Stegreifübersetzung. Milord fing an zu zittern, und wir hörten ihn schreien: »Ich bin kein Idiot. Ich verstehe Latein so gut wie irgendeiner.«

Der verängstigte Schreiber hielt inne und schaute meinen Bischof an, der ihn mit finsterem Blick zur Fortsetzung aufforderte.

Gilles de Rais beruhigte sich schließlich und starrte Seine Eminenz nur böse an, während hastig die französischen Worte gesprochen wurden. Es war derselbe Ausdruck, den ich auf seinem Gesicht gesehen hatte, als er die Volljährigkeit erreichte und Jean de Craons Tyrannei abwarf: reine, kalte Verachtung. Seine Stimme erhob sich wieder über die furchtsamen Worte des Schreibers. »Ich werde nichts tun, was Ihr als Bischof von Nantes von mir verlangt«, zischte er. Er wehrte sich gegen den Griff seiner Wachen und schaute von einem zum anderen, als wollte er sie mit seiner Wut einschüchtern. Keiner der beiden hielt seinem Blick stand. Eine dritte Wache wurde zu Hilfe gerufen, und zu dritt konnten sie Milord überwältigen.

Eine schreckliche, dumpfe Schwere legte sich über uns alle, als Gilles de Rais einen erbärmlichen Versuch machte, seine Würde wiederzuerlangen. Er ordnete seine Gewänder und strich sich die Haare glatt und schaute sich dann im Saal um. Doch bei den Beobachtern fand er keine Unterstützung.

Nun legte sich eine Ruhe über ihn, wie sie immer kurz vor einem Sturm eintritt.

Ich konnte Jean de Malestroits unausgesprochenes Stoßgebet beinahe hören: *Mein Vater, ist's möglich, so gehe dieser Kelch an mir vorüber…* Dennoch fuhr er fort und fragte den Gefangenen aufs Neue, ob er auf die einzelnen Punkte der langen Anklageschrift eingehen wolle.

Und so ging es weiter. Als Jean de Malestroit zum letzten Mal Unterwerfung forderte, kam Gilles de Rais' ermattete Weigerung so gedämpft und leise, dass wir sie kaum noch verstehen konnten.

Und dann verblüffte Seine Eminenz uns alle.

»Bei allen Heiligen, Gilles de Rais, Ihr zwingt uns mit dieser ketzerischen Weigerung, Euch vom heiligen katholischen Glauben zu exkommunizieren.«

Nun kehrte der alte Gilles mit rachsüchtiger Wut zurück. Er sprang auf und schrie Seiner Eminenz Verwünschungen entgegen, die ich nicht wiederholen kann, ohne mein Seelenheil zu verlieren. Dann rief er: »Wenn ich die Verbrechen begangen hätte, die mir in dieser Schrift vorgeworfen werden, dann wäre ich des Glaubens abtrünnig. An diesem Zustand leide ich jedoch keineswegs.«

»Nun, das mag sein, Milord«, sagte Jean de Malestroit, »doch scheint Ihr am Zustand der Unverschämtheit und des Wahnsinns zu leiden. Ihr täuscht Unwissenheit vor, doch Eure Leugnungen sind nicht zu glauben.«

»Ich würde in einer so ernsten Sache wie dieser doch nie zu Verstellung greifen!« Seine Worte waren eher ein Flehen als eine Erklärung. »Und ich bin entsetzt«, fuhr er fort, »dass Monsieur l'Hôpital die wenigen Kenntnisse, die er über die Ereignisse hat, von denen Ihr sprecht, an das kirchliche Gericht weitergibt und er darüber hinaus zulässt, dass ich in Herzog Jeans Namen dieser Verbrechen überhaupt angeklagt werde.«

Es war alles Unsinn. De Pencoëtdic stand von seinem reich verzierten Sessel auf und wandte sich an die Richter. »In Herzog Jeans Namen«, sagte er, »verlange ich, dass dieser Mann der vorsätzlichen Missachtung des Gerichts für schuldig befunden werde, weil er sich, trotz unserer kanonischen Ermahnungen, weigert, auf die ihm vorgelegten Anklagen zu antworten.«

Auf diese Aufforderung hin schauten die Richter sich in stillem Einverständnis an. Jean de Malestroit nahm seine Feder und ein frisches Pergament zur Hand und schrieb darauf, schnell, aber mit großer Sorgfalt, denn die Worte, die der Ankläger vorlas, als ihm das Schriftstück überreicht wurde, waren so ernst, wie Worte es nur sein konnten.

»Gilles de Rais, kraft der mir von seiner Heiligkeit Papst Eugène verliehenen Macht, schließe ich Euch hiermit aus der katholischen Kirche aus.«

»Ich erhebe Einspruch! Eine Feder, ein Pergament, ich will meinen Einspruch niederschreiben.«

Sie hatten es vorausgesehen. Jean de Malestroit nickte einem Schreiber zu, der aufstand und von einem Pergament vorlas, das offensichtlich schon vorher verfasst worden war. »Dieser Einspruch wird unverzüglich zurückgewiesen aufgrund der Natur dieses Falles und den Fällen dieser Art, und auch unter Berücksichtigung der Schwere und Ungeheuerlichkeit der Verbrechen, die Euch zur Last gelegt werden.«

Ein Stöhnen stieg aus der Stille, dann Schluchzer der Verzweiflung, Rufe um Gnade, Bitten an Gott um Erlösung und Dankgebete, alles gleichzeitig. Eine Unruhe entstand, wie wir sie in diesem Prozess noch nicht erlebt hatten. De Pencoëtdic stand auf und schrie über die Menge hinweg mit lauter Stimme: »*Wir werden fortfahren.*«

»Das werden wir nicht!«, entgegnete Milord.

»O doch, Herr, das werden wir.«

Wieder wurde ein Beweis der Zuständigkeit verlesen, während Gilles schäumte vor Wut und Empörung.

»Da nach dem Apostel das Übel der Ketzerei wuchert wie ein Krebs und tückisch alle reinen Seelen vernichtet, wenn sie nicht rechtzeitig ausgemerzt wird durch die gewissenhafte Arbeit der Inquisition, ist es angemessen und geziemend, dass mit all der Macht und Würde der Inquisition zum Vorteil aller gegen Ketzer und deren Verteidiger vorgegangen wird, wie auch gegen jene, die der Ketzerei verdächtigt oder beschuldigt werden und gegen Behinderer und Störer des Glaubens…«

Milord schlug um sich wie eine gefangene Schlange. Mit unerwarteter Kraft befreite er sich von seinen Wachen und stürzte zum Richtertisch. Mein Herz schlug mir bis zum Hals; dies war ein Krieger, entschlossen, einen Bischof anzugreifen, der weder die Fähigkeiten noch die Mittel hatte, sich zu verteidigen. Mit bloßen Händen konnte Gilles de Rais Jean de Malestroit die Kehle herausreißen. Die beiden Wachen setzten ihm nach, bekamen ihn aber beim ersten Versuch nicht zu fassen. Von irgendwo aus den Falten seines Gewandes zog er einen Dolch und hob ihn hoch in die Luft, wie um zuzustechen. Er bewegte sich bereits wieder nach unten, als die Wachen ihm in den Arm fielen.

Mir wurde übel, und ich fuhr mir mit der Hand an den Mund. Doch während die Wachen nur eine Armeslänge entfernt mit seinem Angreifer kämpften, saß Jean de Malestroit bewegungslos und gefasst da. Seine Augen brannten sich in die Milord Gilles' und sandten die stumme Botschaft aus: Kämpft, so viel Ihr wollt, wir werden Euch dennoch zu Fall bringen. So groß ist meine Macht über Euch.«

Ich sah beschämt und angewidert zu, wie die Wachen Milord wegführten. Auf den Knien schleiften sie ihn davon, eine Position, die er sonst nur einnahm, um die Absolution zu empfangen. Doch in diesem Augenblick war er von der Absolution so weit entfernt wie noch nie in seinem Leben, bedurfte ihrer aber mehr denn je.

30

Sechs Tage – kein Wilbur. Wir hatten Überwachungsteams vor seinem Haus und dem Studio, seinen beiden Hauptaufenthaltsorten, aber keiner hatte ihn gesehen. Angestellte kamen und gingen und wurden überwacht, allerdings nur so weit, dass wir jederzeit damit durchkommen würden. Die Festnetztelefone in beiden Häusern ließen wir abhören, aber insgesamt benutzte Angel Productions zwölf Handys, und niemand konnte sagen, welches Durand hatte.

Wir sprachen sogar darüber, richterliche Abhörbefehle für jeden Apparat zu beantragen, so verzweifelt waren wir. Fred brachte uns auf den Boden der Tatsachen zurück.

»Er ist wahrscheinlich als Nutte verkleidet zu einem dieser fliegenden Händler gegangen und hat sich eine Prepaid-Karte gekauft.«

Es machte einen schier wahnsinnig, wie er sein Aussehen verändern konnte. Es gab keine Garantie, dass er das überhaupt tat – er war der absolute Niemand auf Tauchstation. Aber die Möglichkeit, dass er sich in jemand anderen verwandelte, überlagerte alles, was wir taten, um ihn zu finden.

Beschreibung des Verdächtigen: einsdreiundsiebzig bis einsfünfundsiebzig groß, mittlere bis schlanke Statur. Mitte dreißig bis Anfang vierzig. Weiß. Männlich oder weiblich.

Nur zwanzig bis dreißig Millionen Menschen in den Vereinigten Staaten entsprachen dieser Beschreibung.

Ich sorgte dafür, dass an diesem Abend kein Grünzeug auf den Tisch kam.

»Mom«, sagte Frannie zu mir, »wir wollen, dass du öfters so große Fälle hast. Wir mögen nämlich das Essen, das es dann gibt.«

Alle stimmten ihr zu, am eifrigsten Evan, dessen pubertäre Bestimmung es war, alles zu verabscheuen, was seine Mutter für nützlich erklärte – Sachen wie Schlaf, Hausaufgaben, die AUS-Taste der Fernbedienung und Brokkoli.

Nachdem die Küche aufgeräumt war, setzten wir uns alle vor den Fernseher und schauten uns Glücksrad an. Frannie beschämte uns alle und löste einmal sogar ein Rätsel mit nur den Leerstellen, noch ganz ohne Buchstaben.

»Der Wind in den Weiden«, sagte sie. »Ich habe eben das Buch gelesen. Ein Kinderspiel.«

Das Gespräch, das folgte, war kein Kinderspiel.

»Evan«, sagte ich, »schalte den Fernseher aus.«

»Aber jetzt kommt doch *Jeopardy!*«, sagte er. »Das lässt du uns immer anschauen.«

»Richtig. Aber nicht heute Abend. Ich muss mit euch reden, und da wir zur Abwechslung mal alle zusammen sind, will ich es jetzt tun.«

Alle stöhnten entsetzt auf. »O nein, haben wir schon wieder Geldprobleme?«

Das vergangene Jahr war schwierig gewesen; der Motor meines Autos war kaputtgegangen, meine Mutter hatte die Höchstgrenze ihrer Medikamentenversicherung überschritten und brauchte Hilfe, und Evan bekam eine Zahnspange. Eine Weile mussten wir die Gürtel enger schnallen, was den unerwarteten Vorteil hatte, dass meine Kinder etwas über die ökonomischen Realitäten des Erwachsenenlebens lernten. »Wir schaffen das schon«, hatte ich ihnen gesagt, und so war es dann auch. Jetzt hatten sie viel weniger Angst vor Geld, und das war gut, hieß aber nicht, dass es ihnen auch gefallen hatte.

Ich wäre froh gewesen, wenn es diesmal auch so einfach gewesen wäre. »Nein«, sagte ich. »Genau das Gegenteil. Ich mache Unmengen von Überstunden. Wir können uns dieses Jahr einen wirklich guten Urlaub leisten.«

Nun war das einstimmige Geräusch ein Jubeln. Das war ein gutes Vorzeichen – vielleicht würde das Gespräch besser laufen, als ich erwartet hatte.

»Aber es gibt einen Grund für diese ganzen Überstunden. Ihr wisst über diesen Fall mit dem Mann Bescheid, der *Sie essen dort kleine Kinder* gedreht hat?«

Natürlich wussten sie Bescheid. Sie überhäuften mich mit dem, was sie gehört hatten.

»Das ist mein Fall.«

Gibt's doch nicht ist ja irre Mom also echt du kennst Wilbur Durand du musst uns alles über ihn erzählen. Es verschmolz alles zu einem einzigen Satz, die einzelnen Sprecher waren nicht mehr zu identifizieren.

»Es stimmt. Ich war von Anfang an dran. Ich war diejenige, der das Muster aufgefallen ist.«

Noch mehr aufgeregte Schreie. *Das muss ich unbedingt Mrs.*

Adamy und Mr. Forsyth erzählen die halten das für übercool wo ist das Telefon ich will Samantha anrufen und es ihr sagen.

Sie mussten es erfahren, aber sie durften nicht hinauslaufen und damit angeben – das wäre im Augenblick keine gute Idee. Ich dämpfte ihre Begeisterung nicht gern. »Hört mal zu, ich weiß, das ist jetzt ziemlich viel verlangt, aber mir wäre es lieber, wenn ihr nicht mehr als das Allernötigste darüber redet. Ich weiß auch, dass das schwer ist, und es tut mir Leid. Aber im Augenblick muss es einfach sein.«

»Also, Mom, komm, irgendjemandem müssen wir es doch erzählen.«

Ich musste ihnen die Gefahr begreiflich machen, ihnen vor Augen führen, dass sie persönlich betroffen sein konnten. »Habt ihr euch überlegt, dass es Auswirkungen auf uns haben könnte, wenn ihr redet?«

Schweigen.

»Ich würde mich mit der Presse herumschlagen müssen, mit Leuten, die seine Fans sind, mit allen möglichen Spinnern, die nicht wissen, wie sie sich aufführen sollen. Leute könnten uns verfolgen. Ohne diese Art von Einmischung kann ich meine Arbeit viel besser erledigen. Bis wir diesen Kerl gefasst haben, brauche ich also eure Zusammenarbeit. Ich möchte euch bitten, dass ihr diesmal alle meine Deputies spielt. Aber das geht nicht, wenn die ganze Welt weiß, wer wir sind.«

Das Zauberwort: *wir.* Meine drei Engel nickten feierlich.

Zwei meiner Engel gingen nun ins Bett, Julia zuerst, dann Frannie. Ihre kleinen Köpfe waren bestimmt voll mit eingebildetem Ruhm und den unglaublichen Dingen, die ihre allmächtige Mutter tun würde. Gut. Sollten sie ruhig eine erfolgreiche Frau als Rollenmodell haben.

In solchen Augenblicken komme ich mir immer vor wie eine Hochstaplerin.

Wieder einmal waren Evan und ich allein für einige kostbare Minuten der Kameradschaft. *Lieber Gott,* betete ich, *lass diese kostbaren Augenblicke nie zu Ende sein, lass mich für meinen Sohn immer so wichtig sein.*

Es würde viel zu schnell vorüber sein. Mit jedem seiner Atemzüge teilten sich Evans Zellen, seine Knochen wurden länger, die Hormone meldeten sich, und er entfernte sich von mir. Genau das passiert, wenn man sie nährt und aufzieht. Aber in Augenblicken wie diesen konnte ich mir seine früher so winzigen Arme um meinen Hals vorstellen, seinen süßen Babyduft riechen, sein absolutes Vertrauen und seine Verehrung spüren, alles Überbleibsel aus der Zeit, als ich noch allmächtig war, die Göttin, die Quelle von Nahrung und Wissen.

Es war eine Reduktion sondergleichen, einfach nur seine Mutter zu sein.

»Mom«, sagte Evan, dessen Augen nun dennoch leuchteten vor Bewunderung, »ich weiß, du magst nicht, dass wir darüber reden, aber es ist einfach zu cool. *Du* hast das herausgefunden – das ist unglaublich. Dein Job ist echt Klasse. Ich habe mir überlegt, ob ich vielleicht auch Polizist werden will.«

Wenn ich erwachsen bin, will ich so sein wie meine Mutter – dass ein Junge das sagt, ist schon merkwürdig, aber es tut einem sehr gut. Da gab's nur ein Problem – Polizist zu sein war nicht mehr so wie zu der Zeit, als ich anfing. Die Missachtung von Autoritäten, die jetzt so gang und gäbe ist, fing damals gerade erst an. Die akute persönliche Gefährdung war noch nicht so groß, die juristischen Vorschriften waren noch nicht so streng.

»Du müsstest aber dennoch aufs College gehen. Du musst viel wissen. Heutzutage braucht man bei der Polizei Leute mit Bildung.«

»Das ist okay. Aufs College will ich sowieso.«

»Ich fühle mich geschmeichelt, Evan. Es tut mir wirklich gut, wenn du solche Sachen sagst. Aber du hast noch viel Zeit, um zu entscheiden, was du mit deinem Leben anfangen willst.«

»Soll heißen, du willst nicht, dass ich Polizist werde.«

»Das habe ich nicht gesagt.«

»Aber du denkst es. Ich weiß es.«

Ich zerstrubbelte ihm liebevoll die Haare. Er erstarrte. »Ich bin kein Kind mehr, Mom.«

»Ich weiß, Evan. Tut mir Leid. Hör zu, jetzt, da die Mädchen im Bett sind, will ich mit dir was besprechen.«

Ungefähr eine Sekunde lang schwieg er und sagte dann: »Über Sex weiß ich schon Bescheid, Mom. Dad hat mir letztes Jahr 'ne Menge erzählt.«

Ich versteckte meine Überraschung hinter einem Lächeln. »Darüber wollte ich auch gar nicht mit dir reden.«

Er schien außerordentlich erleichtert. »Gut. Über was dann?«

»Ich will einfach, dass du vorsichtig bist. Ich will nicht, dass du Angst vor der Welt hast, sie ist nämlich ein wunderbarer Ort, und ich hoffe, du vergisst das nicht. Aber es gibt da draußen Leute, die wir nicht richtig verstehen können, weil bei denen innen drin was nicht stimmt. Sie verhalten sich nicht so wie normale Leute. Ich will nur, dass du dir bewusst machst, was um dich herum vorgeht. Wenn du bei Leuten ein komisches Gefühl bekommst, geh weg von ihnen. Das gilt für alle. Wenn jemand, den du kennst und dem du vertraust, sich irgendwie komisch verhält, kannst du einfach weggehen. Und bitte erzähl es mir. *Bitte.*«

Er sank in die Couchkissen und verstummte.

»Evan.«

Er schaute mich an, sagte aber nichts.

»Das ist wichtig, Liebling.«

»Okay«, sagte er ernst.

Ich konnte mich gerade noch zurückhalten, ihm noch einmal durch die Haare zu fahren. »Danke«, sagte ich.

»Ruhiger Vormittag«, sagte Escobar. »Aus irgendeinem Grund scheinen die Haie heute keine so engen Kreise zu ziehen.«

Zehn Tage waren vergangen, seit die Geschichte an die Öffentlichkeit gelangt war. Die anfängliche hitzige Faszination hatte nachgelassen, da andere wichtige Dinge passiert waren. Es hatte eine Schießerei in einer Schule gegeben und eine Geiselnahme auf einem Flughafen, und dies lenkte den Vierten Stand ab, ganz zu schweigen von der allgegenwärtigen Paranoia wegen möglicher bioterroristischer Anschläge. Elf Tage vergingen, dann zwölf; meine Kinder waren wieder bei ihrem Vater, riefen aber häufig an, angeblich, um mich zu fragen, wie es mir gehe, in Wahrheit aber mit einem ganz anderen Anliegen: Wann dürften sie anfangen, mit ihren Kumpels zu reden?

Noch nicht. Bald, aber jetzt noch nicht.

Am Vormittag des dreizehnten Tages saß ich an meinem Schreibtisch und arbeitete mich durch den enormen Papierkram des Durand-Falles. Das Telefon klingelte; die Anruferkennung zeigte die Vorwahl von Boston.

»Wie ich höre, ist an der westlichen Front alles still«, begrüßte mich Pete Moskal.

»Zu still«, sagte ich. »Mir wäre es lieber, wenn der Kerl sich endlich zeigen würde. Aber er ist das reinste Chamäleon. Wenn er sich zeigt, dann sicher nicht als er selbst.«

»Blöd. Vielleicht können Sie ihn ja ungestraft erschießen, wenn er plötzlich als grünes, schuppiges Ding auftaucht. Aber hören Sie, ich habe was Interessantes gehört. Es geht das Gerücht, dass seine Schwester still und heimlich die meisten ihrer Fälle an ihre Angestellten abgibt.«

»Haben Sie jemanden in der Kanzlei, der mit Ihnen redet?«

»Ja.«

»Gut zu wissen, womit wir es zu tun bekommen.« Aus irgendeinem Grund, den ich selbst nicht kannte, wollte ich heute nicht mit ihm reden. »Vielen Dank…«

»Es kommt noch mehr.«

Es ging nicht um Klatsch, das hörte ich am Klang seiner Stimme.

»Ich wollte Ihnen sagen, dass ich einen Haftbefehl beantragen werde.«

Früher oder später musste das passieren. »Ich kann's Ihnen nicht verdenken. Sie waren bis jetzt sehr geduldig, Kollege. Dafür bin ich Ihnen dankbar. Viel Glück. Ich hoffe, Sie haben einen anständigen Richter, an den Sie sich wenden können.«

»Ein Juwel.«

»Hören Sie, tun Sie mir nur noch einen Gefallen. Halten Sie mich so weit wie möglich aus der Sache raus.«

»Ihren Namen werde ich in den Bericht schon hineinschreiben müssen. Die meisten Informationen kommen ja von Ihnen.«

»Können Sie nicht schreiben, dass ein *nicht genannter Polizeibeamter aus Los Angeles* Ihnen die Informationen gegeben hat?«

»Sie meinen eine Art anonymer Informant? Ich schätze, das könnte ich schon, aber der Fall steht so bereits auf relativ schwachen Beinen. Sich auf den Namen eines Beamten beziehen zu können stärkt ihn. Beträchtlich.«

Wenn er sich Durand vor mir schnappte, dann nur, weil ich ihm die Tür geöffnete hatte. Die Ironie ärgerte mich.

»Kann ich Sie irgendwie dazu überreden, noch ein paar Tage zu warten?«

»Wahrscheinlich nicht.«

»Sie können uns nicht noch ein oder zwei Tage geben, damit wir ihn hier aufspüren können?«

»Ich verliere Zeit, wenn ich das tue. Ich kann meine Männer hier nach ihm suchen lassen.«

»Er ist doch gar nicht in Ihrer Gegend.«

»Woher wissen Sie das?«

Es gab keine logische Erklärung dafür, nur meine Instinkte. »Weil die Luft hier bei uns noch immer stinkt.«

Schließlich konnte ich ihn dazu überreden, noch »ein paar Tage« zu warten, damit ich Durand richtig ins Visier nehmen konnte. Die Belohnung wuchs, da immer mehr Familien von vermissten Jungs sich an der öffentlichen Jagd beteiligten. Natürlich wurden auch die Anrufe wieder mehr. Das Aussortieren falscher Spuren wurde zu einem Sport in unserer Abteilung; wer konnte pro Tag die meisten Spinner eliminieren? Typischerweise waren es Escobar oder Spence, denn beide waren hervorragende Vernehmer, die einer Sache sehr schnell auf den Grund kamen. Wir verstärkten unsere Kontrollen auf den Flughäfen und in den Hotels wieder, weil keiner von uns wusste, was er sonst tun sollte, und weil die erhöhten Sicherheitsvorkehrungen nach den Terroranschlägen dies einfacher machten. Es bestand jedoch wenig Hoffnung, Durand auf diese Weise ausfindig zu machen; er konnte sich problemlos unter falschem Namen ein Haus mieten, problemlos einen Privatjet leasen und so die normalen Flughafenkontrollen umgehen. In seinem Studio oder in seinem Haus hatte er sich nicht gezeigt, seine Angestellten kamen und gingen allerdings, wie sie wollten. Wir hatten keinen rechtlichen Grund, auch nur einen von ihnen zu verhaften, was mich allerdings nicht davon abhielt, mit den Füßen zu scharren, weil ich sie liebend gern alle aufs Revier geschleift und ihnen eine Kostprobe unserer Verhörmethoden gegeben hätte. Sie alle hatten enge

Verbindungen zu ihm, waren vielleicht sogar Komplizen – es war durchaus anzunehmen, dass einer oder mehrere auf einer gewissen Ebene in seine Aktivitäten verwickelt waren, aber wir hatten keinen direkten Beweis für Mittäterschaft.

Wir konnten nur darauf warten, dass er wieder auftauchte.

Der Anruf kam, als ich eben nach Hause gehen wollte. Ich hatte meinen Schreibtisch schon aufgeräumt und meine Aktentasche gepackt. Die Autoschlüssel lagen bereits in meiner Hand, als Pandoras Büchse auf meinem Schreibtisch wieder aufsprang.

Das Klingeln klang nach *Nicht abheben,* ein schrill kreischendes, künstlich verlängertes *brrrriiieep,* das mir wie ein Blitz ins Rückgrat fuhr. Eine Telefonistin war in der Leitung. Sie klang ziemlich skeptisch: »Das ist zwar ein 911er, aber der Mann fragt speziell nach Ihnen.«

Ich drückte auf den rot blinkenden Weiterleitungsknopf.

»Detective Dunbar.«

»Lany.«

Es war Kevin. Er hatte mich noch nie in der Arbeit angerufen. Seine Stimme war Panik pur. Ich starrte den Apparat an. Sofort war mir klar, warum er anrief.

Zumindest dachte ich, ich wüsste es.

»O Gott, Lany, er hätte schon vor einer Stunde zu Hause sein müssen, und ich habe gewartet und gewartet und ihm das Abendessen warm gehalten … Ich habe dann schließlich bei Jeff angerufen, und sein Vater sagte, ich wäre an der Reihe gewesen, sie abzuholen, und ich sagte, nein, Sie waren an der Reihe. Und dann hatte ich gerade aufgelegt, als Evan anrief und sagte, dass Jeffs Vater gekommen sei, aber Evan gesagt habe, er solle warten, weil ich ihn holen würde, damit wir irgendwohin fahren könnten, und dann nahm er nur Jeff mit und ließ Evan stehen. Lany, er hat Jeff. O Gott. Ich dachte, sie sind schon zu groß, als dass ihnen so was passieren könnte, dass sie entführt werden … Jeff ist so hoch aufgeschossen, ich meine, er ist größer als ich, um Gottes willen …«

»Leg auf und lass die Finger vom Telefon«, sagte ich ihm. »Ich rufe dich gleich zurück.« Ich legte den Hörer auf die Gabel, und danach erschien mir jede Bewegung unmöglich. Meine Lähmung musste offensichtlich gewesen sein, denn Escobar kam sofort herbeigestürzt.

»Du bist weiß wie die Wand, Dunbar«, sagte er, »alles okay?«

»Nein.«

»Erzähl«, befahl er.

»Ich glaube, Durand hat sich Evans besten Freund geschnappt.«

Es laut auszusprechen riss mich aus meiner Starre. Ich hatte im Lauf der Jahre schon alle möglichen Krisensituationen erlebt, hatte Unmengen von Trainingseinheiten hinter mir und mich in Stresssituationen lobenswert gut verhalten. Aber jetzt konnte ich nichts anderes denken als *O Gott, nein…*

Sofort wurden die Truppen zu einer Notfallbesprechung in Vuskas Büro gerufen.

Er sagte mir unverblümt, dass er berechtigt sei, mich als Ermittlungsleiterin abzusetzen, weil ich keinen Anspruch mehr auf eine Führungsrolle in einem Fall hatte, bei dem meine Sicherheit oder die eines anderen Beamten durch überstürzte oder gefühlsgeleitete Aktionen meinerseits gefährdet werden könnte.

»Aber es liegt an Ihnen«, ergänzte er zu meiner Überraschung. Er hätte mir befehlen können, den Fall abzugeben, und eigentlich hätte er es wohl tun sollen.

»Warum, Fred? Sie müssen mich nicht an dem Fall lassen.«

Er zog mich beiseite, ein wenig weg von den anderen. Plötzlich fiel mir auf, wie abgespannt und bekümmert er wirkte. »Ich habe ein schlechtes Gewissen, weil ich nicht gleich von Anfang an auf Sie gehört habe«, gestand er. »Dies wäre vielleicht nicht passiert, wenn ich es getan hätte.«

Es war so etwas wie eine Entschuldigung. Ich nickte zustimmend und schürzte dabei die Lippen.

»Sie wissen mehr über diesen Kerl als wir anderen zusammen«, fuhr er fort. »Also brauchen wir Sie. Ich verlasse mich darauf, dass Sie mir Bescheid sagen, wenn es Ihnen zu viel wird, und wenn das passiert, erwarte ich, dass Sie sich sofort aus der vordersten Linie zurückziehen und beim Unterstützungsteam arbeiten. Dann sollen Escobar und Spence die Sache zu Ende bringen.«

Ich wusste, bevor wir hinausgingen, würde Fred meine beiden

Kollegen beiseite nehmen und ihnen einschärfen, ein Auge auf mich zu haben und mich, falls nötig, zu bremsen.

Es gab keine logische Erklärung dafür, dass ich wieder ruhig war, als wir Freds Büro verließen. Ich schätze, im Innersten meines Herzens wusste ich, dass ich, falls Wilbur Durand wirklich vorhatte, den Freund meines Sohnes umzubringen, im Augenblick rein gar nichts dagegen tun konnte.

Als ich Kevin zurückrief, war besetzt. Ich wollte schon beinahe einen Streifenwagen vorbeischicken, als ich schließlich durchkam.

Er war völlig durchgedreht, fluchte, entschuldigte sich und bettelte darum, den Tag noch einmal von vorne anfangen zu dürfen.

»Kevin, beruhige dich. Tief durchatmen«, sagte ich. »Konzentrier dich darauf, einen klaren Kopf zu behalten. Ich muss dir jetzt sofort eine Menge Fragen stellen …«

»Mein Gott, Lany, könnte die mir nicht jemand anderes stellen?«

Jetzt war nicht die Zeit für ein Wiederaufbrechen alter Ressentiments. »Ich bin die Ermittlungsleiterin in diesem Fall, und es ist meine Aufgabe, dir diese Fragen zu stellen. Wir brauchen jetzt nicht aufeinander loszugehen. Betrachte mich einfach nur als Detective.«

Früher redete ich die ganze Zeit mit ihm über meine Fälle, oder genauer, ich quasselte ihn *an* – ich glaube nicht, dass er viel von dem mitbekam, was ich sagte –, aber seitdem wir getrennt leben, habe ich keine Gelegenheit mehr dazu. Zuhören war eins unserer größten Probleme, keiner von uns war dem anderen gegenüber sehr aufmerksam. Und gegen Ende war es schwer, mit ihm überhaupt eine zivilisierte Unterhaltung über irgendein Thema zu führen, geschweige denn über meine Probleme in der Arbeit. Aber wenn ich ihm von diesem Fall erzählt hätte, wäre er sich des potenziellen Risikos wohl bewusst gewesen. Evan war ein braver Sohn gewesen und hatte getan, worum seine Mutter ihn gebeten hatte – er hatte mit niemandem, nicht einmal mit Jeff, über die Dinge geredet, die ich ihm gesagt hatte.

Und eins hätte ich gleich tun sollen, als mir die Zusammenhänge klar wurden, nämlich mit ihm über die Dinosaurier-Ausstellung zu reden. Ich hatte es aber nie getan.

Zwei Stunden waren vergangen, seit Jeff entführt worden war, eine halbe Stunde, seit wir davon erfahren hatten. Zweifellos war der silberne Honda Accord, den Durand sich wohl gemietet hatte, schon längst irgendwo abgestellt.

Es war unwichtig – er würde sich nie wieder ein Auto mieten müssen. In der Hölle fährt man nicht. Oder vielleicht doch – man steckt an einem Freitagabend um sechs Uhr auf der 405 bei 37 Grad und ohne Klimaanlage im Stau, und dann gibt es ein Erdbeben. Wir hatten bereits Autos ausgeschickt, um den Wachen vor dem Haus und dem Studio zu sagen, sie sollten ganz besonders auf alles nur irgendwie Ungewöhnliche achten. Eine Beschreibung des Fahrzeugs ging über Polizeifunk an alle Streifenwagen, nicht ohne zuvor ein Signal zu senden, das einen Kanalwechsel anordnete. Einzelheiten darüber, worauf zu achten war – Rucksäcke, Fesselinstrumente, Verkleidungsteile –, hörten die Streifenbeamten so über eine abhörsichere Leitung. Jeder relativ neue silberne Honda Accord in der Stadt wurde angehalten, vor allem, wenn er ein Mietwagenkennzeichen hatte. Es war ein sehr beliebtes Fahrzeug, und manchmal kam es vor, dass gleichzeitig vier oder fünf auf derselben Straße angehalten wurden. Einige der Streifenbeamten verlegten sich darauf, kontrollierte Autos in der linken oberen Ecke der Windschutzscheibe zu markieren, um wiederholte Überprüfungen zu vermeiden. Geparkte Accords dieser Farbe wurden kurz kontrolliert und sofort abgeschleppt, wenn auch nur die geringsten Verdachtsmomente vorlagen wie ein Buch oder eine Sporttasche oder Kleidung zum Wechseln. Wenn die Besitzer sich bei uns meldeten, wurden sie aggressiv vernommen, bevor sie ihr Fahrzeug zurückerhielten. Aber das alles führte zu nichts.

Jeffs Vater hatte ein Foto gemailt, das ich sofort an alle Streifenwagen weiterverschickte. Wir gaben auch ein Foto des unverkleideten Durand aus, was mir allerdings wie sinnloser Aktivismus vorkam. In den nächsten zwei Stunden saß ich da, starrte das Telefon an und hoffte auf eine neue Spur, irgendetwas, das wir verfolgen konnten. Es starrte stumm zurück, während das Essen, das mir irgendjemand hingestellt hatte, kalt wurde.

Jeffs Vater kam, ohne seine anderen Kinder.

Der ganze Ernst der Lage wurde mir nun auf eine Art und Weise klar, die ich nie erwartet hätte, als ich nämlich jemandem gegenübersaß, mit dem ich regelmäßigen Kontakt hatte und dessen Kind jetzt das Ziel einer massiven und höchst intensiven Suche war, weil es sich in den Fängen eines Monsters befand. Sein Sohn hatte das Verbrechen begangen, ein Freund meines Sohnes zu sein, nicht mehr und nicht weniger. Ich wusste zu der Zeit noch nicht, ob Jeff selbst als Opfer ausgesucht oder mit meinem Sohn verwechselt worden war. Eine Durchsicht von Durands Überwachungsvideos könnte das aufklären. Hatte Kevin, das begleitende Elternteil, nicht nur mit seinem eigenen Sohn, sondern auch mit Jeff herumgealbert? Die beiden sahen aus wie Brüder, und Evan kam eher nach seinem Vater. Vielleicht hatte Durand den Fehler gemacht, Jeff für Kevins – und mein – Kind zu halten.

Ich konnte ihm das nicht sagen, noch nicht. Es würde alles nur noch komplizierter machen. »Sie sollten jetzt nach Hause gehen und sich um Ihre anderen Kinder kümmern«, sagte ich ihm.

»Ich muss hier sein«, sagte er. »Er ist doch mein Sohn.«

»Okay«, sagte ich, »aber dann müssen Sie sich in den Wartebereich setzen. Ich verspreche Ihnen, ich sage Ihnen sofort Bescheid, sobald sich irgendetwas ergibt.«

Als die Tür hinter ihm zuging, klingelte das Telefon.

Spence nahm den Anruf entgegen, bevor ich zum Hörer greifen konnte.

»Durands Boy hat das Haus in seinem eigenen Auto verlassen«, sagte er mir. »Hat das Garagentor geöffnet, ist herausgefahren, und hat es wieder geschlossen.«

»Na dann, anhalten und das Auto durchsuchen.« Ich schrie beinahe.

Escobar legte mir die Hand auf den Arm, um mich zu besänftigen. »Und falls wir in dem Auto was finden, hatten wir dann einen hinreichenden Verdacht, der die Durchsuchung rechtfertigte?«

Mit einer verbockten Durchsuchung konnten wir alles aufs Spiel setzen; das war schon so oft passiert. »Dann verfolgt ihn«, flüsterte ich. »Aber verliert ihn um Himmels willen nicht.«

Ich wandte mich wieder an Escobar. »Er verlässt das Haus so gut wie nie. Nur ganz, ganz selten. Oft haben wir ihn tagelang nicht vor der Tür gesehen.«

»Lany, beruhig dich. Es ist der Boy. Ist wahrscheinlich nur Milch holen gefahren.«

»Aber er hat doch heute Morgen eine Lieferung bekommen. Der Transporter des Lebensmittelhändlers fuhr vor, erinnerst du dich?«

»Vielleicht hat er was vergessen.«

»Wir sollten die Jungs vor dem Studio anrufen und ihnen sagen, sie sollen nach ihm Ausschau halten.«

Genau das tat Escobar nun. Er gab ihnen eine Beschreibung des Autos und des Boys.

Ich hörte ihn sagen: *Eins dreiundsiebzig bis eins fünfundsiebzig groß, weiß oder hellhäutiger Hispanier, schlanke Statur...*

»Scheiße«, hörte ich mich flüstern. »Moment mal.«

Dann schnitt Escobars Stimme durch den Nebel meiner langsamen Erkenntnis. »Sie sagen, dass jemand, auf den die Beschreibung passt, kurz vor Schichtwechsel von dort wegfuhr. Lieferte Lebensmittel und ging dann wieder.«

31

Am Freitag, dem 14. Oktober, wurde keine Gerichtssitzung abgehalten. Außerhalb der Mauern unseres Klosters, das wir mit einer Unmenge seltener und unwillkommener grüner Gebilde teilten, die mit der Feuchtigkeit kamen und gingen, spannte sich ein endlos blauer Oktoberhimmel mit einigen hohen, dicken Wolken von der Art, die vorüberziehen, ohne auch nur einen Tropfen Regen zu vergießen, und dennoch mit ihrer Schönheit die Augen benetzen. Ich hielt in meinem hastigen Gang über den Hof inne, um das Gesicht zum Himmel zu erheben; die Wärme liebkoste meine Haut wie Gottes Fingerspitzen. Mit einer Hand nahm ich Haube und Schleier ab und ließ die Sonne auch meine Haare berühren. Niemand in der Menge beachtete mich, als ich barhäuptig weiterging. Wieder einmal hatte sich eine Menschenschar um einen Ausrufer versammelt, wieder wurde ein reißerischer, ausgeschmückter Bericht vorgetragen, diesmal von Gilles de Rais' Exkommunikation. Ich blieb stehen und lauschte.

Knochen, sagte der Mann. Und Schädel. Man habe noch mehr

Schädel gefunden. Neunundvierzig Schädel waren in der tags zuvor verlesenen Anklageschrift erwähnt worden, aber die hatte man angeblich zerstört. Damals war mir das als unvorstellbar hohe Zahl vorgekommen, und jetzt hieß es, es gebe noch mehr. Auch seien sie mitnichten zerstört.

Seine Tür stand offen, als ich sein Zimmer betrat; ich hatte meine Röcke nicht gerafft, und deshalb verriet ihm ihr Rascheln auf dem Teppich mein Eintreten.

»Ah, Guillemette…«

Mein Rechenschaftsbericht über die Ausgaben des Klosters war überfällig, und deshalb hatte ich ihn in aller Frühe hastig zusammengestellt. Ich warf ihn vor ihm auf den Tisch. Er schrak überrascht hoch.

»Ist es wahr?«, fragte ich ungehalten. »Wurden in Champtocé noch weitere Knochen und Schädel gefunden?«

Er antworte nicht sofort, stattdessen starrte er mich mit großer Neugier an. »Euer Haar ist unbedeckt.«

»Das war der Wind«, sagte ich. »Nun, was ist mit diesem Gerücht über Knochen und Schädel? Die Leute auf dem Platz reden von kaum etwas anderem. Entspricht es der Wahrheit?«

Zuerst sagte er nichts, doch dann nickte er. »In seinen Privatgemächern in Champtocé und Machecoul wurden einige gefunden. Gut versteckt und von seinen Komplizen in ihrer Hast wahrscheinlich vergessen. Aber nur einige wenige – bei weitem nicht genug, um alle Vermissten zu erklären. Man fragt sich, wie viele zuvor schon beiseite geschafft wurden.«

»Ich will sie sehen.«

»Nein«, erwiderte Jean de Malestroit ohne das geringste Zögern, »das kann ich nicht zulassen. Meine Stellung als Richter in diesem Verfahren würde durch eine solch unrechtmäßige Behandlung von Beweismitteln beschädigt.«

»Ist diese Stellung Euch wichtiger als der unauslöschliche Schmerz in meinem Herzen?«

»Indem Ihr diese Frage stellt, nutzt Ihr Eure Stellung bei mir auf ungerechtfertigte Weise aus. Ich bin überrascht, Schwester, das hätte ich von Euch nicht erwartet.«

Verletzt und verwirrt zog ich mich zurück. Nach dieser seiner letzten Erklärung gab es nichts mehr zu sagen. Ich war einer Sünde schuldig, gleichgültig, was ich tat. Deshalb sah ich keinen Grund mehr, davon Abstand zu nehmen, tatsächlich eine zu begehen.

Ich kehrte in meine Kammer zurück und zog die Truhe mit den Überbleibseln meines früheren Lebens unter dem Bett hervor. Die Kleider waren längst aus der Mode und mit Stockflecken übersät; ich hätte kein einziges mehr tragen können. So würde ich mir woanders etwas besorgen müssen, doch innerhalb der Klostermauern konnte ich mir nichts beschaffen, ohne beträchtlichen Argwohn zu erregen.

Die Lager waren noch größer geworden, da die Nachricht vom Prozess sich immer weiter verbreitete. Die Umgebung von Nantes bestand nicht mehr nur aus Ackerland und Bäumen mit dem gelegentlichen kleinen Haus dazwischen, sondern war jetzt ein Wald aus Zelten und Behelfshütten, in dem die Menschen vom Land zusammenströmten. Ich fand Madame le Barbier in einem der saubereren Teile des Lagers; sie bereitete sich gerade eine Stärkung zu – Käse und ein Becher mit blassem Hippokras –, als ich sie aufsuchte. Es dauerte einen Augenblick, bis sie mich ohne Schleier erkannte. Aber dann leuchtete ihr Gesicht auf, was mein Herz erfreute.

Sie verbeugte sich leicht. »Mutter Guillemette, wie schön, Euch wieder zu sehen.«

»*Et vous,* Madame.«

»Kommt, setzt Euch zu mir. Bitte« – sie reichte mir ihren Käse –, »nehmt einen Bissen.«

Ich war nicht sonderlich hungrig, aber ihr Angebot abzulehnen schien mir eine Beleidigung zu sein. Also brach ich ein kleines Stück ab und gab ihr den Rest zurück.

Verschwunden waren der abgezehrte Ausdruck und das schäbige Gewand; sie sah viel frischer und kräftiger aus. Obwohl ich sie um ihre Genesung beneidete, sagte ich: »Ihr scheint bei guter Gesundheit und guten Mutes zu sein, Madame. Das wärmt mir das Herz.«

»Ich bin sehr zufrieden, dass dieser Prozess endlich stattfindet – es hatte ja so lange gedauert, so lange! Meinen Sohn wird es mir nicht zurückbringen – das weiß ich nur zu gut. Aber es wird der Gerechtigkeit Genüge getan. Und darin werde ich Frieden finden.«

Frieden. Erst als sie das Wort ausgesprochen hatte, erkannte ich, wie sehr ich mich danach sehnte.

Nachdenklich kauend betrachtete sie mich. »Ihr habt Euren Schleier verloren, wie ich sehe.«

»Ja.« Vor ihr würde ich mich nicht auf den Wind herausreden müssen. »Für den Augenblick. Und das ist der Grund, warum ich Euch aufgesucht habe.«

Daraufhin stöberte sie in den Truhen, die sie mitgebracht hatte, warf sich Röcke und Leibchen und Kleider über die Schulter, als wären sie Lumpen und nicht die kostbaren Juwelen, die sie für jemanden darstellten, der ihrer so lange hatte entbehren müssen wie ich. Ich hatte all diese Dinge nicht wirklich freiwillig aufgegeben, und jetzt erweckten sie in mir einen schmerzenden, kaum beschreibbaren Durst. Erstaunt stand ich da, während sie mir zuerst ein Kleid und dann ein zweites zur Begutachtung hinhielt – erhöhte es mein natürliches Aussehen, oder lenkte es davon ab? Passte der Schnitt zu meiner Figur? Ich hatte ganz vergessen, dass ich eine Figur hatte, der durch die Form dessen, was ich darüberzog, geschmeichelt werden konnte.

Als ich ihr Zelt verließ, trug ich noch immer meinen Umhang, doch darunter nicht mehr mein formloses Ordensgewand. Stattdessen trug ich ein gewöhnliches Kleid aus einem blauen, ungemusterten Stoff. Ich sehnte mich nach einem Spiegel, in dem ich mich hätte betrachten können, denn für mich war dieses schlichte Gewand eine prächtige Robe.

So aber schaffte ich es so gut wie unbemerkt durch die Menge. Die Rebellion, die ich unternahm, meine Sünde des Ungehorsams, war unter meinem Umhang gut versteckt.

Entschlossen zog ich meinen Schleier wieder hervor und setzte ihn auf. Das Gewicht war schier unerträglich, doch ich ertrug es stumm. Ich durchmaß den Palast mit so zielstrebigen Schritten, dass niemand es gewagt hätte, mich mit einer Frage anzuhalten. Man würde annehmen, ich hätte etwas Bedeutsames zu erledigen und dürfte nicht gestört werden.

Wie wunderbar, wie verschieden vom Kloster mit seinen steinernen Mauern und der Heiligkeit, die sie durchwehte. Obwohl in dem Palast ein Bischof lebte, war dieser doch manchmal auch Kanzler und hätte umgeben sein sollen von schönen Dingen, Gegenständen, die ihn täglich an die Bedeutung seiner Arbeit erinnerten. Dennoch war dessen Unterkunft nur leidlich im Vergleich zu den Räumlichkeiten, an die Milord Gilles sich gewöhnt hatte.

Als ich dann der Wache vor seinen Privatgemächern gegenüberstand und sagte, ich hätte eine Botschaft von Jean de Malestroit, kam niemand auf die Idee, dies in Frage zu stellen. Seit Wochen sahen diese Männer, wie ich still zwei Schritte hinter meinem Bischof einherging, und sie hatten keinen Grund, meine Aussagen anzuzweifeln. Mein Auftreten war fromm und demütig; ich sagte Ihnen, Jean de Malestroit habe mir die wichtige Aufgabe übertragen, Milord in diesen Stunden der Dunkelheit ein wenig Trost und Erleichterung zu bringen. Ich hielt meinen Rosenkranz fest zwischen den flachen Händen und lud die Wache ein, mit mir für Milords gefallene Seele zu beten. Der Mann ließ mich augenblicklich durch; ich glaube, um die Unbehaglichkeit abzuschütteln, die ich ihm mit meinem vorgetäuschten religiösen Eifer verursacht haben musste.

Er rief einen scharfen Befehl einem anderen Posten zu, dessen Miene ernst wurde, als er hörte, dass er mich den Gang entlang zu den Gemächern führen sollte, in denen Milord untergebracht war.

Der Mann, der mich führte, ging mit schnellem Schritt. Ich konnte ihm seine offensichtliche Furcht nicht zum Vorwurf machen – mit jedem Schritt, den wir uns den inneren Gemächern näherten, schlug auch mein Herz ein wenig schneller.

Fragen nach dem, was alles geschehen konnte, beschlichen mich, und einige Schritte lang fragte ich mich, warum ich diese Begegnung nicht vor meinem Kommen sorgfältiger durchdacht hatte. Als ich in den großen Salon geführt wurde, verspürte ich das starke Verlangen, mich umzudrehen und davonzulaufen.

Aber ich konnte nicht. Ich atmete tief durch, um die wilden Tiere zu besänftigen, die an meinen Eingeweiden rissen und zerrten. Die Umgebung half mir – ich befand mich in einem geräumigen Zimmer, hübsch verziert mit Tapisserien und Webereien und dick ausgelegt mit mehreren der wunderschön gemusterten Teppiche, die auf Handelsschiffen quer über das Mittelmeer kamen. Während ich noch verwundert starrte, klopfte die Wache dreimal mit dem Ende seiner Lanze auf den Boden und nahm dann Haltung an. Aus einem anderen Zimmer hörte ich Milord bellen: »*Was gibt's?*« Plötzlich verließ mich aller Mut.

In einem der Anatomiebücher des jungen Gilles in Champtocé hatte ich die Darstellung des Herzens eines Mannes gesehen. *Le Cœur* lautete die Unterschrift unter der Zeichnung. Sie war wunderbar und so schlicht, aber es kam mir merkwürdig vor, dass das Herz eines Menschen zwei Seiten hatte. Welchem Zweck konnte es dienen, dass man zwei voneinander getrennte Gänge hatte, durch die unsere Gefühle strömen mussten?

In diesem Augenblick begriff ich es: Eine Seite meines Herzens war völlig angefüllt mit Zorn und Rachgier, die andere mit maßlosem Kummer.

Ängstlich verkündete die Wache: »*Vous avez un visiteur, Milord. Une dame.*« Dann kehrte er hastig auf seinen Posten zurück.

Kaum war er verschwunden, nahm ich meinen Schleier ab und zog den Umhang aus. Ich warf beides auf einen nahen Sessel, ein erlesenes Möbelstück, auf das ich mich nie zu setzen gewagt hätte. Hier stand ich also, eine gewöhnliche Frau, als Milord den Salon betrat. Zuerst näherte er sich mir langsam, bis das Licht des Wiedererkennens über sein Gesicht kroch.

»Madame«, sagte er. »Ach, Madame… Verzeiht mir, dass ich Euch nicht gleich erkannt habe. Ihr müsst verstehen, dies alles ist eine schwere Prüfung – und ich bin es ja nicht mehr gewohnt, Euch in Frauenkleidern zu sehen.«

Dann wich er ein wenig zurück, die Augen voller Argwohn. »Hat Jean de Malestroit Euch geschickt, um in seinem Namen mit mir zu sprechen? Dass er ein Weib schickt, um seine Arbeit zu machen…«

Ich schnitt ihm das Wort ab. »Er hat mich nicht geschickt. Er dürfte sehr verstimmt sein, sollte er herausfinden, dass ich Euch aufgesucht habe.«

»Oh«, sagte er mit aufflackernder Neugier. »Von mir wird er es gewiss nicht hören.«

Der alte Hass existierte also immer noch.

Sein Bart war nicht mehr lockig und blau, sondern schwarz und ordentlich gestutzt. In seinen Augen war eine Traurigkeit, die auch die raffinierteste Schminke nicht überdecken konnte. »Aber wenn Ihr nicht als Jean de Malestroits Abgesandte hier seid, warum dann?«

»Ich bin hier als Guillemette la Drappière, auch wenn für mich diese Frau schon lange tot zu sein scheint. Es gibt Dinge, die ich wissen muss. Fragen, die nur Ihr beantworten könnt.«

In diesem Augenblick konnte ich beinahe spüren, wie er innerlich zusammenzuckte.

Er wusste also, warum ich gekommen war.

»Aber, Madame, Ihr wisst doch sicherlich mehr über mich und mein Leben als sonst jemand.«

»Ich weiß nicht, ob Ihr meinen Sohn Michel getötet habt.«

Nun endlich war es draußen. Allein schon die Tatsache, dass ich es ausgesprochen hatte, verschaffte mir Erleichterung. Noch dazu war die Antwort greifbar nahe. Ich wollte sie hören.

Ich starrte direkt in die kalten blauen Augen meines *fils de lait.* Kaum je in meinem Leben hatte ich mich so unbehaglich gefühlt. Dann aber wurden zu meiner Verwunderung seine Augen feucht. Er erschreckte mich, indem er vor mir auf die Knie fiel. Er drückte sein tränennasses Gesicht an meine Knie und umfasste meine Beine. Ich verlor beinahe das Gleichgewicht, so inbrünstig war seine Umklammerung. Er weinte laut mit der Hingabe eines Kindes.

Dann begann er zu sprechen: »Madame, ich habe viele unaussprechliche Verbrechen begangen: Ich habe annähernd alles getan, was man mir vorwirft. Aber ich habe Euren Sohn nicht getötet, und ich bin entsetzt, dass Ihr so etwas von mir glauben könnt; bin ich denn für Euch ein solches Ungeheuer?«

So fuhr er fort, und in meinem Herzen machte sich Verwirrung breit. »Ich weiß nicht, was mit meinem wahren Bruder Michel geschehen ist«, sagte Gilles, vielleicht um mein Herz zu erweichen, »doch ich will immer glauben, dass es der verfluchte Keiler war, der ihn fortschleppte, derselbe, der meinen Vater aufspießte.«

Es lag so viel Zerknirschung in seiner Stimme, so viel Ernsthaftigkeit in seiner Leugnung. Ich flüsterte: »Habt Ihr ihn wirklich nicht getötet?«

»Nein.«

Gott schütze mich, ich glaubte ihm. Meine Erleichterung war grenzenlos, obwohl das größere Geheimnis, wie mein Michel ums Leben gekommen war, mich immer noch quälte. Hatte ein Jäger ihn aus irgendeinem unbegreiflichen Grund getötet? Ich wollte es unbedingt glauben.

»Milord«, flüsterte ich. »Gott verabscheut Euch nicht. Gott liebt Euch, dessen bin ich mir sicher. Er wird Euch vergeben, wie er allen seinen Sündern vergibt, wenn Ihr nur offen und ohne Zögern Eure Sünden beichtet.«

Ich legte ihm die Hand auf den Kopf und strich ihm übers Haar, wie ich es oft getan hatte, als er noch Kind war; verzweifelt klammerte er sich an mich.

»Ja, ja«, murmelte er, die Stirn an meinem Knie. »Das wird er. Ich bin Christ, in seine Arme übergeben durch das Sakrament der Taufe, und jetzt verweigert man mir seine Gnade. Ich flehe Euch an, helft mir, *Mère* – man darf mir die Sakramente nicht verweigern.« Er umklammerte meine Beine noch fester.

»Hört mich an«, sagte ich. »Ihr wisst, was Ihr tun müsst. Ihr müsst morgen vor die Richter treten und offen über all die Dinge sprechen, die Ihr mir soeben gestanden habt. Dann wird alles gut werden.«

Er schaute zu mir hoch, während er sich von mir löste und sich die Tränen abwischte. »Ist das wahr?«, fragte er mit kindlicher Stimme.

»Ja«, sagte ich, nun wieder die Mutter. »Erhebt Euch jetzt. Gott wird alles zum Guten wenden.«

Jean, mein teurer Sohn,

bitte verzeih mir; ich weiß, dass meine Nachlässigkeit im Schreiben dir Sorgen bereitet hat. Seine Eminenz hat mir von deiner Nachfrage im Brief des Kardinals an ihn berichtet. Bitte sorge dich nicht mehr. Nun bin ich zumindest in Maßen von dem grausamen Kummer befreit, der mich übermannt hatte und davon abhielt, zur Feder zu greifen.

Heute suchte ich Milord Gilles in den Gemächern auf, in denen er hier im Schloss gefangen gehalten wird. Ich stellte ihm die Frage, die mich seit langem quälte, wie du weißt – die nach den Umstän-

den von Michels Tod. Zu meiner unendlichen Erleichterung leugnete er jede Mittäterschaft und sprach stattdessen von Herzog Jeans Jägern, was er zuvor noch nie getan hatte. Ich glaube, dass er mir die Wahrheit sagte, denn im selben Atemzug gestand er mir, dass er all die anderen Morde begangen hat, die man ihm vorwirft.

Ich hätte wohl entsetzter sein müssen angesichts dieses Geständnisses, doch aus welchem Grund auch immer wurde dieses Entsetzen überdeckt von der gesegneten Erleichterung zu wissen, dass er nicht der Mörder meines Sohnes und deines Bruders ist. Doch seine eigene Seele kennt keine Linderung; er ist verzweifelt und heimgesucht von Verwirrung und Schmerz, wie ich es noch bei keinem Menschen erlebt habe und nie wieder zu erleben hoffe. Ich drängte ihn, morgen, wenn er wieder vor seine Richter treten muss, seine Verbrechen öffentlich zu gestehen. Ich bete inbrünstig darum, dass er es auch tun wird, denn nur in der Absolution wird er Trost finden.

Du wirst zweifellos verstehen, dass unsere Reise sich nun verzögert; ich hoffe, dass wir noch aufbrechen können, bevor das Wetter zu kalt wird für ein vernünftiges Reisen. Doch falls wir erst aufbrechen, wenn das Wetter umschlägt, werden wir vielleicht gezwungen sein, im warmen Süden zu bleiben. Ich kann mir keine angenehmere Art vorstellen, dem kalten bretonischen Winter zu entfliehen, als ihn in Avignon zu verbringen.

Mein liebster Sohn, gedenke meiner in deinen Gebeten, wie ich es in meinen tue. Nun glaube ich allmählich wieder, dass Gott mich wirklich erhört. Erst heute habe ich erkannt, wie sehr mein Glaube mir fehlte.

Und auch du fehlst mir, geliebter Sohn. Ich bin so froh, dass wir uns schon so bald sehen werden.

Mein letzter Blick, bevor ich einschlief, ging zu dem blauen Kleid, das an meiner Tür hing. Es war jenen nicht unähnlich, die ich als Eheweib und Mutter in Champtocé getragen hatte. In dieser Nacht träumte ich davon, neben meinem Mann zu liegen und seine zärtlichen Hände auf mir zu spüren. Als man ihn von Orléans zurückbrachte, hatten seine Verletzungen bereits zu schwären begonnen, und seine Schmerzen waren so stark, dass es ihm unerträglich gewesen wäre, wenn ich zufällig sein Bein berührt hätte. Deshalb machte ich mir ein eigenes Bett neben dem seinen. Wie ich mich danach gesehnt hatte, nur noch einmal vor seinem Tod zu ihm unter die Bettdecke zu schlüpfen. Zum Ende hin war sein Delirium so stark, dass er es gar nicht bemerkt hätte, wäre ich ganz nah bei ihm gewesen. Aber ich hätte es gemerkt.

Ich schlief bis nach dem Morgengrauen. Als ich an diesem Morgen in den Gerichtssaal kam, saßen Jean de Malestroit und Bruder Blouyn bereits am Richtertisch und beugten sich über Pergamente. Seine Eminenz sah mich fragend an, als ich leise zu meinem Platz neben *Frère* Demien ging.

Er warf mir einen Blick zu, den ich nicht zu deuten wagte. »Ich wollte Euch heute Morgen abholen«, sagte er, »doch teilte man mir mit, Ihr schliefet noch. Seid Ihr krank?«

»Nein. Ich war nur müde.« Ich schaute nach vorne. »Wie ich sehe, ist Monsieur Chapeillon bereits hier.«

»Er war bereits hier, als ich ankam, und das war, bevor Seine Eminenz und Bruder Blouyn erschienen. Er sitzt schon die ganze Zeit über seinen Papieren.«

Ein aufgeregtes Murmeln erhob sich, denn Milord, wieder einmal ein Pfau, trat ein und nahm seinen Platz unter den Sperlingen ein. Mein schlechtes Gewissen regte sich ungebeten und ließ mich erröten, als ich ihn sah und mich an unser Gespräch erinnerte und an die Dinge, die ich nun unwiderlegbar wusste. Ich konnte mit niemandem darüber sprechen. Ich folgte ihm mit dem Blick und hoffte, dass er ihn erwidern würde, was er aber nicht tat.

Als das Geflüster erstorben war, erhob sich Chapeillon. »Ehrwürdige Richter«, sagte er, »im Namen von Herzog Jean bitte ich Euch, den Angeklagten zu befragen, ob er zu sprechen beabsichtigt. Darüber hinaus bitte ich Euch, ihn unverzüglich dahingehend zu belehren, dass er, auch wenn er es bis jetzt vorzog, nicht zu sprechen, dies nun tun kann, entweder in der Form des Eingeständnisses oder der Zurückweisung der Punkte der früher verlesenen Anklageschrift.«

Jean de Malestroit nickte und wandte sich an Gilles de Rais. »Milord, auf Bitten des Anklägers hin frage ich Euch, ob Ihr die Absicht habt zu sprechen.«

Nach einem tiefen, ergebenen Seufzen antwortete dieser: »Ich werde nicht sprechen. Aber ich werde auch nichts zurückweisen.«

Diese Änderung des Verhaltens kam für alle bis auf mich völlig unerwartet.

Es dauerte einen Augenblick, bis Chapeillon die Fassung wieder gefunden hatte. »Wenn es dem Gericht beliebt«, sagte er, »möchte ich Euch bitten, Milord Gilles, den besagten Angeklagten, zu fragen, ob er die Zuständigkeit dieses Gerichts anerkennt.«

Wieder wandte Seine Eminenz sich an Milord. »Ihr habt die Frage gehört. Was sagt Ihr dazu?«

Gilles de Rais sah aus, als hätte man ihm den Schierlingsbecher angeboten. Er wandte sich den beiden Richtern zu und sagte: »Ich gebe zu, dass diese Richter befugt sind, über mich zu richten, und ich bestätige ihre Zuständigkeit.«

Dann schluchzte er und fuhr unter Tränen fort: »Ich gestehe vor Gott und diesem Gericht, dass ich diese Verbrechen, die mir zur Last gelegt werden, tatsächlich begangen habe und dass dies alles innerhalb der Gerichtsbarkeit dieser Richter geschehen ist.«

Wegen der Schreie der Zuschauer konnte ich ihn kaum noch verstehen. Ich stand auf, legte mir eine Hand ans Ohr und hörte so seine Entschuldigung. »Demütig und ergeben bitte ich diese Richter und alle anderen Kleriker, gegen die ich beleidigende Worte gerichtet habe, mir zu vergeben.«

Jean de Malestroit und Bruder Blouyn waren sprachlos vor Erstaunen. Sie sahen einander kurz an und kamen zu einem wortlosen Einverständnis. Seine Eminenz hob die Hand, um Ruhe einzufordern, und sagte dann: »Um der Liebe Gottes willen, Gilles de Rais, Euch ist vergeben.«

Chapeillon fand seine Stimme wieder. »Wenn es dem Gericht beliebt, bitte ich um die Erlaubnis, die in den einzelnen Punkten genannten Verbrechen, die Milord eingestanden hat, zu beweisen.«

»Die Anklagepunkte sind durch die Art ihrer Darlegung als Beweismittel zulässig und stellen einen hinreichenden Beweis dar«, erklärte Bruder Blouyn entschieden.

»Dann möchte ich Milord bitten, auf die einzelnen Punkte einzugehen, um diese Beweise zu bestätigen.«

Alle Augen wanderten zu Milord, der sich unter diesen Blicken aufrichtete. Er öffnete den Mund, wie um zu sprechen, doch Jean de Malestroit hob die Hand, und er hielt inne.

»Ihr müsst zuerst einen Eid der Wahrhaftigkeit leisten, dass das, was Ihr sagt, die Wahrheit vor Gott ist und nichts als die Wahrheit.«

Einen Augenblick lang sah Gilles de Rais auf seine Füße hinunter. »Ich schwöre es vor Gott.«

Wir saßen in gespanntem Schweigen da, während Milord seine Bestätigung und Annahme der Punkte eins bis vier der Anklageschrift erklärte und ebenso der Punkte acht bis elf, die alle die Zuständigkeit des Gerichts und seiner Mitglieder betrafen. »Und Punkt vierzehn bestätige ich ebenfalls. In Bezug auf Artikel dreizehn bestätige ich das Vorhandensein einer Kathedrale in Nantes und dass Jean de Malestroit Bischof dieser Kirche ist. Darüber hinaus, Milords, bestätige ich, dass die Schlösser von Machecoul und Saint-Etienne-de-Mer-Morte innerhalb der Grenzen dieser Diözese liegen.«

Nun folgte eine kurze Pause, in der wir alle den Atem anhielten.

Jean de Malestroits Stimme zerriss die Stille wie das Läuten einer Glocke. »Fahrt fort«, sagte er.

Gilles de Rais räusperte sich und setzte dann aufs Neue an. Aber die Worte, die er sprach, waren nicht die, welche ich erwartet hatte. »Ich habe die christliche Taufe empfangen. Und als Christ schwöre ich, dass ich niemals böse Geister angerufen oder andere dazu angehalten habe. Auch habe ich diesen Geistern nie etwas als Opfer dargeboten.«

Chapeillon und Blouyn wechselten einen Blick. Die Luft knisterte förmlich vor Spannung, die Jean de Malestroit noch erhöhte, indem er sagte: »Denkt daran, Milord, dass Ihr einen heiligen Eid geleistet habt.«

»Ich habe meinen Eid nicht vergessen, *Milord.*« Und dann setzte er zu einer Art Erklärung an. »Ich gebe zu, ein Buch über Alchimie von einem Ritter aus Anjou erhalten zu haben, der jetzt wegen Ketzerei im Kerker sitzt, und ich gebe zu, dass ich eine öffentliche Lesung aus diesem Buch vor mehreren Personen in einem Zimmer in Angers veranlasst habe. Ich habe mit besagtem Ritter über die Ausübung der Alchimie gesprochen, aber ich gab dem Ritter das Buch zurück, nachdem es nur kurze Zeit in meinem Besitz war. Ich betrieb auch tatsächlich die Alchimie, zusammen mit François Prelati und dem Goldschmied Jean Petit, die Euch beide bekannt sind. Ich bediente mich der Hilfe dieser Alchimisten, um Quecksilber in Gold zu verwandeln. Doch unsere Bemühungen zeitigten keinen Erfolg.«

Jean de Malestroit starrte ihn böse an und sagte: »Man hat erfahren, dass in Tiffauges Öfen ausschließlich zum Zwecke der Alchimie gebaut wurden.«

Diese Aussage schien De Rais zu überraschen, als wäre das Vorhandensein dieser Öfen ein Geheimnis. Doch er entgegnete ohne Zögern: »Ja, ich habe diese Öfen bauen lassen. Doch ich besann mich eines Besseren, bevor ich sie benutzte.«

»Dann ist es also nicht wahr, dass sie, wie wir erfahren haben, vorwiegend deshalb wieder eingerissen wurden, weil der Dauphin von Wien beschlossen hatte, Euch einen Besuch abzustatten, und Ihr nicht wolltet, dass er sie sähe und Euch verdächtigte?«

Wie steif und abwehrend bei dieser Anschuldigung seine Haltung doch wurde. »Das ist nicht wahr, Milord Bischof, ich schwöre es.«

Jean de Malestroit lehnte sich zurück und dachte über das eben Gesagte nach. Nach einigen Augenblicken beugte er sich wieder vor. »Milord, ich bitte Euch noch einmal, auf den Vorwurf der Anrufung von Dämonen zu antworten, und ich erinnere Euch an Euren Eid.«

Gilles de Rais ließ sich nicht ins Wanken bringen. »Ich leugne ihn. Unmissverständlich. Und wenn es Zeugen gibt, die durch Ihre Aussage beweisen wollen, dass ich tatsächlich Geister angerufen habe, dann werde ich mich einer Feuerprobe unterziehen, um sie zu widerlegen. Wenn solche Zeugen auftreten, werde ich Ihre Aussage benutzen, um meine Haltung in dieser Angelegenheit zu erhellen.« Er sprach jetzt voller Selbstsicherheit. »Es wird eine breitere Auslegung dieser Dinge zum Vorschein kommen, das kann ich Euch versichern.«

Auf diese Unschuldserklärung hin lief Chapeillon eilig zum Richtertisch, wo er und die beiden Richter sich vertraulich berieten. Alle zeigten Mienen von Abscheu und Enttäuschung, denn dieser

Vormittag war gut gelaufen – bis Gilles de Rais wieder einmal beschloss, ihnen die Stirn zu bieten.

Ich hatte nach unserer Begegnung am vergangenen Abend so sehr auf Besseres gehofft, hatte inbrünstig gebetet, dass Milord an diesem Morgen den Gerichtsaal betreten, seine Ketzerei eingestehen und seine Strafe annehmen würde. Nun trieb mich keine formlose Wut mehr dazu, diesen Mann zu hassen und zu schmähen; er hatte mir gesagt, dass er Michels Tod nicht verursacht habe, und ich glaubte ihm. Ich wünschte mir, dass dies alles von ihm genommen würde, obwohl ich wusste, dies bedeutete, dass er sein Leben aufgeben musste – das war die vorgeschriebene Strafe für diese Art von Verbrechen. Aber vielleicht würde man ihm gestatten, es ein wenig leichter, mit weniger Schmerzen aufzugeben. Ich könnte es nicht ertragen, ihn sterben zu sehen wie Jeanne d'Arc.

Chapeillon wandte sich vom Richtertisch ab und winkte einen Geistlichen zu sich, der in einer der vorderen Reihen saß, einen gewissen Robin Guillaumet, der ebenfalls zu dieser Diözese gehörte. Chapeillon flüsterte Guillaumet etwas zu, der nickte und sogleich zum Ausgang des Saales eilte. Dort sprach er kurz mit einem der Wachposten, und dieser gab Guillaumets Befehl an andere weiter, die vor dem Gerichtssaal warteten:

Bringt die Zeugen herein.

Plötzlich schien alle Luft aus dem Gerichtssaal verschwunden zu sein. Aber im Augenblick atmete sowieso keiner von uns; zu sehr waren wir damit beschäftigt, die Zeugen anzustarren, welche der Geistliche Robin Guillaumet gerufen hatte. Einer nach dem anderen betraten sie stumm den Gerichtssaal, wobei jeder seinem Lehnsherrn Gilles de Rais einen kurzen Augenblick lang schuldbewusst in die Augen sah. Als alle vor dem Richtertisch versammelt waren, befahl Guillaumet jedem Einzelnen, vorzutreten und sich zu erkennen zu geben, sobald sein Name aufgerufen würde.

Henriet Griart. Etienne Corrilaut, auch Poitou genannt. François Prelati, Geistlicher. Eustache Blanchet, ebenfalls Geistlicher. Perrine Martin.

Sie alle standen stumm da und lauschten, während der Eid verlesen wurde:

»... auf die Heilige Schrift, die Wahrheit, die ganze Wahrheit und nichts als die Wahrheit zu sagen, zur Niederschrift zu geben und zu bezeugen, insofern sie mir bekannt ist, in Bezug auf die vom Ankläger vorgebrachten und dargestellten Punkte in diesem Fall und Fällen dieser Art, und außerdem die Wahrheit zu sagen in der Angelegenheit im Allgemeinen und im Besonderen, soweit nicht in besagten Punkten zum Ausdruck gebracht...«

»Erhebt Ihr Einspruch gegen diesen Eid von Seiten der Zeugen, Milord Gilles?«, fragte Jean de Malestroit.

Gilles schüttelte in verblüfftem Schweigen den Kopf.

»Man möge in der Niederschrift die Zustimmung des Angeklagten verzeichnen.«

»Ich spreche nun sowohl zu den Zeugen wie zum Angeklagten«, fuhr Seine Eminenz fort. »Schwört Ihr, alle Bitten, Liebe, Angst, Gunst, Groll, Hass, Mitleid, Freundschaft und Feindschaft außer Acht zu lassen und dementsprechendes Verhalten während dieses Prozesses zu unterlassen, damit dieser unbeeinträchtigt von solchen Gefühlen, so sie zwischen Euch vorhanden sind, durchgeführt werden kann?«

Alle schworen es.

»Milord Gilles, nehmt Ihr die Aussagen dieser vereidigten Zeugen und aller anderen, die der Ankläger noch aufrufen und ebenfalls vereidigen mag, an?«

»Das tue ich«, sagte er. Seine Stimme klang kraftlos, leblos.

»Und habt Ihr vor, das Gericht herauszufordern, indem ihr den Charakter von einem dieser Zeugen anzweifelt?«

»Nein, das habe ich nicht vor.«

»Habt Ihr vor, Sie selbst zu befragen, wie es Euer Recht ist?«

»Ich verlasse mich darauf, dass ihr Gewissen sie durch ihre Aussage führt.«

»Dann soll es so sein wie verfügt«, sagte Jean de Malestroit. »Wir werden am kommenden Montag, dem 17. Oktober, wieder zusammentreten, um ihre Aussagen zu hören.«

Er griff nach dem Hammer und hob ihn, um damit den Verhandlungstag abzuschließen, als Gilles de Rais plötzlich vortrat. Der Hammer war noch erhoben, und als der Angeklagte zu sprechen anhub, legte Seine Eminenz den Hammer wieder zur Seite.

»Meine Herren Richter«, sagte Gilles und fiel auf die Knie. »Ich bitte Euch demütig, mich wieder zu den Sakramenten zuzulassen. Widerruft meine Exkommunikation, ich flehe Euch an. Ich kann es nicht ertragen, von der Gnade des göttlichen Trostes ausgeschlossen zu sein.« Sein Gesicht war tränennass, und seine Schultern hoben und senkten sich mit seinem Schluchzen. »Habt Erbarmen mit mir, einem Kind Gottes, und versetzt mich mit einem schriftlichen Erlass wieder in den Stand der Gnade.«

Ein kurzes Schweigen entstand, dann schaute Jean de Malestroit Bruder Blouyn an. »Seid Ihr damit einverstanden?«, fragte er.

Bruder Blouyn musterte einige Augenblicke lang eingehend seine Hände und dachte vielleicht an Herzog Jeans Missvergnügen, wenn er dieser Bitte entspräche. Aber am Ende hatte auch er Mitleid und nickte.

»Dann soll es geschehen«, sagte Seine Eminenz. Er sprach leise mit einem Schreiber, der emsig mitschrieb, was er diktierte. Als die Niederschrift abgeschlossen war, las Seine Eminenz das Geschriebene und unterzeichnete es mit seinem Namen.

Er gab es dem Schreiber zurück. »Lasst viele Abschriften anfertigen und sie öffentlich aushängen«, sagte er. »Und lasst die Ausrufer es bekannt machen.«

Ich schwöre bei Gott, Milord Gilles hätte seine Füße geküsst, wäre nicht der Tisch zwischen ihnen gewesen. Der Hammer senkte sich.

François Prelati sprach ruhig zuerst von den Ereignissen, die ihn in die Dienste von Gilles de Rais gebracht hatten, dann von seiner Verführung durch Blanchet und seiner Beschäftigung mit den dunklen Künsten zusammen mit seinem Herren. Dann trat Blanchet selbst auf und bestätigte die Berichte über schwarze Magie und Hexerei und die ketzerischen Beschwörungen des Teufels. Henriet Griart sagte aus, dass er teilgenommen habe an der Beschaffung und Ermordung vieler Kinder, und dass er es freiwillig getan habe.

Doch es war Poitou, dessen Aussage am entsetzlichsten war. Er beschrieb noch einmal das überhastete Verlassen des Schlosses in Champtocé und das Fortschaffen und Beseitigen von sechsundvierzig Leichen. Doch dann fügte er noch ein neues Kapitel hinzu:

Das war meine Einführung in Milords Sünden. Gott behüte mich, später habe ich selbst Milord viele Kinder für seine Ausschweifungen zugeführt, vielleicht bis zu vierzig. In der ganzen Zeit wusste ich, was er mit ihnen vorhatte. Er fand großes Vergnügen an diesem Laster, er stöhnte vor Entzücken und zitterte vor Lust, während die Kinder heulten.

Manchmal, wenn das Heulen so laut wurde, dass es ihn ärgerte oder er eine Entdeckung fürchtete, hängte er das Kind am Halse auf, bis es fast tot war, nahm es dann wieder ab und schärfte ihm ein, nur ja still zu sein. Oder er verführte sie zu dem Glauben, er werde ihnen nichts tun und wolle nur sein Vergnügen mit ihnen. Aber danach tötete er sie immer oder ließ es von mir oder einem anderen seiner Diener tun. Meistens fanden wir sie unter den Armen, die in der Umgebung von Milords verschiedenen Burgen um Almosen bettelten, doch manchmal waren sie auch von höherem Stand. Und wenn er keine für seine Ausschweifungen geeigneten Kinder finden konnte, trieb er seine widernatürliche Unzucht mit den Kindern seines eigenen Kapellenchors, vor allem mit den beiden Söhnen von Magister Briand aus Nantes. Aber diese Knaben tötete er nicht – er schätzte sie wegen ihres Gesangs, und sie alle versprachen, seine Taten geheim zu halten.

Keiner von uns tat etwas, um all dem Einhalt zu gebieten, und als Magister Prelati kam, wurde alles noch schlimmer. Als die Nachricht von den Briefen des Bischofs uns erreichte – etwa um den 15. August herum –, wäre ich gerne davongelaufen, aber ich wusste nicht, wohin ich mich wenden sollte. Ich hatte kein Geld, denn ich war nicht so gerissen gewesen wie De Briqueville und De Sille, die für ihre eigene Sicherheit vorgesorgt hatten, indem sie – Stück für Stück – Milord ein kleines Vermögen stahlen. Henriet und ich dagegen waren Milord weiterhin treu ergeben, denn wir liebten ihn, und nun wird sein Schicksal auch das unsere sein.

Milord selbst wurde täglich verzweifelter und wiederholte beständig seinen Schwur, mit einer Pilgerfahrt ins Heilige Land für die schweren Sünden zu büßen, die er begangen hatte. Er versprach, sich von seinem schlechten Leben abzuwenden und Gott um Gnade und Vergebung anzuflehen. In diesen dunklen Tagen kam mir die Ahnung, dass Gott ihm nie vergeben würde, was er ge-

tan hatte, und dass er auch mir meinen Anteil daran nicht vergeben würde.

Doch trotz seiner Schwüre und seiner Versprechen an Gott kehrte Milord nach einiger Zeit zu seinen Ausschweifungen zurück. Er brachte mich dazu, einen gewissen Knaben – sein Name war Villeblanche, wenn ich mich recht erinnere – mit dem Versprechen, ihn zum Pagen zu machen, seinen Eltern zu entlocken, und hieß mich weiterhin, für den Knaben ein Wams zu kaufen. Ich tat dies alles für ihn und brachte den Knaben dann in das Schloss von Machecoul, wo er dasselbe Schicksal erlitt wie alle anderen, die sich mit der falschen Hoffnung auf Verbesserung unschuldig hineingewagt hatten. Er wurde von Milord fleischlich missbraucht und dann von mir und Henriet ermordet. Und als er sein Leben ausgehaucht hatte, verbrannten wir seinen kleinen schlaffen Körper, der in den Flammen verschwand so wie die anderen vor ihm. Er war der Letzte, von dem ich weiß – für mich war es auf jeden Fall der Letzte. Ich wollte nichts Böses mehr für Milord tun. In dieser Nacht weinte ich lange und bitterlich. Und ich weine auch jetzt, jede Nacht.

Möge Gott unseren Seelen gnädig sein.

Später an diesem Abend, nach unserem Essen – für das keiner von uns rechten Appetit aufbringen konnte –, trat das Gericht noch einmal zusammen, und neue Zeugen wurden vereidigt, da mein Bischof erpicht darauf war, dieses Schauspiel zu einem Ende zu bringen, solange noch ein wenig Rechtschaffenheit in der Welt war. Der Marquis de Ceva, Bertrand Poulein und Jean Rousseau, die alle mit Milord in Saint-Etienne-de-Mer-Morte gewesen waren, wurden aufgerufen. Sie würden zu der Verletzung der kirchlichen Unantastbarkeit aussagen, die Milord an Jean le Ferron begangen hatte, dem Rektor dieser Kirche, der diese Liegenschaft im Namen seines Bruders Geoffrey in Besitz hatte. Am Mittwoch, wenn das Gericht in einer weiteren geschlossenen Sitzung zusammentrat, würden dieselben Zeugen den Schreibern, Richtern und den wenigen Beobachtern beschreiben, was Jean de Malestroit dank unserer Beobachtung auf dem Rücken unserer Pferde bereits aus eigener Ansicht kannte. Sie würden bestätigen, dass Gilles de Rais, der auf ein

Kreuzverhör dieser Zeugen verzichtete – es wäre auch zwecklos gewesen –, Gottes Diener auf Erden Jean le Ferron angegriffen hatte in dem verzweifelten Versuch einer Rückeroberung, die von Anfang an zum Scheitern verurteilt war. Es war in Wahrheit ein Angriff auf Gott.

Und Gott würde zurückschlagen.

32

In einem meiner Telefongespräche mit Doc hatte er diese prophetischen Sätze geäußert:

Er gibt sich die allergrößte Mühe bei seinen Verbrechen, bereitet raffinierte Verkleidungen und detaillierte Inszenierungen vor – das alles scheint lächerlich und irrsinnig zu sein. Aber hier geht es ausschließlich um Kontrolle, und genau dadurch erreicht Durand sie. Kontrolle ist das Allerwichtigste für ihn. Das ist sie oft für eine Person, die in Umständen aufwächst, auf die sie kaum oder keinen Einfluss hat; aus dem, was diese Freundin der Familie erzählte, wissen Sie ja, wie es für ihn im Carmichael-Haushalt lief. In seinem ganzen Erwachsenenleben hat Wilbur Durand versucht – wie so viele andere seiner erbärmlichen Sorte auf ihre eigene kranke, entsetzliche Art –, ein völlig kontrollierbares Leben zu erschaffen, in dem alles genau nach seinem Geschmack geordnet und strukturiert ist.

Ansonsten kann er sich nicht sicher fühlen. Keine Minute lang.

Das ging mir durch den Kopf, während ich mich darauf vorbereitete, den Mann zu fangen, der absolute Kontrolle über die Jungen ausübte, die er entführte, diese makellosen Leinwände, die er für seine perverse Kunst benutzte, die Verkörperungen seines jüngeren Ichs in den Händen seines Onkels Sean. Er zerstörte sein eigenes Gefühl der Hilflosigkeit, indem er es in den Jungen neu erschuf und sie dann zerstörte. Er war ein Machtbesessener mit der fixen Idee, sich seine verlorene Kindheit zurückzuholen, und im Augenblick hatte er Macht über jemanden, der meinem Sohn wichtig war.

Und deshalb hatte er Macht über mich. Aber nicht mehr lange.

Überall um mich herum herrschte hektische Aktivität. Wir waren fast fertig zum Aufbruch, als ein Anruf von der Vermittlung kam. Spence hob ab.

»Für wen?«, hörte ich ihn fragen.

Er horchte kurz zu und gab dann mir den Hörer.

Unten wartete eine Einkaufstüte mit einem Paar blauer Nikes.

»Innen drin sind Initialen – J.S.«, sagte die Telefonistin. »Aber Moment mal, da ist auch eine Nachricht.«

Durchs Telefon hörte ich Papier rascheln.

»Was soll denn das? Hier steht nur drauf: *Aber ziehen Sie Ihre Schuhe aus, bevor Sie ins Haus kommen.*«

»Was ist?«, fragte Spence.

»Er hat ihn im Haus. Ich hatte mir gedacht, dass er ins Studio fahren…«

»Okay, dann fahren wir also da hin«, sagte Escobar. Man konnte das Adrenalin förmlich in seiner Stimme riechen; wir alle schwitzten das Zeug aus. Unser Training und unsere Berufspraxis, all die Übungen zu Verfahrensweisen und Materialeinsatz – das alles bekam nun plötzlich einen Sinn. Die Rituale des Kampfes, auf die man jeden von uns getestet hatte, würden nun selbst getestet werden. Letztendlich würde unser Erfolg nur von unserem Willen abhängen – wenn der Wille zum Sieg da war, würden Fähigkeiten und Hilfsmittel funktionieren wie beabsichtigt. Alles stand und fiel mit unserer mentalen Verfassung. Wieder einmal wurde ich zur Jägerin im Löwenfell, doch diesmal war ich umgeben von gleich gesinnten Jägern. Wir hatten unsere Speere geschärft. Wir setzten uns mit den Speeren in der Hand in Marsch. Wir waren hungrig.

Wir würden fressen.

Jeffs Turnschuhe waren eine gravierte Einladung. Komm und hol mich, sagten sie.

Mein Herzschlag beschleunigte sich, als wir durch die Straßen des unteren Brentwood fuhren. Bäume und Zäune wischten vorbei und hinterließen vor meinem geistigen Auge Farbspuren wie auf einem lange belichteten Straßenfoto bei Nacht; Hunde bellten in Zeitlupe. Das Aufklatschen eines Insekts auf der Windschutzscheibe klang wie eine Pfahlramme. Während Spence fuhr, versuchte ich, mir den Grundriss des Hauses in Erinnerung zu rufen.

Denken, denken, denken. Vorausahnen, was er tun würde. Letztendlich konnte ich nur zu einem Schluss kommen.

»Er muss ihn in seinem Atelier zu Hause haben. Dorthin müssen wir zuerst.«

»Wie kommst du darauf?«

»Weil der Kerl ein Kontroll-Freak ist und nirgendwo sonst im Haus diese Art von Sauerei veranstalten würde.«

Dieser Raum war durchsucht worden, als wir zum ersten Mal im Haus waren, da er aber am Ende des Ganges lag, war er als letzter drangekommen. Und als wir die Bänder in seinem Studio entdeckten, wurde das Haus zur Nebensache, die Durchsuchung des Ateliers geschah also höchst flüchtig.

»Wenn wir uns nur diesen Raum besser angeschaut hätten.«

»Wir müssen eben auf alles gefasst sein«, sagte Spence. »Es wird schon gut gehen.«

»Meinst du.«

»Ja.«

Verhören konnte er besser als lügen.

Häuser rauschten vorbei, als wir in die Hügel hochfuhren. Ich betete, dass Spence Recht behielt.

Als wir ankamen, war die Straße verstopft mit so ziemlich jedem Streifenwagen der Polizei von Los Angeles – so kam es mir zumindest vor. Das Tor, durch das der Boy zuvor mit seinem Auto gefahren war, war wieder verschlossen. Ein ziviles Überwachungsfahrzeug stand noch vor dem Nachbarhaus, war aber jetzt versteckt hinter zwei Reihen blauer Blinklichter. Hinter dem hohen Zaun lag die moderne Festung, in dem der Verrückte mit einem Jungen in seiner Gewalt, den er für meinen Sohn hielt, lauerte. Auf mich. Alle anderen waren für ihn ohne Bedeutung.

Escobar war aus dem Auto und wühlte im Kofferraum, bevor ich es so recht mitkriegte; dann tauchte er mit einem Bolzenschneider wieder auf. Er lief entschlossen auf das Tor zu und hatte das Schloss aufgebrochen, bevor ich ganz ausgestiegen war.

Wir rannten durch das Tor und die Auffahrt hoch. Ein Ziegelweg, den ein gewölbter Baldachin überspannte, führte von der Fahrbahn zur Haustür. Unter der dunkelgrünen Leinwand stand ein uns unbekannter junger Mann, nach der Kleidung zu urteilen ebenfalls eine Art Bediensteter. Wie der Boy trug er eine weiße Hose und ein kurzärmeliges Hemd. Er trug aber außerdem noch eine Fliege.

Ich blieb stehen und zog meine Waffe. Spence kam bis auf Flüsterdistanz heran.

»Hast du den Knaben schon mal gesehen?«, fragte er von hinten.

Ich schüttelte den Kopf und setzte mich wieder in Bewegung. Die Waffe hielt ich auf den unbekannten neuen Mitspieler gerichtet.

Das arme Schwein zitterte. Die anderen blieben ein paar Schritte zurück, während ich den Weg hochging – die Zeit, da ich immer die Nachhut gebildet hatte, war vorbei. Mit jedem Schritt, den ich machte, wurden die Augen des Jungen größer vor Angst. Kurz vor dem Leinwand-Vordach blieb ich stehen und zielte mit der Waffe auf sein Gesicht.

»Heben Sie die Hände, und kommen Sie die Treppe herunter«, befahl ich. Sichtbar zitternd trat er zuerst mit einem Fuß herunter, dann mit dem anderen.

»Kommen Sie näher«, sagte ich.

»Vorsicht, Lany«, hörte ich Escobar rechts hinter mir sagen.

»Immer«, erwiderte ich leise.

Und dann tat ich etwas, das jeden überraschte, vor allem den Jungen. Ich spuckte mir auf die Finger meiner linken Hand und rieb mit meinem Speichel an seinem Gesicht, während ich ihm die Waffe dicht vors Gesicht hielt.

»Lany, mein Gott …«, hörte ich Spence sagen.

»Ich will nur sichergehen, dass es echte Haut ist.«

Der zitternde Junge war bleich wie ein Gespenst und stumm.

»Wo ist Wilbur Durand?«, fragte ich.

Er schüttelte heftig den Kopf. »Ich weiß es nicht«, sagte er.

»Haben Sie vor ungefähr einer Stunde ein Paar Turnschuhe in die Abteilung Verbrechen gegen Kinder gebracht?«

»Nein, das habe ich nicht.« Er sprach mit leichtem Akzent, möglicherweise hispanisch.

Die Waffe war noch immer auf sein Gesicht gerichtet. »Haben Sie heute Morgen Lebensmittel ins Studio Ihres Chefs geliefert?«

Seine Augen wurden noch größer, und er schüttelte noch einmal den Kopf. »Aber ich habe vor einer Weile gehört, wie das Garagentor auf- und wieder zuging.«

»Wann?«

»Ich weiß es nicht mehr.«

»Ungefähr?«

»Am frühen Nachmittag, vielleicht um ...«

Ich unterbrach ihn. »Kam jemand oder fuhr jemand weg?«

»Das habe ich nicht gesehen. Ich war in der Küche. Es gibt so viele Möglichkeiten, das Haus zu betreten und zu verlassen.« Er zögerte kurz und sagte dann: »Man sagte mir, dass er sich nicht gern stören lässt. Also störte ich ihn nicht.«

Er hatte Angst; aus ihm würden wir nichts Vernünftiges mehr herausbringen, und die Zeit lief uns davon. »Gehen Sie den Weg entlang und stellen Sie sich den Beamten, die dort unten warten«, befahl ich.

Er nickte eifrig und setzte sich in Bewegung. Den Blick starr auf den Lauf meiner Waffe gerichtet, drückte er sich mit noch immer erhobenen Händen an mir vorbei. Er lief einem uniformierten Beamten praktisch in die Arme.

Ich drehte mich zur Tür um und starrte ins dunkle offene Maul der unergründlichen Bestie, die Jeff Samuels verschluckt hatte. *Halt aus, Jeff, nur noch ein paar Augenblicke, ich komme dich holen ...*

Ich legte die zweite Hand an die Waffe, die plötzlich hundert Pfund zu wiegen schien. Spence und Escobar waren direkt hinter mir, als ich durch die offene Tür trat; Escobar wollte an mir vorbei und vorausgehen, aber ich streckte den Ellbogen aus, um ihn zurückzuhalten. Draußen hörte ich Schritte – die anderen Beamten umstellten das Haus. Licht blinkte durch die Jalousien herein; die ganze Straße war erleuchtet. Das Krächzen der Funkgeräte war ohrenbetäubend. Falls Durand drinnen war, wusste er jetzt sicher, was wir wollten.

Gut. Es wurde langsam Zeit, dass er Angst bekam.

Auf mich wirkte alles sehr unwirklich; ich funktionierte rein instinktiv – in einem Augenblick Mutter, im nächsten Polizistin, manchmal beides gleichzeitig. Direkt vor mir lag das Wohnzimmer, der orangefarbene Schein des Abendhimmels drang durch das große Fenster, das in den hinteren Garten hinausging. Während ich mich den Gang entlangarbeitete, spähte ich kurz in jedes Zimmer und lauschte mit den Ohren eines Fuchses.

Und dann hörte ich hinter einer geschlossenen Tür gedämpfte menschliche Stimmen. Spence und Escobar, die noch immer direkt hinter mir waren, schienen sie auch zu hören, denn plötzlich waren alle unsere Waffen auf die Türmitte gerichtet. Wir standen still da und lauschten angestrengt.

Vom Grundriss her wusste ich, dass links und rechts des Ateliers jeweils ein Schlafzimmer lag. Was ich nicht wusste, war, ob es zwischen diesen Räumen Verbindungstüren gab. Ich flüsterte »Türen« und deutete mit dem Kopf in beide Richtungen. Beide verstanden sofort. Spence ging nach links und Escobar nach rechts, um nachzusehen.

Kaum waren sie gegangen, zeigte sich unter der Tür ein dünner Streifen sehr hellen Lichts, und dann hörte ich eine Männerstimme: »*Action…*«

Es waren Arnold Schwarzenegger, Clint Eastwood und Charles Bronson – zu einer Person vermengt. Ich trat die Tür ein, machte einen Satz und rollte mich ab und kauerte dann mit ausgestreckter Waffe auf dem Boden.

Jeff, wir sind da, wo bist du…

Und da war er, auf der rechten Seite: gefesselt und geknebelt, und auf seinem Bauch war Blut. Mein erster Instinkt war, zu ihm zu stürzen, aber aus dem Augenwinkel heraus sah ich eine Bewegung. Ich schaute nach links – das Licht war sehr schlecht –, und da stand Wilbur Durand, aber diesmal als er selbst, nicht als Boy.

Eine Kamera war auf Jeff gerichtet, und dahinter stand das Monster, das offensichtlich die grausige Szene abfilmte. In einer Hand hatte er einen dunklen Gegenstand, der aussah wie eine Waffe. Er hob den Arm langsam und sehr stetig.

Zu stetig.

Was sah ich da wirklich? Ich wusste es nicht. Und ich hatte keine Zeit, hinzugehen und es mir genauer anzuschauen. Aber die Bewegungen waren zu präzise, zu mechanisch, zu unmenschlich. Hinter mir riefen Escobar und Spence, sowohl untereinander wie zu mir, und wir alle drei versuchten zu verstehen, was wir da vor uns hatten.

Genau nach Vorschrift, genau nach Vorschrift, mach es genau nach Vorschrift – das war die oberste Direktive aller unserer Einsätze. Deshalb schrie ich: »*Polizei, Waffe fallen lassen*«, und hoffte unlogischerweise, dass es funktionieren würde wie beabsichtigt. Aber der Arm hob sich weiter.

Ich hasste, was die Vorschrift mir als Nächstes befahl, aber ich hatte keine andere Wahl. Ich richtete meine Waffe auf Durands Kopf und drückte den Abzug.

Überall in dem kleinen Zimmer waren Rauch und fliegende Teile. Aber irgendetwas stimmte nicht, ganz und gar nicht – kein Blut, keine Hirnsubstanz, nur ein Regen funkelnder Splitter. Der Arm stieg nicht mehr weiter, aber anstatt herabzufallen, wie er es hätte tun sollen, als der Kopf zerplatzte, blieb er in seiner Position, erhoben in einem Winkel von etwa fündundvierzig Grad.

Als das Echo des Schusses schließlich verhallte, hörte ich nur zwei Geräusche: meinen eigenen rasenden Herzschlag und ein leises elektronisches Summen, als wäre eine Maschine mitten in einer Bewegung stecken geblieben und könnte die nächste nicht mehr ausführen.

Ich konnte meine schwere Waffe nicht länger halten, mein Arm sank herab, und ich richtete mich auf. Als ich langsam auf mein Opfer zuging, knirschten Plastikteilchen unter meinen Sohlen. Neben dem Korditgeruch des Schießpulvers roch ich verschmortes Vinyl.

»O Gott«, sagte ich, als ich meine Hand auf die Schulter des Dings legte.

Ich hatte soeben einen animatronischen Wilbur Durand erschossen. Deshalb lief ich zu Jeff – zumindest dachte ich, es wäre Jeff, aber es war auch nur eine Puppe, die aussah wie er. Eine Puppe, der die Gedärme herausquollen.

Ich war nicht auf das vorbereitet, was dieser Anblick bei mir auslöste. Alles, und ich meine wirklich alles, wurde scharf und klar. Es sah alles so echt aus, so perfekt. Sein Gesicht war schmerzverzerrt, eine grausige Grimasse. Spence stürzte an mir vorbei. Ich glaube, ich hatte ihn noch nie so fluchen gehört.

»Toller Schuss«, sagte er. »Aber jetzt schnappen wir uns den Echten.«

33

Habt Ihr vor, für diese Verbrechen eine Rechtfertigung vorzutragen, zu unterbreiten, zu benennen oder beizubringen, ein Motiv, mit dessen Hilfe wir diese Verbrechen besser verstehen können?

»Ich weiß nicht, was ich sagen soll, Euer Gnaden, außer dem, was ich bereits gesagt habe.«

Wieder einmal vertagte sich das Gericht, da ohne eine Zustimmung Gilles de Rais' nicht fortgefahren werden konnte. Mit einem lauten Schlag seines Hammers verkündete Jean de Malestroit, dass das Gericht am folgenden Tag, Dienstag, den 20. Oktober, wieder zusammentrete, und entließ uns dann.

Es war schon spät am Abend, als er mich rief, um sein kaum angerührtes Abendessen abzutragen. Ich fand ihn in einem Zustand offensichtlicher Aufgewühltheit. Deshalb zögerte ich einige Augenblicke, bevor ich etwas sagte. »Ich verstehe, dass Eure Gedanken heute quälerisch waren. Aber denkt an Eure Gesundheit. Wenn Ihr nicht esst, wird Eure Kraft schwinden. Und ich muss sagen, ein wenig mehr Schlaf könntet Ihr auch gebrauchen. Vielleicht ein früher Rückzug heute Abend …«

»Ich fürchte, noch eine ganze Weile nicht. Es ist viel zu tun. Ich muss mich mit Bruder Blouyn besprechen, bevor wir uns mit den anderen treffen.«

Sollten noch mehr Mitstreiter in dieses wimmelnde Turnier eingeführt werden? »Ich verstehe nicht. Welche anderen?«

Erst wollte er nicht so recht mit der Sprache heraus. Schließlich sagte er: »Fachleute.«

»Fachleute?«

»In der Kunst des Verhörs.«

Nun verstand ich die bis zum Überdruss verlesenen Erklärungen inquisitorischer Zuständigkeit. Man wollte Folter in diesem Prozess rechtmäßig machen.

Und äußerst schmerzhaft.

Der Finger muss in die Vorrichtung gelegt werden, Euer Eminenz, und dann muss an der Kurbel gedreht werden. Zuerst nur ein wenig, um ihm einen Vorgeschmack auf die Schmerzen zu geben, dann aber kräftiger. Wenn der Knochen aus dem Gelenk springt, wird er reden, außer er ist der Teufel selbst. Und wenn er nicht spricht, dann könnt Ihr dies als sicheren Beweis dafür nehmen, dass er mit dem Satan im Bunde steht.«

Für diesen Rat würden die Fachleute großzügig entlohnt werden. Dass Verstümmelung Gewinn bringend sein sollte, erschien mir ein schrecklicher Gedanke.

»Aber… Folter…«

»Hat er nicht selbst aufs Fürchterlichste gefoltert? Kinder?«

Ich konnte nichts erwidern.

»Sie wird nur angewendet, wenn er sich weigert zuzugeben, was durch die Zeugenaussagen bewiesen wurde. Er hat geschworen, die Wahrheit zu sagen und nichts als die Wahrheit, er hat es vor Gott geschworen, und dennoch beharrt er darauf, dies alles nicht getan zu haben. Ich habe keine andere Wahl, Schwester, ich muss es auf diese Art aus ihm herausholen. In dieser Sache muss Gottes Wille Genüge getan werden.«

Gottes Wille muss immer Genüge getan werden.

Lange bevor der Hahn krähte, sprangen meine Augen auf. Das Erste, was ich sah, war Madame le Barbiers Kleid, das an der Tür hing wie der Gekreuzigte und darum bettelte, getragen zu werden.

Ich hatte es mir in den Kopf gesetzt, Milord Gilles von der drohenden Folter zu erzählen. Mochte er auch einst ein Held gewesen sein, ein Krieger, der um seiner Sache willen alle Arten von Schmerzen und Schwierigkeiten ertragen konnte, so war jetzt sein einziges Ziel die Selbsterhaltung, und die war kaum edel angesichts der verruchten Taten, die er begangen hatte. Er war weich und verletzlich geworden, und ich hoffte, dass die Androhung heftigsten Schmerzes ihn zur Vernunft bringen und er gestehen würde, was Jean de Malestroit von ihm verlangte. Es war an der Zeit, dass diese schreckliche Angelegenheit zu einem Ende kam, uns allen zuliebe. An diesem Morgen flüsterte ich nur ein einziges Gebet; ich flehte Gott an, Milords Herz umzustimmen und uns die Teilnahme an seiner Erniedrigung zu ersparen.

Das Kleid glitt wie eine Liebkosung über meine Schultern. Eilig zog ich Schleier und Umhang darüber und eilte auf den Hof hinaus.

Ich begegnete keinem Menschen auf meinem stillen Gang durch die Korridore zu den Gemächern im Oberstock, wo Gilles de Rais in verschwenderischem Prunk seines Schicksals harrte. Den ersten der Wachposten, der schon bei meinem ersten Besuch als Torwächter gedient hatte, traf mein Erscheinen unvorbereitet, denn er zog sein Schwert, bis er erkannte, dass die Schritte, die er gehört hatte, die meinen waren.

Er zuckte entschuldigend mit den Schultern. »*Je regrette,* Madame. Aber wir haben den Befehl, besonders vorsichtig zu sein. Es sind Ränke im Gange, Milord zu töten, und jeder ist verdächtig.«

Dann geleitete er mich durch das Spalier der anderen Wachen, von denen uns keiner beachtete. An der Tür zu Milords Gemächern ließ er mich stehen, ohne mich vorher angekündigt zu haben.

»Hauptmann, solltet Ihr ihn nicht wecken?«

»Das ist nicht nötig, Madame. Er schläft kaum noch.«

Und in der Tat dauerte es nur kurz, bis Gilles de Rais im Salon erschien. Er bemerkte meine Anwesenheit am Rande des großen Raumes nicht. Es war meine Absicht gewesen, ihn anzusprechen, ihm zu erzählen, was ihm bevorstand, und zu versuchen, ihn zu überreden, dass es das Beste für ihn sei, wenn er einfach die Wahrheit sagte, wie es Jean de Malestroit von ihm wollte. Aber in meinem Herzen spürte ich nun eine Kälte, wie ich sie noch nie erlebt hatte. Vielleicht kam es daher, weil Gilles endgültig das Aussehen von etwas Bösem angenommen hatte; er war unordentlich und ungekämmt, und seine Bewegungen hatten etwas tierhaft Wildes. Verschwunden war der mächtige Herr, der Held, nun zeigte sich eine dunkle und gemeine Bestie.

Verschwunden war das Kind, an das ich mich erinnerte.

Und verschwunden war nun endlich auch die mitfühlende Amme. Wortlos machte ich kehrt und schlüpfte leise durch die Tür.

Ich eilte überhastet zurück und kam atemlos im Hof an, wo mich sogleich eine der jüngeren Schwestern begrüßte, die ziemlich aufgeregt wirkte.

»Schwester, beruhigt Euch«, sagte ich. »Gibt es etwas, das auch ich wissen sollte?«

»Nun, *Mère,* Seine Eminenz wünscht Euch unverzüglich zu sehen.«

Meine Abwesenheit war also bemerkt worden. »Wann kam seine Botschaft?«

»Es gab keine Botschaft, *Mère«,* erwiderte sie furchtsam.

»Woher wisst Ihr dann, dass er mich zu sehen wünscht?«

»Weil er selbst kam«, antwortete sie. »Erst vor wenigen Minuten. Und als er wieder ging, war er sehr betrübt, dass er Euch nicht finden konnte.«

Ich klopfte zaghaft an seine Tür, die sofort aufgerissen wurde.

»Na also«, rief er. »Da seid Ihr ja endlich.«

»Eminenz, verzeiht mir. Ich dachte nicht, dass Ihr mich schon so früh am Morgen benötigen würdet, bei allem, was Ihr heute zu erwägen habt.«

»Früh? Die Mette steht kurz bevor. Wo wart Ihr, als Ihr eigentlich in Eurer Kammer hättet sein sollen?«

Ich konnte nichts anderes tun als lügen und hoffen, dass seine Spione nicht die Lager überwachten. »Ich war draußen bei den Versammelten, auch um diese Zeit herrscht schon reger Betrieb, doch ich fühlte mich recht sicher.«

»Und was genau habt Ihr getan?«

»Ich ging spazieren«, sagte ich. »Das beruhigt mich bisweilen.«

»Und mich beruhigt es, zu wissen, dass Ihr jetzt verfügbar seid. Und in Sicherheit. Bitte, Guillemette, begebt Euch nicht in Gefahr. Diese Menge kann recht launisch sein, wie wir gesehen haben.«

Ich senkte den Kopf. »Ich werde mich bemühen, vorsichtiger zu sein.«

»Gut.« Ich hörte Erregung in seiner Stimme mitschwingen, hatte jedoch nicht das Gefühl, dass er mich der Lüge verdächtigte. Die Erregung musste einen anderen Grund haben.

»Die Mette«, sagte er. »Lasst uns gehen.«

Ich folgte ihm demütig in die private Kapelle; die große Kirche würde zum Bersten gefüllt sein mit Leuten aus den Lagern, die alle an der Heiligkeit teilhaben wollten, die, wie sie glaubten, in dem eindrucksvollen Gebäude zu finden sei. In stiller Abgeschiedenheit befreiten wir uns mit dem *Kyrie* von unseren Traumsünden und waren damit so gereinigt, dass wir während des Tages neu sündigen konnten, ohne um unser Seelenheil fürchten zu müssen. Ich flüsterte ein besonderes Gebet, um von der Täuschung freigesprochen zu werden, die ich in den dunklen Stunden vor Sonnenaufgang begangen hatte, raffte dann meine Röcke und verließ den Kirchenstuhl.

Wie üblich blieb ich im Mittelgang stehen und bekreuzigte mich vor der Statue der Heiligen Jungfrau. *Heilige Maria, Mutter Gottes,* betete ich still, *mache, dass Gilles de Rais die Grausamkeit der Folter erspart bleibet, und mache, dass dieser beschwerliche Prozess bald vorüber ist, damit ich meinen Sohn sehen kann.*

Ich drehte mich um und ging zum Ausgang der Kapelle. Ein unbekannter Bruder stand zwischen mir und der Tür; die ersten Strahlen der Sonne umrahmten seine hohe Gestalt. Es war etwas an der Silhouette, das Erinnerungen weckte. Ich kniff im fahlen Licht die Augen zusammen, konnte aber nichts erkennen.

»Mutter«, hörte ich den großen Fremden sagen.

Viele Menschen nennen mich Mutter. Aber die Stimme, diese Stimme…

Mutter, hörte ich noch einmal. Das Herz schlug mir bis zum Hals.

»Jean?«, flüsterte ich.

»Oui, Maman, c'est moi.«

Ich umklammerte ihn, drückte ihn mit solcher Kraft und Verzweiflung an mich, dass ich befürchtete, ich würde ihn verletzen.

»Hat Seine Eminenz es dir nicht gesagt?«

Ich drehte mich um und sah Jean de Malestroit, der die Wiedervereinigung aus der Ferne beobachtet hatte.

»Warte hier«, sagte ich. Ich eilte nach vorne. Jean de Malestroit hatte sich wieder zum Altar umgedreht und tat so, als wäre er beschäftigt.

»Ihr hättet mir ruhig etwas sagen können«, warf ich ihm vor.

Er trug ein zufriedenes Lächeln zur Schau. »Das hatte ich ja heute Morgen vor. Aber Ihr habt mich dieses Vergnügens beraubt«, sagte er.

»Daher die Aufregung, weil Ihr mich nicht fandet?«

»Zum Teil. Der Rest war echte Besorgnis. Nun, was Euren Sohn angeht… Als Seine Heiligkeit schrieb und verlangte, dass die vorgeschlagenen Dispute hierher verlegt würden, um sie rechtzeitig abschließen zu können, schlug ich ausdrücklich vor, Jean zu einem der Abgesandten zu machen. Euch habe ich von diesen geänderten Plänen nichts erzählt, weil ich nicht wollte, dass Ihr enttäuscht seid, sollte es sich nicht so ergeben.« Er hielt einen Augenblick inne, um sich an meiner Reaktion zu weiden. »Ich hoffte, es würde Euch erfreuen.«

Wie konnte ich einen Mann täuschen, der etwas so Wunderbares für mich getan hatte? Mein schlechtes Gewissen meldete sich, und kurz dachte ich daran, ihm zu sagen, was ich am frühen Morgen getan hatte.

Aber dabei würde nichts herauskommen außer verstärktem Misstrauen. »Ich danke Euch, Bruder«, sagte ich mit einer Verbeugung. »Ich bin zutiefst dankbar, dass Ihr dies für mich getan habt.«

Er lächelte beinahe schelmisch.

Mein Bischof erließ mir meine Pflichten bei ihm, damit ich mich ganz meinem eigenen lieben Kind widmen konnte, bevor das Gericht, in weniger als zwei Stunden, wieder zusammentrat.

Es gab so viel zu besprechen – seine Stellung, die Reise, seine Gesundheit und seine Gemütsverfassung –, aber als wir uns schließlich genug umarmt hatten, wollte *Frère* Jean über nichts anderes reden als über den Prozess und die Ereignisse, die ihn herbeigeführt hatten; fast eine Stunde lang erzählte ich ihm die Dinge, die er, ausgehend von den Briefen, die ich ihm geschickt hatte, wissen wollte.

Im Verlauf meines Berichts wurde er immer nachdenklicher. »Mutter«, sagte er leise, als ich zu Ende gesprochen hatte, »du hättest mir von diesem Verdacht schreiben sollen, sobald er sich in deinem Herzen meldete.«

»Warum?«, fragte ich. »Was hättest du tun können?«

»Wenn schon sonst nichts, hätte ich dir in deinem Kummer wenigstens Trost spenden können.«

»Von Avignon aus?«

»Ich ziehe großen Trost aus deinen Briefen, und ich hoffe, du ebenso aus meinen.«

Ich hatte ihn gekränkt. »Aber ja doch, das tue ich, mein Liebster; ich warte stets sehnsüchtig auf sie und verschlinge sie, wenn sie kommen. Du braucht nur Seine Eminenz zu fragen.« Ich griff in meine Tasche und zog seinen letzten heraus. »Hier«, sagte ich. »Schau, wie zerknittert er ist. Vom vielen Lesen. Ich lerne sie gewissermaßen auswendig.«

Er lächelte und legte mir den Arm um die Schultern. Doch das Lächeln verschwand schnell wieder, und ein bekümmerter Blick trat an seine Stelle. »*Mère,* ich muss selbst ein Geständnis machen.«

Selten hatte ich eine solche Qual auf seinem Gesicht gesehen.

»Ich habe nie davon gesprochen, als Michel starb«, sagte er, »aber ich muss dir sagen, dass ich zu der Zeit unheilige Gedanken hatte.«

»Unheilig? Aber wie das?«

»Ich verdächtigte jemanden des Verbrechens, jemanden, über den ich auf solche Art nicht hätte denken dürfen.«

»Jean – wen?«

»Milord Gilles.«

Meine Stimme konnte selbst ich kaum hören. »Weißt du etwas über diesen Vorfall, das du mir nicht gesagt hast?«

»Nichts Genaues. Aber etwas an der Art, wie er sich danach verhielt, störte mich – ich sah zu viel Schadenfreude in ihm.«

»Schadenfreude? Er *freute* sich über Michels Tod?«

»Das glaube ich, ja.«

Nun, dies entsprach genau dem, was ich von Marcel gehört hatte. »Und jetzt ist es an mir, dich zu fragen, warum du nie über *deinen* Verdacht gesprochen hast.«

»*Maman,* ich war damals doch nur ein Knabe.«

»Dreizehn«, entgegnete ich. »Fast schon ein Mann. Und bereits entschlossen, deiner Berufung nachzugehen.«

Nun huschte etwas über sein Gesicht, das wie Scham wirkte, aber nicht reine Scham – ein Teil davon war Enttäuschung. »Ich hatte nicht den Mut, gegen ihn zu sprechen. Zwischen uns war ja keine große Liebe – und nach Michels Tod noch weniger. Wir redeten nur miteinander, wenn es unbedingt notwendig war.«

»Aber ihr wart doch oftmals freundlich miteinander, sogar zu der Zeit von Michels Verschwinden.«

»Das war meistens dir zuliebe, *Mère.* Eine Vortäuschung, auf die wir uns stillschweigend geeinigt hatten. Unsere Kameradschaft hatte keinen Gehalt außer dem, der uns aufgezwungen wurde. Als unsere Wege sich trennten, entstand gar eine Art Hass. Ich habe mich oft gefragt, ob Milord sich für mich in Avignon so eifrig einsetzte, weil er sich mein Stillschweigen in dieser Sache erkaufen wollte. Oder weil er sich schuldig fühlte.«

Ich lehnte mich verblüfft zurück. »Er weiß doch gar nicht, was Schuld ist«, sagte ich. »Oder zumindest bis vor kurzem nicht.«

Jean kniff argwöhnisch die Augen zusammen. »Woher weißt du, was er heutzutage fühlt oder nicht fühlt?«

»Ich habe mit ihm gesprochen. Ich habe dir in einem Brief davon berichtet, erst vor ein paar Tagen.«

»Dann hat sich sein Weg mit dem meinen gekreuzt. Ich habe ihn nicht erhalten.«

Die Bank war doch recht eng, deshalb stand ich auf und ging herum. »Ich war vor einigen Abenden bei ihm in den Gemächern, in denen er untergebracht ist. Hier im Palast. Aber das darfst du niemandem sagen, Jean«, flehte ich ihn an, beinahe verzweifelt. »Vor allem Seiner Eminenz darfst du kein Wort sagen.«

An seiner Miene sah ich, dass er mir dieses Versprechen nicht gerne gab. Aber er tat es mit einem Nicken. »Er muss doch aufgebracht sein über den Anteil, den du an seinem Sturz hast.«

»Er weiß nichts davon und wird es auch nicht erfahren. Ich habe die Verantwortung dem Bischof übertragen, und er ließ es so aussehen, als hätte er die Sache ins Rollen gebracht.«

»Es will mir nicht in den Kopf, dass Jean de Malestroit sich in so etwas verwickeln lässt.«

»Er tat es nicht mir zuliebe, sondern auf Anordnung von Herzog Jean, der sich damit nicht die Hände schmutzig machen wollte.« Ich ging wieder auf und ab. »Es würde mich nicht überraschen, sollten die beiden mit Gott selbst einen Pakt bezüglich des Ausgangs dieser Angelegenheit geschlossen haben. Aber zurück zu Michel – was du mir eben erzählt hast, verwirrt mich. Anlässlich meines ersten Besuchs bei Milord stellte ich ihn wegen vieler Dinge zur Rede, vor allem wegen der Morde an den Kindern, und nachdem er mir gestanden hatte, dass er sie tatsächlich begangen hat, gestand ich ihm meinen Verdacht bezüglich seines Anteils an Michels Tod. Er war überrascht, leugnete aber jeden Anteil daran, und zwar mit großer

Ernsthaftigkeit. Er behauptete, er habe Michel nie ein Haar gekrümmt, weil er ihn liebte wie einen Bruder.«

»Zwischen Müttern und Söhnen gibt es immer Unausgesprochenes, *Mère*. Sogar Lügen. Und aus diesem Grund argwöhne ich, dass Milord Gilles vielleicht nicht die Wahrheit gesagt hat.«

»Er ist kein sehr guter Lügner. Als er noch ein Kind war, habe ich jede seiner Bewegungen genau beobachtet, und ich versichere dir, ich weiß, wann er aufrichtig ist und wann nicht.«

Als er aufstand und zu mir kam, raschelte seine Kutte. Der Quastengürtel, der das Tuch umschloss, streifte über den Boden und hinterließ im Staub eine saubere Spur. Er schüttelte kurz die beiden Enden aus, bevor er sagte: »Ich muss gestehen, ich würde Milord selbst gern sehen, denn ich bin neugierig, was seit damals aus ihm geworden ist.«

Ich ging neben meinem groß gewachsenen, stattlichen Sohn einher, dessen unerwartete Anwesenheit für mein Blut wie ein Elixier war. Madame Catherine Karle hätte mir keinen stärkeren Trunk zur Wiederherstellung meines Mutes und zur Stärkung meiner Seele verabreichen können. Aber eins musste ich feststellen: Seine Jugend entglitt ihm allmählich. An seinen Schläfen hatte er mehr als nur einige wenige weiße Haare, wenngleich die Tonsur das gut verdeckte; auch ein leichter Wanst zeigte sich. Er würde eines nahen Tages in den Rang eines Monsignore erhoben werden, und dann würde ihm eine noch steifere Würde aufgezwungen. Auch wenn er behauptete, sein Leben mit Gott sei freudvoll, so war es eine gedämpfte Freude. Es brach mir das Herz, dass er nie diese Augenblicke des Glücks erleben würde, die er hätte erleben können, wenn er hinausgegangen wäre in die Welt, wie es dem Erstgeborenen zusteht. Ich konnte nicht umhin, mich zu fragen, ob er je eine Frau im Bett erkannt hatte. Seine Behauptung, dass Knaben über so etwas mit ihren Müttern nicht reden, hatte mich nachdenklich gemacht – was wusste ich alles *nicht* über diesen Mann, der meinem eigenen Schoß entsprungen war, an meiner Brust und in meinem Herzen genährt? Welche männlichen Geheimnisse bewahrte er in seiner Seele? Hatte er sich je bis zur Besinnungslosigkeit betrunken, um danach an einem Lagerfeuer zu rülpsen und zu furzen und dröhnend über jeden schlechten Witz seiner Kameraden zu lachen und schließlich, über einen Stamm gebeugt, einzuschlafen und mit Kopfschmerzen und Bartstoppeln wieder aufzuwachen? Sein Vater hatte es getan, auch als wir schon verheiratet waren und ich mit Jean schwanger ging. Ich schalt ihn, wenn er in einem solchen Zustand heimkam, aber Etienne sprach immer mit großer Begeisterung von diesen Nächten, denn er liebte die Sorglosigkeit und Kameradschaft. Jeans Gefährten, das vermute ich, waren eher wie *Frère* Demien – ein sorgfältiger Gärtner mit einem trockenen Humor, aber ohne jegliche Vorstellung, was Abenteuer angeht. Jeans einziger wahrer Bruder war schon lange nicht mehr bei uns, und sein Milchbruder hatte sich in etwas verwandelt, das wir beide letztlich nicht ganz ergründen konnten.

Gemeinsam stiegen wir die wenigen Stufen in die untere Halle von La Tour Neuve hinauf und gesellten uns zu jenen, die darauf warteten, ins Gericht eingelassen zu werden. Hin und wieder beugte ich mich zu einem Bekannten, ob nun Schwester oder Bruder, und flüsterte: *Mein Sohn,* woraufhin ich viele *Ohhs* der Anerkennung von diesen guten Seelen erhielt. Jean schien es nichts auszumachen, so vorgeführt zu werden.

Aber dann blieb er unvermittelt stehen und verharrte stocksteif am Ende des Ganges, denn Milord Gilles kam soeben um die Ecke. Er war umringt von Wachen in dichter Formation, die sich Mühe gaben, es so aussehen zu lassen, als wären sie eine Ehrengarde und nicht das bewegliche Gefängnis, das sie in Wahrheit darstellten. Als der Angeklagte voranschritt, warf er all jenen Blicke zu, die seinen Weg säumten; wir waren viele in der Zahl und höchst unterschiedlich im Rang, aber ein jeder blieb gleich stumm und starr. Von Gesicht zu Gesicht wanderten seine Augen, doch verharrten sie nirgendwo länger als einen kurzen Augenblick. Er schaute zuerst mir direkt in die Augen, dann meinem Sohn, aber seine Blicke verrieten weder Gefühl noch Wiedererkennen.

All die so schwer Geschädigten waren da und der neugierige Adel. Diplomaten und Würdenträger saßen Schulter an Schulter mit jenen, die ihre Schuhe besohlt und ihre Butter gerührt hatten, denn sie waren alle gleich gefesselt von den schmutzigen Enthüllungen, die jeder Tag brachte, möge Gott unseren schwachen Seelen gnädig sein. Vor uns stand der Beschuldigte Gilles de Rais, der, seit ich ihn verlassen hatte, Rücksprache mit dem Teufel gehalten haben musste, denn seine unordentliche Zerzaustheit war verwandelt worden in einen Zustand neuerlicher Pracht und Macht, und er schien jetzt bereit zu sein, sich seinen Anklägern mit geradezu unheimlich anmutender Entschlossenheit zu stellen.

Jean de Malestroit und Vize-Inquisitor Blouyn flüsterten inmitten all dieser Verwirrung eindringlich miteinander. Es schien nur wenige Augenblicke zu dauern, bis Seine Eminenz mit seinem Hammer die Aufmerksamkeit der Versammlung einforderte. Er stand auf und schaute über Milord Gilles hinweg zu der Menge, um zu verkünden: »Morgen werden wir zur Stunde der Terz zusammentreten, um zu hören, welche Einwände, Rechtfertigungen, mildernde Umstände oder was auch immer sonst der Beschuldigte zu seinen Gunsten vorzubringen hat. Das Gericht stellt fest, dass Baron Gilles de Rais, besagter Beschuldigter, weiterhin nicht bereit ist, dies zu tun.«

Die Schreiber begannen zu kritzeln. Verwirrtes Gemurmel erfüllte die Luft – sollte das schon alles für diesen Tag sein? Es schien unmöglich.

Und dann wandte Jean de Malestroit sich direkt an Milord Gilles. »Nach eingehenden Überlegungen, sowohl juristischer wie spiritueller Art, haben wir beschlossen, Milord, dass wir, auch wenn wir den morgigen Tag zu jenem bestimmt haben, an dem Ihr dem Gericht sagen könnt, was Ihr zu sagen habt, diesen Prozess nun unverzüglich mit einer Folterung fortsetzen werden.«

Ein Raunen ging durch die Menge. Wieder und wieder sauste der Hammer auf den Tisch nieder. Als die Unruhe schließlich gebändigt war, stand Milord alleine inmitten seiner Beobachter. Seine Lippen bewegten sich stumm, als versuche er zu begreifen, was eben gesagt worden war. Man hätte meinen können, er stammelte: *Folter, ich soll gefoltert werden.*

Er hätte nicht überrascht sein dürfen.

Meine Finger umklammerten Jeans Arm. »Er ist nicht mehr bei klarem Verstand«, sagte ich ernst. »Er erhebt keine Einwände.«

Auch die Menge hatte diese ungewöhnliche Reaktion bemerkt und wurde wieder unruhig. Aufs Neue war Seine Eminenz gezwungen, die Stimme zu erheben, um sich Gehör zu verschaffen. »Als Vorbereitung darauf wird der Gerichtssaal geräumt.«

Die Schreie des Widerspruchs kamen schnell, doch vermochte niemand zu sagen, ob sie der Folter selbst oder der angeordneten schicklichen Vertraulichkeit galten. Kaum war der Befehl erteilt, umringten Milords Wachen ihn in dichter Formation. Eine weitere Gruppe Wachen bewegte sich von den Rändern des Saals zur Mitte hin und begann, die Zuschauer hinauszudrängen, mich selbst und meinen Sohn eingeschlossen.

Ich hielt stand, und im Vertrauen darauf, dass die Robe meines Ranges ein Wunder für mich wirken möge, bewegte ich mich, mit meinem Sohn im Schlepptau, zu einem Standplatz, wo ich unter den Letzten sein würde, die den Saal verließen. Am Richtertisch war Jean de Malestroit bereits wieder mit Pergamenten und Schreibern und Bruder Blouyn beschäftigt. Milord Gilles war von seinen Wachen hinausgeführt worden, wurde aber jetzt wieder hereingebracht. Er sah blass und erschüttert aus.

Keinen Herzschlag später kamen durch eine Seitentür zwei sehr große Männer mit versteinerten Gesichtern herein, jeder mit einem Sack über der Schulter. Als die beiden ihre Lasten absetzten, klapperte der Inhalt laut und sehr bedrohlich.

Gilles de Rais hörte dieses Klappern ebenfalls. Sein Blick wanderte zu den beiden Riesen, welche die Säcke hereingetragen hatten. Er starrte sie mit nacktem Entsetzen an, erhielt von ihnen aber nur kalte, schmaläugige Blicke der Gleichgültigkeit. Er brauchte keinen Zauberer, der ihm erklärte, dass seine Tage als Verschweiger der Wahrheit gezählt waren. In diesem Augenblick gewahrte ich den körperlichen Zusammenbruch seiner Entschlossenheit – der Zorn wich aus seiner Miene, die Verachtung aus seiner Haltung.

Jean und ich waren nun, außer den Beteiligten, die Letzten im Gerichtssaal. Wir versteckten uns, so gut es ging, hinter einer großen Säule und versuchten, uns unsichtbar zu machen. Wir sahen Milord Gilles auf die Knie sinken, die Hände verzweifelt gefaltet. »Milord Bischof«, flehte er, »schiebt diese Folter bis morgen auf, was ja auch der dafür festgesetzte Tag ist. Bitte, ich flehe Euch an, lasst mich diese Nacht über die Verbrechen und Anschuldigungen nachdenken, die gegen mich vorgebracht werden. Ich werde Euch morgen in einem Ausmaße zufrieden stellen, die eine Anwendung der beabsichtigte Folter unnötig machen wird.«

Als hätte Milord überhaupt nicht gesprochen, sagte Seine Eminenz leise: »Wir werden fortfahren.«

»Bitte, ehrenwerte Richter, ich bitte Euch demütig, diese Sache zu erwägen, bevor Ihr fortfahrt. Und darüber hinaus flehe ich Euch an, gestattet dem Bischof von Saint-Brieuc und dem ehrenwerten *Monsieur le Président,* bei meinem Geständnis die Stelle meiner gegenwärtigen Richter einzunehmen, um der Gerechtigkeit willen.«

»Ich versichere Euch, Milord, Eure gegenwärtigen Richter sind gerecht im Übermaß«, erwiderte der Bischof.

»Dann gestattet um der Liebe Gottes willen diesen Austausch.«

Jean de Malestroit saß wie eine Statue am Tisch, auf seinem Gesicht ein ernster und unergründlicher Ausdruck. Ich fragte mich, ob er enttäuscht war, dass der Angeklagte zu gestehen bereit war, aber nicht vor ihm; er würde des, wenn auch schändlichen Vergnügens beraubt, Gilles de Rais die Verbrechen gegen Gott und die Menschen gestehen zu hören, die seinen Tod verlangten.

Dieser Tod, wie grausam er auch sein mochte, würde keine ausreichende Sühne darstellen für die Ungeheuerlichkeiten, die er begangen hatte. Aber kein Mensch würde leugnen, dass er dennoch angemessen und richtig war.

In einem jeden von uns lebt der unstillbare Wunsch, noch einen weiteren Atemzug zu machen, noch einen weiteren Herzschlag zu spüren, noch einen weiteren Bissen zu kosten, noch einen weiteren Vogel durch den blauen Himmel fliegen zu sehen. So wollte auch Gilles de Rais, Mörder, widernatürliche Unzucht Treibender, Seelendieb und Beschwörer dunkler Geister, noch einen weiteren Sonnenaufgang erleben. Er würde das sicherlich tun, doch über diesen einen Tag hinaus gab es keine Sicherheit. Das wusste er so gut wie jeder von uns.

»Milords, bitte gewährt mir dies, den Wunsch eines Mannes, der bald seine Seele aufgeben wird.«

So flehend vorgebracht, konnte diese Bitte kaum abgeschlagen werden. Jean de Malestroits Gesicht zeigte Enttäuschung. »Nun gut«, hörte ich ihn sagen. »So soll es denn sein.«

Er wandte sich an die Schreiber und sagte: »Schreibt es nieder.

Ich ernenne hiermit den Bischof von Saint-Brieuc und *Monsieur le Président* Pierre l'Hôpital an meiner und Bruder Blouyns Stelle zum Richter und zum Vikar des Inquisitors.«

Die fraglichen Herren waren anwesend, da man sie als Zeugen der Folter berufen hatte. Jetzt sollten Sie stattdessen das Geständnis hören. Zum Zeichen Ihrer Bereitschaft standen beide auf.

»Das Gericht entbietet diesen ehrenwerten Herren seinen Dank für ihre Bemühungen«, proklamierte Jean de Malestroit und nickte ihnen zu. Dann wandte er sich wieder an die Schreiber und sagte: »Eine öffentliche Bekanntmachung dieses Beschlusses soll verfasst und mehrere Abschriften davon sollen dann ordnungsgemäß angeschlagen werden.«

Milord Gilles sank, sichtlich zitternd, auf seinen Stuhl zurück. »*Merci, merci bien*«, sagte er mit schwacher und dünner Stimme. »Ich bin Euch zutiefst dankbar.«

Als hätte er ihn gar nicht gehört, wandte Jean de Malestroit sich an den Angeklagten und sagte: »Gilles de Rais, Ritter, Baron der Bretagne, Ihr werdet nun in Eure Gemächer im oberen Teil dieses Schlosses gebracht, damit Eure Geständnisse gehört werden können in Bezug auf besagte Dinge und Anklagepunkte, auf die Ihr noch nicht zur Gänze geantwortet habt. Diese Geständnisse sollen beginnen vor der zweiten Stunde; wenn besagte Geständnisse zu diesem Zeitpunkt noch nicht begonnen haben, wird die Folter wie beschlossen angewendet.«

34

Wir brauchten sechs reifenquietschende Minuten, um das Studio zu erreichen. Ellen Leeds' Bemerkung über »Verzögerung« klang mir in den Ohren, denn jede Sekunde, die verging, bedeutete noch mehr Blut, das aus einer von Jeffs Venen oder Arterien spritzte. Die Horde Streifenwagen, die uns vom Haus hierher gefolgt war, strömte auf dem Parkplatz zusammen, als wir aus dem Fahrzeug stiegen. Autotüren wurden aufgestoßen, und in ihrem Schutz ging ein ganzer Trupp Polizisten in Stellung.

Das Gelände war bereits mit gelbem Band abgesperrt, damit die Presse uns nicht in die Quere kam oder sich selbst in Gefahr brachte. Ein Hubschrauber des Fernsehens über unseren Köpfen machte eine Verständigung so gut wie unmöglich; was mochte dieser Lärm in dem schon jetzt völlig durchgedrehten und labilen Wilbur Durand anrichten?

Die Frustration wurde immer schlimmer. »Wenn der nicht bald verschwindet, schieße ich ihn ab«, schrie ich.

Escobar war sofort bei mir. »Schau, auf wem der landen würde«, rief er zurück.

Einem Haufen Polizisten.

Überall flogen Staub und Unrat herum. Ich schaute mich wie in Zeitlupe um. Ein uniformierter Beamter lag etwa zehn Meter innerhalb der Absperrung am Boden.

»O Gott, schau mal da…«

Er lag auf dem Bauch in einer immer größer werdenden Pfütze seines eigenen Blutes. Seine Waffe lag einen knappen Meter von seinen zuckenden Fingern entfernt, die vergeblich danach griffen. Ein Sanitäter kroch unter dem Absperrband hindurch und versuchte, sich zu dem verletzten Beamten vorzuarbeiten, aber er hatte kaum drei Meter geschafft, als eine Kugel nur wenige Zentimeter von ihm entfernt vom Asphalt abprallte. Jedes Mal wenn ein Sanitäter oder Polizist versuchte, zu dem Verletzten zu gelangen, passierte dasselbe. Aber sie wurden nie getroffen, nur gewarnt.

»Anscheinend schießt er mit Absicht daneben«, sagte Spence hinter der offenen Tür unseres Einsatzwagens hervor.

Wieder duckte sich ein Sanitäter und versuchte, zu dem Verletzten zu gelangen. Diesmal wurde der Schuss direkt auf die Satellitenschüssel eines der Nachrichten-Transporter abgefeuert. Metallsplitter flogen herum und trafen Leute in der näheren Umgebung. Jeder suchte sich eine bessere Deckung.

»Na ja, jetzt wissen wir wenigstens, dass er kein schlechter Schütze ist«, murmelte ich.

Es war ein Traum, ein Albtraum, eine Illusion – alles wirkte völlig irreal. Doch dann zwängte sich die Logik durch den Wahnsinn, und mir kam eine verblüffende Erkenntnis.

Ich stand langsam auf, steckte deutlich sichtbar meine Waffe ins Halfter und ging auf das gelbe Band zu.

Spence streckte die Hand nach mir aus und versuchte, mich zu packen, aber ich war bereits außerhalb seiner Reichweite. Ich hörte Escobar meinen Namen rufen und mir zuschreien, ich solle wieder in Deckung gehen. Seelenruhig drehte ich mich um und sagte: »Er wird mich nicht erschießen. Er fordert mich heraus.«

Die beiden protestierten. Ich verstand die Worte *spinnt* und *verrückt.* Noch immer ruhig, antwortete ich auf ihre Proteste. »Er will, dass ich zu ihm komme. Er wird nicht schießen, bevor ich es tue.«

Schritt für Schritt näherte ich mich meinem verletzten Kollegen. Als ich bei ihm war, drehte ich ihn auf die Seite, und er half mir so gut er konnte, indem er sich mit einer Hand hochdrückte. »Was ist mit Ihrem Rücken und Ihrem Genick?«, schrie ich durch den Lärm der Rotorblätter.

»Okay«, sagte er.

»Dann werde ich Sie jetzt von hier wegschleifen. Helfen Sie mir, wenn Sie können, aber wenn nicht, schaffe ich es auch so.«

Er lächelte schwach und nickte. Ich drehte ihn ganz auf den Rücken und packte ihn unter den Armen. Ich stöhnte und zog, er stöhnte ebenfalls und schob mit den Füßen. Eine Blutspur markierte die Route unseres quälend langsamen Kriechens zum gelben Band. Als wir nur noch einen knappen Meter entfernt waren, ging ich um ihn herum und stellte mich zwischen ihn und das Studiogebäude. Zwei andere Polizisten und zwei Sanitäter stürzten herbei; zusammen hoben sie den blutenden jungen Mann auf eine Bahre. Nach wenigen Sekunden raste der Krankenwagen mit eingeschaltetem Blinklicht davon.

Spence und Escobar redeten wütend und erregt auf mich ein. »Was zum Teufel hast du dir dabei gedacht? Wenn du je wieder so eine Show abziehst, nehmen sie dir dafür deine Marke ab …«

Aber sie irrten sich, das wusste ich genau. Ich war endlich eine freie Frau. Mein größtes berufliches Risiko bestand jetzt darin, dass ich vielleicht zu spät zu der Parade kommen könnte, die man mir zu Ehren abhalten würde. Ich hatte mir meine berufliche Freiheit mit einer Heldentat erkauft, die wahrscheinlich in der ganzen Welt live gesendet wurde.

Ein tiefes Gefühl heiterer Gelassenheit begleitete die Erkenntnis, dass dieser eine Augenblick den Rest meines Lebens bestimmen würde, falls es diesen Rest meines Lebens noch geben sollte. Ich dachte an meine Kinder: Was würden sie ohne mich tun, sollte es so weit kommen? Sie hatten Tanten, Großmütter, Cousins, die sich um sie kümmern konnten – und einen sie abgöttisch liebenden Vater.

Jeffs Vater, das fiel mir jetzt ein, wusste von all dem noch gar nichts. Ich hoffte, dass er noch immer auf dem Revier war.

Dann schaute ich Spence an. Verwirrung, Unruhe und quälende Sorge spiegelten sich auf seinem Gesicht. Er hatte mich noch nie so agierend gesehen. Anscheinend überraschte es ihn, als ich sagte: »Jemand soll Jeffs Vater anrufen und ihn irgendwo hier in die Nähe bringen. Nicht direkt hierher. Er wäre eine zu große Ablenkung. Aber er sollte verfügbar sein, wenn wir Jeff rausbringen.«

»Warum fährst du nicht selbst zurück und holst ihn, Lany? Wir machen hier vor Ort weiter.«

Ich schenkte meinem Kollegen ein trauriges, aber dankbares Lächeln. »Netter Versuch«, sagte ich. »Aber das ist meine Show, das weißt du genau.«

»Lany, nicht. Bitte tu's nicht.«

Ich trat wieder auf den offenen, von Strahlern erhellten Parkplatz, der das Studio von Angel Films umgab. Parallel zu der Blutspur näherte ich mich dem Gebäude. Als ich durch die Tür trat, schaute ich mich kurz um; Spence und Escobar folgten mir auf derselben Route. Zwei Schüsse knallten, keiner traf. Kurz darauf standen sie neben mir im Empfangsbereich.

»Hast du jemanden losgeschickt, wie ich gesagt habe?« Etwas anderes fiel mir nicht ein.

»Ja«, sagte Spence. Seine Stimme war fast unhörbar.

»Danke.« Ich klopfte ihm auf die Schulter. Dann lächelte ich Escobar an. »Ihr zwei Jungs seid die besten.«

Drei Sekunden lang schnieften und wischten wir.

»Okay, gehen wir's an.«

Die Tür ins eigentliche Studio war einen Spalt geöffnet, und wir konnten sehen, dass sie nicht gesichert war – wahrscheinlich dachte Durand, es wäre problemloser, wenn wir einfach hineingehen könnten, anstatt das Schloss aufschießen zu müssen. So etwas gibt es sowieso eigentlich nur in Filmen – na ja, meistens auf jeden Fall.

Der Empfangsbereich war verlassen, aber auf einem der Schreibtische brannte eine kleine Lampe; sie gab gerade so viel Licht, dass wir den Raum durchqueren konnten, ohne über etwas zu stolpern. Überall auf dem Boden standen Kisten, wie bei einem bevorstehenden Umzug. Wir arbeiteten uns zur Studiotür vor, stellten uns rechts und links auf und lauschten einen Augenblick. Die Sirenen, Funkgeräte und die Rotorblätter waren wegen der professionellen Schallisolierung hier drinnen kaum zu hören. Ich legte ein Ohr an die Wand, und meine Kollegen taten es mir nach. Zu dritt horchten wir konzentriert.

Ich hörte ein dünnes Wimmern – Jeff vielleicht. Und dann Durands mädchenhafte Stimme: *Still, Evan, deine Mutter wird jeden Augenblick hier sein, um dich zu retten, du brauchst also keine Angst mehr zu haben. Das ist alles bald vorüber.*

Er hatte Evan gesagt. Nicht Jeff!

»Sehr schlampig, Wilbur«, flüsterte ich.

Ich hatte meinen Glauben schon vor langer Zeit verloren, aber jetzt betete ich so ernsthaft wie noch nie in meinem Leben. Nicht dafür, dass dies bald vorbei sein möge, nicht, dass es nie hätte passieren dürfen, beides Wünsche, die auch der grausamste und eifersüchtigste Gott als vernünftig betrachten würde. Nicht für Freisprechung von meinen Sünden oder für die Chance, mich noch einmal als perfekte Polizistin beweisen zu können; für die Erfüllung dieser beiden Wünsche war nicht genug Zeit.

Stattdessen betete ich für eine ruhige Zielhand und dafür, dass die Kugeln, die aus dem Lauf meiner Waffe schossen, Wilbur Durand in Herz und Stirn und Niere und Leber treffen würden, bis sein Licht für immer ausging. Ich füllte die Lungen mit Luft und bedeutete dann Spence und Escobar, dass ich hineinging.

Wieder trat ich die Tür auf, denn ich brauchte beide Hände für die Waffe. Knapp innerhalb der Tür stand eine große Holzkiste; ich duckte mich hinter sie und sah mich schnell um. Das Licht war unglaublich hell nach der Dunkelheit des Außenbereichs – mit Sicherheit war das von Durand so geplant.

Als meine Augen sich schließlich an die Helligkeit gewöhnt hatten, glaubte ich dreifach zu sehen; drei Jeffs waren auf der einen Seite des Raums in einer Art Halbkreis an drei Pfähle gefesselt. Alle drei hatten Blut auf dem Bauch, und die Eingeweide hingen heraus – o Gott, Eingeweide. Ich konnte nicht erkennen, ob sie echt waren oder nachgemacht.

Und ich konnte nicht unterscheiden, welcher der Jungen wirklich Jeff war. Bei Evan hätte ich es gewusst. Aber es war nicht Evan.

Wilbur Durand stand den dreien gegenüber hinter einer Kamera. Er lachte auf angesichts meiner Verwirrung und sagte: »Das hab ich ziemlich gut gemacht, nicht, Detective Dunbar?«

Ich ignorierte ihn und konzentrierte mich auf das Stöhnen der Jungen, weil ich hoffte, dass die Stimmen mir den richtigen verraten würden. Aber ohne die Vertrautheit von gesprochenen Wörtern war das unmöglich. Noch während ich lauschte, hörte ich die Geräusche von weiteren Personen, die ins Gebäude eindrangen.

»Draußen bleiben«, schrie ich zurück. »Keine Einmischung.«

»Vernünftiger Befehl.« Beim fiesen Klang seiner dünnen Stimme stellten sich mir die Nackenhaare auf. Es klang, als würde er sie extra für diesen Anlass elektronisch verändern.

»Hat Ihnen die kleine Ausstellung gefallen, die ich für Sie zu Hause aufgebaut habe, Detective?«

»Ich war nicht lange genug dort, um sie mir so genau anzusehen.«

»Schade. Das war gute Arbeit, muss ich selber sagen. Eine meiner besten.«

»Vermutlich. Ein paar Augenblicke lang hatte ich mich täuschen lassen. Hatte sich eine ganze Reihe von uns täuschen lassen. Guter Trick mit dem Boy übrigens.«

»Vielen Dank.«

»Aber wie gesagt, ich blieb nicht lange.«

Er schenkte mir das fieseste Lächeln. »Habe ich mir schon gedacht, dass Sie das nicht tun. Nicht, wenn die Hauptattraktion hier stattfindet.«

Ich musste weiter für Ablenkung sorgen, denn dann konnten sich Spence und Escobar vielleicht etwas ausdenken. Mit den beiden würde er sich nicht abgeben – ich war sein Opfer. Angestrengt schaute ich wieder zu den drei Jungen hinüber. Ihre Bewegungen wirkten überhaupt nicht mechanisch; sie sahen alle lebendig aus.

Und dann erkannte ich, dass sie alle lebendig *waren!* Der Mistkerl – er hatte Schauspieler engagiert.

Aber das konnte ich mir zu Nutze machen; richtigen Menschen konnte man auch *richtige* Angst einjagen. »Wenn er euch gesagt hat, dass es sich hier um eine Filmszene handelt, hat er gelogen. Das sind echte Waffen, und wir sind richtige Polizisten, und er wird euch allen wirklich die Gedärme rausziehen, bevor er hier fertig ist.«

Zwei der Jungen hoben den Kopf; und dann betrachteten sie mit angsterfüllten Augen ihren Bauch und das, was dort feucht glitzernd hervorquoll. Ich hielt meine Marke in die Höhe – was dumm war, denn wahrscheinlich hatte er ihnen gesagt, dass dies passieren würde. Dann schoss ich in die Decke, eine Lampe zersplitterte, Glas regnete herunter.

Nun fingen die zwei auf der rechten Seite an, sich gegen ihre Fesseln zu wehren.

»Jeff ist der ganz links«, rief ich nach hinten.

Nur er war völlig still.

Ich schaute wieder Durand an und sah auf seinem Gesicht die Erkenntnis, dass er ausgetrickst worden war, dass es Zeit für ihn war, die Trumpfkarte zu ziehen. Wieder sah ich seinen Arm sich heben, die Waffe war direkt auf Jeff gerichtet. Die Bewegung war flüssig und echt und unheimlich glaubhaft. In seiner Hand hatte er eine automatische Waffe – mit einer Garbe würde er alle drei treffen. Wenn er sie schwenkte, würde er auch mich, Spence und Escobar treffen.

Plötzlich stand Spence mit gezogener Waffe auf und schrie: »Hier!« Durand reagierte, ohne nachzudenken, er riss den Arm herum und zielte nun direkt auf Spence. Aber ich war auch bereits aufgesprungen und rief: *»Halt, Polizei, lassen Sie sofort Ihre Waffe fallen«,* aber nur, weil das gesetzlich vorgeschrieben war, um den Schuss zu legalisieren. Es war eine rein theoretische Übung, ich hatte vor, ihn zu erschießen, ob er aufgab oder nicht.

Dies alles überlegte ich mir in Sekundenbruchteilen – aber Will Durand hatte diese Art von Training nicht. Auch wenn er mit einer Waffe geübt hatte, hatte er doch nicht gelernt, mit einer zu leben, wie wir alle es tun. Er war noch nie mitten in der Nacht aufgewacht und hatte nach der Waffe unter dem Kopfkissen gegriffen, wenn irgendeine Straßenkatze einen Mülleimer umwarf. Er hatte keine blauen Flecken an der Hüfte, wo das Halfter saß, ging deshalb nicht leicht nach links geneigt, um das Gewicht der Waffe auf der rechten Seite auszugleichen. Von Funkgerät, Pager, Marke und Knüppel ganz zu schweigen. Er würde nie eins sein mit der Waffe.

Er fing an zu schreien, wir sollten zurückbleiben, und als Spence und ich weiter auf ihn zugingen, erhob er sich ein wenig aus seinem Kamerasitz. Die Kamera selbst hatte ihn bis jetzt geschützt, und noch immer war sie so groß und sperrig, dass wir keinen vernünftigen Schuss ansetzen konnten.

Doch eine bessere Chance würden wir kaum kriegen. Instinktiv nahm ich die modifizierte Weaver-Haltung ein, beide Hände an der Waffe, die Füße eine Schulterbreite auseinander. Ich setzte einen Fuß knapp vor den anderen, so dass mein Körper sich leicht zur Seite drehte und ein schmaleres Ziel abgab, das, wie unsere Trainer uns immer wieder einschärften, schwerer zu treffen ist.

Doch ich war noch immer ein leichtes Ziel, ob mit Weaver oder ohne. Ich sah eine Reihe von Blitzen aus der Mündung seiner Automatik, bevor ich die Schussgeräusche hörte; dies alles passierte, kurz nachdem ich den Abzug meiner Waffe betätigt und nichts getroffen hatte.

»Seine Schüsse gingen daneben, weit nach links«, schrie Escobar von irgendwo hinter mir. Ich schoss, und die Kugel prallte an der riesigen Kamera ab, aber ich sah, dass Durand zusammenzuckte und sich an die Schulter fasste, er musste also verletzt sein, wahrscheinlich von einem Splitter der Kamera.

Es hielt ihn allerdings keineswegs auf – er hob die Waffe erneut und richtete sie auf die Jungen. Dieses entsetzliche *Ratatatat* war zu hören und dann Schüsse von hinten und von rechts.

Durands Waffe segelte durch den Raum, Blut spritzte aus seinem Arm. Ich drückte ab und traf Durand noch einmal im selben Arm. Und das war alles – die Schießerei war zu Ende.

Spence stürzte auf Durand zu, und Escobar rannte zu den Jungen, während ich auf die Knie sank. Ich hatte seit Tagen kaum etwas gegessen, aber das Wenige kam jetzt als grüne und bitter schmeckende Galle wieder hoch. Irgendwie schaffte ich es, mein Funkgerät zu finden und hineinzusprechen. Dann rappelte ich mich hoch und lief zu Jeff.

Er sah mich mit unendlichem Entsetzen in den Augen an, aber er lebte, o Gott, er lebte noch, also bestand Hoffnung, dass wir ihn auch lebend hier rausbrachten.

Ich bemühte mich gerade, ihn von seinem Knebel zu befreien, als wir umringt wurden von einem Schwarm Sanitäter mit ihrer Ausrüstung und ihren Tragen und ihrer unermesslichen Kompetenz. Sie fackelten nicht lange und schoben mich einfach beiseite. In diesem Augenblick war ich keine Polizistin, sondern eine Vertraute des Opfers – normalerweise eine leichte bis mittlere Belästigung, in diesem Fall aber eine echte Bedrohung, die nichts tun konnte, außer ihnen bei ihren lebensrettenden Bemühungen im Weg zu stehen.

Spence und Escobar griffen mir buchstäblich unter die Arme und trugen mich nach draußen.

Nun stand ich hilflos abseits, während sie den Jungen bearbeiteten, der – wie lange war das eigentlich her? – an meinem Tisch Spaghetti mit Tomatensoße gegessen hatte. Sehr schnell stellte sich heraus, dass Jeff der einzige der drei Jungen war, der wirklich Verletzungen davongetragen hatte. Aber die beiden anderen standen unter Schock. Einer machte Anstalten aufzustehen, als ich von irgendwo im Hintergrund Freds Stimme hörte.

»Nicht bewegen!«, schrie er. »Wir müssen jedes Fehlverhalten unserer Beamten bei dieser Schießerei ausschließen. Du *musst* mithelfen.«

Der Junge gehorchte ohne Widerrede.

In schneller Folge blitzten Lichter auf. In meinem Kopf wetteiferte das Klicken von Verschlüssen mit dem Lärm der Rotorblätter. Aus den Augenwinkeln heraus sah ich, wie Jeff, der ganze Körper von Schläuchen übersät, behutsam auf eine Trage gelegt wurde. Er wirkte klein, jung und schrecklich verletzlich. Die Szene verschwamm vor meinen Augen; irgendwann spürte ich eine Hand auf meiner Schulter. Ich drehte mich um und sah Errol Erkinnen vor mir stehen.

»Woher wissen Sie …«

»Es ist in allen Nachrichten«, sagte er. »Ihr Lieutenant hat mich durchgelassen, als ich ankam.«

Ich spürte, wie meine Schultern herabsanken, als die Erschöpfung einsetzte. Irgendwie gab mir seine Anwesenheit die Erlaubnis, zusammenzubrechen. »O Gott, was für eine Schweinerei ... was für eine Schweinerei habe ich aus dieser Sache gemacht ...«

»Sie brauchen jetzt gar nichts zu sagen«, meinte er. »Im Augenblick brauchen Sie rein gar nichts zu rechtfertigen. Ich bleibe bei Ihnen, bis Sie sich wieder stark genug fühlen, um allein zu sein.«

Seine distanzierte, professionelle Gelassenheit hatte ungefähr dieselbe Wirkung auf mich wie eine Umarmung meiner Mutter. Einen Augenblick lang sank ich in seine stützenden Arme und zitterte einfach. Doch dann riss ich mich wieder los – hier war ein Tatort zu bearbeiten, mein Tatort, und den wollte ich mir nicht wegnehmen lassen.

Die hektische Aktivität um mich herum gab mir die Kraft, die ich brauchte, um mich wieder in die Arbeit zu stürzen. Während ich dem Fotografen eben die Blickwinkel demonstrierte, die ich haben wollte, kam ein Sanitäter und sagte mir, sie seien bereit und würden Jeff jetzt ins Krankenhaus bringen.

Die Frage, die ich eigentlich gar nicht beantwortet haben wollte, stellte sich wie von selbst.

»Noch zu früh, um etwas zu sagen.« Die übliche unverbindliche Antwort. Dann war er verschwunden.

Kurz schaute ich mir das Chaos am Tatort an und fragte mich, wie mir das so hatte außer Kontrolle geraten können. Letztendlich war es unwichtig; eine »Lösung« war nicht erforderlich. Wir wussten alle, was passiert und wer dafür verantwortlich war.

Ich ging zu der Ecke, wo Durand behandelt wurde, und schaute aus einer gewissen Entfernung zu. Dutzende Augen waren auf mich gerichtet; jeder war bereit zuzugreifen, falls ich etwas Dummes tat, aber ich blieb auf Abstand, flehte allerdings die ganze Zeit den Kosmos an, er möge Durand sterben lassen. Ich wollte, dass jemand vorschlug, man solle seine Behandlung einfach abbrechen und ihn vor Ort verbluten lassen. Sein Arm war fast abgerissen, und er kämpfte immer noch. Er schrie wie dieser Mistkerl Scorpio in *Dirty Harry,* dass er verletzt sei, dass er behandelt werden müsse und dass jemand es besser tun sollte, denn die entsetzliche, brutale Polizei habe ihn verletzt. Als er merkte, dass ich ihn ansah, grinste er mich doch tatsächlich an und machte diese abstoßenden zuckenden Bewegungen mit der Zunge.

Ich sprang. Zehn Hände packten mich. Durand lachte und heulte und schrie gleichzeitig. Ich wehrte mich gegen meine Bewacher, aber sie hielten mich fest.

»Lasst mich los«, kreischte ich. »Ich bringe ihn um, ich puste ihn weg, ich …«

Durand heulte noch lauter. »Sie bedroht mich, sie wird mich noch mehr verletzen …«

Schließlich fand irgendjemand den Schalter für die Deckenbeleuchtung und warf sie unvermittelt an. Der grelle Schein brachte mich zur Besinnung. Plötzlich spürte ich, wie mich jemand auf den Rücksitz eines Streifenwagens schubste. Erkinnen setzte sich neben mich. Ich hörte das Klicken eines Sicherheitsgurts, das Rasseln eines startenden Motors, und dann tauchte ich ab, an irgendeinen flauschigen Ort, wo es das Böse nicht gab und einem Kind nichts passieren konnte. Sie würden den Tatort ohne mich bearbeiten müssen.

Wilbur Durand wurde mit einer Unmenge von Gurten auf eine Bahre geschnallt und unter doppelter Bewachung ins Krankenhaus geschafft. Die Detectives Frazee und Escobar fuhren mit. Ich würde das alles später im Bericht nachlesen müssen, aber vorstellen konnte ich es mir schon jetzt. Spence würde sich über Durand beugen, die Gesichter nur Zentimeter entfernt, und er würde zischen: *Du hast das Recht zu schweigen, Arschloch, aber du kannst auch jetzt gleich reden, wenn du willst, mir ist es egal, weil ich deinen verdammten einarmigen Arsch an die Wand nageln werde, egal, was du tust.* Escobar würde so tun, als wollte er ihn wegziehen, und sie würden ein kleines Guter-Bulle-Böser-Bulle-Spiel aufführen, weil wir alle überzeugt waren, wenn jemand aus Durand etwas herausbrachte, dann unser Beichtvater.

Und dann im Krankenhaus würde man ihn uns wegnehmen, weil die Ärzte aus medizinischen Gründen den Kontakt einschränken wollten, und dann würde natürlich Sheila Carmichael auftauchen mit einer unendlichen Liste von Gründen, warum wir ihm keine weiteren Fragen mehr stellen dürften. Obwohl Durand stark geblutet hatte, hatte man seine Vitalfunktionen unter Kontrolle bringen können, und er erhielt Infusionen, deshalb ging man davon aus, dass sein Leben nicht unmittelbar bedroht war, wenn auch seine Rückhand nicht mehr dieselbe sein würde wie früher. Doch das war egal – im Gefängnis gibt es keine Tennisplätze, und in der Hölle wahrscheinlich auch nicht.

Er war, das bestätigten alle im Krankenwagen Anwesenden, während der Fahrt ziemlich klar und reagierte auf Frazees Drohungen mit scharfen, vulgären Verwünschungen. Nun brauchte er die Bestie nicht mehr zu verbergen, die in ihm wohnte. Alle Verstellungen und Verkleidungen waren verschwunden, er war der nackte, böse Wilbur Durand, der seine letzten Augenblicke der Freiheit enthusiastisch genoss und sich in allen Details über die Freuden päderastischen Verkehrs und den Kick einer Ausweidung ausließ.

Frazee konnte es kaum erwarten, mir das alles zu erzählen. »Durand kreischte und schrie, dass seine Schwester ihn wieder herausholen würde und er dann jedes einzelne unserer Kinder finden und ihnen die Eingeweide herauszerren und dann – o Gott. Ich kann gar nicht wiederholen, was er gedroht hat, mit ihnen anzustellen. Nur in seiner Nähe zu sein hat mich krank gemacht.«

Und dann berichtete er mir von dem »Vorfall«, einem, der in den Legendenschatz unserer Abteilung eingehen würde. »Kaum waren wir aus dem Krankenwagen draußen, ging ein Streifenbeamter mit den Fäusten auf Durand los.«

Ich freute mich sehr, das zu hören.

»Aber sie waren zu zweit. Wir können uns nicht erinnern, welcher der beiden ihn schlug.« Keiner der beiden Männer gab in den Berichten, die sie über die Krankenwagenfahrt schrieben, irgendwelche Informationen über die angebliche Prügelei, wenn auch Durand sich wiederholt beklagte, er sei das Opfer von Polizeibrutalität geworden.

Nachdem er stabilisiert war und man ihm den Arm amputiert hatte, wurde Wilbur Durand in ein isoliertes Zimmer verlegt, das speziell für die Unterbringung von gewalttätigen Kriminellen ausgestattet war, und mit zwei Fußfesseln und einer Armfessel an das

Metallbett geschnallt. Ohne den rechten Arm konnte nicht einmal ein Mann mit seinen magischen Talenten eine Flucht bewerkstelligen. Zusätzliche Detectives aus unserer Abteilung, die dem Krankenwagen ins Krankenhaus gefolgt waren, assistierten Spence Frazee bei Durands Verhör. Es ging um die Frage, wo die anderen Kinder, die er entführt hatte, sich befanden.

Wilbur Durand weigerte sich zu antworten.

Ich fragte mich, wie Moskal sagen konnte, dass Sheila Carmichael in Boston ziemlich unauffällig blieb – sie war einfach *gigantisch,* als sie auf Los Angeles herabstieß wie ein neuer Johnnie Cochran. Aber in diesem Fall ging es nicht um die Schuld oder Unschuld eines Mannes, dies war bereits entschieden – nein, es würde eine riesige PR-Kampagne sein. Die einzige noch offene Frage, die nach der Strafe, würde ebenso sehr vor dem Gericht der öffentlichen Meinung entschieden werden wie in den Herzen und Seelen von zwölf Durchschnittsbürgern.

Ich fing an, mich über sie zu erkundigen. Es war nicht so frustrierend, über Sheila Carmichael zu recherchieren, wie es bei ihrem Bruder Will Durand gewesen war – es gab zahlreiche Biografien, viele Zitate und Unmengen von Artikeln, die sie für juristische Fachpublikationen geschrieben hatte. Dieser Frau stand *Ich will Richterin werden* ins Gesicht geschrieben. Vielleicht würde ihres Bruders Vorliebe für die Verstümmelung kleiner Jungs dies vereiteln. Schön wär's.

In juristischen Kreisen war sie berühmt dafür, Angeklagte zu verteidigen, für die kein vernünftiger Mensch Sympathie aufbringen konnte. Und dies war genau so ein Fall – ihr Bruder war dabei ertappt worden, wie er versuchte, ein Kind umzubringen, nachdem er es zuvor schon vergewaltigt hatte. Er beging einen Teil dieses Verbrechens, während jemand, der diesem Kind nahe stand und zufällig auch altgediente Polizeibeamtin war, hilflos zusehen musste. Die gesamte Tat hatte er aufgenommen, und das Filmmaterial war – juristisch korrekt – als Beweismittel beschlagnahmt worden. Auch die mitfühlendste Jury würde ihn für schuldig befinden, ganz zu schweigen davon, dass die vorausgehende Ermittlung einen ganzen Berg von Indizien ergeben hatte, die alle auf seine

Verwicklung in andere Entführungsfälle hindeuteten und die aller Wahrscheinlichkeit nach vor Gericht zugelassen werden würden.

Es war einer der wasserdichtesten Fälle gegen einen Verbrecher, die ich in meiner Karriere als Polizistin je gesehen hatte, und es war durchaus berechtigt, davon auszugehen, dass Wilbur Durand, hätte er nicht eine Schwester, die Anwältin war, wohl kaum einen Verteidiger finden würde, der seinen Fall übernehmen würde. Geld war dabei kein Thema – das eigentliche Problem war das negative Image, das einem anhaftete, wenn man sich mit einem Kriminellen wie Wilbur Durand einließ. Dies wäre so schwer abzustreifen, dass kaum ein ehrbarer Anwalt sich damit besudeln wollte. Weil ich, eine Polizistin, eine mehr als flüchtige Beziehung zu einem der Opfer hatte, hatte ein Anwalt auch berufliche Sanktionen zu befürchten; die Bereitschaft der Polizei zur Zusammenarbeit wäre nicht mehr gewährleistet. Natürlich würde keiner von uns sich vorwagen und dies tatsächlich laut aussprechen – man erwartete von uns, über den Wunsch nach Vergeltung erhaben zu sein. Aber für einen lokalen Anwalt, der Wilbur Durands Fall übernahm, würden bei jedem folgenden Fall Unterlagen schwerer zu bekommen sein, Rückrufe sich verzögern und Indizien sich als unauffindbar erweisen.

Die Verkaufs- und Ausleihzahlen der Videos von Durands Filmen verdreifachten sich über Nacht, als nun ans Tageslicht kam, wie einige der Szenen entstanden waren. Kritiker ließen sich über ihren verstörenden und brillanten Realismus aus. Es war zum Kotzen. Meine Übelkeit wurde noch verstärkt durch die verblüffende PR-Kampagne, die Sheila Carmichael für ihren Bruder lancierte. Alle schmutzigen Details seiner Kindheit wurden in einer Ausführlichkeit in der Öffentlichkeit ausgebreitet, die nicht einmal Kelly McGrath je in den Sinn gekommen wäre. Geschichten über Onkel Sean, den Missbrauch durch seinen Großvater, über den Alkoholismus und die Geistesgestörtheit seiner Mutter. Noch in Kalifornien konnte ich hören, wie in South Boston Hemden zerrissen wurden. Aber alle Beteiligten waren tot, wer sollte also protestieren?

Am Morgen nach seiner Verhaftung wurde Wilbur Durand an seinem Krankenhausbett die Anklageschrift verlesen. Vorgeworfen wurde ihm der versuchte Mord an einem Kind in Tateinheit mit

Vergewaltigung – die medizinische Untersuchung ergab, dass bei Jeff Analverkehr vollzogen worden war, bevor ihm die anderen Verletzungen zugefügt wurden – sowie der versuchte Mord an Polizeibeamten in zwei Fällen. Darüber hinaus warf man ihm die Entführung von Nathan Leeds vor und die einer Reihe anderer Jungen, auch wenn deren Leichen noch nicht gefunden werden konnten, und sobald die Indizien analysiert waren, wahrscheinlich auch den Mord an Earl Jackson. Alle, die mit dieser Anklageschrift zu tun hatten, waren übereinstimmend der Meinung, dass genügend andere materielle Beweise vorlagen, um auch ohne diese Indizien fortzufahren.

Ich arbeitete mich durch dies alles hindurch, so gut ich konnte. Meine Tage konnten nicht in »gut« oder »schlecht« eingeteilt werden; mein neuer Maßstab für meine Existenz war »entsetzlich« oder »erträglich«. Einer meiner besseren Tage nach diesem Albtraum war der, als der Anklagevertreter benannt wurde; James Johannsen, der meine Anträge auf Gerichtsbeschlüsse dem Richter vorgelegt und so überzeugend argumentiert hatte, dass sie praktisch genehmigt werden mussten, erhielt die Aufgabe, dafür zu sorgen, dass Wilbur Durand für seine verwerflichen Taten mit der äußersten Strenge des Gesetzes bestraft wurde. Er war ein zäher, hartnäckiger ehemaliger Pflichtverteidiger, dessen Gerechtigkeitsgefühl es ihm unmöglich gemacht hatte, noch länger irgendwelchen Abschaum für unverzeihliche Verbrechen zu verteidigen. Jim war ein durchaus ebenbürtiger Gegner für Sheila Carmichael, die es allerdings auch dann schwer haben würde, wenn der Anklagevertreter eine Niete wäre.

Wie vorauszusehen war, stürzte die Dame sich mit Feuereifer in die Sache. Als Johannsen den Antrag auf Entnahme einer Blutprobe stellte, damit ein DNA-Vergleich vorgenommen werden konnte, reichte sie sofort einen Schriftsatz mit einem Gegenargument ein, das sich fast ausschließlich auf Bürgerrechtsaspekte stützte. Johannsens Antrag wurde schließlich stattgegeben, aber sein Sieg wurde im Presseecho in den Schatten gestellt von Carmichaels Antrag auf eine Kautionsanhörung. Der Richter lauschte stumm, aber mit einem Ausdruck unverhüllten Abscheus auf dem Gesicht ihrem Argument, dass ihr Bruder »starke Verbindungen zur Hollywood-

Gemeinde« habe. Johannsen, der wusste, dass eine Kaution völlig ausgeschlossen war, wies darauf hin, dass Durand keine Schwierigkeiten habe, auch Millionenbeträge zu hinterlegen. Die Polizisten, die anwesend waren, erzählten mir, dass seine Schwester, als der Richter ihren Antrag verwarf, einen Wutausbruch bekam, woraufhin der Richter den Saal verließ, so dass sie ihre Klagen und Beschwerden einer leeren Bank vortragen musste.

Der DNA-Test lag schon nach wenigen Tagen vor. Er entsprach der Probe, die man Jeff entnommen hatte. Ich fuhr mit Evan so oft wie möglich zu ihm, aber es war sehr schwer, ihn anzusehen. Die körperlichen Probleme, die er durchzustehen hatte, waren furchtbar. Die seelischen allerdings konnten womöglich noch schlimmer werden. Evan war ihm ein treu sorgender Freund, eine beständige Quelle der Unterstützung. Aber die Belastung forderte ihren Tribut.

»Das hätte ich sein sollen, oder?«

Ich konnte es nicht völlig abstreiten, aber sicher sein konnte ich auch nicht. »Wir wissen es einfach nicht«, sagte ich ihm. »Durand sagt nichts.« Evans Schuldbewusstsein wegen dieser Sache würde sich wahrscheinlich noch eine ganze Weile nicht zeigen, aber Doc Erkinnen hatte mir eingeschärft, auf Symptome zu achten – Verschlossenheit, Gereiztheit, der häufige Wunsch, allein zu sein. Beschäftigung mit makabren Dingen. Also keine Horrorfilme mehr für meinen Sohn; seine eigene Wirklichkeit hatte sie alle übertroffen.

Jeff würde nie mehr Obst essen; sein verkürzter Verdauungstrakt versagte ihm dieses Vergnügen. Für eine Weile würde er eine Infusionsvorrichtung mit sich herumtragen müssen, denn er brauchte die stetige Zufuhr von Antibiotika, deren Zusammensetzung sich regelmäßig änderte, um die Infektionen zu bekämpfen, die zwangsläufig auftreten mussten, da sein Darm der Luft ausgesetzt gewesen war. Man hatte ihm einen knappen Meter herausschneiden müssen, der praktisch vertrocknet war, aber die Eltern hatten den Ärzten gestattet, wenigstens zu versuchen, einen Teil, der noch in einem besseren Zustand war, wiederherzustellen.

Irgendjemandes Kugel hatte seine rechte Niere durchschlagen, und sie war in Fetzen entfernt worden. Er wäre beinahe verblutet;

Hunderte von Polizisten hatten für ihn Blut gespendet. Trotz mehrerer Transfusionen wäre er dennoch beinahe gestorben. Auch wenn er sich wieder so weit erholte, dass er sich normal bewegen konnte, würde er dennoch nie Football oder irgendeinen anderen Sport betreiben können, bei dem auch nur die geringste Gefahr bestand, dass seine verbliebene Niere beschädigt werden könnte.

Irgendwie, und vorwiegend dank Spence und Escobar, ging die Polizeiarbeit, die zum Abschluss des Falls nötig war, zügig voran. Nun waren Gerichtsbeschlüsse leicht zu bekommen. Sie erhielten einen weiteren Durchsuchungsbefehl für das Haus, doch diesmal wussten sie genauer, wonach sie suchten. In einer von Wilbur Durands Wäscheschubladen fanden sie einen einzelnen Knopf.

Von Earl Jacksons Hemd. Sofort wurde die Anklage gegen Durand um Mord in Tateinheit mit Vergewaltigung und Entführung eines Kindes erweitert. Runter mit seinem Kopf.

35

Was folgt, ist das Geständnis von Gilles de Rais, Ritter, Baron der Bretagne, der Angeklagte, freiwillig abgelegt ohne jeden Zwang, und mit aller Freiheit des Geistes am Nachmittag des Freitag, den 21. Oktober 1440.

Zum Vorwurf der Entführung und des Todes vieler Kinder, der triebhaften, unzüchtigen und unnatürlicher Laster, der grausamen und abscheulichen Art der Tötung, und zugleich der Beschwörung und Anrufung von Teufeln, der Darbringungen, Hingaben und Opfer, der von ihm gemachten Versprechungen oder eingegangenen Verpflichtungen und anderer in den zuvor erwähnten Punkten erwähnten Dinge, gestand Milord Gilles de Rais, der Angeklagte, aus freien Stücken, ohne Zwang und reumütig, dass er an zahlreichen Kindern diese Verbrechen, Schandtaten und Sünden des Mordes und der widernatürlichen Unzucht begangen und auf verabscheuungswürdige Weise durchgeführt habe. Darüber hinaus gestand er, dass er die Anrufung von Dämonen, Darbringungen und Opferungen vollzogen habe und Versprechungen und Verpflichtungen ge-

genüber Dämonen eingegangen sei und auch andere Dinge begangen habe, die er kürzlich in Anwesenheit des besagten Herren Präsidenten und anderer gestand.

Auf die Frage der besagten Verehrten Vater und Präsident nach dem Ort, wo, und der Zeit, wann er begonnen habe, diese Verbrechen der widernatürlichen Unzucht zu begehen, erwiderte er, im Schloss von Champtocé; er gestand, nicht mehr zu wissen, wann oder in welchem Jahr, doch damit begonnen zu haben etwa zu der Zeit, als sein Großvater starb.

Item *auf die Frage des Herren Präsidenten, wer ihn zu diesen Verbrechen überredet habe, erwiderte er, dass er diese Taten gemäß seiner eigenen Vorstellungen und Gedanken begangen habe, ohne irgendjemands Rat oder Anweisung und nur seinen eigenen Gefühlen folgend für sein Vergnügen und seine fleischliche Lust, und mit keiner anderen Absicht und zu keinem anderen Zweck.*

Und der Präsident, den es überraschte, dass der Angeklagte besagte Verbrechen aus eigenem Antrieb und ohne irgendjemands Drängen begangen haben wollte, fragte den Angeklagten noch einmal, aus welchen Motiven und zu welchen Zwecken er die besagten Kinder habe töten und ihre Leichen verbrennen lassen, und warum er seine Seele hingegeben habe an diese grässlichen Verbrechen, und ermahnte ihn, diese Dinge bis ins Letzte zu erklären, um sein Gewissen zu erleichtern und seine gequälte Seele zu entlasten und sich so gründlicher der Gnade des barmherzigsten und gütigsten Heilands zu versichern. Woraufhin der Angeklagte voller Entrüstung darüber, auf diese Art angezweifelt und verhört zu werden, in der französischen Sprache zu Monsieur le Président *sagte:* »Hélas, Monseigneur, vous vous tormentez et moy aveques!« *Leider, Monsignore, quält Ihr Euch ebenso wie mich.*

Worauf der Präsident, ebenfalls auf Französisch, antwortete: »Ich quäle mich selbst nicht im Geringsten, aber ich bin sehr überrascht von dem, was Ihr mir gesagt habt und kann mich damit einfach nicht zufrieden geben. Ich will von Euch die absolute Wahrheit wissen aus den Gründen, die ich Euch bereits so oft genannt habe.«

Worauf der Angeklagte erwiderte: »Wahrhaftig, es gab keinen anderen Grund, keine andere Absicht oder keinen anderen Zweck außer denen, die ich Euch genannt habe, was allerdings genügt, um zehntausend Männer zu töten.«

Daraufhin ließ der Präsident von seiner Befragung des Angeklagten ab und befahl, François Prelati in den Saal zu führen. Und Prelati wurde höchstselbst zu Gilles de Rais, dem Angeklagten, gebracht, woraufhin er und der besagte Angeklagte gemeinsam von besagtem Bischof von Saint-Brieuc verhört wurden bezüglich der Anrufung von Dämonen und dem Darbringen von Blut und Gliedmaßen besagter kleiner Kinder und den Orten, wo sie diese Anrufungen und Darbringungen vollzogen hatten, was der Angeklagte und Prelati eben gestanden hatten.

Woraufhin Gilles de Rais, der Angeklagte, und François Prelati antworteten, dass besagter Prelati mehrere Anrufungen von Dämonen und besonders von einem namens Barron durchgeführt habe auf Geheiß des Angeklagten, sowohl in seiner Abwesenheit wie in seiner Anwesenheit, und darüber hinaus gab besagter Angeklagter zu, dass er bei zwei oder drei dieser Anrufungen anwesend gewesen sei, vor allem in Tiffauges und Bourgneuf-en-Rais, aber dass er nie einen Dämon gesehen oder gehört habe, obwohl der Angeklagte besagtem Prelati diesem Barron ein von ihm selbst verfasstes und unterzeichnetes Schriftstück habe übermitteln lassen, in dem Gilles de Rais versprach, den Befehlen des Dämons zu gehorchen, jedoch ohne ihm seine Seele und sein Leben zu verschreiben. Und dass der Angeklagte besagtem Dämon Barron die Hand, die Augen und das Herz eines Kindes versprochen habe, welche Prelati ihm darbringen sollte, was Besagter jedoch nicht getan habe.

Der Herr Präsident befahl nun, besagten François Prelati wieder in die Kammer zu führen, in der er unter Bewachung gehalten wurde. Woraufhin Gilles de Rais sich mit Tränen und Schluchzen an Prelati wandte und zu ihm auf Französisch sagte: »Leb wohl, François, mein Freund. Nie wieder werden wir in dieser Welt uns treffen; ich bete, dass Gott dir Geduld und Verständnis gewährt, und wisse, so du nur Geduld und Gottvertrauen hast, werden wir uns wiedersehen in der großen Freude des Paradieses. Bete zu Gott für mich, und ich werde für dich beten!«

Nachdem er dies gesagt hatte, umarmte er seinen Handlanger, der unverzüglich fortgeführt wurde.

Mein Sohn und ich lasen gemeinsam eine der ersten Abschriften der Niederschrift von Milords Geständnis. Ich hatte sie erhalten von Jean de Malestroit, der, da er bei dem Geständnis selbst nicht anwesend war, ebenfalls eine besaß. Andere Abschriften wurden nun eiligst von einer kleinen Armee einberufener Schreiber verfertigt, die sich über ihre Pergamente beugten und die Wörter auf die Bögen setzten, so schnell ihre Finger es ihnen erlaubten.

Ich seufzte schwer, als ich die trockenen, eintönigen Worte las. »Was mag dieses *reumütig* in der Beschreibung seines Geständnisses bedeuten? Weinte er, wie er es tat, als ich mit ihm über diese Dinge sprach, in ebenjenem Zimmer, in dem diese Worte aufgezeichnet wurden? Wenn ja, wird das in diesen Zeilen nicht erwähnt.«

Er schüttelte den Kopf zum Zeichen, dass er auch nicht mehr wusste als ich. »*Mère,* du darfst nicht vergessen, dass diese Seiten nicht dazu da sind, die Feinheiten seines Martyriums wiederzugeben. Sie dienen dazu, jene, die seine Hinrichtung befohlen haben, vor der Rache von Milords Familie zu schützen, zu mehr nicht.«

Die Entrüstung seiner Familie dürfte wahrscheinlich ebenso trocken und eintönig ausfallen. René de la Suze würde wohl kaum um seinen Bruder weinen, aber er würde sein Hemd zerreißen und sich mit Asche beschmieren, um die Besitztümer zurückzuerhalten, die Milord für seine Ausschweifungen vergeudet hatte. Die kleine Marie de Rais wusste kaum etwas über ihren Vater – bis auf das, was ihre Mutter ihr erzählte, die viele Gründe hatte, ihn zu hassen. War Gilles de Rais dort in seinen üppigen Gemächern nun schließlich doch zusammengebrochen?

Ich konnte seine Stimme beinahe hören.

»In diesen Worten spricht wieder das Kind Gilles. Diese Dinge, die er als Mann tat, waren nicht anders als die Dinge, die er in seiner Jugend tat, nur von schwerer wiegender Art.«

Jean stand auf und ging ein paar Schritte von mir weg. Er ging zum Fenster und sah einige Augenblicke in den Hof hinunter. Sein Blick schien auf etwas gerichtet, doch ich wusste aus langen Jahren des Hinausstarrens aus diesem kleinen Fenster, dass es dort kaum etwas gab, das den Blick fesselte. Etwas in seinem Inneren beschäftigte ihn.

»Wie gern wüsste ich, was du denkst, Sohn«, sagte ich leise.

Ich hörte, wie er kräftig ausatmete und dann tief frische Luft in seine Lungen sog. Als er sich schließlich zu mir umdrehte, machte er ein besorgtes Gesicht. »*Mère*«, sagte er, »Milord hat in seiner Jugend viele sehr schwer wiegende Dinge getan. Ihr wisst nur nichts davon.«

Ich versuchte zu lächeln. »Du hast mich erst kürzlich belehrt, dass Knaben viele Dinge vor den Frauen geheim halten, die sie lieben.«

Ich hörte Scham in seiner Stimme, als er sagte: »In diesem Fall war es nicht nur Milord, der dies tat.«

Ich spürte einen Knoten im Bauch. »Hast du mir etwas zu sagen, Jean?«

»Ja, aber nicht über mich selbst, sondern über meinen lange toten Bruder.«

»Michel? Was hat er getan, was er mir verschwieg?«

Jean schwieg einen Augenblick, als könnte er die richtigen Worte nicht finden für das, was er mir sagen wollte.

»Es ist so viele Jahre her«, sagte ich. »Es gibt nichts, was ich ihm nicht verzeihen könnte, oder dir.«

»Es ist nichts, was er tat, sondern was ihm angetan wurde. Oder versucht.«

Ich brauchte ein paar Herzschläge, bis ich anfing zu begreifen. »Fahr fort«, flüsterte ich.

»Du weißt, dass es zu einer gewissen Zeit einen Zwist zwischen mir und Milord Gilles gab und dass ich nicht mehr in seiner Gesellschaft sein wollte.«

»Ja. Eure Pfade trennten sich, und deine Interessen waren von seinen sehr verschieden. Aber ich habe das hingenommen als den natürlichen Lauf der …«

Er fiel mir ins Wort. »Es war kein natürlicher Bruch, *Mère*.«

»Dann sag mir, warum.« Mein Herz schlug schneller, zu schnell. »Und sag mir, warum es dir nicht möglich war, mir schon früher davon zu erzählen, damit ich es schon damals hätte besser wissen können.«

»Es wäre nicht gut für dich gewesen, diese Dinge zu wissen. Bis jetzt.«

»Und jetzt ist es gut für mich?«

»Du musst diese Dinge jetzt erfahren. Ich weiß, dass du Milord sehr geliebt hast, auch wenn er diese Zuneigung aus eigenem Mutwillen zerstört hat. Dennoch bekümmert es mich, diese Dinge zu sagen. Er war nicht das unschuldige Kind, das du in Erinnerung hast. Ich weiß, du glaubst, er war höchstens ein durchschnittlicher Schüler, trotz seiner hervorragenden Lehrer, die Michel und mir viel mehr nützten als ihm. Es war eine Frage der Hinwendung; er zog es vor, sich anderen Dingen zu widmen. Er hatte eine Wissbegierde in sich, die du vielleicht nie erkennen konntest, weil er sich Dingen widmete, die er keinen Menschen sehen ließ außer einige sehr enge Vertraute, darunter Michel und ich selbst sowie seine Vettern De Sille und De Briqueville. Ich hatte nie viel übrig für diese beiden Halunken, aber ich hatte kaum eine andere Wahl, als mich mit ihnen einzulassen; sie waren seine Verwandten, und er nahm sie in den Kreis jener auf, die seine geheime Seite sehen durften. Er wusste, dass keiner von uns je über das reden würde, was wir wussten. Michel und ich schwiegen, weil wir seiner nicht ebenbürtig waren, und er hatte großen Einfluss auf dich, unsere geliebte Mutter; es gibt keine größere Macht als diese. De Sille und De Briqueville schwiegen, weil sie eifersüchtig auf ihn waren und voller Angst, er könnte ihrer Stellung in der Familie schaden, vor allem bei Jean de Craon, der so erpicht darauf war, seinen Enkel Gilles aufsteigen zu sehen, dass er seinen anderen Enkeln kaum Beachtung schenkte. Und ich glaube, dass sie im Lauf der Zeit sogar zu genießen begannen, was sich da abspielte.«

Ich wollte schon die Hand heben, um ihn zum Schweigen zu bringen, doch ließ ich es sein. Es war zu spät: Ich hatte bereits so viel gehört, dass ich mir den Rest beinahe ausmalen konnte, und es war nicht zu leugnen, dass mir mit der Wahrheit besser gedient wäre. Also saß ich stumm da, während Jean sprach.

»Er war … sehr *schnell* bei vielen Dingen, die Michel und ich nur langsamer verstanden. Vor allem was körperliche Dinge anbetraf. Es kam oft vor, *Mère,* dass er sein … sein … Glied aus seinem Hosenbeutel zog und es uns zeigte. Zuerst brachte er es zum Stehen und forderte uns dann auf, es zu bewundern.«

Ich gab mir die größte Mühe, nicht zu viel Gefühl zu zeigen. »In welchem Alter tat er das?«

»Zehn, vielleicht elf; es begann, kurz nachdem Milord Guy von dem Keiler aufgeschlitzt worden war. Und dann fing er an, sich vor uns selbst zu befriedigen. Er rieb sich Fett auf die Hand – ich erinnere mich, wie er mich einmal dazu brachte, einen Topf mit irgendeiner *crème* aus deiner Schlafkammer zu stehlen ...«

Dieses Geständnis verblüffte mich. Es war einer meiner Schätze gewesen, wobei nicht die *crème* mir sonderlich viel bedeutete – solche Dinge hatten für mich nicht den Wert, den sie für edle Damen hatten, deren Haut immer genauester Prüfung standhalten musste. Aber der Topf selbst war aus Elfenbein mit einem Goldrand und mit wundervollen Schnitzereien verziert, und ich mochte ihn sehr, weil er ein Geschenk meines Gatten gewesen war. *Wer hat meinen* pot de crème *genommen?* Noch jetzt kann ich mich es sagen hören, wenn auch nicht mit der Wut, die ich vielleicht hätte verspüren sollen. Ich hatte angenommen, dass einer meiner Söhne oder mein Gatte mir einen kleinen Streich spielen wollte. Gestehe gleich, und es wird dich nicht so hart treffen. Irgendwann tauchte der Topf wieder auf, und unser kleines Drama fand ein Ende. Zu dieser Zeit hätte ich mir nie träumen lassen, dass der Topf zu einem so schrecklichen Zweck gestohlen worden war. Er ruhte jetzt in dem Schrank neben meinem Bett, fast zum Greifen nahe.

»... und er verbrauchte die ganze *crème,* indem er diese Dinge mit sich selbst anstellte. De Sille und De Briqueville taten es ihm gleich. Michel und ich versuchten uns zu entschuldigen, aber er ließ uns nicht gehen. Er ließ uns nie gehen.«

»Das ist mehr als einmal passiert?«

»Tausend Mal. Aber ich konnte nicht darüber reden, ich hatte Angst vor Milord und Angst davor, dass du von mir enttäuscht sein könntest.«

»Euer Vater hätte doch ...«

Seine Worte kamen schnell und bitter. »Ich drohte Milord mit einer solchen Bloßstellung. Milord erwiderte einfach, er würde dafür sorgen, dass *Père* seine Stellung in Milord Guys Gefolge verliert, wenn ich das täte.«

Dass ein Kind von zwölf Jahren eine solche Last stumm ertragen musste, war mir ein entsetzlicher Gedanke. Dass dieses Kind mein eigener Sohn war, sprengte mein Vorstellungsvermögen. Ich betrachtete ihn mit den mitfühlenden Augen einer Mutter, doch sein Gesicht zeigte nur Schuldbewusstsein und Bedauern, seine Worte klangen gequält und gepresst.

»Ich konnte nicht riskieren, dass meine Familie in so schweren Zeiten verstoßen wurde. Deshalb schwieg ich. Und Michel ebenfalls.«

Er hielt inne. Schweißtropfen traten ihm auf die Stirn. »Eines Tages hieß Milord mich, sein Glied mit meinen Händen zu berühren.«

Ich stöhnte auf und bekreuzigte mich.

»De Sille und De Briqueville taten es bereits, aber nach einer Zeit fand Milord ihre Aufmerksamkeiten nicht mehr genügend – er schien ihrer ziemlich schnell überdrüssig zu werden. Zuerst weigerte ich mich, aber schließlich war ich gezwungen zu tun, was er verlangte. Mit der Zeit verlangte er noch mehr.«

Ich stemmte die Hände in die Hüften und stöhnte. »Ach, unheiligste Schlechtigkeit, welch Kummer…«

»Ich tat nur, was ich tun musste, und ich schwöre, ich tat es nicht bereitwillig. Was er von mir verlangte, war gegen die Natur, gegen alles, was gut und anständig ist…«

Er zitterte, und sein Gesicht war verzerrt vor der Qual der Erinnerung. In seinen Augen sah ich, dass es noch mehr zu sagen gab, aber das Gewicht dessen, was bereits aus ihm herausgeströmt war, lastete so schwer auf ihm, dass er den Willen zum Weiterreden verloren hatte. So sagte er nur noch: »Und danach fand ich Gründe, seine Gegenwart zu meiden.«

Das Bild meines Sohnes Jean als zwölfjähriger Junge tauchte vor meinem geistigen Auge auf. Es gab eine Zeit, da schien er sich vor unseren Augen zu verändern, aber als ich meine Besorgnis darüber zum Ausdruck brachte, versicherte Etienne mir, das sei der normale Lauf der Dinge für einen Knaben seines Alters, dass er launisch werde und uns meide. *Ich war selbst so, wenn ich mich recht erinnere. Und auch meine Mutter war nicht sehr erfreut.*

Aber er meidet seine Spielkameraden, sagte ich zu meinem Gatten. *Zerbrich dir nicht den Kopf,* erwiderte er, *und,* mon Dieu, *Guillemette, versuche nur nicht, ihn an deinem Rockzipfel zu halten. Irgendwann muss er zum Manne werden.*

Wäre eine Geißel zur Hand gewesen, hätte ich sie wohl gegen mich selbst gebraucht, so sehr schämte ich mich meines früheren Versagens. Ich hätte die Beschützerin meines Sohnes sein sollen, aber ich hatte es nicht vermocht, ihn vor dem Raub seiner Unschuld zu bewahren.

Und dann hätte ich diese Geißel gegen Gilles de Rais gebraucht, möge Jean de Craon in der Hölle schmoren.

Erschöpfung, Entsetzen und Grauen beherrschten mich, und dies alles wurde noch verstärkt durch meinen Abscheu vor mir selbst, die ich zugelassen hatte, dass dies alles geschehen konnte. Doch als die Bedeutung dessen, was mein Sohn mir gestanden hatte, in meinem Geist Gestalt annahm, trat eine andere Empfindung zu Tage: Mein Abscheu richtete sich nun auf ein anderes Ziel. Ich war erzürnt wie noch nie zuvor in meinem Leben, und der Großteil dieses Zorns richtete sich gegen den, gegen den er gerichtet sein sollte, gegen Gilles de Rais nämlich.

Ich machte mir nicht die Mühe, das blaue Kleid anzuziehen, das Madame le Barbier mir geliehen hatte, ich hatte es nun nicht mehr nötig, mich als eine Zugänglichere auszugeben als die Äbtissin, die ich war und wohl auch immer bleiben würde. Entschlossen stieg ich die Treppen zu den Gemächern hoch, in denen Gilles de Rais nun auf den Tod wartete, der unweigerlich sein Schicksal war, und es kümmerte mich nicht mehr, ob er verängstigt und alleine war in diesen seinen letzten Tagen, sondern ich wünschte nur doch, dass er dies alles in der Zeit, die ihm noch blieb, aufs Schärfste spürte.

Es genügte nicht, dass er den Richtern die Missetaten gestanden hatte, die er als Mann begangen hatte. Nicht seit dem Tag, als ich »zum Markt« aufgebrochen war und stattdessen Madame le Barbier zum ersten Mal besuchte, hatte ich in meinem Herzen eine solche Ruhe gespürt, eine solche Kraft in meinem Schritt, eine solche Gewissheit über das, was geschehen musste. Jetzt war eine Zeit der Geständnisse, eine Zeit, um die Seele zu entlasten. Gilles de Rais hatte es eher unter Androhung der Folter denn aus freiem Willen getan, wie es in der Niederschrift stand; das wahre Ausmaß seiner Feigheit würde die Welt nie erfahren. Jean hatte mir aus Sohnesliebe seine tiefsten Geheimnisse anvertraut, einer Liebe ähnlich der, die ihn im zarten Knabenalter gezwungen hatte, die Stellung seines Vaters auf eigene Kosten zu schützen. Er hatte erkannt, dass es nicht gut für mich wäre, mit einer solchen Wolke der Täuschung über meinem Kopf dereinst vor meinen Schöpfer zu treten.

Den Gruß der Wachen nahm ich nur am Rande wahr. Soweit sie wussten, war ich keine Bedrohung für ihren Gefangenen. Der Türwächter hatte keinen Grund anzunehmen, dass ich versteckt Waffen bei mir trug, wie er es bei einem anderen Besucher hätte befürchten müssen. Er klopfte einfach nur dreimal mit seiner Lanze auf den Steinboden und entfernte sich.

Gilles de Rais kam sogleich aus seinem Schlafgemach, als er dieses Signal hörte.

Mit reiner Willenskraft zwang ich mich, ein normales Gesicht zu bewahren. »Milord«, sagte ich.

»Ach, *Mère«,* sagte er. »Eure Stimme ist wie Gottes ureigene Gnade. Ich erfreue mich an jedem Ton, als wäre er der letzte, der meine Ohren berührte.«

»Das ist klug.«

»Eure Stimme war die erste, die ich hörte; ich würde nicht klagen, wenn es auch die letzte wäre.«

Diesen Wunsch konnte ich ihm erfüllen. Ich musste mich sehr beherrschen, um nicht den Dolch mit perlenbesetztem Griff aus dem Ärmel zu ziehen und ihn auf der Stelle zu töten. Aber das Wissen, das ich suchte, würde dann mit ihm sterben, und ich würde nie wenigstens ein kleines Maß an Frieden finden.

»Milord«, sagte ich. »Ich habe Euer Geständnis gelesen. Es erfreut mein Herz, dass Ihr Euch von dieser Last befreit habt.«

»Es war nicht einfach«, sagte er. »Diesen Männern in die Augen zu sehen und darüber zu reden, was ich getan habe, nun, es hätte mir beinahe das Herz herausgerissen.«

Mein Herz war hart; ich verspürte nicht einen Funken Mitleid. »Ihr spracht davon, mit Euren Taten etwa zu der Zeit begonnen zu haben, als Euer Großvater starb. Es überraschte mich, Milord, dies zu lesen.«

»Ich bedaure es sehr, dass Ihr diese Dinge erfahren musstet, *Mère* Guillemette.«

»Es ist in der Tat schwierig für mich. Ich muss mir eingestehen, dass mein Einfluss auf Euch zum Guten hin wohl stärker hätte sein müssen, als er es offensichtlich war.«

»Ich war doch nur ein junger Mann, draufgängerisch und eigensinnig. Ihr dürft Euch keine Vorwürfe machen …«

»Während dieses ganzen Verfahrens habe ich mein Versagen als Ursache für Euer fehlgeleitetes Verhalten betrachtet. Nun aber habe ich abgeschlossen mit diesen Selbstvorwürfen.« Ich griff in meinen Ärmel und zog den Creme-Topf heraus.

Er senkte den Blick zu dem belastenden Gegenstand, und sein Gesicht wandelte sich von dem eines lügenden Kindes zu dem eines Diebes, den man mit der Hand in der Schublade ertappt hatte. Sein Unbehagen war mir ein Genuss. Aber es war noch nicht genug.

»Ich werde Euch jetzt Gelegenheit geben, Euch noch weiter zu erleichtern«, sagte ich sehr gelassen.

Sein Blick wanderte zu dem Topf und kreuzte dann wieder den meinen. Sein Gesicht wurde hart. »Es gibt nichts mehr zu sagen«, erwiderte er.

»Lügner«, zischte ich. Der Teufel selbst sprach aus meiner Stimme, und Gilles de Rais hörte ihn. »Sagt mir jetzt alles, oder ich werde dafür sorgen, dass es sehr schlecht für Euch ausgeht.«

Er wurde starr vor Verachtung, trotz meiner drohenden Art. Dieser Krieger war nicht leicht von seinem hohen Ross zu reißen. »Mit welcher Macht?«, höhnte er. »Nur meine Richter können jetzt mein Schicksal bestimmen.«

»Ohne mich hättet Ihr überhaupt keine Richter.«

Er starrte mich verständnislos an.

»Es mag Euch überraschen, mein Sohn, aber ich war es, die den Anstoß gab für diese ganze Untersuchung. Natürlich wusste ich damals nicht, wohin sie führen würde. Aber Eure Richter stehen in meiner Schuld, denn ohne meine Wissbegierde hätten sie nie die Gelegenheit erlangt, Euch diesem Martyrium zu unterwerfen. Ich war diejenige, die zu Madame le Barbier ging, als sie über ihren Verlust klagte, und ich ging nach Bourgneuf …«

Sprachlos hörte er sich meine Aufzählung an. Als ich zum Ende kam, konnte ich ein Lächeln nicht unterdrücken. Ich war nicht verpflichtet, ihm zu sagen, dass nur Jean de Malestroit von meiner Beteiligung wusste und er mir zuliebe keinen Buchstaben einer getroffenen Entscheidung ändern würde. Sollte er ruhig glauben, dass ich Macht über sein Schicksal hatte.

Sein Blick huschte umher, als suche er einen Weg, um vor mir zu fliehen. Aber es gab für ihn kein Versteck; die Wachen waren nur wenige Schritte entfernt, und er würde in Gefangenschaft bleiben, was immer er auch tun mochte.

Ich hielt ihm den Topf hin, und als er sich abwandte, hob ich ihn, bis er ihn direkt unter der Nase hatte.

»Sprecht«, befahl ich. »Sagt mir genau, was mit Michel passiert ist. Lasst nichts aus.«

Nun verließ ihn seine hochnäsige Starre.

»Ihr wisst, *Mère,* wie sehr ich Michel liebte. Ich betete den Boden an, auf dem er ging; er war alles, was ich selbst sein wollte. Seine helle Haut, sein wunderschönes Lächeln, und diese seine strahlenden Augen – er war ein Engel in Menschengestalt! Wie konnte ich da anders, als ihn zu begehren?

Aber er war gut und rein, und er wehrte meine Annäherungsversuche mit großer Entschlossenheit ab. Bei Jean war es einfacher; er gab mir zumindest zum Teil, was ich wollte, ich hätte ihn noch vollständiger besessen, hätte er sich nicht verweigert. Aber Michel, der süße Michel, er war derjenige, der ich sein und den ich besitzen wollte, doch er gab sich mir nicht hin, gleichgültig, womit ich ihm drohte. Ich sagte ihm dieselben Dinge, die ich Jean sagte, dass ich seinen Vater vernichten würde, wenn er sich nicht fügte. Doch er gab nicht nach; er erwiderte mir, dass sein Vater lieber im Staub kriechen würde, als seinen Sohn geschändet zu sehen, und dass ich tun könne, was ich wolle, er würde sich meinen Wünschen unter keinen Umständen fügen.

Ich hasste und ich liebte ihn zugleich; ich verabscheute seine Halsstarrigkeit und bewunderte seine Charakterstärke, und ich beneidete ihn um einen Vater, der ihn derart liebte, wie meiner es nicht annähernd zu tun schien. Je mehr er sich wehrte, umso entschlossener wurde ich, ihn zu besitzen.

Ich vertrieb Michel aus dieser Welt, Madame, weil ich ihn in ihr nicht haben konnte. Es ist mein ernsthaftester Wunsch, ihn in der nächsten zu treffen, wenn Gott es mir nur gestattet. Ich weiß, dass er Flügel hat und eine Krone aus Licht, wie es ihm zusteht. Inzwischen hatte ich aufgehört, ihn zu bedrängen; er hatte keine Angst vor mir, und es bestand kaum Hoffnung, dass ich unter seiner Mitwirkung meine Wünsche würde befriedigen können. Es herrschte ein zerbrechliches Gleichgewicht zwischen uns, das es uns ermöglichte, Gefährten zu bleiben, zumindest an der Oberfläche. Sollte ich ihn je so besitzen, wie ich wollte, dann nur mit Gewalt. Ich beschloss, dass es mit Gewalt sein sollte, denn ich konnte mich nicht beherrschen. Eines Tages sagte ich ihm, dass ich mit ihm jagen wolle. Zuerst wollte Michel nicht mitkommen; er müsse noch lernen, bevor unser Lehrer käme, sagte er. Aber das war eine fadenscheinige Ausrede, denn unser Lehrer war nach dem Tod meines Vaters in seine Heimatstadt gegangen. Er nahm mir das Versprechen ab, dass ich ihn in Frieden lassen würde, dass ich ihn nicht drängen würde, sich berühren zu lassen, und ich gab ihm mein Wort. Er schien damit zufrieden. Also brachen wir an diesem Morgen mit Messern und Steinschleudern auf, um einen Truthahn zu erlegen. Wegen des Keilers durften wir nie ohne Begleitung hinaus. Doch meine üblichen Hüter waren mit anderen Dingen beschäftigt, und so konnte ich ohne sie entschlüpfen, und Michel mit mir. Dieses Gefühl der Freiheit war sehr erregend für mich, konnte ich doch kaum einen Schritt machen, ohne dass jemand bei mir war, entweder um mich zu überwachen oder meine Wünsche zu erfüllen. Nicht so sehr auf Geheiß meiner Mutter oder meines Vaters, oder auf Eure Anordnung hin, meine liebe Amme, sondern weil mein Großvater es so wollte.«

Er streckte die Hand aus und strich mir über die Wange, mit den kalten Fingerspitzen eines Dämons. Ich rührte mich nicht.

»Wir gingen bis zu dem Eichenhain; der Bach war angeschwollen und schnell, denn es hatte viel geregnet. Die Erde war noch feucht, doch das hemmte unser Fortkommen kaum. Wir waren allein, wie wir es nur selten waren, und obwohl ich ihm mein Wort gegeben hatte, dass ich ihm nicht nahe treten würde, konnte ich offenbar nicht an mich halten. Um die Wahrheit zu sagen, Madame, ich wollte nicht an mich halten. Gott erlöse mich, ich wollte mit ihm dieselben Dinge tun, die mir angetan worden waren, denn ich hatte begonnen, sie als Vergnügen zu betrachten.«

»Aber … von wem?«

»Aber, Madame, wisst Ihr das nicht? *Grandpère, naturellement.* Wie auch immer, Michel ging vor mir und schlug auf die Büsche, um Vögel aufzuscheuchen, und ich betrachtete ihn von hinten. Als wir die Eichen erreicht hatten, war ich so verzaubert von seinen Bewegungen, der Geschmeidigkeit seiner Glieder, dem anmutigen Schwung seiner Arme, dass ich hinter ihn trat und ihn packte. Oh, er war stark für einen, der so schlank und zierlich war; er wehrte sich heftig gegen meinen Griff und versuchte, vor mir davonzulaufen. Wenn er sich losriss und nach Champtocé zurückkehrte, würde er erzählen, was vorgefallen war, und das, befürchtete ich, würde ernste Folgen haben. Ich konnte es mir nicht leisten, dass *Grandpère* erfuhr, was ich angestellt hatte. Ich konnte mir auch nicht annähernd vorstellen, was er tun würde.

Also brachte ich Michel zum Schweigen; ich hatte keine andere Wahl. Ich drückte ihm die Kehle zu, nicht lange genug, um ihn zu töten, doch mit Sicherheit lange genug, um ihn zu bändigen. Ich hatte mich nicht gut genug vorbereitet; ich hatte nichts, um ihn zu binden, während ich mich an ihm vergnügte. Doch ich erinnerte mich an die Eingeweideschlingen, die aus dem Bauch meines Vaters hingen, als man ihn ins Schloss brachte, und ich wusste, Michel würde nicht weit kommen, wäre er mit seinen Eingeweiden irgendwo angebunden; so zog ich mein Messer, und während er noch um Atem rang, schlitzte ich ihm den Bauch auf, durch sein Hemd hindurch, damit sein Blut mich nicht bespritzte. Vorsichtig zog ich eine Hand voll seiner Eingeweide heraus. Ich brauchte nur ein paar Ellen, um ihn an einen nahen Baumstumpf zu binden, aber es kam mehr heraus; ich hatte nicht die Zeit, es wieder hineinzustopfen. Ich drehte ihn auf den Bauch – er drückte sich ein wenig vom Boden hoch, vermutlich, damit seine Eingeweide die Erde nicht berührten, doch das erregte mich nur noch mehr.

Es dauerte nicht lange; ich war jung und erregt. Ich hatte erwartet, dass er schreien würde, doch diesen Gefallen tat er mir nicht. Ich weiß nicht, ob er bei Bewusstsein war, während ich in ihn stieß, doch als ich fertig war und ihn wieder umdrehte, waren seine Augen offen und so voller Hass, dass es mir das Herz zerriss. Er verachtete mich, Madame, und ich konnte es nicht ertragen – ich liebte ihn so sehr, und ich wollte doch nur, dass er diese Liebe erwiderte.

Er starb nicht sofort, wie ich gedacht hatte, obwohl ich es nach dem, was mit meinem Vater geschehen war, besser hätte wissen müssen. Nun versuchte ich, die Eingeweide wieder in seinen Bauch zu stopfen; sein Blut war warm und feucht, und ich wollte mich damit beschmieren, um sein innerstes Wesen an mir zu tragen. Doch das hätte mich verraten! Es würde schwer genug werden, das Blut allein von meinen Händen zu entfernen.

Eine Stunde verging, und er war noch immer nicht tot. Ich sprach leise mit ihm, aber er erwiderte kaum etwas, nur dass ich seiner Mutter und seinem Vater und seinem Bruder sagen solle, dass er sie liebe und im Himmel auf sie warten werde. Und viele Male flüsterte er auch, dass ich ohne Zweifel in der Hölle landen werde.

Schließlich schnitt ich ihm die Kehle durch, und danach starb er. Aber um zu verhindern, dass das Blut mich überall voll spritzte, hielt ich seinen Umhang gegen seinen Hals. Ich konnte nicht sehen, was ich tat, und so schnitt ich zu tief. Sein Kopf war fast abgetrennt – ich hatte zuvor noch nie getötet, und ich kannte meine eigene Kraft zu der Zeit nicht, oder ich hatte aus irgendeinem Grund unnatürliche Kraft, vielleicht weil mich das alles so sehr erregte. Er hing erbärmlich an seinem Halsstumpf, und als ich den Leichnam wegschleifte, um ihn zu verstecken, holperte er über den Erdboden. Ich konnte den Gedanken nicht ertragen, dass er vielleicht abriss, und so trennte ich ihn eigenhändig ab. Ich begrub ihn und seinen Kopf unter einem Steinhaufen am Ufer des Bachs, denn dort gab es viele lose Steine, und die Stelle, die ich wählte, lag hinter einem großen Strauch und war nur zu sehen, wenn man dicht davorstand. Ich legte den Kopf wieder an den Halsstumpf und band meine Schärpe darum, so dass es aussah, als sitze er noch auf den Schultern, denn ich konnte den Anblick dessen nicht ertragen, was ich getan hatte. Ich versuchte, mir im Bach das Blut abzuwaschen, aber von meiner Kleidung konnte ich es nicht völlig entfernen. So nahm ich den Dolch und schnitt mir eine kleine Wunde in den Arm, um die Flecken zu rechtfertigen. Als alles so vollkommen war, wie ich es machen konnte, lief ich zum Schloss zurück und winkte dem Posten, sobald ich in Sichtweite kam. Ich fing an zu schreien und zu stammeln, dass Michel von einem Keiler fortgeschleift worden sei – aber das wisst Ihr, Mère, denn Ihr wart im Hof, als die Reiter aufbrachen.

Das Licht verlöschte bereits, und bald herrschte Dunkelheit. Etwa eine Stunde nach Sonnenuntergang mussten die Reiter umkehren, und sie setzten die Suche erst am nächsten Morgen fort. Ich weiß in meinem Herzen, dass sie wahrscheinlich nur wenige Schritte von der Stelle entfernt gewesen waren, wo Michel lag; doch sie hätten ihn kaum finden können – er war zu gut versteckt, zumindest zu der Zeit. Ich werde nie verstehen, warum Euer Etienne bei seinen Streifzügen durch den Wald nicht über ihn stolperte; er hatte mir einmal erzählt, wie ausführlich er gesucht hatte. Ich glaube, dass er vielleicht zu weit gewandert war – da er meinte, er suche nach einem Leichnam, den ein Keiler oder ein anderes Tier fortgeschleift hatte. Erst eine gute Weile später kehrte ich zu der Stelle zurück, um nachzusehen, ob das Grab noch unversehrt war. Ein paar Steine schienen verschoben worden zu sein, vielleicht von einem Tier. Der Kopf war zum Teil freigelegt, und so deckte ich ihn ganz ab. Da war Michels süßes Gesicht, und nun endlich lächelte es mich an. Ich konnte es nicht ertragen, den Kopf dort zu lassen, und so nahm ich ihn mit.«

Madame Karle und ihr Sohn hatten Michel also gefunden, bevor Milord den Kopf mitgenommen hatte. Jean de Craons plötzliches Auftauchen hielt sie davon ab, zu berichten, was sie wussten, da sie fürchteten, er würde ein dunkles Geheimnis aus Madames Vergangenheit preisgeben. Ich wage gar nicht, mir vorzustellen, was für ein Geheimnis so kostbar sein konnte, dass es sie daran hinderte, etwas so Abscheuliches zu enthüllen. Ihr Sohn wollte es mir nicht sagen, und Madame selbst war tot, und so würde ich es wohl nie erfahren.

Aber hier vor mir stand der Mann, der meinem geliebten Kind das Leben geraubt hatte, ganz einfach, weil er es wollte. Einfach weil es ihm in den Sinn gekommen war, dass er es wollte, weil es getan werden und er es tun konnte.

Ich wankte, doch ich musste mich wieder in die Gewalt bekommen. So setzte ich mich in den reich verzierten, wunderschönen Sessel, auf den ich bei meinem ersten Besuch meinen Mantel geworfen hatte. Ich steckte den Elfenbeintopf, der dieses Geständnis aus Gilles de Rais herausgelockt hatte, wieder in den Ärmel und spürte dabei den Dolch. Meine Finger umfassten das Heft und fanden eine Kraft, wie ich sie mir nie hätte vorstellen können. Geräuschlos sank der Topf in die Tiefen der Ärmeltasche, als ich den Dolch langsam nach vorne zog.

Hatte Milord sich so gefühlt, wenn er den *braquemard* in der Hand und den Hals oder den entblößten weißen Bauch eines Kindes vor sich hatte? Er musste sich stark und mächtig über diesen schwachen Kleinen gefühlt haben, die sich nicht wehren konnten gegen ihn oder seine ähnlich verderbten Kumpane. Er musste sich gefühlt haben wie Gott selbst – allmächtig, allgewaltig, der Herrscher über alle Dinge, dem kein Vergnügen, das er sah oder sich erträumte, verweigert werden konnte. Mit harten und sicheren Streichen hatte Milord unzähligen Knaben das Leben genommen und vielleicht einem Dutzend junger Mädchen, die die unangebrachte Waghalsigkeit besessen hatten, anwesend zu sein, als er ihre Brüder wollte.

Jetzt würde ich einen harten und sicheren Streich führen und diesen Teufel für alle Zeit in die Tiefen der Hölle schicken.

Milord stand mit geschlossenen Augen da, als genösse er die Erinnerung. Ich bewegte mich langsam und vermied jedes Rascheln meiner Robe, um nicht seine Aufmerksamkeit auf mich zu ziehen. Kurz bevor ich den Dolch herauszog, betete ich mit all der Ernsthaftigkeit, die ich in meinem Herzen hatte.

Lieber Gott, vergib mir, was ich jetzt tun werde. Und wenn der Tag meines Gerichts kommt, denke daran, dass ich in diesem Augenblick Dein Werkzeug bin, dass dies Deine Hand ist, die den Dolch hebt; dass dies Dein Wille ist, der ihn führt. Lass mich die Hand der Gerechtigkeit sein, die ihr Ziel in der Kehle dieses Bösen findet, der Dich und alle Deine Geschöpfe beleidigt …

Plötzlich waren Gilles' Augen offen, und er starrte mich an. Sein Mund war aufgerissen vor Entsetzen, und er wich zurück. Er hob die Hände, wie um sein Gesicht zu schützen.

Aber ich hatte den Dolch noch gar nicht erhoben.

»Barron«, flüsterte er mit kaum hörbarer Stimme. »Ach, Fürst Barron, warum kommt Ihr jetzt, da alle Hoffnung dahin ist?«

War dies plötzlicher Wahnsinn? »Milord Gilles, ich bin nicht Barron…«

»Du lügst, Dämon. Du lügst, wie es die anderen immer gesagt haben. Ach, wie konnte ich nur so ein Narr sein zu glauben, du würdest dich mir in deiner wahren Gestalt zeigen, denn hier bist du, in der Gestalt einer Frau, der ich immer vertraut habe, doch du bist der, welchen ich gerufen habe mit François…«

Das Messer fühlte sich kalt und fremd in meiner Hand an; es war nun nicht mehr der Trost, der es noch Augenblicke zuvor gewesen war, als ich es im Namen Gottes hatte benutzen wollen. Plötzlich erschien es mir unheilig. Dennoch konnte ich es nicht loslassen.

Er sah in mir den Dämon, den er so lange erfolglos gesucht hatte. Es war die Mutter in mir gewesen, die ihn hatte verschonen wollen, und jetzt war es die Mutter in mir, die ihn für seine Sünden erstechen wollte. Wenn er in mir den Teufel sah, konnte ich den nicht auch in ihm sehen?

Ich schaute ihn an und sah Satan. Aber war er wahnsinnig und deshalb nicht schuldfähig? Oder spielte er den Wahnsinn nur, um mein Mitleid zu erwecken?

Es kümmerte mich nicht mehr. Ich zog den Dolch aus dem Ärmel und hob ihn hoch in die Luft. Er fühlte sich in meiner Hand an wie das Schwert Gottes. Milord Gilles rührte sich nicht, er stand einfach da, als hieße er den Stich willkommen. In seinen leeren Augen war kein Gefühl; es schien ihn nicht zu kümmern, ob ich ihn tötete. Es kümmerte ihn gar nichts mehr, am allerwenigsten ich.

All meine Kraft schoss in meine Unterarme, und ich stieß zu. Doch bevor der Dolch sein Ziel im Herzen von Gilles de Rais fand, wurde ich um die Mitte gepackt und herumgewirbelt. Ich hatte niemanden kommen hören, Milord hatte nicht nach den Wachen gerufen, und ich hatte nichts getan, um ihre Aufmerksamkeit zu wecken. Es war, als würde ich in der Luft tanzen. Während ich so gefesselt war, drehte Milord sich um und floh in seine Gemächer.

Und dann landete ich in einem Gewirr schwarzen Tuchs auf dem Boden. Der Dolch entglitt mir und fuhr mit der Spitze nach unten zu Boden, wo er in dem dicken Teppich zitternd stecken blieb. Ich befreite mich aus dem Griff meines Häschers, wirbelte herum und starrte in die Augen von Jean de Malestroit.

Er hob das schwankende Messer auf und zog mich in den äußeren Gang. Dort lehnte er mich gegen die Wand. Es waren keine Wachen in der Nähe; er hatte sie wohl ein Stück weiter weg postiert.

»Guillemette!«, rief er »Was ist denn in Euch gefahren?«

»Ich – ich weiß es nicht …«

»Wie konntet Ihr nur auf den Gedanken kommen, so etwas zu tun – habt Ihr den Verstand verloren?«

Ich starrte ihn einen Augenblick lang an. Dann drehte ich mich um und schaute in den leeren Salon. »Nein, Eminenz. Ich fange eben an zu glauben, dass ich ihn vielleicht gefunden habe.«

36

Der Verbleib von dreizehn Kindern war noch immer unbekannt. Die Hoffnung der Eltern, dass ihre Söhne unversehrt zurückkehrten, war von der harten Realität dessen, was mit Earl Jackson passiert war, und dem Schicksal, dem Jeff nur knapp entronnen war, zunichte gemacht worden. Die meisten setzten nun ihre ganze Energie daran, die Behörden zu verstärkten Anstrengungen zu drängen, um herauszufinden, was mit ihren Leichen passiert war.

Durand war so unkooperativ, wie ein Mörder es nur sein konnte; es grenzte fast schon an Hohn. Aber wir wussten, was er mit ihnen getan hatte – er hatte alles aufgezeichnet. Er benutzte jeden der Jungen, die er entführt hatte, als »Schauspieler« in einem Horror-Potpourri, das aus ihren gefilmten Folterungen und Toden bestand. Im Studio von Angel Films fand ein Mitglied der Spurensicherung einen in eine Wand eingelassenen und sehr geschickt versteckten Safe. In ihm befanden sich, etwas abseits vom übrigen Material, mehrere Rollen Film. Ich werde nie verstehen, warum er seiner Schwester nichts von ihrer Existenz und ihrem Aufbewahrungsort gesagt hatte. Vielleicht hatte er ja die verrückte Idee, dass er wieder freikommen würde und sie dann verwenden könnte.

Irgendwie entledigte Durand sich der Leichen seiner Opfer, aber aus einem unerfindlichen Grund behielt er ihre Turnschuhe. Und können Sie sich das vorstellen, einige Filmvertreiber meldeten sich heimlich bei uns und enthüllten, dass Durand mit diesem Material tatsächlich hausieren gegangen war, dass er Ausschnitte und potenzielle Drehbücher herumgezeigt hatte in der Hoffnung, einen Abnehmer zu finden. »Es war im Grunde genommen Gewaltpornografie mit Kindern«, sagte uns einer davon, »kaum verhüllt. Absolut nicht mein Marktsegment. Aber die Special Effects waren unglaublich, alles sah völlig real aus. So etwas habe ich noch nie gesehen«, behauptete er.

Kein Wunder, dass die Effekte so echt wirkten. Gott sei Dank fand sich keiner, der dieses Zeug vertreiben wollte. »Es war einfach zu viel, zu heftig für gewöhnliche Vertriebskanäle«, sagte uns einer. »Aber passen Sie auf, Kopien werden herauskommen. Und für dieses Zeug wird es einen riesigen schwarzen Markt geben.«

Er hatte Recht. Der namenlose Film wurde schließlich ein Underground-Hit auf Internet-Pornoseiten, die sich auf gewaltverherrlichende Filme und härteste Pädophilie spezialisierten. Es gehörte alles zu Onkel Wilburs großem Plan.

Keiner von uns fand je heraus, warum die Turnschuhe ihm so viel bedeuteten. Vielleicht waren sie das Einzige, was sie alle gemeinsam hatten und etwas, das er nicht groß zu verstecken brauchte, wenn er sich wieder einmal heimlich austobte. Es musste ihm große Befriedigung verschafft haben, dass Leute in dieser Schatzkiste wühlten und gar nicht wussten, was sie da berührten. Erkinnen hatte Recht gehabt, als er behauptete, dass Mörder gerne Erinnerungsstücke an ihre Opfer aufbewahren; Jeffrey Dahmer hatte einen Kühlschrank voller Köpfe und eine Tiefkühltruhe voller Körperteile, für Zeiten, wenn er »einen Happen essen wollte«. In dem Buch, das Erkinnen mir geliehen hatte – es liegt noch immer auf meinem Nachtkästchen, können Sie sich das vorstellen? –, las ich auch eine Geschichte über diesen Ritter aus dem fünfzehnten Jahrhundert, den Edelmann Gilles de Rais, der die Köpfe von angeblich dreihundert Opfern aufbewahrt hatte, damit er *darüber nachsinnen konnte, welcher von ihnen der schönste war.*

Unvorstellbar!

Die Turnschuhe lagen in einer offenen Kiste in seinem Studio, die ganze Zeit für jedermann leicht zu sehen. Es war gefährlich und äußerst verwegen, aber Durand verließ sich darauf, dass er damit durchkam. Eine sehr lange Zeit tat er das auch. Doch letztendlich war es dieses Verlangen, den Erinnerungsstücken an seine Verbrechen nahe zu sein, das ihn zu Fall brachte.

Ich werde das Gefühl nicht los, dass Durand das Risiko, gefasst zu werden, durchaus bewusst war. *Wahrscheinlich wollte er gefasst werden,* sagte Doc mir in einem unserer Gespräche nach dem Ende dieses Albtraums. *Es war ihm wahrscheinlich nicht ganz unrecht.* Vielleicht gab es einen Teil von Wilbur Durand, der verabscheute, was er tat, eine winzige Spur geistig gesunder Anständigkeit, die gerade so viel seiner Psyche beherrschte, dass er seiner Entdeckung quasi selbst den Weg bereitete.

Vielleicht war das so, aber in den Tagen, in denen die Detectives ihm Informationen über den Verbleib seiner früheren Opfer zu entreißen versuchten, war diese Spur nirgendwo zu finden.

Welche früheren Opfer?, fragte er sie damals. Und seine Schwester fügte hinzu: *Wir gestehen keine früheren Opfer ein.*

Es war alles nur Pose, und es brachte Spence und Escobar, denen der Fall nun offiziell zugeteilt war, zur Weißglut. Das Thema einer Strafmilderung als Gegenleistung für Informationen über den Verbleib der Leichen wurde behutsam mit Sheila Carmichael besprochen, die aufmerksam zuhörte und dann wiederholte, dass ihr Mandant nichts mit diesen Verschwindensfällen zu tun habe. Aber sie behielt sich eine endgültige Entscheidung vor, mit dem Argument, dass sie als seine Anwältin sich verpflichtet fühle, ihm jedes Angebot vorzutragen, das die Polizei oder die Staatsanwaltschaft machten, und aus diesem Grund werde sie mit ihm über dieses Thema sprechen – wobei es nichts bringen werde, da er über diese anderen Verschwindensfälle absolut nichts wisse.

»Und Sie wissen, dass er geisteskrank ist«, fügte sie hinzu, »er kann also so ziemlich alles sagen. Das kann ich weder vorhersehen noch kontrollieren.«

Jim Johannsen traf sich mit den Familien der Opfer, um ihnen die Diskussion zu erläutern, die zwischen den Beteiligten stattgefunden hatte. Er suchte die »Erlaubnis« der Angehörigen, diese Sache noch energischer voranzutreiben. Behutsam fragte er nach, ob sie ihm gestatten würden, als Gegenleistung für Informationen über den Verbleib der Leichen auf die Forderung nach der Todesstrafe zu verzichten.

Ich hatte schreckliches Mitleid mit diesen Leuten. Das Risiko, das sie eingingen, eins, mit dem sie viele Jahre würden leben müssen, bestand darin, dass sie vielleicht nie erfahren würden, was mit ihren Söhnen passiert war, wenn sie darauf bestanden, dass gegen Wilbur Durand weiter unter Androhung der Todesstrafe verhandelt wurde.

Ich weiß nicht, ob Rache je so süß sein kann, dass ich bereit wäre, den Rest meines Lebens mit einer solchen Ungewissheit zu verbringen. Das Geheimnis, was mit diesen kleinen Jungen passiert war, würde mit Durand sterben, sollte er sterben müssen. Es würde keinen Abschluss geben für diese dreizehn Familien, die jeden Abend ins Bett gingen und sich das Schlimmste vorstellten oder auf das Bestmögliche hofften – dass nämlich ihr Kind durch ein Wunder noch am Leben sein könnte und durch die kalte Dunkelheit kroch in dem verzweifelten Versuch, nach Hause zu gelangen, wie ein verirrtes Hündchen. Es war bemitleidenswert, entsetzlich, das Schlimmste, was einer Familie passieren konnte. Einige der Familien schienen sich zu schämen, mir gegenüberzutreten, sie schämten sich dafür, Milde gegen Sicherheit eintauschen zu wollen. Ich verstand, was sie wollten: Abschluss und Ende. Mein Wissen über das, was mit Jeff passiert war, war eins der bizarrsten Geschenke des Lebens an mich. Meine Fantasie konnte sich nichts weiter ausmalen. Die ihre konnte es und würde es wahrscheinlich auch tun.

Ich stand zu dem Versprechen, das ich der befreundeten Journalistin gegeben hatte, und sprach mit keinem anderen Reporter. Es war schwierig, weil sie mich verfolgten. Aber keine der Familien stand unter einer ähnlichen Verpflichtung – sie konnten frei sprechen. Einige taten es auch. Wirklich entsetzt war ich über eine Familie, die ihre Geschichte für eine Menge Geld an ein Revolverblatt verkaufte. Aus diesem Grauen Geld herauszuschlagen widerte mich einfach an. Es war unentschuldbar.

Oft während der Diskussionen mit Johannsen wollte ich mich zu Wort melden. *Sie verstehen nicht,* wollte ich den anderen Familien sagen, *wir wissen Bescheid über dieses Monster, und Sie wollen mit ihm schachern? Dieser Kerl will alle Aufmerksamkeit, die er krie-*

gen kann; schon jetzt bekommt er Liebesbriefe und Heiratsanträge von so ziemlich jedem perversen Flittchen da draußen. Jedes Revolverblatt der Welt klopft an seine Zellentür und bettelt um eine Story. Sie schüren dieses Feuer.

Aber ich konnte es nicht. Die Vorschriften verboten es mir, Details zu enthüllen; ich hätte den ganzen Fall gefährden können, wenn nur ein kleiner Teil davon an die Öffentlichkeit gedrungen wäre. Und angesichts der Tatsache, dass gewisse Leute ihre persönlichen Geschichten verkauften, konnte ich nicht riskieren, dass sie Geheimnisse der Ermittlung verschacherten.

Johannsens Entscheidung, die Todesstrafe zu fordern, wurde bei einer sorgfältig inszenierten Pressekonferenz verkündet. Sheila Carmichael hatte nur wenig zu sagen, sie schaffte es aber, die Worte des Staatsanwalts zum Vorteil ihres Mandanten zu verdrehen. »Wir sind bereit, Wilbur Durand mit allen Mitteln, die das Gesetz erlaubt, gegen jeden wie auch immer gearteten Vorwurf zu verteidigen«, sagte sie in einem Interview nach der Bekanntgabe. Sie gab sich die größte Mühe, die Jury mit den eigenartigsten Menschen zu besetzen, die auf der Liste der potenziellen Geschworenen standen. Sie nutzte all ihre Einspruchsmöglichkeiten, um Großmütter, Lehrer, Eltern und alle anderen abzulehnen, die in irgendeiner offensichtlichen Beziehung zu Kindern standen. Aber die ideale Jury für Wilbur Durand, eine rückgratlose Gruppe aus kinderlosen Männern mit zweifelhafter Geschlechtsidentität, einem tief verwurzelten Anspruchsdenken und flexiblen Moralvorstellungen, konnte auch vom eifrigsten Juryberater nicht aus dem Hut gezaubert werden.

Die schließlich gewählten zwölf Stammjuroren und sechs Ersatzleute »sahen nicht gerade nach Freispruch aus«, wie Sheila Carmichael angeblich bemerkt haben sollte. Sie schaffte es allerdings, zwei Leute zu platzieren, die persönliche Einwände gegen die Todesstrafe hatten. »Ich wusste, dass das würde reichen müssen«, sagte sie in einem Interview nach dem Auswahlverfahren. »Es ist allerdings schon komisch, wie sich so etwas entwickelt. Die eigenen Strategien funktionieren nicht immer so, wie man sich das vorstellt.«

In seiner Eröffnungsansprache an die Geschworenen legte der vorsitzende Richter besonderes Gewicht darauf, ihnen zu sagen, dass sie verurteilen oder freisprechen sollten (von Unschuld sagte er nie etwas) ausschließlich aufgrund der vorgelegten Fakten, und dass die Möglichkeit einer extremen Strafe ihren Entscheidungsfindungsprozess in keiner Weise beeinflussen dürfe. Er wies sie ausdrücklich darauf hin, dass in der Strafbeimessungsphase des Prozesses zusätzliches Beweismaterial gesucht und betrachtet werden würde, sollten sie den Spruch schuldig fällen, und dass es durchaus nicht vorherbestimmt sei, dass ein Angeklagter, gegen den die Todesstrafe gefordert werde, nach einem Schuldspruch auch zum Tode verurteilt werde. Zusätzlich wies er sie an, ihre religiösen oder politischen Meinungen zu der Todesstrafe nicht in ihren Entscheidungsfindungsprozess bezüglich des Schuldspruchs einfließen zu lassen, eine Warnung, die immer ausgesprochen und selten befolgt wird.

Ich weinte vor Erleichterung wie ein kleines Kind, als er für schuldig befunden und zum Tod verurteilt wurde.

37

Jean de Malestroit übergab mich in die Obhut einer Wache mit der Erklärung, dass ich mich nicht wohl fühle und mich auf keinen Fall von der Stelle rühren dürfe, bis er zurückkehre. Und dann verschwand er in Milord Gilles' Gemächern, als lauerte nichts Böses darin. Als er einige Minuten später wieder erschien, war sein Gesicht ernst und düster.

»Er hat mir gesagt, was vorgefallen ist«, sagte mein Bischof. »Dass er Euch den Mord an Michel gestanden hat.«

Ich packte seinen Arm und klammerte mich verzweifelt an ihn. »Er hat mich damit verhöhnt, mit jeder grausigen Einzelheit. Und ich hörte ihm zu, es war, als könnte ich gar nicht anders. Solche Gotteslästerungen und Ungeheuerlichkeiten, wie ich sie nie zuvor gehört...«

Jean de Malestroit bekreuzigte sich und legte mir die Hand auf die Stirn. »Lieber Vater im Himmel«, betete er laut, »nimm diese Frau in Deine besondere Obhut und gewähre ihr Trost in dieser Stunde tiefster Dunkelheit.«

Er führte mich den Gang entlang zur Treppe. »Ich ging zu Eurem *chambre,* um Euch aufzusuchen. Aber Jean sagte mir, Ihr seid fortgegangen und er befürchte, Ihr wolltet Gilles de Rais besuchen. Ich war überrascht, aber er sagte mir auch, dass Ihr schon einmal dort gewesen wärt. Guillemette – ist das wahr?«

Ich bestätigte es mit einem knappen Nicken.

»Aber… warum?«

»Weil ich Fragen hatte, die nur er beantworten konnte. Aber es wäre mir lieber gewesen, wenn Jean Euch nichts gesagt hätte. Es hätte Euch nicht geschadet, wenn Ihr von diesen Besuchen nichts gewusst hättet.«

Sein Gesicht nahm nun den vertrauten Ausdruck der Missbilligung an, in dem ich auf wunderliche Art Trost fand. »Wir wollen jetzt nicht davon sprechen, Schwester; es wird später noch genügend Zeit geben, diese Dinge zu bereden. Im Augenblick bin ich nur froh, dass er es getan hat. Gott allein weiß, was Ihr einige Augenblicke später getan hättet. Dass eine Frau Eures Standes sich so verhält…«

»Zum Teufel mit meinem Stand. Warum muss ich mich immer nach den Gesetzen meines Standes verhalten?«

»Weil dies die Gesetze sind, nach denen wir alle leben, und es ist nur recht und billig, dass wir es tun, denn so wehren wir das dunkle Chaos ab, das aus der Gesetzlosigkeit entsteht.« Er hielt kurz inne und sagte dann: »Ich darf wohl behaupten, dass wir gesehen haben, was geschieht, wenn jemand versucht, außerhalb des Gesetzes zu leben – in Milords Fall, sich über das Gesetz zu erheben. Aber ich glaube, dass jeder mitfühlende Richter Euch angesichts dieser Umstände vom Vorwurf des Mordes freisprechen würde.«

»Wie es bei der Frau geschah, die ihren Mann tötete, weil er sie beinahe zu Tode prügelte?«

»Das war eine ganze andere Sache. Was Ihr durchgemacht habt, ist noch viel schlimmer.«

»Dabei kennt Ihr nicht einmal die Hälfte von dem, was ich durchgemacht habe.«

»*Au contraire«,* sagte er. Eine große Zärtlichkeit lag in seiner Stimme. »Ich weiß alles.«

»Das könnt Ihr nicht. Außer, Jean hat es Euch gesagt.«

»Ich brauche weder Jean noch sonst jemanden, um zu wissen, welchen Verdacht Ihr hegtet. Ich weiß, dass Ihr Milord seit Monaten verdächtigt, Euren Sohn ermordet zu haben. Und jetzt wisst Ihr ohne jeden Zweifel, dass er es getan hat.«

»Warum habt Ihr nicht schon früher darüber gesprochen?«

»Weil ich mir, wie Ihr selbst, bisher in meinem Herzen nicht sicher war, dass er es wirklich getan hatte, und weil er so viele andere Morde begangen hatte, dass der an Michel nicht mehr nötig war, um ihn zu verurteilen. Eine Zeit lang glaubte ich, dass es gar nicht anders gewesen sein konnte. Ich wollte Euch dies ersparen, sofern es in meiner Macht lag.«

Ich hatte dies auch selbst gewollt, verzweifelt und so sehr, dass mein eigenes Bewusstsein sich einfach weigerte, es zu glauben. Irgendwann im Verlauf der Enthüllungen war die überwältigende Wahrheit über mich gekommen wie Regen im Winter – kalt bis ins Mark. Solange ich konnte, hatte ich mich in einen Umhang aus Wachstuch gewickelt, damit die entsetzlichen Tropfen abperlen würden. Und das taten sie auch – nach Gilles' Schwur, dass er so etwas nie übers Herz bringen würde, gelang es mir, dies alles beiseite zu schieben. Warum hatte ich ihm geglaubt? Aus demselben Grund, warum er getötet hatte – er hatte töten wollen, und es konnte getan werden. Ich hatte glauben wollen, und ich fand diesen Glauben in mir.

Stumm stiegen wir die Treppe hinab. Als wir im Hof standen, sagte ich: »Habt Dank, dass Ihr mich beschützen wolltet, aber da ich jetzt die Wahrheit kenne, bin ich in gewisser Weise auch von einer Last befreit. Ich habe die Unsicherheit, was wirklich mit Michel passiert ist, so viele Jahre mit mir herumgetragen, dass ich sie jetzt, da sie mich nicht länger bedrückt, vielleicht sogar vermissen werde. Ich werde Leere in mir spüren, wo einst Hoffnung war.«

»Ihr werdet Dinge finden, um diese Leere zu füllen«, sagte er. Mit großer Zärtlichkeit schob er mir eine Haarsträhne, die sich gelöst hatte, unter die weiße Haube zurück, die meinen Schleier hielt.

»Wir werden Euch hier sehr beschäftigt halten, darauf könnt Ihr Euch verlassen.«

Anscheinend hatte Jean sich so weit erholt, dass er zu seinen Gefährten zurückkehren konnte, denn als ich meine Kammer erreichte, war er nicht mehr da.

»Wie spät es wohl sein mag?«, fragte ich mich und ließ mich auf mein Lager sinken. »So erschöpft wie jetzt war ich in meinem ganzen Leben noch nicht. Vielleicht sollte ich einfach sehr lange schlafen. Aber bevor ich es tue, flehe ich Euch an, bitte sagt mir, was Milord zu Euch sagte, als Ihr bei ihm wart.«

»Jetzt ist nicht die Zeit, um so etwas zu besprechen.«

»Bitte, Eminenz, es gibt keinen besseren Zeitpunkt als jetzt.«

Mit einer Hand griff er zur Tür, schob sie zu und setzte sich dann vorsichtig auf meinen kleinen Stuhl. Kurz musterte er das blaue Kleid, sagte aber nichts. »Ich habe mit ihm eine Absprache getroffen. Milord wird morgen ein noch tiefer gehendes Geständnis ablegen. Er wird gestehen, mit seinen Verbrechen schon in früher Jugend begonnen zu haben und nicht erst in dem Jahr, als sein *Grandpère* starb.«

Gilles de Rais hatte das Recht, morgen alles zu sagen, was er wollte, es war ihm bereits gewährt worden und konnte nicht widerrufen werden. Dies wäre seine letzte Gelegenheit, vor den Vertretern Gottes seine Taten zu rechtfertigen.

»Er wird also nicht über den Mord an Michel sprechen.«

»Nein. Aber ich kann es von ihm verlangen, wenn Ihr es wünscht.«

»Nein«, sagte ich leise. »Es wäre zu schmerzhaft, das alles noch einmal zu hören. Aber Ihr wart eine ganze Weile bei ihm; Ihr habt doch sicherlich über mehr gesprochen.«

»Es wurden noch andere Vereinbarungen getroffen, aber die sind im Augenblick ohne Bedeutung, und Ihr braucht Euch deswegen nicht den Kopf zu zerbrechen.« Er stand ziemlich unvermittelt auf. »Ich überlasse Euch jetzt Euren Träumen. Gute Nacht.«

»Gute Nacht, mein Bischof.«

Nun war ich allein mit der bitteren Wahrheit.

Ich zog alles aus, was ich trug, bevor ich zu Bett ging – meine Robe, das Untergewand und die goldene Kette, die ich um den Hals trug. Ich wollte so ungeschmückt und rein sein wie am Tage meiner Geburt. Indem ich das tat, hoffte ich, mich unberührt fühlen zu können von den Kümmernissen meines Lebens. Aber es sollte nicht sein. Mein Geist ließ es nicht zu.

Meine Träume waren unbeschreiblich düster. Mehrmals wachte ich schweißgebadet auf, geweckt von grausigen Bildern meines kopflosen Sohnes. Manchmal rief er mir zu und verfolgte mich, und ich versuchte zu fliehen, und im nächsten Traum war ich es, die hinter ihm herlief. Manchmal waren seine vom Blut feucht glänzenden Eingeweide zu sehen, und dann stolperte er über sie und verlor den Halt und stürzte den Uferdamm des Baches unterhalb des Eichenhains hinunter, um dort zu liegen und sich vor Schmerzen zu winden. In einem Traum hielt ich seinen Kopf in meinen Händen, aber sein Körper war nicht da. Wir standen vor einem Grabstein, dem von Etienne möglicherweise, und seine leblosen Augen weinten. Die meinen ebenfalls. Ich erwachte mit nassem Gesicht und verkrusteten Augen.

Wieder gestand Milord alles, aber in dieser Aussage berichtigte er die Fehler des Geständnisses, das er in seinen Gemächern abgelegt hatte. Meinen Sohn Michel erwähnte er namentlich nicht, auf andere aber ging er in allen Einzelheiten ein – vor allem auf diesen Knaben aus Vannes, dessen kopfloser Körper sich gegen seine Beseitigung gewehrt hatte und schließlich von Poitou in die Latrine gestoßen worden war.

Wie versprochen, ging er auch genauer auf die Zeit ein, als er seine Schreckensherrschaft begann. Aber offenbar konnte er nicht widerstehen, einem anderen die Schuld zu geben für die Abwege, die er eingeschlagen hatte.

»... seit Beginn meiner Jugend, und dass ich gegen Gott und seine Gebote gesündigt und unseren Retter beleidigt habe wegen der schlechten Behandlung, die ich in meiner Kindheit erhielt, als ich ungezügelt allem frönte, wonach mir der Sinn stand, und ich mir Befriedigung verschaffte mit jeder verbotenen Tat.

... dass ich mich gegen die Natur versündigte auf Arten, die in der Anklageschrift nicht erschöpfend dargestellt sind, und mögen sie in der Muttersprache veröffentlicht werden für alle Männer, von denen der größte Teil des Lateinischen nicht mächtig ist, damit sie dies alles lesen und sich zu Herzen nehmen. Mögen diese Aufzeichnungen bekannt gemacht werden zu meiner Schande, denn durch diese Bloßstellung werde ich Gottes Verzeihung und Freisprechung um-so leichter erreichen. Es lag an meiner empfindsamen Natur als Kind…«

Frère Jean saß rechts von mir, *Frère* Demien de Lisle links. Gemeinsam gelang es ihnen, mich zurückzuhalten, als ich erzürnt aufspringen wollte.

Meine Stimme war leise, doch meine Worte nachdrücklich. »Er war *nie* empfindsam.«

»…dass ich mich diesen Vergnügungen hingab und ganz nach meinem Belieben alles Böse tat, was ich tun konnte. Bitte, all Ihr Väter und Mütter und Nachbarn von allen jungen Knaben, ich ermahne Euch, sie aufzuziehen in guten Sitten und guten Lehren, sie in all diesen Dingen zu unterweisen und sie zu tadeln, sollten sie in dieselben Fallen gehen, in die ich gegangen bin. Wegen dieser Leidenschaften und um mein fleischliches Begehren mit Wonne zu befriedigen, habe ich viele Kinder verschleppt und andere dazu gebracht, sie zu verschleppen, so viele, dass ich ihre genaue Zahl nicht nennen kann. Ich ließ sie alle töten, aber nicht bevor ich widernatürliche Unzucht mit ihnen getrieben hatte. Später umarmte ich diese toten Kinder und bewunderte ihre Köpfe und Gliedmaßen, damit ich darüber nachsinnen konnte, welcher von ihnen der Schönste war. Ich bewahrte ihre Köpfe auf, bis die Zeit kam, als ich gezwungen war, einen Großteil davon aufzugeben…«

Er ermahnte die Eltern, ihre Kinder vor dem Abgrund zu bewahren, in den er gestürzt war, indem sie ihnen beibrachten, ihn zu meiden.

»Jenen unter Euch Anwesenden, die Ihr Kinder habt, lege ich ans Herz, sie mit guten Lehren zu erziehen und ihnen schon in jüngsten Jahren Tugend einzuflößen… Wacht über Eure Kinder, und lasst sie nicht zu feine Kleider tragen oder dem Müßiggang frönen. Haltet sie davon ab, einen Geschmack für Leckerbissen oder Hippokras zu entwickeln, denn diese Begierden erzeugten in mir einen ständigen Zustand der Erregung, in dem ich die meisten meiner Verbrechen beging.«

Und schließlich bat er all jene um Vergebung, denen er Böses zugefügt hatte.

»Ich flehe die Eltern und Freunde der Kinder, die ich so grausam hingeschlachtet habe, um die Gnade der Vergebung an und um ihre Hilfe, indem sie für meinen Seelenfrieden beten.«

Und als er geendet hatte, herrschte absolutes Schweigen, bis Chapeillon sich aus seinem Sessel erhob. »Lasst uns nun den Tag für die Urteilsverkündung festsetzen.«

»Ja«, sagte Jean de Malestroit. In seiner Stimme schwang derselbe Wunsch nach einem Abschluss dieser ganzen Geschichte mit, den auch ich verspürte. »Wir werden zu diesem Behufe am Morgen wieder zusammentreten.« Er schwang seinen Hammer und erhob sich dann. Die Sitzung war zu Ende.

Das war das letzte von Milords Geständnissen.

»Ich hätte nicht gedacht, dass mich diese neuerlichen Eingeständnisse noch mehr treffen könnten«, sagte ich zu Jean. »Aber jede Wiederholung treibt es mir tiefer ins Herz.«

»Im Augenblick sind, angesichts dessen, was ans Tageslicht kam, unsere Herzen sehr verwundbar. Dass er meinen Bruder umbrachte, ist die schlimmste Wunde, die er mir zufügen konnte.«

»Ich glaube, dass vielleicht die erste Wunde, die er dir zufügte, ähnlich schwer war«, sagte ich. »Dergestalt verfolgt und bedroht zu werden und gezwungen zu werden, zu berühren … sich … hinzugeben …«

Ich weinte innerlich; denn ich hatte keine Tränen mehr, die nach außen treten konnten. Ich brachte die nächsten Sätze kaum heraus, es war nur das dünnste Flüstern: »Seine Leibesöffnung widernatürlich hinzugeben. Mein lieber Jean, was gäbe ich nicht alles, um die Zeit zurückdrehen zu können. Wir hätten diesen bösen Ort verlassen und irgendwo anders hingehen können.«

»Um was zu tun, *Mère?* Land zu bestellen? Vater war weder Bauer noch Hirte. Er war ein Soldat, und Soldaten ohne Anstellung werden Räuber, damit sie ihre Familien ernähren können. Das hätte ich nie zulassen können. All unsere Hoffnungen und Träume, meine Ausbildung, Michels eigene Hoffnung auf eine Soldatenlaufbahn, all das wäre dahin gewesen.«

Er hatte natürlich Recht. Er hatte jeden geschützt, den er liebte, und alles, was ihm teuer war. Aber es hätte nicht sein dürfen, dass er es tun musste. Dass er ein so ehrbares Leben führte, wie er es tat, war nach dem, was ihm angetan wurde, ein Wunder.

»Komm«, sagte ich. Ich erhob mich von der harten Steinbank im Hof, auf die wir uns gesetzt hatten. Der Oktoberwind hatte aufgefrischt, und alles an mir war kalt – die Finger, die Zehen, die Nase. »Wir wollen unsere Sorgen hinter uns lassen und Freude suchen.«

Zu diesem Zwecke machten wir uns auf die Suche nach *Frère* Demien. Der gärtnernde Priester hatte uns sofort nach dem Ende der Gerichtssitzung verlassen, um das Sortieren der Äpfel zu überwachen. Die vollkommensten würden im Kühlkeller gelagert werden, damit man sich im Winter an ihnen laben konnte. Solche, die das Pech hatten, Druckstellen aufzuweisen, würden in die Presse geschickt werden, wo man ihnen den Saft entzog, der dann in Eichenfässern reifte, bis er vergoren war. Ach, hätte ich nur ein Glas oder zwei dieser Köstlichkeit, um die Erinnerung an die Ereignisse dieses Tages zu lindern.

Das Erntehaus roch wunderbar, als wir eintraten, die Luft war viel wärmer als die draußen, die schon die Kälte des Spätherbstes und das Versprechen eines kalten Winters mit sich brachte. Überall standen Fässer und Tröge mit Äpfeln. *Frère* Demien hatte einige besonders schöne und auffallend rote Früchte ausgewählt und sie beiseite gelegt. Ich nahm einen Apfel zur Hand und bewunderte ihn.

»Für den morgendlichen Teller Seiner Eminenz?«, fragte ich.

»Und für Herzog Jeans Keller«, erwiderte er.

Ich ließ den Blick durchs Erntehaus schweifen. »Es geht recht gut voran«, sagt er, »obwohl wir dieses Jahr einige Ablenkungen hatten.« Er nahm beiläufig einen Apfel aus einem Fass und legte ihn in ein anderes. »Ich habe der Ernte nicht so viel Aufmerksamkeit gewidmet, wie ich es hätte tun sollen. Natürlich machen die Brüder und Schwestern auch ohne mich weiter, und zwar auf sehr löbliche Art, aber meine Augen hätten die Arbeit noch erfolgreicher gemacht.«

Mit anderen Worten, wäre er da gewesen, um sie zu überwachen, müsste er jetzt nicht Äpfel aus einem Fass in ein anderes legen.

»Es war eine ungewöhnliche Ernte«, sagte ich. »Ein ungewöhnliches Jahr.«

»Und mögen wir kein solches Jahr mehr erleben«, fügte *Frère* Demien hinzu. »Aber ich darf wohl sagen, dass es noch denkwürdiger werden wird, und zwar schon bald.«

»Wie das?«, fragte ich.

»Ich habe gehört, dass Milord Gilles noch einmal mit Seiner Eminenz und l'Hôpital reden will. Er möchte verhandeln.«

»Was kann denn jetzt noch verhandelt werden?«

»Sein Tod.«

»Aber natürlich wird er hingerichtet werden. Eine reine Kerkerstrafe käme Seiner Eminenz nie in den Sinn.«

»Selbstverständlich«, sagte *Frère* Demien. »Das steht außer Frage. Aber soweit ich erfahren habe, möchte er die Art seines Todes weniger qualvoll machen.«

Zorn erfüllte meine Seele; ich hoffte, dass man es nicht sah. Doch offensichtlich war es zu sehen, denn die beiden jungen Priester, mein Sohn und *Frère* Demien, schauten mich erstaunt an.

Eilig zog ich mir wieder die Kapuze über den Schleier und wandte mich ohne ein weiteres Wort zur Tür. Dann war ich draußen und rannte aufs Schloss zu, bevor Jean auch nur ein Wort herausbrachte. Natürlich holte mein Sohn mit seinen jüngeren Beinen mich ein. Aber ich gestattete ihm nicht, mich zu Jean de Malestroit zu begleiten. Er legte daraufhin ein für einen Priester höchst unschickliches Verhalten an den Tag, er fluchte unvermittelt und gebärdete sich höchst unheilig, alles Handlungen eines wütenden Sohnes, der seine Mutter zu beeinflussen sucht. Aber ich gab seinen beharrlichen Überredungsversuchen nicht nach.

Eminenz hatte das Abendessen vor sich stehen. Überall auf dem Tisch lagen Pergamente verstreut, das Essen schien unberührt. Die sorgenvolle Miene schmolz von seinem Gesicht, als ich eintrat, und seine Herzlichkeit war aufrichtig.

»Ich dachte, Ihr würdet mit Eurem Sohn speisen, sonst hätte ich Euch zu mir eingeladen.«

»Ich habe heute keinen Appetit.« Ich deutete auf sein unberührtes Tablett. »Ihr auch nicht, wie mir scheint.«

»Beim Anblick von Essen dreht sich mir der Magen um.«

»Das ist verständlich angesichts dessen, was ich eben erfahren habe. Stimmt es, dass er um Milde schachern will?«

»Ja.«

»Und werdet Ihr sie ihm gewähren?«

»Nur wenn mich die Umstände dazu zwingen, was ich mir nicht vorstellen kann. Wenn sich zwischen jetzt und morgen nicht etwas Außerordentliches ereignet, werde ich ihn dazu verurteilen, auf dem Scheiterhaufen zu brennen, bis er nur noch Asche ist. Und dann werde ich dafür sorgen, dass seine Asche in alle Winde verstreut wird.«

Es war ein schreckliches, unvorstellbares Schicksal für jemanden, der an ein Leben nach dem Tode glaubte, zu wissen, dass seine fleischlichen Überreste verweht würden wie unwürdiger Staub. Doch das war nur angemessen.

»Ich bin nicht die Einzige, deren Seelenruhe auf ewig gestört wäre, würde man ihm Gnade erweisen. Er hatte keine Gnade für meinen Sohn und auch für die Legionen anderer verlorener Söhne nicht.«

»Und Ihr seid nicht der einzige Mensch mit solchen Gefühlen«, erwiderte er leise. »Aber ich bin gezwungen, mir seine Bitte anzuhören, sowohl als Richter wie als Mann Gottes.«

»Wann geht Ihr zu ihm?«

»Das Urteil und die Strafe werden morgen verkündet. Es muss also heute Nacht noch sein.«

»Ich möchte Euch denselben Rat geben, den Ihr mir wohl geben würdet, müsste ich hinaufsteigen in diesen Hort des Teufels.«

»Und der wäre…«

»Seht Euch vor, dass er Euch nicht hinters Licht führt. Der Teufel ist ein Lügner und nimmt vielerlei Gestalt an, von denen eine dort oben lauert.«

Ich kehrte zu meinem Sohn zurück, und wir taten so, als würden wir essen. Wir schoben das Essen auf dem Teller hin und her; unsere Fingerspitzen wurden fettig, doch unsere Messer blieben so gut wie unbenutzt. Schließlich kam die junge Schwester, die uns die Mahlzeit gebracht hatte, und trug fast alles wieder fort.

Gemeinsam besuchten wir die Abendandacht, und als es an der

Zeit war, dass jeder von uns nach eigenem Wunsch und Begehr betete, bat ich um eine schnelle und sichere Bestrafung des Gilles de Rais. »Morgen wird das Urteil verkündet«, sagte ich, als ich mich von den Knien erhob. »Wir werden dabei sein, im Andenken an deinen Bruder und meinen Sohn und an all diese Kinder, die uns genommen wurden.«

»Amen«, sagte Jean.

Vor der Kapelle gingen wir unserer getrennten Wege, er zu seinen Gefährten, ich ins Kloster. Auf dem Hof kam mir eine junge Schwester mit der Nachricht entgegen, dass Seine Eminenz mich zu sprechen wünsche.

Ohne einen Augenblick des Zögerns eilte ich zu seinen Gemächern.

Er bot mir einen Sessel an, und ich setzte mich, doch die Frage sprang mir sofort von der Zunge. »Was hat Eure Begegnung ergeben?«

»Er wird in geheiligter Erde begraben werden«, sagte er leise. »Wir werden ihn zuerst hängen und dann verbrennen, doch sein Leichnam wird aus den Flammen geholt, bevor er ganz zerstört ist.« Er sah mir in die Augen und wartete auf meine Erwiderung.

Ich ließ mir Zeit, bevor ich etwas sagte. »Eine symbolische Opferung.« Ich war bitter unglücklich, fand jedoch keine Worte, um es angemessen auszudrücken. »Was ist mit den anderen?«

»Er hat darum gebeten, dass man ihnen gestatte, nach ihm zu sterben, damit sie Zeugen seiner Hinrichtung sein können und so mit Sicherheit wissen, dass er der Strafe nicht entgangen ist; er meint, sie verdienen diese Behandlung, da er die Ursache ihrer Verirrung war, standen sie doch in seinen Diensten. Auch glaubt er, dass ohne seinen Einfluss weder Poitou noch Henriet ein solch verachtenswertes Leben geführt hätten, wie sie es als seine Gefolgsleute taten. Ich gestand ihm zu, dass dies so geschehen solle.«

Diese Milde für die Diener schien mir angebracht. »Und er wird also sterben, wie Ihr es beschrieben habt?«

»Das wird er.«

Ich versuchte erst gar nicht, meine bittere Enttäuschung zu verbergen. »Ihr habt einen Handel mit dem Teufel geschlossen, Eminenz.« Entrüstet und wütend stand ich auf und sah ihm direkt ins

Gesicht. »Was hat er Euch angeboten? Den Schlüssel zu einer Truhe voller Gold für Herzog Jean? Eine Formel für die Verwandlung von Metallen, die wirklich erfolgreich ist? Den Abendmahlskelch Christi?«

»Guillemette, ich kann nicht sagen …«

»Ich hätte mehr von Euch erwartet.« Ohne ein weiteres Wort drehte ich mich um und verließ das Zimmer, die Augen voller Tränen über einen weiteren Verrat.

Die ganze Nacht warf ich mich stöhnend in meinem Bett herum. Unaufhörlich drehte ich mich von einer Seite auf die andere und durchtränkte meine Laken mit Schweiß. Am nächsten Morgen trat das Gericht zu dem einzigen Zweck zusammen, die Schuld von Etienne Corrilaut, auch Poitou genannt, und Henriet Griart, beide Diener des Barons Gilles de Rais, zu verkünden. Sie wurden zum Tode durch Verbrennen verurteilt. Beide starrten blicklos ins Leere, keiner sagte auch nur ein Wort zu seiner Verteidigung. Dann wurden sie zurückgebracht in das dunkle, dreckige und kalte Verlies, in dem sie den kurzen Rest ihres vergeudeten Lebens verbringen würden, während ihr gerissener und schlauer Herr in Fellen vor einem Feuer schlief.

So ist die Gerechtigkeit Gottes, die überhaupt keine Gerechtigkeit ist, dachte ich bei mir.

38

Der Staatsanwalt Johannsen war so freundlich, mich anzurufen, bevor die Nachricht bekannt wurde.

»Sheila Carmichael will einen Antrag auf Wiedereröffnung von Jeffs Fall stellen, mit der Begründung, dass Sie als vermeintliches Opfer an der Ermittlung beteiligt waren«, sagte er mir.

»Was?« Ich war sprachlos. »Ich war kein Opfer. Jeff ist ein Freund meines Sohnes, nicht mein Sohn.«

»Sie behauptet, dass Sie, da Sie eine ›Vertraute‹ von ihm waren – sie definiert ›Freundin der Familie‹ als Vertraute – mit mehr

Energie gegen ihren Mandanten und Bruder Wilbur ermittelt haben, als Sie es sonst getan hätten. *Erhöht* war, glaube ich, das Wort, das sie in dem Antrag benutzte.«

»O Gott.«

»Anscheinend fand sie irgendeinen obskuren alten Fall, bei dem das Urteil tatsächlich aufgehoben wurde, weil ein Polizist, der diesen speziellen Fall bearbeitete, mit einigen Verrenkungen auch als Opfer betrachtet werden konnte. Die zitierte Stellungnahme beklagte exzessive Motivation von Seiten des Ermittlers.«

»Aber das ändert doch überhaupt nichts. Ich war schon lange bevor Jeff mit hineingezogen wurde mit allem, was ich hatte, an diesem Fall dran.«

»Das weiß ich. Aber bei solchen Schwerverbrechen sind die Gerichte in geradezu absurder Weise vorsichtig.«

»Besteht eine Chance, dass das Urteil aufgehoben wird?«

»Nicht alle Urteile.«

»Was soll dann das Ganze?«

»Das ist ein Verhandlungstrick.«

»Was kann sie denn für ihn noch herausschlagen?«

»Sein Leben.«

Darauf fiel mir nichts mehr ein.

»Ich vermute, dass der Richter die Sache für genauso verrückt halten wird wie wir«, sagte Johannsen. »Aber wer weiß.«

»Wann wird das bekannt gegeben?«

»Sie wird den Antrag erst in ein paar Tagen einreichen – sie meinte, sie lasse es mich nur aus Höflichkeit vorab wissen.«

»Scheint mir ziemlich unsinnig zu sein – man sollte doch meinen, es wäre besser, Sie zu überraschen, Sie unvorbereitet zu treffen.«

»Tante Sheila mag Konflikte, glaube ich. Und sie hat gern das Gefühl, im Mittelpunkt zu stehen.«

Ich hatte Pete Moskal versprochen, dass ich ihn über alle Entwicklungen bezüglich Durand auf dem Laufenden halten würde. Der Commonwealth von Massachusetts hatte, in Anbetracht des Todesurteils gegen den Angeklagten, keine Auslieferung beantragt. Ich lag die ganze Nacht wach und dachte darüber nach, was Johannsen mir mitgeteilt hatte – was für eine Farce wäre es doch, wenn Durand davonkäme. Ich würde es als persönliche Tragödie betrachten, wenn er nicht gegrillt würde.

Als das erste dünne Licht durch die Jalousien sickerte, hatte ich beschlossen, mit dem Anruf bei Moskal noch zu warten; ich wollte erst einmal sehen, wie sich die Dinge entwickelten.

An diesem Tag ging ich ins Revier, was ich schon eine ganze Weile nicht getan hatte. Die Abteilung hatte mich bis auf weiteres auf verminderte Dienstbereitschaft gesetzt, aber Fred hatte mir gesagt, dass es egal sei, ob ich auftauchte oder nicht – meinen Gehaltsscheck würde ich trotzdem bekommen. Es war beinahe schwieriger, wegzubleiben als hinzugehen, ich vermisste den Laden und die beständige Geschäftigkeit. Anscheinend vermisste der Laden mich auch, denn als ich durch die Tür trat, wurde ich von allen Seiten sehr herzlich begrüßt.

Nachdem ungefähr zwei Tonnen Nettigkeiten ausgetauscht waren, kehrten meine Kollegen in ihre eigene, mehr oder weniger heile Welt zurück. Alle bis auf Spence und Escobar.

»Wie geht's, Lany?«, fragte Escobar mit echter Besorgnis. »Du siehst ein wenig müde aus.«

Ich hatte mich heute Morgen im Spiegel gesehen. *Ein wenig müde* war ein Kompliment. »Nicht so gut, Ben. Ich habe gestern Abend einen Anruf von Johannsen erhalten.« Ich erzählte ihnen, was er gesagt hatte.

»Scheiße«, bemerkte Spence.

»Verdammt«, sagte Escobar.

»Ja, das wäre wirklich beschissen.«

Zu dritt saßen wir eine Weile in düsterem Schweigen da, bis ich zu Spence sagte: »Hör zu, ich glaube, ich würde Jesse Garamond gern einen kleinen Besuch abstatten. Was meinst du?«

Er starrte mich verständnislos an.

»Ich glaube, es ist Zeit, dass wir ihn da rausholen.«

»Lany, er ist ein böser Bursche. Lass es sein.«

»Ich will wenigstens mit ihm reden.«

Er schien unsicher, war aber schließlich bereit mitzukommen. »Okay, aber es gefällt mir nicht.«

Wir fuhren dieselbe Route zum Gefängnis. Als wir uns der Anschlagtafel näherten, auf der ich zum ersten Mal das triefende Plakat für *Sie essen dort kleine Kinder* gesehen hatte, schloss ich die Augen, bis ich sicher war, dass wir es hinter uns gelassen hatten. Es klebte inzwischen bestimmt ein anderes Plakat dort, aber meine Augen würden die Wirklichkeit missachten und stattdessen sehen, was sie damals gesehen hatten. Und das hätte ich nicht ertragen können.

Spence hatte seine Waffe dabei, aber meine steckte in Freds Schreibtischschublade, wohin er sie gelegt hatte, als er sie mir abnahm. »Bei verminderter Dienstbereitschaft brauchen Sie die nicht«, hatte er gesagt. Anfangs hatte ich sie vermisst, doch nach einer Weile lernte ich das wiederhergestellte Gleichgewicht schätzen. Ich ging aufrechter und fühlte mich leichter. Die eine Hüfte knickte nicht mehr ein. Meine Rückenschmerzen verschwanden, weil ich das Gewicht der Waffe nicht mehr ausgleichen musste. Sie würde in der Schublade bleiben, bis ich meinen regulären Dienst wieder aufnahm. So kamen wir viel schneller durch die Eingangskontrolle, was mich sehr freute. Sie achteten nicht auf die Latexhandschuhe, die ich in meine Handtasche gesteckt hatte, weil man damit niemanden umbringen kann, außer man stopft sie ihm in die Kehle.

Kurz vor der Zelle drehte ich mich zu Spence um. »Ich will alleine mit ihm reden.«

Er blieb unvermittelt stehen und starrte mich an. »Ich halte das nicht für eine gute Idee. Er ist kein besonders netter Kerl.«

»Das geht schon. Ich will nur ein paar Minuten mit ihm.«

»Warum, um Himmels willen?«

»Spence, *bitte.* Du musst mir den Gefallen tun. Und ich will nicht, dass du unser Gespräch mithörst, für den Fall, dass du je danach gefragt wirst.«

Er blieb stur.

»Bitte«, wiederholte ich.

Schließlich sagte er widerstrebend: »Okay.«

Ich schickte Pete Moskal zwei Artikel aus der *Los Angeles Times,* die ich beide mit Gummihandschuhen ausgeschnitten hatte. Sie waren im Abstand von etwa einem Monat erschienen. Den neutralen Umschlag, in den ich sie gesteckt hatte, befeuchtete ich mit einem Schwamm und benutzte eine selbstklebende Briefmarke. Ich schrieb auch keinen Absender auf den Umschlag.

Der erste lautete:

Der verurteilte Serienmörder Wilbur Durand wurde gestern am späten Abend tot in seiner Zelle im Los Angeles County Correctional Institution gefunden; er war offensichtlich einem Mord zum Opfer gefallen. Durand, früher ein bekannter Hollywood-Produzent und Special-Effects-Experte, saß seit letztem Jahr dort ein, nachdem man ihn des heimtückischen Mordes, der Entführung und der Vergewaltigung von Minderjährigen in den Fällen der Ermordung von Earl Jackson, 12, und der Entführung und Vergewaltigung von Jeffrey Samuels, 13, sowie in zahlreichen anderen Fällen für schuldig befunden hatte. Die Anwältin Sheila Carmichael, die außerdem seine Schwester ist, war eben dabei, einen Antrag auf Wiedereröffnung des Samuels-Falls zu stellen. Dabei berief sie sich auf einen obskuren Präzedenzfall, in dem es um die Beteiligung eines Opfers an der Ermittlung in einem Verbrechen ging. Samuels ist ein enger Freund des Sohnes der Polizeibeamtin Lorraine Dunbar, deren beharrliche Ermittlungen in einer Reihe von scheinbar unzusammenhängenden Fällen des Verschwindens kleiner Kinder letztendlich zur Verhaftung und Verurteilung Durands geführt hatten.

Nach Angaben einer ungenannten Gefängnisquelle wurde Durand mehrfach in den Bauch gestochen und dann ausgeweidet. Die Gefängnisverwaltung hat keinen Verdächtigen für dieses Verbrechen und gibt an, dass die Gefängnisinsassen in Bezug auf diesen Vorfall ungewöhnlich schweigsam seien. »Wenn so etwas passiert, gibt es normalerweise immer mindestens einen, der bereit ist, uns Informationen zu liefern«, sagte der stellvertretende Direktor. »Aber bis jetzt sagt keiner etwas über diesen Fall. Wir haben keine Hinweise, keine materiellen Indizien und im Augenblick auch keinen Verdächtigen.«

Das alles wusste Moskal. Aber der zweite Artikel war von der nationalen Presse vielleicht nicht aufgegriffen worden, und ich wollte, dass er die beiden zusammen las. Der zweite lautete:

Heute wurde auf Befehl des Appellationsgerichts Jesse Garamond aus dem Los Angeles County Correctional Institute entlassen. Er wurde vor drei Jahren wegen des Mordes an seinem Neffen verurteilt, welcher nachträglich jedoch als ein Opfer von Wilbur Durand, der vor kurzem in diesem Gefängnis starb, identifiziert wurde. Garamonds Verurteilung war insofern ungewöhnlich, als die Leiche seines Neffen nie gefunden wurde. Der Staatsanwalt James Johannsen gibt an, dass die Turnschuhe, die in Durands Studio gefunden wurden, von der Mutter des Kindes eindeutig als ihrem Sohn gehörend identifiziert wurden. Sie befanden sich in einer Kiste mit mehreren anderen Schuhpaaren, die Durand als Souvenirs seiner Opfer aufbewahrte. Ausgehend von diesem Beweisstück, beantragte Johannsen Garamonds Freilassung in Erwartung eines neuen Verfahrens, bei dem die Anklage aller Wahrscheinlichkeit nach fallen gelassen wird. Zur Zeit seiner Verurteilung wegen des Mordes an seinem Neffen war Garamond nur unter Bewährung frei, nachdem er eine siebenjährige Gefängnisstrafe wegen Belästigung eines Kindes verbüßt hatte, ein Fall, der mit Durands Taten nicht in Verbindung gebracht werden konnte.

So bekam Pete Moskal Wilbur Durand doch zurück. Er holte seinen Sarg am Logan Airport ab.

Als wir das letzte Mal an dieser Stelle am Santa Monica Pier gestanden hatten, hatten Errol Erkinnen und ich drei sehr glücklichen Jungs beim Herumtollen im Sand zugesehen und ihr ausgelassenes Lärmen gehört. Ich hatte ihm erzählt, wie gerne mein Sohn Evan hierher kam. Diesmal war nur das sanfte Rauschen der Brandung und die vereinzelten Schreie der Seemöwen zu hören, aber wenn ich meine Augen schloss und den Kopf leer machte, konnte ich mir vorstellen, wie Evan mit seinen zwei Schwestern auf dem Strand spielte.

Ich lächelte und ließ mein Gesicht von der Sonne liebkosen. Doc, der immer aufmerksame Beobachter, sah es.

»Es ist schön, Sie lächeln zu sehen«, sagte er. »Ein echter Fortschritt. Habe ich Ihnen nicht gesagt, dass dieser Tag kommen würde?«

»Ja, das haben Sie.«

»Und dass danach noch bessere Tage kommen.«

»Ich schätze, Sie hatten Recht.«

»He, deshalb haben sie mir ja die dicke Kohle bezahlt.«

Er hatte sich als Polizeipsychologe beurlauben lassen, um ein Buch zu schreiben. Der Vorschuss war so hoch gewesen, dass er ihn über ein ganzes Jahr brachte. Ich befürchte allerdings, dass es ein Abschied für immer war; er würde wohl nicht zurückkommen.

Ich nahm seine Hand und drückte sie. »Ich möchte Ihnen danken, für alles, was Sie getan haben, um mir durch diese schwere Zeit zu helfen.«

Er zwinkerte mir zu. »Hab doch nur meine Arbeit gemacht«, sagte er. »Oder das, was mal meine Arbeit war. Was für eine Welt – wer hätte gedacht, dass es so ausgehen würde.«

Das Geräusch der Brandung war beruhigend. »Wissen Sie, eigentlich habe ich gar nicht geglaubt, dass Jesse Garamond es tun würde. Er ist ein Mistkerl, aber er war nie ein Killer. Zumindest war er es vor dieser Sache nicht. Ich geb's zwar nicht gern zu, aber ich bin wirklich froh, dass er es getan hat.«

»Vielleicht war Garamond kein Killer, aber ich schätze, er war immer ein Überlebenskünstler. Ich halte es übrigens nicht für so schlimm, dass Sie Durand leiden lassen wollten.«

Er hatte wirklich gelitten. Es war mehr passiert, als in den Zeitungen gestanden hatte. Durand hatte das »Ding« durchlitten, das andere Gefangene mit Kindermördern anstellten. Garamond hatte diese Idee selbst zur Sprache gebracht; ich hatte nur von ihm verlangt, dass er, egal was er tat, zuerst versuchte, etwas über den Verbleib der Leichen herauszufinden. Er wäre zwar auf jeden Fall nach einer gewissen Zeit freigekommen, aber wir konnten das Verfahren doch beträchtlich beschleunigen. Und Jesse wollte Rache, denn es war Wilbur Durands Verbrechen gewesen, das ihn während seiner

Bewährungszeit wieder ins Gefängnis gebracht hatte. Diese Rache hatte er nun bekommen.

Doc kannte nicht alle Details, es gab zwischen uns die unausgesprochene Vereinbarung, dass ich ihm nur sagte, was ich mir von der Seele reden wollte. Ich glaube nicht, dass er wirklich in allen Einzelheiten wissen wollte, was passiert war.

»Man hat noch eine Leiche gefunden«, sagte ich. »Damit sind es bis jetzt neun.«

Letztendlich würden wir alle finden und sie ihren Familien zurückgeben, und das nur dank der Informationen, die Jesse Garamond aus ihm herausgeholt hatte, während er ihm das Messer ans Gemächt hielt.

Plötzlich tauchte am nördlichen Rand des Horizonts ein Kondor auf. Er stieß auf das Ende des Piers herab und landete auf einem Pfahl. Der Vogel schlug mit den Flügeln und stieg dann wieder in den sonnenhellen Himmel. Ich dachte an den Phönix, die mythologische Darstellung unserer Sehnsucht nach Vollkommenheit, die eine absolute Illusion ist. Unerreichbar sogar für Wilbur Durand.

39

Am Montag, dem 24. Oktober, wich mein braver Sohn die ganze Zeit nicht von meiner Seite. Seine Gegenwart und sein Trost waren die süßesten Wohltaten, die ich mir vorstellen konnte, und ich brauchte sie auch sehr, denn der Morgen würde den Abschluss des Verfahrens gegen Gilles de Rais bringen, Ritter, Baron, Marschall von Frankreich, einst Vertrauter von Königen und Herzögen und Bischöfen, jetzt aber wahrheitsgemäßer als widernatürlicher Unhold, Mörder, Ausweider und Köpfer von Kindern bekannt.

Obwohl sein Tod von vielen begrüßt, ja herbeigesehnt wurde – nicht zuletzt auch von mir –, spürte ich doch das Vergehen jeder Minute, die ihm noch blieb, als wäre es mein Leben, das nun zu Ende ging. Mit jedem Atemzug kam der Gedanke, dass die begrenzte Zuteilung von Atemzügen wieder um einen verringert war. Eine unbeschreibliche, kalte Angst packte meine Eingeweide und lähmte mich so, dass ich mich kaum rühren konnte. Eigentlich hätte ich froh sein müssen, dass Milord nun sterben sollte für die Verbrechen, die er gegen Gott, gegen die Natur und vor allem gegen unschuldige Kinder begangen hatte, die doch immer nur auf die Güte der ihnen Übergeordneten vertrauen wollten.

In diesen letzten Stunden seines Lebens habe ich begriffen, dass mein Schmerz vorwiegend daher rührt, dass ich mir selbst die Schuld für seine Fehler gebe. Dieser Kummer wohnte in meinem Herzen seit Beginn dieses Martyriums – ja während Milords gesamtem Niedergang –, aber erst jetzt habe ich zugelassen, dass er voll und ganz von mir Besitz ergreift. Es scheint keine angemessene Buße für mein Versagen zu geben, aber so lange ich lebe, will ich versuchen, gute Werke zu tun, reinlich zu leben, kleinen Kindern eine Hilfe und Stütze zu sein und Almosen zu geben, so weit ich das kann, damit Gott eines Tages wieder gnädig auf mich herablächeln möge.

Als Milord Gilles im Gerichtsaal all diese Verbrechen gestand, versäumte er es nicht, auf das Verschulden der Hüter seiner Kindheit hinzuweisen. Aber ein vollkommeneres Geständnis hätte wohl auch beinhalten müssen, dass er sich schamlos weigerte, jene Triebe zu unterdrücken, von denen er wusste, dass sie Verbrechen gegen die Natur sind, auch wenn man sie sich nur vorstellt und nicht in die Tat umsetzt, wie er es getan hatte. Vor Gericht sagte er nichts darüber, wie er die Kunst des widernatürlichen Verkehrs von Jean de Craon gelernt hatte, indem er selbst der Gegenstand der Gier des alten Mannes wurde. Auch sagte er nichts darüber, wie er nach jeder Begegnung mit dem alten Ungeheuer bittere Tränen geweint hatte, fast immer in meinen Armen, auch wenn ich zu der Zeit den Grund für diese Tränen noch nicht kannte. Aber ich glaube, dass auch er auf die Güte der ihm Übergeordneten, oder im Falle Jean de Craons, der Mächtigeren vertrauen wollte. Er war so wenig geneigt, gegen seinen Großvater zu sprechen, wie Henriet geneigt war, gegen ihn, Gilles, zu sprechen.

Sein ganzes Leben lang beteuerte Gilles, starke Erinnerungen an seine Mutter und seinen Vater zu haben, obwohl er vor ihrem Tod nur selten in ihrer Gesellschaft war. Er war noch so jung gewesen, als sie diese Erde verließen. Sie verwöhnten ihn schändlich, und mit dieser Maßlosigkeit wollten sie, so glaube ich, ihn für ihre häufige Abwesenheit entschädigen. Die Geschenke, die Geldbeträge, die Freizügigkeit – das alles ist für einen jungen Knaben sehr verlockend. Daran erinnerte er sich, nicht an die Tränen der Verlassenheit. Aber diese Reichtümer taten ihm nicht gut, dessen bin ich mir sicher.

Am 25. Oktober zur Stunde der Terz erhob sich der Ankläger in der oberen Halle von La Tour Neuve und verlangte, dass das Verfahren zu einem Abschluss gebracht werde. Die Richter pflichteten ihm bei, dass es so geschehen solle.

»Gilles de Rais«, sagte Jean de Malestroit.

Zitternd und aschfahl im Gesicht stand Milord auf.

»Wir befinden Euch schuldig des Vorwurfs der verräterischen Apostasie wie auch der abscheulichen Anrufung von Dämonen. Versteht Ihr diese Vorwürfe und unsere Entscheidungen?«

Mit stiller Scham sagte er: »Ja, Euer Eminenz.«

»Außerdem befinden wir Euch schuldig, das Verbrechen und das krankhafte Laster des widernatürlichen Verkehrs mit Kindern beiderlei Geschlechts begangen und böswillig vollzogen zu haben. Versteht er diese Vorwürfe und unsere Entscheidungen?«

»Das tue ich, mein Herr Bischof. Möge Gott meiner Seele gnädig sein.«

»Gilles de Rais, Ihr werdet hiermit aus der Katholischen Kirche ausgeschlossen, und es wird Euch verboten, die Sakramente zu empfangen.«

Ich weiß nicht, warum ich so überrascht war; das war doch ohne Zweifel alles abgesprochen. Vielleicht hatte Jean de Malestroit auf dem kleinen Drama bestanden, das sich jetzt entwickelte, um den Schein zu wahren. Auf jeden Fall spielte Milord seine Rolle gut. Er fiel auf die Knie und bat tränenreich und stöhnend, man möge ihm gestatten, seine Sünden einem Priester zu beichten, damit er vor dem Tod die Absolution erhalte.

Auch Jean de Malestroit spielte seine Rolle gut; er war der gestrenge Gnadenverweigerer, der unbeugsame und aufrechte Verteidiger des wahren Glaubens; zumindest lange genug, um die gewünschte Wirkung zu erzeugen. In einer großen Geste des Mitgefühls rief er Jean Jouvenal vom Karmeliterorden zu sich und hieß ihn, Milord die Beichte abzunehmen, die so leidenschaftlich und ernsthaft dargeboten wurde, dass Seine Eminenz gar keine andere Wahl hatte, als Gilles de Rais wieder in die Kirche aufzunehmen.

Ich fragte mich noch einmal, welchen Schatz er angeboten hatte, um dies alles zu erreichen.

Doch als die Nachricht davon die Zeltlager erreichte, gab es merkwürdigerweise nur wenig Enttäuschung; als mein Sohn und ich später an diesem Tag ziellos durch die Menge schlenderten, hörten wir nur sehr wenig Murren und viel Zustimmung. Auch diese erschöpften Menschen wollten verzweifelt an die Güte der ihnen Übergeordneten glauben.

Am späten Nachmittag wurde Milord unter Bewachung in das nahe Schloss von Bouffray gebracht, wo er seine Beteiligung an dem Debakel in Saint-Etienne-de-Mer-Morte gestand. Pierre l'Hôpital richtete es so ein, dass er seine Strafe von fünfzigtausend *écus* an den Herzog der Bretagne mit einer Überschreibung eines seiner letzten verbliebenen Besitztümer bezahlen konnte. Nachdem dies erledigt war, blieb nichts mehr zu tun, als ihn zum Tode durch Erhängen und Verbrennen zu verurteilen. Dieses Urteil sollte bereits zur elften Stunde des nächsten Tages vollstreckt werden, ergo dem 26. Oktober.

Und dann bat er öffentlich um die Nachsicht, der Jean de Malestroit bereits zugestimmt hatte:

»Bitte, *Monsieur le Président,* ich bitte Euch, meinen Dienern Henriet und Poitou zu gestatten, vor ihrer Hinrichtung Zeuge meines Todes zu werden, damit sie auch wissen, dass ich bestraft wurde, und sie nicht mit der Ungewissheit sterben müssen, dass mir dieses Schicksal möglicherweise letztlich doch erspart blieb.«

Dies wurde genehmigt. Danach wurde das Urteil des weltlichen Gerichts verkündet.

»In Anbetracht des freiwilligen Geständnisses des Angeklagten bezüglich der Verbrechen, derer er angeklagt wurde, und im Einklang mit der Beichte seiner Sünden und der Wiedereinsetzung in die göttliche Gnade der Sakramente wird hiermit verfügt, dass er gehängt bis zum Tode und dann verbrannt werden soll, dass aber sein Leichnam aus den Flammen geholt werden soll, bevor er gänzlich vernichtet ist, und dann in geheiligter Erde begraben werden soll.«

Und damit hatte es den Anschein, als wäre nichts mehr zu tun. Doch Milord äußerte noch eine weitere Bitte. Er wandte sich direkt an Pierre l'Hôpital, der großen Einfluss auf Jean de Malestroit hatte. »So es den Richtern und Anklägern beliebe, ist es mein großer Wunsch und meine Hoffung, dass eine allgemeine Prozession veranstaltet werde, damit ich und meine Diener im Angesicht des Todes die Hoffnung auf Erlösung bewahren können.«

Er trug keines seiner prächtigen Gewänder, die nun bald zusammen mit dem Rest seiner irdischen Habe unter den Bittstellern aufgeteilt werden würden, sondern eine schlichte graue Kutte aus Leinen mit einer Kordel um die Mitte. Er ging langsam, die Hände inbrünstig gefaltet, durch eine tausendköpfige Menge, die zusammengeströmt war, um ihn sterben zu sehen. Jean de Malestroit ging ein gutes Stück hinter seinem Gefangenen, und hinter ihm ich in Gesellschaft meines Sohnes Jean, der unaufhörlich betete, während wir zum Kirchplatz schritten, wo Galgen und Scheiterhaufen bereits errichtet waren. Die Menschen, die sich versammelt hatten, bekundeten eine Vielzahl von Gefühlen und Empfindungen gegenüber dem Mann, der ihre Kinder getötet hatte; einige verlangten, dass man ihn ausweide und ihm den Kopf abschneide, wie er es mit ihren Söhnen gemacht hatte; andere flehten für ihn um Gnade mit dem Argument, es sei doch sicherlich falsch, den Verlust eines Lebens mit dem Auslöschen eines anderen zu rächen. Eine Erklärung für das Verhalten der Menge gab es nicht; es war eine Art allgemeiner Wahnsinn, der sich je nach dem unerschütterlichen Glauben im Herzen jedes Einzelnen unterschiedlich äußerte.

Vor den Augen seiner Diener Poitou und Henriet stieg Gilles de Rais aus eigener Kraft die Stufen zum Galgen hoch. Seine Knie waren gebeugt und zittrig, und da seine Hände auf den Rücken gefesselt waren, stolperte er einmal, was seine natürliche Anmut und Würde störte. Er schüttelte den Kopf, um jene abzuwehren, die ihm zu Hilfe eilen wollten. Unerklärliche Tränen strömten mir über die Wangen, während ich zusah, wie dieser Mann, der als Kleinkind so süß an meiner Brust gesaugt und als Knabe so grausam meinen Sohn getötet hatte, auf das Podest stieg und sich unter das Seil stellte. Kurz hob er den Kopf und betrachtete das Werkzeug seines Todes, zuckte aber nicht zusammen, als ihm die Schlinge um den Hals gelegt und festgezurrt wurde. Er hielt die Augen offen, als die Falltür des Galgens unter ihm wegkippte. Einige Augenblicke schwankte und zuckte er, fast so, als würde eine Windbö ihn erfassen. Vielleicht zerrte der Dämon Barron, der sich ihm so lange entzogen hatte, nun an seinen Füßen.

Die Menge schwieg, bis sein Körper aufhörte zu zucken und völlig erschlaffte. Und dann erhoben sich Rufe und Triumphschreie, als wollten sie bis in den Himmel steigen. Der Scheiterhaufen unter ihm wurde entzündet, und Flammenzungen leckten an seinem schwankenden Leichnam. Als seine Kleidung lichterloh brannte, wurde Wasser auf die Flammen geschüttet, und sie verlöschten.

Sein Leichnam wurde in einen Sarg gelegt und auf einem schlichten Karren durch die Straßen von Nantes gefahren. Das Wehklagen und die Hochrufe derjenigen, die an dieser makabren Prozession teilnahmen, konnten kaum auseinander gehalten werden, denn Trauernde und Feiernde schienen sich die Waage zu halten.

Wie betäubt saß ich in dem Gottesdienst zum Andenken an Gilles de Rais, der in der Kirche von Notre Dame du Carmel am anderen Ende der Stadt abgehalten wurde. Dort wurde er auch in eine Gruft neben andere wichtige Personen gelegt, einige davon seine Vorfahren. Sicherlich waren sie alle auf dieser Erde bessere Menschen gewesen als er, vielleicht verdienten sie sogar die Gnade eines so ehrenvollen Grabes.

Aber Gilles de Rais verdiente es nicht. Noch lange, nachdem die anderen gegangen waren, um zu feiern oder zu trauern, wie es ihnen beliebte, stand ich vor der Gruft und stellte mir vor, auf welche Art ich sie entweihen könnte. Dort fand mich schließlich Jean de Malestroit.

»Ich habe etwas, das ich Euch geben muss«, sagte er.

Ich kann nicht beschreiben, was ich empfand, als ich das Paket öffnete, das er mir in seinen Privatgemächern überreichte. Es war das Letzte, was ich erwartet hätte, obwohl ich nicht sagen kann, dass ich überhaupt eine Vorstellung davon gehabt hatte, was dieses Geschenk sein könnte.

»Er hat ihn all diese Jahre aufbewahrt«, sagte mir mein Bischof. »Er sagte mir, er sei sein kostbarster Besitz, noch wertvoller als die *grimoires* und die Folianten über Alchimie und Teufelsbeschwörung, die er so sorgfältig hütete. Jean de Craon zwang ihn, die Überreste von der Stelle am Bachufer zu holen, und stand über ihm, als er sie beerdigte. Aber er kehrte noch einmal zu dieser endgültigen Grabstelle zurück, um dies zu holen.«

Der abgebrochene Zahn, diese süße kleine Unvollkommenheit – es war Michel. Es konnte nicht anders sein.

»Er sagte, der Rest seiner Knochen sei leicht zu finden, er zeichnete mir sogar eine Karte. Ich habe bereits Männer ausgeschickt, um sie zu bergen.«

Das war also Gilles' Gegenleistung in diesem Handel – einen einfacheren Tod im Austausch für meinen Frieden. Ich hielt den nackten Schädel einige Minuten lang in meinen Armen, bevor ich etwas sagen konnte. Als ich keine Worte des Dankes mehr fand, fragte ich: »Wollt Ihr mich nach Champtocé begleiten? Ich möchte ihn neben seinem Vater begraben.«

»Selbstverständlich. Ich würde sogar darauf bestehen, wenn Ihr mich nicht gefragt hättet. Dies ist keine Reise, die man alleine unternehmen sollte.«

»Ich möchte gern mit dem ersten Licht aufbrechen«, sagte ich.

»So soll es geschehen«, antwortete er.

Spät am nächsten Nachmittag legten Jean de Malestroit und ich den kopflosen Leichnam meines Sohnes in ein Grab neben Etienne. Mit einigem Widerstreben legte ich den Schädel mit dem vertrauten abgeschlagenen Zahn an seinen Platz. Zwei starke Soldaten aus Champtocé waren mir von dem alten Kastellan Guy Marcel überlassen worden, der mit uns kam, um das Entfernen der Steine und ihre anschließende Wiederaufschichtung zu überwachen. Der Bischof von Nantes sprach das Sakrament zu Ehren meines Sohnes, eines Kindes, dessen Geburt ihm eine solche Gnade nicht hätte zuteil werden lassen, wäre er unter weniger bemerkenswerten Umständen gestorben.

Aber er war Gilles de Rais' erstes Opfer – und darin lag eine gewisse Bedeutung.

Indem ich ihm, dem *fils de lait* meines älteren Sohnes Jean, verzieh, war ich sein letztes.

Und darin lag ein gewisser Frieden.

Danksagung

Ich bin dankbar für die Hilfe meiner Agentin Deborah Schneider und ihre Ermutigung, für die behutsame Führung und Geduld meiner Lektorin Jackie Cantor und für die Unterstützung durch meinen Mann und meine Töchter, alles Dinge, die mir mit viel Liebe entgegengebracht wurden. Darüber hinaus danke ich den vielen Polizeibeamten, darunter meinem Ehemann, die mir alle mit technischen Ratschlägen zur Seite standen, wie auch dem Richter am Connecticut Juvenile Court, der mir half, mich in die Feinheiten gewisser juristischer Prozeduren einzuarbeiten. Professor Arnold Silver war mehr als großzügig bei der Bereitstellung seltenen Quellenmaterials aus seiner umfangreichen Bibliothek.

Jefferey Deaver
bei Blanvalet

Der faule Henker

Roman. 480 Seiten

Qualvoll stirbt ein junges Mädchen in einer New Yorker Musikschule. Der Mörder flieht in einen fensterlosen Hörsaal. Als die Polizei den Raum stürmt – ist er leer. Lincoln Rhyme, der geniale gelähmte Kriminalist, und seine Partnerin Amelia Sachs ermitteln in ihrem fünften – und schwierigsten – Fall: auf den Spuren eines Mörders, dessen Metier das Unmögliche ist …

»Perfekt recherchiert und extrem spannend erzählt: Dieser Thriller vereint souverän alle Elemente hervorragender Spannungsliteratur – ein Volltreffer!«

Booklist